FRANÇOISE MALLET-JORIS

# Les Signes
# et les prodiges

roman

Grasset

# LES SIGNES
## ET
# LES PRODIGES

LE REMPART DES BÉGUINES, roman.
LA CHAMBRE ROUGE, roman.
CORDÉLIA, nouvelles.
LES MENSONGES, roman. (*Prix des Libraires*, 1957.)
L'EMPIRE CÉLESTE, roman. (*Prix Femina*, 1958.)
LES PERSONNAGES, roman.
LETTRE A MOI-MÊME.
MARIE MANCINI, le premier amour de Louis XIV. (*Prix Monaco*, 1965.)

FRANÇOISE MALLET-JORIS

# LES SIGNES
## ET
# LES PRODIGES

*roman*

BERNARD GRASSET ÉDITEUR
61, RUE DES SAINTS-PÈRES
PARIS VI<sup>e</sup>

" Est-ce qu'une parole,
elle peut se comprendre
soi-même ?
Mais afin qu'elle soit,
Il faut un autre qui
la lise. "

Paul Claudel

# PREMIÈRE PARTIE

# I

Voici l'image initiale : l'un en face de l'autre, dans l'*hostel-lerie* faussement rustique, lui, parlant trop fort, elle, un peu guindée. Un couple, un décor. Dans cette salle à manger, du teck, une paroi de pierres apparentes — devant laquelle était le bar —, une belle cheminée, au foyer protégé d'une plaque de verre. On ne voyait pas au juste ce qui empêchait ce cadre d'être tout à fait accueillant ; une certaine asepsie peut-être, le feu de bois dépourvu de cendres, les poutres trop vernies, les serveuses toutes jolies, et qui dans leurs robes vertes avaient l'air déguisées. Elle, Marcelle, ce décor lui allait assez bien. Son tailleur Chanel (mais dont un imperceptible rien disait qu'il ne venait pas de chez Chanel); le collier fantaisie qu'elle portait au cou — cou long, ambré, irréprochable — le maquillage trop étiré de ses yeux ; tout cela charmant, à la mode, mais à le voir de près, un peu de pacotille. Il la trouvait, ce soir-là, moins belle qu'elle ne lui était apparue dans le bureau du journal quelques jours plus tôt, mais cela ne le gênait pas. Le rassurait, même. Elle rêvait, fatiguée par le départ précipité, les derniers prépa-ratifs — « Est-ce que j'ai fermé l'eau ? » —, débordée par l'exubérance de Nicolas. Elle l'aurait imaginé moins prolixe, taciturne même. Et tous ces gestes, c'était un peu vulgaire; mais elle était prête à s'adapter.

— Que disiez-vous ?

— Je me disais à l'instant que cette proposition inespérée, ce départ si rapide, et vous en face de moi, dans ce décor agréable, c'était un enchantement, au sens littéral du mot. Je suis peut-être le jouet d'une illusion. Nous sommes dans l'île de Circé, ou tout au moins dans celle de Prospéro. Tout est réuni pour griser le malheureux héros, qui sera ensuite transformé en porc, ou quelque chose d'approchant.

Sa gaîté était fébrile. La carrure imposante, les bras dont il avait l'air de ne savoir que faire, la tête massive, enfoncée dans les épaules, les traits réguliers, lourds, les cheveux sombres — elle-même était brune — cela faisait un tout dont elle n'était pas sûre qu'il lui plaisait. Dans ce visage presque laid il avait de grands yeux, sous les sourcils épais, de grands yeux verts étonnamment clairs, et qui juraient avec son physique de bûcheron.

Elle rit par complaisance.

— Transformé en porc! Cela n'arrive plus de nos jours.

— Tout arrive de nos jours. Ne sommes-nous pas là, par la grâce de l'enchanteur Merlin, surgis du tourbillon de la vie parisienne comme d'une cascade bretonne, ne nous a-t-il pas d'un geste empli les poches d'écus trébuchants, ne vous a-t-il pas suscitée, bénéfique ou maléfique, je ne sais pas encore; et ne nous a-t-il pas transportés ici par miracle ? Au chapitre suivant nous serons faits prisonniers par les barbaresques et jetés aux fers, vous verrez. Puis vous séduirez le geôlier, ou vous fléchirez le ciel par vos larmes. Le lendemain...

— Mais qu'est-ce que vous me racontez là ? dit-elle avec surprise.

Elle détestait avoir le sentiment de ne pas comprendre.

Il lui prit la main. Il avait des mains énormes. Il souriait.

— Je vous raconte la vie, Angélique — vous devriez vous faire appeler Angélique en mémoire de celle du Tasse, et du dragon. Je vous raconte la vie, une belle histoire pleine de signes, de mirages, de miracles. Seulement personne ne sait plus ce qu'ils veulent dire. En fait ils ne veulent rien dire du tout, et c'est le secret de leur beauté, on ne le sait pas assez. Ces orages, ces éclairs, ces beaux visages clos comme des fruits, ces paysages doux et clairs comme des voix d'enfants, ces complaintes, ces longs voyages, l'entrevu qu'on voudrait saisir et qui fuit, c'est le désespoir qu'ils contiennent qui les fait si étrangement beaux, si pleins, si vivants. On pourrait dire : c'est la mort qu'ils contiennent qui les rend si vivants. C'est ce que Victor ne sait pas.

Il vida son verre de vin, d'un trait.

— Ah! j'ai compris, dit-elle. Vous me racontez un roman. Mais qui est Victor ?

Soulagée. Ces gesticulations, les gouttes de sueur sur son front bas, un peu brutal. Mais un écrivain, ce doit être sa façon de faire la cour aux femmes. Elle n'avait pas beaucoup d'expérience dans ce domaine. Timide, peut-être ?

— *Victor ou l'enfant de la forêt*, est le titre d'un émouvant roman de Ducray-Duminil, je crois, que j'ai lu vers ma douzième année, et qui m'a beaucoup marqué. J'ai cru longtemps que c'était un ouvrage de pure imagination ; il est plein de prodiges, d'enfants trouvés et perdus, de beaux incestes, de cloîtres, de fantômes, d'éclairs foudroyant les traîtres au bon moment, de pressentiments, d'illuminations. J'ai compris aujourd'hui le réalisme profond de cet ouvrage. Nous vivons en pleine féerie. Aujourd'hui plus que jamais. Nous avons mangé la plante-qui-fait-rêver, bu l'eau d'or, la lampe d'Aladin s'est transformée en télévision, et Dieu, nous voyant accomplir tant de miracles, s'est lassé de la concurrence. Il n'en fait plus.

— Croyez-vous ? dit-elle à tout hasard.

On apporta les hors-d'œuvre. Elle se servit paisiblement. Parfait accord entre ce qui la nourrissait, l'habillait, la parfumait. Grâce à ces trois ou quatre mois de travail agréable, elle allait pouvoir aménager son appartement. De temps en temps, une vision de salle de bain rutilante, de cuisine à carreaux bleus et blancs, traversait son esprit.

Il mangeait machinalement, trop vite. Un peu grisé de se trouver là, d'avoir rompu ses amarres, enfin.

— Au fond, cette enquête me convient mieux qu'à personne. Encore que guidé par le hasard, le choix de nos directeurs, a été providentiel. Il s'agit en somme de présenter sous l'aspect le plus émouvant, de raconter de la façon la plus vivante des histoires qui ne signifient rien. Voilà la besogne que je cherchais, la seule au monde qui me convienne parfaitement, et je l'ai trouvée par hasard, moi aussi, car j'étais décidé à prendre la première qui se présenterait. N'est-ce pas surprenant ? Tout à fait une aventure de Victor ?

Elle protesta vivement. N'était-elle pas responsable de ce reportage ?

— Vous trouvez que cela ne signifie rien ? Ces malheureux

rapatriés, sans abri, souvent sans travail ? Et malgré tout, la fin de la guerre d'Algérie, c'est splendide, non ? Il faut créer une solidarité, il faut...

On lui avait dit de se méfier de lui ; de l'utiliser, mais de se méfier. Un écrivain n'est pas un journaliste. De toute façon, les écrivains, elle s'en méfiait. Rapaces, avides de piges, d'avances et de notes de frais. Ils bâclaient leurs articles, ménageant avarement pour leur « œuvre » le meilleur de leurs forces et de leur esprit, ce qui révoltait la loyauté de Marcelle. Elle n'ignorait pas que sa collaboration avec ce confrère d'occasion comporterait une part de surveillance et qu'un échec retomberait sur elle, et sur elle seule.

— Ne vous affolez pas, dit-il gentiment. Je me laisserai guider par vous aveuglément.

Il avait un bon sourire.

Un garçon (habillé de vert comme les serveuses) apporta le canard à l'orange.

— Regardez, dit-elle, contente. Il y a aussi des cerises, et quelle jolie couleur, ces oranges.

— C'est vous que je regarde, dit-il en se forçant un peu.

Dialogue d'hostellerie. Elle sourit.

Ecœurant ? Pourquoi écœurant ? Conventionnel tout au plus, et c'était ce qu'il fallait. Les répliques attendues amenant le résultat attendu. C'était le premier épisode d'une nouvelle vie : le *Dîner dans l'Hostellerie*. Avec une *jolie fille*. Et cinq cent mille francs par mois tant que ça durerait. Après, mon Dieu, on verrait. L'important, c'était de s'être lancé, d'avoir quitté le mensonge de sa vie sage, de sa vie raisonnable. L'enfant solitaire et sauvage qu'il avait été subsistait suffisamment chez cet homme de trente-cinq ans pour qu'il s'émerveillât de la facilité avec laquelle la métamorphose s'était opérée. « Ce n'est que cela, gagner de l'argent ? C'est si facile, souper avec une femme dans un cadre luxueux, et, peut-être, la conquérir ? Ce n'est que cela, tout quitter ? »

Il regardait les abat-jour des petites lampes, les cuivres suspendus aux murs, les couples parlant à voix feutrée. Il entendait Mozart, qu'un tourne-disque diffusait en sourdine. Il respira les parfums du canard, porta un morceau de fond d'artichaut à sa bouche : ce n'était pas désagréable. Il suffisait de s'y mettre.

Il regardait Marcelle, aussi. Dans un visage de coupe austère, ses yeux noirs eussent été parfaitement horizontaux si un trait de crayon ne les avait relevés et vulgarisés. Le teint bistre, l'arête du nez rectiligne, un peu longue peut-être, un peu aztèque, la mâchoire un peu large, le front un peu étroit, les cheveux noirs, demi-longs, parfaitement lisses : d'où venait la beauté de ces proportions ? Car elle était belle quand elle ne pensait à rien. Mais dès qu'elle s'animait, l'avidité du regard, une sorte de gourmandise dans les lèvres, l'alourdissait. Journaliste ; il comprenait qu'elle eût choisi ce métier si féminin : faire aliment de tout, se saisir de tout pour susciter partout une vie végétale, envahissante.

— Vous savez, dit-elle, fronçant les sourcils, c'est très sérieux une enquête comme celle-là. Et pour un nouveau journal ! C'est une responsabilité !

— Vous avez peur que je sois inférieur à ma tâche ?

— Oh ! pas du tout !... (Elle brunissait, ce qui était sa façon de rougir.)

— Nous nous appliquerons, promit-il. Ne vous inquiétez pas ainsi.

— Je ne m'inquiète pas, c'est seulement... ce que vous disiez qui... Je ne vous imaginais pas du tout ainsi, d'après vos livres...

— Ah, non, vraiment ? dit-il d'un air las. Et comment ?

— Oh ! Je ne sais pas... plus... plus intellectuel... moins grand, peut-être un peu chauve, ou avec des lunettes... plus maladif, vous voyez ? Pâle...

Il se mit à rire de bon cœur. Quand il riait, remarqua-t-elle, il avait un grand air de bonté. Elle aurait préféré qu'il eût des yeux bruns, plutôt que verts. Cela détonnait.

— Je vois. Tout à fait romanesque. Je suis un peu robuste pour un écrivain, on me le dit toujours. Et jamais été malade un jour dans ma vie, voyez-vous ? Quelle déception.

Elle rit aussi. Un contact s'établissait. Évidemment, il n'était pas beau. Elle cherchait une formule. « Force de la nature ? »

— Mais je vous assure qu'en dépit de ma bonne santé, je suis un personnage romanesque, tout à fait digne de votre attention.

— Vous n'avez pas l'air romanesque, dit-elle pour rester dans ce ton de bonne humeur.

C'était vrai. Sa grande taille, ses grandes mains, ses sourcils épais, sa grande bouche... Jusqu'à son costume trop
sombre, trop cossu, qui paraissait le gêner aux épaules, sa
cravate si correcte contrastant avec ses gestes maladroits...
Ce n'était pas l'idée que Marcelle se faisait d'un personnage
romanesque.

Elle est un peu désarçonnée. Elle avait prévu autre chose,
s'était préparée à autre chose. Mais ses premières tentatives
se sont soldées par un échec. « Je crois bien vous avoir déjà
rencontré chez... » Lui, courtoisement, a cherché. Mais non.
Il ne connaît pas, ne fréquente pas... Le vieux Paul (son père,
mais il ne peut s'empêcher de l'appeler le vieux Paul) peut-
être saurait... Lui sort peu ; les cocktails, guère ; quelques
dîners chez l'éditeur... Les générales, parfois, mais il n'adore
pas le théâtre... Les ballets, à cause de son père, qui patronne...
Oui, il connaît Jean-Pierre Penech ; ah, c'est votre ami d'enfance ? Le fils de Béatrice ? Non, il ne le savait pas ; n'avait
jamais fait le rapprochement.

Un bilan bien négatif. Elle s'est dit qu'il n'est pas très
lancé. Un solitaire en somme. Elle avait espéré, à la faveur
de ce voyage, de cette intimité inattendue, atteindre un autre
milieu, prendre des contacts, que sais-je. Elle est déçue. Il
pourrait connaître ces gens-là, lui, puisqu'il a *un nom*. Cela
émerveille Marcelle qu'on ait *un nom* (toute son ambition)
et qu'on ne s'en serve pas pour pénétrer dans le monde dont
elle a tant rêvé. Peut-être ne sait-il pas s'y prendre ? Mais
en l'aidant un peu... Déjà elle s'attendrit. Elle n'est pas sans
avoir senti la légère griserie de Nicolas, à travers une volubilité qu'elle devine inhabituelle, à travers des gestes
gauches, des attitudes forcées. Elle attribue tout cela à
cette bonne fortune à laquelle il ne s'attendait pas, ces
indemnités dont il ne doit pas avoir l'habitude, le luxe du
décor, qui sait, son charme à elle... Elle saura lui faire
comprendre qu'il peut obtenir bien d'autres choses. Déjà
mille projets se forment, auxquels elle est, bien entendu,
mêlée. S'il lui faisait confiance elle pourrait devenir pour lui
une sorte d'*agent*, trouver des reportages, susciter des
collections... Son imagination s'enflamme, les salles de bain
s'alignent...

Lui s'est amusé des questions de Marcelle, de l'examen
qu'elle lui fait passer, sans en avoir l'air. Si, d'une certaine

façon, elle songe à « l'exploiter » elle ne se doute pas de la complaisance qu'il mettra à se laisser exploiter. Bazarder tout cela, le passé, les livres, les chagrins fanés, les amours ressassées, pour les retrouver, dépouillés de tout relief, embellis de couleurs fausses, sur les pages de *Paris-Match* !

— Expliquez-moi en quoi vous êtes un personnage romanesque, dit-elle pour le taquiner.

— Quelle question ! Nous avons été, mon frère et moi, le rêve d'exotisme de tout un jardin d'enfants ! Les petits Russes habillés de velours par une mère extravagante, mais c'était nous, ma chère. Les œufs de Pâques peints, les cierges, les chœurs dans l'église orthodoxe, nous avons tout eu, tout. Un père mystérieux, dont on n'était pas très sûr et qui venait nous voir à la nuit tombée, une mère qui s'appelait Wanda et qui avait été nihiliste, d'ailleurs d'une très bonne famille, comme on dit... Est-ce que cela ne vous suffit pas ? Moi, cela m'a suffi, je vous assure. Je suis gorgé de pittoresque jusqu'à la fin de mes jours...

Avait-il involontairement mis un peu d'amertume dans ces mots ? Marcelle rougit, prit un air de componction.

— Je comprends. Et... ?

— Après l'opérette, le drame, dit-il assez légèrement. Notre mère déportée (par erreur, elle n'était pas juive) et nous, recueillis dans un couvent d'Alençon, sur l'intervention de notre père le notaire qui nous avait prestement reconnus. On nous faisait prier pour eux, le soir. Pour lui plus que pour elle, toutefois. Quatre ans chez les Pères. Puis la libération.

Elle écoutait cela comme une belle histoire triste. Lui en voulant un peu de n'y pas mettre le ton.

— Vous avez vécu avec votre père, depuis ?

— Oui. Mon frère Simon restait à Alençon. Trop jeune d'abord pour vivre chez un homme seul — ma mère semblait avoir disparu définitivement. Puis entré au séminaire. Les mauvaises influences... Prêtre. Pris au piège, quoi. Et puis c'était tellement simple. Il venait d'être ordonné, et disait déjà des messes pour « notre pauvre maman », au moment où moi, je racontais tout cela dans mon premier livre.

— *Vacances de guerre* ? demanda-t-elle avec zèle.

— *Vacances de guerre*, oui, et je recevais un prix. Façon comme une autre de dire une messe...

— Mais vous dites que votre mère *semblait* avoir disparu. Elle n'est donc pas...

— Non, dit-il brièvement. Elle n'est pas morte. Au fond, tout est pour le mieux, n'est-ce pas ? Nous l'avons cru juste le temps nécessaire pour nous engager à fond...

— Ç'a dû être une grande joie... hasarda-t-elle.

— Un peu gênant, au fond, vous savez. S'être fait pendant cinq ans une auréole de sa mère morte en déportation, et apprendre ça ! Heureusement qu'on ne m'a pas retiré le prix qu'on venait de me donner.

— Quel livre on écrirait avec cela ! dit-elle.

Il ne lui fit pas remarquer qu'il l'avait écrit.

Au fond de la salle, une bande de cinéastes venus passer quelques jours au *Soleil d'Or* pour « travailler » s'agitait bruyamment. Un monsieur d'allure prospère entraînait hors de la salle une jeune femme très mince et très blonde.

Ils choisirent le dessert avec une application excessive. Ni l'un ni l'autre ne savait très bien comment revenir à un ton plus léger.

La salle du restaurant se vidait. Les garçons enlevaient les couverts. Les jolies serveuses apportaient des cafés, des liqueurs, dans un salon où la télévision ronronnait. Le café refroidissait devant eux. Un peu de gêne s'installa.

— Parlez-moi encore de Victor, dit-elle avec bonne volonté.

— Victor ne se pose jamais aucune question, ce qui est une attitude assez sage, dit-il en souriant, parce qu'elle avait tellement l'air de ne pas comprendre. Mais c'est parce qu'il croit disposer d'une clé.

— D'une clé ?

Elle ne voyait pas comment à partir de ces propos, il reviendrait à leur voyage, à elle. Mais peut-être était-il très loin d'y songer ?

— Bien entendu. Ce qui rendait ces romans d'autrefois si reposants, c'est qu'ils étaient très faciles à déchiffrer. Il suffisait de posséder un code, une clé. L'auteur se présentait comme ces aruspices antiques qui éventraient un aigle et expliquaient la vie.

Il se demanda si elle savait ce que c'était qu'un aruspice.

— Tout signifiait. Le foie trop gros, c'était une scène de ménage ou la chute d'un empire. Les rognons pâles : un héritage ou une grossesse. Le merveilleux antique : mais rien qui ait jamais égalé le merveilleux chrétien. Une vraie loterie, tout le monde gagne, même en visant à côté. Je le dis sans ironie : on n'a jamais rien trouvé de mieux comme procédé de récupération, et on ne trouvera jamais mieux. Tout est signe de tout. Le passe-partout universel. On est laid, c'est un signe ; beau, c'est un signe. La réussite, l'échec, la folie, l'équilibre, tous les chemins sont bons, tous les signes sont dans le code.

Elle bâilla discrètement mais il était lancé.

— Ainsi du cher Victor qui, après avoir été moine, chevalier, amant de sa sœur, prisonnier des Turcs, bandit pillant les Infidèles, n'en est pas moins toujours et partout conduit par la Providence. Il ne doute jamais, voit partout la main de Dieu, et voyage sur ce jeu de l'Oie avec la ferme conviction de s'en tirer toujours. Si j'écrivais encore un livre, ce serait celui-là. Mais même Victor aurait du mal à rester intact dans la vie moderne. Comme vous êtes belle...

Ces mots lui avaient échappé. Elle rêvait sans l'écouter, et dans ce repos ses traits un peu durs reprenaient cette austérité, cette rigueur qui disparaissaient dès qu'avec le sourire les voilait la personnalité sans doute banale de Marcelle.

— Vous disiez ?

— Rien. Des bêtises. Je voudrais être Victor, transporté dans quelque auberge où se trouve la plus belle fille du monde...

— Qu'est-ce qu'il ferait, dans cette auberge ?

— Il trouverait de jolies choses, très lyriques, à dire à la plus jolie fille du monde, puis il la prendrait dans ses bras et...

— Et ?...

— Et ce serait la fin du chapitre.

— Essayez toujours, dit-elle en souriant.

— De vous prendre dans mes bras ?

— De dire de jolies choses lyriques...

— Je ne sais pas si j'y arriverais. Même quand j'ai aimé follement, je n'ai jamais été très fort dans ce domaine. Ça ne va guère plus loin que la chanson d'Alceste dans le Misanthrope, vous savez : *J'aime mieux ma mie, ô gué, j'aime mieux ma mie...*

— Pourquoi pas ? Ce n'est pas lyrique, mais c'est tout de même une chanson...

Décidément il était à cataloguer dans les « forces de la nature ». Elle décida qu'il avait du charme. Le moujik génial (l'idée venait de la traverser, à cause de sa mère russe, et elle s'y complaisait) : Tolstoï. On peut toujours se faire une image flatteuse d'un homme avec un peu de bonne volonté. *Elle* le pouvait, en tout cas. Et elle se disposait ainsi, avec une parfaite inconscience, à prêter les douces couleurs de la sympathie et du sentiment à ce qui était entendu dans l'esprit de tous depuis le premier moment : qu'ils coucheraient ensemble.

Dans l'esprit de tous, et, au fond, dans le sien. Car elle avait fait d'autres reportages. Seulement, en général, elle partait avec un photographe. Et chaque fois, à un moment ou à l'autre, *cela* se produisait. Elle ne savait pas trop comment ni pourquoi, mais c'était presque fatal. D'abord elle se sentait, quand cela s'était produit, soulagée ; moins contrainte. Le sentiment d'être admise, acceptée, la détendait, elle travaillait mieux. Et puis pourquoi pas ? Moindres frais, rapports plus agréables, un peu de sensualité sans doute, mais cela venait en dernier. Et une sorte d'humilité très secrète qui l'empêchait, malgré sa beauté, de défendre ce que les autres considéraient comme de peu de valeur. Elle se rangeait à leur avis, elle n'avait pas le sentiment de donner, mais de recevoir quelque chose, et c'était tout juste — comme disait Jean-Pierre avec indignation — si elle « ne leur disait pas merci ».

Le café était tout à fait froid. Il lui tenait la main.

— Si nous montions ? dit-elle gauchement, gagnée par son embarras à lui.

C'était le moment difficile. Dans l'ascenseur ils se turent. Dans le couloir, il l'enserra brusquement, d'une étreinte aussi maladroite que puissante. Elle se dégagea doucement. Ils se trouvaient devant sa porte.

— Je ne peux pas entrer un moment ? demanda-t-il.

Elle eut l'intuition qui si elle refusait, il n'insisterait pas, n'insisterait plus. Tout le voyage serait gâché, ils seraient l'un en face de l'autre comme des chiens de porcelaine... Et pourtant elle était fatiguée, elle aurait préféré prendre un bain chaud, un somnifère, dormir une longue nuit... Elle répondit malgré elle :

— Bien sûr, entrez.

Divine simplicité ! Il entra, l'étreignit à nouveau dès la porte refermée. Dix couples, ou vingt, plus ou moins bien assortis, accomplissaient au même moment, dans les belles chambres, par cette nuit de juin, les mêmes gestes. Cette idée plaisait à Nicolas. L'instant présent devenait plus agréable d'apparaître ainsi sans conséquence au milieu de dix, ou vingt instants semblables. Et ne fallait-il pas compléter l'image du bonheur parfait ? Qui ne rêve devant ce tableau-là : un bon repas, juin dehors sous la tonnelle, la musique, le vin, une belle fille... Et pourtant il lui fallait toujours, un bref instant, lutter contre une très secrète, très subtile répulsion, quand cet être entre ses bras devenait indubitablement une femme. Une femme, c'est-à-dire ce tiède néant imprévisible, ce gouffre noir, béant et chaud ; cet être voilé, tapi dans l'obscurité, relié à la vie par un lien incompréhensible et tirant de ce lien une inquiétante et massive plénitude qui attirait et repoussait à la fois.

Mais ils étaient décidés l'un et l'autre à ce que cette chose légère et grave, importante et banale, s'accomplît. Une nécessité pesait sur eux. Avec un peu d'application, le désir naquit, plana lourdement au-dessus d'eux, plein de bonne volonté, dépourvu de lyrisme. Elle dit gentiment, avec plus de sang-froid peut-être qu'il n'en eût souhaité : « Oh ! ce n'est pas la peine, tu sais. Je suis stérile. » Les *signes*, il les avait rejetés. Mais s'il n'en avait pas été ainsi, celui-là eût été bien encourageant. Il en fut si content qu'il demeura près d'elle pour dormir, ce qui ne lui était jamais arrivé, jamais, pas même avec Renata, la tant aimée.

« *Nous naissons, nous vivons, nous mourons au milieu du merveilleux, a dit Napoléon, dans une lettre de sa campagne d'Italie. Oh ! je ne me compare pas à Napoléon. Mais j'ai bien entamé ma campagne à moi* », pensait Nicolas. « *Naturellement, Napoléon avait plus de facilité.* » Il pensait, ou plutôt il disait. Car il avait l'habitude de s'adresser à Dieu assez fréquemment, par manière de plaisanterie.

Ils étaient dans son souvenir comme des dieux de pierre, de taille inégale ; des statues de granit en complet veston, à tête d'animal : Anubis.

Praslin, Merlin, Rougerolles. Des hommes, pourtant. Mais qu'est-ce que cela veut dire ?

Rougerolles, ses quarante-cinq ans juvéniles, ses yeux francs, sa voix cordiale, trop peut-être, ses cheveux grisonnants mais indisciplinés, sa fougue d'ancien beau garçon adoré de ses condisciples, mais tout cela un peu mécanique, trop chaleureux : une fausse noblesse de mannequin, et cette belle voix aux inflexions chaudes semblait, on ne sait pourquoi, de sortir d'un gramophone posé sur une petite table derrière lui.

Un peu plus bas dans le paysage, Praslin était trapu, les bras courts, les jambes aussi, le ventre massif, la tête très grande, les traits droits et disproportionnés, une tête de l'île de Pâques. Des yeux noirs, bien fendus, un grand nez ; une bouche charnue ; le cou et le buste courts, ce qui faisait que cette belle tête intègre, aux cheveux argentés de grand honnête homme avait l'air de provenir d'une restauration maladroite, et d'avoir été collée au hasard sur ce corps de pingouin. Il portait aussi une chevalière. Ses mains, blanches et soignées comme celles de Rougerolles, étaient plus courtes et potelées. Rougerolles avait de grands doigts spatulés qui allaient bien avec l'ensemble, d'une fausse virilité. A droite, Merlin, petit et mince, était un de ces singes mâtinés de renard qui donnent parfois, l'espace d'un instant, l'illusion de l'humanité.

Ils étaient apparus soudain, poussés l'un contre l'autre, comme un bosquet d'arbres, comme trois stèles de pierre, et Nicolas n'avait pu les dissocier. Trinité figée, solennelle, comique. Car il y avait quelque chose d'imperceptiblement comique dans la scène, et ne serait-ce que ce fait que c'était une *scène*, comme répétée d'avance, avec les compliments tout prêts. Rougerolles avait aimé, oui, aimé *Vacances de guerre*, et pourtant le roman, *de nos jours*... Et Praslin avait pris son air intègre pour reconnaître qu'il ne l'avait pas lu, mais que ses enfants (il en avait six, Aude, Bénédicte, Renaud, et autres Bérengères), et que l'opinion des jeunes, *de nos jours*... Et Merlin, debout, assis, debout, tournant, virant, ses petites mains maigres, délicates, douteuses, agrippant la manche de Nicolas, froissant des papiers, déchiquetant une cigarette, Merlin trouvait qu'il ne publiait pas assez, cinq livres en quatorze ans, cela témoignait en faveur de, bien sûr, mais tout de même le public, et les trois voix se mêlaient, celle de Rougerolles, chaude, humaine, creuse, celle de Praslin trop onctueuse, presque obséquieuse avec une vague nausée au fond de tout ce sucre, celle de Merlin plus aiguë, un peu cruelle, avec une complicité méchante.

Et tout à coup, comme après l'ouverture, le silence parfait, un moment de silence parfait pendant lequel, vite, Nicolas aspire l'air, et puis Praslin attaque le premier thème sur son doucereux instrument.

— ... un vrai romancier. Mais pas un de ces romanciers qui ne savent plus voir, qui se regardent le nombril. Un romancier curieux des choses, qui a un sens des problèmes de notre civilisation...

— ... des problèmes humains... glisse Rougerolles sur trois notes.

— ... comme vous l'avez si bien montré dans *Vacances de guerre*, dans... vos autres ouvrages. Ce qu'il nous faut, des reportages, oui, mais pas des reportages basés sur la simple curiosité, sur le hasard, sur la sensation (oh! le dégoût sur l'intègre visage) des choses vues, oui, mais vues par *un œil* ! PAR UN ŒIL.

Trop frappé pour manifester autrement son approbation, Rougerolles hoche lentement la tête. Merlin et Nicolas fredonnent à bouche fermée un bref émerveillement que le respect contient.

— *PAR UN ŒIL !* Et un œil ouvert aussi bien aux réalités spirituelles qu'aux humbles choses de chaque jour. « Un brin de paille luit dans l'étable », nous dit Verlaine, ou à peu près. Ce brin de paille, vous nous le ferez voir, monsieur Léclusier. Si, si, vous nous le ferez voir, dans toute sa signification !

« Comme c'est vrai ! » semble dire la belle tête de carton qui hoche toujours. Nicolas entonne un fredon, mais aussitôt s'arrête. Merlin n'a pas suivi. Nicolas est aussi confus que chez les Pères, quand il lançait les répons à contretemps. Mais les cheveux blancs de Praslin sont pleins d'indulgence.

— Je dis que je ne connais rien de vous, monsieur Léclusier, et pourtant je connais tout ! Quand notre ami Merlin m'a parlé de vous, mon cher monsieur, je connaissais votre nom, bien entendu, je connaissais votre nom, mais voyez-vous, je crois à la jeunesse, je crois avant tout à la jeunesse, j'ai dit à ma fille Aude : « Tu le connais, ce Léclusier ? » Elle vous connaissait, voyez-vous. C'était un premier point pour vous, ça : je crois à la jeunesse.

La noble tête hoche encore, mais Nicolas se méfie et reste coi. Soulagement : Merlin se tait.

— J'ai dit à ma fille : lis-moi un passage de ce bouquin, n'importe lequel (elle n'avait que *Vacances de guerre*), lis-moi quelque chose, allons. Et savez-vous ce qu'elle m'a lu, mon cher ? Le savez-vous ?

L'interrogation est de pure rhétorique. Mais Merlin se penche anxieusement. Nicolas de même. Il a très bien suivi le mouvement et est content de lui. Rougerolles ne se penche pas, les montagnes se penchent-elles ? Mais tourne la tête.

— Le passage des cloches, figurez-vous. Le premier réveil, au couvent de L., de cet enfant apeuré qui s'apaise au son des cloches. Ces cloches qui... ces cloches que... Cela m'a suffi. J'ai dit à notre ami : convoquez-le. Je le connais. J'aurais pu vous engager sans même vous voir, je vous connaissais. Ces cloches dans le ciel de France, cette envolée, c'est ce que je veux, mon cher Léclusier. Une envolée, voilà ce que sera notre magazine. Une envolée.

Le silence de nouveau. Il n'y a rien à ajouter, c'est évident. Nicolas sent bien qu'il faut que s'amorce un nouveau thème, mais est-ce à lui d'en prendre l'initiative ? Merlin le sauve.

— Qu'est-ce que vous penseriez de *La France d'en haut* ? Il s'agit du titre.

— On dirait un bulletin paroissial. (La voix onctueuse est retombée d'un demi-ton.) Et puis cela s'adresse trop évidemment au public croyant. Il faut voir plus large ; n'est-ce pas à tout le public de bonne volonté qu'il faut apporter la lumière ?

— C'est vous qui voulez absolument le *France* du titre, dit Merlin un peu affaissé sur sa chaise.

— *Vraie France*, suggère Rougerolles.

— Bien banal.

— Et pourquoi pas *La France*, simplement, hasarde Nicolas.

Silence des augures. On soupèse. Merlin froisse du papier.

— Pourquoi pas ? dit Praslin.

— Le numéro zéro...

— Il y a bien *Le Monde*...

— Ce n'est pas si bête...

Le temps se précipite, les voix maintenant s'entrecroisent.

— On peut essayer... Ce que nous voulons exactement... Bien entendu il s'agira avant tout d'aider les rapatriés... De les aider à reprendre pied, à s'implanter, à... Des interviews, des portraits, montrer de belles réussites... Mais aussi des projets pour d'autres articles... Tout l'été pour vous...

— Faites-nous des projets, un minimum de dix...

— Quinze...

— Vingt! Enfin le plus possible... Je vous ai réservé le Midi.

— Bien de la chance... Sortir en septembre...

— ... des capitaux, des soutiens... Rester axé sur des valeurs sûres...

— Mais du pittoresque tout de même! Il en faut, il y en a, les gens s'en vont bien loin chercher... ce que dans le moindre village...

— Nos curés de campagne, d'obscurs dévouements...

— Des messes noires, des orgies, des enfants jetés dans des puits...

— Des soldats perdus, les harkis, la déception...

— Des bidonvilles, de belles œuvres, mais attention, les curés progressistes, l'archevêché. Nous voulons rester dans la ligne. Votre éducation vous met à même de...

— Explorer la France comme on explore l'Amazonie... Vos premiers projets permettront d'orienter...

Les voix tissent de fabuleux projets. Il y aura deux photographes, ou dix, un grand chroniqueur judiciaire, de la Télévision; il y aura Raymond Cartier, ou tout comme, car enfin, qu'est-ce que Raymond Cartier? Il y aura les guérisseurs, et les vedettes jeunes, il faut axer toutes les pages spectacles là-dessus, car je crois à la jeunesse, vos reportages voisineront avec Sheila, cher monsieur, ah! ah! Une politique dure, mais oui, pas de ces flottements à la *Match*, des idéaux, des photographes, c'est cela qu'ils demandent les jeunes, et Sheila, et le Père Gauthier, et l'abbé Pierre, voyez les communistes, leurs pionniers, on a beau dire. Et les pays sous-développés, c'est l'avenir, ça, il faut un spécialiste, et des photos, et du Vaudou, une politique dure mais ouverte, très ouverte, des Noirs en couverture, des vedettes jeunes, les Surfs et Tiny Young, et...

Le temps s'accélère. Aspiré par le tourbillon, élevé de dix mètres dans les airs, comme dans le cylindre de la foire, mal à l'aise mais faisant bonne contenance, l'air dégagé mais avec la petite crispation des lèvres qu'il a quand on lui parle d'argent, Nicolas se trouve juché au sommet de la pyramide de fumée, grimpé au plus haut de l'échelle en toile d'araignée et gratifié de cinq cent mille francs par mois, et ce n'est qu'un début. S'il sait s'y prendre, s'ils savent s'y prendre, ils enfonceront *Match* et *Jours de France* et...

Ces mannequins, ce dialogue d'opérette, ce vertige, c'est donc possible ? C'est aussi la vie ? C'est cela mon voyage ?

Assourdi, ahuri, cramponné, il est sur le point de lâcher prise quand le silence se fait et qu'entre Marcelle, belle comme, après cette cacophonie, un solo de flûte de Bach.

Mounet du Puy et son groupe, Praslin et ses usines, Rougerolles et ses relations, Merlin et sa situation littéraire, tout cela s'est rassemblé comme les rouages d'une machine neuve qui paraît devoir fonctionner. L'argent manque, mais il manque toujours dans ce genre d'entreprise. Que la machine tourne, et l'argent viendra tout seul. Automatiquement. L'important pour l'instant c'est de donner la vie à cette création encore imaginaire, de relier tous ces rouages entre eux, de mêler le plus de fils possibles, et l'étincelle jaillira. Il y a moins de logique que l'on ne croit dans ces mécaniques-là. Les moins viables trouvent parfois le moyen de s'insérer dans le mouvement, et les voilà assurées de fonctionner pour un temps ; quelque chose a mordu. Les mieux calculées manquent-elles de chance ou d'inspiration, l'engrenage ne se fait pas. Ne voit-on pas réussir ainsi certains hommes par la seule vertu d'un talent de société, d'un heureux caractère, d'une parole facile, d'un sourire qui inspire confiance ? Un défaut même peut servir d'atout : la bêtise aussi est un rouage. Il lui suffit de trouver sa place dans l'engrenage.

Mounet du Puy en est bien persuadé. Mounet du Puy : ses collègues l'appellent Mounet-Sully. Beau quadragénaire, célibataire, bon skieur, bon danseur, orateur élégant : plein d'ambitions contradictoires dictées par son physique avantageux (le profil romain auquel il promet chaque jour, en se rasant, une carrière vertigineuse). Il ne se montre guère dans les poussiéreux bureaux que Praslin a élus pour y concevoir le futur magazine. S'il consent à le retrouver, c'est au Berkeley, où tous deux se nourrissent sobrement de haricots verts et de coûteuses entrecôtes ; le député se déplaît souverainement dans cette atmosphère de bouts de ficelle et de dossiers crasseux dont Praslin au contraire fait ses délices. Dans son usine de Lille, aussi, ce qu'il préfère ce sont les entrepôts aux toits rouillés, la pluie qui dégoutte le long des poutrelles, les cours où dépérissent des géraniums découragés, la loge, malodorante comme une cage, du concierge en pantoufles. Et l'envol des bicyclettes à la sirène de midi. « Mon mari, c'est une conscience ! Toujours à ses usines », dit avec orgueil madame Praslin, grande, forte, paisible et laide statue de la prospérité. En effet Praslin passe plus de temps qu'il n'est nécessaire à Lille, trouve plus de charme au hideux bureau de son père qu'au bel appartement de l'avenue Victor-Hugo. Il s'est efforcé, consciemment ou non, de recréer dans l'immeuble de la rue Pierre-Charron un peu de l'atmosphère de triste bricolage de l'usine où  sa fortune a pris naissance.

Mounet du Puy et Praslin n'ont rien, rien en commun, l'un désinvolte, joueur, Mégève et Monaco, les grandes familles, l'avion pour un oui pour un non, intelligent, cependant, mais à la merci d'une défaillance nerveuse, de ce craquement subit que connaissent tous les joueurs ; l'autre méprisant tout cela car Mounet n'a pas ce que lui, Praslin, appelle « une fortune » et c'est tout ce qui compte, ça et les usines, le train pris à l'aube, sa serviette sous le bras, et sa femme attentive et bonne, riche elle aussi, et ses six enfants qui ont « tout » sauf de l'argent de poche, et le rythme lourd de cette vie qu'il digère, les yeux mi-clos, comme un repas trop nutritif. Rien en commun, sinon — ce que Rougerolles a su deviner quand il les a réunis — cet instinct de la vie (presque féminin chez Mounet, presque animal chez Praslin) qui les pousse, dans cette agitation qui s'empare de la France, dans ce trouble, ce désordre, ces déceptions, ces espoirs, à ne sentir que la force du courant dans lequel ils veulent placer la roue de leur moulin.

Mis en contact, tous deux, par Rougerolles. Mettre en contact : tout ce qu'aime Rougerolles. Presque un goût d'enfant, un goût de bricoleur s'il ne s'y mêlait quelque perversité : il aime susciter des événements qui ne signifient rien, vivre dans une chaleureuse et vaine agitation dont il est le moyeu, sans toutefois en être dupe. Il excelle en cela et réussit même à en vivre, et fort bien. Ainsi, après des études d'architecte, est-il devenu administrateur de sociétés, gérant d'immeubles, et, après le scandale de l'Immobilière Clay dont il s'est admirablement tiré, passe-t-il maintenant avec la même assurance au rôle de *Public Relations* de ce magazine fantôme. Il aime mener plusieurs activités de front, comme il aime avoir plusieurs intrigues à la fois ; cela donne du jeu, cela désamorce les affaires et l'amour. Mais contre quoi prend-il toutes ces précautions ? Il n'en sait rien.

Pour le détail, la direction littéraire, il y aura Merlin. Déjà, dans les milieux où l'on parle du futur magazine, on dit : « Evidemment, ils ont Merlin. » Ils ont Merlin.

Merlin dirige la fameuse revue *Astarté*, vulgarisation scientifique, hermétique, habilement caviardée d'articles sur l'amour, les vices, mais *signés* de quelque prêtre ou médecin en renom ; il *signe* aussi un peu partout des articles qu'il n'écrit pas, mais qu'il paie très généreusement à d'innombrables jeunes gens qui gravitent autour de lui. Cela fait médire, à tort, mais même la bonté de Merlin a quelque chose de douteux qui fait qu'on lui en tient rigueur. Merlin mène des enquêtes dans les journaux féminins, se hausse jusqu'à la critique littéraire, retombe au bout de quelques mois, bâcle un livre d'art, dirige une collection étrangère. On est tout surpris de trouver son nom, quelque temps, dans le *New-York Magazine*, et puis voilà qu'il s'occupe de peinture et avance, dans *Astarté*, des théories sur les symboles. Dieu sait comment ces activités diverses et dispersées, fiévreuses et intermittentes, arrivent à constituer une vie, un personnage qui ait une consistance dans le monde journalistique. On dit : « Il y a Merlin. » — « Ah ! bon. » C'est une garantie. Garantie de quoi ? On ne sait pas. Il y aura Merlin. C'est un fétiche. une promesse que l'entreprise est vraiment parisienne, et professionnelle aussi, ce n'est pas une affaire d'amateur, puisqu'il y a Merlin. Qu'il ait été mêlé à plusieurs échecs retentissants ne change rien, bien au contraire ; inexplicablement sa personnalité s'y est affirmée, son importance s'en est accrue. C'est l'homme à tout faire, le mercenaire intellectuel, l'homme de main de toute entreprise semi-littéraire qui se respecte. L'indispensable homme de second plan. S'est-il d'ailleurs introduit dans l'entreprise hasardeuse de Praslin pour la servir ou la renier ? Nul n'en sait rien. Ainsi quoi qu'il arrive il aura toujours l'air d'y avoir pris une part importante et de triompher secrètement. On lui prête mille intrigues, et il en a ; tant, qu'il serait bien en peine d'y mettre de la conséquence. Il vient d'enlever à son mari une petite Gisèle de vingt-cinq ans dont il ne sait que faire. Il la garde pourtant, la fait souffrir par bonté d'âme. Tel apparaît Merlin, dépositaire d'une force occulte qu'il ne possède, tels ces vendus-au-diable des vieux contes, que sous condition de n'en rien faire d'utile. Le diable dit : tu seras tout-puissant, mais à condition de ne faire aucune bonne action. — C'est bien difficile, répond le paysan sagace et famélique. Merlin fait de bonnes actions parfois, et même de bons articles : c'est par distraction.

Mounet, Praslin, Rougerolles, Merlin. Chacun croyant diriger les autres à son gré, se saisir à son profit du mouvement de masse des rapatriés qui vont affluer. Tous quatre enivrés de manipuler ces rouages, et tout à fait inconscients d'être *mus* eux-mêmes. Ceci se passe en mai 62.

En dehors d'eux, n'importe qui. Des noms, disent les uns. Des capitaux, disent les autres. Le groupe X, le groupe Y. Des talents peu connus. Il y aura tout : des noms sans talents, des talents sans noms, beaucoup d'argent jeté en l'air, des combinaisons commerciales et politiques qui s'échafaudent et se détruisent elles-mêmes comme des robots cybernétiques. Des nuées de jeunes photographes décolorés, des éditorialistes débauchés à prix d'or et dont tout à coup on ne sait plus que faire, des journalistes qui veulent faire de la politique, des écrivains qui veulent faire du journalisme.

Dans ce chaos tourbillonnant, Nicolas et Marcelle, pris tout à coup, par hasard réunis. Parce que l'un a un petit nom et l'autre un petit talent. Parce que Marcelle inquiète Rougerolles qui aime Jean-Pierre. Parce que Colette, maîtresse de Nicolas, a prononcé son nom devant Merlin avec lequel elle prend parfois de la morphine. Et surtout parce qu'il faut bien faire du bruit, déplacer du monde. C'est aussi cela le hasard, et les voilà partis.

Pendant ce temps-là, dans la confusion et le gâchis qui sont la matière de toute chose en ce monde, le magazine se fait et se défait tous les jours, avec autant de chances de vivre qu'un fœtus de cinq mois au sein d'une mère ivrogne et rachitique.

— Ne te laisse pas griser, disait Paul.

Il le disait depuis quinze ans, depuis la parution de *Vacances de guerre*.

— Ne te laisse pas griser. Ces gens-là...

Ces gens-là, c'étaient les gens qui gagnaient trop d'argent, trop vite, et ceux qui en gagnaient trop peu. C'étaient les journalistes, ces bâtisseurs de vide, les bohèmes, ces parasites, les pauvres, ces révoltés, les jeunes, ces arrivistes, les riches, ces parvenus. C'étaient les trop beaux, les trop géniaux, les trop audacieux ; c'étaient les timides, les gagne-petit, les dupes. La vie était une cuisine : nombre d'ingrédients, mais dans les proportions voulues. La vie selon Paul.

Paul était soupçonneux, méprisant, boutonné, pudique. Paul était peint par Vuillard dans un intérieur plein de tentures ; de riches harmonies automnales, mais sans excès de sensualité : une gorgée, un soupir de nostalgie, et on s'arrête. Voilà Paul. Notaire, d'une famille de notaires, collectionneur, d'une famille de collectionneurs, courtois, laïque, républicain, grand bourgeois, de l'amour il n'a connu que ce lit de cuivre, ce linge défait, ces éclairs nacrés d'un corps blanc, il y a longtemps, et déjà il savait que ce serait bref, qu'il vivait le souvenir en même temps que l'amour.

Pour lui comme pour Nicolas, Wanda est morte. La paternité (peut-être fausse, il n'a jamais su), l'inquiétude dissimulée sous la cinquantaine gourmée, ce cœur d'adolescent qui saigne au moindre mot, la main sur le cœur, subrepticement, depuis l'infarctus de l'an dernier, voilà Paul. La bonté, voilà Paul.

— Ne te laisse pas griser, mon garçon (la main cherchant le cœur, sous le veston anglais).

— Mais non, Papa.

Combien de fois, cette phrase ? Au moment du Prix qui couronna son premier livre. Au moment de *l'Oiseau dans la forêt*, parce que Paul avait eu quelques échos de sa liaison avec Renata. Au moment du film tiré des *Dormeurs*. A tout moment. Et pourtant Paul regrette parfois les belles folies, les imprudences savoureuses, les déchirements passionnés que Nicolas ne semble pas connaître. Il comprend mal ces violences soudaines, ces silences, ces gaîtés brusques qui ne riment à rien. Il comprend mal ce départ.

— Je n'ai rien à y perdre, Papa. Ça ne peut pas durer très longtemps, évidemment, mais si peu que ça dure, ça me rapportera tout de même...

Nicolas essaye de parler le langage de Paul. Mais ça ne réussit jamais.

— Attention, mon garçon !

Paul élève sa main, une main petite, élégante, sur laquelle Nicolas remarque pour la première fois quelques taches brunes, indices d'un vieillissement qui le peine.

— Attention ! Tu me dis : « Je n'ai rien à perdre. » Et ta réputation, mon enfant ? Ton renom d'écrivain ? Tu as toujours su éviter certaines relations qui...

Bien sûr. Comment Nicolas répondrait-il que Paul a toujours pris ses livres, ses succès, son « renom d'écrivain » beaucoup plus au sérieux que lui-même ? C'est même cette foi de Paul qui pendant tant d'années l'a soutenu, l'a poussé par mimétisme à cette vie rangée, cultivée, mesurée, espérant Dieu sait pourquoi qu'un jour tout se résoudrait ainsi, tout seul, sans qu'il ait à intervenir, comme une plante pousse parce qu'on a semé, arrosé, attendu... Comme j'ai attendu ! se répète-t-il en serrant les poings. Mais va-t-il, parce qu'il n'espère plus rien de cette vie-là, qu'elle lui est brusquement devenue intolérable, abîmer Paul, inquiéter, détruire Paul ? Détruire l'image qu'il se fait de Paul, devrait-il penser. Mais il ne va pas jusque-là : dans ce domaine, un vrai fils.

— Bien. Tu passes là-dessus. Mais tu n'as pas un tel besoin d'argent ? Ton père est là...

Paul lutte courageusement, ses mains tremblent un peu en découpant le rôti. Il est agité de mille sentiments complexes dont aucun n'arrive à se manifester extérieurement. Le plus clair est encore cette tristesse de ne pas arriver à atteindre Nicolas, à lui communiquer un peu de cette tendresse, de ce désir anxieux de l'aider, de cette chaleur qui est en lui, inutilisée... Quels que soient les problèmes de Nicolas, Paul sait bien qu'il ne lui demandera rien ; et pourtant Paul est là, avec son amour, tout prêt, depuis le départ de Wanda, depuis toujours, comme un dépôt oublié. Et de plus en plus oublié avec le temps, lui semble-t-il. L'enfant taciturne, renfrogné, avec ses mains trop grandes et qui cassait tout, il le comprenait mieux, lui semble-t-il, que cet homme en face de lui, aux yeux si clairs dans ce visage sombre. Les rapports avec Nicolas sont devenus toujours plus aisés, toujours plus froids. Paul voudrait dire, le cœur serré : « Qu'y a-t-il, mon enfant ? D'où vient ce froid ? Je meurs de ce froid. » Et il parle raison, discute ce projet de Nicolas, ce projet dont il lui semble avec la folle et juste double vue de l'amour qu'il est dirigé contre lui.

— Mais si tu signes des articles dans un magazine, tu vas te déconsidérer, tu...

Croyant à la carrière de Nicolas, Paul croit davantage à sa paternité, à l'utilité de ce rôle de père qui « a permis à Nicolas de réaliser sa vocation ». Avec quel sérieux Paul n'a-t-il pas lu d'un bout à l'autre les cinq livres de Nicolas ! Avec quelle gravité n'a-t-il pas dispensé ses louanges, émis quelques réserves ! Avec quelle patience de jaloux n'a-t-il pas scruté ces textes pour y déchiffrer quelque chose de plus sur cet incompréhensible enfant violent et secret, passionné et méthodique, tendre et fermé. Près de vingt ans depuis le jour où Nicolas a quitté les Bons Pères d'Alençon, est venu habiter chez lui, puis, ensuite, dans le petit appartement de sa mère, tout près, boulevard Saint-Michel. Vingt ans pendant lesquels il semble tout à coup à Paul qu'il n'a rien reçu, rien donné, pas même l'argent qu'il offre avec cette humble arrogance.

— Dieu merci, je ne suis pas sans moyens... Je te laisserai la petite maison de Villeneuve, cet appartement ; si tu veux voyager à tes frais, je comprendrais très bien... Un écrivain a besoin... Je pourrais réaliser quelques valeurs... Je...

Nicolas baisse sa tête trop massive dans son assiette, comme lorsqu'il avait quinze ans. Le cœur de Paul saute en retrouvant ce geste, les cheveux d'un brun roux, très épais, toujours un peu en broussaille...

Une douloureuse colère envahit Paul. Nicolas n'est pourtant pas insensible. Quoi, lui, Paul, ne l'atteint pas, et un autre y parvient si aisément ? Comme chaque fois qu'il se

heurte à ce mur de ce qu'il croit être l'indifférence de Nicolas, la tentation lui revient d'aborder le sujet interdit. Pour
l'instant il lutte encore.

— Attention, Nicolas !

Et la main levée. Ce geste, toujours le même. Combien de
fois Nicolas n'a-t-il pas vu se lever cette main, s'énoncer cette
solennelle mise en garde, depuis le jour lointain de ses quinze
ans où Paul l'a prié de l'appeler « Papa », en passant par le
jour où Paul lui a mis en main la clé du petit appartement
du boulevard Saint-Michel : « Attention, mon garçon ! cela
ne veut pas dire que tu n'es plus chez toi rue Gay-Lussac ! »
Pour en arriver au jour où Paul lui a parlé de Renata, puis
de Colette : « Aimerais-tu l'amener déjeuner un dimanche au
40 bis ? » Renata rue Gay-Lussac ! Et Colette ! Finalement
Nicolas s'était mis à aimer assez les mises en garde de Paul,
comme on se met, le temps passant, l'agressive laideur du
neuf s'atténuant, à aimer certaines reliques du passé, les
tulipes en fer forgé du métro, la statue de Baudelaire au
Luxembourg, les femmes nues du Petit Palais. Cela rassure.
Un certain temps.

Un seul sujet l'atteint, et Paul, avec l'instinct infaillible des
pères vrais ou faux, ne manque jamais d'y faire allusion
chaque fois qu'ils se heurtent. Pour l'instant il en est loin
encore, mais Nicolas pressent, avec une contraction de tout
l'être, qu'il va s'approcher de la zone interdite, attiré malgré
lui par le gouffre, par ce seul point où il peut atteindre Nicolas, l'acculer, le voir quitter son masque fermé pour lui offrir
son visage nu, frémissant, haineux presque.

Comment Paul qui aime sincèrement, profondément Nicolas, peut-il lui infliger volontairement cette souffrance ? Il faut
qu'il ravive sa propre plaie, qu'il se livre tout entier à ce vertige : Nicolas est capable d'aimer, et ne l'aime pas. Chaque
fois il espère que Nicolas ne réagira pas, affichera le même
visage morose ou courtois qu'il lui oppose habituellement :
mais non. Alors tant pis. Qu'il souffre autant que moi ! pense
avec emportement le notaire parfait, le paisible dégustateur
de vins, le père dévoué.

Il s'approche du sujet, imperceptiblement.

— Tu ne peux pas faire confiance à ces gens-là ! Toi qui
as milité pour la paix en Algérie, quand les accords d'Evian
viennent d'être signés... Tu me connais, je ne suis pas un

anarchiste, loin de là, mais quand on s'entoure de gens tarés...
comme ce Courtenay...

— Il ferait seulement la rubrique des spectacles.

Nicolas regarde encore son assiette. Une mèche de cheveux
tombe sur son front.

— Même dans une chronique de spectacles, on peut faire
entrer de l'idéologie. Les exemples ne manquent pas. Et
Courtenay était un collaborateur de l'ancien *Candide,* de
*Gringoire.* Un choix comme celui-là suffit, le magazine sera
classé d'extrême droite.

Le vertige gagne Nicolas, qui dit aussi ce qu'il ne faut pas
dire.

— Praslin faisait partie de la Résistance.

Paul lève les bras au ciel.

— La Résistance ! Toujours la Résistance ! Est-ce que tu
as compté le nombre de fascistes qui s'en font un paravent,
de la Résistance ? Rien que dans l'O.A.S. ils sont tous de la
Résistance. Tous non, j'exagère, mais...

— Je t'assure que Praslin est assez progressiste...

Ils vont droit vers la catastrophe, tous les deux.

— Je vais te dire une bonne chose, mon garçon. Tu pourras passer ta vie à chercher, tu n'en trouveras pas un, tu
m'entends, pas un, de ces catholiques militants, qui soit sincèrement progressiste.

Ça y est. Dans un effort désespéré pour surnager, Nicolas :

— Jaurès pensait pourtant...

Mais Paul est lancé et ne s'arrêtera plus jusqu'à ce qu'il ait
prononcé le nom fatal.

— Jaurès ne pourrait pas te dire autre chose que ce que
je te dis. Oh, ils sont rusés, très rusés ! L'Eglise veut se
renouveler, elle s'était trop démasquée. Mais ce n'est qu'une
question de technique. De petites réformes de rien, je ne te
dis pas, pour faire croire qu'ils se préoccupent du peuple,
pour retrouver leur ascendant. Mais dès que quelques illuminés prennent ça au sérieux (les prêtres-ouvriers, tiens) on
les scie à la base. Veux-tu me dire un peu ce qu'il fait de
sérieux, ton frère, dans son bidonville ? Dans sa chapelle en
fibro-ciment ? Il endort ces pauvres gens, et voilà tout, aussi
bien que s'il prêchait dans une cathédrale gothique. Et il
s'endort lui-même, ton Simon. Parce qu'il dort dans une
baraque en tôle ondulée, parce qu'il se met une soutane

rapiécée et mange à la gamelle, il se croit quitte envers le monde, il...

— Je ne te permets pas...

Le visage un peu gras, sous les cheveux argentés, s'est empourpré. La main tremble, posée par contenance sur le couteau à fruits. La vieille Julienne, qui vient desservir le rôti, reste incertaine sur le pas de la porte, ne sachant si elle doit s'avancer en feignant de n'avoir rien remarqué, ou si elle doit se retirer et attendre derrière la porte que la conversation ait pris un tour plus paisible. Le notaire met fin à son hésitation.

— Eh bien, Julienne ? Les fruits !

Julienne enlève les plats, apporte le compotier. D'une voix volontairement calme, presque paterne (mais le couteau d'argent en pelant la poire, grince sur l'assiette, et le cœur de Paul bat vite sous son gilet) :

— Je ne vois pas pourquoi tu prends la mouche à ce sujet, alors que tu partages mes vues. (Plus Paul est ému, plus son langage devient châtié.)

— Absolument pas, dit Nicolas, crispé. Il prend un fruit qu'il n'aime pas, pour dissimuler cette crispation. Mais il maîtrise mal son visage.

— Allons donc ! Au moment où Simon a choisi cette voie, nous étions bien d'accord pour...

Nicolas fait un violent effort d'apaisement.

— Je trouvais comme toi que Simon pouvait espérer une autre carrière. Je craignais comme toi qu'il n'ait été influencé par son... par notre éducation. Mais qu'il n'agisse, comme tu dis, que pour apaiser sa conscience, qu'il soit cette espèce de parasite, que tu parles avec ce mépris de ses efforts, ça, non, je ne l'admets pas, tu me permettras de te le dire franchement.

C'est à Nicolas tout seul, dans le silence de son cœur, qu'il revient de maudire et de juger Simon, son cadet ; à Nicolas seul qu'il est permis de juger la fuite de Simon, le reniement de Simon. Mais pas à Paul. Jamais à Paul.

Chaque mot qu'il dit est un coup pour le cœur fragile de son père. Cet enfant silencieux, si replié sur lui-même (le « géant taciturne » l'appelaient ses camarades étudiants), comme il prend feu aisément lorsqu'il s'agit de son frère ! « Me défendrait-il ainsi ? Il me déteste en ce moment. » Ce n'est pas Paul que Nicolas déteste, c'est l'irruption du monde de Paul, ce monde bien rangé, avec son code et ses lois, dans l'univers secret où son amour et sa colère à lui flambent en secret. Eternel malentendu.

Simon qui écrit si peu, qui ne vient jamais, ne vit que pour ses histoires de prêtre, parmi des prêtres, qui se soucie de Paul et de Nicolas autant que s'il ne les avait jamais connus... Si Paul détestait quelqu'un, ce serait Simon, ce voleur. Il ne serait pas surpris de le voir mêlé à cette inquiétude nouvelle.

— Ce n'est pas pour aller le voir ?

— Mais non, Papa.

Aller voir Simon ! Aller le voir, tranquille dans son mensonge, enraciné dans son mensonge, épanoui dans son mensonge... Admettant tout, implicitement, Wanda vivante et Renata morte, tout ce qui avait déchiré Nicolas, l'avalant béatement... Non. Pas encore. Plus tard, peut-être...

Ce ton lassé ! pense Paul. Alors il va partir, sans rien expliquer, reniant ses propres convictions, sa carrière, tout ce que Paul a fait sien, *leur* vie !

— Il ne s'agit que de deux ou trois mois, tu sais.

Oui. Deux ou trois mois suffiront. Après... Il verra. Une sorte de pari. Vivre sans problèmes une aventure insignifiante... Peut-être arrivera-t-il ainsi à se sortir du piège...

— Je ne comprends pas, murmure Paul, la main toujours crispée sur le couteau à fruits. Je ne comprends pas...

Nicolas fait un violent effort. Puisqu'il faut mentir, puisqu'il faut toujours mentir pour faire du bien à quelqu'un...

— Je crois que j'ai besoin de renouveler mon inspiration... murmure-t-il avec embarras.

C'est lâche. Il sait que c'est un argument auquel Paul ne croira pas, mais auquel il ne pourra rien répondre. Pas entièrement faux cependant. L'inspiration, le souffle, l'air qu'on respire... Paul va-t-il se contenter de cette aumône ?

Julienne passe comme une ombre. Les meubles d'acajou, dans la tiédeur de l'après-midi, embaument l'encaustique, et les poires sucrées se marient à cette bourgeoise senteur.

— Café ? murmure la servante.

Paul prend sur lui et arrive à produire un ton dégagé :

— Pourquoi pas, Nico ?

Le « Nico » est presque implorant. Nicolas ne peut pas ne pas s'en apercevoir. Va-t-il jeter un coup d'œil sur son bracelet-montre, « Excuse-moi, je suis un peu pressé », et disparaître, laissant Paul à son bureau tapissé de livres, à ses belles pipes, à sa solitude ? Il pose sa main sur la main tavelée de brun :

— Bien sûr, Papa.

— Servez-nous dans le bureau, Julienne, dit Paul soulagé.

Il acceptera tout. Accepter son mensonge, c'est le maximum de ce qu'il peut faire pour Nicolas, pour l'instant.

Ils passent à côté. Nicolas va s'affaler complaisamment dans l'un des grands fauteuils de cuir noir, un peu avachis par la clientèle. Ses grands bras, ses grandes jambes, dépasseront de partout. — Comme tu te tiens, va soupirer Paul, ravi. Ils vont fumer la pipe ou le cigare, boire tiède l'excellent café de Juliette : une heure de bonheur pour le notaire. Mais, en passant dans le couloir, Nicolas a aperçu dans le miroir de Venise son visage défait. Il ne s'y fera donc jamais, à cette gymnastique de la modération ? O Simon, plaie ouverte... Il est temps de partir.

Du bureau, la voix raffermie de Paul :

— Nico ?

— Mais oui, Papa.

Tout se résout en lassitude.

Devenir l'amant de Colette, ç'avait été une plaisanterie. Pas autre chose. Et une arme. Après ce livre des *Dormeurs* où il avait bafoué Renata de toutes les façons possibles, avec humanité, avec pitié, avec pittoresque, ce qu'il avait trouvé comme dernière arme contre elle, c'était Colette.

Au début elle lui épargnait les allusions à Renata, elle « respectait son chagrin ». Mais il l'avait poussée à parler : elle savait donner à tout des couleurs fausses à crier. C'était un don. De quelque côté qu'elle se tournât, c'était la même métamorphose ; tout devenait grandiose, satanique, surnaturel. Et elle s'était empressée de classer parmi ses mythes « l'étrange amour » de Renata et de Nicolas. Amère satisfaction pour lui : Renata n'était rien d'autre qu'une demi-folle, une détraquée, comme Colette elle-même. Elles s'étaient liées d'amitié chez un soi-disant mage bouddhiste. Mais Renata donnait dans l'angélisme végétarien, alors que Colette, opium et

tarot, était plutôt, comme elle le disait elle-même avec complaisance, *du côté de l'ombre*. Deux folles, voilà tout. Non,
c'était injuste ; Renata avait une qualité poétique, un charme
délicat, qui manquait totalement à Colette. Et Renata avait
payé, payé dans sa chair le prix de sa folie.

Tandis que Colette ! Ses maladies amoureusement choisies ! Son petit appartement, ses japonaiseries, ses socques,
ses kimonos de Prisunic, tout cela prêtait à rire, jusqu'au
petit corps tiède et mou, une poignée de boue. Mais on s'en-
lisait là-dedans, on fumait une pipe d'opium, une autre, ou
alors on faisait l'amour, avec ce corps si facile à manier, à
tourner, à retourner, on ne se décidait pas à partir, l'heure
du sommeil passait, l'heure de la faim, l'heure de tout, et
Colette était là, toujours disponible, avec par moments un
copain qui passait dans le couloir, les yeux vides, titubant
avec discrétion, ou plein de drogue et qui allait dormir dans
la chambre d'amis sur le divan défoncé. La grosse poupée
assise par terre le regardait de ses yeux ronds. Car Colette
avait ses maléfices, fascinants par leur médiocrité même.
Pourquoi cette chambre vide, alors que la grande pièce que
Colette se réservait était si douillette, si capitonnée ? Pourquoi ce parquet nu, ce lavabo, ce divan avec la poignée de
crin qui s'en échappait ? Pourquoi la poupée assise dans la
poussière ? Pourquoi la fenêtre grillagée ?

Il y avait dans le contraste des deux pièces quelque chose
de sinistre. La première fois que par curiosité Nico avait
ouvert cette porte, au bout du couloir, un jeune homme assez
beau, à l'air morose, était étendu à plat ventre sur le divan et
arrachait l'un après l'autre, avec application, les bouts de
crin qui dépassaient du trou. La lumière crue, le vilain papier
beige de la chambre, les barreaux de la fenêtre sans rideaux
l'avaient frappé. La poupée trop grande ajoutait une note
grotesque à cet ensemble. Une plaisanterie, devenir l'amant
en titre — les autres passaient comme des ombres à des
heures où il n'y était pas — de cette petite guenon exaltée.
Il n'avait jamais revu le jeune homme morose. Mais il avait
appris à connaître Franck et Michel, les deux intimes
de Colette, qui s'enfermaient ensemble ou séparément dans
cette chambre. Il avait eu, la première fois, la sensation
d'avoir vu une chambre d'aliéné (et après il avait réalisé que
c'était à cause de l'étoffe beige, peut-être doublée de bourre,

des murs), une sensation grise, crue, nauséeuse. Mais Colette fermait cette chambre à clé, et il n'y était pas retourné. Une plaisanterie.

Franck et Michel, la chambre, les visites tardives de certains hommes, c'étaient les mystères de Colette, troubles, fangeux. Mais son exaltation certains jours le gênait davantage et, quelques semaines auparavant, cette conversation surprise où elle parlait de lui sur un ton exalté et froid — « Il m'a liée à lui par un lien très mystérieux, satanique... Je suis pour lui et l'amour et la dérision de l'amour... » — l'avait figé sur place.

Percé à jour. Percé à jour par une petite putain droguée et mythomane. C'était donc si facile ? Et lui aussi la perçait à jour, malgré lui, sentait avec effroi qu'à sa façon fausse et froide et simiesque, elle commençait, sa japonaise de bazar, son indochinoise de pacotille, à s'attacher à lui. Cela faisait plus de deux ans que cela durait. Plus d'un an que Renata était morte et qu'il était devenu bien inutile de la bafouer, de la provoquer, de faire la caricature d'un amour dont il était désormais le seul à se souvenir. Alors, pourquoi Colette ? Mais pourquoi tout le reste ? Cette absurde vie raisonnable en laquelle il avait cru, comme en une potion saumâtre mais salutaire ? Là, dans le vestibule de l'appartement de Colette, il s'était dit avec une sorte de terreur : « Il faut partir, sans quoi il sera trop tard. » Trop tard ? Oui. Quelques semaines de plus, et il allait se remettre à penser.

Béatrice s'est installée, a claqué la portière de sa voiture basse, enfoncé sur sa tête l'étrange petit chapeau de daim qu'elle aime, et se met en devoir de sortir de Paris, une cigarette au coin des lèvres. Son visage se crispe ; elle sait elle-même que quand ses gestes se font brefs, quand l'ensemble de sa personne, ensachée dans un ample tailleur, affecte cette allure détachée, elle est un peu ridicule. Mais elle n'y peut rien. Chaque fois que dans une circonstance délicate, l'absence d'Hervé, toujours ressentie depuis tant d'années, se fait sentir, le raidissement qui la gagne, la conscience qu'elle a de devoir tenir aussi ce rôle-là, font d'elle ce vieux garçon massif, caricatural. Pauvre instinct de veuve, qui a dû toujours se déguiser pour faire illusion, pour faire peur. Elle y a réussi, et on lui envie son appartement parisien sur les quais, sa maison de campagne (le petit jardin où elle règne, ceinte d'un énorme tablier de cuir, coupant par-ci, rognant par-là), sa situation bien assise, sa personnalité enfin si affirmée. On lui envie même son fils, dont la carrière s'annonce brillante. Quant à Rougerolles, cette épine dans le cœur de Béatrice, « les mères préfèrent cela » disent beaucoup de gens. Ils prennent leur revanche sur sa réussite par certains compliments.

Béatrice est habituée à cela. Habituée, c'est-à-dire qu'elle sait réagir, marquer par sa froideur qu'elle méprise l'insinuation, introduire dans sa voix une nuance de grave tristesse qui fasse comprendre qu'elle ne prend pas son parti, tout en se refusant à le discuter, d'un *malheur* qui ne concerne qu'elle. Habituée, comme un vieux soldat, à ces échauffourées parisiennes dont elle sort toujours victorieuse. Mais s'habitue-t-on à la peur de la mort ? Au fond d'elle-même, la souffrance qui lui vient de Jean-Pierre, comme de la mort d'Hervé, palpite toujours, est toujours vivante. Habituée ! Une mère s'habitue-t-elle à sentir s'agiter en elle l'enfant de ses entrailles ? Béatrice porte sa souffrance comme une femme enceinte. C'est ce qui rend tolérable, et même par éclairs, émouvant, ce vieux monstre sanglé de daim et de cuir, maniant son volant avec désinvolture.

Béatrice roule vers l'Hostellerie du Soleil d'Or, animée des meilleures intentions. Mettre en garde la petite Marcelle, et même cet écrivain qu'elle ne connaît pas. Bien que professionnellement elle ne s'occupe que de la Femme (tant d'ouvrages prudemment hardis en témoignent), elle a des relations partout, à la Radio, à la Télévision, dans les hebdomadaires où elle tient des chroniques, dans les quotidiens où elle a ses entrées. Relations signifie rumeurs. Les rumeurs qui précèdent la naissance du futur magazine *La France* ne sont pas encourageantes.

Praslin tire à droite, Rougerolles tire à gauche, l'un et l'autre soucieux d'investir le moins possible de capitaux ; Merlin profite de l'euphorie passagère pour engager à tour de bras tous ceux auxquels il doit quelque chose : cela leur fera toujours deux ou trois mois de salaire et un dédommagement. Le député ami, Mounet du Puy, trafique déjà une influence qu'il n'a pas encore. Des groupes financiers s'intéressent prudemment, prennent des options, font des promesses, et attendent pour les tenir qu'on n'en ait plus besoin. N'en viendra-t-on pas, pour pouvoir sortir le journal, à faire appel directement à certains concours peu souhaitables ?

Béatrice rêve et soupèse. Plus que tout cela, la mauvaise humeur de Jean-Pierre. — « Comment, Marcelle va partir ! Naturellement, Marc ne me consulte jamais ! » Le cœur de Béatrice a battu. Il n'est pas exclu que Rougerolles ait fait appel à Marcelle pour la mettre dans une situation difficile. L'amitié, l'affection même — oui, on peut employer le mot d'affection — qui unit Marcelle et Jean-Pierre doit l'inquiéter. Faible espoir, lueur vacillante, mais sur laquelle Béatrice garde les yeux fixés. Oh, elle sait bien que Marcelle... Cette dernière aventure, avec cet ingénieur du son... Mais enfin, ils n'ont jamais cessé de se voir, Jean-Pierre et elle, depuis l'enfance...

C'est le cœur battant, la tête pleine de naïves espérances d'adolescente sous le ridicule petit chapeau de daim, qu'elle fonce vers le Soleil d'Or, le mégot au coin des lèvres.

Le soleil de juin sous la tonnelle. La terrasse, avec ses rosiers bien taillés, ses meubles de jardin aux couleurs vives, ses parasols orange et jaune citron : une réclame en couleurs. La robe de Marcelle était d'une irréprochable fraîcheur. Ses cheveux lisses, ses bras bronzés, son bracelet, sa pose même s'accordaient à merveille au décor d'une rusticité apprêtée. Seulement, de temps à autre, elle baissait les paupières, attristant son visage, et quelque chose de discordant naissait sur ses traits, qui était la beauté.

— Qu'on est bien ! murmura-t-elle.

Les cinéastes, un peu plus loin, jouaient à la grenouille. Près d'eux, sur une petite table, une demi-douzaine de verres où brillaient des liquides frais. Mais au bas de la terrasse c'étaient des prairies pâles, qui devenaient blanches le soir, un arbre seul, majestueux, à gauche de l'horizon plat, et un petit étang rond, naïf, où buvaient des vaches. Ç'aurait pu être la campagne, avec un peu de bonne volonté.

— Avez-vous vu ce film de Bunuel où des invités n'arrivaient plus à franchir les limites d'un salon ?

— Bien sûr, dit-elle avec empressement. Elle essayait toujours de voir tout ce qui en valait la peine.

— Eh bien vous remarquerez (il s'était remis à la vouvoyer par distraction) que nous sommes exactement dans la même situation : enfermés dans ce décor de film américain comme dans un lieu clos. Personne n'oserait en sortir, sinon pour partir en voiture vers un autre lieu clos de la même espèce. Je suis sûr qu'aucun des habitants de cet hôtel ne descend jamais dans cette prairie, ne va jusqu'à cet étang, jusqu'à cet arbre. C'est un autre monde.

— Oui... peut-être, dit-elle d'un air incertain. C'est peut-être que ces prairies n'appartiennent pas à l'hôtel ?

— C'est peut-être aussi pour ne pas se mouiller les pieds, ou parce qu'ils ont peur des vaches. Mais les personnages de Bunuel aussi trouvaient d'excellentes raisons pour ne pas sortir de leur salon.

Elle réfléchissait.

— Mais c'était un symbole, n'est-ce pas ?

— C'était aussi un symbole.

— C'est intéressant, ce que tu... ce que vous dites. On pourrait faire quelque chose là-dessus, les gens qui veulent vivre dans une image, qui font partie d'une image... Voulez-vous que je le note ?

Une voix chaude, virile, derrière eux, les fit tressaillir.

— Déjà au travail ? Quel beau courage !

C'était le monstre, c'était Béatrice.

Tout de suite elle trôna, sous le parasol orange. Tout de suite elle eut devant elle un *scotch*, des olives, des cigarettes, autour d'elle deux garçons en veste blanche qui épiaient ses désirs. C'était le résultat habituel de son curieux aspect et de l'assurance tranquille avec lequel elle s'en parait, en femme qui avait réussi, qui tenait sa place dans le monde, qui exerçait une influence. Les garçons le devinaient sans peine, avec leur tact aiguisé par l'habitude.

La chaleur diminua, il fut six heures du soir. Les cinéastes n'étaient plus là, mais on les entendait *travailler* bruyamment au premier étage, fenêtres ouvertes : « Suppose maintenant que le type ne soit *pas* amoureux d'elle, mais de l'autre, justement. Hein ? Qu'est-ce que tu en dis ? »

Béatrice appelait Marcelle, avec une nuance un peu protectrice, « mon petit ». Marcelle rougissait, contente, filiale, bonne élève recevant sa médaille. Le reflet orange du parasol les inondait toutes les deux, les colorant de façon bizarre. On les eût dit tournant une scène en technicolor. Elles rayonnaient de bons sentiments, trop colorés aussi. L'ambre du scotch, la vannerie de la table, l'acajou des cheveux de Béatrice, son collier de grosses boules translucides, ses ongles, son franc-parler, tout cela paraissait artificiel. La robe de Marcelle, l'engonçant un peu, démontrait de façon évidente le rôle qu'elle tenait : la débutante encore gauche recevant les conseils de l'expérience. Elle était mieux habillée la veille. Maladresse ou calcul subtil ? Qui sait ? Le savait-elle elle-même ?

— Je vous envie, dit Béatrice, de partir ainsi sur les routes, librement, sans devoir vous hâter, de découvrir ces villes, ces milieux nouveaux pour vous, ces êtres... (elle prononçait ce mot avec une nuance toute particulière, arrondissant l'accent circonflexe comme si elle avalait un œuf). Profitez-en bien, c'est à votre âge qu'on voit vraiment les choses, qu'on fait des découvertes, qu'on accumule. Après, on ne fait plus qu'exploiter son acquis.

Elle songea à Jean-Pierre, elle songeait toujours à Jean-Pierre. Cette imperméabilité qu'il avait à tout ce qui l'intéressait, elle. « Mais oui, maman, c'est passionnant. » Avec toute sa gentillesse — il était même tendre avec elle — un fond de froideur, une distance entre eux... Quand il avait quinze ans, elle se disait encore « comme il est pur ! »

— C'est plutôt de l'âge de Marcelle que du mien, dit Nicolas en souriant.

Elle nota qu'il avait dit : Marcelle. Mais pourquoi pas ? Elle ne l'aimait pas. Il était là, posé sur sa chaise comme un roc, les bras pendants. Elle dit avec une chaleur voulue :

— Mais j'admire d'autant plus, à votre âge, dans votre situation, que vous ayez tout quitté pour vous lancer dans cette aventure.

Marcelle saisit la nuance de ce dernier mot :

— Parce que vous croyez...

— Tsst, tsst... (Béatrice lui tapota la main). Ne brûlons pas

les étapes, mon petit. Tu sais ce que c'est que le journalisme,
c'est du sable mouvant. Ce qui paraît sûr aujourd'hui demain
a disparu comme par enchantement et...

Marcelle se tournait vers Nicolas :

— Mais c'est ce que tu disais hier, est-ce que...

Sans étonnement apparent, Béatrice, elle aussi, vira vers
Nicolas, son corps massif se déplaçant tout d'une pièce :

— Ah ! Vous aviez eu une mauvaise impression, monsieur,
du projet de notre ami Praslin ?

— Projet ? murmura Marcelle avec inquiétude.

Nicolas répondait trop vite :

— Oh ! Pas du tout. A vrai dire je ne me suis jamais posé
la question. Je me suis inséré dans un engrenage sans me
demander ce qui le faisait mouvoir, et je n'ai pas l'intention
de me le demander. Cela ôterait tout son charme à ce que
vous voulez bien appeler une aventure. Je disais seulement à
Marcelle quelle impression de magie me donnait — outre le
nom prédestiné de Merlin — notre rupture soudaine avec
Paris, notre départ pour des fins aussi vagues, cette auberge...
la folie de tout cela, et jusqu'à celle de ces inconnus de
m'avoir choisi pour figurer dans cette fantasmagorie...

Béatrice trouvait Nicolas maladroit, affecté ; il l'était,
ayant hâte de partir, de se laisser aller au hasard, et en tirant
une griserie d'enfant. Son sourire, par moments, s'excusait
de tant de maladroite exubérance. Mais les soupçons de Béatrice l'empêchaient de se laisser toucher par ce sourire. Elle
n'aimait ni ce visage laid aux yeux trop clairs, ni cette cravate
trop serrée autour d'un cou de déménageur, et ce qu'elle
aimait moins que tout, c'était le regard de Marcelle sur Nicolas, un regard attentif et doux. Elle se demanda s'ils seraient
amants — s'ils l'étaient, peut-être, déjà. Et cette pensée, l'aigrissant légèrement, refroidissait la bienveillance toujours prête qu'elle avait apportée, et qui tout à coup sans
emploi, l'embarrassait comme un colis. Le temps passait
sans qu'elle se décidât à énoncer sa mise en garde si bien
préparée.

— Si nous dînions ? dit-elle.

Marcelle se leva avec docilité. Agacé, amusé, Nicolas suivait. Béatrice entra en conquérante dans la salle à manger.
Ses courtes jambes, aux cuisses énormes, étaient presque dif-
formes. Mais quand elle s'asseyait le torse restait imposant.

Son visage d'empereur romain ou de vieux gendarme (selon qu'on était bien ou mal disposé) portait assez noblement sa disgrâce, et dans cet empâtement les grands yeux gris restaient beaux, un peu trop pénétrants seulement.

Elle parla. De politique, de journalisme, de carrière... Elle amusait et épouvantait Nicolas. Qu'aurait dit Yves-Marie, le cher progressiste, de ce premier personnage de l'aventure, de ce produit saisissant de l'émancipation féminine ? Et comme sa parole coulait de source ! Et comme elle imitait à merveille tous les sentiments humains ! Une gamme de possibilités étonnante. Ah ! jouer ainsi de soi-même, comme d'un instrument ! Il y avait déjà un peu de cette maîtrise chez Marcelle : l'attention soutenue avec laquelle elle savait écouter. Mais puisqu'il avait pris le parti de s'amuser des masques...

Machinalement il avait effleuré du bout des doigts les fleurs sur la table. Elles étaient vraies. Mais elles s'arrangeaient pour ne pas en avoir l'air.

— Mais vous croyez qu'il est possible que cela ne se fasse pas, Béatrice ?

— Je n'ai pas dit ça, mon petit. Je crois que puisque vous disposez de tout ce temps, ce qui est inhabituel, vous ferez bien de saisir toute occasion d'autres reportages qui se présenteront, de façon à revenir les mains pleines. Interviewez les femmes, surtout. Les conditions de vie, la femme en Afrique du Nord, la transplantation en général... Etendez votre sujet, suivez toutes les ramifications, de façon à pouvoir au besoin orienter différemment toute l'enquête et vous resservir de vos notes. C'est un simple conseil de prudence que je vous donne.

Elle faisait de son mieux. Mais elle sentait grincer sa bienveillance, qui d'ordinaire coulait sans peine, inépuisablement. Elle sentait aussi une certaine ironie dans le regard de Nicolas, et souffrait de ne pouvoir la désarmer.

— Je ne savais pas qu'il fallait tant de prudence dans le journalisme, dit celui-ci. Mais l'idée de cette enquête orientable me plaît beaucoup. C'est très moderne, très *gadget*. Le lit pliant qui devient machine à laver ou télévision, au choix...

Marcelle eut l'air stupide. Béatrice rit délibérément.

— Je comprends que cela vous choque. Bien sûr, il ne

s'agit pas d'altérer le sens profond des choses, simplement d'envisager les divers angles sous lesquels une conversation, une anecdote peut être prise. Vous reconnaîtrez...

— Mais je ne suis pas choqué le moins du monde ! s'écria Nicolas qui s'animait. Vos propos sont lumineux et définissent à merveille notre littérature moderne.

— Expliquez-moi cela, Nicolas.

Elle lui décernait son prénom comme une décoration.

Un éclair de haine traversa Nicolas, s'éteignit. Quoi de plus banal qu'une femme mûre, installée dans sa graisse et souriant avec indulgence au tourment des *jeunes* ?

— Je veux dire simplement que rien ne me paraît plus passionnant que ce que vous me proposez. Rassembler des faits, des anecdotes, du pittoresque, des histoires, sans leur donner aucun sens, que celui voulu par le problématique directeur d'un problématique hebdomadaire, me paraît un véritable, *le* véritable travail de l'écrivain.

— Je ne vous suis pas, dit-elle paisiblement.

— Mon Dieu, c'est bien simple, dit Nicolas qui aurait voulu l'agacer, on s'imagine toujours que dans un livre — ou dans la vie — l'important c'est le sens profond que l'auteur sous-entend, et que l'histoire c'est une amusette pour les esprits futiles, un condiment pour relever l'appétit. Mais non, c'est tout le contraire. C'est l'histoire qui est toute notre vie, tout l'essentiel de notre vie, et le sens que nous lui donnons, c'est le condiment qui aide à faire passer ce gros morceau, moins appétissant qu'on ne le croirait.

Béatrice éclata de rire.

— Vous manqueriez à ce point d'appétit, que vous ne puissiez pas avaler la vie toute crue ?

— Vous en avez tant que cela, vous, d'appétit ? dit-il assez brutalement. Je sais, Marcelle m'a tout dit, votre appartement, un bijou, votre ferme aménagée à Houdan, cinq cents mille francs pour un article, la réussite, les voyages, mais enfin, est-ce qu'après avoir avalé tout ça, vous avez encore très faim ?

— Mais, Dieu merci, je n'ai pas si bien réussi que cela, dit Béatrice d'une belle voix grave; j'ai aussi mes épreuves, mes souffrances. Cela constitue une compensation, vous ne croyez pas ?

L'agressivité de Nicolas retomba, parce qu'il voyait qu'elle tirerait argument de tout, aliment de tout. Après tout, pourquoi le lui reprocher ?

— Les épreuves, oui, dit-il pensivement. C'est encore ce qui aide le mieux à faire passer la vie. Les responsabilités aussi.

Il pensait à Paul. S'il n'y avait pas eu Paul, il se serait tué, peut-être. Peut-être. Parce qu'il y avait aussi cet aspect de démonstration du suicide qui lui faisait horreur. Il aurait disparu, sans plus. En laissant derrière lui un testament bien romanesque, pour consoler Paul, s'il se pouvait. Rien pour Simon. « Mais disparaître, est-ce que je ne suis pas en train de le faire ? »

— C'est assez juste, dit Béatrice, cette idée que les épreuves, contrairement à ce qu'on croit, aident à supporter la vie. On pourrait presque en dire autant de la mort. L'intensité du bonheur, c'est comme l'intensité du soleil. On ne pourrait le supporter constamment.

— Comment pouvez-vous dire cela, Béa ? dit Marcelle avec ardeur. Vous si... enfin, c'est malsain de se complaire à l'idée de la mort. C'est du dolorisme !

Béatrice se mit à rire et Nicolas n'en était pas loin.

— Mais non, mais non, dit Béatrice, comme on parle à un enfant. Tu te l'imagines parce que tu vis très spontanément, mon petit, dans l'immédiat, et comment dire, dans ta propre dimension. Mais si tu étais plus consciente, tu te rendrais compte que toi-même tu ne supportes la vie que parce qu'elle est limitée. Une vie indéfiniment heureuse et illimitée, hélas, personne ne la supporterait ici-bas.

— Je la supporterais très bien, dit Marcelle d'un air buté.

Elle s'obstinait surtout par principe. Parce que dès qu'on abordait avec elle ce genre de sujet, quelque chose se fermait dans son esprit. Elle s'ennuyait. Elle ne supportait pas de s'ennuyer, elle ne l'admettait pas. C'était une véritable angoisse. En ce moment, par exemple, elle voyait bien, sur le visage de bouddha de Béatrice, sur le visage noué, aux épais sourcils froncés, de Nicolas, qu'ils discutaient avec une certaine animation. Mais elle n'entendait rien. Comme si elle avait été sourde. Elle tirait un certain orgueil de cette faculté. Si Béatrice s'en était doutée ! C'est pour le coup qu'elle eût dit : « Ils ont des oreilles... » Elle disait cela chaque fois qu'elle venait voir Rougerolles, et elle sortait de son bureau un peu rouge, avec une expression mitigée de triomphe et de tristesse. Marcelle traînait par là, parfois, parce que c'était l'immeuble de Marie-Claude, et Béatrice l'emmenait prendre un verre, pour se changer les idées. Et lui parlait un peu de Jean-Pierre, à mots couverts : « Tu devrais aller le voir au Théâtre des Champs-Elysées. Il est merveilleux dans *Gisèle*. Il voudrait tant danser le *Spectre de la Rose*. Tu devrais lui conseiller... »

C'était encore une idée de Béa, parce qu'ils étaient amis d'enfance, que Marcelle devait avoir une influence sur Jean-Pierre. Mais c'était lui plutôt qui lui disait : « Cette robe ne te va pas » ou « Porte donc ce genre de bijou. Il faut accentuer ton style, au lieu de l'estomper. » Et il sortait avec elle, parce qu'elle était décorative, disponible et qu'il l'aimait bien. Mais une influence ! Jamais elle ne l'aurait pu, même quand ils étaient enfants. Elle se souvint d'avoir été une petite fille taciturne, noiraude, un peu hargneuse ; Jean-Pierre était déjà cette merveille de beauté, de grâce, ces yeux immenses, d'un bleu intense, frangés de noir, qui faisaient s'arrêter les dames à ombrelle sur les plages bretonnes. Et déjà il bondissait, faisant voler le sable sous ses pieds, ne s'arrêtant jamais, accroupi un instant après, et tout à coup on l'apercevait volant à la rencontre d'un gros ballon multicolore. Et déjà — Marcelle s'en souvenait aujourd'hui pour la première fois — déjà Béatrice assise à côté de la mère de Marcelle, suivait du regard ces évolutions avec le même mélange d'admiration et de tristesse. Marcelle pensa que c'était à Jean-Pierre que Béa faisait allusion quand elle avait parlé d'épreuves. Son intérêt pour la conversation tout à coup réveillé, elle réentendit les deux voix qui s'entrecroisaient devant elle, comme pour tisser un singulier ouvrage dont elle n'avait pas à se mêler : celle de Béatrice, grave, professionnellement « humaine », celle de Nicolas profonde, agréable mais froide. Marcelle eut un petit choc en le réalisant soudain. C'était vrai, Nicolas avait une voix froide. Ni vulgaire, comme elle l'avait pensé d'abord, ni affectée, ni... mais authentiquement froide. « J'ai un amant qui a une voix froide », pensa-t-elle. Et à la suite de cette pensée, le vieux doute la réenvahit tout à coup, son corps se raidit, elle se sentit gauche, laide, mal faite, bête, comme lorsqu'elle était enfant, ou jeune fille. La disgrâce de n'être pas aimée, qui avait affligé son enfance, sa jeunesse, comme une tare, elle l'éprouvait soudain à nouveau. Etait-ce parce qu'elle avait évoqué la Bretagne, la plage, et les deux veuves assises sur le sable, crochetant et babillant à qui mieux mieux, en attendant d'aller, le soir, les enfants couchés, chercher d'autres distractions au Casino ?

— ... prudent, disait Béatrice. On ne l'est jamais trop. Rougerolles n'est pas absolument sûr. Il est très changeant, très influençable.

Elle paraissait chercher ses mots, ce qui lui arrivait rarement.

— Mais est-ce que vous n'auriez pas pu l'interroger ? demanda Marcelle timidement.

Elle hésitait à reprendre pied dans la conversation sans savoir de quoi il s'agissait au juste. Béatrice lui fit un sourire à peine trop ouvert. La pauvre petite est déjà amoureuse de ce garçon, pensait-elle, avec au fond, un regret et un soulagement aussi d'être à l'abri de ces orages. (Mais était-il plus agréable de souffrir pour le volage officier de marine qui s'appelait Hervé, comme dans les romans du temps de sa jeunesse ?)

— Je ne le connais pas assez bien. C'est surtout un ami de Jean-Pierre, dit-elle.

— C'est vrai, dit Marcelle, toujours aussi gauchement, et puis elle rougit parce qu'elle avait peur d'avoir eu l'air de faire un sous-entendu. Elle ajouta précipitamment : « Je le connais moi-même très peu. »

— Je crois, dit Nicolas d'un air absent, que mon père, enfin, oui, mon père, le connaît. Il a dû s'occuper d'une succession, je ne sais plus, pour son compte.

A son grand étonnement, Béatrice parut s'intéresser beaucoup à ce détail. C'est qu'elle était contente de détourner la conversation de Jean-Pierre.

— Je sais qu'il a été renfloué il y a quatre ou cinq ans par une rentrée de fonds inattendue. Mais je me suis toujours demandé...

— Je sais très peu de choses, au fond, dit Nicolas. Mon père, Paul Léclusier, qui est notaire...

Béatrice l'interrompit à nouveau :

— Paul Léclusier ! Mais n'est-ce pas celui des Ballets ? Qui habite rue Gay-Lussac ?

— Si, dit Nicolas avec un enthousiasme modéré.

— Mais c'est presque un vieil ami ; nous nous rencontrions très souvent, au théâtre, à l'Opéra... Quand il a été question que Jean-Pierre entre à l'Opéra, je lui ai même demandé...

Marcelle savait qu'elle aurait dû écouter. C'est très utile de savoir ce que les gens ont en commun, les relations, l'argent... Mais elle n'avait pas la force de s'appliquer. Cette évocation de son enfance... Au fond, chacun a en soi un petit noyau dur qu'il ne faut pas toucher, et qui fait mal. Béa, c'était la vie de Jean-Pierre, moi, c'est maman, et Nicolas... Elle pensa qu'il avait dû aussi souffrir par sa mère, et que cette désinvolture qu'il affectait cachait sans doute une plaie aussi douloureuse que la sienne. Cette idée le lui rendit plus proche. Au fond, elle savait qu'il lui plaisait, mais elle ne savait pas s'il lui était sympathique. Elle pensa que c'était drôle.

Ce sourire intérieur lui rendit courage. La lumière revint sur ses traits. Elle redevint belle, elle se redressa. « Que cette petite est saisonnière », pensa Béatrice. « Parfois vraiment belle, et parfois... »

— Crois-tu que Jean-Pierre ait eu tort de refuser ?

— Oh ! je ne sais pas... Ce n'était pas dans son caractère, d'être à l'Opéra, dit Marcelle avec indifférence.

— Il va probablement partir en tournée.

— De quel côté ?

— Les pays du rideau de fer... Hongrie, Roumanie, Moscou...

— C'est magnifique.

Elle n'avait même pas demandé pour combien de temps. Une grande tempête de sentiments secoua Béatrice ; non, Marcelle n'aimait pas Jean-Pierre, il n'y avait pas le plus petit espoir.

Béatrice, qui était accourue le cœur battant pour venir au secours d'une possible belle-fille, trouvait un couple ; bien provisoire sans doute, mais incontestable. Et qui n'attendait d'elle que des conseils journalistiques. « Elle a tout de même été un peu vite », se dit-elle avec une exaspération qui provenait de sa déception mais qu'elle attribuait à la conduite inconséquente de Marcelle. « Comme ces filles sont peu sérieuses ! J'ai l'esprit large, mais au seul point de vue du travail, elle devrait comprendre... » Elle se souvint que Jean-Pierre lui avait dit : « C'est drôle que Line (il avait la manie des diminutifs) qui était une si vilaine petite fille, et même jeune fille, n'était pas attirante, soit devenue sur le tard cette espèce de déesse. » D'un ton qu'elle s'efforçait de rendre indifférent, elle avait dit : « Tu la trouves jolie ? » — Oh! C'est une vraie beauté !

Il le pensait, sans doute. Mais il était tout à fait capable d'admirer une femme au seul point de vue esthétique. Capable aussi de lui dire ça pour l'apaiser, pour lui faire plaisir. « Faire plaisir », il aimait tellement ça. C'était un enfant qui avait toujours été profondément gentil, se disait-elle pour s'apaiser. Profondément bon, même, porté aux choses lumineuses, à l'harmonie... Inconséquent seulement, léger, incapable de comprendre que tout ne peut pas s'arranger avec de bonnes paroles. Si une femme pouvait... Mais non. Marcelle préférait de beaucoup, c'était évident, cet écrivain à demi raté, aux traits brutaux, aux larges épaules, « un homme » devait se dire cette petite sotte. Aigri déjà à trente-cinq ans ; la façon dont il avait parlé de « votre maison de campagne »... Elle les regarda, lui, son menton carré, ses yeux verts, sa haute taille un peu voûtée, elle qui souriait dans le vague, avec ces lèvres épaisses et douces, cet air bovin que la satiété sensuelle donne à certaines femmes... Dans son état normal, Béatrice aurait vu là un vrai couple, l'homme inquiet, tranchant, abstrait, la femme concrète, obscure et lisse, et comme elle aimait les choses belles, les choses vraies, elle leur aurait souhaité secrètement un peu de bonheur (un peu, car elle ne croyait pas fort au bonheur sur cette terre) et elle se serait éloignée, dans son état d'esprit habituel de douceur un peu mélancolique, l'état d'esprit d'une femme qui en dépit des apparences, est aussi retirée du monde qu'un ermite.

Mais l'instinct maternel avait canalisé toute la violence de Béatrice. Tout ce qui restait en elle de la jeune fille passionnée qui avait conquis Hervé, souffert par Hervé, passé des nuits blanches et déchiré des mouchoirs (c'était ainsi qu'on souffrait au temps de sa jeunesse, et on apparaissait le matin blanche comme un cierge, un cerne lilas sous les yeux, et la famille chuchotait, mais n'avait pas l'indélicatesse — était-ce regrettable — de poser une question), tout ce qui restait de ces jours-là, la vase au fond de l'eau, où dorment les carpes monstrueuses, avait été secoué violemment, était remonté à la surface parce que, contrairement à ce que Béa, et d'autres, avaient pensé, Marcelle, non seulement, *n'aimait* pas Jean-Pierre (quel que soit le sens qu'on donne à ce mot), mais n'avait même pas l'idée qu'elle eût pu l'aimer. Le cristal était terni. Béatrice était venue pour mettre les jeunes gens en garde contre de réels dangers. Elle se tut. Après tout, ils seraient payés. Merlin payait toujours. Elle sortit ses petits cigares, machinalement, en entama un avec le café. Marcelle la contemplait, déférente. Entre elles deux, dans la salle à manger quiète, entre Mozart et les cinéastes qui discutaient toujours, devant les vraies-fausses fleurs, dans la lueur rose des abat-jour, Nicolas se sentait assez bien. — Me voilà vraiment parti, songeait-il.

## II

— Eh bien, madame Boëffre ? dit rituellement Yves-Marie.

Non moins rituellement elle leva au ciel ses bras nus et rouges, qui semblaient toujours sortir d'une lessive, les laissa retomber sur son tablier.

— Toujours de même, monsieur. Bien difficile, bien éprouvant, oui. Mais il n'a pas trop souffert, cette semaine. Et il a eu de la visite, madame Thérèse qui est venue mardi, et puis la vieille demoiselle Minvieil, celle-là, il l'a reçue ! Il fallait l'entendre ! Parce qu'elle lui avait dit que son médecin n'était pas bon, qu'il devrait changer. Je...

— Qui est-ce ? criait une voix aigre, du fond du couloir.

La porte de la chambre à coucher était toujours ouverte.

— Madame Boëffre ! Je ne veux pas de ces conciliabules !

— C'est moi, papa. J'arrive ! dit Yves-Marie d'une voix lasse.

Et comme à chaque fois qu'il venait boulevard Brune, le découragement l'envahissait, avant même d'entrer dans la chambre du vieux. Il lui arrivait pourtant de partir assez gai, de remonter le boulevard d'un pas allègre, en venant du métro, de se monter un peu la tête, même, en se promettant de déverser sur le vieux tout cet amour, toute cette bonne volonté qu'il sentait bouillonner en lui... Et puis, dès qu'il respirait cette odeur de renfermé, dès qu'il entendait cette voix systématiquement geignarde et mécontente, sa joie se dégonflait, sa bonne volonté battait de l'aile et il avait conscience de pénétrer dans la chambre avec le visage résigné et sans joie du fils qui fait son devoir, sans plus, alors qu'il aurait tant voulu...

C'était pire encore depuis le départ de Gisèle. Non pas qu'il souffrît tellement. La stupeur l'emportait encore sur la souffrance. Il se répétait : « Ma femme m'a quitté », comme on tâte un membre cassé, et il trouvait une souffrance inerte, une sorte de grand vide silencieux, qui ne répondait pas à l'idée qu'il se faisait de ce que doit être une souffrance. C'était cela qui le désorientait le plus, à cause de cela que ce qu'il ressentait fût si peu semblable à ce qu'il avait lu dans les livres. Quand il préparait le petit déjeuner des enfants, par exemple, sous le regard averti du petit Frédéric, l'innocent regard de la petite Pauline, il eût dû être déchiré, les serrer contre lui avec un sanglot. Mais non. Un noyau dur s'était formé dans sa poitrine, il mentait avec froideur, avec aisance : « Ma pauvre femme, qui a dû partir en sana... Votre pauvre maman... » Et il n'avait rien dit à personne. Pas même au vieux. Pas même à Nicolas. Nicolas qui était parti, lui aussi. Cela non plus ne l'avait pas fait souffrir. Le vide s'était creusé un peu plus, voilà tout.

Ce jour-là encore, ce frais et léger matin de juin, en sortant du métro il avait marché d'un bon pas, l'esprit superficiellement absorbé par la recherche d'un slogan (il travaillait dans une agence de publicité) et cette dureté au fond de lui, toujours. Paralysé, intérieurement, comme il était paralysé devant la méfiance et la méchanceté du vieux. Comme il l'avait été dans sa discussion avec Nico. Il avait beau se démontrer à lui-même la puissance victorieuse de l'amour, de l'harmonie, de la lumière, il n'arrivait ni à convaincre les autres, ni à se convaincre. Il n'avait pu convaincre Gisèle de ne pas le quitter, il n'avait pu convaincre Nicolas de ne pas tout lâcher, il n'arrivait même pas à convaincre son père de sa bonne volonté. Dès qu'il arrivait dans cette chambre...

Etait-ce donc normal, que tout cela qui lui semblait si puissant s'évanouît comme une fumée au son aigre de cette voix ? « Je n'aime pas suffisamment », se disait Yves-Marie avec angoisse. « Mais comment s'y prendre pour aimer cet être-là, justement ? Et même ceux que je croyais aimer... »

Il s'assit au chevet du vieux.

— Tu lui parlais des meubles ? demanda le malade d'un air rusé.

C'était l'un de ses phantasmes favoris, cette idée que ses

enfants, Thérèse et Yves-Marie, ne venaient le voir que pour la possession des meubles qui encombraient le petit appartement. Ces meubles étaient affreux et disparates, et ni Thérèse (mariée à un médecin fort aisé) ni Yves-Marie n'en avaient le besoin ni l'envie. Mais le vieux ne manquait jamais de faire quelque allusion à cet héritage. Les soupçonnait-il réellement, ou par cette supposition tout à fait gratuite se libérait-il simplement d'une gratitude qui lui eût pesé ? Yves ne l'avait jamais su. Les ruses du vieillard étaient si compliquées que lui-même s'y prenait, comme dans les incompréhensibles mensonges qu'il ourdissait dans la solitude. Les enfants avaient fini par ne plus se défendre, par débiter à son chevet une sorte de monologue (Thérèse surtout y excellait) pour ne plus sentir le poison que Jean Taillandier distillait avec application. Mais Yves restait vulnérable. La tristesse qui l'envahissait à ce chevet de malade, ce sentiment d'impuissance, le minaient, et parfois, à un subit découragement qui le terrassait au cours de son active journée, il s'apercevait qu'il pensait à son père.

— Non, je ne lui parlais pas des meubles, répondait-il cependant, avec patience. Je lui demandais des nouvelles de ta santé, si tu avais souffert, cette semaine...

— Horriblement ! dit le vieillard en s'animant. Ce médecin ne me vaut rien, d'ailleurs, tout ce qu'il me donne me fait plus de mal que de bien. Si je te disais que toute cette semaine, je n'ai pas dormi deux heures par nuit. Bien entendu, ça ne t'intéresse pas, mais crois-moi, c'est très mauvais signe, et...

Yves affichait de son mieux un air navré. Cependant, il savait à ces plaintes que son père avait passé une bonne semaine. Car il avait vu le vieux souffrir vraiment, blême, ses lèvres d'avare bien serrées sur sa souffrance, la sueur coulant sur son front étroit, et alors, de sa voix haletante, Jean Taillandier affirmait « ce n'est rien, simple colique... Je me porte comme le Pont Neuf », car s'il aimait à se faire plaindre, il craignait davantage de donner prise, et cachait avec soin ses instants de faiblesse réelle. Et il entendait être traité avec la pitié et les égards dus au cancer dont il souffrait, mais en soutenant avec tant de force qu'il n'avait qu'un simple et banal ulcère à l'estomac qu'Yves-Marie et Thérèse n'avaient jamais été absolument sûrs qu'il *savait*. Le sentiment de pratiquer une sorte d'escroquerie à la pitié lui donnait de grandes joies.

— Thérèse est venue mardi ?

— En coup de vent, comme d'habitude. Et avec deux sous de fleurs pour se faire excuser, ça ne lui coûte pas cher, sa piété filiale ! Elle...

— Thérèse t'aime beaucoup, papa, protesta Yves, faiblement.

— Toi, tu m'aimes, peut-être, dit le malade avec un air finaud. Mais ne me dis pas que Thérèse... Elle n'aime personne ! Elle a épousé Georges pour sa situation, elle dépense un argent fou, d'ailleurs, elle a des toques de fourrure, elle ne circule qu'en taxi. Oh ! ça valse, l'argent, avec elle ! Si elle ne s'imaginait pas que j'ai un magot, tu ne la verrais pas souvent ici, Thérèse !

— Tout cela n'est pas si simple, dit encore Yves-Marie.

Le vieux ricana.

— Mon pauvre garçon, tu as toujours été un peu benêt, pour ces choses-là. Tu ne vois pas ce qui te crève les yeux.

« Est-ce que cela ne vaut pas mieux que d'avoir les yeux crevés », pensa Yves-Marie. Mais il se tut. Cette sombre forteresse, où le vieux s'emmurait, se croyait à l'abri... Ce labyrinthe de ruses, de pièges, de faux-semblants... Comment y faire pénétrer un rayon de lumière ? Il revit le petit visage buté de Gisèle, ce visage habituellement si doux, un peu mou même dans sa joliesse mièvre. Il n'avait rien pu, là encore. Il l'évoquait sans souffrir : c'était une autre femme. Et Nicolas, leur dernière entrevue, si froide, si embarrassée ? Il n'avait même pas éprouvé de curiosité. Il avait le cœur gelé.

— Tu serais gentil si tu me faisais un peu de café, dit le vieux d'une voix soudain geignarde. Elle le fait si mal ! Elle prétend (il chuchota) qu'il lui faudrait une autre qualité de café, mais je la connais, elle est malhonnête ! Elle mettrait la différence dans sa poche. L'autre jour, elle a essayé de me voler trente francs. Mais tu me connais, je ne me suis pas laissé faire. Si tu avais vu sa tête après ! Elle pleurait dans la cuisine, pour m'apitoyer !

Il eut une crise de rire qui le secoua douloureusement, se plia en avant, les mains crispées sur l'estomac. La prétendue malhonnêteté de Mme Boëffre faisait sa joie, et Yves avait renoncé à défendre la malheureuse femme de ménage dont son père, d'ailleurs, n'aurait pu se passer. Sans doute ce sentiment était-il réciproque, car Mme Boëffre supportait apparemment fort bien les incartades de son imprévisible patron. Thérèse et Yves-Marie supposaient que, veuve d'un odieux mari, ivrogne et brutal, dont tout le quartier avait commenté les turpitudes, elle retrouvait boulevard Brune une sorte de climat conjugal.

Yves met le café dans le moulin électrique qui grésille. La cuisine sombre, qui donne sur une cour minuscule, est sale, encombrée d'assiettes pas lavées, de bouteilles à demi pleines, de plats où traîne un reste indéfinissable de mangeaille. Mme Boëffre n'est certes pas un modèle de femme de ménage. Mais elles se sont succédé à un tel rythme pendant des années, que Thérèse et Yves ont été trop contents de garder celle-là, grosse femme bavarde, peu soignée, paresseuse assez, mais douée d'une patience à toute épreuve et d'une sorte de bonté pachydermique et endormie. Elle considère le mal de l'irritable vieillard comme un être en soi, sorte de diablotin caché dans la chair, et qui lui suggère ses déraisonnables caprices. Et même quand elle est en pleurs, accusée injustement des plus noires trahisons (l'un des crimes majeurs, aux yeux du vieux, étant de « parler à la concierge » à laquelle Mme Boëffre a juste le droit de faire un signe de tête muet), même quand elle se voit poussée dans ses derniers retranchements, traitée de commère et de « chapardeuse », elle trouve encore dans son bon cœur poussif d'otarie, la force de soupirer : « C'est pas lui, allez, monsieur Yves ! C'est pas lui qui cause comme ça ! c'est son machin, là, vous savez ? qui lui gâte l'humeur. »

Et Yves se dit, tout en regardant bouillir l'eau qu'il oublie de verser dans la petite cafetière à filtre, que c'est ainsi qu'il faut être, que Mme Boëffre le vaut bien, et même dans son humble sagesse le dépasse. « Ce n'est pas lui », non. Mais ce *lui* qui est son père, où est-il ? Comment l'atteindre ?

Nicolas non plus, il ne l'a pas atteint. Un ami, un camarade avec qui l'on a fait tant de choses, vendu des journaux, collé des affiches, figuré dans des manifestations, discuté des livres jusqu'à des heures folles, joué au tennis, dîné en famille. Et ils sont restés figés l'un en face de l'autre, avec des phrases

toutes faites, des mensonges colorés... Et Gisèle. Le petit
visage buté, cruel à force de désespoir. « Je m'ennuie, tu
entends ? Je m'ennuie à crier ! Tu m'assommes, je te déteste,
je ne peux pas passer ma vie à m'ennuyer, enfin ! » Scène
puérile et vulgaire. « Pourquoi avoir épousé cette petite vendeuse, aussi ? » aurait dit son père.

Il verse enfin l'eau dans la cafetière.

— Yves ! Mais qu'est-ce que tu fais ?

— Je viens, papa.

Un moment, il appuie son front contre la vitre froide de
la fenêtre. Qu'elle est triste, cette petite cour que le soleil
n'atteint jamais. « Je l'ai vue, pourtant, et sentie, cette joie
inimitable... Je sais qu'elle vaut plus que tout au monde.
J'aurais voulu la leur donner, et... » Il pose la cafetière sur le
plateau, la tasse et la soucoupe, il se courbe pour passer la
porte.

— Mon Dieu, que tu es maladroit ! Aussi maladroit que
tu es grand. Mais regarde donc ce que tu fais ! Tu as versé du
café dans la soucoupe. Donne-moi du sucre. Un et demi, tu
sais bien ! Donne-moi une biscotte... Mais sur la cheminée,
comme d'habitude...

Yves va et vient dans la chambre, le cœur navré. Depuis
la mort de sa mère, trois ans auparavant, il n'a jamais manqué deux fois par semaine de venir voir son père. A quoi
bon ? A quoi bon la vie de sa mère, ignorant même l'existence d'un certain bonheur de vivre, toute douceur, sacrifice
sublime et borné... Et jamais une goutte de cette douceur,
un rayon de cette lumière, ne traversent la carapace dont
le vieux Taillandier s'entoure, et qui peut-être le garde
en vie.

Cette lutte contre la mort, absurde... Comme il se force à
manger ; même quand son estomac malade refuse toute
nourriture deux, trois fois, avec quelle patience héroïque il
cherche autre chose, un aliment qui enfin sera toléré, et
quand il a réussi, comme il triomphe ! Combien ses intrigues
ténébreuses et vaines l'occupent ! Quand il a réussi à faire
« se couper » Thérèse, qui lui raconte n'importe quoi pour
l'occuper, comme il s'amuse ; quand il a réussi à faire
tressaillir Yves en lui parlant à maintes reprises de la bonté
« mais bête ! tu n'imagines pas » de sa mère, comme il jubile !
Au fond, il ne s'ennuie pas. De temps en temps il se réconcilie

avec la concierge, pour créer un peu de complication, lui glisse un gros billet, et attribue leur brouille aux commérages de Mme Boëffre.

Mais ma vie a-t-elle plus de sens ? pense Yves. Le bureau, les réunions politiques, la paroisse, Gisèle, Nicolas... Il se voit dans la glace du buffet, grand garçon blond aux cheveux en brosse, le visage un peu carré, ce qu'on appelle un visage énergique. Et son père couché dans ce lit dont l'odeur déplaisante arrive jusqu'à lui, son père aux épais cheveux blancs, au visage buriné de patriarche, frottant ses mains l'une contre l'autre, ourdissant, machinant dans le vide. Lui non plus, finalement, n'atteint personne. La concierge empoche l'argent, Mme Boëffre attribue tout au diable, Thérèse court vers ses amants le cœur allégé par sa « bonne action ». Quelle différence entre nous ? Quelle différence ?

— Non, dit-elle, ne me dites pas qui vous êtes.

Et comme il paraissait abasourdi, d'un geste indiquant l'entrée de la chambre, aux rideaux tirés, où brûlait une lampe à reflets rougeâtres :

— Entrez là. J'aime, oui, j'aime... (il entra, les poufs bas l'inquiétant, préféra s'asseoir sur un coin du grand divan, semé de coussins écarlates)... ces moments où l'on ne se situe pas. Le contact est tellement plus vrai ! Je vous vois, maintenant, je vous vois réellement. Dès que je saurai votre nom, la raison de votre visite, tout cela s'effritera, perdra son sens...

Ce qu'elle voyait, c'était un homme de cinquante-cinq ans au visage plein, ovale et olivâtre, avec ce teint espagnol de certains hépatiques, un grand œil marron méfiant et doux, un complet croisé de bonne coupe et de belle étoffe un peu lourde, ni grand, ni gras, un ventre décemment contenu par le gilet, de belles mains blanches sans alliance (l'avait-il retirée ?), tout cela poli et repoli par l'éducation et l'usage.

Ce qu'il voyait, c'était une brune petite et presque maigre, les yeux maquillés à l'extrême, drapée dans un kimono noir et feu, répandant une discrète odeur de santal et de poussière, et dont il eût été bien en peine de dire si elle était ou non, séduisante. Un exotisme hétéroclite marquait la grande pièce où nageait l'immense divan. Paravent japonais, estampe hindoue, coussins brodés, tables basses. Tout cela n'était pas d'excellente qualité, mais dans la pénombre, suffisait aux désirs de Colette.

— Vous êtes sans doute surprise... commença-t-il de sa voix huilée.

Elle l'interrompit, d'un geste qui releva les manches du kimono, découvrant ses poignets où des bracelets d'argent, en glissant sans cesse, mettaient des traces un peu douteuses.

— Surprise ! Oui, d'une certaine façon. J'adore cela, d'ailleurs, et c'est si rare ! Surprise, mais pas trop. Ce que j'attends toujours c'est l'inattendu. Songez comme il serait délicieux qu'au cours d'une promenade, vous ayez sonné ici par hasard. Nous n'avons rien en commun, et soudain, nous parlerions, librement, de tout et de rien. Il faudrait généraliser cette coutume, lui réserver des heures, un « jour » comme le faisaient les dames du début du siècle, mais ce serait le jour de l'inconnu : qu'en dites-vous ? Oh ! non ! ne parlez pas encore !

Elle se sentait délicieusement bien. Elle venait de se piquer. Franck lui avait renouvelé sa provision de morphine, elle flottait dans la pièce, elle suspendait çà et là des guirlandes de mots, brillants et creux comme des boules de Noël. « Mes paroles s'envolent de mes lèvres comme des oiseaux », pensa-t-elle. Une tendresse légère brillait dans ses yeux démesurément grandis par le fard, ses yeux d'un noir trouble, et astigmates ; une sympathie, qu'elle laissait grandir complaisamment, la gagnait devant ce visiteur un peu gauche, les mains sur les genoux et cherchant à caser ses jambes. Un ami de Franck et Michel, sans doute, supposait-elle, à cause de l'âge. Ils lui en envoyaient parfois, de ces messieurs âgés, passablement guindés, qu'elle savait introduire dans son royaume, avec une bonne grâce un peu folle. (Elle avait coutume de se représenter son rôle auprès de ces hommes-là de cette façon poétique). Elle en faisait bien plus d'ailleurs qu'ils ne s'y attendaient, bien plus qu'il ne l'aurait fallu pour la somme qu'ils lui laissaient et sur laquelle Franck ou Michel ne manquaient pas de prélever leur part — « Tu permets ? ». Elle permettait.

Cette profusion lui laissait l'illusion de la générosité, du don, de la patience, mais qui était patient, qui dupait l'autre, qui se dupait ? Inextricable. En tout cas, elle « permettait » et l'argent filait vite, malgré le besoin de mille choses, le réfrigérateur vide, le sari ou le kimono qui s'éraillait. Parfois ils avaient de bons mouvements.

— Tu aurais vraiment besoin de nouveaux rideaux, tu sais ; ton kimono...

Elle battait des mains, comme s'ils lui offraient un cadeau.

— C'est ça, Michel ; va m'en acheter un, ou un sari, il y a une vraie boutique hindoue ou japonaise, derrière l'Opéra, qui...

Comme elle ne vérifiait pas, ils ne se donnaient pas la peine de chercher. Ils allaient au Printemps ou aux Galeries Lafayette quand il y avait des expositions exotiques, mais ils enlevaient l'étiquette avec des ciseaux, par délicatesse. Michel surtout avait très bon goût, il aimait manier les étoffes rudes ou soyeuses, choisir les tons qui convenaient au teint doré, aux yeux sombres, aux petites mains de guenon de Colette. Il drapait parfois sur son épaule le sari vert cru ; il soupirait devant la glace : « J'aurais voulu être beau ! », avec emphase. « Mais tu es beau », disait Colette rituellement. Peut-être l'était-il, qu'en savait-elle ? Dans la confusion de son esprit elle se disait qu'elle voyait si profondément dans les êtres que parfois, elle perdait de vue la surface colorée et glissante de la vie. Elle aimait bien ça. Sorte de balançoire aux cordes très minces. Un jour, tout craquerait. *Non, non, ne me dites pas qui vous êtes.* Cela marchait presque toujours, et elle aimait cela, leur embarras, son sentiment à elle de dispenser des richesses à pleines brassées, et puis, c'était vrai, elle ne *savait pas.*

— Quelle pièce charmante, dit-il comme les autres.

— N'est-ce pas ? Je n'ai pas cherché à lui donner du style, la cohérence doit être intérieure, ne croyez-vous pas ?

Les rideaux presque toujours tirés, à cause des fenêtres donnant sur la cour. Le silence, rompu de temps en temps par le gargouillis d'une conduite d'eau. Franck n'était pas là, ni Michel. L'un retourné aux odeurs phéniquées de l'hôpital, l'autre souffrant de quelque peine de cœur inconsolable, contemplant la photo d'un boxeur gominé, tout en s'enivrant doucement à une terrasse.

— Il faut tout de même que je vous dise...

Le sari découvrait sa jambe mince, qui serait bientôt maigre. Qui aurait pu deviner qu'à dix-huit ans, elle se préoccupait de son embonpoint ? La transformation n'avait pas été que physique. La brunette potelée, la fille de l'épicier, bien connue dans le quartier, qui brûlait de faire du cinéma, n'avait rien de commun avec la mince créature un peu égarée, prête à toutes les tentatives d'évasion, pleine de cauchemars mesquins et de ravissements vite retombés, rien, que le prénom de Colette, qu'elle avait vainement tenté de faire oublier. En désespoir de cause elle s'en était fait une parure — mon nom hindou est trop compliqué pour vous, appelez-moi simplement Colette. Tour de passe-passe à sa mesure, adroit et médiocre. Elle entendit le nom de Nicolas.

— Vous excuserez mon inquiétude. Je sais que vous êtes pour lui une amie dévouée...

Alors, et parce qu'elle voyait qu'il ne prêtait aucune attention à ses jambes, elle comprit qui il était.

Lui était choqué, un peu. Ce paravent en laque ! Ces dragons en bronze qui formaient chenêts ! Ce peignoir, ces bracelets ! Tout cela sentait les bordels à prétentions de sa jeunesse, la pacotille de bazar, tout ce qu'il détestait. C'était donc là que Nicolas... Il tombait de haut.

Cependant Colette s'était dressée d'un bond.

— Comment ! Vous ici ! Monsieur, je suis confuse...

Très Dame aux Camélias. Elle faisait fausse route. Le sentit presque aussitôt. C'était l'amateur de beaux objets qui était choqué, en Paul, avant le père noble. Il avait rêvé autour de cette liaison qu'il n'avait fait que deviner — à cause de la décente pudeur de Nicolas — et l'avait parée de ses prestiges, avait imaginé du luxe, de l'harmonie. Elle n'était même pas belle. Et ce maquillage. Du toc, comme l'ameublement.

— C'est à moi de m'excuser... Une adresse au dos d'une lettre... Venu sans rendez-vous...

— Mais rien n'est plus naturel ! D'ailleurs, depuis longtemps... Nicolas me parlait de vous.

— Vraiment ?

Il allait de surprise en surprise. Nicolas parlait de lui à cette jeune femme ? (Même en pensée, Paul était courtois envers les femmes). Malgré lui :

— Mais que pouvait-il bien vous dire ?

— Mais tout. Votre bonté, votre dévouement pour lui...
cette belle histoire romanesque de sa naissance...

Paul en avait le cœur battant, follement, d'une subite
colère, mêlée de désarroi. Impossible que Nicolas se fût
confié avec un sincère abandon à cette personne. Alors ?
Quelle dérision, alors qu'au 40 bis il évitait toute allusion à
leur peine commune, à Simon, à Wanda, de venir ici étaler
ce qui était *leur* secret, *leur* histoire... et pour la transformer
en quelle douteuse image d'Epinal ! Il s'avisa de ce que son
silence, sa surprise, pouvaient passer pour malséants.

— Je suis un peu surpris... surpris parce que Nicolas est
habituellement, n'est-ce pas, un peu fermé, un peu...

— Ah ! c'est un être imprévisible ! dit-elle avec sentiment.

Paul justement s'était accoutumé à prévoir si exactement
les faits et gestes d'un Nicolas ponctuel aux comités du
mercredi, aux dîners du vendredi, à son travail de chaque
jour... Mais la jeune femme devait être, sans doute, une de
ces originales qui mettent de l'excentricité en tout. Cette
mise, cet accueil... Déjà il désespérait du résultat de sa
recherche. Bien vague d'ailleurs, sa recherche, bien confuse,
son inquiétude. Elle demeurait cependant, au point de l'avoir
poussé à cette étrange visite, si peu dans ses habitudes (faire
intrusion ! questionner !). Mais Colette ne paraissait nullement choquée. Elle comprenait son inquiétude. Ah ! Nicolas
n'était pas un garçon de tout repos ! Une vie intérieure
intense, n'est-ce pas, sous une apparence volontairement
conventionnelle.

— J'ai toujours su que cela craquerait un jour, dit-elle
avec assurance.

Paul était profondément gêné.

— Mais ne croyez-vous pas qu'il est possible... Je ne voudrais pas vous blesser... Il n'est pas parti seul...

Colette était très au-dessus de cela. Ses rapports avec
Nicolas se situaient sur un tout autre plan (Paul se demanda
lequel). Evidemment son départ l'avait surprise, mais l'amour,
non. Cela n'expliquait rien. D'ailleurs Nicolas ne s'était jamais
consolé de la mort de Renata. Paul était au courant ?

— Bien vaguement, bien vaguement. » Il ne savait même pas
qu'elle était morte, cette Renata. Le manque de confiance de
Nicolas se révélait à chaque instant, le déchirait. Et il continuait à questionner, avec ce trouble appétit de souffrance

qu'il avait cru endormi depuis si longtemps, si longtemps...

Elle raconta Renata, leur amitié, Saint-Germain-des-Prés, les mages, les doctrines végétariennes, l'*ashram* où Renata avait séjourné, les prêtres vrais ou faux, le mariage enfin de Renata, avec un riche industriel, croyait-elle.

— Je lui en ai voulu, je l'avoue, elle trahissait notre jeunesse, mais quand j'ai su sa mort, j'ai été bouleversée... Etouffée, elle est morte étouffée par ce monde bourgeois où elle n'avait pas sa place...

D'ailleurs, elle était persuadée que Renata non plus n'avait pas oublié Nicolas. Un grand amour terrible, destructeur. Renata n'avait pas su le vivre jusqu'au bout. Le côté satanique de Nicolas... Paul tombait des nues. Satanique, Nicolas ?

— Mais ne vous-êtes-vous jamais aperçu qu'il vivait un grand désespoir ?

C'est ce qui les avait séparés, Renata et lui. Un amour torturé, torturant. Elle, Colette, était au-dessus de cela. Elle avait atteint un palier de vie supérieur, elle avait médité, elle avait connu certains états... Mais Nicolas était trop enraciné dans le concret. En vain avait-elle tenté de...

Paul s'affolait.

— Quoi, Nicolas vous a paru dans un tel désarroi... Cette mort... Ce départ inexplicable... Ne croyez-vous vraiment pas que cette femme...

Non, elle ne croyait pas. A vrai dire, elle doutait que Nicolas pût être sauvé. Si *elle* n'avait pas réussi, personne ne réussirait.

— Mais vous ne voulez pas dire que...

Non, elle n'allait pas jusque-là. Mais cette rupture avec tout ce qui avait été sa vie, ce travail qu'il avait accepté sans aucune nécessité... Elle parla de « dérision sauvage ». Nicolas avait compris l'absurde du langage, la duperie du quotidien, et il refusait d'autres valeurs sublimées... Oh ! elle avait tenté plus de cent fois... Et c'était pour cela qu'il l'avait quittée. Il avait essayé en vain de la détruire, comme il avait détruit Renata. Il s'était heurté « au mur de l'invisible » et avait senti son échec. Il était parti, sans un mot.

Paul s'étonnait, s'inquiétait, se rassurait, traduisait tout cela en langage Paul. Nicolas, déprimé par la mort d'une femme aimée, ne réussissant pas à s'attacher à celle-ci, était parti sur un « coup de tête ». Le *coup de tête* avait sa place dans la mythologie de Paul. Aussitôt mille projets germaient dans son esprit, il fallait voir Deséchelles, l'éditeur de Nicolas, lui expliquer, il fallait « contacter » Yves-Marie, l'ami fidèle, se procurer les adresses de Nicolas par Béatrice Penech, peut-être même écrire à Simon... Tous ces plans le rassuraient, le réconfortaient. Il s'expliquait les vues pessimistes de Colette par sa mauvaise santé. Si maigre ! Et elle toussait ! Vivait-elle de façon bien hygiénique ? Ces rideaux tirés... Il le dit gentiment, soulagé par l'univers rationnel qu'il reconstruisait.

Ah ! elle s'en préoccupait peu. Elle voulait seulement vivre intensément. Chaque instant devait être une petite éternité. Avait-il jamais entendu parler de Krishnamurti, un sage remarquable qui... Et d'ailleurs elle aurait bientôt trente ans. Elle savait depuis toujours qu'à trente ans il lui arriverait quelque chose d'extraordinaire. (Elle avait toujours prétendu qu'une prédiction lui promettait qu'elle ne dépasserait pas trente ans, et comme à tout ce qu'elle inventait, elle y croyait un peu.) Après trente ans, c'était le trou noir. Elle s'attendait vraiment à ce qu'il se passât quelque chose. Elle aurait tout d'un coup les cheveux blancs, ou elle hériterait de plusieurs millions, ou... En tout cas, elle donnerait une fête, une grande fête. Viendrait-il ? Qu'il était bon !

Elle toussa. Elle se fatiguait. Elle aurait eu besoin d'une piqûre. Ou une pipe d'opium, peut-être. Mais non, ne partez pas, je vous en prie... Prise tout à coup d'une peur panique de rester seule. Il avait bien le temps, n'est-ce pas ? Il avait bien le temps ?

— Mais... certainement, disait Paul, gêné, luttant contre une légère répulsion (elle devait être un peu névrosée ; ces jeunes femmes d'aujourd'hui...), mais touché malgré tout qu'on fît appel à lui.

Le débit de Colette s'était fait saccadé, précipité, ses petites mains aux ongles longs, teintés d'argent, se crispaient sur la manche de Paul. — Juste cinq minutes ! Le temps de fumer une petite pipe. Après il partirait, s'il voulait.

Une pipe, à présent ! Elle fumait la pipe ! Complètement folle, la pauvre enfant ! Mais après avoir fait intrusion ainsi, comment la quitter brusquement ? Peut-être cachait-elle sous ces discours incohérents un grand regret de Nicolas ? Les femmes vous trouvent sataniques quand on les quitte. Là était l'explication. Chagrin d'amour, le départ de Nicolas, chagrin d'amour, l'incohérence de Colette. Paul pensait à ses jeunes années et avait pitié. Paul pensait au silence de Nicolas et souffrait. Puis :

— Qu'est-ce que c'est que cela ?

Elle avait apporté le plateau d'argent noirci. Déjà la boulette d'opium grésillait au-dessus du réchaud. Elle tenait à la main une longue pipe assez belle, au fourneau plat.

— Mais c'est de l'opium ! Vous n'aimez pas ? Nicolas disait...

— Comment, Nicolas ?... Nicolas se *droguait* ?

— N'exagérons rien, dit-elle toute calme, entre deux bouffées. Il a fumé un peu, comme tout le monde.

Il restait là, accablé, sans réactions, stupide. Colette fumait, paisible, soulagée, elle aimait fumer avec cette présence silencieuse à côté d'elle. Du moins jusqu'à un certain point. Et quelle intuition, cet homme charmant ! Il avait dû le sentir, car juste au bon moment il s'esquivait sans prendre congé.

L'œuf originel, la coque enveloppante de la voiture fendant, déchirant sans hâte un paysage insignifiant — comme une étoffe neuve le ciseau d'un tailleur expert. Bord à bord la plaie aussitôt se ressoude, se recolle. Devant, derrière, toile peinte, hermétique et riante : le crissement régulier du ciseau qui fend la toile, petite coupure qui progresse et se reforme, petit éclair gris dans l'étendue incommensurable de l'étoffe, croisant çà et là d'autres éclairs métalliques, sifflant, ronronnant, hermétiques. Clos.

Ses gestes doux, réguliers, d'une indifférence voluptueuse, mettant en troisième, passant en quatrième, régressant paisiblement, le pied sur l'accélérateur qu'il voyait bouger, paisible comme le pied d'une fileuse... Gestes de Parque. Pourquoi, avec cette harmonieuse sécurité de mouvements, cette infaillibilité qui était la sienne, ne pas les précipiter sur un arbre ? Dans un gouffre ? La route n'en comportait pas, à vrai dire. Simple amplification poétique. Quand elle ne pensait à rien, elle était si belle qu'elle évoquait la mort.

Seuls parfaitement. Etrangers parfaitement l'un à l'autre.

Un point de départ, ou une fin. S'il avait été au volant et elle, immobile, avec son visage de pierre, à côté de lui, il eût opté pour la fin ; goût de la facilité, peut-être. Qui sait, son dégoût pour l'automobile, un instinct de conservation inconscient ? Dans toutes ces morts en automobile, une part d'attrait du néant. Dans le goût même de l'automobile, d'ailleurs. Œuf originel. Coque hermétiquement fermée. Répulsion à toute sollicitation du paysage. Il n'existait pas. L'étoffe implacablement fendue, implacablement refermée. Une comparaison avec la mer serait plus juste, mais, à cause des champs aux coutures régulières, de la terre grenue, apparaissant par lambeaux, des lés de petits bois plats, non, pas la mer. L'étoffe coupée, refermée, coupée, l'étoffe rugueuse, épaisse, faisant illusion, et sous l'étoffe, le vide. Pas la mer, absolument pas. Et tout à coup, vers le soir, leur petite coque minuscule s'arrêtant en n'importe quel point, et lui donnant la vie. Le tissu s'enflamme sous l'étincelle. Boutefeu. J'aime ce mot : boutefeu. Car le feu dévore, lave, purifie. Le lieu inconnu soudain mis à jour ; mis à vie plutôt, comme une fleur japonaise, de celles qu'enfant on achète, séchées, dans des coquillages, et qui plongées dans un verre d'eau, éclosent dans une grasse et molle et solennelle explosion.

Ou encore, de l'eau, quand nous crèverons au creux d'un village, comme une huître, comme une cloque, au creux d'un village propre et desséché, qui tout à coup, gras et mou, se développera, s'étendra, nous enveloppera... Rouler toujours, ne jamais plus donner la vie... Ne plus écrire, ne plus aimer ; duperies qui finissent toujours de la même façon, par la prolifération, le cancer niais de la vie...

— C'est drôle, dit-elle à côté de lui, soudain présente, — un homme qui ne sait pas conduire.

Elle riait. Il se réveilla.

Chaque jour, quand Wanda se lève, et que de la butte sur laquelle la ferme est juchée, elle regarde la campagne paisible et large sous ses yeux, elle se perd un instant dans une contemplation, dans une adoration du silence. Les haies descendent jusqu'à la route qu'on ne voit pas, cachée par un rideau de sapins noirs, qui s'interrompt, à gauche, pour créer

une trouée bleuâtre découvrant des lointains vallonnés.
« Mon beau pays, mon paradis », pense Wanda, les jours où
sa colonne vertébrale ne la fait pas trop souffrir. Que ce
beau pays, ce paradis, soit le pays où elle a souffert ne lui
vient pas à l'esprit. Ce ne sont pas les pays ses ennemis, ce
sont les hommes. C'est eux dont elle redoute l'approche.
Encore qu'elle se sente bien protégée maintenant, avec ses
pommettes rouges, son fichu sur la tête, ses hanches épaisses,
son allemand parfait, son « rhumatisme ». La parfaite fermière du pays rhénan. Il ne viendrait à l'esprit de personne
de dire qu'elle n'est pas du pays. Il ne lui viendrait pas à
l'esprit, à elle, d'appeler autrement que « rhumatisme » la
décalcification contractée dans les camps. Elle est à l'abri.
Définitivement à l'abri. Il lui arrive parfois, quand elle se
lève, quand elle descend deux marches de la salle pour respirer un moment dehors, de se voir elle-même ; toute petite,
comme un jouet, une fermière en bois de Nüremberg, devant
une ferme de bois, blanche aux volets verts, dans un paysage
peint. Le silence. La colline en face, la colline où elle est, la
douce vallée au centre, arrondie comme une coupe, et les
riches couleurs des saisons qui mûrissent, la protègent, la
dissimulent. Elle se fond dans ce tableau.

Pourtant, il suffit du facteur... Parfois ils sont aux champs
au centre du tableau, avec le cheval, et c'est derrière la haie
que glousse le vélomoteur que la côte essouffle. Parfois ils
sont à côté de la maison, coupant du bois, fauchant le pré
carré où il n'y a pas de bestiaux, parfois elle est seule (le
moins longtemps possible) dans le petit verger-potager de
l'autre côté du chemin vicinal, et alors elle l'entend crier de
sa grosse voix sonore :

— Il y a quelqu'un ?

Et elle s'accroupit, elle se cache (feignant, pour elle-même
car il n'insiste pas, de ramasser des poires tombées ou d'arracher des salades). Elle ne peut pas s'empêcher de se
cacher. Elle est sûre que Heinz, s'il est seul, et qu'on l'appelle, se cache aussi. Un jour elle a vu tout près d'elle, dans
la haie du potager, comme elle se tenait accroupie, sans
pensée, dans ses jupes volumineuses, elle a vu un serpent.
Elle n'a pas bougé. Heinz non plus n'aurait pas bougé. Elle
en est sûre. Elle ne le méprise pas pour cela. Plus jamais elle
ne méprisera la peur.

Mais quand ils sont deux, dans la salle aux poutres apparentes peintes en marron, à la large cheminée de brique, elle nettoyant, par exemple, la lampe à pétrole en cuivre (ils n'auront l'électricité que l'année prochaine), lui astiquant la table de chêne, trop grande pour eux, alors, ayant conscience de figurer à merveille ce couple de fermiers pas trop soignés, rudes mais accueillants, ils sourient et offrent aisément un verre de bière au facteur, réduit lui aussi à sa propre figurine. Le facteur boit, Heinz fait marcher son transistor.

— Voilà *la* lettre de votre fils, dit le facteur.

Ils sont habitués. La lettre de Simon arrive tous les mois, et c'est toujours la même. Le bidonville, les épreuves, le froid, le chaud, et il recommande à Dieu « sa mère et son cher beau-père qu'il espère connaître un jour ». C'est comme la lettre d'un mort, et c'est bien agréable. Ils ne craignent même plus de le voir arriver ; il est bien évident qu'il ne viendra jamais. Et Wanda lui porte une certaine reconnaissance, à ce fils mal connu, de ne pas lui parler de Nicolas. Puisqu'elle est morte pour Nicolas, le rester, mon Dieu, le rester. Elle éprouve un contentement à savoir qu'il existe un livre où elle est morte.

Heinz a ses grandes bottes en caoutchouc, car il a plu cette nuit, il fait humide. Ils déjeunent à onze heures, de lard, de pommes de terre, parfois il reste de la soupe du matin. Elle mange lentement. Jamais elle n'est rassasiée. Personne ne les dérange à cette heure-là, pourtant elle ferme les deux portes de la salle. Tout est clos, Heinz rallume son transistor. Il ne peut se passer de bruit, lui. Le bruit écarte la peur, les cauchemars. C'est désagréable, ce transistor, ces voix humaines, mais Wanda les supporte, puisque Heinz en a besoin. Il est encore très bel homme, pense-t-elle sans y attacher d'importance. Il est grand et blond, aux yeux bleus, et le visage étonnamment juvénile pour son âge. Elle paraît plus vieille que lui. Le chignon noir strié d'argent déjà, la lourdeur du corps, et surtout cette lenteur à se mouvoir. Les femmes vieillissent plus vite que les hommes, n'est-ce pas ? Mais elles sont plus résistantes. Au camp... Non, Wanda ne pense pas au camp. Elle s'absorbe, se noie dans le silence, dans la chaleur de la pièce, dans la mastication du gros pain frotté de lard. Il n'y a pas de froid, pas de faim ; à condition toutefois de ne pas bouger. Si seulement Heinz n'avait pas cette obsession du bruit ! Dès qu'il se réveille, la main sur le bouton, et la chambre là-haut se remplit de musique. « J'aime la musique », dit Heinz de derrière ses yeux pâles. Et au fond, quand il est là, elle aime autant le bruit de la petite boîte nickelée. Dans le silence elle entendrait le bruit des pensées de Heinz, des souris dans un grenier, grignoteuses, exaspérantes, et elle n'y tient pas. Il emmène le transistor aux champs. Alors elle peut plonger dans le délicieux silence, plus profond, toujours plus profond. « Un jour je ne reviendrai pas. » Assise près de la fenêtre, dans la salle, sur une chaise haute, un ouvrage sur les genoux (toujours créant l'image irréprochable). Ou, s'il y a un rayon de soleil, sur le seuil, au centre du paysage, bercée par ces courbes, par cette musique des formes, ces rythmes paisibles des champs, des haies, des collines, des haies, des bois, des collines...

Le facteur l'a surprise, une fois.

— Alors, madame Larcher, on faisait un petit somme ?

Oh ! elle ne s'est pas laissé déconcerter.

— Dame, on n'est plus toute jeune ; je prenais un peu le soleil pour mon rhumatisme.

— Moi aussi j'ai des douleurs quand le temps change. Hier soir encore, tenez, je me suis dit...

Banale et rassurante conversation. Le facteur repart content.

« Que je suis rusée, se dit Wanda. Que je suis rusée. »

A onze heures, à cinq heures, à neuf heures, le retour de Heinz. Il revient vers *sa* maison. Parfois, un grand soulagement emplit son cœur tumultueux. Un moment, dominant les peurs et les regrets, un grand cri d'allégresse sauvage domine tout, comme le vol fulgurant d'un oiseau dans le ciel. « On s'en est tirés ! On est vivants ! ». Mais il se trompe. Il est vivant, lui, avec le souvenir de cette petite fille tuée à coups de bottes, avec la vieille bicyclette qui lui servait à circuler dans le camp, et qu'il n'ose ni jeter ni reprendre ; avec le cœur qui bat quand il entend le transistor annoncer qu'on a retrouvé l'ancien nazi un tel, qui sera jugé dans les plus brefs délais par... Il est vivant, lié à cette femme qui est son alibi comme il a été sa sauvegarde. Mais elle, sur le seuil, ou dans la cuisine, devant l'évier, ou son tricot à la main devant la fenêtre, elle est si près d'être morte, si près, qu'il serait impossible de dire où est la différence.

Premier arrêt, non loin de Lyon : un général.

Le physique du général les surprit. Pourquoi pas ? Pourquoi un général n'aurait-il pas ces gros yeux bleus rêveurs, ce visage de bébé, frais et replet, ce teint rougeaud, ce corps tassé, ces mains de laboureur, cette expression de bienveillance ? « *Le général Antoine est un enfant trouvé, enfant de troupe ; nourri aux mamelles de la guerre, il a grandi sans autre idéal que celui de l'honneur et de la gloire militaire.* » (Tu ne crois pas que *aux mamelles de la guerre* risque de choquer, dira Marcelle.) Le général s'est distingué ici et là, a été blessé plusieurs fois, décoré davantage ; on ne sait trop que penser de son attitude dans l'affaire algérienne. Prudent ? Loyal ? Incertain ? Une vieille timidité d'autodidacte fait que le général Antoine n'aime pas à se mettre en avant, à prendre la parole. Sa taciturnité alors donne l'illusion de la force de caractère. « Oh! Antoine, dit-on de lui, on ne le convaincra pas facilement. » Conscient de ses effets, s'il donne son accord, c'est avec une expression butée, obtuse, qui lui ajoute du poids. Mais le met-on en confiance, c'est avec une générosité d'enfant qu'il s'épanche, qu'il se débonde, qu'il vous offre son bric-à-brac d'intuitions charmantes, de superstitions absurdes, de louable curiosité, de totale incompréhension qui se prend pour de la vertu, de lectures fumeuses et mal digérées, d'imprévues sensibilités d'enfant malheureux, d'homme sanguin et mal aimé. Tout cela enveloppé dans cette grande bonté, un peu humide.

« Scott Fitzgerald voulait couper en deux un garçon de café, et moi je voudrais ouvrir ce général », pense Nicolas. « Comment peut-on être persan ? Mais c'est moi qui suis le Persan, sans doute. »

Ils s'assirent les uns en face des autres, le général flanqué de son *manager,* ou de ce qui apparaissait comme tel, un homme jeune, sombre, de physionomie régulière et peu agréable, la peau olivâtre, les yeux noirs inexpressifs, les cheveux collés au crâne. Vêtu avec une élégance négligée (veste en daim, gilet vert) il escortait le général comme on accompagne un malade puissant, ou un enfant difficile, mais d'excellente famille. Son regard vigilant ne le quittait pas. Il s'était présenté sous le nom de « Gilles d'Aspremont » et le général avait ajouté « qui veut bien me servir de secrétaire bénévole ». Le secrétaire avait jeté un froid sur tout le début du repas.

En montreur bien appris, il avait esquissé en quelques mots la carrière du général, jusqu'à sa nomination en Algérie. Marcelle prenait des notes sur un petit carnet. Tout cela était absurde, derrière le prétexte de cette interview banale se cachait autre chose que Nicolas eût bien voulu percer. Mais quoi ? Quel complot, quelle banale escroquerie, et valait-il réellement la peine de cligner des yeux pour essayer de déchiffrer ces visages, d'élucider ces sous-entendus qui planaient ? Ne s'était-il pas promis, n'était-ce pas l'objet même de ce voyage, de ne plus rien *déchiffrer* ? De se limiter à la surface plate des choses, de ne plus se laisser prendre au mirage de cette troisième dimension qui en fait n'existait pas, ou existait sans rien vous apprendre. Marcelle cherchait-elle, elle, à rien déchiffrer ? Elle prenait des notes, elle souriait, elle touchait le premier gros salaire de sa vie, et elle était tout heureuse de sa nouvelle importance. Marcelle devait être son modèle, sage écriture écolière s'étalant sur une page bien blanche, racontant en phrases convenues une histoire banale.

Le repas était copieux, lourd. Le général engouffrait, avec par-ci par-là un regard à son mentor, qui esquissait alors un sourire de mélodrame, lui versait à boire, le couvant du regard dont on surveille une préparation chimique, attendant l'ébullition. De temps à autre, il lançait un thème.

— Le général avait une grande admiration pour le maréchal Pétain, n'est-ce pas, mon Général ?

— Oui, je dois dire qu'en 40, mon cas de conscience... enchaînait le général docilement, de sa bonne grosse voix aux intonations paysannes.

— Ça n'a pas été sans un arrachement que le général a quitté l'Algérie, n'est-ce pas, mon Général ?

— Non, ç'a été un vrai déchirement pour moi qui...

Le vin coulait toujours dans le verre du vieil homme après chaque réponse, comme une récompense. Une tension croissait, qu'il était difficile d'ignorer.

— Aussi, quand le général a appris le projet des accords

d'Evian, il a été consterné, n'est-ce pas, mon Général ?

— Consterné, répéta le vieil homme, machinalement, mais sans ardeur excessive.

Nicolas se demanda si cette consternation avait pesé très lourd dans la vie du général. Le *secrétaire* tenait beaucoup à la souligner en tout cas, car il ajouta :

— Le général s'interdit pour l'instant... — il marqua un temps très léger — d'exprimer autre chose que cette consternation, mais il ne peut cacher qu'il a été profondément déçu, n'est-ce pas...

— Oh ! certainement, l'interrompit précipitamment le général, tout heureux de donner sa réplique, je ne peux pas le cacher. Profondément déçu par de Gaulle.

Il y eut un petit moment de détente. Le tour avait été exécuté, pensa Nicolas avec amusement. Le vieux soldat avait sauté à travers le cerceau, libre à lui maintenant de se gaver d'agneau farci et de bourgogne. Il s'en amusait innocemment, lorsque tout à coup, se tournant vers lui avec une violence contenue, le secrétaire lui dit d'une voix sifflante :

— Alors, monsieur Léclusier, tout ceci n'a pour vous aucun intérêt ? Vous n'y attachez aucune importance ? Il me semble pourtant que quand une personnalité comme le général Antoine prend position...

— Oh ! prend position... dit timidement le général.

Ses gros yeux, pleins d'une bienveillance étonnée, allaient de l'un à l'autre, lentement. Nicolas était encore abasourdi, quand Marcelle intervint :

— Monsieur Léclusier ne prend *jamais* de notes ! dit-elle avec une autorité toute neuve. Voyez-vous, il se chargera de la partie psychologique de l'interview, du portrait proprement dit du général, humainement parlant. Mais soyez sûr que j'ai noté sans en omettre un mot...

— J'y compte, dit le secrétaire assez sèchement. Monsieur Praslin m'a promis, absolument promis... N'oubliez pas que le général sera tout de même actionnaire du journal, membre du conseil d'administration, et que comme tel... Il vous recommandera partout, il prendra des responsabilités... J'ai pour vous — tenez — une liste d'adresses utiles, tout le long de la Côte. Vous pourrez vous y présenter en son nom. Rendez-vous bien compte de la confiance que...

— Mais je suis sûr, mon cher Gilles, dit le général timi-

dement, que mademoiselle comprend, a bien noté... Il sourit
à Marcelle, avec une naïve admiration, que la présence du
secrétaire empêchait de se manifester plus clairement.

— Oui, dit Nicolas qui sentait le moment venu de lui prêter main-forte, ce que je voulais, moi, savoir, ce sont les
goûts du général ; a-t-il un violon d'Ingres, des manies, des
traits particuliers...

— Ah ! pour cela il faudrait que vous veniez à La Hêtraie !
s'écria le général avec un enthousiasme subit et spontané.
J'ai acheté un domaine et j'en ai fait une véritable réserve,
j'adore les animaux, les oiseaux surtout et... Un instant, je
vous prie.

Il avait vu arriver le plateau de fromages ; son visage, qui
avait rougi de plaisir, sous l'effet de l'animation, redevint
grave, avec une nuance d'attendrissement.

— Je viens toujours ici pour les fromages, pas vrai, Gilles ?
Il y a toute une série de bons fromages dans la région. Cela
vous fait sourire, mademoiselle, que j'attache du prix à ces
petites choses de la vie ? Eh bien, voilà une anecdote pour
vous, et Aspremont vous dira si c'est vrai. Quand j'ai décidé
de me retirer de la vie publique, j'ai hésité à choisir une
région, je voulais acheter une bicoque dans un coin sympathique, et je me suis décidé pour la région à cause des fromages, mais oui, et des oiseaux. Dans mon parc — il faudrait
que vous y veniez tous les deux — c'est fou ce qu'il y a
comme oiseaux. Une véritable réserve. Vous verrez ça, j'ai
fait installer de petits nids, de la nourriture, cela attire tous
les oiseaux de la région, c'est...

— C'est un véritable petit paradis que La Hêtraie, confirma
le secrétaire.

Le garçon attendait toujours, son plateau à la main.

— Ah ! oui ! le fromage. Donnez-moi...

Pendant cinq bonnes minutes, le général se consacra au
choix des fromages. Cela fait, il leva vers ses interlocuteurs
un regard plein de malice simple.

— Voyez-vous, on est quelquefois surpris qu'un militaire...
n'est-ce pas, on se fait une idée un peu guindée parfois de...
qu'un militaire attache du prix à ces détails. Mais j'ai toujours trouvé qu'il fallait rester humain, que pour pouvoir
comprendre et diriger les hommes, il fallait rester près
d'eux, tout près d'eux. C'est même ce qui m'attriste dans le

progrès actuel de l'armement. L'art de la guerre se perd. La bombe atomique, tenez...

— Vous seriez opposé à la force de frappe, mon Général ?

— Oh ! absolument pas, s'empressa d'Aspremont. Sans Hiroshima nous serions tous rouges, mademoiselle, tous rouges. Notez cela.

Le général hocha la tête.

— Absolument. Oh ! je sais qu'on a beaucoup critiqué... Mais Gilles a raison. Pourtant la chevalerie, la chevalerie d'autrefois... C'est bien simple, quand un homme dit : j'ai fait Verdun, il a tout dit, n'est-ce pas ? Tandis que, voyez-vous quelqu'un qui dirait : j'ai fait Hiroshima ? Sans doute, dans les guerres de l'avenir, il faudra toujours de la stratégie, de la tête, ce sera une guerre de ces petites bombes, comment dit-on ? des bombes propres, oui, qui serviront de pions. Mais enfin, le hasard, le beau risque que l'on prenait, le risque à la dimension humaine...

Nicolas n'avait pu s'empêcher de sourire, et le général s'emporta, mais sans méchanceté.

— Parfaitement, mon cher, cela compte, la dimension humaine ! On s'est battu corps à corps à Verdun, et il n'y a pas cinquante ans de cela.

— Alors, on peut penser, Général, que la bombe vous paraît manquer, comment dire, de grandeur ?

Le général s'était arrêté de mastiquer. Son visage prit une expression prophétique. Il reposa même, machinalement, son verre à demi plein.

— Ah ! c'est un tout autre domaine, bien au contraire, monsieur... comment dites-vous ? Léclusier. Il ne faut pas vous formaliser, je suis si loin des choses littéraires. C'est le domaine du Sacré, n'est-ce pas, de l'au-delà... La bombe, mais c'est le grand fléau, la peste noire du Moyen Age, cette dévastatrice aveugle qui rétablit l'égalité entre les hommes... Dévastation atroce, mais nécessaire. Les hommes l'ont compris, qui après avoir vaincu cette grande terreur par la médecine, ont été obligés de la recréer artificiellement. L'épidémie ! la lèpre ! Ne voyez-vous pas le rapport ? Il est évident, voyons ! Il est évident !

Il vida son verre, le remplit. Ses yeux bleus étaient un peu égarés. Gilles d'Aspremont se taisait ; dépassé ?

— Mais ne croyez-vous pas, dit Nicolas, que cette égalité

dont vous parlez sera un peu compromise par les abris antiatomiques dont la construction...

— Foutaise, monsieur! dit le général triomphant. D'abord
tout à fait inefficace, tout à fait. Je me suis renseigné là-
dessus, en Amérique même, seuls les gogos y croient. Et puis,
à supposer que cela fonctionne, croyez-vous que la foule laisserait quelques privilégiés profiter de cette chance de salut ?
Connaissez-vous les hommes, monsieur ? On se battra, on
s'étouffera devant les abris antiatomiques de ces privilégiés,
monsieur Léclusier! On les empêchera d'y pénétrer, monsieur ! Ce seront des scènes d'Apocalypse !

— Alors, comment des survivants pourront-ils... intervint
Marcelle qui était restée tout à fait flegmatique.

— Dieu y pourvoira, dit le général lourdement. Il remplit
à nouveau son verre.

— Le général est catholique pratiquant, dit vivement Gilles
d'Aspremont, qui avait retrouvé son aplomb de montreur de
chiens.

Un autre soir. L'hôtel était sorti du néant, immense,
vétuste. Dehors la petite place mal éclairée, avec ses platanes,
ses quatre bancs, sa statue blanchâtre, dans l'ombre.

Ils avaient marché dans les couloirs au vague relent d'humidité, au tapis effrangé, avec ici trois marches à monter, là
un obscur boyau à traverser, ici une sorte de buanderie, vide
et triste, avec au mur du papier moisi et quelques draps pliés
sur une chaise, pour arriver enfin à une énorme chambre
sombre, avec deux lits gigantesques, un à chaque bout de
la pièce, et surmontés chacun d'une petite lampe triste, à
abat-jour de plastique. Il y avait aussi un appareil de télévision sur une table d'acajou écaillée, et, sur la cheminée,
une majestueuse pendule en bronze doré. C'était l'Ile Déserte
où les avait menés logiquement leur longue journée de navi-
gation.

Un peu choqués d'abord qu'on leur donnât d'office une
seule chambre — faisaient-ils à tel point l'effet d'un couple
— séduits aussi parce qu'on la leur donnait d'office, justement, et cette chambre-là, si provinciale, échouée au milieu

de la nuit, flottant, cette chambre, avec ses édredons monstrueux, ses oreillers offerts comme des huîtres dans la
pénombre, et les petits bergers de bronze de l'horloge tendant leurs gerbes dorées à bout de bras. Le gros œil de verre
débitait des minutes rondes. Le silence était mou, qu'effleu-
rait sans le rompre vraiment le bruit maigre, fragmenté par
le vent, d'une fête foraine quelque part.

Ainsi se retrouvèrent-ils, après dîner, prisonniers de cette
chambre qui attendait des amants.

Nicolas d'abord. Il est soulagé, inexplicablement soulagé
de ce que personne ne sache où il est. Il a refusé de donner
ses adresses. Son nouveau mythe : recommencer à zéro.
Sans aucune intervention de Dieu, cette fois ; sans aucun
*signe*. Ainsi n'y aura-t-il plus aucune contradiction, et pourra-
t-il enfin vivre en paix.

Se souvient-il seulement que « recommencer à zéro », il
le voulait déjà à dix ans, se souvient-il du curieux soulagement éprouvé, enfant, après l'arrestation de sa mère, parce
qu'il allait quitter cette école dont il avait tellement assez
d'être le point de mire, le phénomène ? Paul les avait emme-
nés alors dans ce couvent près d'Alençon. Ça n'avait pas
marché à cause des Pères, leur compassion, leurs égards.
Mais plus tard, à la Libération, son premier livre... Oui, il
avait bien cru que ça y était. Tout était si clair, et il était du
bon côté, et la vague de l'indignation, de la justice le soulevait avec les autres, et Dieu lui fichait la paix, puisqu'il était
du bon côté.

Mais sa mère n'était pas morte, et Simon était devenu
prêtre. La victime avait épousé le bourreau, le mal et le bien
s'étaient inextricablement mélangés et Simon avait béni,
accepté cet accouplement monstrueux. Et le justicier fou-
gueux s'était aperçu que sa trompette de Jéricho n'était
qu'une trompette d'enfant, et que le grand triomphe du bien
sur le mal, la belle histoire du débarquement des archanges
kaki, et l'épuration, ce mot sacré, n'étaient que le décor et
le texte d'une pièce équivoque et à retournements, et il s'était
mis à s'amuser, à sa façon qui était violemment appliquée et
sans gaîté. Il s'y prenait mal, sans élégance, toujours en
retard d'un bistro, d'un salon, toujours traînant les costumes
trop bien faits du tailleur de Paul et l'absurde espoir de

découvrir dans ces boîtes de nuit délaissées, ces réunions d'écrivains de second ordre, parmi ces traînards de Saint-Germain-des-Prés, les déchets de l'avant-garde, un éclair, un signe, un autre livre, un amour, Dieu. Et le signe était venu, le livre d'abord, l'amour ensuite, et il avait connu cette souffrance, cette dérision : l'amour d'un être absolument pur. Renata.

Cette pureté avait été le plus affreux mensonge. C'était de la folie tout simplement. Un signe, oui, mais un signe de contradiction. Renata était absolument pure, absolument folle, invivable. Invivable pour elle-même puisqu'elle était morte. Etait-ce là le choix ? Trahir comme Wanda ou mourir comme Renata ? Alors il le refusait, ce choix. Il se jura d'être raisonnable. Et il s'appliqua. C'était un garçon horriblement appliqué. Petit-bourgeois, posé, toujours à l'heure. Assez solitaire, donnant d'excellents conseils. Travaillant son style, ironique parfois, contenant sa violence inutilisable, utilisant une pointe d'érotisme froid qui lui faisait une clientèle. On le comprenait mal. Sa grande carcasse inquiétait, son air d'ours bien dressé n'inspirait pas confiance, et tout à coup, sur ce visage aux traits épais, ce bon sourire désarmé lui procurait une amitié qu'il décevait presque tout de suite. On disait : il a de beaux yeux. Tout cela allait mal ensemble. Il avait peu d'amis, à peine des relations. Il allait à des banquets d'anciens élèves de Saint-Luc. Il dînait le mercredi chez son père, après le comité de lecture de l'éditeur. Il accompagnait Yves-Marie (un des « anciens élèves ») à des réunions politiques, il réussissait assez bien cette imitation d'amitié. Finalement cela avait trop bien marché. Il n'avait plus eu besoin d'efforts : les mots, les gestes, les livres venaient automatiquement. En réalité tout pourrissait. L'effort s'était mué en feinte pure et simple, et cette feinte ramenait l'angoisse. Dans les réunions politiques, devant ces visages si authentiquement *intéressés*, au comité de lecture, devant ces discussions sérieuses, où chacun disait son mot, il se sentait sourd-muet, frappé d'une sorte de stupidité soudaine et pourtant, disant son mot lui aussi, approuvant, élevant une objection, mais à travers tout cela, irrémédiablement *banni*. Par quoi ? Dieu s'était mis en lui, comme un ver dans un fruit, et il n'arrivait pas à l'extirper.

Chez son père, les rapports si satisfaisants, si normaux,

s'étaient mis eux aussi, lentement, à se dégrader, à s'infecter d'une sorte de mystère ; il y avait un piège sous chaque mot, une trappe dans chaque coin. Colette elle-même, cette serinette, cette boîte à musique fêlée, d'être trop vue s'était mise tout à coup à prendre un relief, une épaisseur, qui aurait presque fait croire à un être humain. Ce n'était plus tenable.

Les signes étaient partout, incohérents, absurdes, une cacophonie. Il n'avait pas réussi à être raisonnable, posé. L'évidence s'imposait. La nostalgie d'un Dieu dont il avait éprouvé cependant l'absurde inexistence le poursuivait. En demeurant tapi dans son gîte, il avait favorisé au lieu de l'endormir la croissance de cette névrose. Il fallait réagir. Se laisser porter par ce flot de la vie, cette incohérence si évidente, cette amusante absurdité. Puisqu'il ne pouvait pas comme les autres s'intéresser à un jeu dont eux-mêmes créaient les règles, puisqu'il n'y avait que des jeux, jouer celui de la vie toute brute. Abandonner ces règles qu'il s'était imposées arbitrairement. Des personnages, des événements, des activités sans rapports entre eux, sans lien, une belle cacophonie colorée, n'est-ce pas cela, la vie telle qu'on peut aujourd'hui, grâce ( ! ), grâce aux progrès de toutes sortes, la contempler enfin dans sa totalité ?

Comment font les autres ? se dit parfois Nicolas. Ils vivent comme des hommes des siècles passés.

Le monde a changé de dimensions et ils n'en savent rien. Ils ont l'art de jouer au croquet au milieu d'une planète qui pour la première fois dans l'histoire du monde, vit simultanément, d'un bloc. Il n'y a plus mille petits jeux séparés auxquels on peut s'amuser dans le clos d'un village, il n'y a plus qu'un immense grand jeu télévisé dont on sait tout et auquel on ne peut rien. Il n'y a plus de distances, plus d'autres mondes, on leur clame aux oreilles la famine aux Indes et le typhon au Japon, la catastrophe d'un côté compense la merveille de l'autre, et tout le bruit du monde dans les oreilles, ils continuent à souffler, comme disait Frédéric de Prusse, dans leur petit turlututu. C'est bien, c'est héroïque ; héroïques les gens posés qui font des affaires, des livres, se marient, et craignent pour la virginité de leurs filles. Quel don ! Et cela sans croire ni en Dieu, ni en la révolution, ni dans le progrès — rien que le génie de vivre. Superbe ! Pourquoi n'ai-je pas ce don-là ?

Il rêvait. Cette incapacité à être dupe, c'est la rançon de notre monde cahotique, tumultueux, sans règles admises et sans naturel. En somme, il n'y a plus de civilisation. On est tout nu, à l'âge des cavernes, et il n'y a plus assez de mammouths. Oh ! être né dans un siècle où il suffisait de recevoir une bonne éducation ! Au XIXe j'aurais été un écrivain dickensien faisant bonne chère, ayant trois petites filles, visitant les prisons, m'exaltant devant une locomotive. Au XVIIIe, un libéral croyant au proprès, pour finir sur l'échafaud, avec élégance. Au XVIIe, mais c'est un siècle pourri, assez semblable au nôtre avec sa dignité plaquée sur l'ordure. Il fallait naître avec Louis XIII, tout paraissait possible, faire la Fronde, la Ligue, écrire le théâtre de Rotrou, ou l'admirable *Rodogune* de Corneille. J'aurais pu manger du gigot le Vendredi Saint, le cœur battant ; me retirer dans un couvent, soigner des pestiférés...

Il y a des époques qui vous portent. Celle-ci, avec son désordre sans force, un désordre de chambre d'enfants, les cubes éparpillés et les instruments de torture peints en rose, est au fond, depuis longtemps, la plus nue. Toute l'incohérence du monde s'exprime enfin dans cette écœurante superposition d'absurdité douceureuse et d'atrocité démente. Ce chaos exige un Dieu, et ce Dieu n'est pas autre chose qu'une nécessité. La vie sans ce Dieu n'est pas soutenable, et l'y introduire est cependant un artifice que tout mon être refuse. Mais j'ai trop refusé les autres artifices. Le seul recours est de se raconter sa vie comme une belle histoire. Simon n'a pas si mal agi — ni Renata, peut-être. Simon surtout, parce qu'il s'est inséré dans un cadre, est devenu ce personnage d'une histoire, et si l'histoire est belle, qu'importe, comme disent les enfants, que ce soit *arrivé* ? Moi aussi, il me faut une histoire...

Ainsi, pour échapper à la *tentation* de Dieu, Nicolas avait-il commencé ce voyage et se trouvait-il dans une chambre inconnue, aux côtés d'une femme inconnue, qui était Marcelle.

Marcelle aime à se dire d'elle-même qu'elle est « d'une ambition folle ». En fait, depuis qu'elle évolue dans ce monde du journalisme et de l'édition, elle s'amuse beaucoup trop pour que son ambition soit bien sérieuse. Amusement qui ne va pas sans une angoisse secrète. Certes, elle est grisée de sa rapide ascension. Elle se sent légère, légère (peut-être parce qu'elle ne dort pas assez). Mais elle n'est pas sûre que tout cela ne va pas éclater comme une bulle de savon. Les mensualités du nouvel appartement, problème de chaque mois, la garde-robe coûteuse et fragile, et cette tension nerveuse dans laquelle elle vit depuis cinq ans, qui lui permet d'avoir des idées, d'écrire n'importe quoi, sur n'importe quoi, de trouver chaque fois qu'elle en a besoin la traduction, l'article, l'interview, l'émission de télévision qui la « dépannera ». Elle tremble de perdre sa désinvolture comme on perd un parapluie, par distraction. Elle cultive ses relations, lit tout ce qu'il faut lire, voit tout ce qu'il faut voir, couche avec qui le désire, et par-dessus le marché, travaille énormément. Et malgré tout cela, elle garde toujours un vague sentiment de culpabilité, l'impression de s'être introduite en fraude dans un monde interdit d'où elle peut à tout instant être bannie. Ç'a été une petite fille silencieuse et violente aux yeux inexpressifs. On disait d'elle « Elle a un type » d'un ton un peu dubitatif. Elle se croyait laide, déjà.

Elle a beaucoup travaillé au lycée, pendant que sa mère bridgeait dans le 16ᵉ. Beaucoup travaillé à la Sorbonne pendant que Marguerite, sa sœur aînée, épousait un ingénieur au teint coloré. Plus sûre d'elle, peut-être aurait-elle donné dans le genre Saint-Germain-des-Prés, le parasitisme des yachts, les terrasses de café, l'auto-stop, l'amant fortuné. Mais elle n'avait pas appris encore à tempérer le dur éclat de sa beauté. Elle ne plaisait pas. Elle avait l'air trop grave, trop ardente. Elle avait l'air d'une fille à histoires, d'une Colomba. En désespoir de cause elle coucha avec un agrégatif de philo, rouquin, osseux, ennuyeux comme la pluie. Elle le détesta, mais en même temps elle avait peur de lui déplaire, de le perdre. Elle feignait le plaisir, les doigts de pied crispés d'agacement, et lui disait d'elle : « Une brave fille, mais quel tempérament ! » Elle eut d'autres amants, sans précaution aucune. Si elle avait été enceinte, elle aurait été contente, pour embêter sa mère qu'elle détestait (Marguerite, qu'elle aimait bien, qui était, comme elle au fond, une grande belle fille sensuelle et douce, était partie au bout du monde avec son ingénieur, à Perpignan). Mais elle ne fut pas enceinte. « Je suis stérile », constata-t-elle, sans trop de mélancolie. Un jour, elle coucha avec un mécano rencontré dans l'autobus, un grand garçon assez beau, qui revenait de la piscine, son sac à la main. Elle y prit plaisir. Alors, de temps en temps elle allait dans un bal, ou à la piscine le dimanche, quand il y avait affluence, et faisait connaissance d'un garçon d'un milieu populaire. Cela marchait souvent très bien, non parce qu'elle aimait s'encanailler, mais simplement parce que ce genre d'hommes ne lui faisait pas peur. Mais elle ne le savait pas. Elle se croyait du vice, et en tirait un certain snobisme. Elle avait passé entre-temps sa licence de lettres. Il y eut un flottement. Elle ne savait qu'entreprendre. L'agrégation ? Elle avait le sentiment qu'elle ne réussirait pas, ou difficilement, et qu'au fond, ces études, c'était une façon de tromper sa faim, son attente, mais l'attente de quoi ? Une aventure banale se termina mal. Un de ses mécanos la plaqua. Elle en fut toute désemparée. Elle était si peu sûre d'elle, de ce qu'elle voulait, de la vie, qu'elle avait failli l'épouser. Elle sombra dans une telle mélancolie, que sa mère le remarqua, et tout extraordinaire que ce fût, la sauva.

Elle avait l'habitude de bridger avec un trio de joyeuses dames mûres dont l'une, Béatrice, alerte veuve, s'occupait à ce moment-là d'émissions de radio. Elle ne demanda pas mieux que de faire travailler la fille de sa vieille amie, l'amie d'enfance de Jean-Pierre. Marcelle s'occupa d'une émission historique pendant un an. De là elle passa au service de publicité d'une maison d'édition. De là, dans un journal féminin où elle faisait des comptes rendus de livres. Ce fut le tremplin d'où elle s'élança pour accomplir une totale mutation et devenir, en moins de cinq ans, une personne à la mode.

Cela se fit par hasard, sans aucun calcul, sans intrigue ; elle était invitée à des générales, elle y allait avec Jean-Pierre qui était déjà « lancé », elle avait appris à s'habiller, et surtout, vingt-cinq ans lui allaient beaucoup mieux que dix-huit. Elle avait été une jeune fille inquiétante, elle devenait une jeune femme originale. Ses succès n'étaient pas cependant en proportion de sa beauté ; cette beauté lui était plutôt un handicap, souvent. On était sûr qu'elle n'était pas jolie, et pas absolument sûr qu'elle fût belle. Mais elle savait parler, se taire à propos ; enfin, une fois qu'elle eut compris que « ça y était », qu'elle eut trois invitations à des cocktails sur la cheminée, deux dîners retenus dans la semaine (d'autant plus aisément qu'elle était élégante, célibataire), des week-ends à la campagne, dans de vieux moulins, chez des gens connus, sa vitalité se réveilla brusquement, elle eut de l'éclat, des moments superbes. Par « ça y était » elle entendait qu'elle avait enfin rompu une glace, pénétré dans un monde qui l'acceptait, impression qu'elle n'avait jamais eue au lycée, ni à la Sorbonne. A l'émerveillement succéda la peur de perdre ce qu'elle avait gagné. L'avidité d'acquérir tous les attributs de ce monde où elle avait pénétré (pensait-elle) un peu par fraude.

Elle se mit à travailler comme une folle. Il lui fallait la petite voiture, l'appartement, une élégance toujours plus recherchée. Le coiffeur : elle y griffonnait des articles, toujours tendue. Elle rentrait tard le soir, se levait tôt, faisait des démarches. Elle y perdit un peu de l'harmonie de ses mouvements, cette lenteur sensuelle du corps ; elle acquit une sorte de mystère, de discordance intime. Son regard fut moins chaud et plus intelligent. On sut qui elle était, sans qu'elle atteignît vraiment la notoriété. Elle rencontra Rougerolles. Elle rencontra Nicolas.

# III

Quand il ne parlait pas, ni ne la regardait, les sourcils froncés, la tête dans les épaules, il était franchement laid, mais Marcelle s'en souciait peu. C'était son silence qui l'inquiétait. Il s'était assis sur le bord du lit, son grand corps encombrant un peu tassé, mais ne paraissait pas penser à se déshabiller, encore moins à converser, ce qui agaçait Marcelle. Elle aurait bien souhaité passer par le bar avant de monter, boire quelque chose, parler... Partir en reportage avec une note de frais, cela représentait aussi pour elle la possibilité d'en profiter un peu, de perdre du temps, de dépenser sans trop compter, de traîner dans les bars avec un compagnon amusant sans avoir à se soucier de l'heure du lever, de boire un peu trop, de faire l'amour, de se moquer sans méchanceté des rencontres faites pendant le travail. « Je n'aurais pas cru, pensait-elle, que c'était cela, un écrivain. »

Elle s'était assise près de lui, en combinaison, une jambe repliée sous elle, avait allumé une cigarette, puis, tout à coup, les yeux distraitement fixés sur la bande de dentelles noires qui couvrait ses genoux, s'était rappelé quelques phrases prononcées par lui avant le dîner. — Pourquoi une seule chambre ? — Oh ! avait-elle répondu en riant de son inexpérience, mais pour la note de frais, voyons ! On en compte deux, et le tour est joué. » Il avait paru un peu malheureux, ce qu'elle avait, encore, attribué à son ignorance des habitudes journalistiques. « Tu crois qu'on peut faire cela ? — Tout le monde le fait, voyons ! » Sur le moment cette conversation l'avait fait sourire, comme dès le premier instant quelque chose en Nicolas lui avait paru un peu comique, presque touchant. Ses bras dont il semblait ne savoir que faire, sa mèche sur le front... Et tout à coup, à cause de ce silence, la conviction fondit sur elle avec la soudaineté de l'éclair : elle ne lui plaisait pas, voilà tout. Elle se sentit soudain tout à fait malheureuse.

— J'ai froid, dit-elle.

Nicolas s'empressa.

— Mais c'est vrai, tu es toute découverte, mets donc ta robe de chambre, veux-tu quelque chose ?

Sa maladresse, son inquiétude étaient touchantes, mais Marcelle y lisait la gêne de l'homme bien élevé qui ne sait comment s'excuser d'un secret manque d'ardeur.

— Si on pouvait faire monter quelque chose à boire, murmura-t-elle.

— Mais bien sûr ! Excuse-moi, j'aurais dû y penser !

Il se précipitait sur le téléphone intérieur, d'un modèle désuet, se débattait avec le concierge de nuit, qui faisait des difficultés, obtint finalement qu'on leur monterait du champagne. Marcelle cependant se déshabillait, enfilait en frissonnant sa chemise de nuit, sa robe de chambre par-dessus, oubliant dans son humeur morose la pudeur qui lui était cependant habituelle. Cet ennui, ce silence soudain, cette contrariété minuscule d'être enfermée là, ce soir de juin, avec un homme qui ne l'aimait pas, ne la désirait pas, et peut-être ne lui plaisait pas (mais ce point pour elle était secondaire, et même elle n'avait pas d'opinion bien précise là-dessus), ravivaient en elle le chagrin soudain revenu à la surface, de l'abandon de Jacques, trois mois auparavant. C'était, depuis le « grand chagrin » de sa vie, la première fois qu'elle était franchement plaquée. Les autres fois, cela se défaisait doucement, sans qu'elle sût pourquoi. Et au moment de l'abandon de Jacques, d'autres peines encore étaient remontées à la surface, chagrins d'enfant, peines d'adolescente, cet affreux sentiment d'être laide, gauche, exclue... « Pourquoi ne m'a-t-on pas aimée ? Pourquoi ? » Et elle confondait dans le même sentiment de tristesse sa mère qui avait toujours préféré Marguerite, sans même songer à le cacher, Jacques qui l'avait si soudainement bannie de tout ce qu'elle croyait lui appartenir de droit (le petit bar de coquillages où ils se rencontraient, les bureaux de la Radio où elle l'attendait entre les classeurs, le poisson rouge malade, les coupures de journaux épinglées sur les murs, les gais téléphones stridents) et cet homme qui se trouvait là (par besoin d'argent, supposait-elle) et qui s'efforçait de la supporter sans pouvoir y parvenir. Cependant Nicolas méditait sur le naturel avec lequel cette femme quinze jours avant inconnue se déshabillait devant lui.

On frappa à la porte. C'était le portier, ahanant avec un peu d'affectation sous le poids d'un plateau chargé du seau à champagne, des verres, de la glace. Marcelle l'avait remarqué déjà en arrivant et elle avait eu un frisson de répulsion. Car c'était un monstre, un véritable monstre que cet homme petit, énorme, asexué, avec ses doigts boudinés, sa face d'eunuque ou de vieille femme, ses yeux globuleux, sa bouche rouge. Il avait de plus, le soir, un aspect négligé qui ajoutait encore au désagrément de sa présence. Une veste d'épais tricot d'un beige déplaisant, des pantalons fripés, une paire de chaussures molles, très semblables à des pantoufles vernies, accentuaient son aspect de concierge un peu barbue. Sa voix gémissante comme une vieille porte s'éleva dans le silence.

— Voilà le champagne, messieurs-dames! Je vais vous l'ouvrir. Ah! vous pouvez dire que vous avez de la chance d'être tombés sur moi. L'autre portier, celui que je remplace, il a la grippe, et même ce n'est pas drôle pour un homme qui n'a pas de santé, comme moi, et un petit garçon à la maison, de veiller toute la nuit; l'autre ne vous aurait rien monté du tout. Oh! monsieur!...

Ces mots s'adressaient à Nicolas qui, résigné, cherchait son portefeuille.

— Je n'accepterais pas! Non, quand je vois un gentil petit couple, j'aime à faire plaisir, voilà tout.

Il inclina avec précaution, de ses mains potelées, la bouteille de champagne. Le bouchon partit avec un bruit très léger. Dehors, le vent s'était levé dans les platanes. Le portier avait, avec soin, rafraîchi les coupes, d'un morceau de glace qu'il avait fait tourner avec une habileté professionnelle ; maintenant il versait le liquide doré, attendait un moment que la mousse se fût évaporée, remplissait encore. Il y avait quelque chose de comique et de funèbre dans cet office rendu en silence, avec solennité. Claudiquant, le gros homme alla jusqu'au lit où Marcelle s'était blottie, une coupe à la main.

Nicolas était resté près de la cheminée, paralysé par une sorte d'embarras, de fascination aussi devant l'absurdité qui lui apparaissait de ce champagne, de cette créature étrange dans leur chambre, de ce silence... De toute évidence ce n'était pas là le genre de « verre » que Marcelle avait désiré boire.

— Voilà, petite madame, dit le portier avec un petit rire d'une naïve obscénité. Notre meilleur champagne, une vraie boisson d'amoureux! Oh! je monte toujours à boire aux amoureux, voyez-vous, ça me portera bonheur, à moi qui n'en ai pas tellement eu dans ma vie.

Marcelle avait été obligée, pour prendre la coupe, de sortir des draps dans lesquels elle s'était fourrée. Ses épaules nues apparurent, coupées seulement par l'épaulette de la chemise de nuit. Elle crut remarquer une certaine exaspération dans le regard de Nicolas. Elle-même était près de pleurer. Elle vida la coupe d'un trait.

— Remplissez-la-moi, voulez-vous ? dit-elle au portier qui s'apprêtait à se retirer.

Nicolas avait pris son verre, mais toujours debout, près de la cheminée, ne manifestait aucun signe d'initiative. Appuyé là comme un causeur dans un salon, avec sa grosse tête renfrognée, raide dans son costume neuf, elle le trouvait soudain ridicule, odieux. Il aurait pu montrer avec moins d'évidence l'ennui qu'elle lui inspirait.

— Et pourquoi, dit-elle avec défi à l'homme qui la servait, n'en prendriez-vous pas une coupe avec nous ? Cela vous remonterait, pour ce travail supplémentaire qu'on vous donne.

Le monstrueux personnage eut un regard vers Nicolas.

— Faites, faites, dit celui-ci avec indifférence.

Il était trop pris par cette sensation de rêve pour s'étonner de rien. Et n'était-ce pas ce dépaysement qu'il était venu chercher si loin ?

— Il y a un verre dans la salle de bain, ajouta-t-il même avec une soudaine cordialité.

Il se demandait ce qu'on pouvait éprouver, à être ainsi affublé d'un corps, d'un visage qui créaient le malaise... Le portier pourtant avait été aimé, l'était peut-être encore ; il avait un petit garçon. Il souriait par instants ; son sourire, il est vrai, paraissait sournois ; mais c'était le fait peut-être de ces lèvres rouges, cicatrice qui barrait le visage. Ce corps, ce visage, avaient-ils joué un rôle dans la vie de cet homme ? Avaient-ils modifié son caractère ?

— Vous êtes bien bon, disait-il de sa voix geignarde. Vous permettez que je m'asseye un moment ? Avec mes pauvres jambes...

Il posa sa masse gélatineuse sur la chaise d'acajou, avec un soupir de soulagement.

— Il y a peu de gens, de nos jours... Oh ! le samedi nous avons des marins, beaucoup de marins, vous verrez ça, l'hôtel est animé alors, et qui offriraient à boire à la terre entière. Mais je n'accepte pas, vous comprenez. Le pli est vite pris, monsieur, et j'ai des responsabilités. Un verre de champagne, offert par un gentil petit couple comme vous, je ne dis pas...

Il but, aspirant bruyamment le liquide de ses lèvres si rouges.

— Vous êtes marié ? dit Nicolas, pour dire quelque chose.

Dehors le vent faisait battre un volet, à coups sourds, contre un mur. Une branche par instants frappait le vitrage.

— Je l'ai été, monsieur, je l'ai été... soupira le concierge. Il me reste un petit garçon, dix ans cette année, mon petit Albert. Un bien bel enfant, monsieur, toute ma joie... Tenez...

Il fouilla sous le tricot, en retira un portefeuille, une photographie. Nicolas la prit gauchement.

— Fais voir ? demanda Marcelle, sans grande conviction, du fond de son lit.

Mais après un regard jeté sur la photographie, elle poussa une exclamation d'enthousiasme sincère :

— Qu'il est beau ! Quel bel enfant !

— N'est-ce pas, soupira l'homme affalé sur sa chaise. Il a tout de sa mère. Il ajouta au bout d'un moment, sans emphase : — Je l'ai perdue il y a six ans.

— Mon Dieu ! s'écria Marcelle qui avait la commisération facile.

— Elle m'a quitté, précisa l'autre de sa voix graillonneuse. Oh ! il fallait s'y attendre. Je n'ai pas une très bonne santé, n'est-ce pas, je suis asthmatique, il me faut des soins, des précautions... J'ai obtenu la garde du petit. D'ailleurs elle n'y tenait pas. Elle habite à Brest maintenant. Beaucoup d'hommes, là-bas...

Sans attendre une invite, il étendit le bras, se versa un nouveau verre de champagne.

Nicolas considérait la photographie. Un enfant de neuf ou dix ans, d'une minceur presque diaphane, appuyé à une sorte de bureau, au visage étroit de Greco, aux yeux sombres, graves et qui semblaient contempler le monde avec une sorte de pitié avertie.

— Il a l'air bien intelligent, dit-il gauchement.

— Oh ! pour intelligent, non, monsieur, répondit le concierge avec une sorte de mépris, non, on ne peut pas dire qu'il soit intelligent, mon petit Albert, non. Est-ce qu'un oiseau est intelligent, ou une fleur, monsieur ? Ou de la lumière, monsieur, simplement un rayon de lumière. Je ne dis pas de soleil, parce que le soleil c'est gai, et que mon Albert n'est pas toujours gai. Non, je dis de la lumière, simplement, monsieur, est-ce que c'est intelligent, la lumière ? C'est de la lumière, voilà tout.

— Propos mystique, dit Nicolas entre haut et bas.

Marcelle lui jeta un regard indigné.

— Je vous comprends très bien, dit-elle avec chaleur au gros homme. Il y a des choses qu'on ne peut pas expliquer.

Elle s'était assise dans le lit, frissonnante, les genoux au menton.

— C'est bien vrai, madame. Qu'on ne peut pas expliquer. Elles sont comme ça. Elles sont...

Nicolas était allé lui jeter un tricot sur les épaules. Elle ne le remercia pas. Ces attentions maladroites ! Elle avait besoin de chaleur humaine, d'en recevoir, d'en donner, et la confidence du portier l'avait touchée, réveillée. Elle aurait voulu rester seule avec ce monstre, qui lui avait tout à l'heure fait si peur, lui parler, mêler leurs chagrins simples, faire se coudoyer un peu leurs peines... Qu'est-ce qu'il pouvait comprendre à ça, Nicolas, enfermé dans son épais silence ?

— Et il travaille bien en classe, votre petit garçon ? dit-elle avec une sorte d'avidité.

— Pas trop. Non, on ne peut pas dire qu'il réussisse très bien, on ne le comprend pas. Puis il est souvent malade. Il souffre du foie, et il a de l'asthme comme moi. Ça ne l'avance pas dans ses études, vous pensez.

— Comme c'est dommage !

— Ce serait dommage pour un autre, dit le concierge, d'un

air de supériorité. Mais pour lui, non. Il s'en tirera toujours, allez. Vous savez ce qu'il dit de moi? ajouta-t-il sans lien apparent. Que j'ai l'air d'un olivier, ramassé sur lui-même, avec ses branches tordues. D'un olivier, vous vous rendez compte? Sa mère aussi parlait bien, on ne sait pas pourquoi, car elle avait été élevée dans un orphelinat et on ne lui avait pas appris grand-chose... Mais c'est dans le sang, ces choses-là.

— Buvons encore un peu, proposa Nicolas. Il aurait voulu dire quelque chose, entrer dans cette complicité évidente qui s'était nouée entre Marcelle et le portier. Mais cela ne lui venait pas. Il voyait bien qu'elle était triste, nerveuse, mais pourquoi ? Il pensait à ce qu'elle lui avait confié au Soleil d'Or, qu'elle était stérile, et croyait que les propos du concierge avaient réveillé en elle un désir secret de maternité. La bouteille fut vide, une fois les trois verres remplis. Ils burent en silence. Les coups sourds du volet, en dessous d'eux, au bas du mur, ponctuaient le souffle régulier du vent. Il n'y avait plus d'heure.

— Si j'osais suggérer... dit le portier.
— Osez, osez, dit Nicolas.
Le portier, cette énorme chimère, était devenu l'ordonnateur de la nuit. Marcelle non plus n'avait plus sommeil : elle avait enfilé son tricot ; ses yeux, agrandis par l'exaltation factice des nuits blanches, erraient dans la chambre, sans poser leur regard.

— Je proposerais bien à ces messieurs-dame... il y a une bouteille de rhum à l'étage... pour les malaises...
Marcelle battit des mains, avec une gaîté un peu forcée.
— Bravo ! Apportez-la. Il n'y a pas de scotch, par hasard ?
— Malheureusement non, madame.
— Alors du rhum, c'est très bien, pourquoi pas du rhum ?
Il sortit. Marcelle avait bondi hors du lit, passé sa robe de chambre.
— Pour boire du rhum, je me lève, dit-elle. On ne peut pas boire du rhum au lit, n'est-ce pas ?
Nicolas se persuadait du bien-fondé de ses soupçons. Pauvre fille ! se disait-il. Croire à la vie au point de désirer procréer, quelle folie ! Ces femmes, toutes ces femmes, au long des siècles, avec leurs ventres-pièges, leurs mots tendres, leurs niaiseries émouvantes, et tout cela servant un moloch

caché, servant à perpétuer la souffrance, le mal, le mal de vivre. Mères admirables et vénérées, qui les voit sous leur vrai jour ! Des putains qui transmettent leur sale maladie, sous le couvert des cajoleries, qui transmettent la vie comme on transmet la vérole. Et elle regrettait de ne pouvoir prendre part à cette conspiration ! Bien sûr, liée comme elle l'était au concret, prise dans la matière vivante comme dans une toile d'araignée, comment n'eût-elle pas souffert de ne pouvoir s'y fondre entièrement. Déjà isolée par sa beauté, sans doute se sentait-elle encore plus exclue par cette anomalie. Il eut un mouvement vers elle, mais le portier rentrait, porteur d'une grande bouteille.

— Elle est là en cas d'accident, dit-il avec son petit rire étouffé. Mais on ne m'en voudra pas de l'avoir prise pour vous.. Pensez, je suis depuis vingt ans dans cette maison ! J'étais tout gamin quand j'ai commencé...

Il servit le rhum avec une certaine gravité. Ils s'étaient groupés autour de la table ronde, Marcelle pelotonnée dans le lourd fauteuil, les deux hommes sur les chaises ; ils élevèrent leurs verres comme pour célébrer quelque chose, mais quoi ? et burent sans paroles, après un moment d'hésitation. Et le portier reprit la parole, ensuite, comme une chose convenue.

— Oui, je vous disais, c'est ici que je l'ai rencontrée. Elle était vendeuse aux Nouveautés, chez madame Mercier, tout à côté. Pourquoi m'épouser, moi? Je vous dirai que je n'en sais toujours rien. Elle n'était pas heureuse chez les Mercier, c'est vrai. Ils l'avaient prise à l'orphelinat et ils le lui faisaient sentir; mais il y avait de jolis garçons qui n'auraient pas demandé mieux. Mais on l'avait tellement écœurée de ce mot de charité, voyez-vous, qu'à ce que je crois, elle l'avait sur l'estomac. Et ces garçons-là le lui auraient sorti un jour ou l'autre, croyez-moi, sans compter les familles, vous savez ce que c'est, les familles... Moi, je travaillais ici, déjà, et elle venait parfois livrer quelque chose, des fleurs, pour la table, de nouvelles serviettes (on fait de tout aux Nouveautés). Elle me parlait toujours avec un sourire, vous savez, comme le petit tout à fait, mais moins clair, peut-être... Je ne sais pas comment dire, plus brillant, comme un fort soleil, mais moins doux... Enfin un sourire. Il me suffisait, je n'allais pas imaginer...

Une sonnerie tinta dans la nuit. Ils sursautèrent. Mais c'était loin, loin, dans la maison d'à côté, dans un autre monde... Et le volet battait toujours.

— Non, ce n'est pas pour moi. La nuit, il n'y a rien à faire ici, sauf les week-ends, à cause des marins... Des fois un couple bien tranquille, comme vous, et sitôt la porte refermée, on n'entend plus rien. Ce qui ne veut pas dire qu'on ne comprend pas, hein ? (Son petit rire, plus hardi que tout à l'heure.) Mais motus. Il faut apprendre à se taire, dans ce métier, et en province ! Mais la nuit, non. Quelquefois un voyageur de commerce et c'est tout. Et d'ici, j'entendrais la porte. Qu'est-ce que je vous disais ? Qu'elle me souriait, voilà. Un soir, à l'heure de l'apéritif, c'est souvent bondé ici, madame, vous ne croiriez pas parce qu'hier... Un soir donc, elle vient, à l'heure de l'apéritif, et elle me dit, bien haut... Sa voix, je l'entends encore, elle résonnait dans tout le bar comme si ç'avait été, je ne sais pas, moi, une petite flûte bien claire, bien perçante : « Eh bien, Paul, qu'est-ce que vous faites demain soir ? Si on allait au cinéma ? » Moi, vous m'auriez renversé avec une plume. Naturellement je lui dis oui, d'accord, mais c'était comme dans un rêve. Et à peine elle était partie, ç'a été des blagues sans fin, vous pensez bien : « Alors, Paul, t'as fait une touche ? T'es cruel avec elle, Paul, on voit qu'elle souffre ! » Vous pouvez imaginer !

— Et vous êtes sorti avec elle ? demanda Marcelle ; elle achevait son verre avec application, à petites gorgées.

— Et pas qu'une fois, madame. Tous les samedis pendant six mois, jusqu'à ce qu'un jour : « Est-ce que je ne te plais pas, Paul ? » Encore une fois, j'en étais bête. J'avais fini par m'y faire, je m'étais dit qu'elle aimait ma conversation, est-ce qu'on sait ? Qu'elle voulait sortir avec un garçon pas compromettant parce qu'elle en attendait un autre, un marin, peut-être ; et puis : « Est-ce que je ne te plais pas, Paul ? » Elle était jolie, très jolie. Peut-être pas le genre d'ici, brune et pâle, plutôt, à la fois brune et pâle, avec la bouche plus mauve que rouge, vous voyez ? Des yeux dorés, magnifiques, longs comme mon pouce, des cheveux, un corps ! Et elle me disait ça, froidement. Et après : « Pourquoi est-ce que tu ne m'embrasses jamais, Paul ? »

— Alors vous l'avez embrassée ?

— Et épousée, madame, et épousée. Ç'a été jusque-là. Et

je n'y comprenais toujours rien, c'était comme si on m'avait passé l'anneau magique. Mais elle avait l'air contente, et fière, fière... Peut-être que c'était son tour de faire la charité, enfin... Je n'avais pas de famille pour la toiser, juste un vieil oncle à La Rochelle (d'ailleurs c'est à cause de lui qu'elle est partie). Enfin, ça allait, elle attendait le petit, toujours pâle, pâle, et avec ce sourire si brillant qu'il faisait mal, et puis le petit est venu, et elle m'a dit, le jour où il est né, un 25 février : « Tu vois, il est à toi, à toi, je t'en fais cadeau. » Drôles de paroles pour une accouchée ; avec ça c'était l'hiver, il gelait à pierre fendre, elle est restée longtemps au lit, malade, mais c'était toujours : *ton* fils, donne-moi *ton* fils, c'est le biberon de *ton* fils. Et c'était vrai qu'elle me l'avait donné, quand elle est partie elle ne l'a pas emmené. Elle ne l'a même jamais réclamé ni revu depuis. C'est vrai qu'avec la vie qu'elle mène...

— Mais pourquoi est-elle partie ?

— Je vous l'ai dit, à cause de mon oncle. Le brave homme avait cassé sa pipe l'année des deux ans d'Albert, son filleul d'ailleurs, il s'appelait Albert, mon oncle, je ne sais pas si je vous l'ai dit. Il me laissait tout ce qu'il avait. Et voilà ce qui a tout gâché.

— L'héritage ?

— Oh ! l'héritage c'est un bien grand mot, il avait une bicoque près de la mer, quelques sous... mais enfin, tout le monde en a parlé, on est comme cela ici, il y a un groom, il paraît, qui a dit à ma femme (un garçon très grossier, qui n'était pas du pays) qu'elle n'avait pas fait une si mauvaise affaire, des femmes qui ont prétendu que ma femme était au courant de tout, qu'elle m'avait épousé pour l'argent de mon oncle, est-ce qu'on sait ? Il y a des méchantes langues partout. Mais ça a comme empoisonné ma femme. Ça l'a retournée pour ainsi dire, comme un gant. D'abord, elle ne disait rien, elle s'éteignait, petit à petit. Plus de sourire. Et tout d'un coup ç'a été : « Achète-moi ci, achète-moi ça. Puisque je t'ai épousé pour ton argent il faut que j'en profite. » Naturellement je lui donnais tout ce qu'elle voulait, mais ça n'a fait qu'aggraver les choses. « Toi aussi tu le savais bien que j'attendais l'argent de ton oncle. » Je ne savais rien du tout, moi. Je faisais ce que je pouvais : « De toutes façons, Yvette, qu'est-ce qu'il y aurait de mal à se réjouir de cette petite rentrée ? » Elle s'est mise à dépenser, à dépenser ; et puis ç'a été les marins, une rage qui l'avait prise, comme ça... Finalement elle est partie. Voilà l'histoire. Telle qu'elle s'est passée.

Ils burent. Marcelle était recroquevillée dans le grand fauteuil défoncé, ses pieds nus dépassant la robe de chambre imprimée de motifs vaguement japonais, qui pour Nicolas évoquait désagréablement Colette. Elle pensait à Jacques, elle buvait, elle pensait à Jacques, elle berçait son chagrin de cet autre chagrin, la nuit s'étendait autour d'eux illimitée ; c'était l'heure où il n'y avait plus de raisons de cesser de boire. Elle pensait à son amie Renée. « Tu sais, si tu voulais, tu pourrais très bien rattraper ça, tu ne sais pas te mettre en valeur. Et puis tu as l'air d'y tenir, tu leur fais peur, aux hommes. C'est ton physique. » Renée était employée chez un coiffeur en renom. Ce n'était pas du tout le genre de fille que Marcelle avait l'habitude de fréquenter. C'était peut-être pour cela qu'elles étaient devenues amies. Renée la détendait, la rassurait. Avec Renée elle n'avait pas le sentiment de jouer un rôle, et pourtant, elle gardait sur elle une légère supériorité. « Rattraper ça ! Tu es folle ! Rien que ce mot, rattraper, comme une sauce. Ça me dégoûterait... » « Tu vois » disait Renée qui tout en reconnaissant à son amie une supériorité d'intelligence et de culture, se considérait comme plus adulte, *connaissant la vie*, « tu prends tout ça avec trop de passion ».

Peut-être, se disait-elle passivement, abandonnée dans son fauteuil. Trop de passion. Pourtant ce n'était pas tant Jacques qu'elle regrettait que les habitudes qu'ils avaient prises ensemble, leur vie, leurs amis, leurs objets... Elle s'était sentie plus surprise encore que peinée, comme quelqu'un qui joue un duo et s'aperçoit tout à coup qu'il est seul sur la scène, que sa voix résonne dans le vide, et qu'il s'est rendu un peu ridicule. Trop de passion ? Pourtant elle n'avait pas lutté, avait abandonné aisément; c'est son droit, après tout, de ne plus m'aimer... Mais où était sa faute à elle ? Elle ne pouvait s'empêcher de reprendre incessamment le fil de son aventure et de rechercher l'instant où elle avait lâché une maille, été négligente... Où est ma faute ?

— Comme c'est triste... dit-elle tout haut de sa voix chaude.

Le portier fut ému par cette compassion qui ne s'adressait pas à lui.

— C'est encore plus affreux pour mon pauvre petit garçon sans mère... larmoya-t-il.

Marcelle se servit, lui versa à boire. Ils communiaient tous les deux dans un attendrissement flou, dans une chaleur humaine sans racines, aussi proches et aussi lointains que deux voyageurs collés l'un à l'autre dans le métro aux heures de pointe. « Mais c'est peut-être cela la vraie chaleur humaine, cette fraternité dont Yves a toujours la bouche pleine. C'est cela sans doute qu'il cherche dans ses réunions politiques, ses séances de collages d'affiches, ses stations interminables dans ces arrière-salles de café, délabrées, enfumées, ou ces hangars, ou ces vieux bureaux où l'on harangue vingt personnes épuisées par leur journée de travail, au milieu des classeurs rouillés et des billards couverts de housses... Nostalgie de boy-scout. Je m'y suis traîné pourtant moi aussi, dans l'espoir de participer à quelque chose, n'importe quoi, n'importe comment... Ne soyons pas injuste. J'y ai même cru un peu : mais ça ne résolvait rien. »

Le cercle s'était refermé en l'excluant et il n'avait jamais été capable de savoir si c'était lui qui l'avait voulu ou non. Seul Yves-Marie, absurdement fidèle... Ici encore, le cercle se refermait. Avec ce monstre, cet homme-tronc, vulgaire, sentimental, Marcelle se trouvait plus en contact qu'avec lui. Le voulait-il, cela ?

— Allons, dit-il pesamment, il est temps de se quitter.

L'homme eut un rire niais. Marcelle regardait dans le vide.

— Déjà? Ah bien, comme ça se trouve, mon service est fini. J'ai un petit jeune qui vient me relayer à cinq heures.

— Cinq heures! s'écria-t-elle, brusquement tirée de sa torpeur.

— Vous ferez la grasse matinée, madame, pas vrai ? Moi il faut que je me réveille avec le petit, il va au catéchisme, le jeudi, et après je le prends ici avec moi. Allons, je me lève...

Il sembla le faire à grand-peine. Ses mains semblaient s'être gonflées, alourdies aussi, comme elles posaient sur le plateau les verres, les bouteilles vides, le seau à glace. Et déjà le contact pitoyable et chaud se dissolvait ; Marcelle le revoyait avec ses yeux de la veille, elle était soudain redevenue sensible à l'horreur de ce pas traînant, de ces pantoufles, de ce tricot beige à torsades ensachant le corps... Elle frissonna.

— Et voilà ! Bonne nuit, messieurs-dames. Quoique ce ne soit pas la peine de vous la souhaiter, pas vrai ? A votre âge...

— Bonne nuit, dit Nicolas plus sèchement qu'il ne l'eût souhaité.

Encombré par son plateau, il mit un moment à franchir le seuil. Nicolas dut aller lui tenir la porte. Dans le couloir déjà, l'homme leva les yeux sur lui :

— Ce n'est pas la première fois que je tiens compagnie à des clients, dit-il abruptement. Vous n'avez rien à craindre. Je ne me familiarise pas. Le lendemain, ni vu ni connu, je ne les connais plus. C'est que je sais me tenir, monsieur ! Sans mon physique, je serais portier au Claridge...

Il s'éloigna, tirant la jambe. Nicolas referma la porte.

Marcelle était debout près de la fenêtre.

— Regarde, dit-elle avec regret en écartant le lourd rideau de velours vert, il fait déjà jour. Est-ce encore la peine de se coucher ?

— Dormons une heure ou deux, dit-il doucement. Tu as froid.

Elle se dirigea vers l'un des deux lits avec une docilité triste.

— Quels jolis pieds tu as, dit-il gentiment.

C'était vrai. Longs, étroits, c'était des pieds très soignés, brunis, qu'on imaginait bien dans une sandale.

— Je les soigne, aussi, dit-elle, un peu rassérénée. C'est si important d'être toujours impeccable...

« Important pour qui ? Pourquoi ? Tout me paraît étrange, ce soir. » Il se déshabilla pensivement, enfila son pyjama, prit place à côté d'elle, tout naturellement.

— Que tu es gentil, dit-elle, reconnaissante. J'avais si froid...

— Pourquoi avoir retenu ce portier, avec ses histoires d'amour...

— Ce n'est pas une histoire d'amour, dit-elle avec une hostilité soudaine.

Qu'est-ce que c'était pour elle qu'une histoire d'amour ? Une histoire qui finit bien, où les héros sont beaux et cultivés, jeunes et oisifs ? Est-ce qu'elle appellerait mon histoire avec Renata une histoire d'amour ? Et elle avait paru si compatissante avec le portier, pourtant. Elle devait avoir, elle aussi,

4

cette absurde nostalgie de quelque chose d'irréalisable...
— Pourquoi l'as-tu laissé parler, alors ?
— Par politesse. Je n'osais plus l'interrompre, dit-elle avec mauvaise foi. Comme si elle allait lui raconter sa vie... Mais c'est stupide.
— Moi je n'ai pas trouvé ça si inintéressant.
— Toi c'est autre chose. Tu es un écrivain. Tu dois te documenter.

Il ne put s'empêcher de rire.

— C'est ça, dit-il avec gentillesse. C'est même une des raisons pour lesquelles je fais ce voyage. Je suis un écrivain qui se documente. Il éteignit la lumière, la petite lampe de chevet juponnée de plastique rose.

Il la prit dans ses bras. Douce, abandonnée sans réticence. Rassurante Marcelle. Toujours le mot clair, la définition simple. Elle pense en images d'Epinal. « Peut-être ai-je trouvé la femme de ma vie », se dit-il, un peu amer tout de même.

Marcelle se réchauffait lentement. Elle détestait le froid. Elle avait toujours froid. Bretonne pourtant, pas méridionale, malgré son type aztèque. Elle avait froid surtout quand elle pensait à son enfance, à sa mère, ou à Jacques. « Mauvaise circulation », pensait-elle sagement. Et déjà le sentiment que cet homme à ses côtés, tout inconnu, tout étranger qu'il fût, lui parlait, l'étreignait sans déplaisir, la réconfortait. Un corps sans hostilité reposait près d'elle, dans cette chambre d'hôtel, et c'est déjà quelque chose, que l'amitié d'un corps, que la compagnie d'un homme. Une sorte d'humble remerciement monta en elle, à l'adresse de quelque puissance inconnue.

Leurs pensées sans doute s'étaient de quelque façon rejointes, car il dit tout à coup :

— Tu es bien ?
— Tout à fait bien, soupira-t-elle, engourdie déjà.
— Est-ce que tu serais aussi bien avec n'importe qui d'autre ?

Elle s'étonna.

— Comment veux-tu que je le sache, puisque c'est toi qui es là ?
— Que tu es sage... Mais si quelqu'un d'autre avait fait ce voyage avec toi ?...

— C'est *toi* qui fais ce voyage avec moi, dit-elle patiemment.

— Mais supposons que ce soit quelqu'un d'autre, est-ce que cela se serait passé de la même façon ?

Il sentit qu'elle se contractait légèrement, puis se détendait de nouveau.

— C'est probable, dit-elle avec douceur. C'est probable, oui. Est-ce que cela te contrarie ?

— Oh ! pas du tout, dit-il. Pas du tout. Au contraire.

Elle ne comprenait pas. Mais tout viendrait à son heure. Puisqu'il était content. Ils s'endormirent, paisibles.

Il avait ressenti d'abord cette légère répulsion, cette ombre de nausée qui précède parfois le désir ; puis il avait plongé dans la foule avec Yves-Marie et ils s'y étaient dissous. L'avenue plantée de marronniers grouillait d'une foule si dense qu'elle en était entièrement remplie, qu'elle paraissait un membre du grand corps qui s'agitait vaguement au soleil, là-bas, sur la place de la Bastille. Il régnait une atmosphère de vacances, plus fiévreuse seulement, et comme si l'on était parti vraiment en vacances, ou en pique-nique, des hommes à brassard disaient d'un air soucieux : « Pourvu qu'il ne pleuve pas ! » Car le succès d'une manifestation peut tenir à cela. On se souriait, les mâchoires un peu serrées. Les habitués donnaient aux novices quelques conseils brefs et décidés. Des errants se frayaient avec peine un passage, cherchaient leur « groupe », s'agglutinaient ici et là en désespoir de cause. On sentait les autres avenues, autour du centre névralgique de la Bastille, aussi pleines, aussi houleuses. Une sorte de grande rumeur légère se déplaçait, flottait au-dessus des cortèges. Les calicots s'élevaient. Ça manquait un peu de fanfare, mais tant qu'il y aurait ces quelques rayons d'un soleil incertain... C'était le refrain général : « Pourvu qu'il ne pleuve pas... »

Des visages se montraient aux fenêtres, curieux et inexpressifs ; des bruits couraient : « L'interdiction a été rapportée... » « Il y a des policiers qui sont pour... » Le piétinement s'accentuait, s'exaspérait. Il fallait démarrer, avancer, car était-ce le nombre des manifestants qui croissait, ou la nervosité qui se faisait tangible, mais le volume de la foule semblait grossir, les rumeurs s'amplifier, une respiration plus ample et plus unie soulever le corps gigantesque couché là, sur la chaussée.

Cela avait commencé dans un certain ordre, on se groupait par fédération, par sections, par clubs, on formait des semblants de cortèges qui avaient encore chacun leur individualité, puis d'autres arrivants s'agglutinaient à la cellule-mère, et finalement on ne s'y retrouvait plus, on se résignait à marcher aux côtés d'inconnus, sous des calicots différents de ceux qu'on avait peints soi-même pour la section, et finalement on se trouvait soudé, bon gré mal gré, à cet ensemble mouvant, respirant, murmurant, et on n'avait plus qu'une hâte : que *cela* commençât.

Les cars de police s'étaient massés au centre et aux angles de la place, le heurt était inévitable et nécessaire ; c'était même assez incroyable que d'avoir pris, individuellement, le métro ou l'autobus, comme pour aller au bureau ou au cinéma, d'être descendu à Sully ou à Pont-Marie, d'avoir retrouvé son groupe ou ses amis, ou de les avoir en vain cherchés, d'avoir été canalisé par un homme à brassard (un *responsable*) et puis d'être tout à coup comme aspiré par un courant, porté par un lent et puissant mouvement de marée, transformé en cellule d'un corps vivant, agissant, démesuré. Et sans doute chacun de ces hommes avait eu des raisons individuelles, vagues ou précises, de se trouver là, chacun de ces hommes, chacune de ces femmes avait ou non réfléchi, hésité à la façon dont on hésite individuellement, les plus minces raisons pesant autant que les plus profondes (On y va ? Allons-y, il fait soleil), mais tout cela ne formait plus qu'une seule machine, qu'une seule décision, qu'un seul aveugle mouvement vers l'avant que personne ne pouvait plus arrêter, qu'un seul désir : que *cela* commençât.

Oh ! avant, bien sûr, on avait su que ce n'était pas bien terrible, une simple manifestation, pas la guerre, ni la révolution, ni rien qui fût autre chose que de la routine, comme de donner sa signature, d'aller passer deux ou trois heures dans une salle enfumée à discuter des futures réformes d'un gouvernement futur qui peut-être ne serait jamais. Mais là, côte à côte, mais dans cette foule serrée (demain on discuterait âprement, on dirait deux cent mille, ou cinq cent mille, ou trois cent mille personnes), mais pour l'instant c'était simplement beaucoup, beaucoup de monde, une entité, un nombre vivant, et c'était tout autre chose qu'on ressentait, qu'on désirait, qui allait arriver. L'ébranlement d'abord, de cette grande foule enserrée dans l'avenue devenue trop étroite; l'écoulement vers cette grande place où le choc était inévitable; et une sorte de jubilation qui naissait de cet affrontement nécessaire, et une sorte de peur d'en sentir la nécessité vitale, absolue. Les slogans scandés, ensuite, d'une voix qui se perdait dans le tumulte et pourtant en faisait partie, le créait. L'exultation grandissante, la simplification extrême de la pensée, n'être plus qu'un cri, qu'une poussée... Et tout à coup, une épouvante. « Attention! Ils foncent! Ils matraquent ! » et la dispersion commençait, éperdue, dans toutes les rues environnantes.

Les flics fonçaient, côte à côte eux aussi, jubilant eux aussi, nécessaire incarnation du mal, de l'adversaire. Fuir, c'était encore participer. « Regroupez-vous plus loin ! », criait une voix suraiguë. Un concierge béant de surprise sur le seuil de son immeuble fut matraqué au passage. Il resta debout, immobile, le sang dégoulinant le long de son visage stupéfait, cependant que les fuyards s'engouffraient dans les escaliers de l'immeuble. On s'emparait d'une femme hurlante, pour rien, pour le plaisir. Elle disparut dans un panier à salade, engloutie. Des gens ouvraient leur porte dans l'immeuble, d'autres les fermaient à double tour. Dans une rue adjacente un élan de la foule avait renversé un autobus; on faillit y mettre le feu par allégresse pure; un agent isolé faillit être lynché, s'échappa. Des communistes s'étaient regroupés et fonçaient, penchant les supports de leurs calicots comme des lances médiévales. Des gens criaient aux fenêtres, mais était-ce pour encourager les manifestants, arrêter les matraquages, ou tout simplement pour crier, on ne savait pas. Des cafés baissaient en hâte leurs rideaux de fer, remontaient leurs auvents; il se mit à pleuvoir. « Regroupez-vous! » Les responsables couraient comme des chiens autour d'un troupeau affolé. Les brebis s'égaillaient, se réfugiaient dans une bouche de métro, dans les bistrots encore ouverts, dans les encoignures. On glissait sur le sol mouillé. On jeta des pierres. Un flic tomba. Tout de même! Des cars de police démarraient en trombe, pleins à craquer, hurlant de toutes leurs sirènes. On boitait, on saignait, on fuyait, on criait

encore. On retrouvait ses copains et ses pensées à quelques
rues de la bagarre. Un café, une bière... On commençait à
évaluer, à réfléchir. « De Gaulle se rendra compte que... Il y
avait bien deux cent mille personnes... trois cent mille...
quatre cent mille... » Ce n'était pas ce jour-là, la tuerie du
métro Charonne. On respirait, on reprenait ses esprits.
— C'était drôlement bien, disait Yves-Marie tout en sueur.
Et Nicolas : — Tu ne trouves pas ça un peu immoral, de
prendre tant de plaisir à une juste cause ? — Oh ! toi, disait
Yves pour l'ennuyer, tu es tellement mystique...

Yves a été surpris, très surpris que Paul Léclusier lui ait
donné rendez-vous dans un café. Dans un café ! Il aurait
trouvé plus normal, plus déférent, d'aller le trouver à son
bureau, d'attendre un peu dans la salle d'attente lambrissée,
entre les revues et les chaises en cuir, puis, devant les belles
bibliothèques pleines d'exemplaires rares (Paul est biblio-
phile), d'échanger quelques mots mesurés, le but de la visite.
Il devine, bien sûr, qu'il s'agira de Nicolas. Paul doit avoir
été désagréablement surpris par le départ de ce fils, si
ponctuel, si prévisible. Pour sa part, Yves-Marie s'abstient
de méditer là-dessus. A quoi bon ? Avec Nicolas comme avec
Gisèle, il a fait tout son devoir, rempli impeccablement son
rôle d'ami, de camarade, d'époux : il n'en a pas été récom-
pensé. Tant pis pour eux. Il ne veut pas s'éterniser là-dessus.
Avec un orgueil amer il continue à faire ce qu'il peut, pour
son père, pour ses enfants, pour Paul Léclusier même,
puisqu'il est là, dans ce café, mais il n'en attend rien. C'est
peut-être cela, se dit-il, l'attitude chrétienne par excellence.
    Le café, du moins, est convenable. Vaste, avec des ban-
quettes luisantes en vrai cuir, des tables un peu basses en
vrai bois, des rideaux épais aux fenêtres, qui doivent dater
de 1930 ; de vieux messieurs respectables boivent du porto,
des joueurs d'échecs, à l'écart, accentuant par leur présence
cette atmosphère de paix un peu étouffante, qu'Yves aime
assez. Et voilà Paul Léclusier, impeccable dans son costume
chiné, mais qui se laisse tomber assez lourdement sur la
banquette.
    Yves-Marie aime bien Paul. C'est pour lui le père idéal,

celui qu'il se serait donné, fabriqué, s'il l'avait pu. Respectable, mais compréhensif, bourgeois mais amoureux de la beauté, gourmé mais affectueux au fond, et tant de tenue ! Jusqu'à leurs opinions politiques qui finissent par se rencontrer ; la spiritualité servant de frein au progressisme d'Yves-Marie, tandis que le romantisme secret de Paul échauffe son scepticisme libéral. Il ne se rend pas compte du tout que Paul ne partage pas ses sentiments. « Ton boy-scout », a-t-il coutume de dire à Nicolas, avec un dédain amusé. Dans la belle carrure d'Yves-Marie, son visage énergique, ses yeux bleus si francs, ses cheveux en brosse, Paul croit déceler avec un instinct presque féminin une sorte de manque de qualité, pour laquelle le mot de médiocrité est trop fort peut-être, mais qui en approche. C'est que Paul n'est pas aussi simple que son personnage de bourgeois aisé et dilettante — mais Yves ne l'a pas encore découvert. Paul lui-même, d'ailleurs, le sait-il ? Il se prend assez volontiers aux pièges ouatés de sa propre vie.

— C'est abominable ! dit-il d'emblée.

Yves opina. Ils convinrent ensemble que Nicolas s'était « embarqué dans une sale histoire », avait « lâché la proie pour l'ombre » et ne gagnerait rien par ce « coup de tête ». Sur ce terrain Yves était à son aise. Il s'y ébattit un long moment, parla de la surprise des « camarades », de la sienne propre, de la discrétion nécessaire qu'il avait observée... Il remarquait cependant avec gêne que l'excitation du notaire était de beaucoup supérieure à la sienne. Paul n'acceptait ces thèmes modérés, qui pour Yves constituaient l'essentiel de la conversation, que comme une introduction de pure forme. Il avait hâte d'en arriver à l'essentiel, de rouvrir sa plaie, de faire partager cette souffrance qui n'avait fait que croître depuis sa visite à Colette.

— Vous connaissez sans doute sa liaison avec une jeune femme...

Yves fit la moue. Il appréciait peu Colette, qu'il n'avait qu'entrevue, mais enfin, oui, il était au courant.

— J'ai été la trouver. Vous trouverez peut-être cette démarche un peu étrange, mais ce que j'y ai appris...

La voix du notaire s'était faite basse, feutrée. Yves était de plus en plus gêné. Paul Léclusier chez Colette ! Et qui parlait d'enquête, de soupçons, de recoupements...

— J'imaginais qu'il s'agissait d'une simple habitude, comme beaucoup d'hommes... Mais non. Il y avait autre chose. Une sorte de double vie. Il se montrait à elle sous un jour... Je l'ai interrogée habilement, d'ailleurs, je retournerai la voir, cette jeune femme ; sans le vouloir, elle m'a donné des renseignements précieux. Et savez-vous le plus extraordinaire, le plus fou ? Nicolas se droguait ! Parfaitement. L'opium. Un garçon qui nous jouait la comédie de la raison, de la pondération, de... Mais dites quelque chose !

Yves-Marie n'avait rien à dire. Nicolas se droguait. Gisèle le trompait. Tout cela faisait partie du même monde absurde qu'il se refusait à admettre. La révélation, pour lui, venait de ce visage enfiévré du notaire, de ce chuchotement passionné, dans la salle qui petit à petit commençait à s'emplir d'habitués, et cette main sur la sienne, cette main soignée, moite, à laquelle il ne savait comment échapper.

— Il faut absolument que nous en sachions plus long. Une enquête... Il n'est pas parti seul. S'il est capable de se droguer, Dieu sait où cela pourra l'entraîner ? Les trafiquants... l'O.A.S.... ce douteux projet de journal... Il faudrait voir son éditeur, des amis, que sais-je ?

— Vous voyez peut-être les choses sous un jour trop dramatique, hasarda Yves.

— Parce que vous saviez tout cela ? dit Paul sèchement.

Il voulait blesser. Il voulait qu'Yves souffrît ce qu'il souffrait lui-même, cette douleur atroce et pourtant mesquine, envenimée, d'avoir été trompé, trahi, de la manière la plus profonde par cet enfant tant aimé. Car il voulait que ce fût un enfant qui l'avait trompé. Au fond, que Nicolas fût un homme avec des problèmes d'homme, il ne le supportait pas. Cela aussi c'était une trahison... « Discutons cela entre hommes, veux-tu ? » avait-il l'habitude de lui dire quand, après la guerre, Nicolas lui avait été rendu par les Pères d'Alençon. Et ils discutaient gravement — Nicolas avait acquis à Alençon une telle habitude de tout dire en ne disant rien ! Paul en était toujours, volontairement, resté là. Mais Nicolas l'y avait encouragé, l'y avait poussé, contraint presque. Lui avait imposé ce portrait d'un fils mûrissant, grandissant certes, mais toujours dans les règles, selon les convenances — leurs conversations politiques du mercredi soir ! Ou littéraires ! Tout un passé complaisamment voué à un adolescent vieilli dont Paul découvrait tout à coup la fausseté. Il parlait à une Colette de *leurs* sujets tabous ! Il se droguait ! Il se disait las de la vie ! Nicolas !

— Il vous a bien trompé, vous aussi, avec toutes vos histoires de politique, continuait Paul, déchaîné. Vous voyez maintenant ce qu'en vaut l'aune. Ce journal, mais ce sera le journal de l'O.A.S. Il ne vous a pas consulté pour retourner sa veste. Et quand il allait à vos réunions de braves intellectuels naïfs, jusqu'à il y a un mois, vous deviez le trouver si attentif, vous aussi, si pondéré, si...

— Oh ! il y a bien trois mois déjà que Nicolas ne venait plus aux réunions, murmura Yves machinalement.

La voix sifflante, le visage légèrement congestionné de Paul Léclusier lui faisaient horreur. Il baissait les yeux. Il se moquait d'en apprendre plus long sur les turpitudes de Nicolas. Ce Nicolas, il ne le connaissait pas, il le refusait. Il ne se laisserait pas contaminer par cette exaltation malsaine. Nicolas et Gisèle, exclus ! Et désormais, Paul Léclusier, exclu lui aussi. Comment un homme digne de ce nom pouvait-il s'abaisser jusqu'à... Un silence le força pourtant à lever les yeux. Le regard du notaire, ce regard si digne, si bien défendu habituellement, s'était embué de larmes.

— Comment, balbutiait-il, subitement vieilli par son désarroi, depuis trois mois déjà ?

Trois mois de mensonge où Nicolas — paresse, déférence, ou quel sentiment ambigu ? — prétendait un jeudi sur deux se rendre à ces réunions dont Paul plaisantait tout en y croyant. Trois mois de filiale tromperie. Jusqu'où irait-il dans sa découverte ? Dix ans, vingt ans, peut-être, Nicolas avait menti ? Ce premier soir inoubliable où Paul était allé le chercher à la gare, venant d'Alençon — ce garçon à la carrure de bouvier, au front pesant, au nez épais, marqué de points noirs, aux mains sales — ce premier soir où l'odeur un peu fauve de ce jeune corps mal soigné avait pénétré la petite chambre au bout du couloir (qui servait à présent pour les dossiers), ce soir où l'enfant avait dit, de sa drôle de voix qui muait déjà (quinze ans) : « C'est vachement bon d'avoir une chambre à soi », ce soir comblé, ce soir déchirant, était-il déjà un mensonge ?

Paul se tait. Ses mains tremblent devant le verre de bière qu'il a commandé. Yves-Marie cherche désespérément une formule d'adieu. Ne jamais revoir ce vieil homme! Cette souffrance l'exaspère, que lui, lui qui aurait tant de raisons pourtant de souffrir, n'arrive pas à éprouver.

Naturellement, tu avais raison, Renata. Il n'y avait qu'à mourir. C'était la solution idéale, le choix pur : vivre ou mourir. Pas de milieu. Pas d'économie, pas de raisonnement : rien de sordide, rien de médiocre. Au milieu de tes *gurus*, de tes clochards au grand cœur, de tes chats maigres de vieille Anglaise, de tes musiques ésotériques, de tes conférences dans un débarras du Louvre ou une annexe du Musée Guimet, tu as flambé comme une torche, et tu es morte. Bien entendu, Renata, il n'y avait rien d'autre à faire.

Elle mangeait des raisins de Corinthe — je ne peux pas supporter de te dire encore *tu* —, elle mangeait des raisins de Corinthe donc, et parfois du blé germé, et fumait d'affreuses cigarettes égyptiennes, achevées en trois bouffées et qui laissaient derrière elles une odeur de bazar, affreuse, divine odeur : Renata. Elle — cette image de toi que j'avais rencontrée, accroupie, rue Furstemberg, nourrissant une bête innommable et galeuse — portait des robes grotesques, tissées à la main par des artisans végétariens mais ivrognes comme on en trouve à Saint-Germain-des-Prés. Tout cela était de bien mauvais aloi, et elle, c'était si on veut une fille de Saint-Germain-des-Prés, comme Colette, comme Natacha, comme Ingrid, couchant quand on voulait et buvant du lait-grenadine à la terrasse du Flore, insignifiante — ce mot, ô Renata-qui-signifiait-tout — avec ses cheveux courts, roux pâle, ce teint blanc taché de son, ces yeux d'un violet dissonnant, petit visage triangulaire qui paraissait poussiéreux à force de passer inaperçu, corps mince et plat avec une indication négligente, un coup de crayon, pour en marquer la féminité — si peu de chose en vérité — ce corps qui s'effritait entre les bras, serviable, doux, inconsistant. Je ne l'ai jamais possédée.

Jamais possédée, mais détruite. J'ai réussi au moins cela dans ma vie, tu ne crois pas. Nos disputes, et comme j'avais toujours raison, quand tu arrivais en retard partout, quand je te prouvais que la vraie bonté (je parlais de la vraie bonté,

d'un ton grave, pesant, les pierres du tombeau déjà amon-
celées sur toi) n'était pas de la gentillesse, de la disponi-
bilité, que tu te laissais faire par faiblesse, par lâcheté
même : j'ai dit *lâcheté*, Renata, tu te rappelles ? Serais-je
mort entre les morts que la trompette du Jugement, pour
moi, ce serait ce mot de lâcheté. Et tu l'as pris, Renata, tu
l'as porté comme tes affreux colliers de céramique dont l'artisan avait tant de foi, tu l'as endossé comme tes robes trop
longues, trop folkloriques, tissées par cette famille si préten-
tieusement misérable de la rue Guénégaud, tu l'as admis, ce
mot, comme les discours du *guru* en cravate à pois qui te
parlait de l'*ineffable*, et de ta voix sans timbre, Renata,
Renata, de ta voix de paille et de cendres, grise, neutre,
comme tu étais grise, comme le soleil est gris quand la
lumière tue les couleurs, tu as dit : *il y a peut-être un peu
de veulerie, en effet...*

Elle était — tu le reconnaissais, le disais sans nulle gêne —
elle était ma maîtresse. Je couchais avec Renata. Je soumet-
tais son corps au mien, je la prenais comme je l'entendais,
le soir, le matin, dès qu'elle arrivait, nous faisions l'amour,
bon Dieu ! Mais seules ses larmes étaient vraies. Le reste :
poussière. Ses larmes : elle m'aimait.

Je lui disais que sa vie était vide, qu'elle ne construisait
rien. Je me posais en exemple. J'allais mon chemin, moi, sans
me laisser détourner, pesant comme un ours, je n'allais pas
me gaspiller avec des bohèmes prétentieux, à barbes négli-
gées, avec des drogués lâches et menteurs comme des filles,
avec de petites starlettes qui cherchaient la belle voiture et le
compte en banque, avec des détraquées comme Colette, Olga,
Ingrid et le reste. Avec des journalistes en herbe et des
écrivains en bouton (ô combien !). Avec des femmes du
monde à qui tu servais de cornac et de cobaye. J'ai dit : me
gaspiller, Renata, tu te rappelles ? Quand même je serais
mort entre les morts...

Et il y a eu Colette, et il y a eu ce livre des *Dormeurs*, où
bien patiemment (ce n'est pas la patience qui me manque)
d'un crayon appliqué, j'ai *croqué* (le joli mot : il est d'un
critique) quelques silhouettes d'un milieu sur lequel, n'est-ce
pas, je m'étais *documenté*. J'ai copié avec soin, avec ironie,
du haut de mon moi bien solide, bien complet (et c'est ce
qu'on a appelé ma *profonde humanité* : je comprenais, oh,

je comprenais si bien cette *faune pittoresque* où pourtant on trouvait une tendresse...), j'ai copié et caricaturé et compris, et je t'ai achevée ainsi, sans fureur, sans la rage que j'avais parfois. (Tu te rappelles, le dîner que j'avais donné, où chacun des convives t'avait possédée ? Mais cela ce n'était rien, je *jetais ma gourme*, aurait dit Paul.) Par ce livre, les *Dormeurs*, aux éditions Deséchelles, douze francs cinquante, trente mille exemplaires vendus, j'ai achevé de te détruire. Et j'ai cru triompher.

Le temps de comprendre que naturellement, que bien entendu, que comme toujours, c'était ce que tu voulais.

Le soleil sur les toits de tôle. Certains miroitent. Les tristes allées longitudinales prennent une netteté qui les rend presque pittoresques. Au bout de la « Grande rue » (on ose pour la commodité du facteur l'appeler ainsi) l'échoppe du vieil Arabe est ouverte, le feu rougeoie, il fait cuire ses crêpes étranges, dont la composition reste mystérieuse, mais qui, parsemées d'herbes, finissent par paraître appétissantes. Le feu attire. Des enfants s'attroupent, sans quémander, car ils savent dès longtemps que c'est inutile. La Grande rue. L'Arabe à un bout, à l'autre, l'église. Une grande baraque en aggloméré. L'hiver, elle est chauffée, en toutes saisons, elle sert de salon, de réfectoire, de dortoir, à des privilégiés. Ce n'est pas très réglementaire. D'autres prêtres trichent sur le budget « chauffage de l'église » mais Simon l'utilise entièrement. Il a constaté que finalement c'était la meilleure façon d'en faire profiter tout le monde. Le poêle ronfle magnifiquement, l'aggloméré est fameux, parfaitement étanche (offert par un grand fabricant de Lyon, il a bien précisé que c'était pour l'église) et par les jours de grand froid, on est serré dans cette église comme dans le métro. Simon lui-même (le froid a toujours été pour lui une dure épreuve) s'y trouve parfois accablé, sans pensée, au milieu de cette odeur d'humanité, de cette lourde chaleur, vide, vide, étrangement vide. Curieux pasteur pour cet infortuné troupeau. Mais il n'en est plus à se torturer sur cette pensée. Il a trente ans, quatre ans de bidonville. Il n'en est plus à se demander s'il est digne de cet emploi, il n'en est plus à faire des projets, à échouer, à lutter, à se reprendre. Le froid a gagné son âme même. Il n'en est plus à pointer sur sa liste les bonnes familles lyonnaises où il pourra trouver quelque secours ; il a vu trop de secours englouti dans ce limon sans que rien en paraisse changé. Il est enlisé jusqu'au fond de l'âme. La jeune mère secourue se gonfle d'un nouvel enfant, met au monde une autre misère. L'ouvrier embauché vole ou se met à boire, ou grisé, achète sa voiture. De temps à autre un prisonnier s'évade, aussitôt remplacé. Quatre hivers l'église n'a pas désempli, et ce printemps est le cinquième. « Cela fait déjà deux mois qu'on a éteint », pense Simon du fond de son paisible désespoir. Et il commence sa tournée : il est là pour l'éternité.

La misère est une maladie. La pauvreté un accident. Une nuance, un rien sépare ces deux états, et c'est un monde. Simon a aimé la pauvreté. On peut aider les pauvres. On peut exiger beaucoup d'eux. Ils ont encore quelque chose à donner. Il leur faut un prêtre exigeant, rapace. Oui, après huit heures de travail et les pâtes mal cuites, et les enfants braillants, vous pouvez encore donner quelque chose. Oui, Dieu demande et réclame et exige, comme un enfant affamé, et vos pauvres carcasses malodorantes, et vos tricots rapiécés qui ne tiennent pas chaud, et vos pieds gelés et la mauvaise graisse figée dans vos estomacs, tout cela peut s'oublier, et se transformer dans une louange admirable, dans un chant merveilleux qui monte vers le ciel. Et quand les pauvres carcasses retombent, vidées cette fois jusqu'au tréfonds, retournées comme un poulet jusqu'aux entrailles, dépouillées même de leur souffrance par l'exigence forcenée de ce prêtre-là, alors, c'est en Dieu qu'elles retombent. Qu'elles retombaient. Car il avait été ce prêtre, ce prêtre des pauvres, ce prêtre qui réclamait tout, qui ne ménageait rien, ce prêtre qui donnait aux enfants des livres et des rubans au lieu de pain, ce prêtre qui croyait à la beauté, qui réclamait la présence de ses pauvres à l'église deux fois par semaine, et leur faisait entrer des chants grégoriens dans la tête. Il avait été alors un prêtre, et un homme.

Puis, il avait connu la misère. Du faubourg, il était passé au bidonville. De l'ouvrier, au clochard. Du malheur, au néant. Il avait attrapé la misère. Un autre prêtre l'avait remplacé au faubourg Saint-François. Un garçon énergique et plein de foi, comme il l'avait été, et sans pitié, comme il l'avait été, comme il fallait l'être. Lui avait attrapé cette lèpre, la misère, la pitié. Assis dans l'église, épuisé, somnolent, comme eux tous. Un jour, un vieux, vieux tas de haillons accroupi sur le sol lui avait passé une bouteille, et il avait bu au goulot, sans même l'essuyer de la manche, selon les usages du lieu. Autrefois (comme cela paraissait un lointain autrefois !), au temps du faubourg Saint-François, il aurait jeté la bouteille par la fenêtre. Et fait laver le carrelage de l'église à ce vieux débris, et payé d'un repas sans vin. Et il y aurait eu peut-être plus d'amour dans cet homme-là. Mais ce n'était plus lui. Il n'était plus le prêtre des pauvres. Il n'était plus le prêtre de personne. Un misérable au milieu d'autres misérables. Il avait pris la bouteille, bu une gorgée de ce vin bourbeux, épais. C'était tout ce qu'il pouvait faire.

De cette misère profonde, de cette érosion de l'âme, il avait pris conscience quelque temps auparavant, par un événement bizarre. Un soir, dans un journal religieux qui continuait à lui parvenir, il avait lu distraitement que l'on songeait à rendre obligatoire le costume civil chez les prêtres. Il avait enregistré machinalement cette information. Mais une fois la lumière éteinte, dans l'odeur désagréable du pétrole, sous la masse de vieux vêtements dont il se couvrait (incapable de supporter autrement l'humidité du lieu), tout à coup son cœur s'était mis à battre follement, une angoisse insoutenable s'était emparée de lui, il avait dû s'asseoir sur le lit, la sueur lui coulant le long du dos, à l'idée qu'on allait lui enlever sa soutane. Toute la nuit il avait fait ce cauchemar, poursuivi par une meute d'ennemis sans visage qui tentaient de lui arracher sa robe. Et le matin il s'était rendu compte, dans un vertige de désespoir, combien il était devenu semblable à tous ses vieux mythomanes, à ses naïfs escrocs hébétés, à ses ivrognesses arrogantes, tous parés des plus extravagantes références, des plus folles broderies de l'imagination ou du souvenir, tous chamarrés de prétentions, de décorations, d'uniformes, auxquels ils se raccrochaient, farouches ou fébriles, pour oublier la vie. Sa soutane était-elle devenue pour lui cette dérision : un uniforme ? Un prétexte ? Le dernier témoin d'une vocation qui le quittait ? Non pourtant, elle ne le quittait pas, mais il était devenu comme incapable de la manifester. Elle le rongeait par l'intérieur, elle le dévorait, sa vocation. Et pendant ce temps-là, il était immobile, bras et jambes coupés, dans une torpeur douloureuse, ne pouvant plus rien d'autre que rester là. Autrefois (mais qu'il était loin, distant d'une éternité, cet autrefois !), autrefois il tentait de rectifier, de ramener au vrai ces êtres égarés dans les brumes du fabuleux, dans les entrailles bienfaisantes du mensonge. Aujourd'hui il sentait le froid de la vie, l'âpreté de la vie. « Dormez, pauvres enfants perdus... » Il leur laissait chanter leur cantilène, il les laissait blottis dans leurs amours-propres minuscules, dans leurs péchés protecteurs. Lui-même s'endormait avec eux parfois, malgré son angoisse. Cette angoisse même n'était-elle pas un abri, une coque, un péché. Il ne savait plus. Il ne savait plus rien. Il se tenait là, comme une pierre ; voilà tout.

Comme une pierre. Il le sentait encore davantage quand Théo venait le voir plein de projets, de pétitions, d'histoires de conseils municipaux, de députés, de promesses. « Ah ! quand nous aurons une municipalité communiste ! » Que pourrait faire une municipalité communiste pour ces rêveurs, ces dormeurs éveillés, ces anesthésiés ? Pour Lina ?

— Mais elle aurait évité que ses gosses soient confiés à l'Assistance, d'abord !

— Tu vois, dit Simon lentement, et qui pesait ses mots, je crois qu'au fond, elle est plus... plus paisible depuis qu'elle n'a plus ses enfants. Tant qu'elle les avait, elle luttait, elle souffrait, et maintenant, regarde-la, elle dort.

Elle dormait. Haute et maigre figure de la misère, toute sa beauté détruite réfugiée dans ses grands yeux noirs d'aveugle, ce visage ravagé par l'alcool, rongé par l'hystérie, ces mains déformées par un travail sans noblesse et sans continuité (elle faisait usine après usine, balayeuse, manœuvre, toujours travaillant mal, collectionnant les accidents du travail), son gros ventre flasque entre les hanches maigres, parlant d'enfants non désirés, d'avortements mal réussis, de curetages brutaux, image de la misère hystérique et furieuse, et ne connaissant, ne désirant rien d'autre que la misère. Ses enfants, petites chairs malpropres entortillées de châles, tantôt battus, tantôt gavés de caresses, nourris de sucreries et non de viande et puis oubliés plusieurs jours chez l'un, chez l'autre (où on les nourrissait vaguement, l'inertie suppléant à la bonté) et brusquement repris avec une furie passionnée, ses enfants sans doute étaient mieux à l'Assistance. L'Assistance, puissance obscure et maléfique comme un ogre, qui se tient au bord de la misère comme l'ogre à l'orée d'un bois, et qui tout à coup fond avec la promptitude d'un aigle sur telle ou telle famille, au hasard croirait-on, et en arrache une part de chair tiède. Lina avait fait comme les autres, crié, protesté, sangloté, bu. Et puis, délivrée de son fardeau, de sa souffrance, de sa passion, elle n'avait ni écrit, ni réclamé un droit de visite. Elle s'était endormie, retrouvant son visage d'enfant dans cette hébétude.

— Mais justement, disait Théo, si ses conditions d'existence étaient différentes...

— Est-ce que tu crois qu'il n'y a que les malheureux qui dorment ? Que les misérables, je veux dire.

Il avait de plus en plus de mal à s'exprimer, comme il lui semblait aussi que ses gestes devenaient de plus en plus gauches. Il allumait le petit réchaud, mettait du café à chauffer, en essayant de fixer son attention sur la petite casserole cabossée. Il avait beau faire, le café se mettait toujours à bouillir avant qu'il ne pensât à le retirer. Là aussi il était devenu semblable à eux, qui transformaient tout de suite en haillons un vêtement reçu, fût-il en parfait état.

— Non, disait Théo avec feu, mais enfin, si Lina habitait un coquet pavillon au lieu de cette baraque, on n'aurait pas de scrupule à la secouer un peu.

— Tu ne lui donnerais donc le pavillon que pour qu'elle ait une chance de se réveiller ?

Théo sentait un peu de malice renaître chez son ami.

— Certainement. Qu'elle se réveille à des sentiments de fraternité, de...

— Quel idéaliste tu fais ! disait Simon.

Théo lui faisait du bien. Le soir donnait une illusion de tranquillité au bidonville. Les gens se couchaient. C'étaient des ruts silencieux, des ivresses silencieuses. Parfois une rafle de la police (encore un ogre, sans justice et sans logique) ou une rixe mais plus souvent encore cette torpeur... Ils étaient deux dans la baraque en tôle, semblable aux autres, le réchaud ronflait, la lampe à pétrole sentait fort et éclairait peu, et la présence de Théo, dans sa veste de velours et son foulard rouge, rappelait à Simon les soirs d'autrefois, dans le dortoir des Pères, quand Nicolas venait s'asseoir près de lui et lui tenir la main jusqu'à ce qu'il s'endormît ; l'indulgent surveillant feignait de ne rien voir. Oui, Théo, avec sa foi toute neuve, sa vitalité, et jusqu'à cette coquetterie de joli garçon, ce foulard rouge seyant à son visage brun, à ses dents blanches, le réchauffait un peu. Mais si peu ! Il se mettait à penser à tous ces gens vivant en somnambules dans les pavillons comme dans les appartements, ignorant la souffrance, et le froid, s'aveuglant sur le mal comme sur le bien, ne voyant ni la beauté ni la joie, insensibles, morts déjà.

— Un monde de dormeurs, plus qu'un monde de pécheurs, pensait-il tout haut. Et ceux qui pèchent ont le sommeil plus agité que les autres, voilà tout. On pourrait presque dire qu'ils ont une chance de plus de se réveiller.

— C'est ce que tu leur dis dans tes sermons ? dit Théo avec une ironie gentille.

— Oh ! je leur dis si peu de choses dans mes sermons... le plus apaisant... le lis des champs, l'ouvrier de la onzième heure. Je les berce. L'opium, tu sais ?

— Ne sois pas amer, dit Théo. Tu sais bien que je ne dis jamais cela. Je suis sûr au contraire qu'un idéal peut mener à l'action et... Oui, le mot idéal est bête. Mais enfin, tu les réveilles, quand tu leur parles de Dieu ?

Il avait rougi un peu, par pudeur, en disant ce mot.

— Parce que tu t'imagines que je leur parle de Dieu ? s'écria Simon avec une passion soudaine. Parce que tu t'imagines que j'ose leur parler de Dieu ? Verser de l'acide sur leur brûlure ? Arracher les croûtes de leurs plaies ?

Il ne put continuer. La pitié l'étouffait. La pitié le brûlait vif.

— Imposer cette brûlure à d'autres ? Je ne peux pas. Je ne peux pas. Au fond je suis un juif. Yahvé dieu jaloux, dieu de colère, soleil redoutable par sa brûlure. Leur montrer les exigences de l'amour, leur imposer de se voir à la lumière impitoyable de l'amour, je ne peux pas. Je n'en ai pas la force.

Il sentit la main de Théo sur la sienne.

— Ne t'en fais pas. Après tout, tu es là, c'est l'essentiel. Quels mystiques que ces communistes !

— Tout cela, dit Théo doctement, vient de ce que tu as subi un traumatisme. A cause de ta mère. Tu t'imagines que le bien doit forcément être vaincu ; tu consens à ton propre sacrifice, mais pas à celui des autres. Au fond, tout cela est subconscient, donc physiologique. De là nos petits désaccords. Tu te portes mal, tu as un équilibre nerveux détraqué, tu aboutis ici, c'est logique. Moi qui ai eu une enfance heureuse, qui me porte comme un charme...

— Tu aboutis aussi ici, dit Simon avec ce soupçon de malice.

Ils se regardèrent, et éclatèrent d'un bon rire d'enfants. Un moment ils oublièrent tout, pour n'être plus que de très jeunes gens.

## IV

Marseille était le creuset bouillonnant d'une absurde alchimie. Les premiers débarquements des rapatriés, les premiers touristes inquiets, les hôteliers avides, pleins d'appréhension et d'espoir, les arrière-salles des petits cafés pleines de conciliabules fiévreux, les travailleurs arabes, les harkis dans les propriétés de campagne, les voitures et les maillots de bain partout, les femmes et les enfants partout, les apéritifs partout, les escaliers, les paliers résonnant d'invectives, les ballots, les valises en fibrane rendant leurs entrailles de nylon rose sale, les petits enfants marinés dans l'urine, les réquisitions insuffisantes, excessives, insuffisantes (est-ce qu'ils n'auraient pas pu choisir une autre saison pour débarquer ?), les achats massifs de propriétés, de blanchisseries, d'épiceries (ils sont trop riches, ils sont trop pauvres), le tassage brutal dans les quartiers populaires, les rixes, quelques meurtres éclatants vite oubliés, les loyers qui montent (contents, pas contents, contents) et la grande foire des vacances qui rencontre, qui affronte la grande vague du malheur, du ressentiment, de la guerre, et qui un instant hésitante, se confond soudain avec elle dans un prodigieux écroulement, brassant tout cela en un mélange bigarré, bouillonnant, dépourvu de sens et de forme. Vivant.

Tous les pores de la ville sensibilisés à l'extrême. Partout, à l'ombre même du linge des familles qui enfin lavé sèche au vent, les larmes sont prêtes à couler, et le sang. Partout, à l'ombre des platanes, sur les petites places où de gros hommes en sueur prononcent des discours haletants, des fenêtres se fleurissent de tricolore, des lampions s'allument,

de petits bals fiévreux ont l'air de naître. On ne sait plus dis-
tinguer une fête de l'autre, celle des vacances, du soleil, et
celle de l'imprévu, du bouleversement, l'âcre plaisir de la
catastrophe, mer déchaînée qui est, aussi, riche d'épaves.
Tandis que des mères au visage plein de poussière attendent,
des enfants effarés autour d'elles, le bon vouloir du Centre
d'accueil, des hommes en short et en chemisette fleurie gra-
vissent des étages et menacent, au nom d'une O.A.S. vraie
ou fictive, avant le bain ou l'apéritif. Dans de belles salles
où parfois il y a un buste, des personnages supérieurs, du
haut de leur dunette, échafaudent des combinaisons immobi-
lières et politiques. Le courant furieux fera tourner la roue
de plus d'un moulin.

Dans les cerveaux échauffés, des plans de revanche déses-
pérés, de belles épures d'escroqueries, de minutieux projets
de meurtre s'échafaudent. Marseille devrait fumer de tant
d'ébullition collective. Et partout à l'entour, sur les plages,
les ballons multicolores commencent à fleurir, en dépit de
tout, des parasols s'épanouissent, des corps nus s'allongent,
héroïques dans leur paresse. Seuls les touristes anglais hésitent à venir occuper la villa blanche à fronton triangulaire
louée à Antibes ou à Cassis, sur la grand-route, avec vue sur
la mer et les voitures. Mais leur petit chien Bobby, si heureux
quand il peut disposer des trois palmiers desséchés, du jardin
poussiéreux ? « De toute façon, la location est payée... » dit
toute la France. Et le long serpent d'acier chromé va bientôt
dérouler ses anneaux.

Tard le soir, les lumières restent allumées. Les officiers
vrais et faux sous le lustre de l'hôtel, sous la « suspension »
japonaise de la chambre meublée, déploient des cartes, font
des graphiques, cochent des listes, envoient des messages
chiffrés, sur lesquels plane l'ombre de Fantômas. Mais est-ce
Fantômas qui à l'ombre d'une ruelle enfonce avec rage un
poignard de parachutiste dans le dos voûté d'un docker un
peu trop brun, qui rentre chez lui ? Est-ce Fantômas qui
expliquera les larmes sur le visage de cette mère entassée
avec ses cinq enfants dans une chambre triste, et qui n'arrive pas à dormir, et qui fait elle aussi des plans, de pauvres
plans chimériques, pour arriver à se refaire une idée de la
vie, une image de la vie, acceptable ? Dans tous les cerveaux,
l'indignation, et la colère, et la bonne conscience outragée, et

la mauvaise conscience torturée par sa propre fureur, et chez d'autres l'espoir qui toujours naît du chaos, le lucre sordide et la noble ambition, nourrie au même cordon ombilical du désordre, tout cela, ce n'est pas Fantômas. C'est la vie, soudain débarrassée de sa croûte d'habitudes, du masque décent et laid du quotidien, qui saigne et qui rit. C'est Marseille au mois de juin.

Marcelle et Nicolas ont trouvé à grand-peine une petite chambre carrelée de rouge dans un hôtel miteux. La question de savoir s'ils dormiraient ou non ensemble a été ainsi tranchée : il n'y a pas eu moyen de trouver autre chose que cette chambre et ce grand lit.

Elle trouvait drôle qu'il ne sût pas conduire, n'eût pas de voiture. « Tu as tout de même ton permis ? — Depuis dix ans. Mais je conduis si mal. — Et quand tu veux aller quelque part ? — Je prends le train... » Evidemment. Cela lui paraissait inconcevable, très comique, et un peu dégradant. Elle l'initiait aux mystères de la note de frais, avec importance. « Tu sais, si on ne dépense rien, ils s'imaginent qu'on ne fait rien. Alors, pourquoi se priver ? » Pourquoi, en effet ? Ces scrupules à choisir le meilleur restaurant, à ajouter le whisky à l'addition, c'était encore l'héritage de Paul ; il s'en voulait de les éprouver, mais ils n'en étaient pas moins là. La surprise de Marcelle, de son côté, devant les moindres attentions qu'il lui témoignait : lui ouvrant une portière, lui retirant son manteau, lui demandant fréquemment, de sa façon gauche et attentive à la fois, se penchant sur elle, si elle n'avait pas soif, ni faim, ni besoin de cigarettes, ces riens soulignaient l'appartenance de Nicolas à un autre monde que celui des photographes à chemise ouverte, aux cheveux décolorés, à la camaraderie prompte, à un autre monde que celui des techniciens de la radio ou du cinéma, aux principes sévères (le Parti et le ciné-club) et au physique altier, à un autre monde encore que celui des grands chefs comme Merlin, de leurs belles voitures, de leur cordialité froide. Elle n'arrivait pas à le classer, prise parfois à son bon sourire (« C'est un brave garçon, voilà tout »), puis un mot dur, un regard froid la glaçait. Elle essayait de se raconter un peu, par bribes pudiques, attendait, le voyait à l'écoute, le visage laid et puissant comme noué, mais ne répondant qu'à peine, sur ses gardes eût-on dit. Elle se repliait alors sur elle-même — micro-drame qui se reproduisait presque chaque matin pendant le petit déjeuner. Puis elle disait qu'elle avait froid, et au bout de trois jours, ayant compris, il venait alors l'embrasser. Physiquement, cela s'était arrangé entre eux, ce qui les rassurait l'un et l'autre.

Ils se mirent à gravir des escaliers, comme des représentants de commerce ; d'ailleurs ils en rencontraient, en particulier l'employé d'une maison d'études du marché, qui interrogeait les ménagères sur l'emploi des lessives et des potages en sachets, et les regardait d'un mauvais œil, les prenant peut-être pour des rivaux. Ils pénétrèrent dans des familles.

A Marseille même ne restaient que ceux qui ne pouvaient faire autrement, pauvres gens cherchant du travail, riches cherchant un placement pour leurs capitaux, « factieux » nourrissant des projets de revanche. Ils passaient de l'un à l'autre avec un sentiment d'irréalité grandissant.

Le soleil commençait à se faire dur. « C'est vrai qu'*ils* doivent être habitués », disait Marcelle. Mais *ils* n'en avaient pas l'air. La colère peut-être et le malheur les désarmaient physiquement, ils se passaient de grands mouchoirs sur le front, le Centre d'accueil sentait la sueur et l'urine, et dans sa pénombre moite, les regards incrédules de ces conquérants devenus victimes, étaient pathétiques.

— Il n'y a qu'à leur flanquer une bombe sur la tête. Quand je pense à nos champs, Monsieur, à mon petit jardin... Nous sommes puissants, de Gaulle ne fera pas long feu... Mon grand-père gérait déjà cette épicerie, vous vous rendez compte ?

Le juste, l'injuste inextricablement mêlés. Et ce visage bouleversant d'un vieil Arabe, ouvrier d'une conserverie. « Avec six enfants, on me met à la porte. Ils disent qu'ils ont le droit, que je n'ai pas payé. Le droit ! A la porte de mon pays, et puis, à la porte de ma maison. Alors ? » Sa maison, c'était deux pièces très hautes et très étroites éclairées de vasistas seulement, ce qui leur donnait un aspect lugubre. « Il n'a qu'à retourner chez lui, disait une famille de rapatriés, entassant des ballots le long de ces murs si hauts, si tristes. Il l'a bien voulue, hein, l'indépendance ? Je serais curieux de voir comment ils vont se débrouiller maintenant. Dans deux ans ils crèveront tous de faim, tous ! » L'enfant aux yeux de mûre, au visage de petit crapaud sympathique, se mit à pleurer.

— Pourquoi tu pleures, malheureux ?

— Parce qu'on va mourir de faim, pleurnicha le petit crapaud.

— C'est pas nous, grosse bête, c'est les autres.

— Ah ! bon, dit l'enfant, rasséréné.

Sa mère l'emmena à la piscine. Les Arabes étaient partis chez des parents, en banlieue, qui vivaient à quatre déjà dans un vieux wagon. Le père dit qu'il aimait bien les Arabes, d'ailleurs. Là-bas, parce qu'ici... Tout allait changer, en France, avec les rapatriés qui avaient un peu plus de... parfaitement, que les Français. On allait voir l'explosion que ça ferait. C'était un gros homme en costume de toile, suant lui aussi, avec de bons yeux étonnés, qui restaient doux, incrédules, en dépit des invectives qu'il prononçait, la bouche un peu tremblante, ressemblant étonnamment à son petit crapaud de fils. Ses cuisses courtes sous le pantalon de toile. Si seulement il pouvait trouver un logement décent. Et il allait devoir travailler chez les autres.

Comme dans toutes les catastrophes, les vieilles photos aux bords déchirés sortaient des portefeuilles. Des villas blanches, de modestes fermettes, des épiceries, des bars, des champs...

— Pourquoi, disait Marcelle, les gens qui sont à plaindre ne sont-ils pas toujours sympathiques ?

Elle disait aussi :

— C'est une expérience.

Nicolas, quand ils allaient au Centre d'accueil faire du « document humain » avait le cœur un peu serré. Il pensait aux fameux *centres de triage*, à Wanda, au choc éprouvé après la Libération devant les photographies des camps, à la sainte naïveté avec laquelle il s'était dit : toute ma vie pour lutter contre cela. A l'ardeur avec laquelle il avait écrit son premier livre *Vacances de guerre*. Aux découvertes qui avaient suivi peu à peu... A la lettre de Wanda, quatre ans après la guerre. Quatre ans pendant lesquels il n'avait pas même pu entendre parler l'allemand sans une souffrance de tout le corps. Et elle, Wanda, avait épousé cet Allemand, son bourreau. Le monde avait changé ce jour-là.

Les adresses données par le général Antoine étaient celles de beaux appartements bien meublés, de rapatriés arrivés quelquefois depuis des mois déjà. Ils avaient droit à du whisky, aux glaçons tintant dans le verre, au mobilier d'acajou luisant doucement dans la pénombre des volets fermés, aux salons à tapisserie, presque ministériels, à des égards. Des hommes fleurant la lavande et la gymnastique quotidienne se targuèrent « d'avoir senti d'où venait le vent ». Il faisait bon dans ces appartements-là. La première fois qu'on leur remit un petit paquet bien ficelé, avec quelques plaisanteries (« Ne l'oubliez pas dans le train, sur une banquette... »), pour le *soutien du journal*, Marcelle eut un moment d'inquiétude.

— C'est de l'argent, tu crois ?

— Evidemment, dit Nicolas.

— Et tu crois que c'est vraiment pour...

— Il *faut* le croire, dit-il fermement. Du moment qu'on était dans la mélasse, on y était jusqu'au cou. Marcelle le regardait d'un air doucement interrogateur, et se taisait.

En cinq jours ils eurent rassemblé pas mal de « documents humains » et d'enveloppes. Ils achetèrent une petite valise en métal et y enfermèrent l'argent.

— N'empêche que si on nous arrêtait avec cela, nous serions bien compromis, dit Marcelle.

— Je ne savais pas que Praslin avait tant d'amis...

— On ne nous arrêtera pas. Ils sont occupés ailleurs.

Il en était convaincu, mais l'idée l'amusait assez. Paul serait fou, et Yves-Marie, et même l'éditeur, et les amis... Mais quoi ? C'était son pari, il le suivrait jusqu'au bout. Et il était persuadé qu'il serait entraîné dans quelque folle aventure, peut-être, mais du moins éviterait le désespoir où le conduisait tout doucement l'humanisme modéré de Paul, le vertueux progressisme aveugle d'Yves-Marie. C'était avec un vrai plaisir que le soir, dans la petite chambre carrelée de rouge, à la lumière insuffisante, il décrivait ces familles, esquissait des généalogies pathétiques, reparlait l'étrange langage entendu dans la journée, la langue des hommes, où les mots n'ont aucun sens. Il piétinait tout son passé avec une sorte de fureur joyeuse. Ah ! les belles causes, l'enivrante pitié, les généreuses options simples, il liquidait tout cela. Et Wanda, et Renata, et Colette. Et Simon. Il se coucha cinq soirs de suite aux côtés de Marcelle, avec le sentiment de revivre enfin, de respirer.

Il travaillait à une petite table, près de la fenêtre ouverte qui donnait sur des courettes. Elle, étendue sur le grand lit qui occupait tout le fond de la pièce, lisait des journaux féminins, des livres à la mode. Le troisième jour la valise fut sous le lit.

— Dire qu'on ne peut pas écrire des choses pareilles dans un roman ! se disait-il, retrouvant un peu de l'amusement qu'il avait éprouvé, enfant, à lire des romans interdits par les Pères. Cette image de lui-même, tapant à la machine des articles « humains » pendant qu'une femme belle lisait sur le lit, et qu'au-dessous se dissimulait une valise pleine de billets de banque, avait le charme désuet des vieilles couvertures en couleur de romans populaires, des complaintes, des chimères du vieux Paul, qui se représentait sûrement ainsi le vice, la corruption. Satisfaction de correspondre à cette image. Trop longtemps il avait vécu dans la grisaille. La caricature vaut mieux. Pourquoi ne pas détourner cet argent pour offrir des bijoux à Marcelle ? Tout devenait possible quand on prenait la vie par ce biais.

Le matin, Marcelle revoyait le travail de la veille, y ajoutait une note féminine. Elle avait une sorte de métier, le don du concret, elle s'émouvait vite et superficiellement : au fond le malheur lui paraissait *naturel*. Elle l'admettait. Il s'amusait de la voir si parfaitement imperméable à tout ce qui l'avait, lui, torturé si longtemps. De quelque injustice, de quelque torture, de quelque souffrance qu'on lui parlât, elle s'écriait promptement : « C'est affreux ! » Et cela s'arrêtait là. C'était affreux, et l'on ne pouvait rien y faire. Aucun complexe de culpabilité. « Parfaitement opaque », se disait-il. Durant cette semaine, ils firent l'amour tous les jours, régulièrement. Pendant la sieste.

Ils avaient tout de même quelques scrupules lorsque, ayant expliqué ce que serait — dans le futur — leur journal, une pauvre famille visiblement gênée les suppliait d'accepter son obole.

— Et si le journal ne se faisait pas ? alla jusqu'à dire Marcelle, sentant le sacrifice que s'imposait ce père de famille, ce commerçant dépossédé, ce fonctionnaire déchu; mais l'autre, confiant, obtus, généreux, haïssable, insistait.

— Nous sommes du même bord, je sais que vous en ferez bon usage...

— Est-ce que nous sommes du *même bord* ? dit-elle après. Il me semble tout de même que nous nous engageons là dans une histoire...

— Et tu vois le moyen de ne pas t'engager ? dit-il avec une subite violence. Tu vois le moyen de ne pas être du même bord ? Tu...

Il se tut, luttant contre sa colère reparue. Toujours des questions ! Toujours ce besoin de justifier l'injustifiable : la vie même. Un moment il la détesta. Puis il vit son visage plein de stupeur. Non, elle était inoffensive. Elle ne faisait que répéter des mots qu'elle ne comprenait pas. Il lui sourit :

— Tu es une bonne fille, va.

— On me l'a souvent dit, fit-elle.

Mélancolique ? Mystérieuse ? Encore une question. Oh ! zut ! Il l'emmena boire quelque chose.

Ce visage mou et buté, assez régulier cependant, ils l'avaient déjà rencontré à Marseille. Ils le retrouvèrent quelques jours plus tard.

— Dites donc, il faudrait tout de même qu'on parle un moment, pas vrai ? Je vous attends en bas, au café Pons. Je vous conseillerais de venir parce que...

Ils étaient restés sidérés, au milieu du bel escalier à rampe de fer forgé, qui sentait l'encaustique.

— Qu'est-ce que c'est que ce type-là ?

— Peut-être qu'il sait qui nous sommes, et veut faire des révélations, contre une récompense, suggéra Marcelle.

Ils achevèrent de gravir la noble courbe de l'escalier qui les déposa devant l'appartement de maître Cornacchi, l'avocat des Pieds-Noirs. Ils sonnèrent.

— Tu crois qu'on peut employer l'argent de la valise à ça, en partie ?

— Pourquoi pas ? Ça ira plus vite que d'envoyer une note de frais.

Ils attendirent un bon moment dans le salon Louis XV de l'avocat.

— Je connais pourtant cette tête-là, répétait Marcelle.

— Un envoyé spécial, peut-être ? Un...

Tout à coup elle se mit à rire.

— Ah ! je sais. C'est le petit garçon que tu appelais le presse-purée, tu sais ? Qu'on a rencontré plusieurs fois chez des gens, qui pose des questions sur les soupes en poudre, les purées en boîte, tout ça...

— C'est vrai ! Je ne lui trouvais pas, non plus, une tête de journaliste.

— Et nous, on a des têtes de journalistes ? dit-elle.

Il ne sut trop que répondre. L'avocat entrait, las et renfrogné.

— Eh bien, ça n'a pas été un succès, dit Marcelle une demi-heure après. Ils avaient laborieusement extirpé quelques propos vagues à l'avocat, peu soucieux apparemment de se compromettre. Sa femme, appelée à la rescousse, avait été plus accommodante. L'un et l'autre s'étaient déclarés intéressés par les œuvres d'entr'aide aux rapatriés, mais « nous en reparlerons quand il paraîtra, ce fameux journal ». Sur leurs activités ils refusaient de donner le moindre renseignement, la moindre anecdote qui donnât prise à un article quelconque. Ils paraissaient sceptiques, gênés, pressés de se débarrasser d'eux. La porte refermée, Nicolas et Marcelle eurent l'illusion d'entendre derrière eux un soupir de soulagement. Et pas la moindre enveloppe.

— Quel dommage ! dit Nicolas qui commençait à se piquer au jeu.

— Allons donner notre avis sur les purées. On ne peut pas vivre toujours sur les cimes.

Le beau temps clair, encore frais à onze heures du matin, les réjouissait. Ils se proposaient de quitter la ville au début de l'après-midi pour remonter la côte jusqu'à Nice, leur prochaine étape. Le café Pons, sombre et luisant, avec des cuivres bien astiqués et un comptoir de marbre, était attirant comme un jouet. Au guichet-tabac, Nicolas acheta une carte postale.

— Pour mon père, expliqua-t-il.

Marcelle, piquée d'émulation, l'imita. Elle écrirait à Béatrice. Dans l'arrière-salle, devant un demi, le gros garçon blond les attendait, l'air maussade.

— Prenez un pot. Si, si, on peut toujours commencer par là... Alors, dites donc, vous me faites la concurrence, ou quoi ?

Nicolas se mit à rire, d'un rire absurde et fou. La valise, la chambre, Marcelle, et maintenant ce commis-voyageur qui les soupçonnait de concurrence !

— Riez, riez, grommela le garçon. Vous ne rigolerez pas toujours. Si vous ne vous expliquez pas avec moi, vous vous expliquerez avec d'autres.

— Mais nous ne refusons pas de nous expliquer, dit Nicolas qui avait réussi à se maîtriser. Vous avez tort de nous prendre pour des rivaux. Nous ne posons pas du tout (il eut encore un élan de gaîté qu'il réprima) le même genre de questions que vous.

— Vous vous payez ma tête ou quoi ? dit le garçon, l'air arrogant.

On apporta les consommations. Ils se turent un moment.

— Tiens, dit le jeune homme, vous buvez de la Suze. J'ai un questionnaire sur les apéritifs, justement.

Mais son amabilité s'éteignit avec la disparition du garçon.

— Alors, qui vous envoie ? Je ne vous demande pas de noms, mais enfin, expliquez-vous...

Nicolas pensa qu'il avait dû voir trop de westerns. Il avait tout à fait la voix et la terminologie de ces films doublés, et la fausse résolution virile dont il s'efforçait d'empreindre son visage mou était aussi bien caractéristique.

— Mais c'est un journal, simplement un journal, dit Marcelle gentiment. Nous posons des questions aux rapatriés, nous voulons donner un climat, une ambiance.

— Ah oui ! tout simplement ! ricana-t-il avec application. Et quel est ce journal, s'il vous plaît ?

— Il va paraître seulement en septembre, expliqua-t-elle avec patience, comme à un enfant. Il veut rassembler tous les rapatriés, il comportera un service d'entr'aide, des reportages sur les personnalités importantes revenues d'Afrique du Nord... et de l'actualité, bien sûr. Ce sera une sorte de magazine, qui paraîtra chaque semaine.

— Joli boniment ! dit le garçon.

Il parlait un mégot au coin de la lèvre, rejeté un peu en

arrière sur son siège, ses lourdes paupières baissées filtrant un regard qu'il voulait méchant. Nicolas observait, se taisant, commençant à pressentir de quoi il s'agissait, amusé malgré lui par l'attitude composée du jeune homme, légèrement admiratif quant au calme de Marcelle. Tout ce cinéma, elle le vivait tout naturellement, sans en soupçonner un instant le côté caricatural. Aussi le garçon (il n'avait assurément pas plus de vingt ou vingt-deux ans) s'adressait de préférence à elle, comme à un bon public.

— C'est ça que vous leur dites pour les inciter à cracher ?

— Pardon ? dit Marcelle.

— Vous n'allez pas me dire que vous ne collectez pas, vous aussi ? Les petites enveloppes, pas vrai ?

— Quel droit avez-vous de nous poser ces questions ? dit Marcelle dont les sourcils se fronçaient.

Elle aussi usait de ce langage convenu, conventionnel, faux à crier, que l'on emploie spontanément dans les situations tendues. Aussi, pensait Nicolas, dans les mariages, les enter-rements, ce sont les propos les plus convenus, les plus ampoulés qui paraissent soudain les seuls vrais, les seuls convenables. Ainsi à l'enterrement de Renata, son mari : « C'était une sainte ! » Ainsi, à la Libération, les clichés dont il avait nourri son livre, « la venger, être digne d'elle », les cli-chés à la manière du vieux Paul, c'était cela qui paraissait vrai, cela qui avait fait le succès de ce livre emphatique dont le renom le poursuivait encore, toujours. Et *L'Oiseau dans la Forêt*, d'autres clichés. Une histoire d'amour. Très pur. On avait dit « un cri très pur ». Après, j'ai été plus honnête. Un travail artisanal, de décorateur. Et le plaisir d'écrire perdu, à tout jamais. Si, avec *Les Dormeurs*, en se vengeant de Renata, un certain plaisir tout de même. Il savait bien que c'était son dernier livre vrai.

Son regard s'était porté machinalement sur les plantes vertes du dessus de la banquette. Classiques plantes vertes, classique barre de cuivre bien astiquée, classique banquette sombre, un peu crevée par endroits... Et dans ce décor, la beauté de Marcelle, son visage grillagé d'ombre et de soleil par le store, banalement tragique, la pose nonchalante du jeune homme, sa cigarette au coin de la lèvre, jouant de tout son cœur le rôle intéressant que les circonstances lui attri-buaient.

— Mais savez-vous que vous jouez un jeu dangereux ? Si vous collectez sans être mandatée, je vais être obligé d'en aviser qui de droit. Il y a trop d'escrocs, mademoiselle, qui ternissent la pureté de notre cause, et...

— Parce que vous avez une cause ? fit Marcelle dédaigneusement.

— Est-ce que vous vous figurez que vous allez me faire parler, par hasard ? hurla brusquement le jeune homme, le visage rougissant d'une colère puérile.

Un chat surgi d'on ne sait où leur fila brusquement entre les jambes. De derrière son comptoir le patron, assoupi sur un journal, releva un moment la tête.

— Expliquez-vous clairement, dit Marcelle avec douceur.

Mentalement, elle prenait des notes, il en était sûr. Et elle allait lui dire : « C'est un type bien caractéristique de notre époque, n'est-ce pas ? » quand ils auraient quitté ce jeune exalté.

— Mais ce n'est pas à moi de m'expliquer ! dit-il plus bas, mais toujours empourpré.

— Et pourquoi pas ? intervint Nicolas.

Marcelle eut pour lui un regard reconnaissant.

— Pourquoi ne pas dire les choses comme elles sont ? Vous faites partie de l'O.A.S. ?

— Et après ? dit le garçon. Vous cherchez à me coincer, mais vous ne m'aurez pas. Le patron est sympathisant, ici, d'ailleurs tout le monde est sympathisant dans le Midi. Si vous essayez de me faire prendre, j'alerterai mon réseau, vous ne ferez pas long feu...

Il crevait visiblement de peur et de fierté. Marcelle se fit maternelle.

— Mais nous ne songeons pas à vous coincer, voyons. C'est vous qui nous avez convoqués, rappelez-vous. Que vouliez-vous nous dire exactement ?

Le jeune homme s'était repris, mais son impassibilité avait disparu.

— Mais vous n'avez pas le droit de collecter, voyons ! dit-il nerveusement. Vous me coupez l'herbe sous le pied. Les patriotes n'ont pas des ressources illimitées. Même si vous êtes du bon côté, l'argent doit aller au plus efficace, à ce qui les défend directement, eux et tout l'Occident. C'est-à-dire, *nous*.

« Du bon côté ! Et moi aussi j'ai pensé cela ! Mais alors, c'était *vrai* ! On ne peut pas comparer... » Cependant Wanda avait épousé son bourreau. Et Renata était morte, bêtement, après cette vie absurde de sacrifice vain. Et lui, avait bu des verres avec le mari de Renata. Et Simon était prêtre quelque part du côté de Lyon, usant sa vie, donnant sa vie. Et lui buvait des demis avec ce naïf assassin. Un moment il craignit que le pari ne fût au-dessus de ses forces.

— Ne vous tracassez pas, disait la voix apaisante de Marcelle, de toutes façons nous quittons la ville cet après-midi.

— Vous ferez bien, gronda le jeune homme, plus détendu cependant. Vous ne seriez pas les premiers, vous savez. Rappelez-vous l'affaire Popie, et tant d'autres. On ne croit pas encore beaucoup à l'O.A.S. en métropole, mais on verra ! Nous sommes partout !

Son visage avait pris soudain une sorte de cordialité.

— Je ne suis pas Pied-Noir moi-même, confia-t-il, c'est par idéal, voyez-vous, que je me suis lancé là-dedans. C'est tellement exaltant ! Des hommes résolus peuvent bouleverser la France, vous savez. J'ai toujours pensé que ces F.L.N. n'avaient pas de sang dans les veines. Regardez celui qui a voulu faire sauter ce ministre, je ne sais plus... Il ne s'est pas approché assez près, pour ne pas sauter lui-même, et il a loupé son coup. Moi je me serais collé à lui, j'aurais sauté avec, et j'aurais réussi.

— Vraiment ? dit Marcelle avec une sorte d'admiration.

— Mais oui ! Et il y a des types comme ça en pagaye, chez nous !

Il commanda d'autres demis, égayé par cette évocation. En bonne journaliste Marcelle relançait le dialogue.

— Cependant, il y a eu certaines choses... les tortures... Ce qu'on a appelé l'assassinat des femmes de ménage...

Il la regarda avec une pitié gentille.

— Vous savez, quand on veut changer le monde, il ne faut pas de sensiblerie. Si vous croyez que de leur côté, ils n'en auraient pas fait autant, s'ils avaient pu ! D'ailleurs il y a eu des cas. C'est pour ça que de Gaulle a trahi, voyons. Ça rend tout ça inutile, c'est lui le responsable. Je n'ai rien contre les Arabes, je ne suis pas raciste. Il y en a, oui, mais c'est la lie. Il y a des Arabes très gonflés, au F.L.N. Même des communistes, vous voyez que j'ai l'esprit large. Mais le sens de l'histoire, il faut le retourner à notre profit, n'importe qui comprendrait ça, et ça ne va pas sans dégâts, Ils ne l'ont pas faite sans casse, leur révolution, non plus.

Il rayonnait maintenant d'enthousiasme juvénile, son visage boudeur transfiguré par une ardeur qui le rendait presque sympathique. Jeune monstre... Mais non. Ils sont des milliers comme ça, des millions. Et même, il y a de braves types dans le lot, *fair-play*, sport, et tout... « Je ne suis pas raciste... Des dégâts... Renverser le sens de l'histoire... » Toujours du sang, et pourquoi pas ?

— En tout cas, disait Marcelle paisiblement (elle ne paraissait éprouver aucune répulsion à ce dialogue), c'est un bon truc, l'histoire des statistiques. Ça vous permet d'aller partout sans vous faire remarquer, de sonder les gens...

— C'est une idée de moi, convint-il.

Il avait rougi à nouveau, de plaisir, à ce compliment. Il n'avait sûrement pas plus de vingt ans.

— Et c'est vrai, ajouta-t-il. On peut vérifier. Je fais mes questionnaires avec soin, il n'y a pas de petits détails. Et ça me rapporte chaque fois mille balles.

— Ce n'est pas sans intérêt psychologique, dit Marcelle.

— Très juste. Ecoutez, je ne veux pas vous faire d'histoires, je ne vous signale pas, puisque vous partez, mais quand même, faites gaffe. Il y a des types chatouilleux, dans l'organisation, qui pourraient prendre ça mal.

— Nous serons très prudents, dit Marcelle.

— Bon. Et bien puisque vous êtes là, est-ce que ça vous embêterait de répondre à mon questionnaire sur les apéritifs ? J'en ai encore toute une pile à liquider, et ça en ferait deux de moins. Une gentillesse en vaut une autre, pas vrai ?

Marcelle consentit. « Comme ils se sont, instinctivement, éloignés de moi ! Comme il leur paraît évident que tout cela ne me concerne pas », pensait Nicolas, impuissant. Merveilleusement d'accord avec le monde, flottant à la surface des choses, libres et légers...

— Ah ! voyons alors... Vous préférez les apéritifs amers ou les autres ?

— Amers, dit Marcelle gravement.

— Vous les buvez purs, ou à l'eau ?

— A l'eau.

— Avez-vous dans l'esprit un slogan d'apéritif ?

Elle réfléchit plus longtemps.
— Dubo, Dubon, Dubonnet ?
— Excellent. Un autre ?
Elle ne voyait pas. Son front se plissait sous l'effort qu'elle faisait, avec bonne volonté. Elle avait toujours son beau visage tragique.

Comme ils roulaient vers Nice, il dit :
— Tu avais l'air bien à l'aise avec ce garçon. Est-ce que tu te rends compte que ce sont ces gens-là qui assassinent, qui enlèvent, qui...
Elle l'interrompit vivement :
— J'ai seulement été polie, sans plus. Et d'ailleurs je croyais...
— Qu'est-ce que tu croyais ?
Elle rougit un peu.
— Mais que tu pensais, que tu étais du même avis...
— Du même avis que qui ?
— Tu sais, moi, je ne me suis jamais occupée de politique. Je respecte toutes les opinions sincères. Je...
Elle s'embrouilla beaucoup dans des généralités confuses. Lui, la pressant de questions, de plus en plus ahuri, finit par comprendre qu'elle l'avait cru plus ou moins membre de l'O.A.S., ou du moins sympathisant ! Là, elle avait réussi à le sidérer. Croire cela, et ne rien dire, ne lui demander aucune explication, aucun compte !
— Mais puisque tu faisais tout de même les articles, se défendait-elle. Je ne voulais pas être indiscrète... Tu sais ce que tu as à faire...
— Enfin, tout de même, Marcelle ! L'O.A.S. !
— Alors, pourquoi as-tu accepté l'argent ? La valise ?
C'était vrai. La valise. Mais c'était son défi à lui, son pari à lui, la valise, les articles, et elle-même ? Ça faisait un tout, c'était inséparable, c'était... c'était accepter ce qui se présentait, puisqu'on le forçait à l'avaler, cet impur mélange de la vie...
— En tout cas, tu t'es trompée, dit-il gauchement. Je ne suis pas partisan de l'O.A.S. Pas du tout.
— Tant mieux, dit-elle.

La grande découverte, pour lui, c'était cette indifférence. La façon dont elle l'aurait accepté quoi qu'il fît, quel qu'il fût.

— Ça ne te fait rien, que j'aie accepté cet argent ? Et tous ces pauvres types qui ont versé...

— Mais tu as l'intention de le garder pour toi ?

— Tu es folle !

— Alors il n'y a pas de mal, dit-elle paisiblement. Nous l'enverrons ou nous le remettrons à Praslin, cet argent. Il a ces opinions-là, lui. Et puis de donner leur argent, ça leur fait du bien, à ces pauvres gens, ils ont l'impression d'agir, ça les apaise...

Il la regarda à son côté, conduisant avec une tranquille application. Son noble profil si calme, de Déesse-Mère. Moins banale, infiniment moins banale qu'il ne l'avait crue, Marcelle. Ou était-ce lui qui mettait le mystère partout ? Ce poids, cette opacité, ce consentement à la vie... Il décida de s'intéresser à elle.

Il la harcela de questions. Il revenait toujours sur la scène où elle avait fraternisé avec ce jeune assassin, ce jeune veau. Elle disait : « Mais tout de même, il a un idéal, il cherche quelque chose, il croit à quelque chose... » Elle le disait avec un peu de mauvaise foi, pour se défendre, mais aussi parce qu'elle avait toujours entendu dire qu'il fallait *croire à quelque chose*, et qu'elle sentait lui manquer ce précieux atout, avec une sorte de culpabilité. Il devenait brutal, tout à coup :

— Et toi, est-ce que tu crois à quelque chose ? Est-ce que tu as un idéal ?

Il ne savait pas combien il la touchait à un endroit vulnérable. Mais ils n'étaient partis que depuis trois semaines et déjà il savait, d'instinct, comment la faire pleurer.

Il lui fit raconter ses amours avec Jacques.

— Ah ! il était ingénieur du son ? C'est intéressant. Qu'est-ce que c'est au juste ?

Elle raconta. Elle disait : il *était*, il *faisait*, comme d'un mort. Mort, il l'était pour elle puisqu'elle avait renoncé à tout espoir. Il était très gentil, beaucoup d'ambition... Ils allaient à la cinémathèque, ils voyaient des projections, puis il s'intéressait, aussi, à la musique concrète, au dessin d'animation ; il était très intelligent, dit-elle. Non, vraiment, elle ne savait pas comment la rupture était devenue inévitable.

« Je crois, dit-elle avec simplicité, quoique en rougissant un peu, que je l'ennuyais. » Renée, son amie, pensait qu'elle avait trop fait pour lui complaire, qu'elle n'avait pas été assez « garce », c'était l'expression de Renée.

— Ah ! Renée croit qu'il faut être garce pour être aimée ? dit-il, amusé.

C'était tout ce petit monde féminin, bien conventionnel, bien pareil à celui des livres, qu'il découvrait. Renée pensait que Marcelle donnait trop, cela avait l'air d'une exigence.

— Tiens, ça ne lui aurait pas plu du tout qu'avec toi, dès le premier jour... Elle dit que c'est de la fausse générosité. Que cela fait peur.

— Ce n'est pas si bête, dit-il, pensif.

— Est-ce que je te fais peur ?

— Un peu, mais en même temps c'est cela qui me plaît. Tu me fais peur comme la vie fait peur.

— La vie te fait peur ? s'étonna-t-elle. Moi pas.

— Parce que tu l'acceptes. Tu acceptes d'être abandonnée pas ton amant, conseillée par ton amie, tu acceptes ma bizarrerie, tu acceptes tout. Ce sont les gens comme toi qui se sortent de tout — des camps de concentration par exemple, pour recommencer à vivre, après...

— Tu penses à ta mère ? dit-elle intelligemment.

— A toutes les femmes...

Elle n'insista pas, par délicatesse.

— Et est-ce que tu aimes qu'on soit comme cela, ou non ?

— Je ne sais pas.

— Je vois. J'avais bien compris.

— Vraiment ? Qu'est-ce que tu avais bien compris ?

— Que tu  ne savais pas si tu m'aimes. Je veux dire si je te plais ou non.

— Et toi, dit-il brusquement, est-ce que tu le sais ?

— Si tu me plais ? Quelque chose comme ça. Non, dit-elle honnêtement. Et tout de même si, quand tu me parles comme ça, quand je vois que tu... (elle allait dire : que tu as de la peine, mais s'arrêta à temps) que tu es préoccupé... Je voudrais t'aider, t'être agréable, même si ce n'est que pour un moment.

— Tu m'es très agréable, dit-il gentiment.

(Mais il n'a pas répondu à la question implicite que je lui posais. Pourquoi avoir dit d'ailleurs « même si ce n'est... »

Fausse générosité, dirait Renée.) Ce besoin de donner. Au fond, ce qui la retenait de s'attacher déjà à lui, c'était qu'elle ne savait pas s'il était disposé à accueillir cet attachement.

« Tu leur colles dans les bras un tas de cadeaux dont ils n'ont que faire, disait Renée toujours, et après tu leur dis : et tout ce que je vous ai donné. Donne moins et tu attendras moins et tu ne seras pas déçue. »

Oh! Renée avait certainement raison. Mais le sentiment de rester là, ces cadeaux sur les bras, dont personne ne voulait. « Je suis trop orgueilleuse », pensa-t-elle. Parce qu'elle ne pouvait s'empêcher de penser que ce qu'elle avait à donner avait de la valeur. Elle s'en voulait de ce sentiment. C'était un peu pour cela qu'elle s'était donnée si vite à Nicolas. Elle bazardait, elle soldait pour s'en débarrasser cet encombrant sentiment de sa valeur. Puisque c'était inutilisable, elle en prenait son parti. Mais comment le lui faire comprendre, à lui ? Marcelle à vingt-huit ans n'avait pas encore été vraiment aimée. Elle n'était donc pas entièrement femme. De là sa raideur et son humilité.

Lui, pensait qu'une femme à qui il suffit de dire qu'elle vous est *agréable* pour qu'elle vous sourie, a bien de la grandeur, ou de la médiocrité. Quel mystère relie à la vie la femme la plus quelconque ! Et il pensait à Wanda qui avait survécu à l'enfer, à Wanda qui avait attendu des années pour faire savoir à ses enfants qu'elle vivait encore, à Wanda qui avait épousé un gardien de ce camp, un bourreau. Epousé. « Il m'a, écrivait-elle dans sa première lettre (à Paul, après six ans!), sauvé la vie. » Mariage du Ciel et de l'Enfer. Blake. Il faudrait être un fou mystique pour supporter cela. Et pourtant cette mère de cauchemar avait ce lien, cette parenté avec la femme qu'il étreignait chaque jour : elle avait accepté. Aussi ne savait-il pas si Marcelle le fascinait ou s'il la haïssait déjà. Si elle serait son salut ou sa perte. Ce dont il ne s'apercevait pas, c'est qu'après trois semaines seulement, cette fille banale était déjà devenue à ses yeux un *signe*.

Assis sur des fauteuils blancs, laqués, au milieu d'une minuscule plage de graviers, à gauche du poste d'essence.

Le pot d'échappement de la voiture. Une heure à attendre, peut-être plus. Marcelle porte un joli tailleur de laine écrue, à ganse noire, harmonie qui se retrouve sur son visage bistre, encadré de cheveux sombres. Elle est à l'aise dans son fauteuil, ses gants sur ses genoux, son grand sac à côté d'elle. Il fait soleil, les voitures passent. Nicolas, mal assis, trop grand, trop large, se sent pourtant, un instant, délivré. Ils pourraient être n'importe où, cette route, ce poste d'essence, ces voitures immatérielles qui glissent et disparaissent... Il goûte une sorte de tranquillité assez nouvelle.

Et Marcelle parlait, puisqu'ils étaient là pour un moment. De la chance qu'ils avaient de faire ce travail, à cause de *la Côte*, du beau temps. Par contre, cela devenait de plus en plus difficile de trouver des chambres. Mais elle se réjouissait du premier chèque qui leur était parvenu, à cause des mensualités de son appartement — deux pièces rue de Bourgogne, petit, mais très ensoleillé, elle allait pouvoir commencer à le meubler vraiment, jusqu'ici c'était du provisoire ; bien sûr, Béatrice l'avait beaucoup aidée, mais... En parlant de ses meubles à venir, son visage prenait une expression de grande douceur. Grâce à leur salaire exceptionnel, elle allait pouvoir envisager.... — Et lui, était-il bien installé ? — Il n'attachait pas grande importance à ces choses. Son père lui avait donné quelques meubles qui l'encombraient, il y avait l'apport modeste de Wanda, et lui-même n'avait fait qu'ajouter des rayonnages, un tourne-disques...

Elle comprenait. Elle hochait la tête d'un air entendu. Un intellectuel, un homme seul... Elle sympathisait. Elle avait vécu longtemps à l'hôtel, ne s'entendant pas avec sa mère ; elle s'était mise à désirer être chez elle. Elle parla de la peine qu'elle avait eue à trouver cet appartement, des prix excessifs, des tromperies de l'agence, et, toujours, de Béatrice la toute puissante qui avait donné des adresses, prêté de l'argent, procuré du crédit...

Ils se tenaient la main. C'était une trêve, il le savait. Mais il ne pouvait s'empêcher de rêver à un monde qui serait ainsi, paisible, peuplé d'objets familiers, de menues préoccupations ; et il aimait, ce jour-là, cette conversation banale et douce comme le paysage, le poste d'essence si propre, avec ses géraniums aux fenêtres, ses pompistes d'un bleu céleste, et Marcelle elle-même posée sur sa chaise comme une élégante réclame pour le bonheur... Parlant, les meubles, les articles, le lendemain, parlant si paisiblement jusqu'à la fin du monde...

La femme-pompiste, une blonde robuste à permanente soignée, s'approcha, souriante.

— Vous ne vous impatientez pas trop ? Il y a une autre voiture sur le pont, c'est pour cela que je vous fais attendre, mais dès qu'elle sera partie, il y en aura pour cinq minutes...

— On est très bien là, au soleil, dit Marcelle gentiment. Elles se sourient. Deux femmes. L'une blonde, l'autre brune. L'une élégante, l'autre en bleu de travail ; mais toutes deux prêtes à se sourire parce qu'elles sont femmes, et parce qu'il fait beau. « C'est trop simple, se dit-il avec une rage soudaine. C'est trop simple. »

— Voulez-vous les journaux du matin ? continuait la blonde.

— Du nouveau ?

— Oh ! toujours pareil. Des attentats, des complots... C'est pourtant fini, cette guerre. Mais il y en a qui ne se lassent jamais...

Toujours pareil depuis l'origine du monde. Des attentats, des complots. Du sang, du juste et de l'injuste inextricablement mêlés, et des femmes souriantes au soleil. Pourquoi est-ce que je n'arrive pas à avaler ça ? Autrefois au moins, on pouvait ignorer tout cela, se tapir dans son village, n'entendre que le bruit de sa propre maison, aujourd'hui c'est devenu impossible. Partout le monde vous clame son malheur aux oreilles, et jamais on ne s'est senti si impuissant.

Marcelle et la blonde continuaient cependant leur paisible déploration :

— Les malheureux qui arrivent et qui ne trouvent plus de place...

— Ils ont tout perdu...

— ... Mais ces pauvres Arabes...

— ...ils avaient bien le droit...

— ...Ces tortures, c'était affreux...

Elles plaignaient tout le monde. Elles étaient au courant de tout. Elles savaient de tout leur instinct qu'il n'y avait rien à faire et que c'était « *toujours pareil* ». Et elles étaient à l'aise là-dedans, tellement à l'aise! Femelles, haïssables femelles!

La blonde s'éloigna.

— Qu'est-ce qu'on disait ? fit Marcelle.

Une parenthèse. Tout le malheur du monde n'était qu'une parenthèse dans sa passionnante histoire à elle. Et de se dire qu'elle avait cent fois, mille fois raison, est-ce que ça empêcherait la vieille colère de toujours de monter en lui ?

— Oui, Béatrice... Oh, elle a tout fait pour moi ! C'est grâce à elle que j'ai débuté dans les émissions historiques. Puis à Radio-Luxembourg. J'ai commencé par faire de petits textes de publicité, je travaillais pour les produits de beauté Bérault, tu en as sans doute entendu parler... Note bien, il y a des gens remarquables là-dedans, ajouta-t-elle, un peu piquée par son silence apparemment désapprobateur. Ce n'est que de la publicité, mais c'est fait avec beaucoup de soin, il faut de l'imagination, du goût, on étudie les marchés, et Béatrice dit...

— Béatrice! Toujours Béatrice! Tu en parles avec une vénération! Comme une putain qui parle d'une patronne de bordel.

Et c'est bien ce qu'il pensait. Des putains racolant pour la vie, pour le bonheur, pour l'optimisme, cet optimisme dont dégoulinaient les livres de Béatrice sur le Foyer, la Femme, le Couple.

Tout de suite, Marcelle eut les yeux pleins de larmes et ressembla à un masque de tragédie.

— Qu'est-ce que tu as ?

Ce qu'il avait! Cet écœurement devant leur tranquillité de femmes, leur sécurité de femmes, leur acceptation de femmes, à toutes, il allait le lui dire. Il lui jetterait tout à la face, qu'elle, qui couchait avec lui en le prenant pour un O.A.S., ne valait pas mieux que Wanda ; qu'elles toutes, et jusqu'à Renata qui aimait souffrir comme on aime à boire, le dégoûtaient de vivre; que... Mais sa colère s'arrêta au bord des lèvres. Dire cela, n'était-ce pas avouer déjà que l'expérience était ratée, le pari perdu ? Non, il fallait essayer encore, persévérer, prendre modèle sur Marcelle au lieu de la persécuter. Et pour avoir encore une chance de réussir sa gageure, il fallait avant tout... (il était un fou de l'avoir un instant oublié) il fallait avant tout que Marcelle restât *intacte*. Il fit un effort sur lui-même qui lui parut surhumain.

— Excuse-moi, dit-il. Je m'impatientais. Je déteste attendre.

Yves-Marie dormait, d'un mauvais sommeil enfiévré, plein de cauchemars vagues, plein de questions qu'il repoussait. Pourquoi Gisèle, partie avec ce journaliste ? Pourquoi Nicolas, disparu pour ce fantomatique reportage ? Mais tout cela restait nébuleux, imprécis. Il se mouvait au milieu d'ombres. Et d'une certaine façon cela lui était agréable. Comme lui était agréable le mensonge qu'il faisait à tous « pour les enfants ». Gisèle partie en sana — et comme il lui était agréable qu'on ne le crût pas. La pitié nauséeuse de la concierge, l'admiration discrète du dessinateur adjoint, et les commères qui racontent le drame dans tout le quartier : « Un garçon si sobre, si rangé, qui adore ses enfants, qui était aux petits soins pour sa femme. »

Mari parfait, ami parfait ; et tout lui glissait des mains, amour et amitié, comme des ombres. Bien. Il vivrait dans un royaume d'ombres, dorénavant. Il rentrait. Une odeur appétissante l'accueillait, pour la première fois depuis des années. Non qu'il attachât de l'importance à ce qu'il mangeait : il n'avait jamais fait l'ombre d'une observation à Gisèle. Seulement le constat de cette infériorité « une simple petite bonne espagnole, une fille de dix-sept ans, tenait la maison mieux que Gisèle » lui donnait un sentiment de médiocre revanche. Bref soulagement — il retombait dans sa torpeur.

Frédéric et Pauline étaient déjà en robe de chambre quand il rentrait, avaient pris leur bain ; il avait exigé qu'il en fût ainsi. Frédéric l'attendait pour ses devoirs, Pauline qui était plus turbulente dessinait quelques minutes, se levait, réclamait la télévision, l'oubliait, boudait, oubliait sa bouderie pour demander du lait, une feuille de papier, son ours, éclatait de rire. Elle ne tenait pas en place, se faisait des grimaces dans la glace, se déguisait avec une écharpe, le chapeau de sa mère, oubliait qu'elle était déguisée... « On se demande de qui elle tient », disait son grand-père avec malveillance. Mais elle tenait de Gisèle. De la Gisèle d'autrefois — qui était peut-être redevenue la seule Gisèle — de la Gisèle d'avant Yves.

Et toujours il s'étonnait de souffrir si peu. Le seul sentiment qu'il lui semblât ressentir était une curiosité languissante. Quant au décor où évoluait Gisèle, par exemple. Ses gestes familiers, dans quelle chambre, dans quel appartement s'accomplissaient-ils ? Comment était cette femme avec laquelle Nicolas était parti ? Se droguait-il réellement ou était-ce seulement par hasard que... Questions oiseuses. Les pourquoi, les questions urgentes, importantes — pourquoi Gisèle l'avait-elle quitté ? pourquoi Nicolas était-il parti ? — il en avait une sorte de terreur, il les repoussait à l'arrière-plan, ne leur accordait aucun sens. Parfois il revoyait, avec une étonnante précision, une scène quelconque. Par exemple la dernière visite de Nicolas. Et c'était comme s'il revoyait des marionnettes énonçant des phrases creuses, jouant une pièce absurde et qui ne le concernait en rien. Il arrivait même à s'en amuser.

— J'ai décidé d'accepter un reportage dans le Midi, sur les rapatriés qui vont revenir d'Algérie.

— Tu crois que c'est bien opportun ?

— Opportun pour moi, certainement. De toutes façons j'avais décidé depuis quelque temps déjà d'accepter le premier travail venu.

Ils venaient — c'était fin mai — de regarder ensemble la télévision : les accords d'Evian, les attentats, le bouillonnement de toute la France... Yves-Marie avait dit « opportun », ce mot de théâtre, sans conviction, sans feu... Gisèle était partie depuis huit jours. Il n'en avait rien dit à Nicolas. « Cet échec le découragerait encore davantage », se rappelait-il avoir pensé.

— Mais pourquoi en ce moment...?

— Une occasion à saisir... Et puis je n'en pouvais plus. Il faut que je me donne encore une chance de vivre... d'une façon honnête, sincère, je ne sais pas...

Huit jours avant, Yves aurait pensé que le moment était venu de semer la bonne parole, de presser Nicolas de questions, de lui faire vider enfin le fonds de son tourment. Mais Gisèle était partie. Mais il savait d'avance que tout ce qu'il ferait serait comme son mariage, un échec. Il avait prononcé des mots vagues, sans vraie cordialité. Nicolas lui paraissait fossilisé avec ses chagrins, ses problèmes qu'il nourrissait depuis des années... Il le regardait s'expliquer laborieusement, un sourire forcé aux lèvres, développer des théories absurdes, « vivre la vie comme un roman d'aventures », parler fort, remuer dans la pièce avec une vitalité artificielle, lamentable. Il jouait la comédie, lui aussi, mais cela plaisait plutôt à Yves-Marie, cela ne le forçait pas à sortir de lui-même, cela se passait en quelque sorte sur le même plan que le départ de Gisèle. Grands mots, emphase, affectation de souffrance, soupirs compatissants chez les autres, et au fond, ce néant mesquin, cette morne indifférence... — « Assez de cette vie. Réunions politiques, comités de lecture, Colette et ses fonctionnaires du vice... J'ai trop voulu être *conforme*, si tu vois ce que je veux dire, à une certaine image... J'ai choisi, j'ai sélectionné... Je veux faire encore une tentative. N'importe quoi, n'importe comment, et on verra bien ce qui en résulte. Le hasard pur, tu comprends ? Rencontrer n'importe qui, enregistrer des images, être un appareil, un simple appareil à enregistrer et de ce mélange, de ce produit monstrueux de la vie, tirer peut-être une conclusion... Résoudre cette contradiction, enfin. »

— *Je suis le signe de contradiction*, avait cité Yves machinalement.

— Oh ! assez de signes ! assez de signes ! et assez de contradictions ! Je voudrais justement me faire une vie où rien ne signifie rien, est-ce que tu ne comprends pas ça ?

Même sa colère était artificielle, sa voix qui devenait vulgaire, ses larges épaules étriquées par le veston mal fait (il était toujours mal habillé, pensait Yves avec un certain détachement, à la fois trop cossu et trop vieillot, là aussi, sans doute, il s'était voulu *conforme*, et au contraire, ces vêtements d'un autre âge lui donnaient un air étrange, de bûcheron endimanché, de mauvais prêtre, d'assassin...) Et cette colère à froid, ces gestes démesurés lui seyaient mal, comme son costume, et il baissait les yeux (tout ce qu'il avait de touchant, ces yeux d'un vert clair tout à coup voilés) comme pour duper quelqu'un, — mais qui ? — par cette violence impuissante.

Yves dit alors :

— Après tout, c'est une expérience.

— C'est cela. Une expérience.

Et Nicolas avait relevé les yeux, sans faire attention, des yeux où luisait une sorte d'espoir. Une sorte d'espoir qui aurait effrayé Yves-Marie si quelque chose avait pu l'effrayer à ce moment-là. Tout le reste n'avait été que bavardages creux, conseils de prudence, bruyante cordialité d'hommes (rien de plus faux), tapes sur l'épaule... La petite Pauline n'avait pas voulu se coucher — on était samedi. En robe de chambre ouatinée, elle barbouillait sur la table de la salle à manger. Frédéric dormait déjà, quoique l'aîné. Comme ils étaient sortis de la chambre, elle s'était tournée vers eux, petit visage irrégulier, intensément vivant (elle ressemblait à Gisèle, quoique moins jolie et plus fine) et tout illuminé de joie, tendant sa feuille de papier à bout de bras, elle s'était écriée :

— Regarde ! C'est beau, le bleu !

Le bleu. Pur cri de joie. Il en sentait la beauté, il voyait cette joie mais de l'autre côté d'une vitre. Elle n'agissait pas sur lui, comme un remède posé là, sur la table, mais qu'on n'avale pas. Et pourtant, les paroles lui venaient, abondantes et faciles, sur cet instinct du beau, de la lumière qu'ont les enfants, sur la révélation de ces paroles, sur... Et ces paroles étaient vraies, mais inutiles, comme mortes pour eux, pour toux deux, arrêtées un moment sur le seuil, regardant cette enfant, cette joie qui flambait toute seule, et ne les réchauffait pas. Nicolas avait eu une sorte de frémissement, douloureux peut-être. Et il était parti quelques minutes après — leurs adieux sonores, dans le petit vestibule mesquin décoré d'un portemanteau encombrant (qui venait du père d'Yves-Marie) et d'une gravure.

Il revoyait cette scène, et seules des questions oiseuses lui venaient à l'esprit. Nicolas se doutait-il que Gisèle était partie ? Etait-il amoureux de cette jeune femme qui l'accompagnait ? Ou encore : Gisèle allait-elle demander le divorce ?

Mais ces questions mêmes ne lui procuraient que le léger agacement obsédant, maladif, qu'on a d'ignorer la fin d'une histoire, la conclusion du feuilleton d'un journal. Un Nicolas qui se droguait, qui reniait ses convictions, une Gisèle adultère, n'étaient plus son Nicolas, sa Gisèle. Leurs emplois restaient vides. Il n'avait pas un ami égaré, une femme coupable : il n'avait plus de femme, ni d'ami. Ainsi avait-il exorcisé sa souffrance. Il en tirait un orgueil morose.

Instinctivement, il contracta les mâchoires, à cette idée, comme font les héros des films quand ils luttent contre l'adversité. Le miroir de la chambre à coucher lui renvoyait l'image d'un beau garçon blond, énergique, aux cheveux taillés en brosse, au visage carré, un peu américain. Un garçon qui commençait lui aussi à devenir un étranger, un fantôme.

Avec l'engagement des journalistes et des photographes, leur envoi vers le sud, la préparation d'un numéro zéro, l'établissement de listes d'abonnés possibles, de nouveaux rouages s'étaient ébranlés, et la machine était branchée maintenant, indéniablement, sur ce grand courant vital qui les fait marcher toutes. Marc Rougerolles, de son poste d'observation, regardait le mécanisme s'ébranler, broyant le vide encore, mais prêt à débiter son pesant d'humanité, dès qu'on lui en donnerait l'occasion.

Ce qui pouvait paraître aux autres confusion et incohérence, l'émission-pirate de Béziers, les actions parallèles et parfois contradictoires des réseaux O.A.S., l'effervescence des uns et des autres, lui paraissait, à lui, condition nécessaire et favorable à l'action qu'il avait entreprise. Il n'était pas sans en tirer un délicat plaisir intellectuel. Déjà les cotisations, les soutiens affluaient. Les futurs « abonnés » témoignaient de leur bonne volonté confuse et généreuse. En même temps que les fonds, des articles lui parvenaient, des suggestions, des « listes de solidarité », des offres de concours bénévoles. Tout cela s'enchevêtrait, un autre s'y serait perdu. Mais lui savait que plus cette toile d'araignée serait tissée de fils différents, plus elle serait solide, mieux elle résisterait à un éclat possible. Possible seulement ; il avait trop le sens de l'action pour avoir décidé par avance de l'issue à lui donner. Tant de concours, une aussi forte pression pouvait aussi bien créer le journal que le détruire. Des reporters, des photographes sérieux avaient été engagés, étaient payés, étaient partis, accumulaient des matériaux. Des financiers « qui ne désiraient pas voir leur nom prononcé » avaient promis, donné parfois, leur concours. Déjà des millions s'engloutissaient, certains milieux s'inquiétaient, d'autres ne demandaient qu'à participer, qu'à soutenir et peut-être à absorber le nouvel organisme. Praslin déplaçait des pions, lentement, prudemment. Mounet du Puy se multipliait pour trouver des concours politiques ; des futilités parfois décidaient tout : il avait promis au moins dix fois les rubriques féminines à des femmes, filles, amies d'hommes influents. Rougerolles lui servait de lien, de traducteur. Car Praslin habitué aux bonnes grosses ruses d'affaires, trouvait le milieu journalistique et politique singulièrement fluide, frivole en même temps qu'insaisissable. Il ne comprenait pas qu'un homme politique de ce siècle préférât avoir sa photo en première page d'un magazine, ou apparaître trois minutes à la télévision (en escrimeur ou avec une vedette de cinéma) plutôt que de toucher le traditionnel pot-de-vin. Rougerolles avait là son utilité.

Un plasticage éclatait çà et là, ajoutant au tumulte. Le gouvernement s'inquiéterait-il du mouvement créé par Praslin ? Tenterait-il une « reconversion » — un mot qui s'employait beaucoup ? La parution serait-elle interdite ? Tout cela finirait-il par une faillite ? Marc Rougerolles était prêt à tirer parti, indifféremment, de chacune de ces éventualités.

Auprès de Praslin, il faisait figure de modeste capitaliste — de bras droit, de Maître Jacques. Mais sans lui rien ne se serait fait, et il le savait. On aurait pu, sans doute, minimiser son rôle mal défini, et au fond presque subalterne. Mais Praslin disait bien haut « mon ami Rougerolles » et il l'invitait chez lui, avec Simone sa femme, pour bridger, dans ce décor dont la laideur cossue, l'ennui pesant, plaisaient à Marc comme un décor de théâtre. Et Mounet lui donnait rendez-vous dans les couloirs de la Chambre, le retrouvait après quelque générale à l'Elysée Matignon, lui présentait des starlettes. Qu'importait dès lors que toute la fortune de Marc Rougerolles fût d'apparences (avec au fond, tout de même, le petit capital inaliénable de Simone) et variât singulièrement avec le cours de la Bourse ? Marc avait toujours vécu d'apparences, et il s'en contentait. Fausse cordialité, fausses amitiés, fausse réussite, plus légère à porter que la vraie : poulets de carton, décors de théâtre. Tout cela avait de si belles couleurs. Il se grisait de paroles, de rôles, de personnages — il n'allait pas *s'appliquer*, se salir les mains.

Un orgueil immense ? L'essentiel, c'était que la vie naquît (ou ce qu'il appelait : la vie), proliférât, autour des créations de son esprit, de ces mécaniques placées adroitement au milieu du courant par ses doigts spatulés d'artiste, de rêveur. Bien sûr, il était naturel qu'un peu de cet argent, qui devait affluer, se déposât dans ses coffres, à ses pieds, apporté par la marée. Mais l'argent lui-même devait servir à d'autres mises en scène, à la création de nouvelles et délicates machines que son cerveau déjà élaborait. Et que tout cela fût à l'extrême fragile et menacé faisait partie de son plaisir. Il n'aurait qu'à tourner un bouton pour que s'éteignît la fantasmagorie. La possibilité d'une catastrophe lui donnait le sentiment de ne pas être dupe des choses. Que d'autres y engageassent leurs vies, le faisait sourire — et parfois il les tirait d'affaire, par une sorte de pitié. D'ailleurs nourri de mépris, viande creuse qui lui gardait son allure jeune, sportif à sa façon, et poète.

Au fond, tout à fait heureux s'il n'y avait pas eu Jean-Pierre. Ou tout à fait malheureux, comme on veut. En tout cas : intact. Mystère sans profondeur des êtres aimés : Jean-Pierre l'inquiétait, l'entamait. Peu de choses : un grincement de craie sur un tableau noir, un agacement dans les ongles. Mais tout était si bien huilé dans l'univers de Marc que le moindre crissement... Oui. Jean-Pierre lui donnait le sentiment que l'on a, en voiture, quand « il y a un bruit ».

Tout commençait au seuil de l'atelier trop haut, trop clair, où il faisait toujours froid. Ou était-ce lui, Marc Rougerolles, qui y avait toujours froid, dans cette pièce énorme qu'il avait achetée, payée très cher, et qu'il n'aimait pas ?

Parfois il essayait — élégant, sa cigarette odorante, son eau de lavande, sa minceur, ses beaux cheveux argentés — de faire comprendre à Jean-Pierre l'intérêt de ce qui était de sa création à lui, le rapport qu'il pouvait y avoir entre cette création hautaine, délicate, et celle de Jean-Pierre, aussitôt évanouie qu'esquissée. Il aurait souhaité s'entendre confirmer qu'il s'agissait bien du même monde, du même spectacle, faire naître une sorte de fraternité un peu désespérée... Mais Jean-Pierre n'était ni fraternel, ni désespéré. « Tu sais bien que je n'entends rien aux affaires », et un bâillement discret de chat bien appris découvrait ses petites dents blanches, parfaites. Il aurait pu feindre, faire semblant. On ne lui demandait rien d'autre. Ou se faire un charme de son incompétence. Mais il n'y avait jamais aucune provocation dans ce que disait Jean-Pierre. Lisse, inexplicablement lisse; et gentil. Oui, il était gentil. Mais cette gentillesse même éveillait chez Rougerolles une inquiétude qu'il détestait.

Près de Jean-Pierre, il se sentait lourd, charnel, plein d'un malaise impossible à digérer, il avait le sentiment d'avoir trop mangé ou de ne pas s'être lavé les dents, ou de souffrir. Il ne s'aimait plus. Alors — quand tant d'adolescents oubliés l'avaient aisément satisfait — alors pourquoi Jean-Pierre ? Quand il avait le plus agréable, le moins pesant souvenir de tant de rencontres, d'aventures sans conséquences, délicieusement artificielles, pourquoi revenir toujours à cet avilissement ? Jean-Pierre gâchait tout.

Tout ce qui entourait Jean-Pierre prenait très vite un caractère de délabrement, de trompe-l'œil, d'instabilité. Les fenêtres sans rideaux de vitrage, le parquet nu; Marc lui avait fait cadeau, pour son vingt-sixième anniversaire, d'un très beau Beloutchistan, mais Jean-Pierre l'avait accroché au mur et le parquet était resté nu, avec le lit-divan qui voguait un peu partout, la grande table Louis XIII jonchée de papiers, de dessins, de cendriers pleins, adossée au mur, le bar en acajou, encore un cadeau qui paraissait ridicule dans ce désert, près de la barre fixée au mur et du trapèze accroché au plafond. La loggia était toujours dans un désordre propre et pauvre — des journaux, des amandes, des fusains, des fleurs sèches — tout ce qui appartenait à Jean-Pierre avait ce caractère sec, presque austère, et se réduirait tout naturellement en poussière. Lui-même était ainsi, limpide et gai, vide, mince, froid, plein de charme : indéfinissable.

Avec sa gentillesse indéchiffrable, le voyant silencieux, Jean-Pierre disait :

— Tu veux monter là-haut ?

Mais non. Il ne voulait pas. Il savait qu'il ne répugnait pas à Jean-Pierre. Il n'aurait pu s'avancer davantage. Jean-Pierre faisait l'amour avec précision, application, indifférence. Parfois il refusait, pour quelque raison précise, répétition, fatigue. Mais rarement. C'était plutôt Marc qui avait refusé ces temps derniers. « Au fond, j'ai renoncé à l'illusion de posséder », se disait-il parfois. De temps en temps, porté par une vague de mesquinerie qui se soulevait en lui, il venait passer la nuit quai Voltaire moins par désir que pour profiter un peu des dépenses qu'il avait faites pour Jean-Pierre. Jean-Pierre ne trahissait aucun sentiment devant ces retours de flamme. Seulement il ne voulait faire l'amour que le soir, après le spectacle s'il dansait, et jamais le matin parce que cela lui coupait les jambes. Rougerolles le regardait dormir, les cils noirs très longs sur la joue mate, le nez court et parfait, la bouche un peu petite, les boucles noires sur le front, le corps mince à l'ossature fine allongé bien droit, plein de tenue jusque dans le sommeil. Il faisait froid dans l'atelier, le matin surtout (mais Jean-Pierre travaillait une demi-heure au réveil et se réchauffait ainsi). Pièce glacée, sans odeur, fenêtre close de rideaux vert sombre d'une étoffe mince et raide comme on en voit dans certains bureaux. Marc Rougerolles se faisait du café dans la cuisine minuscule ; mélancolique ; inexplicablement préoccupé par cette existence limpide de Jean-Pierre, la barre, le régime, les répétitions, cette stricte discipline observée avec tant de facilité, pourquoi ? « Pour le plaisir », disait Jean-Pierre, peu féru d'analyse psychologique. Le plaisir. Marc allait le regarder danser, parfois. L'attendait jusque dans les coulisses, l'épiait de plus près, voyait sous les projecteurs ce visage parfait se renverser, couvert d'une mince couche de sueur, attendait la révélation du secret... Mais le visage de Jean-Pierre, fermé jusque dans l'amour, le restait en dansant. Parfois un nerf, au coin de la bouche, se creusait, une palpitation animait ses narines, et il semblait à Rougerolles voir apparaître un visage humain. Mais c'était une ombre, la fatigue, peut-être même une simple illusion due à l'ocre du maquillage, et Jean-Pierre sortait de scène porteur du même secret sans poids.

Ç'aurait été plus simple, la jalousie.

— Pourquoi avoir choisi Marcelle ? disait Jean-Pierre.

— Pour te faire plaisir, c'est une amie, non ? C'est une promotion pour elle, une occasion exceptionnelle...

Lui qui mentait si bien d'habitude (ce n'était pas même du mensonge, c'était un rôle tout écrit, qu'il n'avait qu'à réciter) s'empêtrait dans des explications gauches...

— Elle va encore s'emballer pour ce type, et il faudra que j'arrange ça, soupirait Jean-Pierre. Tu ne sais pas comment elle est.

Non, non, ce n'était pas la jalousie. Ou c'était une autre

jalousie, si ténue, si subtile... le soupir complice et tendre de
Jean-Pierre, ce n'était même pas à Marcelle qu'il s'adressait,
mais à leur enfance, à des souvenirs, un rien, une poussière...
Mais ce rien, c'était trop encore. Ce rien, c'était ce goût de la
vie, immédiat, sans problèmes, qu'ils partageaient, cette
accession spontanée à une région que Rougerolles s'efforçait
si laborieusement, à si grands frais, d'atteindre, et qui lui
échappait toujours d'un cheveu, une région de monstrueuse
innocence. Furieusement jaloux de cet échec, mais ne le mon-
trant pas, Marc dupait aisément Jean-Pierre, mais ne se
dupait pas lui-même. Autrefois, oui. Tout est si simple avant
l'amour.

La vie entière paraissait parfois à Rougerolles s'empreindre
de ce mystère lisse. Dans son bureau provisoire, les surfaces
polies de l'acajou, l'ordre méticuleux, le téléphone et l'inter-
phone, le dossier du journal *La France* avec ses monceaux de
lettres de rapatriés qu'on ne lisait plus, qu'on ne faisait plus
que compter, comme des votes, et les articles de fond, et les
reportages « humains », bases fragiles d'une belle opération
sans grands risques, tout cela avait perdu son charme. Un
mystère : Jean-Pierre dansait. Dansant, il participait, tout
simplement, au mouvement de la machine. Les gens prenaient
leurs voitures, allaient au théâtre sans trop savoir pourquoi,
des costumes étaient commandés, des décisions prises avec
ou sans pots-de-vin, des vedettes choisies avec ou sans favo-
ritisme, et Jean-Pierre dansait. Cependant un secret demeurait. Tout pouvait s'expliquer, tout, le plus petit détail de la
chorégraphie, l'inspiration et la fatigue, la joie merveilleuse
mystérieusement ressentie devant un geste envolé, tout. Et
quand tout était expliqué, la souffrance revenait, inexplicable. Marcelle. Ce n'était pas de la jalousie, même pas. Cette
créature de chair, assez belle sans doute (il se forçait toujours à penser cela, par superstition), il *s'expliquait* aussi
pourquoi Jean-Pierre la voyait, pourquoi Jean-Pierre l'appréciait. Une amie d'enfance, d'abord. Elle ne lui faisait pas
peur, comme les autres femmes, liée qu'elle était pour lui à
des souvenirs poétiques et inoffensifs — plages bretonnes,
soirées musicales dans des villas médiocres, coffrets de
coquillages, jupes plissées, pêche à la crevette... Et puis la
fameuse fixation à la mère, la ressemblance vague mais réelle
de Marcelle et de Béatrice (il haïssait Béatrice, d'une façon

saine qui lui réchauffait le cœur), et puis la facilité de Marcelle (il pensait : une putain, et vivement gommait ce mot, mentalement, de peur d'attirer sur lui le malheur), et puis une certaine beauté qu'elle avait. Et puis quoi ? Le secret. Le secret qui lui reste fermé. Pourquoi Marcelle ? Pourquoi Jean-Pierre ? Pourquoi l'amour ? Une fois de plus, durement, il se heurte à ce mur.

Naturellement, après s'être interdit de le faire, il était retourné chez Colette. L'attrait de la souffrance est trop grand. Il voulait savoir, tout savoir, connaître jusqu'à quel point il avait été trompé, pris pour dupe. Comprendre. Comprendre Nicolas ! Et à l'aide de Colette ! Il se fût trouvé fou s'il n'avait été si malheureux.

Trop courtois pourtant pour montrer que tout ce qui l'intéressait, c'était cela, ce mystère incompréhensible d'un Nicolas autre que celui qu'il avait toujours imaginé, il prenait des prétextes — un dîner au restaurant, le théâtre... Mais ce soir-là il avait trouvé Colette au lit. Elle ne savait pas ce qu'elle avait, un point de côté, de la fièvre, et ni Franck ni Michel n'étaient venus de la journée, elle n'avait pu se lever, n'avait rien mangé, il n'était pas question d'aller au théâtre. Paul avait dû redescendre congédier le taxi qui attendait sur le boulevard ; il faisait doux, clair encore à huit heures. On alluma les réverbères pendant qu'il payait le taxi. Les marronniers agitaient doucement leurs feuilles, des hommes passaient, promenant leurs chiens, on rappelait les enfants pour le dîner. Même les voitures rangées sur la contre-allée paraissaient endormies pour la nuit. La petite clé dans sa poche (pour ne pas déranger Colette), Paul se hâta vers l'épicerie italienne encore ouverte. Combien d'années depuis la dernière fois qu'il s'était ainsi hâté vers une épicerie, une clé dans la poche ? Cela datait de Wanda, de la naissance de Simon... S'il n'y avait eu la guerre, la Résistance, la déportation de Wanda, peut-être l'aurait-il épousée. « Mais non. J'étais fait pour être célibataire. Ou veuf. » Veuf, à cause des enfants. Nicolas surtout. Car Simon... Il n'avait jamais beaucoup aimé Simon. Même enfant, Simon était turbulent, agité, si vif, et si sensible en même temps. On ne savait par où le prendre. Quand on pense qu'il est devenu prêtre ! Prêtre ! Paul pénétra dans l'épicerie. Un vieux monsieur soigné, à la voix précise et courtoise. Un homme de loi, rouage indispensable de la société. Un père. Si, tout de même, un père. Rongé d'inquiétude, parce que son fils s'est lancé dans une folle aventure. Et plus encore parce qu'il ne lui a parlé de rien. Voilà qui le tourmente bien plus que le souvenir, somme toute agréable, de la lointaine, de la morte Wanda dont le portrait, sur son bureau, n'est plus pour lui qu'un tableau, la paisible reproduction d'un site où il a été heureux.

Enfin, avec Colette, il va pouvoir parler de Nicolas tout son saoul. Il choisit du jambon de Parme, des olives, du melon, de la salade, un vin rosé. Il avait pensé au champagne, mais une nuance l'arrête : ce vieux monsieur, aux cheveux grisonnants, arrivant chez une jeune femme, la bouteille de champagne sous le bras... Non. Ce temps-là n'est plus. Et s'il s'y trouvait reporté, Paul ne choisirait pas Colette pour passer la soirée. Il la juge avec une sévérité apitoyée. Un peu folle, et quel manque de goût ! Et maigre, et ces minauderies de fillette, et ces airs de pythonisse ! Mais le goût malsain de savoir, de savoir enfin *tout* sur Nicolas, l'attache et le ramène à Colette. Enfin, il comprendra. Malgré Nicolas lui-même il pénétrera dans sa vie, en percera les secrets. Même s'il doit en souffrir abominablement. Surtout s'il doit en souffrir. Il voit là un gouffre qui l'attire.

Il prend l'ascenseur jusqu'au quatrième, tire la petite clé de sa poche, non sans mal, à cause du paquet de l'épicerie.

— Où est la cuisine ? crie-t-il avec un peu d'agacement.

L'inconfort prétentieux où vit Colette est à l'opposé de tout ce qu'il aime.

— La première porte à gauche, crie Colette.

Que lui importe que la cuisine soit en désordre, poussiéreuse plutôt que sale, des bouteilles vides dans l'évier ? Elle ne s'excuse même pas. Il s'étonne un peu de sa confiance, de la spontanéité avec laquelle elle le reçoit, lui dit tout. Ah ! si Nicolas... Il passe dans le salon-chambre à coucher où

Colette gît au milieu des coussins, sous la lanterne japonaise.

— Je vais vous faire un plateau, dit-il avec importance.

— Que vous êtes bon ! soupire Colette.

Le soir tombe sur les marronniers.

Colette mangeait à peine, les pommettes rouges, les yeux brillants. Fièvre, excès de drogue, le savait-elle elle-même ? Une petite angoisse mesquine, comme un insecte, lui taraudait la poitrine.

— Vous ne mangez pas ! insistait Paul, désolé.

Mais il lui versait à boire, ce qu'elle acceptait volontiers, espérant toujours se libérer de ce fil qui la retenait à la terre, de cette entrave imperceptible dont elle se sentait liée. Toute la journée, elle avait eu ce sentiment indéfinissable de gêne, de lassitude. Elle n'avait vu personne, et elle s'était sentie trop fatiguée pour sortir. Dans la chambre aux volets clos, elle avait fumé huit pipes, neuf pipes, mais les volets ne s'étaient pas ouverts, elle était restée prisonnière.

— J'ai été toute la journée dans une angoisse à hurler ! J'ai cru devenir folle, disait-elle à Paul. Mais ce n'était pas vrai. Elle eût été trop contente de ressentir un tel excès. Elle avait cru *cesser* d'être folle, voilà. Elle avait cru tout à coup retomber vertigineusement, d'on ne sait où de haut, d'inaccessible, dans cette chambre faussement exotique, aux coussins décolorés, aux rideaux poussiéreux, vieux décor hors d'usage et qu'elle n'avait plus soudain la force d'animer. Retomber en soi-même. Elle aima l'expression, une trouvaille, qu'elle répéta à Paul avec un peu de soulagement momentané. *Elle-même*, était-ce ce tiroir plein de factures non ouvertes, mais qu'elle redoutait cependant, à l'égal de petits dieux grimaçants et cachés ? De ce point de vue le départ de Nicolas... Mais elle était bien décidée à ne rien demander à Paul, à ne rien accepter de lui. Elle avait besoin de se le redire pour se sentir libre, indépendante, méprisant les contingences... Elle ne lui demanderait rien, et même, lui donnerait tout ce qu'il désirait (et dont elle ne doutait pas qu'il le désirât) comme ça, gratuitement, un feu de joie qu'elle ferait avec son seul atout, et demain, les créanciers, les lettres recommandées, la trouveraient dépouillée de tout, prête pour l'hôpital. Et elle parlerait de Nicolas, puisqu'il le désirait. Elle le détruirait dans le cœur de Paul, elle se vengerait de son ironie, de ses yeux froids qui l'empê-

chaient toujours de quitter terre... Au fond, c'était à cause
de cela qu'elle lui était attachée. Il était son témoin, incor-
ruptible, inébranlable. Si elle arrivait à le convaincre, lui,
alors elle serait sûre d'être enfin cet être aérien, lumineux,
auquel il suffit d'exister pour rayonner — alors elle serait
sûre d'être Renata. Et il était parti en lui enlevant cette
chance... Au moment précis où elle allait réussir. Elle en avait
l'intuition — elle en avait toujours l'intuition —, il s'en fallait
d'un cheveu, d'un rien... Mais là, son mal, qu'elle ne soignait
pas, s'aggravant, elle avait été convaincue que la fièvre soutenant la drogue, elle allait atteindre à des états que Renata
elle-même n'avait pu qu'effleurer. Nicolas était parti comme
elle allait toucher à la grande révélation. Jamais elle ne pourrait lui pardonner. La souffrance de Paul, le pouvoir
qu'elle avait de le faire souffrir, la consolait un peu. Et elle
lui faisait attendre ses récits, avec un peu de sadisme. Il était
bien obligé, en attendant, de s'occuper d'elle.

— La fin est proche, je le sens, dit-elle avec fébrilité, en
tendant son verre pour qu'il le remplît. Une fin, tout au
moins. Je vous ai dit que j'allais avoir trente ans ? Quelque
chose, dans les cartes, me le dit. Et ma ligne de vie. Quelque
chose qui s'arrête, se coupe... Pas forcément la vie, mais...
Savez-vous que j'ai bien souvent rêvé d'un cloître ? Oh ! pas
un couvent, trop de mesquineries, d'étroitesse... le dogme
empêchant les ailes de se déployer... Mais aux Indes, un
*ashram*... J'ai une amie qui est allée là-bas... Nous en parlions
toujours avec Renata.

— Ah, Renata ! dit Paul, détournant volontiers la conversation (il attribuait cette exaltation à la fièvre, une grippe
d'été ?). J'aurais bien voulu la connaître. Je crois qu'elle a
eu beaucoup d'influence sur Nicolas ?

— D'influence ? Oh ! Renata était bien incapable d'exercer
une influence sur qui que ce soit. C'est lui qui s'était fait
d'elle une image... C'est un poète, n'est-ce pas, un créateur.
Mais elle, en dépit de ses airs d'ange et d'oiseau, avait un
tempérament trop faible, trop doux... Et elle n'était pas intel-
ligente. Oh ! non pas que je croie l'intelligence indispensable,
une certaine forme d'intuition dépasse de cent coudées... Et
elle avait de l'intuition. Mais enfin, la pauvrette, elle avait
beau courir les conférences, les mages, les gurus, et ces pres-
bytériens avec lesquels elle chantait des cantiques, elle n'y

avait jamais rien compris, au fond. Ni à Nicolas, voyez-vous.
Cette révolte désespérée, ce goût de la destruction qu'il a,
qu'il cache sous des dehors un peu guindés, elle en a été la
victime, au fond.

— Vous croyez ? dit Paul.

Il écoutait ces propos, essayait de les traduire du langage-
Colette en langage-Paul. Nicolas avait perdu cette femme,
Renata, et avec elle le goût de vivre. Il s'était rabattu sur
Colette en désespoir de cause, et celle-ci n'était pas aimée.
Pas aimée ! Quand il y songeait, la pitié l'envahissait pour
elle et pour lui, et il oubliait les chenets en forme de dra-
gons, les poufs indochinois, les plateaux marocains. Elle
parlait.

— Mais bien sûr, disait Colette, de plus en plus enfiévrée.
Ce qu'il ignore, Nicolas, c'est que c'est au fond de ces abîmes
que l'on retrouve un sens du sacré, ce sacré de l'absurde en
quelque sorte, un nouvel élan, un envol.

C'était vrai. Parfois, elle avait senti (quand elle avait beaucoup fumé, fixant avec application des chimères laborieuses,
ou quand elle avait vu un jour Michel enlacé à son boxeur
gominé, ou quand harnachée de grenots et nue, elle avait...)
elle avait senti comme un déclic; la folle, la monstrueuse
image s'était fixée sur sa rétine, une photographie, le Temple
d'Angkor, les nervures d'une feuille, un jambage du cosmos.
A la fois insignifiante dans la création, et signifiante pourtant
à l'extrême — elle avait senti cela, réalisé un instant ce rêve
démesuré, elle, pythonisse de bazar, Bovary tantriste, et elle
avait été au bord de quelque chose de nouveau, de radica-
lement *autre*. Au bord. Mais ce domaine autre, était-ce celui
où Renata voguait librement, sans attache ? Qui sait ? Quelque chose lui avait toujours échappé en Renata, qu'elle
n'était pas assez fine pour comprendre, quoiqu'elle le fût
assez pour le percevoir. Et elle n'avait jamais su si elle aimait
ou non Renata, si Renata l'aimait ou si elle lui répugnait un
peu. Ce qu'elle savait, c'est qu'elle n'avait pas « conquis »
Nicolas sans un secret sentiment de triomphe, mais puisque
Renata se mariait... Et puis elle avait, croyait-elle, bien des
choses à lui apprendre.

— Un peu de melon ? C'est si frais, cela ne peut pas vous
faire de mal... Vous ne devriez pas boire autant...

La douceur précise de Paul, ses gestes délicats pour relever

le drap, le dessus de lit qui glissait, lui donnaient envie de
rire et de pleurer.

— Mais il faut boire, Paul — vous permettez que je vous
appelle ainsi ? — Il faut dépasser ses propres limites, briser...
Vous vous souvenez de votre première visite, quand j'ignorais
encore votre nom ? N'étions-nous pas alors plus proches, plus
vrais ?

— Mais pas du tout, pas du tout, protestait Paul.

Il avait pris la main grêle, un peu poisseuse (à cause du
melon). Il se forçait à ces gentillesses pour qu'elle parlât, et
aussi par cette pitié ironique qu'il avait pour elle, pour eux
deux. Il continuait à se dire : elle est au désespoir, à cause
de cette autre femme avec laquelle Nicolas est parti. Mais
la forme que prenait le désespoir de Colette, le dépaysait, le
troublait.

Elle était sortie du lit, d'un bond gracieux, un peu chan-
celante (voyons, vous allez prendre froid !), découvrant ses
jambes minces, brunes, s'accroupissant devant le meuble en
vannerie et bambou, dont la porte glissière avait perdu son
anneau, et qu'elle ouvrait avec les ongles. Elle revint. Elle
portait une sorte de kimono court, de soie blanche et verte,
très chiffonné, et qui laissait voir ses genoux d'enfant.

— Buvez, Paul, je vous en prie. Je ne guérirai pas si vous
ne buvez pas avec moi. Il faut boire d'un trait, comme ça. Ils
sont grands comme des dés à coudre, ces verres.

Elle s'était assise sur le lit, les jambes repliées sous elle.
Elle renversait la tête pour boire. Elle avait lâché le kimono
qu'elle retenait d'une main. Ce qu'elle avait de plus joli,
c'était ce long cou gracieux sous la tête petite. Mais le regard
de Paul était attiré malgré lui par le sein petit et brun,
marqué d'une tache mauve en son centre.

— Couvrez-vous, mon enfant, je vous en prie ! J'ai peur
pour vous, il fait frais ce soir, et...

— Il ne faut pas avoir peur, Paul ! Buvez avec moi, Paul !
Après, nous parlerons de Nicolas...

Elle avait atteint l'extrême de son angoisse, de sa nervosité. Il lui fallait maintenant, coûte que coûte l'entraîner avec
elle.

— Colette !

— Buvez encore, Paul, vous ne vous apercevrez même pas
que je suis nue...

Elle avait rejeté le kimono, et nue, elle s'était assise sur ses talons sur le divan sombre, elle s'imaginait offrande, petite idole hindoue, dorée, là où Paul, déconcerté, choqué, ne voyait qu'une maigre fillette un peu fanée, point trop cependant, à la voix suraiguë, aux yeux fous...

— Vous ne buvez pas ? (jouissant de ce qu'elle croyait son trouble) eh bien je boirai, moi, jusqu'à ce que vous m'arrêtiez !

Et saisissant la bouteille d'eau-de-vie, elle but, en effet, à longs traits, jusqu'à ce que Paul se précipitant :

— Mais vous êtes folle ! Colette ! Mon enfant !

Tentant de lui enlever la bouteille, le corps à corps qu'elle avait souhaité s'ensuivit. Mais ses nerfs la trahirent (ou l'alcool, peut-être, absorbé trop brutalement sur la drogue encore agissante) et brusquement, secouée d'une nausée, elle s'effondra dans les bras de Paul et perdit conscience. Seuls ses membres agités d'un tremblement convulsif semblaient vivre encore. Toute la répulsion et le trouble que Paul avait éprouvés un moment auparavant s'évanouirent. Il courut à la cuisine, rapporta un torchon mouillé. Il couvrit ce corps maladif du couvre-lit, bassina ce front, ces yeux, ces tempes... Les fards bon marché de Colette, ce khôl dont elle était si fière, ce crayon gras, ce vert à paupières s'en allèrent sur le torchon, mais Paul n'y prenait point garde, tapotait les joues, bordait le lit. « Ma pauvre enfant ! Ma pauvre enfant ! » Fallait-il qu'elle soit désespérée pour en arriver à de telles extrémités ! Elle rouvrit les yeux, elle éclata en sanglots. Pleurs de soulagement, d'attendrissement sur elle-même. Elle répétait : « Vous êtes bon ! vous êtes bon ! » La détente était venue. Autrement qu'elle n'espérait, mais qu'importe ?

— Ne me quittez pas, ne me quittez pas ! implorait-elle.

Mais non. Paul la recouchait avec mille précautions délicates. La bouteille d'eau-de-vie s'était renversée sur la descente de lit, il l'enleva, la porta à la cuisine, entr'ouvrit la fenêtre, à cause de l'odeur. Elle, respirait étendue, apaisée.

— Il ne faut plus, mon enfant, boire comme cela ; vous vous tuez, petite Colette.

— Et si je veux me tuer ? murmura-t-elle.

— Un peu de courage, voyons, il ne faut pas... Il...

Il était tout à fait perdu, inconscient cependant de l'obscure satisfaction qui lui venait d'être mêlé à des événements aussi romanesques. Il ne pouvait évidemment quitter la jeune femme dans un tel état. Dieu sait de quels excès elle était encore capable.

— Je ne vous quitte pas, petite Colette. Détendez-vous maintenant.

Tout à coup elle se mit à vomir, à petits coups, avec un air de total abandon, presque paisible, qui la ramenait à l'enfance. Paul avait couru à la cuisine, ramené une cuvette, qu'il lui maintenait sous le menton. Il était trop affolé pour céder au dégoût. Fallait-il appeler un médecin ? Un ami ? Elle se crispait à cette proposition. Personne ! Personne que lui ! Qu'il ne la quitte pas ! Il promettait, enlevait la cuvette, allait à la recherche de la salle de bain. La pauvreté de ce réduit, où la peinture s'écaillait, le frappa. Il lui fit respirer de l'eau de Cologne. Les yeux clos, épuisée, elle ne résistait plus, agitée cependant de temps à autre d'une quinte de toux. Elle était bien. L'angoisse avait disparu. Enfin elle planait avec, même, une sorte de plaisir sensuel à se sentir ainsi disponible entre ces mains délicates qui la rafraîchissaient, la recouchaient, remontaient l'oreiller derrière elle. Elle allait dormir, enfin. Le sommeil tant cherché toute la journée était là, tout proche. Il fallut qu'il lui jurât encore de ne pas la quitter. Il jura. Il prit un livre; il s'assit dans le fauteuil en rotin trop dur, trop orné, qui faisait penser avec son énorme dossier ouvragé aux chaises de plage de sa grand-mère. Il jeta sur Colette un regard perplexe. Elle dormait déjà.

Pauvre enfant ! se disait-il, plus ému de cet abandon que de l'accès d'impudeur naïve qui l'avait précédé. On m'avait bien dit que cette génération était complètement désaxée... Ce pauvre Nicolas, dans quel milieu, à mon insu, s'était-il fourvoyé...

Il ne songeait pas un instant que lui-même s'y fourvoyait, que rien d'impérieux ne le retenait au chevet de Colette. « Ne me quittez pas », avait-elle supplié, « ne me quittez pas »... Qui avait jamais supplié Paul ?

Et il restait, attendant Dieu sait quelle révélation. Ainsi, après la guerre, avait-il parfois veillé sur le sommeil de Nicolas adolescent dans la petite chambre d'amis de la rue Gay-Lussac. Il avait pensé « mon fils ». Il avait rêvé aussi de faire venir Simon, plus tard, quand il aurait le même âge. Il était trop jeune encore, il pouvait rester quelques années encore en pension. Alors il aurait deux grands garçons chez lui, deux garçons qui portaient son nom, et qui seraient, un peu plus chaque année, ses fils. Mais Simon n'était jamais venu que pour les vacances, et après le baccalauréat ç'avait été le petit séminaire, et puis... le Père Léclusier. Le désespoir de Nicolas l'avait dressé contre Simon plus encore que ce choix. Simon lui volait son nom pour en faire celui d'un prêtre, et lui volait le cœur de Nicolas, en plus. Il l'avait définitivement exclu de ses pensées.

Cependant Paul n'avait jamais compris la révolte de Nicolas devant le mariage de Wanda, le lien mystérieux qui le reliait pour lui à la « trahison » de Simon. Il n'avait pas la tête métaphysique. Ce notaire ne comprenait que les choses du cœur.

Ainsi rêvait-il douloureusement au chevet de Colette, parce qu'elle lui avait dit « ne me quittez pas, surtout ». Et déjà il s'émouvait, oubliait le décor, le langage, tout ce qui lui avait déplu en Colette, pour ne plus entendre que cet appel. Il l'aiderait. Il ferait quelque chose pour elle. Nulle équivoque d'ailleurs dans cette décision ; Paul n'avait eu à lutter contre aucune tentation. Il en était resté à ses goûts de jeunesse, et avait une maîtresse dont les charmes épanouis et le prénom démodé d'Eléonore le satisfaisaient paisiblement. « Au fond, je suis fait pour les sentiments paternels », songeait-il avec un peu de mélancolie, assis dans son fauteuil mexicain, tandis que Colette dormait.

Qu'est-ce que Jeannette Garcia ? Un rictus sur une affiche. Un moment de sensiblerie populaire. Une chanson, non, cinq mesures d'une chanson que fredonnent des centaines de petites coiffeuses, d'apprenties manucures, de dactylos débutantes, de jeunes futurs plombiers un peu désœuvrés vers six heures du soir, et bourrés de convictions généreuses. Et il ne sera pas permis à Jeannette Garcia d'être rien de plus que ce rictus, que ces cinq mesures, que cet instant de vague fraternité. C'est sa part sur cette terre. Pendant deux ou trois ans, il lui faudra replacer dans toutes ses chansons ces cinq mesures salvatrices, cette fraternité un peu niaise (touchante pourtant) et ce mot-clé « aimer sans frontières ». Il ne lui

sera pas permis d'être autre chose. Et ensuite, les vagues se
refermeront sur sa tête. Ce visage altéré, ces trente-cinq ans
anxieux, cette chevelure endommagée par tant de perma-
nentes sans espoir, cette humble prétention cent fois rebutée,
ces avatars surprenants (de danseuse nue devenue comé-
dienne de troisième plan, engagée dans des productions égyptiennes, italo-américaines, couverte de strass et de péplums,
romaine un jour, ou turque, espionne parfois, mais toujours
mourant vite — le nombre de fois où elle a été étranglée ! —
amoureuse un jour durant trois *plans* de Luis Mariano, mais
alors ne chantant pas, une autre fois madrilène avec un éven-
tail démesuré et une robe espagnole comme on n'en trouve
qu'à Boulogne-Billancourt), tout cela, ce sont des images
superposées qui ont fini par former ce visage encore beau,
mais usé de Jeannette Garcia, ce visage érodé, sans force, qui
n'affirmait pas ses contours, ce corps sans personnalité, d'une
minceur surveillée, tout cela allait se fondre dans la pluvieuse
nuit des pellicules oubliées, des cinémas de gare et de banlieue, quand le miracle est venu.

Une vague plus forte que les autres a soulevé ce corps déjà
abandonné. Elle fredonnait à Radio-Alger, elle est revenue,
prise de peur quelques semaines avant les autres. Un disque,
enregistré par chance, par distraction, une émission de TV
où elle est passée en bouche-trou ; la fatigue du voyage, les
yeux noirs jamais démaquillés (ce qui lui fait de grands
cernes au réveil sur lesquels elle charbonne un peu de rimmel supplémentaire), sa lassitude même, et tout à coup elle
a existé. Jeannette Garcia. L'affiche. Au fond elle n'a jamais
été vraiment jolie, il lui fallait avoir trente-cinq ans, s'être
émaciée un peu trop (le régime qu'elle continue à suivre
machinalement) pour devenir une figure, une silhouette banalement tragique. En se voyant elle-même à la télévision, brusquement elle s'est identifiée à ce qu'elle voyait, mimétique-
ment. La bouche amère, les yeux ardents. Elle a eu un visage.
La foule le lui a donné. Il est là, ce visage, sur les affiches, et
elle ne se lasse jamais de le contempler. Il lui dicte ses
paroles, ses attitudes, ses pensées. *Jeannette Garcia, tragé-
dienne de la chanson.* Un peu Piaf mais avec plus d'idéal. Elle
chante la fraternité des peuples. La nostalgie du soleil. La
souffrance des guerres. Pourquoi pas ? Oubliés la danseuse
nue du Caire, l'épisodique mari égyptien, les impresarii de

Rome, les péplums et les arènes en technicolor. La bouche amère lui prescrit la solitude. Les yeux ardents lui permettent un amant, mais lui déconseillent la réussite de cet amour. Il sera douloureux, traversé. L'amant a quelques années de moins qu'elle. C'est l'architecte qui construit sa villa.

Domaine situé non loin de Nîmes, dans la garrigue, sous le soleil crépitant, dans la pierraille, les buissons rabougris. « Ce n'est pas le soleil de là-bas, dit-elle frileusement, mais enfin... », vêtue d'une blouse de coton noir malgré la chaleur. Elle doit être en noir, se vieillir comme ces admirables chanteuses gitanes sans âge, laides même, qui... Elle oublie combien elle a aimé les dentelles, les décolletés avantageux, la fierté qu'elle avait de ses jambes (a-t-elle des jambes seulement, sous sa jupe large, sombre ?), l'orgueil qu'elle tirait d'une problématique ressemblance avec Yvonne de Carlo, starlette américaine de films d'aventures série B. C'est de sa laideur plutôt qu'elle tirerait vanité aujourd'hui, puisque Jeannette Garcia (l'affiche) est laide. L'est-elle assez seulement ? Elle se chausse d'espadrilles, les mèches de ses cheveux d'un noir sec, tombent sur son front, elle se laisse dessécher par la chaleur, ne mange plus rien (sa maigreur ardente, ses yeux, rien que ses yeux, le reste ne doit plus exister) et elle dit ce qu'il faut que Jeannette Garcia disc : « J'ai vécu profondément ce drame algérien... La souffrance de ce peuple, celle de mes compatriotes... cela est déchirant... Mais il faut retrouver un sens de la fraternité... C'est ce que j'essaie de chanter... Chacun sert à sa façon. »

Mais bien sûr, Jeannette. Le geste noble reste un peu romain, malgré les huit mois à Alger (huit mois suffisent à vivre le drame algérien, surtout quand on a eu une grand-mère au Maroc). Les yeux sont intenses, car Jeannette n'oublie pas le drame algérien. C'est la vague qui l'a soulevée, qui lui a permis de vivre, enfin, de comprendre qui elle est, ce qu'elle représente. Et de toutes ses forces, de toute sa pauvre loyauté emphatique de « fille indépendante » elle s'identifie à elle-même au point que son amant lui dit, entre deux additions ou deux échafaudages : « Tu finiras par te faire plastiquer ! » « Peu importe ! » Encore un geste technicolor et sincère. Qui lui eût dit qu'elle aurait un jour cette villa, ce « domaine » ? Le plastic éventuel fait partie de cette belle histoire. Ce qui fait peur à Jeannette Garcia, c'est bien plutôt le jour où la vague se retirera, se dissoudra en écume, et le sourire amer, et les yeux exaltés et Jeannette Garcia, avec elle. Alors il lui restera une petite ville, Antibes ou Nîmes ou Avignon, les galas de charité, les dames du pays, des récits chaque jour plus soignés autour d'une tasse de thé ou d'un bridge, quelques hommes peut-être dans la villa mauresque, une longue fidélité à ce visage usé. Qui sait, à travers tout cela, une étincelle d'émotion a passé, peut-être, chez ce plombier ou cette dactylo pour lesquels les mots les plus simples et les plus emphatiques — ce sont souvent les mêmes — ont pris un sens, malgré les chemisettes *Jeannette Garcia*, les maquillages *Jeannette Garcia* (ou à cause d'eux), et les profits réalisés sur les « marques » Jeannette Garcia par d'honorables messieurs en veston croisé qui n'aiment que Mozart...

Bien entendu, Jeannette Garcia a été interviewée par Nicolas et Marcelle. C'est un personnage.

Marcelle s'est penchée sur les mères, attendrie sur les nourrissons, lamentée sur les atrocités de tout bord sans jamais imaginer que par sa seule présence, sa seule action, elle était complice de quelque chose. Elle écrivait, notait, divisait son travail en séries, repartait. Parfois Nicolas lui trouvait des dimensions gigantesques : Déesse de la Vie, malgré sa stérilité, et il lui venait des tentations de se coucher à ses pieds, de l'adorer. Parfois il la haïssait, ne pouvant se défendre de la harceler :

— Mais c'est de l'indifférence, ta compassion ! Si tu avais été en Algérie au moment des tortures, des atrocités, tu aurais pleuré et pris des notes et trouvé que ça suffisait ?

— J'ai signé des manifestes, dit-elle dignement. J'ai même été à une manifestation non-violente sur les Champs-Elysées.

— Alors qu'est-ce que tu fais ici, à t'apitoyer sur les Pieds-Noirs pour le compte de ce journal de droite ?

Elle cria :

— Et toi ?

*Moi, j'ai mes raisons.* Elle dirait : lesquelles ? Et il faudrait expliquer, expliquer... Je n'arrivais pas à devenir Jeannette Garcia, tiens !... Oh, j'aurais bien voulu ! Une photo, un sourire, un certain tour de plume... Se réduire à ça... Mais je ne peux pas. Elle dirait : « Et alors ? » Il ne voulait pas en arriver à ce « Et alors ? » Pas encore. Ils avaient du temps devant eux. Il dit :

— Allons la voir, ta Maison des Assiettes.

La colline, en d'autres temps, avait pu, courbe et dorée au soleil de midi et bordée d'une rivière, être un assez joli site, un de ces sites sans pittoresque mais qui sous certains éclairages, une lumière précise, une heure favorable, tout à coup se révèlent. Aujourd'hui, surchargée de maisonnettes de briques, de pavillons d'une hideuse variété, de jardinets minuscules et encombrés cependant de statuettes, de tourelles, de hangars à outils, d'excroissances de toutes sortes, la colline avait acquis, comme un rocher où la mer incruste au hasard des matériaux variés, une sorte de pittoresque nouveau mais pitoyable. Au sommet de cette pyramide brillait la Maison des Assiettes. Il faisait soleil, et la maison était comme un cri joyeux, toute constellée de petits éclats de porcelaine, blancs, bleus, jaunes, qui renvoyaient la lumière.

— Que c'est joli ! dit Marcelle extasiée.

Elle avait envie d'être heureuse. Elle avait vu tant de familles déshéritées, tant d'autres qui s'affirmaient violemment, s'imposaient, s'implantaient avec une vigueur féroce, elle avait entendu tant de raisons et de déraisons, visité des campements de harkis, des centres d'accueil, des organisations bonnes ou mauvaises, bonnes *et* mauvaises, que tout se mélangeait dans sa tête, tourbillon ne laissant émerger que quelques figures, le général Antoine, le jeune O.A.S., Jeannette Garcia... Elle en avait assez, de l'énigme que posaient ces visages, de la difficulté d'écrire ces articles avec Nicolas, des questions que posait Nicolas lui-même. Violemment, elle aspirait au bonheur.

Et elle avait exigé de visiter, en Haute Provence, cette Maison des Assiettes construite par un simple ouvrier carreleur et dont on lui avait parlé. Elle avait le sentiment que cette visite lui ferait du bien, remettrait, de quelque façon, les choses en place.

Ils se trouvaient au pied de la colline, dans une sorte de terrain vague où se rouillaient paisiblement quelques carcasses d'automobiles. La Maison des Assiettes était en haut, tout près de la surface, effleurée d'un rayon de soleil. Len-

6

tement, par un sentier dont les cailloux se détachaient s
leurs pieds, entre des rangées de maisonnettes à véranda
plastique jaune, à perron flanqué de nains peinturlurés,
fleurs anémiques se mourant dans des jarres monstrueus
ment disproportionnées, ils montèrent, croisant de temps e
temps un enfant malpropre, poursuivis par les aboiement:
de chiens pelés, galeux, dépourvus de style à un point éton
nant.

— Ces gens aiment tant la laideur que même leurs chiens
sont laids, dit Nicolas.

— Ça ne me gêne pas, dit-elle.

Elle aimait pourtant le confort, voire le luxe, les beaux
objets, les meubles. Mais elle comprenait aussi qu'on pût
s'accommoder de ces pavillons, de ces enfants, de ces chiens.
Le léger mépris qu'elle avait perçu dans la voix de Nicolas
la froissait, comme si elle avait fait partie de ce petit monde
dédaigné. Et elle se sentait de taille à lutter, cet après-midi-là.
Elle joua à défendre la colline. Ce n'était pas si laid que cela,
c'était même drôle, sous ce grand soleil.

Par-ci par-là, un bout de pelouse (sur laquelle gisait encore
un tuyau d'arrosage) lumineusement verte, une fermette
ancienne qui avait conservé un parfum de campagne vraie,
la réjouissait; elle lui en faisait remarquer le charme discret. Las ! Nicolas avait beau jeu de dénicher aussitôt la
statue de Blanche-Neige, le fond de cour plein de bidons et
de bouteilles vides, les grilles hargneuses protégeant jalousement quelque chef-d'œuvre d'architecture en meulière ocre,
le vieux lilas à demi mort et déshonoré par une floraison
d'épingles à linge. Il fallut encore traverser plusieurs pas-
sages étroits, passablement malodorants (vieille friture,
lessive trop cuite, dépôt de poubelles) avant d'atteindre la
Maison des Assiettes. Sa position superbement éminente
quand on la voyait du bas de la colline, disparaissait une
fois qu'on était parvenu au sommet ; l'abondance des maisonnettes cachait totalement celle qui d'en bas paraissait presque
seule.

— Nous ne trouverons jamais, dit Nicolas que la chaleur
fatiguait.

Marcelle s'obstina. Elle sonna à un portail délabré. Une
femme d'une quarantaine d'années, pâle, grasse, parut derrière une fenêtre.

— Qu'est-ce que c'est ?

— Nous cherchons la Maison des Assiettes, madame, dit Marcelle de sa voix bien élevée, que Nicolas détestait. Pourriez-vous nous l'indiquer ?

— Vous lui tournez le dos, dit la femme avec lassitude. Tenez, là, derrière vous, il y a une flèche.

Encore un passage, mi-ruelle, mi-sentier, où des chats se disputaient une arête de poisson.

— Oh ! non ! dit Nicolas.

Marcelle eut envie de rire devant son visage contracté. En même temps elle lui prit la main, dans un élan de pitié presque tendre. Devant ce dégoût si prompt, cette délicatesse un peu ridicule, elle avait envie à la fois de se moquer de lui et de l'encourager, comme s'il s'agissait d'avaler un médicament.

— Allons, ce n'est pas si terrible.

Il la regarda avec irritation. Elle profitait de sa force, de l'avantage qu'elle avait sur lui dans ce genre de situation. Ses souliers pleins de poussière, ses cheveux décoiffés, le nez brillant, une légère odeur de sueur se dégageant de sa robe de lainage, elle ne paraissait nullement entravée dans son ardeur, son désir de voir quoi ? Une « curiosité » même pas belle, du pittoresque petit-bourgeois, bon à faire s'attendrir sur les « braves ouvriers » le lecteur niais d'un magazine en couleurs. Sans doute était-ce cela même qui attirait Marcelle. Toujours au travail, même le dimanche. Elle devait se dire qu'elle pourrait en tirer quelque chose. Et cette idée l'exaltait, la réjouissait, comme la perspective de faire une bonne action. Une B.A. Son côté scout, son pas allègre. Il se demanda pourquoi elle ne faisait pas de gymnastique le matin. Cela allait avec le reste.

Elle se baissa pour caresser un chat. Maigre, les poils collés.

— Toujours en paix avec le monde, alors ? dit-il ironiquement.

Elle se retourna (ils marchaient l'un derrière l'autre, entre deux haies de pauvres fusains) :

— Pourquoi non ?

Elle exagérait sa sérénité. C'était un défi. Elle se sentait heureuse malgré lui. Elle le rendrait heureux malgré lui. Elle se sentait tout à coup envahie d'une grande force généreuse, chaleureuse, qui était son affection naissante pour lui. Mais elle ne reconnaissait pas encore ce visage de l'amour.

Tout à coup elle oublia tout, poussa un cri.

— Tiens, regarde ! C'est là !

Derrière une petite porte en bois vermoulu, des couleurs brillaient, comme lavées de frais.

— C'est là !

Pour un peu elle eût sauté de joie. Comme elle aimait les couleurs ! Comme une sauvage, pensa Nicolas avec plus d'indulgence. Elle sonna deux ou trois fois, dans son impatience. La porte s'ouvrit. Ils se trouvaient dans une petite cour en forme de demi-cercle. Un mur formait la courbe, le côté rectiligne était le mur de la maison. Une arcade menait à d'autres courettes. Et tous ces murs étaient incrustés de porcelaine, de fragments d'assiettes, de pots, de dalles, de n'importe quoi (il y avait même les capsules dorées de bouteilles d'eau minérale) qui formaient des fleurs, des végétaux fabuleux, isolant complètement la petite cour de tout ce qui l'entourait. La plus grande partie de cette décoration étant composée de morceaux de porcelaine, étincelait gaîment sous le soleil ; c'était ces éclats qui avaient ravi Marcelle, d'en bas.

Cependant la femme qui leur avait ouvert manœuvrait sa chaise roulante de façon à les précéder, sous l'arcade, vers d'autres merveilles.

— Mon père n'est pas là, dit-elle d'une voix grave, agréable, mais je m'en vais vous faire visiter tout de même.

Elle avait un petit accent chantant, normand, ou du Nord peut-être, qui détonnait dans ce Midi. C'était une femme d'une quarantaine d'années, le visage plein, les yeux marron, le corps lourd dans sa chaise roulante. Mais ses cheveux épais, ondés, noués en chignon, avaient la couleur de l'or et brillaient au soleil comme le reste de la maison, avec une sorte de force et de gaîté indépendante de celle qui les portait.

L'arcade passée, on se trouvait dans une seconde cour où se trouvait la façade de la maison, basse, formée de trois ou quatre pièces en enfilade. Cette façade était incrustée de la même façon que la première cour, mais la décoration comportait aussi des coquillages, des boutons de métal, voire des bouchons de plastique. Un grand arbre encadrait ainsi les fenêtres ouvertes et la porte, et par la minutie extrême avec laquelle il avait été tracé, n'était pas sans évoquer certains motifs persans. Les couleurs choisies avec une extrême délicatesse, sauvaient le dessin d'ensemble, assez mou. L'effet n'en était pas moins surprenant. La femme aux cheveux dorés, arrêtée dans son fauteuil comme sur un trône, jouissait apparemment de la surprise, du ravissement de Marcelle.

— Et regardez par les fenêtres, je vous en prie, insista-t-elle.

Les trois pièces visibles, fort petites d'ailleurs, étaient décorées à fresques, elles aussi, de façon à ne pas laisser un pouce de mur à découvert. Et la table, le buffet de la salle à manger, les lits des deux chambres à coucher, les tables de nuit et les plus petites étagères étaient, d'une façon ou d'une autre, peints ou sculptés, ou incrustés des matériaux les plus curieux. L'ensemble avait cependant une curieuse unité, avec ses vives couleurs, ses motifs végétaux, ses naïves redites.

— On dirait une broderie hongroise, dit Marcelle.

— Un monsieur nous l'a déjà dit, la semaine dernière, dit la jeune femme de sa voix mélodieuse. Oh, nous avons pas mal de visites. Autrefois on se moquait de mon père, par ici ; il était carreleur, voyez-vous, et il nous rapportait des brouettes pleines de débris. Alors on ne comprenait pas. Mais maintenant, on commence à voir ; les gens viennent de plus en plus nombreux. Des journalistes même, et dans un mois, la télévision.

Elle eut un sourire rayonnant, mystérieusement serein.

— Cela doit être bien agréable pour vous, hasarda Marcelle. Cela vous fait des visites...

Elle voulait être aimable, sentant Nicolas crispé à ses côtés. Elle avait remarqué qu'il détestait la compagnie des infirmes, des déshérités de la vie, comme ce portier d'hôtel, au début du voyage. Peut-être parce qu'il s'identifiait à eux ? Peut-être...

— Oh ! je ne demande pas de visites, dit la jeune femme. Je suis bien ici. Je me *promène*...

Comme pour illustrer ce propos, elle fit rouler sa chaise, qu'elle manœuvrait avec une étonnante dextérité, vers le fond de la courette.

— Voilà ce que papa appelle : la salle du trône, dit-elle.

Une sorte de cour encore mais tapissée de cailloux noirs,

avec çà et là une étoile blanche. Un trône noir, comme brodé de signes cabalistiques blancs. Le sol au contraire était blanc à dessins noirs, animaux schématisés à l'extrême, croix grecque, tombeaux esquissés.

— Cette salle est dédiée à Maman, dit l'infirme. Elle est morte en 40, à Lille. Nous ne sommes pas du pays. Père a voulu une salle de deuil en son honneur.

Ils observèrent un moment de silence. Marcelle avait pris tout naturellement un visage grave, attentif, qui lui restituait sa beauté. C'était la joie qui lui allait mal, ou plutôt la gaîté. Il se demanda ce qu'elle pensait. Rendait-elle hommage au chagrin de ces pauvres gens ? Etait-ce par sensibilité ou par sentiment des convenances qu'elle observait un silence recueilli ? Sans doute ne le savait-elle pas elle-même. Elle vivait dans un tel état d'osmose avec le milieu où elle était plongée, supposait-il, qu'elle se conformait d'instinct à ce qu'on attendait d'elle. Et il ne savait pas s'il l'enviait pour cet accord spontané avec le monde, ou s'il l'en méprisait un peu, s'il en était amusé, ou agacé seulement.

— Je vous laisse aller au jardin, dit la jeune femme en faisant pivoter son fauteuil. Je vais faire un peu de ménage...

La dernière petite porte donnait, en effet, dans un jardin clos, silencieux sous le soleil brûlant.

— Au fond, vous avez la chapelle, mais ne vous pressez pas. On reste autant que l'on veut, dit la jeune femme.

Ils passèrent au jardin. Le chaud silence grésillant les étourdit un instant. Entre les deux pelouses, un bel arbre rond ombrageait le banc où ils allèrent s'asseoir. Devant eux, une fontaine jaillissait irrégulièrement dans une vasque de rocaille. Ils se turent un instant.

— Tu vois, qu'on a eu raison de venir ? dit-elle. N'est-ce pas ravissant ?

Il sentit dans sa voix la même nuance de défi qu'il y avait perçue depuis le matin. Elle l'avait mené là, dans cet Eden en miniature, pour lutter avec lui, pour le désarmer. Mais si elle savait combien il désirait être désarmé, vaincu...

Il lui prit la main. Elle sourit aussitôt. Contente de si peu ! Ce simple attouchement représentait pour elle une réponse, une promesse. Promesse bien modeste sans doute, mais qui dans l'instant la comblait. Petit jardin clos, instant bien rond, bulle de savon qui allait éclater au moindre choc, il les tenait pourtant, un seul instant, à l'abri, au centre du monde. Et demain serait composé pour elle d'autres instants, bons ou mauvais, mais strictement limités à eux-mêmes, ne communiquant pas, *totalement insignifiants*. Quelle sagesse! Comme il eût souhaité qu'elle fût contagieuse! Il dit :

— Oui, c'est un jardin de légende. As-tu lu les *Mille et une Nuits* ? Une jeune fille rapporte d'un long voyage après bien des péripéties, un arbre qui chante, une fontaine d'eau dorée, et un oiseau qui parle. L'eau d'or, l'arbre qui chante, nous avons tout cela.

— Et l'oiseau qui parle ? dit-elle.

— Mais c'est toi, l'oiseau qui parle.

Elle sentit que la moquerie était sans méchanceté, et elle sourit, d'un sourire très doux qui était nouveau, n'avait pas l'éblouissante gaîté qu'elle affichait parfois.

— Tu aimes les oiseaux ?

— Beaucoup... par moments.

— C'est énorme, dit-elle avec un grand sérieux. Moi je t'aime aussi beaucoup, quand tu es gentil.

Ce qui était faux. C'était parce qu'il n'était pas *gentil*, qu'il la tourmentait parfois, parce qu'elle le comprenait mal, et par moments qu'elle souffrait un peu, c'était pour cela qu'elle s'attachait à lui. Mais cet après-midi de juillet, elle voulait le croire simple, content comme elle, ce grand garçon assis sur un banc, sous l'arbre rond, presque élégant dans le nouveau costume qu'elle avait choisi pour lui à Nîmes, l'avant-veille. Elle avait dit soudain :

— Et si le journal ne se faisait pas ?

— Nous pourrions facilement orienter les articles de façon à les donner ailleurs, comme le conseillait ton amie.

La joie l'avait inondée, soudaine, imprévue.

— Parce que tu signerais avec moi, même ailleurs ?

— Bien sûr, puisque nous travaillons ensemble — pour le moment.

Mais la restriction n'avait pas empêché son élan de gratitude, qu'elle n'avait su comment manifester.

— Tu sais, avait-elle dit, tu devrais acheter un autre costume.

— Tu crois ?

Il avait paru étonné.

— Oui, avait-elle dit fermement. Plus sport. Et un chandail. Et quelques cravates.

Ils avaient passé la matinée dans les magasins de la ville, à faire des emplettes. Ils s'amusaient. Décidé à se laisser métamorphoser par Marcelle, Nicolas était d'une docilité qu'elle avait trouvée mystérieuse. Et il l'avait suivie ici avec la même docilité. Pourquoi tenir compte, alors, de quelques mots ironiques ? Elle se pencha vers lui, l'embrassa. Elle s'était mise à aimer ce rude visage, ces yeux si souvent cachés sous les sourcils épais, ces beaux cheveux presque roux.

— Je vais prendre quelques photos, dit-elle.

Elle se leva. Il demeurait assis, à l'ombre du bel arbre emblématique. Il la voyait évoluer, jauger les distances, s'accroupir, se relever, avec un visage sérieux d'enfant, toute à ses calculs, toute dans l'instant. Cela lui donnait le vertige. Il remarqua aussi le soin qu'elle prenait de suivre exactement les chemins de gravier, de ne pas effleurer les monticules de coquillages, de ne pas heurter la grande statue de faïence bleue et blanche plantée au milieu du sentier, comme une promeneuse. Il y avait dans ce souci de ne rien abîmer du fragile royaume, une délicatesse qu'il n'avait pas encore observée chez elle, et qui l'étonna.

Elle revint vers lui, l'air épanoui.

— Ça y est. Je crois qu'elles seront réussies. On va visiter la chapelle ?

Ce mot le rembrunit. La chapelle. Simon. Pendant qu'ils étaient près de Lyon, il aurait pu aller voir Simon. Et ils repasseraient par là en rentrant. Simon. Est-ce avec le fragile royaume de Marcelle, le médiocre et radieux petit bonheur de Marcelle, qu'il pourrait affronter Simon, Wanda, Renata... ses fantômes ? Et si non, à quoi bon cette comédie ?

Ils virent la Vierge avec un grand manteau scintillant fait de boutons de nacre, et Véronique, jaune comme une jonquille, rencontrant le Seigneur travesti en jardinier, et tenant un arrosoir véritable, scié en deux et martelé à plat. Le Seigneur était bleu, et Véronique jaune, et de la bouche de celle-ci s'échappait un nuage où l'on avait calligraphié bien proprement : « *Ne serait-ce pas vous, Seigneur ?* » Et les yeux écarquillés de Véronique disaient sa stupeur devant cet arrosoir inattendu. Et ils virent la Grotte de la Méditation, où tous les saints les attendaient, revêtus de fragments de cruchons, d'assiettes, de carrelages de salle de bains, qui leur faisaient de grandes robes extravagantes et belles.

— Tu pourras en tirer quelque chose d'émouvant, dit Nicolas, comme ils ressortaient du petit jardin.

Elle dut sentir que son humeur avait changé, car elle répondit avec une certaine violence :

— Pourquoi pas ? Où est le mal ?

Il la suivit sans répondre. Près de repasser dans la petite cour, il se retourna vers l'arbre rond, la fontaine, la dame bleue et blanche; l'aspect magique du lieu le frappa. La colonnette de la petite chapelle, les rocailles de la grotte, il comprenait soudain que Marcelle les aimât. Au-dessus du petit jardin encombré, le grand pan de ciel bleu restait nu. Etrange petit royaume en vérité. Ils passèrent devant la maison. L'infirme était là, au soleil, le visage renversé en arrière, les yeux clos. Un homme en bleu de travail, très maigre, insignifiant, se tenait derrière elle, et lui brossait doucement les cheveux, avec une infinie délicatesse, et le soleil faisait briller cette grande nappe d'or, qui touchait presque terre. Le vieil homme eut un sourire enfantin, un vague geste d'excuse, et continua son ouvrage. Eux. s'arrêtèrent un moment, saisis par l'incroyable éclat de cette immense chevelure, légèrement ondée, brillante, vivant d'une vie individuelle, étoffe précieuse déployée là, absurde richesse inutilisable... Puis ils s'éloignèrent, sur la pointe des pieds, comme s'ils avaient approché un mystère. La petite cour se referma derrière eux, les marguerites bleues, blanches et jaunes s'éteignirent.

— Drôle de contraste avec Jeannette Garcia, non ? dit-il comme ils redescendaient pensivement la colline.

— Oh, certainement ! dit-elle avec empressement. Ce monde de la chanson est tellement frelaté !

Il sourit comme chaque fois qu'elle parlait par clichés et, comme chaque fois, elle fut un peu blessée.

— Et pourtant, au fond, c'est si semblable, soupira-t-il.

Marcelle s'enflamma, parce qu'elle était blessée, justement.

— C'est très différent, au contraire, voyons ! Toi, un écrivain, tu trouves que le beau et le laid, c'est pareil ?

— Ce n'est différent qu'en surface, dit-il avec une patience

un peu sournoise. Comprends-moi. Il y a des gens qui sou-
tiennent que la vie n'est qu'une histoire absurde, pleine de
bruit et de fureur, contée par...

— ... un idiot. Shakespeare, interrompit-elle avec colère.

Il la prenait donc pour une simple d'esprit ?

— ... d'autres que c'est un concert délicieux, avec des
flûtes de Bach. Mais l'un ne contredit pas l'autre. Que
l'absurde soit délicieux ou terrible, il est toujours l'absurde.
Tu n'as pas tort de préférer qu'il soit délicieux, mais au fond
cela revient au même.

— Cela revient au même d'être ici ou ailleurs ?

— Je crois que oui, au fond. Et toi aussi, tu le crois.

Il prenait un plaisir un peu méchant à lui faire tirer les
conséquences logiques de sa façon de vivre.

— Moi ?

— Quand tu m'as dit que si un autre t'avait accompagnée...

Elle eut un sursaut.

— ... j'ai trouvé que c'était très courageux de ta part de
dire ça.

— Oui ? dit-elle, l'air perdu. Mais ça ne voulait pas dire...

— Ça voulait dire quelque chose malgré toi.

Ils s'étaient arrêtés à flanc de colline, sur une sorte de
point de vue qui surplombait le cimetière de voitures. Tout
à fait au loin ou pouvait apercevoir les faux remparts altiers
de Carcassonne. Ils s'assirent sur un banc. Le soleil baissait
à l'horizon.

— Je ne comprends pas, dit-elle, pourquoi tu ne veux
jamais être *bien*, tout simplement.

Il releva brusquement la tête.

— Mais je ne veux que ça! dit-il avec ardeur. Je ne veux
que ça. Vivre d'instants, me contenter d'images, me... Mais
je suis parti pour cela!

— Pour être *bien*, dit-elle en riant ?

— Pour être honnête. Pour être sincère. Pour être bien,
si tu veux.

— Et c'est en faisant le contraire de ce que tu penses que
tu es sincère ?

C'était donc ainsi. Elle était dangereuse. Elle le perçait à
jour, démontait l'absurde mécanisme dont il souffrait. Il
avait brusquement frémi, toute sa haine contre elle était
revenue.

— C'est en faisant ce voyage absurde, ce travail absurde, avec toi qui es absurde, que je suis sincère, oui, aussi bizarre que cela te semble. Puisque tu acceptes tout, tu peux aussi bien accepter ça aussi ? Tu es plongée dans l'absurdité jusqu'au cou, une absurdité de plus ne doit pas te démonter ! Tu buvais, l'autre jour, en face d'un assassin, tu peux bien vagabonder avec un fou ?

Son visage s'était décomposé, elle avait pâli, et ses lèvres tremblaient. Mais il avait trop vu déjà ce masque tragique pour s'en inquiéter. N'avait-elle pas le même visage devant toutes les infortunes rencontrées ? Et que faisait-elle d'autre que les accepter, toujours les accepter ?

— Tu n'es pas fou, dit-elle courageusement.

— Si ce n'est pas moi, c'est toi, dit-il avec cruauté. Folle de me supporter, folle d'aimer ce jardin, folle de répandre ta compassion sur des gens pour qui tu ne peux rien, folle d'accepter la vie... Folle, folle, folle...

Il parlait presque bas. Mais ses grandes mains serraient le bord du banc de bois si fort qu'elle en voyait pâlir les jointures.

— Et il faut, disait-il de cette voix basse, passionnée, que je devienne fou comme toi. Avec toi. Fou comme tous ces gens que nous rencontrons, si à l'aise dans leur carcasse. Parce que si je n'y réussis pas...

Elle eut un cri de panique.

— Qu'est-ce que tu veux dire ?

Et il eut peur, aussi, parce qu'elle avait crié. Et il la regarda, étonné que ses paroles eussent produit un tel effet, et il lut dans ses yeux ce qu'il ne savait pas encore : ce qu'il adviendrait de lui s'il échouait.

Un pari. C'est une idée qui te plairait, Simon. Seulement le pari est à l'envers. C'est sur l'absence de Dieu que je parie, car c'est elle qui me permettra de vivre.

Oui, j'ai parié contre Dieu. Et pourtant, il m'a tenté. Tenté en me faisant naître dans une époque à l'absurdité si évidente, qu'entre Son existence et Son absence, les deux paraissaient également folles. Tenté par la souffrance — cette souffrance immense comme la mer, qui appelait désespérément une justification; mais une femme a rendu toute la souffrance du monde inutile en épousant le mal. Tenté par l'amour, et une femme encore a démontré par toute sa vie, et par sa mort, l'impuissance de l'Esprit. Ainsi de tous les signes qu'Il m'a faits, l'un détruisait l'autre à mesure, comme les vagues de la mer se détruisent — jusqu'à ce que j'aie reconnu que c'était là la vie même, cette absurdité enfantant d'autres absurdités, enfantant éternellement.

Et j'ai voulu vivre selon la vie. Toujours mon souci de me mettre en règle, de suivre une logique : je suis parti. Il faut tout de même qu'un homme, un jour, se donne une chance de vivre sincèrement ? Cette proposition de voyage folle, absurde aussi, ç'a été cette chance-là pour moi. Ce « n'importe quel travail », ce « n'importe quelle femme » m'a paru un Sésame. Ce démenti à ce qu'on appelait si improprement *ma* carrière, *mes* opinions, *mes* goûts, était la seule chance de rencontrer un jour, face à face, la sincérité. Et je l'ai rencontrée. J'ai parié contre Dieu, mais je ne savais pas que je pariais mon existence même. Je le sais.

J'écris. J'écris, et à cet acte illogique, immoral, je prends un étrange plaisir. J'écris, pour un journal qui n'existe pas, des articles en carton-pâte sur des personnages de théâtre. J'écris *la grandeur*, j'écris *la déception*, j'écris *la souffrance*, j'écris *la vie*, en somme. Si j'arrivais à en prendre tout à fait mon parti, je serais peut-être sauvé.

Je parle à des gens, je mange où je me trouve, je me laisse porter. La variété des choses m'amuse. J'apprends à ne pas réfléchir. Peut-être un jour écrirai-je *Renata*, ou *Simon*, ou même, il faudrait arriver à l'imaginer, *Wanda*, de cette façon-là. Peut-être écrirai-je *Dieu*, un jour, la plume glissant sur le papier sans accroc, sans arrêt, comme tant de gens écrivent. A *Dieu* ne plaise, ou *Dieu* merci, ou même, pourquoi pas, *Dieu*, tout court, sans rancune, sans nostalgie, d'une façon toute pittoresque et folklorique, *Dieu*, un esprit barbu issu d'une circonvolution de certains cerveaux fatigués, *Dieu*, une hypothèse parfaitement soutenable, un amusant parti-pris, un... Comment jamais prendre son parti ?

Mais c'est loin d'être fait. Je parle à des gens, je fais l'amour à une femme, et j'écris, sans choisir. Finis à jamais mes efforts pour faire de ma vie une chose normale et conséquente. Oh, j'étais de bonne foi ! Mais pourquoi se fatiguer à mentir quand personne ne doute, à jouer devant une salle vide une pièce ennuyeuse à laquelle on ne croit plus ? Qu'Il choisisse lui-même à présent, qu'Il décide, qu'Il mette en scène, qu'Il écrive ! On verra bien s'Il réussit mieux que moi à donner un sens à tout ceci.

Tu serais content, Simon, n'est-ce pas ? *Je m'abandonne à la volonté de Dieu.* C'est bien là ton vocabulaire ? Par des voies opposées nous aboutissons au même résultat : il n'y a plus de raison de nous taire, de nous buter chacun dans notre digne fâcherie. — *Vous ne voyez plus votre frère ?* — *Nous n'avons pas les mêmes opinions.* Comme cela sonne bien, comme cela est digne et convenable, et conscient, et réfléchi. La mine d'Yves-Marie, quand je disais ces mots : grave, pleine de componction, de respect pour ma *liberté de conscience.* — Evidemment, il y a des prêtres qui ont l'esprit bien étroit... Je laissais dire. Ah ! pour ton bonheur, Simon, comme je le souhaite, aujourd'hui, cet esprit étroit.

Et j'écris. Pourquoi, si rien n'a de sens, ni l'amour, ni les mots, ni ce grand gâchis de la souffrance et de la joie, ce grand creuset des guerres et des peuples, des enthousiasmes, des vies perdues (perdues pour qui ? il y a un grand confort parfois, Simon mon frère, à perdre sa vie pour la gagner), si Renata n'a pas de sens — et je sais, n'est-ce pas, que Renata était folle — pourquoi n'écrirais-je pas ? Et pourquoi l'aveugle instinct qui me pousse vers cette femme ne serait-il pas satisfait ? Et pourquoi ne prendrais-je pas mon parti de sa beauté, de la beauté des mots, de la beauté même de cet Esprit qui n'existe pas, et pourquoi n'écrirais-je pas, pourquoi ?

C'est pourquoi je t'écris cette lettre, mon frère Simon, mon frère aujourd'hui doublement fraternel. Je te rejoins.

*Nicolas s'était promis d'achever son voyage par une visite à Simon.*

L'Editeur est un homme bon. Ce n'est pas si courant. Un créateur, et qui aime tout ce qui touche à sa création. Un homme grand, bien portant, au visage ouvert, à la voix chaleureuse. Un homme généreux : « Voyons ce projet ? » Le petit journaliste bilieux qui apporte l'idée de sa vie, le professeur étriqué, timide et vaniteux qui raconte son expérience, le jeune poète arrogant dont le livre « ne ressemble à rien », l'écrivain fonctionnaire qui donne son livre tous les deux ans et qui *a son public*, il les aime tous, les mêle et les confond dans une large cordialité indifférente. Autour de lui tout pousse et fructifie. Livres commandés, demandés, provoqués (les *Mémoires* de la Callas, ce serait passionnant, Jean écrirait très bien cela), carrières artificiellement épanouies (puisque Pierre est critique au *Jour*, nous aurons la presse pour nous), livres hermétiques, divinement incompréhensibles (mais si, il y a un public pour cela), actualité astucieusement exploitée (c'est le moment de dénicher — ou d'écrire — un livre sur les prêtres, sur Pinay, sur la contraception), livres enfin, livres-livres, livres d'auteurs dont le premier manuscrit a marché, et qui s'obstinent, comme le joueur malheureux du baccara, à miser toujours sur le même numéro, livres maniaques de collectionneurs de phrases, épinglant leurs comparaisons, livres délicats de poètes à second métier, qui passeront inaperçus jusqu'à ce que le hasard d'un prix, brutalement, les mette en lumière et les détruise, pyramide de livres, chaque pierre soutenant l'autre, malgré elle, pour former l'édifice qui fait le délice de ce Pharaon.

Un homme qui a de la chance. Qui aime la chance des autres. C'est ce qu'il reprocherait (si jamais sa philosophie lui permettait un reproche) à Nicolas, de ne pas s'être laissé porter, pour ne pas avoir fait confiance. Quoique son départ, peut-être... Mais vous connaissez l'apologue, la mort rencontrée à Ispahan. Trop crispé, Nicolas, trop exigeant, et pas assez. Non pas que l'exigence soit une mauvaise chose. Flaubert... Je préfère Balzac, cependant, ce fleuve de vie, un peu bourbeux, mais c'est la nature des fleuves... Chacun a son tempérament. Le premier livre de Nicolas réunissait tout. Le talent, l'opportunité. La vente prouve tout de même quelque chose. Avec *L'Oiseau dans la Forêt*, il avait passé le cap redoutable du second livre. Mais ce silence ensuite, était maladroit. On l'attendait, voyons, on l'attendait. Il refusait la chance, déjà.

Ne pas savoir saisir l'occasion, défaut capital. Saisir même est trop. Ne pas savoir l'accueillir, se laisser saisir par elle.

Se laisser porter. C'est le grand défaut de Nicolas, le point précis où ma bonne volonté s'accroche et s'effiloche. Un révolté ? Même pas. La révolte, ce n'est pas mauvais. Il y a toujours un renversement dans la marée, et celui qui se trouvait à contre-courant, soudain se trouve porté avec d'autant plus de force ; comparable au fait d'acheter des actions quand elles baissent, en somme ; mais plus sûr. Non, pas de la révolte. Une sorte d'affectation, même, dans le conventionnel. Je l'ai pris longtemps pour cet écrivain-fonctionnaire comme il s'en trouve, travaillant régulièrement, satisfaisant son public, ses deux premiers livres... et puis c'est de le voir à mon comité de lecture qui m'a mis, en somme, la puce à l'oreille. Il jetait un froid. Trop sérieux. Trop minutieusement exact dans ses rapports, sans parti pris, pesant le pour et le contre, la qualité littéraire et la nécessité commerciale. Les costumes sombres. Trop correct. Caricatural, en somme. On aurait dû rire un peu de lui, et on se sentait, au contraire, ridicule. Oh ! plein de bonne volonté, certainement. Essayant de s'adapter. Essayant trop. Au fond il nous faisait trop confiance, comme un enfant sincèrement persuadé que les grandes personnes savent tout, ont réponse à tout. Il nous rendait ridicules, avec son application, et son attention, et sa sincérité laborieuse, et jusqu'à sa façon de se ranger à mon avis. Tout cela n'est pas sérieux.

Oui, en somme, ce que je lui reprochais, c'était de manquer d'humour, de légèreté. De plaisir à vivre. Sans doute, la tragédie qu'il avait vécue enfant... Mais alors, on se spécialise. Comment dire ? On prend un parti, on se fait une attitude, et pourquoi pas, un personnage. Le grand écrivain catholique, l'athée angoissé, le revendicateur social... Il devait être en train de le chercher, ce personnage, à travers chacun de nous. Il essayait une peau, puis une autre, et se trouvait mal de toutes. D'où ce sentiment gratuit sans doute, mais déplaisant, qu'il nous singeait. On se serait cru en face d'un miroir, d'un clown triste. Et son dernier livre aussi, grinçant, artificiel. Heureusement qu'il y a eu le film. Là encore il a eu de la chance. Il en a toujours. D'où vient alors qu'on ne l'aimait pas ?

Cet amour malheureux, évidemment, pour la petite madame Mercury. Charmante femme, je l'ai rencontrée aux ballets Bell, une rousse, à l'air maladif, très élégante. Mais là encore, ce n'était pas un amour comme on en imagine à un écrivain, ou du moins n'en parlait-il pas comme on s'y fût attendu. Il décourageait l'intérêt. « Une vieille liaison... qui s'est rompue tout naturellement, par lassitude... » La femme de l'Editeur avait été déçue elle aussi. Pudeur, peut-être. Ironie, défense d'un domaine secret. Ils s'étaient (Nicolas Léclusier et Renata Mercury) rencontrés chez lui, à un cocktail, entretenus même quelques instants. Très décevant. Mélancolie de bon ton, propos mondains. Il n'était pas mondain, pourtant, mais venait parfois aux réunions de l'Editeur, poussé sans doute par ce souci de conformisme si agaçant. Là encore il se montrait parfait, se laissait présenter, allant de l'un à l'autre, un peu guindé peut-être, mais courtois, ni muet, ni exagérément disert, se rappelant les noms, glissant au besoin un compliment sur les livres, et pourtant, Thérèse le disait aussi : « Il jette un froid, ce pauvre Léclusier. Il est tout bonnement ennuyeux, mais il y a des gens qui se figurent qu'il se moque d'eux. »

Thérèse avait souvent des jugements sommaires, celui-là pourtant lui avait, d'une certaine façon, fait plaisir. « Tout bonnement ennuyeux. » Avec la bonne grâce qui lui était propre, et la lui rendait si précieuse, elle s'occupait toujours de Nicolas lorsqu'il était invité, le plaçait à table non loin d'elle, lui adressait de petits sourires encourageants, lui procurait une voisine un peu bavarde. « Il est très précieux, parce qu'il ne s'intéresse pas aux jolies femmes », disait-elle paisiblement. « Les vieilles dames sont ravies d'avoir un voisin qui écoute leur conversation sans regret. » Et elle l'invitait volontiers à cause de cela, avait fini par lui vouer une sorte d'attachement, comme à un surtout de table qui « va avec tout ». « En tout cas, répondait-elle toujours aux propos de son mari, c'est un garçon parfaitement élevé. » Et elle le réinvitait chaque fois qu'il lui manquait un homme pour faire sa table, ou quand il lui fallait un quatorzième. « Tout bonnement ennuyeux. » L'Editeur avait tenté de se ranger à cet avis, sans y parvenir. Il faisait partie de ces gens qui s'imaginaient, au dire de Thérèse, que Nicolas se moquait d'eux. « Ils s'attendent, tu comprends, à ce qu'un artiste ait quelque chose d'un peu exceptionnel, de brillant, tout au moins d'original. Alors, ce pauvre Nicolas, si correct, les déçoit. » Il avait été soulagé, mais pas tout à fait convaincu.

Il lui était même arrivé, un jour, après l'une de ces discussions (qui, maintenant qu'il y songeait, s'étaient assez souvent reproduites) de penser que Thérèse manquait sans doute un peu de subtilité. Puis il s'en était voulu de cette pensée, de cette déloyauté, vis-à-vis de Thérèse si bonne, si chaleureuse, si pleine de vitalité, la compagne idéale, vraiment. Finalement il avait reporté ce déplaisir encore sur Nicolas.

Ses proches s'inquiétaient de ce départ. Coups de téléphone du père, d'un ami. Il les avait rassurés de son mieux. Mais cela l'avait obligé de penser à Nicolas et de constater que ces pensées ne lui étaient pas agréables.

Au fond, il m'était devenu tout à fait antipathique. Il y a des auteurs qui me font les pires ennuis, signent plusieurs contrats à la fois, réclament constamment de l'argent, se rendent soupçonneusement chez l'imprimeur pour vérifier leurs tirages, ne sont jamais contents de la presse, et qu'on aime bien, quand même. Et ceux qui boivent et se mettent dans des situations impossibles, et ceux qui s'engagent politiquement et dont les livres sont saisis... Rien de tout cela, il ne l'a fait, et pourtant, on est soulagé de le voir parti.

Lui aussi, sans doute. Il devait sentir le poids de cette suspicion, de cette méfiance injuste. J'aurais dû le mettre en garde, peut-être. Rougerolles n'a pas bonne réputation. Les origines de sa fortune... le scandale de l'I.F.A.C.... J'ai été surpris, trop surpris pour réagir. Ses opinions politiques ne me paraissaient pas le prédisposer... et se mettre à faire du reportage à son âge ! Mais bien entendu, c'est une histoire d'amour. C'est ce que dirait Thérèse, et elle aurait raison. Parti avec cette petite qui a traîné un peu partout, cette petite, comment déjà ? Il ne faut pas compliquer les choses. Ce sont ces garçons un peu froids, un peu compassés, qui prennent feu tout d'un coup et font mille folies. Nous allons voir un Léclusier déchaîné. Amusant.

Amusant. Tout de même, en ce moment, avec cette agitation, on comprend mal... Ou trop bien. Qu'il ait voulu s'en sortir, se lancer en plein dans l'aventure, c'est défendable. « Une sorte de pari », avait-il dit, et puis : « Je ne reviendrai pas avant de l'avoir gagné. » Pourvu qu'il écrive, seulement. Son journal, par exemple, ce pourrait être amusant. Il n'avait pas donné de prétexte. « C'est important pour moi », voilà tout. Mais qu'est-ce qui est plus important que d'écrire, pour un écrivain ?

Voilà ce qui est gênant. Il cherchait autre chose. Agaçant. Son regard attentif qui vous fouillait, essayait de vous arracher quelque chose, un secret, une recette. « Il faut bien qu'il fasse quelque chose », disait Thérèse avec indulgence. « Il observe, voilà tout. C'est bien naturel. » Mais il observait comme on appelle à l'aide, durement, désespérément, sans ménagements. Non, ce n'est pas ainsi qu'on observe pour écrire. Ou alors, c'est que l'acte d'écrire est devenu quelque chose de si dangereux, de si différent... Je sais pourtant ce que c'est qu'un livre. Je n'en méprise aucun, je les aime tous, je ne suis pas un marchand de soupe. Je me suis attaché à des livres qui ne se vendaient pas, à des auteurs obscurs et sans relations ; ces instituteurs de pays perdus, ces vieux originaux, ces jeunes enthousiastes sans syntaxe, je les ai aimés. Cette communication que j'établis, moi, entre tous ces hommes qui sans cela ne se connaîtraient, ne se comprendraient pas, ce circuit chaleureux, où, sans doute, passent bien des impuretés, bien des imperfections, mais où le sang circule, grâce à moi, et je le sens battre, et moi-même j'en vis, conscient de mon rôle irremplaçable et essentiel, modeste et créateur pourtant, ma vie même peut-elle être mise en question par un regard implorant et d'une dureté désespérée ?

Car je sais que c'était du désespoir. Je découvre que je savais, depuis toujours, que c'était du désespoir. Ma chaleur, ma bienveillance, s'effritait au pied de ce mur. Un garçon lourd aux mains trop grandes, au regard vert, absurdement jeune, parfaitement bien élevé, réussissait à arrêter le flot paisible de cette vie, le battement de ce cœur, l'épanchement de cette chaleur humaine, en la refusant. Impression déplaisante. Il avait peut-être espéré en moi ; son application, son regard suivant mes gestes, son attention à mes paroles, puis non, il avait renoncé, était parti. Après tant d'années de patience. Etrange. L'amour déçu, dirait Thérèse. Là aussi, il avait dû tout essayer. Maintenant, ce voyage, le reportage, cette femme... La débâcle ? Aurais-je dû, aurais-je pu... ? Mais non. Très compréhensif, j'ai été très compréhensif. « Ce besoin de renouveler votre inspiration, je le comprends à merveille... Prenez tout le temps que vous voudrez... Votre situation vous attend ici. Si, si, nous tenons beaucoup à vous, au comité... » Plus généreux peut-être qu'il ne se serait montré avec quelqu'un qu'il aimait, comprenait. Façon d'éviter les heurts, les explications ?

De toutes façons, cela ne me concernait pas. Chacun ses problèmes ; il y a des choses qu'il vaut mieux ne pas savoir, des domaines dans lesquels il vaut mieux ne pas pénétrer. Ne pas en admettre l'existence. La colère de Thérèse, ses narines dilatées, ce masque entrevu une fois (une seule) devant cette petite bonne qui mettait ses robes. Sa mère autrefois (souvenir d'enfance, vivement coloré) dans les bras de cet ami, au salon, comme lui était entré sans frapper. Impression de gouffre, de plongée, de monstre visqueux tapi dans des profondeurs... Il avait lutté tout de suite, rétabli l'ordre. Thérèse s'était laissé emporter, mais avait pardonné ensuite — elle avait un cœur d'or. Et sa pauvre maman si jeune, si courtisée, avec un mari, froid, sec, avait bien des excuses... Un simple flirt. Lui-même un jour, devant un auteur dont il avait admiré le livre et qui venait solliciter une avance, avait feint de ne pas comprendre ; un moment, un court moment, s'était ouverte comme une fissure dans le sol plat, rassurant. (Jalousie, envie, cruauté ?) Mais non. L'imagination vous joue de ces tours. Simples phantasmes. Brefs cauchemars sans signification, qu'on oublie au réveil. Ou presque.

Allons, pourquoi penser toujours à Nicolas. Stupide. Il reviendrait, avec la même inquiétude, le même regard. Un demi-raté. Un de ces écrivains qui maintiennent un petit renom, gardent un petit public, sans jamais les dépasser. Que pouvait-il faire d'autre que de revenir ? Un écrivain véritable ne se tue pas, il clame son désespoir, et a l'obscur sentiment que ce n'est pas tout à fait inutile.

Mais Pavese ? Nerval ? Des poètes. *« C'est avec beaucoup de regrets que nous vous renvoyons ces textes d'une grande qualité. Notre maison ne publie malheureusement pas de poésie. »*

# DEUXIÈME PARTIE

# I

Elle était assise sur le lit, les cheveux défaits, le visage
terni de fatigue. Elle avait retiré ses chaussures qui gisaient
à ses pieds, mais n'avait pas eu l'énergie de se lever pour
prendre ses mules. Le placard ouvert, un imperméable jeté
sur une chaise, donnaient au petit appartement de la rue de
Bourgogne un aspect abandonné, presque misérable. La
chaleur orageuse de cette fin d'août était insupportable. Et
ce silence, en plein Paris. De temps en temps une voiture
passait ; son crissement insolite, comme dépaysé.

— Pauvre Marcelle ! dit-il gentiment. Si abandonnée dans
le vaste monde !

— Ah, tais-toi... dit-elle avec accablement. Puis se redressant tout à coup : non, mais, tu te rends compte ? Me faire
courir toute la journée par cette chaleur, et finalement ne
trouver qu'une enveloppe avec un chèque ! Pas un mot de
tous les articles que nous avons envoyés. Et pourtant Merlin
est à Paris, j'en suis sûre. Qu'est-ce qu'il y a là-dessous ?
Nous ne pouvons pas repartir comme ça, tout de même ; sans
savoir si ce qu'on a fait est dans la ligne, sans directives,
sans...

— Ils ont laissé nos chèques, c'est déjà ça, dit Nicolas pour
qui l'essentiel était de repartir. S'ils n'étaient pas satisfaits,
ils nous l'auraient fait savoir.

— Mais non ! dit-elle avec désespoir, c'est pire que tout.
S'ils n'avaient rien laissé nous pourrions protester, nous
plaindre, tandis que là, en septembre, s'ils ne font pas le
journal, ou s'ils ont engagé quelqu'un d'autre, ils nous diront

qu'on a fait un voyage, qu'on a été payé, et qu'on n'a pas à se plaindre.

— Mais c'est un peu vrai, non ? dit Nicolas doucement.

Il s'était assis à côté d'elle sur le lit, et avait entouré ses épaules d'un bras ; mais elle se dégagea avec violence. Son inquiétude l'emplissait tout entière. Elle avait oublié toutes ses préoccupations des jours derniers, et jusqu'à cette peur qu'il lui avait faite au retour de la Maison des Assiettes, comme si, en revenant passer ces trois jours à Paris, elle était redevenue la Marcelle d'il y avait deux mois.

— Tu ne *veux* pas comprendre ! s'écria-t-elle avec véhémence, et d'une voix étranglée par les larmes. Toi tu fais cela comme une promenade, une distraction, tu as ton travail ; mais moi c'est toute ma vie qui est en jeu ; si je fais des reportages importants dans cet hebdo, je...

Il ne put se tenir de l'interrompre.

— Ne dis donc pas toujours un *hebdo*. Je pense...

Elle éclata en sanglots d'enfant.

— Chérie, voyons...

— Comment, gémit-elle, je te parle de ma vie, et tout ce que tu trouves à me répondre, c'est que je ne dois pas dire hebdo. Mais Nicolas, est-ce que tu te rends compte ?

Elle bégayait d'indignation. Et tout à coup elle s'effondra sur l'oreiller, en sanglotant avec véhémence. Nicolas hésitait entre l'amusement, l'exaspération, la tendresse. A tout cela se mêlait une sorte d'admiration pour ces réserves de passion et de violence que Marcelle déployait si mal à propos.

— Marcelle, il n'y a vraiment pas de quoi se mettre dans cet état, voyons. Ils nous avaient avertis qu'ils ne feraient rien avant la mi-septembre. Faisons sans discuter ce qui était convenu. Repartons, recueillons des matériaux, envoyons des articles, et nous verrons bien... Tu as voulu revenir, mais nous n'étions pas censés le faire. Rien ne prouve que Merlin ne soit pas réellement absent de Paris. Et puis, ajouta-t-il avec un peu d'amertume, en admettant que tes suppositions soient vraies, ta vie n'en serait pas bouleversée...

— Si ! Si ! dit-elle avec une rage puérile.

— Si c'est une question d'argent, je pourrais...

Elle se redressa d'un sursaut, comme une vipère.

— Mais tu ne penses donc qu'à l'argent ? Toi, un écrivain, un... Je trouve ça dégoûtant ! Mais je me moque de l'argent, tu entends ? Je voulais faire ces reportages, je voulais faire quelque chose de bien, je voulais être quelqu'un !

Et elle s'effondra à nouveau dans une crise de sanglots violents. Pauvre Marcelle qui voulait tant se faire une place dans le monde ! Qui désirait avec tant de force ce qui lui paraissait, à lui, si futile. Il eut un grand désir, tout à coup, de la consoler, de lui donner l'un de ses jouets creux et colorés qu'elle désirait si vivement. Gauchement, il lui caressa les cheveux.

— Ma chérie... ma chérie... j'essayais de te consoler, voilà tout. Mais rien n'est perdu. Tu es fatiguée, tu t'affoles pour un rien. S'il y avait quelque chose de louche dans cette affaire, Béatrice t'aurait prévenue.

— Tu crois ? dit-elle faiblement. Son rimmel avait coulé, elle avait le visage tuméfié, marqué par les plis de l'oreiller.

— Mais bien sûr. Et si jamais c'était vrai, il ne faudrait pas encore t'affoler. Nous pourrions encore faire quelque chose ensemble, ailleurs. Nous avons vu déjà des choses intéressantes, il suffit de trouver une façon de les présenter... Je te l'ai déjà dit.

— Tu crois ? Tu crois que tu auras envie de faire quelque chose avec moi, même si le journal...

— Je te l'ai promis, dit-il patiemment.

— Mais c'était vrai ?

— Tu ne l'avais pas cru ? Il était surpris.

— Je croyais que tu disais cela... sur le moment.

Sa résignation, devant cette duperie possible, le touchait et le révoltait à la fois.

— C'était absolument vrai, répéta-t-il cependant.

Elle le fixa un moment, comme si elle le soupçonnait de mentir. Elle hésita. Elle détourna la tête. Puis le regarda de nouveau.

— Et quand nous serons rentrés, dit-elle d'une voix qu'elle raffermissait à mesure, est-ce que nous resterons ensemble ?

Il admira qu'elle n'ajoutât nulle coquetterie, ne feignît nulle légèreté. Elle l'avait pris de front, sans ménagements, avec courage. Le courage était une vertu qu'il avait récemment découverte chez Marcelle. Elle offrait ce qu'elle avait, son corps, son « amour » sans rien trouver d'humiliant au fait qu'il pût être repoussé. Quelle rage elles ont toutes d'offrir ce qu'on ne leur demande pas ! Quelle obstination à voir dans ce don quelque chose de précieux, de magique, qui changerait tout, transformerait la couleur du monde ! Toutes, toutes, la même ingénuité, même Colette avec son arsenal de drogues, même celle-ci avec sa beauté inutile, qui avait traîné dans Dieu sait combien de lits, avait donné sa bouche à des hommes auxquels lui n'aurait pas serré la main, et croyait toujours qu'elle possédait, intangible, le secret, le sésame, la jouvence perpétuelle de ce mot...

Pauvre Marcelle, si déçue par un échec possible, si déçue parce qu'elle n'avait pas trouvé à se caser, dans une petite place bien à elle, bien dévolue, bien étiquetée. Pauvre Marcelle qui croyait encore à la vie, comme à un bel endroit plein de lustres de cristal, de musiques raffinées, une sorte de grand café attrayant dont il suffisait de pousser la porte pour entrer. Prête pourtant à admettre que son sort était de rester à jamais dehors, à regarder les autres à travers la vitre. Il y avait quelque chose de désarmé, de poignant chez elle, quand on la connaissait bien, cette espèce de résignation luttant contre un espoir sans cesse renaissant... Et lui pouvait, d'un simple mensonge, lui ouvrir ces portes auxquelles elle se heurtait. Il le sentait, il pouvait répondre à cet appel qui émanait d'elle, en silence. Et pourquoi pas ? Pourquoi ne pas lui donner quelques-uns de ces instants précieux et insignifiants ? Pourquoi ne pas, si brièvement que ce fût, la rendre heureuse ? Il s'aperçut tout à coup qu'il n'avait pas répondu à sa question, et qu'elle attendait toujours, n'affectant pas même de sourire, le visage nu, patient. Il eut envie de lui rendre la joie, la paix. Il dit les mots magiques :

— Voyons, Marcelle, tu sais bien que je t'aime.

La vie, la beauté refluèrent sur ce visage, aussi subites qu'une rougeur. Il savait qu'elle allait dire : « C'est vrai ? » et elle le dit. Il répondit : « C'est vrai » avec beaucoup de fermeté. Et elle posa sa tête sur son épaule à lui (comme il savait qu'elle ferait), ses cheveux soyeux l'inondant, et elle soupira d'aise. Un moment ils restèrent ainsi, parfaitement tranquilles.

Il savait déjà qu'elle ne serait apaisée que pendant quelques jours, qu'après ce seraient de nouvelles exigences, de nouveaux désirs — mais inexplicablement (et bien qu'il pressentît les innombrables ennuis et complications qui allaient suivre) il était content de lui avoir procuré cette paix illusoire, ce répit. De se les être procurés aussi. Car à la voir ainsi immobile, brusquement détendue, abandonnée, comme engourdie par les mots magiques, lui-même sentait s'apaiser cette frustration continuelle, cette mélancolie, que lui procurait depuis le premier jour sa beauté. Il avait même le sentiment qu'elle venait, cette beauté fugitive, de se poser tout près de lui, comme un oiseau, plus près qu'il ne l'avait jamais sentie, et qu'il ne fallait pas bouger pour ne pas l'effaroucher. La flaque noire de ses cheveux, son bras dont elle l'entourait, ses jambes longues qu'elle avait repliées sous elle d'un mouvement brusque et gracieux, il avait l'impression de les percevoir d'une autre façon qu'habituellement. De les entendre, en quelque sorte, comme si ces gestes à elle avaient été une sorte de musique, ou encore une fumée s'élevant doucement dans la pièce, se développant sans qu'on pût l'arrêter ou la définir. Et il assistait à ce quelque chose qui se produisait, avec un peu de mélancolie encore, mais beaucoup d'apaisement aussi. Pourquoi faire quelque chose, dire quelque chose, gâcher cet instant, même s'il ne signifiait rien.

Il avait craint qu'elle ne parlât, mais quand elle le fit, ce fut d'une voix un peu basse qui ne brisa pas la tranquillité de la pièce.

— Je suis si contente..., disait-elle.

Elle ne disait pas « heureuse », consciente peut-être de la fragilité de cette paix. Le bonheur, cela engage, cela pèse, pense-t-on. Et pourtant, même si de tels instants sont rares, sont uniques, ils existent. Cette pièce sombre, le doux reflet du soleil à travers les persiennes sur les meubles paisibles, cette femme blanche et noire, son grand corps léger appuyé contre lui, et l'absence même d'un désir, cela avait été, cela *était* encore, un instant, encore un...

Puis il eut la sensation de se reposer sur terre. Mais doucement, sans heurt. Il songeait avec un peu de tristesse que ce qui gâtait tout, c'est qu'elle voudrait (comme le veulent les femmes, toujours) recréer artificiellement cet instant de grâce; c'est qu'elle voudrait en tirer des conséquences, des conclusions, c'est qu'elle voudrait en vivre. Il ne regrettait rien néanmoins. Et bien qu'il sût, à la différence de la confiante Marcelle, que cet instant était sans lendemain, il n'en était pas moins heureux de l'avoir suscité. Il eût été fou d'épiloguer là-dessus, d'y réfléchir même. Mais il n'en était pas moins vrai qu'un instant (entouré de gouffres) le bonheur avait été possible.

Vers sept heures, ils sortirent dans l'intention de dîner. Partout des touristes, des visages étrangers, détendus, souvent hilares, de vieux petits garçons anglais avec des blazers rouges, des couples scandinaves qui consultaient des cartes, de jeunes Allemands qui mangeaient des sandwiches sur les escaliers du métro. Il faisait encore très chaud.

— C'est drôle d'être là tout seuls, dit Marcelle.

Nicolas se mit à rire, parce que les trottoirs étaient bondés, qu'il y avait du monde jusque sur la chaussée.

— Oh ! tu comprends bien ce que je veux dire.

Elle paraissait avoir oublié complètement ses soucis, le journal, Béatrice. Elle marchait de sa démarche ailée, si noble ; elle s'arrêtait devant les boutiques, admirait des robes en tissage, des bracelets en argent.

— Veux-tu que je t'en offre un ? dit Nicolas.

— Oh ! non.

Elle ne dit pas « pas ce soir » mais il sut qu'elle le pensait ; elle qui avait toujours envie de tout, le seul plaisir de la contemplation lui suffisait, parce qu'il l'avait d'un mot comblée, et qu'il lui suffisait de s'avancer, comme un beau navire, au milieu des belles choses de ce monde, et en faisant partie.

Comme d'habitude (et c'était tellement, déjà, une habitude, qu'il ne s'en étonnait même pas) il devinait les fluctuations d'humeur de Marcelle, il sentait cette sorte de nouvel élément dans lequel elle glissait, comme si elle avait avancé dans de l'eau. Il s'étonnait, il admirait qu'elle ne se souciât pas le moins du monde de la durée de cette paix ; qu'elle ne mît pas en doute un seul instant les paroles qu'il avait prononcées ; mais il ne lui en voulait pas. Son exaspération coutumière, devant les exigences de Marcelle, ses appétits de vie, s'était mystérieusement dissipée. Il l'avait voulue apaisée, elle l'était. Un instant il avait partagé cette paix, et maintenant encore, il se tenait au bord de cette extase tranquille, comme on se tient au bord de la mer. Il n'y était pas plongé, mais il la voyait, cette paisible étendue de bonheur à son côté, et cette vue lui donnait une sorte de bonheur aussi, un peu différent sans doute, mais réel.

Ils s'assirent à une terrasse, boulevard Saint-Germain. Elle demanda du Campari.

— J'adore cette couleur, dit-elle, et elle élevait paresseusement son verre pour regarder le soleil à travers le doux reflet orangé, et ce goût. J'aime tout ce qui est amer.

— Et pourtant il n'y a rien de moins amer que toi, dit-il gentiment.

Finalement elle ne voulait pas dîner. Elle n'avait pas faim, pas faim du tout. Elle lut sur une colonne Morris la liste des spectacles, bien réduite à cause de l'été.

— Pourquoi ne pas aller au concert ? Regarde, on donne la *Suite en si*, avec Rampal, implora-t-elle.

— Je ne savais pas que tu aimais la musique, dit Nicolas.

— Moi non plus. Je veux dire...

Elle n'acheva pas. Comment expliquer ? Tout était neuf, elle était dans un autre pays. Elle avait un besoin soudain, irrésistible, d'entendre de la musique, un besoin qui la surprenait elle-même, mais qu'elle était prête à admettre, comme une manifestation de ce nouvel état qui lui était soudain imposé, de femme aimée et aimante. Qu'elle était prête à accepter sans lutte, comme elle acceptait le bonheur, sans questions. Elle avait besoin de musique, voilà tout. Et elle lui souriait lumineusement avec une gracieuse nuance d'excuse ; dans ce sourire, elle s'excusait d'être si heureuse, d'être encore un peu gauche dans l'usage du bonheur. Et il lui prit le bras, ce qu'il ne faisait jamais, tant il avait pitié de sa candeur. C'était vraiment de la candeur, cette indestructible candeur des femmes, cette indestructible espérance des femmes, qu'elles entretiennent toutes, de la niaise enfant de quinze ans à la vieille putain vérolée, qu'elles se transmettent comme un ridicule lumignon graisseux et fumant et malodorant, et qui continue à brûler sa petite flamme tremblotante. Il l'avait détestée, cette espérance, il avait haï cette avidité ; mais ce pur contentement d'enfant, qu'un mot de lui, effrayant pouvoir, avait comblé (au point qu'elle n'avait pas, ce soir, ces petits gestes possessifs qui l'agaçaient souvent, elle n'en avait pas besoin), ce contentement si plein, si total, ce moment d'éternité qui se déroulait là, à son côté, lui inspirait une déchirante pitié. Il n'aurait pas voulu l'en priver, pas voulu revenir en arrière, reprendre ses paroles. Il ne l'enviait pas, non plus ; il savait que même pendant l'instant où il avait été aussi heureux qu'elle, son bonheur avait été très différent. Aussi profond, peut-être, mais limité, circonscrit ; il n'avait pas été à l'intérieur de ce bonheur, il l'avait survolé seulement.

Il songeait à cela, pendant que la *Suite en si* édifiait sa lumineuse architecture. Marcelle écoutait, silencieuse, lui souriant de temps en temps d'un sourire presque indifférent à force de sérénité. La flûte modulait avec une limpidité exquise ses variations mathématiques. Avec un imperturbable sérieux, le flûtiste corpulent, vêtu d'un décent complet gris, gonflait ses joues, mesurait son souffle, et à l'aide de ce tuyau de bois, dispensait au respectueux auditoire une joie *immatérielle*. Et Nicolas comprenait pourquoi Marcelle avait voulu venir là. Ces instants vécus ensemble, l'après-midi de ce mardi du mois d'août, elle en avait donc senti, elle aussi, la valeur musicale. Il avait cru être le seul à la percevoir, parce que pour lui cette valeur était liée à la beauté de Marcelle. Mais elle, en l'amenant à ce concert, c'était comme si, gauchement, à travers toute la difficulté qu'elle avait à s'exprimer, et même à se percevoir, elle avait voulu lui faire comprendre qu'elle avait saisi la qualité de cet après-midi, pour qu'il ne pût plus douter qu'un moment, dans quelque étrange domaine, ils s'étaient rencontrés.

Cette délicatesse, cette subtilité s'accordait si mal avec l'habituelle impétuosité, la joie de vivre (qu'il avait souvent trouvée vulgaire, et même déplaisante) de Marcelle, qu'il aurait douté de son intention si cela avait été possible. Mais non. Le refus du bracelet, son manque d'appétit même confirmaient cette interprétation.

Il commença à prendre peur. Il avait voulu l'apaiser, il avait voulu de la plus banale façon, rassasier cette avidité pénible qu'il lui voyait toujours, il avait voulu qu'elle se reposât un instant de cette quête incessante et absurde. Et elle était rassasiée, et elle se reposait. Elle ne lui prenait pas la main, elle ne s'agrippait pas à lui comme d'habitude. Et il avait peur de ce qu'il avait fait. Et la solennité limpide de l'orchestre commençait à peser davantage sur lui, à augmenter l'angoisse naissante. Car dans la fugue, dans l'envol de la flûte vers un invisible ciel, dans l'assurance réitérée de l'orchestre que la terre tiendrait les promesses du ciel, il trouvait la même menace que sur le visage soudain dépouillé et serein de Marcelle. Dans cette paix, dans cette espèce de renoncement, il voyait une semence de guerre et de possession. Demain, que ne réclamerait-elle pas, au nom de ces instants privilégiés ! Demain, s'il se laissait enlever par la flûte, quelle retombée dans le vide, quel écœurement, quelle gueule de bois !

Et il résistait autant qu'il pouvait à cet envol, et il tâchait de goûter un simple plaisir des sens, son habituel plaisir détaché et mélancolique, et il n'y arrivait pas tout à fait. Et cet effort lui causa bientôt une souffrance aiguë, qu'il ne connaissait d'habitude que lorsqu'il pensait à Simon.

Pourquoi résister cependant ? Alors qu'à côté de moi, ce beau visage éclaté, si ouvert au bonheur... Mais ce bonheur est un mensonge. Je ne l'aime pas, ou du moins pas comme elle le souhaite, et cette flûte n'est qu'un doux, un merveilleux et absurde moment, pas une promesse, non, pas une promesse.

La détromper, l'arracher à son extase ? Ç'aurait été trop cruel. Alors ? « Pourquoi ce qui est bon pour elle ne le serait-il pas pour moi ? » Il haïssait cette agitation où le plongeait tant de beauté, qui aurait dû l'apaiser. Il ne tenait pourtant qu'à lui de céder tout à fait, il ne tenait qu'à un rien de se laisser aller, sans pensée, au fil de cette céleste mathématique. Et il ne pouvait pas, ne voulait pas. Il souffrit atrocement, quelques instants. Autant que le jour où Simon lui avait annoncé qu'il resterait à Saint-Luc. Autant que le jour de son ordination. Autant que le jour où il avait reçu la lettre de sa mère. Autant que le jour de l'enterrement de Renata. C'est que Marcelle, assise là, à son côté, si proche qu'il sentait la chaleur de sa jambe, l'avait quitté aussi en cet instant. « Qu'importe, puisque je n'aime pas Marcelle ? » Mais il souffrait, pour Marcelle qu'il n'aimait pas, autant que pour Simon, Simon, vie de sa vie. Ou plutôt, c'était la même souffrance, réveillée simplement par la vue de ce visage, la même souffrance, dans laquelle il ne dissociait pas Marcelle de Simon.

Tout se brisa soudain en applaudissements. L'entracte. Il sursauta. Marcelle tourna vers lui un visage réveillé.

— C'était merveilleux, tu ne trouves pas ?

— Merveilleux. Si on partait ?

— Et le Mozart ?

— Tant pis pour le Mozart. Rentrons, j'ai besoin de respirer.

Elle ne protesta pas, à la grande surprise de Nicolas, mais prit son manteau de toile au vestiaire, et ils sortirent. Il faisait doux. Ils marchèrent un moment en silence.

— Tu ne veux pas prendre un taxi ?

— Oh ! non ! dit-elle doucement. Marchons encore un peu.

Elle ne paraissait pas déçue de leur départ au milieu du concert. Nicolas s'apaisait peu à peu, lui aussi. Quand ils arrivèrent à la Seine :

— Tu es sûre que tu ne veux pas que j'appelle un taxi ? Tu as déjà beaucoup marché aujourd'hui.

— Ce n'est pas pareil, dit-elle. Marcher comme ça, dans le noir, ça repose. Figure-toi, quand j'étais à la Sorbonne, souvent je travaillais le soir à la bibliothèque, et puis je rentrais à pied jusque chez maman, quai de Passy. Quand j'arrivais au dernier pont, j'avais toujours une envie terrible de continuer, toujours, jusqu'à sortir de Paris, jusqu'à tomber...

— Tu ne l'as jamais fait ?

— Non. Quelquefois, j'ai dépassé le pont, une fois j'ai été assez loin, je crois, j'ai trouvé un petit café, ce genre de petit café du bout du monde, tu sais, avec des ampoules si faibles, des mouches, du café qui n'est plus du tout du café, tant il y a de chicorée, et il y avait des gens qui discutaient autour d'une table dans la cuisine sale... Ils parlaient d'un noyé qu'on avait repêché, et du temps, et de la vie, et ils avaient l'air si tranquilles...

— Et alors ?

— Mais rien. Ce n'est pas une aventure que je te raconte. Je leur ai posé quelques questions, ils m'ont laissé m'asseoir avec eux, et au bout d'une demi-heure, la patronne a fermé. Je suis retournée à la maison, j'ai eu beaucoup de mal à retrouver le chemin, j'avais marché sans regarder.

Ils passaient devant la gare des Invalides. Quelques voyageurs se mouvaient encore dans une blanche lumière aseptisée.

— Oh ! tu vois, les gens qui partent ? dit-elle brusquement.

Son visage s'était brusquement animé, ses yeux brillaient, ses lèvres bougeaient, et comme à chaque fois, sa beauté changeait brusquement de caractère.

— Quoi, des gens qui partent ? dit-il avec une subite mauvaise humeur.

— J'aimerais tant savoir où ils vont ! Et y aller !...

Elle lui prit le bras.

— Peut-être plus tard, si on réussit cette enquête, on nous enverra tous les deux dans des endroits merveilleux ?

— Oh ! tu sais, je n'ai pas l'intention de faire du journalisme toute ma vie, dit-il sèchement.

Il sentit qu'elle relâchait un peu son étreinte, mais sans quitter son bras, pour ne pas avoir l'air de se formaliser.

— Je comprends bien que tu as mieux à faire, dit-elle un peu gauchement. Mais enfin (elle s'efforçait de retrouver l'élan brisé) tous ces pays, tous ces gens, que tu peux découvrir, rien qu'en prenant là un petit ticket, tu ne trouves pas ça merveilleux ?

Ils étaient maintenant dans l'obscure partie du quai qui précède la Chambre des Députés. Nicolas en fut content, il n'aurait pas voulu qu'elle lût sur son visage la colère qui l'envahissait, inexplicablement.

— Le monde, c'est comme ton petit café, dit-il en essayant de se maîtriser. Partout des gens quelconques, dans des endroits quelconques, qui boivent du mauvais café et échangent des niaiseries.

— Ce n'était pas des niaiseries, protesta-t-elle.

— Les considérations que toutes les bonnes gens du monde échangent dans les cafés sur la vie, tu sais...

— Mais ce n'était pas ça. Et d'ailleurs ce n'était pas forcément bête, ce qu'ils disaient. Pas forcément plus bête que ce que nous disons, nous.

— Tout ce qu'on dit sur la vie est bête.

— Oh ! non ! s'écria-t-elle, non ! Je veux dire... En tout cas, ce n'était pas ça. Mais la façon dont il m'avaient fait place parmi eux, tu comprends. Des gens que je ne connaissais pas, que je n'avais jamais vus, et tout de suite...

La place de la Concorde était illuminée, de l'autre côté du pont.

— Si tu descends sur le quai avec une bouteille de rouge, tu trouverais probablement des clochards qui t'accueilleront aussi bien.

— Eh bien, est-ce que ce n'est pas...

— Merveilleux ? Tu emploies beaucoup de grands mots aujourd'hui.

— C'est que je suis contente, dit-elle doucement.

C'était bien là son humilité sans bassesse, une vertu, oui, une vertu. Elle ne se jugeait pas digne du bonheur, pas indigne non plus ; elle l'acceptait, puisqu'il était là. Elle ne se défendrait pas, sans doute, si on tentait de le lui arracher. Ou se défendrait-elle ? Il y avait deux femmes en elle, comme il y avait deux beautés sur son visage. Comme il y avait deux courants en lui, qui à la fois l'admirait et l'aimait pour sa douce simplicité, et en même temps (comme un sombre accompagnement de basses à cette limpide mélodie) aurait voulu la détruire.

— Alors, que je t'aime, et qu'un clochard te tape sur l'épaule, c'est la même chose ? dit-il méchamment.

Il n'entendait pas lui répéter qu'il l'aimait, il ne se servait de cet argument que pour la blesser. Et l'abaisser, car elle allait se jeter à son cou avec avidité, et lui dire que non, ça n'avait aucun rapport, et se serrer contre lui, comme elles font toutes, ces ogresses ; et elle s'arrêta en effet. Mais c'était pour mieux réfléchir, sans doute, car elle lui lâcha le bras et dit avec hésitation, en fronçant ses sourcils droits :

— Non, ce n'est pas la même chose, bien sûr... Mais... ça fait partie de la même chose, tu comprends ? Le... contentement — elle avait encore froncé les sourcils en prononçant ce mot un peu rare, parce qu'elle n'osait, par pudeur, ou pour ne pas le fâcher, dire bonheur — c'est une seule chose, n'est-ce pas ? Qu'on en ait un peu ou beaucoup, c'est la même chose ?

Ils étaient restés immobiles, l'un contre l'autre, sans s'étreindre cependant, devant la Chambre, entre les deux guérites des sentinelles, et Nicolas se dit qu'ils devaient avoir l'air ridicule. En même temps il était agacé, furieux presque d'entendre Marcelle raisonner, divaguer ainsi. Il suffit que j'approche une femme pour qu'elle devienne folle... Et aussi, il songeait à la souffrance qu'il avait éprouvée avant le concert, souffrance dans laquelle Marcelle et Simon se rejoignaient obscurément, et il pensait qu'elle avait peut-être raison. Ils se remirent à marcher, contournant la Chambre pour gagner la place vide et sonore comme une scène de théâtre, avant de s'enfoncer dans la rue de Bourgogne, obscure et tiède.

Il avait pensé à rentrer coucher boulevard Saint-Michel, pour se lever tôt et passer la journée du lendemain (puisqu'ils repartaient le jeudi) avec Colette. Aller voir Paul aussi, auquel il avait annoncé son passage. Mais il n'arrivait pas à trouver un mot pour prendre congé, et il la suivait, comme fasciné par ce doux visage lunaire de femme heureuse.

La clé glissa dans la serrure bien huilée, un bruit très léger, mais qui retentit dans la rue vide. Ils entrèrent. Elle referma la porte derrière eux. Il attendait ce bruit, et l'angoisse qui s'ensuivait toujours. Mais pas d'angoisse. Un obscur soulagement plutôt. Elle lui prit la main pour monter l'escalier. Geste curieux ; comme s'ils s'introduisaient là à l'insu de quelqu'un, en secret. La porte, et encore une clé. Et encore la porte refermée. La moquette étouffait le bruit de leurs pas. Soulagé plutôt, oui. D'un mouvement incontrôlé, dans l'obscurité du vestibule, il la saisit dans ses bras, la tint contre lui, la tint immobile, avec le sentiment de revivre là une scène de son passé, à demi oubliée, ou peut-être était-ce seulement une scène qu'il avait désiré vivre, ou rêvée ? Ou encore, le travestissement, la mise en image, de quelque chose, d'autre chose, qu'il faudrait retrouver en fouillant profondément, très profondément... « Mais à quoi est-ce que je pense ? Qu'est-ce que j'ai ? » se disait-il, en la tenant là, dans ses bras, dans le couloir obscur, en s'apercevant combien désespérément il souhaitait qu'elle ne bougeât plus. Il cherchait aussi, machinalement, à se souvenir de ce qu'il avait bu, parce qu'il avait le sentiment d'être ivre.

Et tout à coup, mais avec une grande douceur, elle se détacha de lui et s'en alla vers la chambre, dont elle alluma le lampadaire. Il restait là, seul, dans le sombre couloir, et le rectangle clair de la porte lui rappelait soudain ses angoisses d'enfant, lorsque couché, il suppliait sa mère (sa mère !) de laisser une fente, ne fût-ce qu'une mince fente lumineuse, à la porte. Et il pinçait Simon, dans le lit de fer, pour le faire crier, et qu'elle eût pitié d'eux. Sa mère et Simon, si loin ! Si loin, toute douceur, toute rieuse confiance d'enfant ! Des années durant il s'était raidi pour ne rien montrer, en réservant, en quelque sorte, ses larmes, pour le jour où il reverrait Wanda, Paul, le boulevard Saint-Michel. Mais il n'avait jamais revu Wanda, et Simon l'avait trahi, et quand il était revenu boulevard Saint-Michel, l'habitude avait refoulé ses larmes si loin, si profond, qu'elles n'avaient pas reparu quand il les attendait comme une manifestation toute naturelle. Et voilà que ce soir, sans raison, parce que dans ce couloir obscur, il s'était arrêté un instant, parce que dans la nuit il avait vu le visage heureux de Marcelle, ces vieilles, ces très vieilles larmes remontaient à la surface, lui serraient la gorge. Ce carré de lumière et ces paisibles allées et venues : elle apparaissait et disparaissait, enfilait un peignoir, retirait le couvre-lit, avec une incroyable tranquillité, comme si elle ne s'apercevait pas de son attitude étrange à lui, qui restait immobile dans le couloir, la gorge pleine des vieilles larmes jamais pleurées d'un enfant de dix ans.

Il pouvait partir encore. Un geste de la main, faire jouer le loquet, descendre l'escalier quatre à quatre, se retrouver dans la nuit tiède... Entrer quelque part boire un verre, aller se coucher boulevard Saint-Michel, seul, avec un livre. Il était attiré également par cette image, et par le rectangle de lumière et cette femme qui allait et venait, dans un autre monde. Devinait-elle le combat qui se livrait en lui ? Pourquoi ne disait-elle rien ? « Appelle-moi », pensa-t-il. « Dis-moi quelque chose. Dis-moi : qu'est-ce que tu fais là ? Ou : tu deviens fou ? Ou simplement : tu viens ? Comme les autres jours, les autres soirs. Dis-moi que c'est un jour comme les autres, un soir comme les autres »... Mais elle ne disait rien. Elle qui était toujours à s'agripper à lui, à le déranger, à le toucher, elle se taisait. Elle avait tiré les rideaux, mais laissé une fenêtre entrouverte, et un souffle tiède parvenait jusque dans le couloir. Elle avait rangé des objets dans l'armoire, avec des gestes sans heurt de femme seule. Il avait entendu de l'eau couler dans la salle de bain, le tintement d'un verre. Et elle ne disait rien. L'angoisse en lui devint presque insoutenable. Le savait-elle ? Que savait-elle ? Que signifiait son silence ? Calculait-elle son attitude ou agissait-elle d'instinct ? Tout à coup elle était redevenue étrangère. Ou au contraire lui était-elle plus proche que jamais, étaient-ils soudain devenus transparents l'un à l'autre et marquait-elle par son silence qu'elle n'entendait pas le forcer, l'incliner si peu que

ce fût vers elle ? Se pouvait-il qu'elle lui indiquât ainsi sub-
tilement qu'elle n'entendait accepter son amour (puisqu'elle
croyait à cet amour) que comme un véritable don, un acquiescement, une démarche consciente et libre de son vouloir à
lui ? Se pouvait-il qu'elle, si avide de posséder, de saisir, de
se faire une place, de gré ou de force, de se lover en vous,
pour ainsi dire, qu'elle se tût ainsi sans raison ? Et s'il y avait
une raison... je deviens fou. Les larmes étaient toujours là,
dans la gorge, âcres, brûlantes, et la douleur au creux de
l'estomac augmentait encore, s'il était possible. Et il se cramponnait à sa raison comme à une vieille planche pourrie dans
l'océan. Eh bien, à supposer que cette femme l'aimât ? Quoi
d'effrayant là-dedans ? C'était une bonne fille, sentimentale
(ces banalités étaient poignantes ; car il se les murmurait
comme une berceuse à un enfant, pour se donner le courage
de franchir ce seuil), une bonne fille, et après tout il ne lui
avait rien promis. Il ne s'engageait à rien en allant à elle —
ô mon Dieu ! — et beaucoup d'hommes disent « je t'aime » à
leurs maîtresses, sans bien savoir ce que cela veut dire, ce
que cela ne veut pas dire. Beaucoup d'hommes — je deviens
fou ! — écrivent des livres, composent des musiques célestes,
sans savoir ce que cela signifie, ce que cela ne signifie pas.
On peut aussi se taire, fuir.

   Sa main gauche se porta en arrière, sur le verrou de la
porte. Il en sentit le contact froid sous sa paume. Mais ses
yeux restaient fixés sur le rectangle de lumière, à gauche, au
fond du couloir ; il ne voyait plus passer Marcelle, elle avait
dû se coucher dans le grand lit si conjugal qui avait l'air de
sortir d'un catalogue. Ou s'asseoir devant la coiffeuse en
teck, attendant, anxieuse aussi peut-être ? Il tira le verrou,
le lâcha. Il y eut un claquement sec qui retentit dans l'appartement silencieux comme un coup de feu. Puis le silence,
encore. Elle ne s'était pas précipitée ; pleurait-elle sans bruit ?
Il imagina en un éclair l'effort qu'elle avait fait (peut-être)
pour ne pas l'appeler, sa brusque détresse en le croyant parti,
l'effort (pour lui si quotidien) de réprimer sa peine, ce dur-
cissement du corps tout entier qui absurdement se raidit...
Sous ses airs résolus, elle avait si peu de défense devant les
choses ! Il pensa : qu'elle n'éprouve pas *ma* souffrance. Soudain cette idée grandit, submergea l'angoisse, la vainquit. Il
marcha vers la porte. Il s'arrêta sur le seuil. Elle était à demi

étendue sur le lit, appuyée sur un coude, mais le visage tourné vers la porte. Ce visage souriait.

— Nicolas, dit-elle paisiblement.

Il s'assit près d'elle. Il se sentait épuisé. Trop épuisé pour réfléchir, s'en vouloir. Il posa sa tête sur les genoux de Marcelle. Lui dire un mot gentil. Il l'avait laissée attendre là et elle souriait. Lui dire un mot gentil. Il n'avait plus que cette pensée. Un mot. Chérie. Marcelle chérie. Mon amour. N'importe quoi. Mais les mots ne franchissaient pas ses lèvres.

Doucement, pour ne pas le déranger, elle s'était allongée ; ses bras s'étaient arrondis autour de la tête, il ne voyait que la ligne pure de son menton, et cette anse gracieuse des bras ; cette légèreté de ses membres, pourtant étirés comme d'une femme de Modigliani, l'avait toujours charmé, depuis le jour où elle avait pénétré dans le bureau de Praslin, et où il s'était dit : « Belle comme une fugue de Bach. » Il voulut voir son visage. Il souleva la tête (pesante comme s'il n'avait pas dormi depuis très longtemps), il remonta vers elle comme vers une source, en rampant. Elle le regardait, avec toujours cette même douceur, cette passivité un peu étonnée, si contraire à sa façon d'être habituelle, excitée, un peu fébrile, hâtive toujours comme s'il n'y avait que le temps d'un baiser, vite, vite, avant qu'on vînt les séparer (ce qu'il appelait à part lui : sa manière quai de gare). « Demain, pensa-t-il avec un éclair de désespoir, demain ! » car à travers toute cette fatigue, ces combats, ce courage même dont il avait fait preuve en allant jusqu'à elle, il *savait* toujours (ou croyait savoir) que tout cela ne signifiait rien, rien. Mais qu'elle dût l'apprendre aussi le déchirait. Demain ! Et le cri sortit de ses lèvres, le délivrant en même temps qu'elle (le déchirant, le délivrant).

— Marcelle ! Marcelle chérie ! Mon amour !

— Oh ! Nicolas ! dit-elle.

Elle lui tendit ses lèvres. Ils s'embrassèrent, mais sans hâte, et même le plaisir était loin, très loin derrière eux, perceptible cependant comme une faible musique, mais à peine audible. Elle noua ses deux bras autour du cou de Nicolas. C'était un geste léger, combien différent de leurs autres étreintes, un geste un peu timide, qui craignait de déranger quelque chose de précieux, de rompre un rythme très lent qui remplissait la pièce. Avec la même douceur il écarta l'étoffe, baisa ses seins bruns. Un long frémissement parcourut son corps, mais son visage restait paisible, attentif cependant comme si elle écoutait cette musique, au loin. Il l'embrassa de nouveau, et elle se pressa contre lui, enlaça doucement ses jambes aux siennes, posant la tête sur sa poitrine, changeant de position, mais comme en rêve, comme si elle se mouvait dans un autre élément, de l'eau, qui alanguissait ses mouvements et leur accordait une grâce toute particulière. Elle s'était glissée hors du kimono, et elle était nue, brune sur la couverture jaune du lit. Il se déshabilla, et en allant et venant, il la regardait, s'attendant à tout moment (avec une appréhension douloureuse, mais peut-être un désir de voir se briser tout cela, puisqu'il était dit que les choses se brisent) à voir changer son visage, ses lèvres se gonfler, ses yeux s'élargir, l'insaisissable beauté disparaître pour faire place à une autre beauté plus accessible, plus charnelle, plus vulgaire, mais peut-être moins effrayante.

Mais non. Elle restait la même, les courbes légères de son grand corps harmonieux ne s'animaient pas de cette vie fébrile et un peu vénéneuse qui attirait Nicolas et l'écœurait en même temps; ce n'était pas non plus cette impudeur tranquille qu'il avait observée chez elle quand elle avait sommeil, ou qu'elle faisait sa toilette, ou qu'elle n'avait pas envie de faire l'amour. C'était autre chose, indiscutablement et inexplicablement autre chose. Ce corps immobile rayonnait cependant d'une douce présence, de quelque chose qui n'était pas un appel, un désir, et moins que tout, une provocation; mais pourtant une sorte d'offrande, de paisible et lumineuse offrande. Il s'approcha d'elle, s'allongea à son côté. Comme d'habitude, se disait-il. Comme d'habitude. Mais ce n'était pas comme d'habitude, ce doux rayonnement à son côté, qui se suffisait à lui-même. Il l'attira contre lui, sans brusquerie, avec une sorte de tendresse. Et l'habituelle transformation ne s'accomplissait pas. Elle restait souriante, la mystérieuse beauté ne s'évaporait pas, elle était là, toute proche. Ah ! il savait si bien que cet espoir était vain comme l'insistante promesse des flûtes, comme la tentation d'un beau paysage offert, et qui se dérobe toujours au promeneur... Et pourtant, le désir naissait en lui, un désir plus puissant et moins nerveux, un désir que stimulait le besoin fou de nier l'évidence, de croire à l'impossible, de posséder l'insaisissable.

— Marcelle ?

— Je t'aime, murmura-t-elle.

Et il fit un second acte de courage (si risibles que pussent plus tard lui paraître ses actes de ce soir-là, il ne put jamais nier que ces actes ne comportassent une certaine part de courage), il oublia tout, volontairement. Il se livra tout entier, nu et désarmé, à la beauté de cet instant. Il repoussa la connaissance amère qu'il avait, que tout ceci n'était qu'un piège, qu'il en souffrirait atrocement bientôt, que cette musique imperceptible s'éteindrait, que ce paysage doré à peine entrevu s'effacerait, que cette incompréhensible harmonie serait brisée par quelque grinçante désillusion, cette vertigineuse architecture s'effondrerait à la moindre poussée. Non, il ne la repoussa pas : il l'accepta. Il accepta de payer le prix de cet instant, d'en reconnaître le prix et de le payer ; il abandonna loin derrière lui avarice et prudence, économie et lucidité. Il brûla tout en un instant, toute sa prudence de tant d'années, toute sa sagesse durement acquise, il brûla tout, lâcha tout, le fruit de ses efforts, cette paix sèche et pure qu'il avait si durement conquise, qui était devenue l'essentiel, pour cette femme inconnue, à ses côtés, qui était belle et qui lui disait « je t'aime », cette éternelle banalité.

Doucement il entra en elle. Elle souriait encore.

Il y a chez les femmes, toujours, une magie, une création qui sans cesse se recommence, un jaillissement, une musique prête à s'élever dans les chambres closes, aux rituels tapis, une poésie qu'il faut délivrer du corps lourd, qui ne connaît pas ses pouvoirs. Mais si le corps s'éveille et quitte sa prison, que jouent doucement les courbes de la femme, s'élèvent et jaillissent en fontaine cent femmes que l'instant suscite et détruira, esquisses lumineuses dont l'une poursuit l'autre et l'engendre, dans une mathématique beauté. Et il y a tout à coup chez l'homme qui crée ces choses une puissance jamais connue encore, non plus la lourde nourriture écœurante qui le rassasiait en lui soulevant l'estomac, mais l'approche et la contemplation d'une beauté dans laquelle il est lui-même inclus, à laquelle il participe, dans laquelle il se fond. Et l'un regarde l'autre autant qu'il le possède, et le monde est dans ce regard, la courbe des collines et l'âcre saveur froide de la terre quand on creuse profond, ce mystère, les minéraux enfouis qu'on pressent sans les voir, toutes les richesses de ce beau corps étreint, toute la puissance de ce corps plus dur et plus mince et brûlant qui envahit comme le soleil la plus froide planète, y suscitant la vie. L'amour peut être cela, aussi.

Il ne la quitta pas, comme il le faisait toujours. Il restait sur elle, le visage enfoui dans ces cheveux noirs, si abondants, qui avaient une odeur de forêt. Et sans même qu'il s'en rendît compte, quelque chose en lui implorait : « Que ce soit vrai ! Que ce soit vrai ! » Quelques jours après il devait réentendre en lui cette imploration, sans plus même en comprendre le sens — seulement le son, le son seul, une note très haute, paisiblement désespérée. Et elle devait résonner en lui à nouveau, cette note, deux ou trois autres fois, mais jamais plus si nette, si poignante, jamais plus formulée si nettement, si absurdement : « Que ce soit vrai ! Que ce soit vrai ! »

Marcelle était restée lovée contre lui, tiède et paisible, et pourtant, il se sentit seul tout à coup; il leva la tête. Elle dormait. Elle s'était donc endormie dans la paix, Dieu merci. Il ne remercia pas Dieu, puisqu'il ne croyait pas en Dieu, mais il se dit cela : dieu merci. Il se détacha d'elle (elle replia machinalement ses jambes, parce qu'elle devait avoir un peu frais, et il la recouvrit). Sans bruit, il se leva pour enfiler son pyjama, qu'il prit dans sa valise : il détestait dormir nu. Il éteignit le lampadaire ; laisser la fenêtre ouverte ? Il hésita, finit par laisser une fente. Immobile dans l'obscurité. Comme tout à l'heure dans le couloir. Comme tout à l'heure ? Peut-être pas. Elle respirait régulièrement. Un souffle très régulier, singulièrement puissant. Elle respirait à fond, c'était très sain, disait-on. De la cour, par la fenêtre ouverte, lui parvenaient quelques bruits. Le miaulement discret d'un chat, le bourdonnement d'une minuterie, une clé dans une serrure. Par moments, des gens qui rentraient en chuchotant. Il s'imagina lui-même, étendu là, dans son alvéole, avec d'autres gens au-dessus, en dessous, à côté; puis les maisons minuscules dans le réseau des rues, les villes sur la carte... Et l'insignifiance à nouveau de son corps immobile et passif dans ce vaste univers, de celui de Marcelle... Mais cette pensée qui habituellement l'attristait ne le convainquait pas aujourd'hui. Ce soir, la mince traînée lumineuse de la fugue, le bref et parfait instant de l'amour avec Marcelle, et même son paisible sommeil, ne se laissaient pas réduire à l'insignifiance. Ils avaient beau paraître, ces instants, si fugitifs, si transparents, insaisissables, ils avaient été. Ils avaient été. Pour toujours, pour l'éternité, ils avaient été. Il s'endormit dans cette pensée.

Sept heures du matin. L'angoisse de sept heures du matin, d'un matin d'été, d'un matin de porcelaine, dur et luisant, étincelant de propreté, de fraîcheur : une mise en demeure, un matin comme celui-là. Sept heures du matin : il est trop tard déjà, on a manqué quelque chose, l'aube est déjà morte, le petit jour plein de vagues espoirs, et le soleil impitoyable dans l'air encore frais décape les façades comme un acide. Cette fraîcheur de citron sur les dents, cet appel, cet espace élargi, cet air à pleins poumons, liquide et plein de saveur, et la nécessité d'agir qui se fait stridente !

Le monde est là, disponible, impitoyable. L'angoisse de sept heures du matin ! Il ferait bon prier à sept heures du matin, quand le monde et la vie sont là comme une demeure, une maison ouverte où tout est prêt, où l'on n'a qu'à entrer, où les couloirs sont brillants, les pièces accueillantes avec leurs meubles luisants dans l'ombre, une bonne odeur d'encaustique et de soleil, mais qu'y faire dans cette maison vide et silencieuse ? Il faudrait d'abord se tourner vers la lumière, se laisser envahir par la lumière, être soi-même une demeure. Alors il serait possible d'entrer en maître dans cette maison, d'ouvrir les volets, de s'asseoir au piano un peu moisi, de rechercher avec un doigt un air qu'on connaissait enfant, et guidé par ces quelques notes, de vivre sa journée comme elle doit être vécue — comme si c'était la seule au monde, la plus importante, la plus simple.

Ah, l'angoisse de sept heures du matin ! Peu d'hommes prient, par lâcheté ou par courage, et l'été n'en est pas moins là. Il y a des journées d'hiver étincelantes aussi, où le soleil lève le gel comme un poignard, et des journées poisseuses de printemps qui donnent faim d'une tartine à la terrasse d'un café, et des journées fumeuses d'automne, avec une petite pluie, qui suscitent l'envie désespérée d'avoir de vieux amis fumant la pipe à retrouver dans un petit café en contre-bas (trois marches à descendre et du mauvais café, de la bière pisseuse). Mais l'angoisse de l'été est la pire, songe Nicolas.

Marcelle dort toujours.

Elle a tiré le drap vers elle, s'est enroulée dedans, retournée sur le côté. Ses cheveux noirs sur l'oreiller, son profil étrusque (ce matin, il pense : étrusque), ses longues paupières n'apportent aucun soulagement à l'angoisse. Son enfance chez les Pères, il se rappelle : de vieux hommes, bons, désuets, odieux. Extasiés devant une tulipe : « Apprenez à reconnaître partout la beauté qui vient de Dieu. » Eh bien elle est là, cette beauté, planant sur le sommeil de Marcelle. Elle est là, indéfinissable, évidente. Et après, dites-moi ? Et après ?

Il se lève. Impossible de rester couché. La salle de bains : plutôt simplette. Elle a mis tout ce qu'elle pouvait dans la salle de séjour. Il prend une douche. De temps en temps, une douleur aiguë au plexus, qui se contracte sous l'effet d'un fugitif souvenir. Mais non. Ne pas revenir là-dessus. Il a la sensation d'avoir la gueule de bois. Cette débauche de sentiment, plaisante-t-il pour lui-même, sans gaîté. Il enfile une chemise propre (la dernière : léger agacement), repasse dans la chambre. Marcelle dort toujours. « Je vais lui chercher des croissants. » Prétexte. Il sortit.

La rue de Bourgogne, vide et propre. Les poubelles sorties. « Elle dort là-haut. Dans quoi me suis-je encore fourré ? » Incapable de regretter, pourtant. Ce qui est fait est fait. Et quelle curieuse expérience. Jamais il n'aurait cru la vivre avec Marcelle si concrète, si avide des plus terrestres joies, si inoffensive en apparence, alors que Colette, avec ses tarots, son occultisme, son culte des serpents, des chats, ses gurus, ses voyants...

Colette aussi, il l'avait crue inoffensive. Et drôle. Il riait de lui-même en riant d'elle. Moins drôle toutefois quand on pensait à sa semi-misère. Moins drôle quand la longue cicatrice sur le ventre. Moins drôle quand la destruction systématique d'elle-même avait porté ses maigres fruits : la petite toux sèche et les moments d'égarement total où elle déclamait ses fureurs limitées, agitant ses maigres pattes dans la robe de chambre en soie rouge, singe frileux et emphatique. Moins drôle le lendemain quand son « j'étais folle hier, dis ? »

mêlait une secrète vanité (ne *faut*-il pas être fou) à une honteuse angoisse, à une sorte de courage idiot, et elle absorbait une poignée de calmants, n'importe lesquels, abandonnés là par Franck ou par Michel. « Je vais fondre comme neige au soleil. »

Lui l'avait suivie deux ou trois fois dans ses égarements, mais c'était tout. Il n'avait pris goût ni à l'opium ni à la morphine. Aujourd'hui, c'était tout autre chose.

Si Marcelle pouvait se taire ! Ne parler de rien ! Ne tirer aucune conclusion de leur égarement — il l'appelait ainsi, ce matin — d'une nuit. Mais non. Elle parlerait. Il faudrait feindre, ou alors discuter, expliquer, blesser... Il avait cédé à une tentation idiote. Il aurait pourtant dû apprendre, avec Colette, ce qu'il en coûtait de rompre l'unité fictive d'un personnage, l'image claire et commode qu'un être présente au monde. Il avait mis le pied, avec Colette, dans le domaine de la pitié : il avait dû fuir. Et c'était pour se fourrer dans un guêpier pire encore !

Il se disait tout cela, et pourtant il n'arrivait toujours pas à regretter vraiment sa folie. Un moment il avait cru revenir au monde enchanté de Renata — le monde des signes. Renata elle-même avait été tout entière un signe, un idéogramme, une promesse non tenue; un signe chinois, exquis de forme et indéchiffrable. Ne pas retomber dans ce piège ! En pensée, il s'armait contre Marcelle.

Il était arrivé devant une boulangerie. Un homme le bouscula en sortant, s'excusa. Il entra, toujours absorbé.

— Des croissants, s'il vous plaît.

— Combien ? dit la petite. Une rousse maigre, chétive.

— Huit, dit-il sans réfléchir. Il avait faim. Besoin de reprendre des forces. Pauvre Marcelle qui dormait en paix pendant qu'il se préparait à lui faire du mal...

— Quatre cent quarante, dit la rousse.

Elle ne lui aurait pas déplu, avec son faux air d'avoir douze ans.

Il sortit. Il essayait de raisonner.

Ainsi il avait vécu *cela*, et avec cette Marcelle si quelconque. Sauf sa beauté qui sans doute était exceptionnelle, mais rien d'autre qu'une particularité, après tout. Sinon ? Demi-culture, demi-intelligence, demi-réussite, et jusque ce travail de journaliste qui était bien lui aussi la moitié de quelque chose...

Non. Il était injuste. Marcelle valait mieux que cela. Elle était... elle était vivante. Elle atteignait spontanément à un état de grâce auquel Colette — et pourquoi pas, lui-même — s'efforçaient à grand-peine de parvenir. Un moment il s'assimila en pensée à Colette, s'imagina les yeux barbouillés de khôl, en kimono, et il rit tout haut. Mais en dépit du grotesque de la comparaison, elle n'était peut-être pas si fausse. Et souvent, malgré ses prétentions caricaturales à l'intuition, Colette ne l'avait pas si mal compris. « Il voit en moi à la fois l'amour, et la dérision de l'amour. » Le second terme au moins de la proposition était vrai. Il fallait qu'il s'éloignât d'elle pour sentir que cette demi-folle voyait parfois aussi clair que lui.

N'importe. Deux éclopés. Deux infirmes. Malades de l'absolu, malades de Dieu. Et elle, Marcelle, vivant de si bonne foi, avec une telle plénitude ! Vivre dans le mensonge ou ne pas vivre, il n'y avait donc pas d'autre alternative ? Constatation terrible comme un verdict.

Il avait menti, quoique à moitié seulement, car à sa façon, il s'était mis à aimer Marcelle — mais quel abîme dans ce *à sa façon* ! Il avait menti, et ce mensonge s'était fait chair. Un instant il avait été emporté par le mirage qu'il avait lui-même créé, pris par le rôle qu'il avait voulu jouer... Et tout cela pour retomber plus lourdement ce matin, dans une angoisse et une révolte dont il ne voulait pas voir l'issue.

Absurde et fou. Il avait été absurde et fou comme la vie. Logique. Parfois il avait eu envie de faire souffrir Marcelle, de la rapprocher de lui en lui faisant toucher du doigt l'illusion dans laquelle elle vivait, ce monde plat comme une image. Mais aujourd'hui, il avait peur. Peur de l'attirer avec lui dans il ne savait quel vertige. Peur et peut-être envie. Et hier ils avaient été un instant l'image d'un couple harmonieux et beau...

Il était revenu rue de Bourgogne, au seuil de la maison de Marcelle. Peut-être dormait-elle encore. Pourquoi, dans ce beau matin d'été, n'était-il pas cet amant comblé qui revient vers la femme aimée dormant encore dans sa litière de cheveux noirs, cet homme jeune, respirant à pleins poumons l'air limpide du matin, tenant à la main son touchant et niais petit paquet de croissants, et rendant grâces, pourquoi pas, rendant grâces... Ce n'était pas lui. Quel dommage. Un instant, un seul instant ils s'étaient rejoints, et c'était fini, à jamais peut-être. Et pourtant il lui restait de cet instant un souvenir de beauté : « J'ai embrassé l'aube d'été... » *Les Illuminations*. Titre amer. Elle dort peut-être. « A quatre heures du matin l'été, le sommeil d'amour dure encore. »

Il était là, sur le seuil, ô symbolique ! Comme la veille dans le couloir. L'aube. La beauté de ce mot, l'aube. Il n'avait pas envie de remonter, mais d'aller, dans un petit café crasseux, boire un amer café, et écrire sur une feuille de papier, ce mot, simplement : l'aube. Ou monter, et la retrouver morte, avec le secret de ces quelques heures. « J'aimerais assez la trouver morte », pensa-t-il dans l'escalier. « Marcelle disparue. Ce serait à jamais l'aube d'été que j'aurais embrassée. » Il ouvrit la porte, restée poussée. Aucun bruit. Ah, l'angoisse de sept heures du matin !

— Marcelle ?

— Mmm...

Elle vivait.

— J'ai mis de l'eau à chauffer pour le café, dit sa voix maussade.

Il entra dans la petite cuisine, à droite du couloir, s'affaira inutilement. Il lui porta le café et les croissants sur un plateau. Elle était taciturne. Il mangea presque tous les croissants et but trois tasses de Nescafé qu'il détestait. Marcelle lui demanda d'aller chercher des magazines. Elle paraissait amorphe et découragée. Il ne lui posait pas de questions, prudemment. Il dut marcher assez loin avant de trouver vers le boulevard Raspail, un éventaire ouvert. Tout était fermé « conformément à la loi », du 2 au 25 août ou du 15 au 5 septembre... Il avait rêvé souvent sur le mot vacances. Aurait-on un jour droit à de véritables « vacances » ? Quinze jours sous l'influence d'une drogue quelconque, qui vous permettrait de décoller vraiment de la vie. Trois semaines d'opium ou de morphine, qui éclipseraient les villages de toile, les circuits enchanteurs en autobus, les petits trous pas chers en Bretagne et les épuisants musées des pays chauds. Il acheta *Elle, Marie-France, Marie-Claire, l'Express, l'Observateur, Match* et *le Monde* de la veille. Au dernier moment, pris d'un remords, il y fit ajouter *Cinémonde* et les *Cahiers du Cinéma*, tout gondolé par le grand air, ce dernier. Il allait l'installer bien au calme avec ces magazines, et déjeuner chez

Colette. Il fumerait un peu peut-être, ou la morphine, tout bêtement, et peut-être resterait coucher chez elle, si ça lui disait. Et avant de repartir il irait voir Paul. « Soyons inconséquent », se dit-il avec lassitude.

Marcelle accueillit les magazines sans transports.

— Je crois que je vais déjeuner en ville, dit-il.

Il prenait un ton dégagé :

— Tu veux que j'aille te chercher quelque chose à manger ?

— Je n'ai pas faim, dit-elle d'un air dolent.

— Mais tu n'as pas mangé hier soir, déjà. (Il avait eu un peu de mal à dire : hier soir, craignant l'avalanche des mots, des explications). Mais le visage de Marcelle ne changeait pas.

— Je crois que je suis un peu malade, soupira-t-elle.

Il s'assit sur le lit, prit sa main qui était chaude.

— Tu vas rester couchée, par ce beau temps ?

— Je n'ai pas envie de me lever...

Elle avait un pyjama de soie blanche qu'elle avait dû enfiler pendant qu'il était sorti.

— Mais qu'est-ce que tu as, enfin ?

Il oubliait sa prudence. (Je devrais être en train de lui dire : *puisque tu es fatiguée je te laisse*.)

— Ça ne t'arrive pas d'être malade ? dit-elle d'un ton presque agressif.

— Hier tu allais tout à fait bien.

— Hier, c'était hier.

Il hésita un moment. C'était l'instant de filer. Mais la curiosité le retenait. Il était toujours curieux d'elle, de ce qu'elle pensait, de ce qu'elle ne disait pas. Hier c'était hier, est-ce que cela signifiait qu'elle était, sans qu'il eût rien fait pour cela, revenue de son contentement de la veille, qu'elle en avait percé l'absurdité, qu'elle lui en voulait d'avoir favorisé sa griserie d'un moment, que... Au lieu de se lever il se rapprocha d'elle, adossée aux deux oreillers.

— Voyons, chérie, dis-moi...

— Je ne veux pas que tu m'appelles chérie !

— Mais pourquoi ?

Tout à coup elle se détendit, se réfugia dans ses bras :

— Je ne sais pas... Je te dis que je ne me sens pas bien, je suis triste, fatiguée. C'est tout de même mon droit, non ?

— Bien sûr, ma chérie, dit-il avec patience, mais...

— Oh ! fais-moi plaisir, tu veux ? Enlève tes souliers...

Il regarda un moment avec stupéfaction ses pieds qu'il avait ramenés sur l'édredon.

— Je viens de faire refaire le lit et les rideaux, tu comprends.

Il comprenait. Il fit tomber ses souliers sur le plancher, l'un après l'autre. C'était fichu, pour le déjeuner chez Colette. Il crut le regretter. Ce qu'il regrettait vraiment, c'était d'être incapable de la quitter. Tout au moins, de la quitter sans *savoir*. Savoir quoi ?

— Tu veux que je te prépare un peu d'aspirine ?

Elle hocha négativement la tête. Elle n'avait vraiment pas l'air bien. Son teint habituellement mat avait pâli, c'était toujours un visage brun, mais d'un brun verdâtre. Les narines pincées, les yeux cernés, achevèrent de l'inquiéter. Comme ce beau visage prenait aisément un aspect tragique ! Pour un banal mal de tête, on eût dit une méduse de marbre.

— Marcelle, est-ce que tu souffres ?

— Je ne sais pas, je te dis...

Bien sûr, il ne pouvait plus éviter le piège. D'ailleurs ne l'avait-il pas tendu lui-même ?

— Est-ce que... c'est à cause d'hier soir ?

Elle s'assit brusquement dans le lit, d'un mouvement si vif qu'il en fut déconcerté.

— Quoi, d'hier soir ? Qu'est-ce qui s'est passé hier soir ? Rien du tout !

Elle avait l'air malade et furieux, et il en fut si déconcerté qu'il ne réalisait pas le comique de ce retournement. N'était-ce pas exactement ce qu'il s'était préparé à lui dire, si elle insistait pour l'accaparer : « Quoi, qu'est-ce qui s'est passé hier soir, un soir comme les autres... » et même il aurait ajouté : « tu as trop d'imagination » si elle avait insisté. Mais cet agacement, cet air maussade le déconcertait complètement, et il en oubliait toute stratégie.

— Je voulais dire, expliqua-t-il gauchement, quand on s'est rapproché davantage, quelquefois après, on a une sorte de peur.

— Ah ! dit-elle, sarcastique, parce que tu t'es rapproché de moi ?

— Mais... sans doute, dit Nicolas qui ne savait plus du tout où il en était.

Est-ce qu'elle allait maintenant lui faire une scène ? Lui qui s'était tellement attendu à des effusions niaises, à d'expansives causeries, s'était prémuni contre elle, avait préparé sa patience et sa pitié... Un long frisson parcourut les épaules de Marcelle et elle se recoucha, le drap tiré jusqu'au menton.

— Va déjeuner en ville, va, dit-elle plaintivement. Je vais rester couchée toute la journée.

Elle n'avait même pas répondu à ses dernières paroles. Il se pencha sur elle.

— Mais c'est vrai, tu sais, ma chérie, que je me suis rapproché de toi...

Elle ne bougeait pas, ses yeux sombres fixant un point derrière lui, dans la chambre.

— Malgré toi, alors, dit-elle d'une voix neutre.

Nicolas éprouva un vif sentiment d'injustice.

— Pas du tout ! s'écria-t-il indigné. Au contraire ! Tu ne peux imaginer la volonté...

— Qu'il t'a fallu pour me rejoindre ?

La conscience de son injustice (systématique) emporta les dernières prudentes digues chez Nicolas.

— Parfaitement. Parce que je sentais que c'était plus important que... Mais regarde-moi, au moins !

— Et après, tu as eu peur de moi, et tu n'as plus pensé qu'à t'en aller le plus vite possible !

Déjà la voix de Marcelle s'adoucissait, car elle était capable de lucidité, mais non d'une rancune prolongée.

— C'est vrai que j'ai eu peur, reconnut Nicolas, mais pas comme tu penses, pas de toi, plutôt, comment dire, peur d'un vertige, d'un...

— Tais-toi, dit-elle presqu'à voix basse.

Elle avait posé la tête sur les genoux de Nicolas. Il voulut la regarder, l'embrasser peut-être, mais elle dérobait son visage, roulant la tête sur ses genoux comme un malade qui souffre ou un enfant qui veut jouer. Alors il s'allongea sur le lit, et la saisit dans ses bras pour rencontrer enfin ce regard qui se dérobait ; leurs lèvres se touchant presque, il y parvint enfin, et c'était un regard si fiévreux, si angoissé, qu'il en éprouva un choc brutal, poignant, jusqu'au fond de lui-même, un choc douloureux et qui était pourtant presque un bonheur : elle l'avait rejoint. Comme il l'avait tenté la veille, et presque réussi ; elle l'avait rejoint. Elle n'était pas l'image de Marcelle, mais une Marcelle vivante, souffrant comme lui, du même mal. Cette injustice, cette inutilité du bonheur, elle l'avait percée. Elle l'avait rejoint ! Il en eut presque un sentiment de triomphe. Et comme elle frissonnait encore :

— Ma chérie ! Mon amour ! Marcelle chérie !

Qu'importaient les mots ? Toute sa méfiance avait fondu. Elle l'avait rejoint... O Marcelle !

Il ne la quitta pas de toute la journée.

## II

Béatrice a planté de ses mains, ses courtes mains adroites, la belle plate-bande d'anémones qui fleurissent à l'ombre de ce vieux presbytère, près de Houdan. Les roses s'agrippent au mur et « le presbytère n'a rien perdu de son charme, ni le jardin de son parfum » dit Jean-Pierre rituellement, chaque fois qu'il arrive, et rituellement Béatrice sourit. Sa chambre est aérée, le soleil y pénètre par la fenêtre ouverte, un bouquet de marguerites jaunes sur la commode, dans un coin sombre, se consume doucement ; Jean-Pierre jette sur le lit la valise qu'il a pris soin d'alourdir de quelques livres ; il a remarqué l'imperceptible froncement de sourcils de Béatrice quand la valise, trop légère décidément, indique que le passage de Jean-Pierre sera bref. Il a rentré aussi sa jolie voiture au garage, derrière l'engin trapu de Béatrice. Ce symbole du départ, de la fuite, ne doit pas offenser les yeux de sa mère jusqu'à la fin du séjour.

Elle attend au jardin. Une nappe fine de voile, une grosse théière en argent. Tout est parfait, toujours, avec Béatrice. Ainsi dira-t-elle avec un naturel irréprochable, après les premières effusions.

— Marc va bien ?

Elle est l'une des seules personnes au monde à appeler Rougerolles par son prénom. Elle s'en fait un devoir, une gymnastique. Combien de fois l'a-t-elle répété dans la solitude, ce « Marc » qui lui vient si spontanément aux lèvres ? Cette aisance même fait mal à Jean-Pierre, qui sent, qui sait ce que personne ne sait, combien l'aisance de Béatrice lui a coûté de peines et d'efforts, autant qu'au funambule le saut périlleux qu'il exécute si facilement et travaille depuis l'enfance. Autant qu'à lui-même cette souplesse et cette grâce déjà célèbre ont coûté de levers au petit matin, d'exercices fastidieux, de privations dérisoires. Qu'il aimerait s'écrier : « Laissons Marc, de côté, Maman ! Plus jamais Marc ici. N'y pense plus, qu'il n'existe plus, soyons tous les deux seuls dans ce jardin... » Mais digne fils de sa mère, en beurrant les toasts que Valentine vient d'apporter, il répond doucement :

— Il est à Lyon, pour ses affaires. Cherche un autre financement, je crois.

Béatrice verse le thé. Vendredi, cinq heures. Son fils est là pour trois jours. Saura-t-elle le distraire, le détendre ? Faut-il l'emmener au cinéma à Houdan ? Lui faire voir les travaux dans la grange, au fond du jardin, où elle veut installer une sorte de living-room d'été, de bar rustique... Inviter Jeanne et son fils ?

— Tu aimes les nouveaux transats ?

— Pas mal, dit Jean-Pierre avec indulgence. Bien que, dans un jardin comme celui-ci, je n'aime pas voir un transat. Les carrés de légumes font bien, par exemple, et je mettrais volontiers sous le saule, un banc. Mais c'est tout.

— Je ne peux pas faire asseoir mes invités sur un banc ! proteste Béatrice.

— Alors je verrais bien de ces grands fauteuils en rotin, tout brodés et rebrodés, mexicains, tu vois ? Peints de couleurs vives, peut-être. Ce serait d'un baroque fou, mais pourquoi non ? Les transats font horriblement *Vogue*.

— Moi, je les trouve assez gais, persiste Béatrice.

Le sujet tombe. La paix du petit jardin est presque oppressante. Leurs pensées se rencontrent, se fondent un instant comme un fleuve.

« Pourquoi, pourquoi, mon petit garçon, mon ange ? »

« Ce n'est pas ma faute. Ce n'est pas ma faute. »

Deux soupirs parallèles. Un oiseau vole bas.

— C'est fou ce qu'il y a d'oiseaux ici, dit Béatrice. Les gens les chassent, on se demande pourquoi. Moi, je leur ai aménagé une petite cabane, avec des graines...

— Où ça ? Fais-moi voir ?

Il a dit cela un peu trop vite, il s'est redressé un peu trop rapidement. Echapper au douloureux silence ensoleillé. L'ombre, l'ombre, il est malade du besoin d'ombre, soudain.

— Le soleil tape dur, explique-t-il. J'ai un peu mal à la tête.

— Je vais dire à Valentine de mettre le parasol.

Ils allèrent voir les petits abris pour les oiseaux. Puis la grange. Jean-Pierre avait des idées. Ici des pierres apparentes, là une cloison de bois.

— J'irai voir le maçon demain, si tu veux. J'ai apporté quelques échantillons, pour la chambre d'amis du grenier...

Il lui passait un bras autour des épaules. « Ma petite maman... » Elle discutait ses suggestions, approuvait souvent « puisque cette maison sera un jour la tienne ».

Ainsi bavardant, ils tiendraient jusqu'au dîner. Puis il y aurait la télévision. Le dernier baiser, un peu périlleux, mais elle insisterait pour lui prêter ce roman qu'il *fallait* lire, lui se défendrait en riant, « Je déteste lire ! Je vais m'endormir dessus » et ce serait le silence. Elle connaîtrait le bonheur amer, mais tout de même c'était du bonheur, de le savoir sous son toit, occupé à lire ou à dormir, tout près d'elle... Le samedi il y aurait des visites, leurs regards échangés, pleins de raillerie innocente. « Permettez-moi de vous présenter mon fils. » « Mais je le connais de réputation... » Les voix aimables enfonçaient des poignards. Vierge des Sept Douleurs, soutenez-moi ! Parfois un amateur de ballets, détails techniques. Les vagues de Paris battaient le pied de la citadelle qu'elle s'était bâtie. Mais je suis bretonne, après tout. Le dur granit, Botrel, le folklore le plus éculé, le plus carton-pâte, tout lui servait à étayer, à consolider. Et les comparaisons puériles. « Quand un navire fait eau, on ne regarde pas au matériau pour boucher la voie. » Tout lui était bon, tout la servait dans sa lutte. C'était ce qu'elle appelait être humble.

Le samedi, elle fit une tentative. Dangereuse, mais il le fallait. Qui ne risque rien...

— Je crains que notre petite Marcelle ne se soit lancée dans cette affaire de reportage bien à l'étourdie... Je ne doute pas que Marc s'en tire toujours, mais elle... On peut se trouver compromis. Et Praslin m'a bien l'air de chercher ses capitaux... du mauvais côté.

Le côté de qui ne partageait pas ses opinions, pour Béatrice, était toujours le mauvais côté. Elle doutait fort du triomphe des bonnes causes en ce monde, mais elle ne doutait jamais que ses causes, à elle, fussent bonnes.

— Tu crois ? dit Jean-Pierre vivement. Il était très sensible à tout ce qui concernait Marcelle. Il n'avait pas approuvé Marc de l'avoir envoyée dans le Midi. Il tenait à elle, et s'il ne l'avait pas mieux défendue, c'était par pudeur : Marc n'avait rien à voir avec son enfance, cette amitié limpide et creuse à laquelle il tenait... Et puis Marcelle voulait partir.

— Elle est encore bien jeune, bien influençable, nuançait Béatrice.

— Marcelle n'est pas une enfant, maman. Elle a deux ans de plus que moi.

— C'est vrai, mais sous bien des rapports... Il fallait la voir béer d'admiration devant cet écrivain, les intellectuels l'impressionnent, cela prouve qu'elle est encore bien jeune.

— Il est affreux ! dit Jean-Pierre avec élan.

— Il a de beaux yeux, il est grand, bien bâti. Il y a des femmes qui apprécient les larges épaules... De toutes façons ce ne serait qu'un emballement sans conséquence, j'en suis sûre.

Mesurer le poison, le remède, ne verser que goutte à goutte.

— J'aimerais tout de même bien que cette petite se marie un jour.

— Tu veux toujours marier tout le monde, dit Jean-Pierre imprudemment.

L'imprudence venait de son déplaisir. Marcelle, l'esclave admirative, la sœur, l'ombre docile, Marcelle amoureuse encore ? Il avait détesté Jacques, l'ingénieur du son, poussé à la rupture. Encore, si elle avait eu besoin simplement d'une aventure. Mais il supportait mal qu'elle mît du sentiment dans ses liaisons. Elle lui volait quelque chose. Ce n'était qu'avec elle qu'il était tout à fait lui-même, sans ce poids de culpabilité qui l'accablait avec sa mère, sans cette réserve sur laquelle il se tenait avec Marc, voulant être aimé, mais sans être tenu d'aimer, protégé, mais non conquis. Il ne craignait aucun danger de ce genre avec Marcelle.

Elle l'acceptait sans discuter, ne demandait rien, contente d'être avec lui dans l'instant. Ils parlaient de leurs carrières, de leurs projets, de leurs amours, mais sans donner de poids à leurs paroles, comme si tout cela n'avait été que des parenthèses, des comédies amusantes ou dramatiques comme on en joue devant les parents, quand on feint de prendre très au sérieux les succès scolaires ou les histoires de famille, mais en sachant très bien que ce n'est pas cela la vraie vie. C'étaient leurs enfances qui se parlaient.

Ce bien-là, il craignait de le perdre. Béatrice le savait. Elle savait le déplaisir qu'il éprouvait quand Marcelle s'éprenait de l'un ou de l'autre, comme cela arrivait trop souvent. Faible déplaisir bien loin encore de la souffrance, mais qu'elle saurait, qu'elle devait cultiver. De cette façon-là ou d'une autre, il fallait qu'il souffrît. Il n'avait jamais, jusque-là, atteint à une souffrance adulte. Mais saurait-elle, elle, le supporter, elle que déjà poignardaient ces misérables regards d'enfant « ce n'est pas ma faute ». Non, ce n'est pas sa faute. Je crucifie mon enfant innocent.

Savamment ils éludèrent le bonsoir. Ils savaient admirablement se tenir l'un et l'autre. Vraiment mère et fils en cela. Une fierté gonfla un instant le cœur douloureux de Béatrice. Il sera sauvé. Il sera sauvé ! Elle pria.

Les cloches ébranlaient le presbytère dès huit heures. Impossible de dormir. Jean-Pierre faisait ses exercices d'assouplissement. Il sera sauvé. Vers neuf heures, le petit déjeuner les trouvait tout en armes, lui rasé de frais, le costume de flanelle impeccable, la cravate un peu sévère même, elle en tailleur de tweed, de genre anglais, une mantille toute prête, car Jean-Pierre n'aimait pas ses petits chapeaux, les cheveux gris très soignés, ondulés un peu, pas trop. Jean-Pierre l'aimait très vieille dame, pas du tout femme d'affaires, et elle portait le camée de sa mère à elle sur le pull de soie noire. Le café de Valentine était parfait, tout ce que faisait Valentine était parfait. Elles se vouaient une grande estime réciproque. Deux femmes qui s'estiment forment l'assemblage le plus rare mais le plus solide qui soit. Valentine-Véronique, pense Béatrice. Valentine au suaire. Silencieuse et présente. Nullement joviale, nullement servante au grand cœur et au franc-parler. Grande, maigre, dure paysanne. Le sourire si rare, comme ces fleurs de cactus qui ne viennent que tous les trois ou sept ans, d'une nuance délicieuse. Salutaire comme un geôlier, comme un corset de fer. Elle est là derrière mon dos. Salubre. Jean-Pierre mangeait du miel.

— On y va ?

Ils allèrent à la messe de dix heures. Messe prétentieuse.

Mais il ne fallait pas avoir l'air de fuir. Mélange des habitants de « résidences secondaires » et du haut du panier de la ville. Femmes du notaire, du médecin, du quincaillier, du bijoutier. Très aimables. Les assauts de courtoisie sur le perron. Leur fausse humilité. Leur indulgence comme un fer rouge. Elle se jetait dans la nef comme à l'eau. Enfin !

Alors, elle se mettait à prier comme on tire sa brasse, courageusement, posément, car le rivage est encore loin, et il ne faut pas gaspiller ses forces. Jean-Pierre, à ses côtés, droit comme un jeune arbre. Que cet arbre doive être abattu, que cette jeune splendeur doive être brisée, alors que rien qu'à voir ses yeux si beaux elle gémit de l'amour pur et trouble des mères ! Je ne pourrais pas le supporter. Et pourtant elle prie pour cela, pour que le sang jaillisse de ce cœur, pour que le cri s'échappe de ces belles lèvres meurtries. Qu'il doive mourir pour revivre, elle en est sûre. Mais qu'elle puisse survivre à cette nécessité, elle ne le croit pas. Mon fils. Elle prie. Même si sa carrière doit être détruite, Vierge des Sept Douleurs, que mon fils vive la vraie vie, même si j'en meurs ! Il tourne les pages du missel (celui de sa première communion) avec une application d'enfant qui la poignarde. Son désir de faire plaisir. Sa désarmante bonne volonté. Cette cravate de notaire qu'il a mise, pour me faire plaisir. Déjà quand il était enfant : « Vous êtes bien heureuse d'avoir un fils si complaisant. » On n'avait pas fini de lui demander quelque chose qu'il bondissait. Et elle, une angoisse vague au cœur, priait déjà, comme aujourd'hui.

Rituellement, ils iront choisir le gâteau du dimanche. Le déjeuner, composé avec un peu d'apprêt par Valentine qui aime le cérémonial et a mis sa robe prune, en velours, malgré la chaleur. Les projets, ceux de Jean-Pierre, ceux de Béatrice.

— Tout de même, dis à Marc d'être prudent. C'est la première fois qu'il se lance dans des affaires de journalisme, et cette politique me fait peur. Il ne faudrait pas que vous soyez compromis...

Elle dit vous. Elle les associe. Elle voit les choses comme elles sont. Elle sent derrière son dos la présence de Valentine, Valentine qui lorsque Marc vient dîner, met toujours un bouquet de plus, soigne l'entremets, dure chrétienne en bois brûlé vénérant les instruments de la Passion. Jean-Pierre :

— Tu crois qu'il faudrait que Marcelle revienne ? Je pourrais faire comprendre à Marc...

— Non, pas encore, c'est prématuré. Il faut voir ce que tout cela devient.

Pas encore. Encore quelques jours, encore une heure, qu'elle le voie heureux, insouciant comme au temps de l'enfance. Puisque je n'y puis rien, Vierge des Sept Douleurs...

— Je puis cueillir quelques fleurs ?

— Valentine va t'en faire un bouquet. Valentine !

Valentine prendra toutes les roses, qu'il n'en reste pas une. Douce barrière de feu, sacrifiée avec bonheur, posée dans la menaçante petite voiture rouge, décapotable.

— Oh ! c'est trop, maman. Tu aimes ma nouvelle voiture ?

— Beaucoup, beaucoup, vraiment. J'aime ce rouge, pas vulgaire...

Elle aimera jusqu'à cette voiture. Preuve de son aveuglement, de son innocence. Et pourtant, il faut qu'il en soit dépouillé, il faut... Ses yeux si grands, frangés de noir, la grâce si légère qu'elle peut passer inaperçue de son visage délicat... Enfant, il avait le nez couvert de taches de rousseur, ce nez court et parfait. Vierge, qui avez mis au monde un fils plus parfait, pour qu'il soit crucifié...

— Ma petite maman chérie, au revoir. La semaine prochaine je ne pourrai pas, mais jeudi en huit, je n'ai rien, je viendrai pour la journée. Au revoir, Valentine. Merci pour le bouquet, il n'y a que vous...

Sa tendresse. Sa délicatesse. Sentir que c'est Valentine qu'il faut remercier. Il sera sauvé. Il vivra éternellement. Il est parti !

Elle remonte dans sa chambre, avec d'infinies précautions, comme si elle avait quelque chose de cassé. Valentine vient, redoutable, apporter le thé, les toasts qu'il faut avaler.

— Il y a le charpentier de Livry, Béa, qu'il faut que vous voyiez. La toiture de la grange a deux endroits par où passe l'eau, la poutre est pourrie, il nous a mis une vieille poutre toute mangée, il faut qu'il nous la remplace...

— Tu as raison. Je vais écrire.

Elle écrira. Puis cet article. Elle écrira jusqu'au dîner, servie par Valentine, debout, qui consentit au bout de dix ans à l'appeler par son nom, mais jamais à s'asseoir devant elle.

Valentine mangera seule dans la belle cuisine ancienne, devant un couvert impeccablement mis — mais seule.

La chambre. Le lit romantique tendu de voilage blanc. Le miroir où Béatrice dépose toute sa fatigue, en vrac. Les verrous anciens du presbytère tirés avec grand soin et grand bruit par Valentine. La nuit aussi, c'est un rite. Et enfin son « Bonsoir, Béa. Besoin de rien ? » « Non, merci. » Lumière dans la nuit que ce bonsoir exceptionnel, les jours où Jean-Pierre est venu. Les autres jours, le bruit des pas qui montent, simplement. Une gorgée d'eau fraîche. Béatrice l'absorbe goulûment. Et la porte là-haut, se referme. Valentine prend son chapelet. La main de Béatrice tâtonne, cherche le sien dans l'ombre. Plus un bruit. *Consummatus est.*

Devant l'immeuble de la banque, ils restèrent un moment immobiles, désemparés ; puis Marcelle dit avec accablement :

— Ça devait arriver !

En un instant elle évoqua les traites impayées de sa voiture, les réparations de la salle de bains, la folie de la baignoire encastrée. Mais ce n'était rien à côté de l'écroulement de son beau rêve, le rôle important qu'elle devait jouer dans l'hebdomadaire, ces reportages auxquels elle avait apporté tant de soin, sa signature enfin connue, aux côtés de celle de Nicolas... Il ne disait rien. Elle pensa qu'il ne pouvait pas comprendre. « Qu'est-ce que ça représente pour lui ? Un peu moins d'argent, et c'est tout. Il a son travail, sa vie, ses problèmes... » Tout à coup, elle se sentait si loin de lui, si différente. Sans doute se riait-il même, intérieurement, de la voir si désappointée. Ou l'en méprisait-il. Cette idée la traversa comme un couteau ; elle sut alors que sa vraie souffrance venait de tout autre chose que d'un chèque sans provision et d'un hebdomadaire fantôme, en faillite avant même d'avoir existé.

La place de l'Opéra était torride. Les rares voitures passaient lentement, comme exténuées. Un petit homme en manches de chemise manœuvrait une bande de touristes pas même bruyants, fripés par des heures d'autocar.

— On ne va pas rester là toute la journée, dit Nicolas avec brusquerie. Allons prendre un verre.

Elle le suivit. Ils s'installèrent sur une terrasse, comme s'ils étaient encore en voyage. La voiture chauffait au soleil, garée devant l'Opéra. Marcelle pouvait apercevoir par la vitre arrière sa jolie valise de toile plastifiée. Ils avaient pensé, leur chèque touché, repartir immédiatement en direction de Lyon, Nicolas avait l'intention d'y faire une visite à son frère, et ils devaient envisager un reportage sur le bidonville dont celui-ci s'occupait. Puis... Mais au lieu de cela, le visage à la fois ravi (de son importance) et navré, du petit caissier qui les avait attirés à l'écart. « ...Un véritable scandale... Monsieur Rougerolles en fuite, arrêté peut-être... Monsieur Praslin très compromis... Tous les chèques non couverts depuis quinze jours... Nous pourrions vous consentir un prêt, comme à une vieille cliente... » Quelques instants, et tout avait changé. Une heure avant, ils prenaient leur petit déjeuner en plaisantant, ce séjour n'avait été qu'une halte, ils allaient repartir, ils oubliaient même, ou voulaient oublier cette étrange journée de la veille, silencieuse, incertaine, et pourtant chargée de quelque chose qui ressemblait à un espoir...

Ou à une menace ? Peut-être faudrait-il dire : à un espoir menaçant. Elle ne savait pas. Elle avait eu peur, été triste et pourtant, l'invraisemblable espoir toujours déçu, elle avait beau vouloir le contenir, l'étouffer, il grandissait en elle, douloureux, voluptueux ; insoutenable. Mais ils devaient repartir. En voyage, on verrait, les choses s'arrangeraient, on empireraient. De toutes façons il y aurait les hôtels, les chambres inconnues, la lecture des journaux, le travail fait en commun, l'irréalité de ce déplacement... Elle s'était rejetée hier soir et ce matin, sur les petites tâches ménagères. Le dîner, les courses ; elle s'était donné la peine d'aller jusqu'à l'épicerie alsacienne, ouverte le soir, pour acheter des pamplemousses pour le petit déjeuner, et une marque spéciale de café. « Je fais bien le café. On me l'a toujours dit. » Il s'était mis à rire, à cause du On. Et elle s'était mordu les lèvres, d'avoir dit cela. Elle se souvenait du « n'importe quel homme ? » auquel elle avait répondu « oui » par défi, par paresse. Elle avait cru le piquer, le fâcher, et aussi, lui faire confiance. Car bien sûr, c'était vrai, mais... Elle n'avait pas cru que de cette confidence, il paraîtrait soulagé, presque content. Et voilà qu'elle recommençait la même sottise, et

cela, après ce jour où il lui avait dit qu'il l'aimait. Pourquoi ?
Mue peut-être par cet obscur instinct de la catastrophe qui
un jour ou l'autre s'empare des femmes. Pour vérifier si la
douleur est toujours là, si le malentendu subsiste, si mystérieusement le nœud ne s'est pas dénoué dans le secret du
cœur... « Je fais bien le café. On me le dit toujours. » Comme
si des dizaines d'hommes avaient défilé là, en pyjama, appré-
ciant son corps et son café, comme un tout, un forfait, un
combiné. Idiote ! Mais aussi on pouvait interpréter autrement
ses paroles. Elle avait pu recevoir des convives pour le
déjeuner, le dîner. C'était son rire à lui qui avait donné ce
sens à la phrase inoffensive. Mais enfin, ils repartaient...

La terrasse était assez fraîche, un vent léger la parcourait
par moments. Quelle différence entre cette terrasse et celle
où ils se seraient attablés vers midi à Auxerre, à Senlis,
à Dreux, à Orléans ? Ils se taisaient, quelle différence avec
tant d'autres silences ! Un crieur de journaux passa, avec sa
ration de meurtres, de hold-up, de détails infinis sur l'attentat du Petit-Clamart, sur le hold-up des machines à écrire,
sur le suicide de Marilyn Monroe, sur Vostok III. Ils ne
l'achèteraient pas. C'était pourtant le même journal qu'ils
auraient dévoré dans quelque arrière-salle de café, fraîche et
pleine de mouches. « On déjeune ou non ? — Oh ! roulons
toujours. On mangera un sandwich quelque part. » C'était
ce qu'ils auraient fait, et bu de la bière ou de la limonade
tiède, à l'ombre d'un bosquet, non loin d'une boîte de conserve
rouillée ou d'un papier gras. Elle se demanda s'ils déjeune-
raient ensemble, maintenant qu'ils avaient le temps. L'appartement aux persiennes bien closes, aux compteurs soigneusement fermés, l'attendait. Et lui, le boulevard Saint-Michel,
désert, ses quatre étages... L'avant-veille, il avait dit « nous
travaillerons encore ensemble » ; mais l'avant-veille, ils
devaient repartir. Ils avaient près d'un mois encore devant
eux. Et le journal, Rougerolles, leurs projets les liaient. Tout
cela avait été tranché d'un mot. Le temps faisait un bond.
Près d'un mois, c'était aujourd'hui. Le voyage était fini, ils
étaient arrivés. Elle en éprouvait une sorte de vertige.

Et lui ? Il n'y voyait pas clair, ne comprenait pas. Retourner
chez lui ? Impossible. Il avait rompu, peut-être imprudemment, avec ce passé pourtant si proche, et il le voyait maintenant de l'extérieur, comme une coquille vide, morte. Hier il

pouvait encore projeter de passer chez Colette, d'aller voir
Paul, comme un touriste de passage dans sa propre vie...
Aujourd'hui il ne le pouvait plus. Un mois. Toute sa frêle
espérance avait donc reposé là-dessus ? Les semaines passées
l'avaient donc si peu affermi dans sa volonté de vivre,
désormais, au hasard ? Le hasard, le voilà : il lui retranchait
ce mois qu'il s'était donné, il le mettait au pied du mur, face
à sa propre exigence. Etait-ce donc aujourd'hui, en cet
instant, qu'il lui faudrait décider s'il avait gagné ou perdu
son pari ? Et cela après ces trois jours qui remettaient tout
en question ?

Quelle trahison! Le temps s'effondrait. « Au fond je l'ai
toujours su. » Tout cela était chimérique. L'hebdomadaire
en couleurs, les combinaisons politiques et financières de
ces individus, les enquêtes, la valise pleine de liasses qui
traînait toujours dans le coffre... Un rêve. Le général, le
portier et son histoire d'amour, Jeannette Garcia... J'ai eu
mon content de belles images, à moi de faire l'addition...
Et cette fille aux cheveux noirs, belle dans l'ombre du parasol, une image aussi... *Mais j'ai encore envie de vivre!*

Il s'était bien dit, en écrivant ces absurdes, ces raisonnables articles, que ce monde-là, il ne mordait pas dessus, il
avait beau vouloir, l'engrenage ne se faisait pas, *je faisais
roue libre*, tout le temps... Tout le temps ? Sauf peut-être
durant ces trois jours, sauf peut-être... Mais est-ce moi qui
suis allé vers elle, elle qui est venue vers moi ? Ne l'ai-je pas
plutôt attirée de ce côté-ci, de ce côté-ci de la vitre, de la vie,
arrachée à jamais à son monde de soleil et de sang où elle
marchait si tranquillement dans les flaques ? Du moins sa
beauté était de ce côté-ci. Elle m'appartenait. Et parfois,
cette musique en elle, ce silence.

Il eut peur. Il dit tout haut :

— Je t'ai porté malheur.

— Malheur ? répéta-t-elle.

Elle ne savait pas encore ce qu'elle pensait. Elle était
comme une femme qui a laissé tomber ses paquets, son sac,
les objets sont éparpillés par terre, mais durant un instant
(elle sait bien qu'elle les ramassera plus tard, de l'autre côté
du gouffre sombre de l'instant, mais *durant* un instant, cette
fissure, elle est là, accablée, frappée par la foudre, grâce ou
disgrâce, le cerveau vide, indifférente presque, attendant

l'oracle ; faut-il qu'elle se laisse tomber aussi, elle aussi objet, sur le sol étoilé du métro, sol marin constellé de mégots, de scintillements d'asphalte — la longue comète d'une peau de banane —, de crachats çà et là, indifférentes ponctuations ? Mais déjà on la pousse dans le dos, on la bouscule, on la soutient et l'aide aussi, et elle se réveille, se baisse vivement, ramasse, ramasse, ramasse...

Téléphoner à Béatrice, à Merlin. Voir à Marie-Claude si quelque chose peut être utilisé de ce travail informe. La femme rapatriée ou le problème de la musulmane, ou encore Jeannette Garcia, tournée vers l'avenir. Rouvrir les persiennes, les compteurs, décommander le peintre. Des traites pour la baignoire, ce sera facile. Les petits objets sont là dans le sac, avec le mouchoir en boule, les clefs... Elle essaie de tout ramasser. Mais quel grand mot attirant, le malheur. Les petits objets ont perdu de leur pouvoir. Aussi bien, l'âme simple et unie de Marcelle ne s'en contentait pas (unie, dans le sens d'unie au corps). Rarement pourrait-on mieux appliquer qu'à elle cette expression triviale « tout d'une pièce ». Déchirant le tissu, on déchire aussi la doublure qui y adhère. Elle attend d'être déchirée, avec soulagement peut-être. Cette place torride exige l'orage. Les touristes à côté, au Café de la Paix, dégustent des liqueurs qui lui paraissent exquises, ambrées, dorées, cerise. La couleur cerise surtout lui plaît, évoquant une amertume et une fraîcheur à la fois... Vite l'orage, la pluie ! Tout son être l'appelle avec intensité ; et tout à coup, elle connaît une sorte de dédoublement, aperçoit comme une robe flasque tombée en rond à ses pieds ce pauvre sentiment mou, fripé, qu'elle a pour Jacques « mais non, je n'ai jamais porté cela ! » et le repousse du pied, impatiemment, vers le néant, pour pouvoir souffrir à l'aise, amplement, sans entraves.

— Malheur... répète-t-elle pensivement, comme écoutant en elle un écho, cette pierre au fond d'un puits. Est-ce un malheur ? Un événement plutôt, qui devait tôt ou tard se produire, et devant lequel elle reste immobile, comme un animal devant une chose inconnue. Elle dit tout haut :

— Est-ce un malheur ?

Les choses reprirent leur place.

— Ta salle de bains ? La voiture ?

Il parlait avec précaution, maniant les mots avec beaucoup de douceur pour qu'ils n'explosassent pas.

— Cela peut s'arranger, avec le crédit..., dit-elle presque distraitement.

— Marcelle, mais est-ce que tout ça n'est pas très ennuyeux pour toi ?

— Ça n'a pas une telle importance...

L'espoir, l'espoir fou, une fois encore. Un délai, il ne demandait qu'un délai, jalonné de ces haltes, les mots de Marcelle, pesants et colorés, posés comme des pierres, comme des bornes, ce travail de fonctionnaire, ces départs de commis voyageurs, un *délai*.

— Marcelle, écoute, au fond tu as raison. Tout cela n'a pas une telle importance. Nous avions envisagé la possibilité de donner ces reportages ailleurs, n'est-ce pas ? Alors, pourquoi ne pas repartir encore ? Un mois peut-être, quelques semaines, trouver d'autres sujets, un thème, moi j'aime beaucoup collaborer avec toi, je crois qu'on pourrait faire quelque chose, j'ai l'argent d'ailleurs, je pourrais avancer les frais, je...

Il parlait fébrilement, humblement, avec ses mots à elle. Avait-elle besoin, seulement, d'être convaincue ? Repartir, cela résolvait tout. La voiture était là de nouveau, la valise neuve visible par la vitre arrière, comme leur habitat naturel, et tout semblait reprendre vie et couleur, à la seule idée de repartir.

— Puisque nous sommes prêts, insista-t-il, puisque nous devions partir. Ce serait un peu bête, avoue, de retourner chacun dans notre appartement, de nous mettre à téléphoner, à nous agiter dans le vide. Et puis fin août il n'y a encore personne à Paris. Qu'est-ce que nous pourrions faire ? insistait-il. Tandis que dans un mois...

— Dans un mois ?

— Je ne sais pas, avoua-t-il. Simplement je crois... il me faut du temps, encore du temps...

— Moi aussi, dit-elle.

Oui, du temps, du temps à eux, qui ne signifierait rien, où ils se reposeraient dans cette fuite, et peut-être, tout à coup, ils choisiraient un endroit pour s'arrêter, et peut-être que ce serait tout simple, comme quand on choisit un appartement, une maison à la campagne, une robe, un homme. « C'est

celle-là, c'est celui-là », n'importe quel homme, n'importe
quelle maison qui n'est pas plus commode qu'une autre, ni
plus belle, mais qui vous fait un signe, on sent qu'on est là
chez soi, qu'un échange s'est établi, on ne sait pas... Peut-être
sentiraient-ils ainsi tout à coup qu'ils pouvaient revenir, que
leurs appartements seraient accueillants, les visages familiers, le travail possible... Déjà, l'idée de repartir...

— J'ai promis à mon frère d'aller le voir au début d'octobre. Et nous pourrions retourner voir la propriété du
général Antoine, tu sais...

Elle rit :

— Notre général! Bien sûr. Et pourquoi est-ce que nous
n'irions pas jusqu'en Corse ? Il y a beaucoup de rapatriés qui
vont s'installer là, paraît-il.

— Pourquoi pas ? Mais il ne faudra pas s'orienter trop
étroitement sur les rapatriés, maintenant que le journal...

— Oh! ça intéresse tout le monde. C'est tout de même un
grand sujet d'actualité, dit-elle sérieusement.

Elle avait repris son visage de tous les jours.

— Je t'aime, dit-il.

— Moi aussi.

Ils s'embrassèrent, sous le parasol du Pam-Pam, place de
l'Opéra. Du moment qu'ils repartaient, ils s'aimaient. Du
moment qu'ils repartaient, ils commandaient un apéritif,
achetaient le journal au vendeur qui repassait, l'air las,
riaient, parlaient déjà de déjeuner.

— Non, pas à Paris, n'importe où, mais pas à Paris.

Du moment qu'ils repartaient, ils pouvaient vivre à
nouveau.

Un sentiment de triomphe les habitait, quand ils abor-
dèrent l'autoroute du Sud. Ils fuyaient, sans doute, mais
ensemble. A cause de leurs hésitations, il était près de midi,
la chaleur était étouffante malgré les glaces baissées de la
voiture; Marcelle chantonnait absurdement. Une angoisse
dans la poitrine, cependant, car si d'un certain point de vue
(*matériel, financier*, elle se raccrochait à ces mots, se gour-
mandait elle-même comme si elle avait été sa propre mère,
son chef de bureau : « C'est imprudent, matériellement » ou

« Evidemment sur le plan financier c'est un peu fou ») c'était effectivement un peu fou, elle sentait bien (est-ce sentir, est-ce penser, cette pointe aiguë pénétrant dans la poitrine) que ce n'était pas *insensé*. Est-ce que j'aurais jamais fait la différence, il y a seulement deux mois ? Ce n'est pas insensé ou ça ne me paraît pas insensé. Nous ne sommes pas prêts. Elle le dit tout haut. *Nous n'étions pas prêts.*

— Non, dit Nicolas, non, pas encore.

Ils se parlaient pour la première fois, ces mots interrompus, ces parenthèses, exprimant directement leurs pensées nues, hésitantes, sans passer par ce déguisement de la parole qu'est une vraie conversation. Pas prêts. Elle l'avait senti, elle avait été remuée au plus profond d'elle-même par la même peur que lui, et ce souvenir l'effrayait, la ravissait à la fois. Par moments : « Je deviens folle », mais la folie est essentiellement solitude, et elle avait si profondément communiqué avec lui dans cette frayeur que la réponse venait automatiquement : « C'est ça, l'amour. » Et puis l'image lui revenait, colorée, paisible, comme la photographie d'une chambre dans un magazine, sur un catalogue, de son amour avec Jacques, tout y était, le petit restaurant de la rue de Berri, sa susceptibilité à lui, ce froncement de sourcil, les couloirs de la rue François-Ier, l'attente entre deux classeurs poussiéreux, les grandes boîtes rondes des bandes magnétiques, cette rassurante époque où il lui avait semblé que le plus grand malheur c'était d'attendre, se sentant enlaidir un peu plus à chaque minute, les membres gauches, raidis, sa robe devenant la robe disgracieuse de ses dix, douze ans... Maintenant cela était loin. Elle était dans un grand pays perdu, mais avec une main dans la sienne. *Je voudrais bien savoir si je suis heureuse ou malheureuse.* Parce qu'elle avait trop fréquenté les magazines féminins où l'on sait toujours si l'on est heureux ou malheureux. « *Il me fait souffrir... Je serais parfaitement heureuse si la situation de mon mari...* » Elle aurait voulu, oui, se situer géographiquement. Est-ce que cela suffit, comme précision, de se dire qu'on est ensemble ?

Inconsciemment, elle avait accéléré.

— Il y a peu de voitures.

— Dans notre sens, oui.

Elle avait regardé. L'autre côté de l'autoroute était presque bloqué par une file interminable de voitures, pleines d'enfants, de chiens, de porte-bonheurs se balançant à l'avant et à l'arrière, surchargées de ballons, de raquettes, de canoës ligotés sur le toit, de voitures d'enfants antédiluviennes qui se balançaient là, mollement, sur leurs ressorts mous. Rentrée de vacances, je l'avais oublié. Ils avançaient par cinq ou six mètres, s'arrêtaient. Les bébés se faisaient des grimaces ou des sourires par la vitre arrière. Les conducteurs, en manches de chemise, parfois en tricot de corps, transpiraient paisiblement, laissaient pendre un bras par la portière. La lenteur même du trafic, ce paisible mouvement de vague qui les portait, tous ensemble, charriés par la marée, devait leur donner cette résignation, cette irresponsabilité, qui se lisait sur les visages poussiéreux, tranquilles.

— Oui, dit-elle machinalement, nous ne sommes pas dans le bon sens, c'est pour cela...

— C'est eux qui sont dans le bon sens ?

Il ne se moquait pas, il lui demandait vraiment.

— Je veux dire, dans le sens de tout le monde, corrigea-t-elle.

Elle fit un effort pour se reprendre. (L'étymologie des mots ! Peut-on se reprendre, quand on s'est une fois donné ?)

— Le sens de tout le monde... Oui, je suppose que ce doit être le bon.

— Tu voudrais... tu aurais voulu... revenir de vacances avec tout le monde, en même temps que tout le monde ?

Il passa la main dans son épaisse chevelure, soupira.

— J'aurais voulu, oui. Etre dans le bon sens, comme tu dis.

— Et tu n'as pas réussi...

— Pas encore.

Quelques semaines auparavant, un pareil dialogue lui aurait paru dépourvu de sens. Mais elle le comprenait maintenant, parlait son langage à lui.

— Le journal, ton départ, moi, c'était ça ?

— C'était un effort pour... vers quelque chose de ce genre.

— Et tu crois que tu réussiras ?

— Nous réussirons. Il le faut.

Cet envol de son cœur quand il lui disait *nous* !

— Oui, nous réussirons. Ensemble.

Elle le comprenait, elle le comprenait ! C'était comme un

cri de victoire en elle, et pourtant elle avait peur de cette aisance même soudain acquise.

Est-ce que nous nous comprenons comme deux fous se comprennent ? Ou est-ce qu'il est impossible que deux fous se comprennent (puisque la folie, croyait-elle, est essentiellement *différence*, ne se partage pas) et le fait que nous nous comprenions est-il la preuve... Oui, oui, criait une voix exultante au fond d'elle-même. C'est la preuve, c'est la preuve que tu cherchais, la preuve absolue, la preuve... Cette voix même lui faisait peur.

— C'est drôle de rouler sans savoir où l'on va, dit-elle. On s'arrête à Lyon pour ton frère ?

— Oh, pas maintenant ! dit-il avec appréhension. Au retour.

Au retour de quoi ? Mais elle le comprenait, elle le comprenait.

— Retournons vers le Midi, dit-elle. On a bien le droit de prendre un peu de vacances. On verra ton frère quand on repassera par le domaine du général : en revenant.

En revenant de nulle part, en revenant d'un voyage inutile, d'une tentative incompréhensible. N'importe. En revenant. Elle l'avait dit avec tant de force, tant d'espoir qu'il se tut. Ne souhaitait-il pas aussi, de toute sa volonté tendue, qu'il y eût un *retour* possible ?

Nicolas passant à Paris sans lui faire signe, c'était le comble. Et reparti ainsi, sans un mot, sans laisser d'adresse. Et naturellement, ce projet de journal avait fini par un scandale. Praslin en prison, Rougerolles en fuite, Merlin déjà choyé dans un autre hebdomadaire dont il prenait la direction. Et Nicolas reparti avec cette fille... Il le savait par la concierge du boulevard Saint-Michel où Nicolas était passé prendre son courrier. Si près de chez lui, si près...

Sans doute recevrait-il encore une ou deux de ces cartes-postales parfaitement banales, ironiquement correctes, qui l'avaient déjà exaspéré durant les semaines précédentes ? Et puis ? Il n'imaginait pas Nicolas revenant tout à coup (encore que ce fût possible après tout) et reprenant son rôle d'écrivain discret, de fils attentif et dévoué, d'amant de Colette. Et ce n'était pas seulement à cause de Nicolas que

Paul était devenu incapable d'imaginer ce retour. C'est que lui-même avait changé.

Il souffre toujours. Il souffre plus, même. Mais son inquiétude ne le nourrit plus. Elle n'est plus un bien que l'on choie, un trésor que l'on met à l'abri. Il l'étale, il l'offre à qui en voudra : elle lui pèse. Il a appelé l'Editeur pour lui en faire part ; Deséchelles en a souri, courtoisement. Mais qu'importe ? Paul a été soulagé, un moment. Il a eu le sentiment de se décharger d'une responsabilité, de passer à quelqu'un un objet encombrant. Tout cela est nouveau. Et il a bien senti, de ses sens aiguisés par ses souffrances, que sous le sourire de Deséchelles et sa courtoisie, ce dernier était touché, atteint d'une certaine façon. De même pour Yves-Marie. Il lui téléphone, le taraude, le tarabuste. Il sent bien la résistance, l'inertie d'Yves-Marie. Il sent bien comme cette insistance ressemble peu au Paul de toujours, combien elle étonne, déplaît même. Mais un instinct plus fort que la bienséance le guide. Morceau par morceau il se délivre de son tourment, il se délivre de Nicolas. Et cela, à cause de Colette.

Pour retourner deux fois par semaine voir Colette, Paul s'est donné toutes les excuses, des plus folles aux plus raisonnables. Il fallait bien sûr « en savoir plus long sur Nicolas » (mais qu'est-ce que Colette pouvait encore lui apprendre ?) il fallait « tirer de là cette pauvre enfant dont personne ne s'occupe » (mais il n'a pas encore fait venir de médecin, malgré l'état évidemment maladif de Colette) il ne fallait pas « l'abandonner à elle-même » (mais petit à petit la présence de Paul élimine celle de Franck et de Michel, voire d'autres présences plus épisodiques). Il n'y a pas en fait d'autre explication à la présence de Paul, que l'exigence de Colette, pas d'autre explication à l'exigence de Colette que l'acquiescement empressé de Paul. Tout les sépare, et tout les réunit inexplicablement. Colette devrait juger Paul incurablement bourgeois, terre à terre, fermé à toute préoccupation occulte ou ésotérique ; Paul devrait sentir chez Colette un climat de pacotille, d'affectation, un subtil parfum de mauvais goût fait pour rebuter l'amateur de bons vins et de beaux tableaux. Et pourtant, en moins de six semaines s'est établi entre eux le plus surprenant climat d'intimité.

Intimité basée d'abord, bien entendu, sur la « trahison » de Nicolas. A travers les paroles de Colette, Paul en a savouré toute l'amertume. La sagesse apparente avec laquelle, autrefois, il a accepté les infidélités de Wanda, la vocation de Simon, cette sagesse « bien française », ce désabusement souriant dont il faisait son élégance à lui, tout cela s'est effondré, grignoté par le babillage de Colette.

Le peu dont il se contentait s'effrite, devient suspect, étrange, un masque, un travestissement que Nicolas a revêtu pour le tromper. Pour se tromper lui-même, aussi, mais cela, Paul ne le sait pas. Dans la déception qui l'envahit, il est loin de se rendre compte qu'il a été pendant des années, lui, sa méfiance, sa naïveté, ses bons vins, ses mises en garde, une planche de salut pour Nicolas ; que Nicolas a considéré, pendant des années, le « 40 bis » comme un abri, un refuge, et que c'est par souci de n'y rien introduire qui en compromettrait la paix qu'il s'est tu si souvent. Il n'en reste pas moins que Paul a été dupe. Il n'en reste pas moins que Nicolas n'a voulu voir de Paul que ce qui l'arrangeait, qu'il a réduit Paul à un tableau de famille, qu'il a figé Paul dans cette apparence paisible et cossue, qu'il l'a empêché pendant des années de dévoiler ce besoin éperdu de donner, que Colette sans même s'en rendre compte a pressenti et accepté tout de suite.

Elle l'avait prié de venir le soir, le plus tard possible. Elle était toujours mieux le soir. Elle aimait sentir le sommeil l'assaillir puis retomber vaincue, comme une vague. Elle était alors dans l'état idéal, surtendue, avec l'impression de légèreté, la mobilité d'humeur, le survol, qu'elle avait cherchés en vain dans la journée. Elle disait à Paul :

— Les plus grandes découvertes se font immobile.

Et ses yeux brillaient, vides, fiévreux. Elle disait :

— Je suis un être inadapté à la vie. Il me faut vivre au-dessus, oh, pas beaucoup, disons à cinquante centimètres au-dessus, tu trouves que c'est trop ?

Et elle riait de façon maniérée, et elle se montrait d'une angoisse absurde qu'il partît, qu'il la laissât seule, et elle voulait à tout prix le convaincre qu'il avait en face de lui une créature aérienne, étincelante, et pieusement (rougissant un peu malgré tout d'être tutoyé par cette jeune femme) Paul feignait... mais que feignait-il ? Epuisé par cette veille suivant la journée de travail (il avait toujours eu l'habitude de se coucher tôt, sauf les jours de spectacle) peu à peu il se laissait fasciner, non par Colette, mais par cette tension, ces efforts, tout cet appareil qu'elle déployait pour lui, par le besoin qu'elle avait de lui pour le déployer.

— Ma mère était voyante — tireuse de cartes, c'est amusant, tu ne trouves pas ? C'était un tremplin pour elle, les cartes, elle n'y croyait pas, mais... Elle sentait obscurément l'existence de certaines forces... Toute petite, je lui servais de médium, elle m'endormait à volonté, d'un regard, elle...

Pauvre attirail de mots ! Elle parlait, elle parlait, petite pythie de bazar, appelant quelque chose qui ne venait jamais... Les chambres d'hôtel, les amours tarifées, l'argent, le refus, la drogue, tout cela faisait un impur mélange d'où elle sortait douloureusement intacte, cherchant toujours avec rage cet éclatement d'une âme incurablement médiocre, qu'habitaient une peur et un courage à sa mesure.

« J'ai voulu descendre en enfer... » Le vice même devenu illusion, fantasmagorie sans force et sans puissance. Les « clients » amenés par Franck, leurs exigences satisfaites dans l'espoir toujours vain d'atteindre à quelque chose, au fond de quelque chose, à quelque repos, quelque anéantissement qui toujours se dérobait. Les bizarreries de Michel, la chambre nue, les plaies sur son dos parfait, ses yeux mi-clos, son visage vide... et elle toujours là, toujours là. L'opium trompait sa faim, la morphine parfois... l'alcool, pauvre dérivatif.

— Tu comprends ça, Paul ? Tu comprends ça ?

Il comprenait surtout qu'elle se délivrait, qu'elle se montrait à lui dans tout ce qu'elle se connaissait de vérité, qu'il ne pouvait pas mieux faire pour elle que d'écouter, de recueillir ces débris, que de tenir sa main, la laissant brûler, là, toute seule, et feignant d'en être ébloui... Elle se vantait alors, pitoyablement d'avoir « tout connu ».

— C'est ainsi que j'ai percé à jour Nicolas. Je l'ai compris tout de suite. Figure-toi que la première fois que je l'ai vu — avec Renata — je l'ai vu comme entouré d'un halo, d'un halo trouble, comme si déjà son corps astral était en train de le quitter, tu sais. Au lieu d'amenuiser la part du corps, de jour en jour il la voulait plus lourde, plus pesante. Il bafouait l'occulte, il se voulait destructeur. Renata d'abord, puis moi. Il voulait enchaîner nos esprits, les réduire...

Paul traduisait : il avait refusé Colette, comme il avait

refusé Paul. Renata, peut-être. Paul savait trop peu de choses sur cet amour. Mais lui ne refusait pas Colette. Malgré les « clients », malgré les cartes, les tables tournantes, la morphine. Elle lui était présente.

— Il disait que tu étais le dernier romantique. C'est très beau, cet amour que tu as eu pour sa mère. Est-il réellement ton fils ?

L'était-il ?... Ah ! s'il l'avait voulu, seulement ! Leurs calmes soirées, les journaux devant eux, leurs discussions politiques, leurs silences...

— Je ne l'ai vraiment jamais su.

— Oui. Quelle situation romanesque !

— Je l'ai toujours aimé comme un fils, dit-il pour lui-même. Et il ne se doutait pas à quel point cela était vrai, et à quel point, dans leur double tromperie (lui voulant voir en Nicolas le fils de ses rêves, Nicolas décrivant en lui le père idéal) ils étaient réellement père et fils, avec tout l'aveuglement, la rancune charnelle, inséparables de cet amour.

— Au fond, il ressemble à sa mère. Cette façon qu'elle a eue de ne pas nous écrire, nous crier qu'elle était vivante, cet abandon de ses enfants, pendant six ans, songez-y, six ans ! C'est en 51 seulement que nous avons su qu'elle vivait, et même qu'elle s'était mariée ! Le livre de Nicolas avait paru depuis plus d'un an !

Colette opinait : c'était inconcevable. Et pourtant qui sait si ce n'était pas ce que projetait Nicolas, une disparition ? La façon dont il s'était décidé tout d'un coup, dont il la laissait sans nouvelles, dont il avait abandonné ses amis, sa maison d'éditions...

Paul a beaucoup de mal à admettre cette idée. Et pourtant elle est au fond de lui, comme un reflet au fond d'un puits, et c'est intentionnellement qu'il évite d'y jeter les yeux. Car il n'a plus envie de se nourrir de privations, de dignité. Colette a réveillé en lui un appétit de possession (oh ! pas de possession charnelle !) qu'il croyait endormi en lui pour toujours. Et il est las, terriblement las de son chagrin, las de sa résignation, quand un espoir tout neuf, insensé, luit tout près, tout près...

— J'écrirai à Béatrice, dit-il pour apaiser sa conscience. Après tout c'est avec sa protégée que Nicolas vagabonde. » Il fait un effort encore : — J'écrirai à Simon.

On peut mesurer son changement à ces mots. Il y a quelques semaines encore il eût fallu un péril de mort pour qu'il consente à écrire à Simon. Et peut-être y a-t-il, après tout, péril de mort ? Mais ce n'est pas à la mort qu'il pense. C'est à la vie, à sa vie, à cet instinct soudain réveillé qui bat en lui...

En sortant il prend quelques factures qui traînent.

— Vous permettez, ma petite Colette... J'aimerais tant vous décharger...

Elle permet. Il en est tout heureux. Une façon comme une autre d'être utile, accepté.

— Merci, dit-il.

Simon se tracasse pour rien, pense Théodore, comme il quitte le bidonville par cette belle soirée empourprée de septembre, mais c'est bien lui, c'est son caractère. Un garçon si remarquable, s'enterrer sous cette robe noire, végéter dans ce bidonville, inutile, oublié. Je me faisais au fond une idée encore trop favorable de l'Eglise. J'aurais cru qu'un garçon comme Simon pouvait s'élever, grimper dans la hiérarchie, faire un peu de travail utile, faire même une carrière... Il se met à rire à cette pensée. Je suis bête. Est-ce qu'on entre dans l'Eglise pour faire une carrière ? Mais oui. Un tas de prêtres, sûrement ont de l'ambition. Il se rappelle avoir entendu — j'avais douze ans peut-être — au cours d'une retraite imposée par ses parents, un fragment de conversation entre deux prêtres qui les surveillaient. L'un d'eux disait : « Oh ! non, je ne veux pas me risquer là-dedans, cela pourrait me nuire en haut lieu, comprenez-vous. » Et l'autre hochait la tête d'un air grave. Théo s'était plu à imaginer une cause généreuse et belle ainsi trahie. Injustice peut-être. Déjà il bouillonnait d'indignations toutes prêtes, une vocation de redresseur de torts, de défenseur des faibles, au point qu'entre tous les rois — ces tyrans — dont on lui parlait à l'école, il préférait ceux dont on parle avec un peu de condescendance. Louis XI, avec son vêtement sans faste et les médailles sur son bonnet. Louis XIII si renfermé, reconnaissant la hautaine supériorité de Richelieu. Naturellement il détestait Louis XIV, Louis XV, refoulait un faible attendrissement pour Louis XVI, et connaissait des sentiments mélangés pour saint Louis, à cause du chêne qui lui plaisait. Mais il n'avait jamais aimé les bons élèves, ni les saints. C'est ce qui l'agaçait chez Simon cette résignation, cette prostration même. « Ils t'ont décervelé, ils t'ont coupé les nerfs », lui disait-il quelquefois pour le secouer. « Je suis né comme ça », répondait Simon. (Mais il savait bien que ce n'était pas vrai.) D'ailleurs Théo n'aimait pas tellement non plus les curés de choc, qui retroussaient leurs manches pour bâtir un patronage, ceux qui jouaient au football en soutane, ceux qui étaient optimistes, riaient toujours, buvaient l'apéritif avec les gens du quartier. Décidément, je suis plus difficile pour eux que pour nous. Car il ne manquait pas non plus d'hommes qui entraient au Parti pour faire une carrière, qui avaient la voix sonore et le teint fleuri, et faisaient plus de bruit que de bien. Oh! partout il y a de ces hommes-là. Seulement ils ne prétendent pas être au service de Dieu. (Ce respect absurde, que son exigence même marquait, des ministres du culte, reste d'une éducation pieuse, liée aux plus doux souvenirs familiaux. C'est fatal, on est conditionné, que voulez-vous.) La pensée qu'il y avait des prêtres, même, qui ne croyaient pas, l'indignait. Le curé Meslier... Un argument pourtant. Mais pas Simon. Oh ! non, pas Simon, mon ami. Et pourtant cette vie inutile... Bien sûr, il faisait ce qu'il pouvait, bonnes paroles, messes, vieux vêtements. C'était plutôt le genre de vie du bidonville qui rendait cela inutile. Il a essayé pourtant, comme j'essaie, moi aussi... Mais je n'habite pas dans le bidonville, je ne m'imprègne pas de la molle désespérance du bidonville. Le H.L.M. un peu bruyant mais clair, les ouvriers, pauvres sans doute, mais pourvus d'un métier d'homme, d'une dignité d'homme... Ces épaves, blotties dans leur chapelle contre les calorifères avec leur litre de rouge... Qu'est-ce que Simon faisait là-dedans ? Est-ce que ces journées malodorantes, infiniment longues, cette inaction, ne le transformaient pas petit à petit en épave, lui aussi ? Et ne lui détraquaient-elles pas l'imagination ? Car enfin, cette lettre de son frère ne donnait nullement à entendre... Et puisqu'il promettait de venir le voir en octobre. Le père avait écrit, aussi Mais qu'est-ce qu'ils avaient tous à s'affoler ainsi, dans cette famille ?

— Mais je le connais, pour qu'il vienne me voir, il faut que

ça aille très mal. Il n'a plus jamais voulu me revoir depuis...
mon ordination.

— Ah ! il est contre tout ça ?

— Pas comme toi, mon Théo, pas comme toi... avait sou-
piré Simon avec tant de tendresse dans le regard que Théo
en avait été tout remué et se l'était reproché. On s'était déjà
moqué un peu, gentiment, autour de lui, de son amitié pour
ce curé. Au contraire ses parents (et c'est ce qui l'avait le
plus agacé) prenaient un air plein d'attente, plein d'espoir;
les bonnes fréquentations auraient peut-être une influence
sur leur Théo, qui avait fait « un coup de tête ». Depuis six
ans qu'il était au Parti, c'était toujours resté pour ses parents
« un coup de tête ». Son père : « Je ne méconnais pas la
noblesse de tes intentions, mon petit, mais... » Sa mère, naïvement : « Il y a encore une pauvre fille rue des Corroyeurs
qui... Et pas un franc pour la layette... Le Nord-Africain l'a
abandonnée, évidemment. » Pourquoi évidemment ? Tout de
suite hérissé : « Le Parti n'est pas une œuvre de charité pour les filles-mères, mets-toi ça dans la tête. » Et puis
il s'en occupait quand même et cela encore faisait rire les
camarades. « Tous ces enfants, Théo ! Tu te mets bien, mon
gars ! » Il ne s'en formalisait pas trop. On l'aimait dans sa
cellule, pour sa joyeuse humeur, sa bonne volonté. Et lui
aimait bien ses camarades, ses parents, le monde. Même ses
indignations étaient constructives, actives. « Mais il faut
faire ceci, cela ! » Il réussissait mieux que personne dans les
quêtes, les ventes de journaux, à cause de son beau sourire,
de ses dents blanches, de son visage brun qui plaisait aux
ménagères. Ce n'était que lorsqu'il quittait Simon qu'il était
non pas attristé, mais agacé, perplexe, sûr cependant d'avoir
raison, mais impuissant à le démontrer. Parfois : « Ça vient
de sa mère russe, sans doute. Et son père, on ne sait pas qui
c'est. C'est le caractère slave. » Et puis il avait honte de cet
argument raciste. Et il se promettait de relire les livres de
base, pour y trouver des arguments plus loyaux contre
Simon. Mais il n'en avait jamais le temps. Et puis au fond
ça l'ennuyait un peu; il aimait trop l'action pour être théori-
cien. Mais tout de même, Simon, tu devrais... Le regard navré
de Simon, parfois. On ne peut pas jeter à la figure d'un ami
que toute sa vie vous paraît une erreur, que son sacrifice
(ses doigts gourds, l'hiver, ses menus ascétiques, son inca-

pacité à se débrouiller...) est inutile. Peut-être ça réconforte
ces gens-là, ces épaves, ces oisifs (car en dehors des Nord-
Africains, des Portugais, qui avaient peine à se loger en ville,
les autres n'étaient rien d'autre que cela, des fainéants et des
poivrots, qui laissaient leurs enfants à l'abandon, et ne faisaient pratiquement rien pour sortir de là), de voir que leur
prêtre est là, souffrant comme eux, inactif comme eux. Inactif était trop dur — mais Théo se vengeait en pensée de ne
jamais rien trouver à répondre de définitif à Simon — de ne
pas trouver le moyen de l'arracher à cette stagnation. Et
toujours le vague, l'incertitude :

— Pourquoi ferait-il ça, ton frère ? Il y en a d'autres dont
la mère est morte en déportation.

— Elle n'est pas morte. Elle s'est mariée avec un Allemand
qui lui avait sauvé la vie.

— Eh bien alors ?

— On l'avait crue morte, d'abord, et puis...

— Il y aurait plutôt de quoi se réjouir, non ?

Simon ne tentait pas d'expliquer.

— En tout cas, il n'a jamais voulu la revoir. Ni moi, je te
l'ai dit, après mon ordination.

— Mais pourquoi ?

Simon avait eu un imperceptible sourire.

— Pour les mêmes raisons que toi, je pense. L'opium du
peuple, le refus de la vie... Mais lui non plus n'a pas su l'accepter, la vie. D'autant plus qu'il a choisi, si jamais l'on choisit, une vocation à laquelle il faut croire... Il y a longtemps
qu'il n'a plus rien écrit.

— Ce n'est pas pour cela que...

— Sans doute, mais il y a eu encore un épisode, je n'ai pas
très bien su, qui a mal tourné, une femme...

— Ah ! un chagrin d'amour.

Cela rassurait Théo, c'était net, au moins.

— Allons, est-ce que de nos jours, on se tue pour une
femme ? Tu te montes la tête, mon pauvre vieux.

Simon avait pâli, parce que le mot avait été dit, après
tout.

— Pour une femme, non, mais pour une idée... Pour un
vide, pour une absence de tout, pour une solitude... pour une
révolte, même... avait-il murmuré à mi-voix. Puis : j'ai peur
pour lui, Théo.

Et Théo, lui aussi, s'était tu un moment, et avait eu peur. Pas pour ce Nicolas Léclusier qu'il ne connaissait pas et méprisait un peu (un écrivain, un intellectuel, un velléitaire), mais pour Simon. Rentrant chez lui, devant la cité de H.L.M. assez riante ce soir-là, avec ses pelouses, ses façades mi-bleues, mi-blanches, ses vitres rutilantes sous le soleil couchant, il se répétait : tout de même, ce n'est pas possible. Simon a une foi, un idéal, comme moi, ce n'est pas le même, mais... Le regard vide, si las, le hantait cependant. « Et s'il avait perdu... Non, ce n'est pas possible. Pourtant on dit : perdre la foi. » Mais c'était difficile à imaginer. Et au fond, Théo serait toujours content d'aller, de venir, de s'occuper des uns et des autres, « il y a toujours quelque chose à faire » et incidemment, de sourire aux femmes, de passer une soirée au cinéma avec ses parents, d'aller danser... Difficile à imaginer qu'il perdît le goût de tout cela, et du ciel et des couleurs, et du corps harmonieux de Marie-Claude. Impossible, même. C'est un domaine où je n'ai pas accès. Il y a des gens comme cela qui n'entendent pas la musique, ou la poésie. Il connaissait un camarade qui n'aimait pas même Aragon. Et un type à l'usine, Galliani, qui se moquait des concerts organisés dans la salle des Fêtes pour les ouvriers. « Ils n'ont pas encore assez de bruit dans la semaine, non ? » Mais était-il, lui, comme cela, ou les idées de Simon étaient-elles une malsaine chimère dont il ferait bien de l'aider à se débarrasser ? « On le tuerait, pensa-t-il, si on l'en débarrassait. » Simon avait dit : « C'est une vocation à laquelle il faut croire. » Et Nicolas Léclusier n'écrivait plus, il avait, d'une certaine façon, perdu la foi. Il n'était donc pas si fou de croire qu'il pouvait... Et Simon ? Cette crainte qu'il avait pour son frère le secouerait en tout cas, il ferait quelque chose. Peut-être irait-il à Paris chercher le père, ou en Allemagne chercher la mère. Cela lui ferait du bien de sortir un peu de cette atmosphère. L'y pousser. Ça lui changerait les idées. Maintenant que j'y pense, il a été bien déprimé ces temps-ci. La chaleur ? Il lui semblait tout à coup qu'en disant « j'ai peur pour lui », Simon avait voulu dire « j'ai peur de ne rien pouvoir pour lui ». Ce qui équivalait à : « J'ai peur pour moi. » Mais est-ce qu'une fois qu'on a compris la musique, entendu réellement la musique, on peut tout à coup perdre le fil, redevenir comme Galliani, appeler ça du bruit ?

Je deviens fou, avec ma musique. Voilà ce que c'est que de fréquenter ces gens-là. Quelle mélasse !

— Deux fois veuf, monsieur ! Deux fois ! C'est trop, c'est trop ! avait-il dit en étouffant un sanglot sous sa moustache.

Nicolas avait trouvé le calcul étrange. Sans doute, pour Antoine Mercury, un veuvage paraissait-il normal. La dose de malheur dévolue à tout Français moyen, sans doute. D'après quelles statistiques ? Il s'était présenté comme « un ancien ami de Renata » mais le robuste veuf, au teint coloré, vêtu de noir des pieds à la tête, avait longuement retenu sa main.

— Oh ! j'ai bien souvent entendu parler de vous, monsieur. Nicolas Léclusier, pensez donc ! Nous étions encore allés voir votre film quinze jours avant qu'elle ne soit alitée, monsieur. Elle vous estimait beaucoup. Oh, beaucoup ! Et elle était difficile pourtant, la pauvre petite. C'était une sainte, monsieur Léclusier.

Les mots consacrés, la scène banale, les pleurs d'une vieille tante atrabilaire couverte des voiles superposés de tant d'autres deuils, les deux petites filles blondes, laides, touchantes : tout cela devant Saint-Sulpice, à neuf heures du matin, un pluvieux automne. De vagues parents erraient, l'air désœuvré. Parents du veuf, sans doute, car Renata, en dehors de l'irréprochable mère qui donnait des leçons de piano dans une loge de concierge, sous le portrait du père assassiné par les nazis en 39, Renata n'avait personne. La vieille maman arrivait d'ailleurs, maigre, droite, des bandeaux blancs, son manteau démodé boutonné jusqu'au cou. Elle saluait Nicolas, un salut qui était un chef-d'œuvre de nuance : elle n'avait jamais approuvé leur liaison, mais elle pensait qu'en tout amour gît une rédemption possible. Son salut l'impliquait, marqué d'une réserve pensive. De même le chagrin bruyant du veuf fut accueilli par elle avec une douce compassion, une patience qui en faisait ressortir la puérilité. Sur cette vieille femme d'une indestructible douceur, les peines et les travaux avaient passé sans la fléchir, marquant seulement son visage d'un fin réseau de rides, qui lui faisait comme une voilette, derrière laquelle les yeux prisonniers étaient ceux, violets, de Renata.

Le cercueil paraissait tout petit. Il devait être léger aussi, Renata ne pesait rien, mangeait si peu. Un corps d'oiseau, une mort si discrète, ne justifiait pas ces orgues, ces torches, ce grand déploiement de prêtres et d'enfants de chœur. Tel un oiseau prisonnier, l'âme effarouchée de Renata, blottie sous une ogive ou dans un sombre recoin des vitraux, attendait sûrement pour s'envoler la fin de ces bruyants adieux. Comment cet individu, dont l'effondrement ne diminuait pas la carrure, avait-il contraint Renata à ce baptême qu'elle n'avait jamais compris ? « Pourquoi un baptême ? » l'avait-il entendue dire un jour à l'un de ces pasteurs défroqués dont elle aimait la compagnie. « La grâce est en nous. » En elle était, certainement, une forme de grâce. Elle en était morte. On ne peut plus parler, de nos jours, de morts d'amour. Et pourtant, Renata était morte de quelque chose qui était bien de l'amour. D'un détestable amour, sans force, sans vie, envahi de globules blancs comme son pauvre corps anémique... Et d'autres pourraient croire que c'était le mal qui rongeait Renata qui lui donnait cette douceur, cette force frêle, cette obstinée pureté inhumaine. Mais lui savait l'appel nostalgique qui l'avait tuée, car il avait, lui aussi, entendu cette voix. « Je ne conçois ni Dieu, ni Jésus-Christ, avait-elle dit un jour dans une discussion, mais comment ne pas aimer l'Esprit-Saint ? — Pourquoi l'aimer ? — Parce que c'est un oiseau... » avait-elle dit avec un si joli geste des mains, un geste d'envol. Et elle aussi s'était envolée, à la suite de ce mirage...

Dans l'église humide, à la sonorité de crypte, il avait senti son cœur se serrer. Renata. Il n'avait pas su la retenir. Il n'avait pas su retenir Simon non plus. Mais il en voulait à Simon, sa douleur était mélangée de rancune et de colère. Il n'en voulait pas à Renata. Des voix d'enfants chantaient, elle eût aimé cela. Avait-elle répondu au prêtre qui l'avait baptisée « parce que c'est un oiseau... » ? Peut-être inconsciente déjà, pauvre corps si léger, corps de martyre à la peau si fine, si blanche, que la moindre pression lui laissait des stigmates.

Une femme éclata en sanglots pendant l'absoute, juste à côté de lui. Une grande femme maigre, à la mise extravagante, avec un collier en perles de bois et un manteau tissé à bandes blanches et noires. Les silhouettes étranges ne manquaient pas, d'ailleurs. Visages onctueux et louches d'hommes en noir boutonnés jusqu'au cou, cheveux bouclés, demi-longs, d'une sorte d'Hindou à sandales, vieilles femmes maquillées maladroitement, jeunes femmes trop élégantes. Colette avait préféré ne pas venir. « Elle n'est pas là », avait-elle déclaré avec son emphase naïve, « pourquoi suivre cette enveloppe où elle n'est plus ? » Elle détestait sortir le matin. Nicolas lui-même avait hésité à venir. Et puis...

Curiosité morbide ? Masochisme ? pensait-il tandis que la foule s'écoulait. Besoin de mettre un point final, de constater que la trajectoire de Renata s'arrêtait bien là, que c'était bien fini... Car jamais cela n'avait été réellement fini, encore qu'il ne l'eût revue qu'une ou deux fois depuis son mariage. Il avait tant pensé à elle, si souvent répété en pensée les arguments qu'il lui assenait le temps de leur amour, pour l'inciter à changer de vie, qu'il avait le sentiment que leur histoire ne finissait qu'aujourd'hui, dans ce froid, cette humidité, cette petite pluie, et qu'il restait là, sur le parvis de l'église, comme congédié, soudain vacant.

— Vous venez au cimetière ? demanda tout près de lui la grosse voix mouillée d'Antoine Mercury.

Malgré lui, il acquiesça, se laissa pousser dans la voiture mortuaire. Mercury mordillait sa moustache, se mouchait, de temps en temps laissait tomber d'une voix sépulcrale ce « deux fois veuf ! » qui sidérait Nicolas. La tante avait l'air satisfait de qui a l'habitude et l'appétit de la douleur. Elle avait fait le compte des cierges, des assistants, des bénédictions. Tout « s'était bien passé », selon son expression. Tout était dans l'ordre, se déroulait comme prévu. On trouve cela odieux, mais pourquoi pas sympathique au contraire, songeait Nicolas devant cette personne si bien adaptée à la vie. Pour elle c'est une saison comme une autre, la mort. Les deux petites filles ne disaient rien, effarées, perdues dans leurs manteaux noirs trop amples ; leurs yeux ronds, d'un bleu délavé, les faisaient ressembler à de petits hiboux éblouis par le grand jour. Apaisant Antoine, modérant la tante dont le babil faisait tourner l'expédition à la partie de campagne, veillant sur les enfants dont il était évident, dès cet instant, qu'elle assumait la charge, la mère de Renata était parfaite, comme toujours. Au cimetière, la cérémonie s'acheva dans le calme et la décence. Il ne pleuvait plus.

— J'emmène les enfants, dit M^me^ Bastiani, quand tout fut consommé. Je compte les garder quelques jours, si vous le voulez bien, Antoine.

— Mais bien entendu, maman. Bien entendu. D'ailleurs, j'avais espéré que vous voudriez bien, je me sentirai bien seul dans cet appartement, venir...

— Volontiers, Antoine. Je prendrai la chambre de Renata, dit fermement M^me^ Bastiani. Elle se réembarqua, la tante dans son sillage.

— Je rentrerai plus tard, dit Antoine Mercury. Mon chauffeur a suivi, avec la Buick. Voulez-vous qu'on aille prendre quelque chose ?

Nicolas le suivit. Mais qu'est-ce que j'attends de lui ? Quelle révélation, quelle autre blessure ? Ils trouvèrent un petit café tranquille, non loin du cimetière. Le patron leur servit des cognacs d'un air de componction. Il devait avoir l'habitude. Antoine Mercury vida son verre d'un trait, en réclama un autre. Et entama le los de la disparue.

— Qui aurait cru, monsieur, alors qu'il n'y a que trois ans, elle était bien portante, heureuse...

Renata n'avait jamais été bien portante. Ni heureuse. Ou alors, elle l'avait toujours été, qui sait, d'un bonheur triste et aigu comme une note très haute, presque insoutenable, vibrant toute seule.

— Ce sont ses idées végétariennes, monsieur, qui l'ont tuée ! gémissait ce gros phoque luisant. Quinze jours avant sa grippe, j'avais fait acte d'autorité, je lui avais rapporté un beefsteack, un beau steak que j'avais choisi moi-même. Je le lui avais fait manger, j'avais été obligé de le couper, de lui mettre les morceaux dans la bouche, monsieur. Mange, je le veux ! Elle se raidissait, elle avait tellement perdu l'habitude de la viande. J'avais été trop faible, et voilà. Quand la maladie est venue, elle a été emportée comme un souffle.

Comme un souffle. Nicolas l'imaginait si bien, Renata, son délicat visage convulsé de dégoût, avalant avec effort les gros morceaux de viande, tendus au bout de la fourchette par ce bourreau débonnaire. Et le remerciant, sans doute. Le remerciant de sa bonne intention, le remerciant de son sadique plaisir à la faire vivre, de force. Mais à la première occasion, elle s'était évadée. Comme un souffle.

— Aussi, maintenant, les petites, je les bourre, poursuivait l'ogre. Ma pauvre Renata avait tant d'influence sur elles ! Des bêtes mortes ! voilà ce qu'elles me disent devant un rôti, monsieur Léclusier. Des bêtes mortes ! Je vous demande un peu. C'est qu'il faut dire ce qui est, monsieur, ma pauvre Renata, qui était un ange, un ange véritable, avait des manies un peu bizarres, oui, des idées à elle, très originales. La viande, par exemple, et l'alcool, un verre de vin n'a jamais fait de mal à personne, mais quand je rapportais une bonne bouteille, je voyais bien qu'elle souffrait. Elle n'aurait rien dit, voyez-vous, ce n'était pas son genre, mais elle avait une façon de parler, on comprenait bien... C'était un ange, que voulez-vous.

Antoine Mercury s'accrochait à Nicolas avec une sorte de désespoir, et Nicolas se laissait faire avec une fascination malsaine.

— Et à quoi est-ce que cela rimait, je vous demande un peu ? disait Antoine derrière son verre de cognac. Je n'ai jamais été un ivrogne. Un petit verre par-ci par-là, je ne dis pas. Mais on ne peut pas dire que je bois.

— Elle le disait ? interrogeait mollement Nicolas.

— Oh non ! Mais une façon d'être, sa tristesse... Elle aurait toujours voulu me faire vivre de musique, elle lisait, elle... Savez-vous qu'elle faisait très mal la cuisine ?

— Non.

— Eh bien, elle n'y connaissait rien. On ne peut pas vivre de salade, monsieur, ni de riz germé, ou de je ne sais quoi... Un homme dans la force de l'âge...

C'était vrai. Elle était absurde. Elle ne voulait pas dormir, elle ne voulait pas manger, elle passait six heures sur une broderie, elle était tout à fait étrange, dans les robes qu'elle se faisait elle-même, avec des tuniques un peu asiatiques (elle pouvait aussi être d'une suprême élégance dans un petit tailleur très sec). Elle était absurde, avec sa folie de courir, de sa maison confortable de Meudon, à des conférences données pour de vieilles filles dans des arrière-salles de patronages, ou dans un réduit du Musée de l'Homme encombré de caisses, ou dans quelque appartement privé où un mage hindou en cravate à pois expliquait ce qu'est le vrai dépouillement. Il y avait aussi les prêtres-ouvriers, un pasteur plus ou moins défroqué, et des peintres abstraits, et un raccommodeur de porcelaine-poète qui ressemblait à Brassens et qu'Antoine avait trouvé récitant des vers anarchistes à ses filles, dans la salle à manger, en recollant une soupière. Il y avait son piano, les heures de la nuit où elle déchiffrait patiemment des partitions qu'elle ne jouerait jamais bien, parce que dès qu'elle les avait pénétrées, elle en voulait d'autres, elle voulait avancer toujours dans la découverte sans s'attarder à la goûter. Elle était absurde. *Inutilisable.* C'était ce que disait en substance Antoine, et Nicolas était bien obligé de reconnaître dans cette voix rancunière et désespérée un écho de sa voix ancienne.

— Elle a détraqué les petites, complètement. Elle avait fait commencer la danse à Hélène, le piano à Martine. Elle les emmenait voir les gens les plus étranges, ça leur tournait la tête. Mais elle les aimait beaucoup, autant que si elles avaient été... C'était un ange, monsieur Léclusier.

Il sanglotait. Sa poitrine avantageusement bombée, ses cheveux bien peignés à la façon d'un mannequin, sa petite moustache noire impeccablement taillée : quelque chose de désuet, une réclame pour tailleur en 1925. Pourquoi cet homme et Renata ? « J'avais été trop faible... Le soir, dans son lit... Je lui faisais avaler les morceaux l'un après l'autre... C'était un ange. » Un ange, gênant comme les anges. Fait pour être martyrisé. Et le bourreau pleurait, l'homme des beefsteack et du petit verre; pourquoi non ? Il n'avait fait que remplir son office. Tout avait fonctionné à merveille. La victime avait péri, le bourreau la pleurait, et chacun d'eux avait joué son rôle. Renata n'avait été qu'une petite lueur vite éteinte, un feu follet. Une petite lueur parfaitement inutile, mais qui les laissait (oui, tous les deux, si différents qu'ils fussent) dans le noir, désemparés.

Nicolas avait pensé : « Et au fond, quelle vulgarité commune ! Je pense : elle est folle. Et lui : quelle exaltée. Deux médiocres, médiocres comme la vérité. » Par acquit de conscience :

— Mais comment a-t-elle été baptisée ?

— Je l'en avais suppliée, naturellement. Au moment de notre mariage, je n'avais pas voulu la forcer, contraindre sa conscience. Mais là, devant l'urgence... Elle m'a dit : est-ce que cela te donnera l'assurance de me retrouver, Antoine ? **Alors c'est oui.** »

Pauvre Renata. Gavée de viande, il lui avait fallu encore se laisser gaver du « pain des anges ».

— Et vous avez cette assurance, Mercury ? demanda-t-il avec une sorte de méchanceté désespérée. Vous croyez que vous la retrouverez un jour, dans une lumière surnaturelle, au chant des anges ?

Antoine Mercury vida son troisième verre de cognac, le reposa sur la table :

— Je le crois, dit-il fermement. Je suis un bon catholique.

Comme le général, pensait Nicolas en se remémorant cette scène. Comme le général. Et il se remémorait une citation des *Possédés* : « — Diable ! Mais vous allez le convertir au christianisme. — Il est chrétien. Mais ne vous inquiétez pas : il assassinera. »

# III

Le village était couvert de banderoles. Des drapeaux français dans les arbres, des banderoles à travers le cours, attachées aux platanes. Avec ces seuls mots en lettres majuscules : « Un Million. Un Million. Un Million. » Sur les bas-côtés de la promenade, des centaines de véhicules de toutes espèces, deux-chevaux poussiéreuses, héroïques dans leur laideur médiévale, DS astiquées jusqu'aux chromes mais qu'encombraient, sur la banquette arrière, des cageots ; camionnettes bourrées à craquer, vélomoteurs aux selles en fausse panthère, bicyclettes antédiluviennes, à guidons très hauts. La foule s'interpellait, bariolée, agitée, désignant les calicots aussi bien que les gros titres des journaux que l'on échangeait. « Encore trois plasticages à Paris ! Stock d'armes découvert dans un château près de Limoges. Cinq hold-up dans la région toulousaine. » L'indignation se teintait parfois d'admiration, d'excitation en tout cas devant des événements aussi intéressants. Cinq hold-up et la Télé était là ! Tout le bourg était pareil à un nid d'abeilles bourdonnant, sens dessus dessous.

A l'imitation des touristes, les hommes portaient des chemisettes à manches courtes, souvent colorées, les femmes des robes fleuries, des bijoux sans valeur (colliers de coquillages, bracelets de cellulose) et les enfants étaient les plus agités, jouant à se perdre dans la foule et à désespérer leurs parents. Une odeur intense de vanille et de noisette grillée remplissait l'air, provenant des éventaires de ces vieux Arabes qu'on avait toujours connus là, fabriquant leurs bonbons douteux et traînant leurs savates, mais qu'à présent on regardait différemment, avec colère ou avec bonté ou avec appréhension — cela ne facilitait pas toujours leur commerce. Et on poussait, on poussait terriblement pour parvenir à la place où un haut-parleur déversait des mélodies poisseuses et des appels cordiaux, des slogans publicitaires et d'incompréhensibles plaisanteries. Deux ou trois crieurs de journaux parvenaient à fendre la foule et à vendre leurs gros titres noirs qui avaient un air à la fois de tragédie et de farce.

La mairie, une bâtisse carrée et noire, sans caractère, était investie par la Télévision. Des fils parcouraient la façade en tous sens, des camions avançaient ou reculaient d'un mètre, créant des remous dans la foule hurlante. Des caméras étaient apportées et remportées. Rien n'avait commencé encore mais sous ce soleil de plomb, à 2 heures de l'après-midi, la petite place était comble, il était impossible d'y pénétrer ou d'en sortir. Les trois cafés (de la Mairie, de la Gare et Central) étaient pleins, des consommateurs étaient montés à l'étage, qui dans la salle de billard, qui dans la chambre des patrons, pour mieux voir. Le grand jeu « Un Million dans votre poche » allait commencer à 3 heures.

Vers 2 heures trente, il y eut un affolement, trente personnes de plus parvinrent à pénétrer sur la place en laissant courir le bruit, aussitôt démenti, que de Gaulle avait été assassiné. Deux femmes enceintes s'évanouirent que l'on parvint à grand-peine à évacuer dans des arrière-salles, il n'était pas question de parvenir jusqu'à l'hôpital. Une camionnette publicitaire distribua des biscuits gratuits, et il y eut une ruée brutale ; trois ou quatre personnes furent piétinées dont une petite fille de quatre ans qui avait échappé à sa mère. Cependant, l'une des femmes enceintes donnait le jour, dans les lavabos du café, à un petit « Lucien » (le lendemain d'ailleurs — on devait parler de pressions politiques — elle modifia ses plans et le bébé fut déclaré sous le prénom de Charles, ce qui fournit encore un gros titre charmant à *l'Echo Républicain* du pays).

Cependant les fils fonctionnaient, le relais fut établi, et les deux villes rivales purent prendre contact. Des rugissements s'élevèrent sur la place. Surexcitée par l'émotion patriotique, la mère de la fillette piétinée l'avait abandonnée aux soins du pharmacien pour retourner prendre sa part de la passion bouillonnante. L'émission avait à peine commencé. Dans le salon de la mairie, sous un plafond peint d'angelots, devant le buste traditionnel, des candidats balbutiaient, émus, mélangeant la date de naissance de Balzac, le ballet *Casse-Noisette*, le meilleur slogan pour des biscuits à l'orange. Un jeune garçon, l'espoir de la ville, éclata en sanglots, pour n'avoir pas reconnu les trois premières mesures de la 7ᵉ *Symphonie*. La ville perdait sept points. Une immense huée montait de la foule : « Vendus ! Fascistes ! Cocos ! » Des hommes tentaient de s'agripper, de livrer bataille, mais la place manquait. Deux ou trois badauds furent atteints par une matraque négligente, il y eut des protestations aussitôt emportées par le flot des applaudissements. Car le jeune héros s'était ressaisi. Inondé de sueur, les jambes tremblantes, il donnait successivement les prénoms des enfants de Wagner (rayon musique), le nom d'auteur de madame d'Agoult (rayon littéraire), le nombre de mégatonnes de la dernière fusée américaine (rayon scientifique). On se passa des verres de bière au-dessus des têtes serrées, des pièces de monnaie voyageaient aussi vers le café. Certains étaient éclaboussés de la tête aux pieds sans trop se plaindre, la chaleur était infernale, la tension montait. La ville l'emporta de sept points encore, puis de vingt ! Les querelles locales s'apaisaient. Il y eut un temps de repos, pendant lequel Jeannette Garcia (l'Edith Piaf des Pieds-Noirs) chanta sur le balcon, avec une contenance héroïque, *Aimer par-delà les frontières*, une chanson à la mode, toute pleine d'une vague fraternité. Les vingt points d'avance disposaient la foule à toutes les fraternités : on acclama la chanteuse. On distribua d'autres biscuits gratuits. On demanda dans le haut-parleur si quelqu'un dans la foule avait songé à porter sur soi une capsule de certain apéritif. Une très vieille dame, qui s'abritait du soleil sous un vaste parapluie noir, en avait plein son cabas. Après un peu de tumulte on arriva à la pousser jusqu'au camion publicitaire, où lui fut attribué un prix consistant en vingt paquets de lessive et trois caisses d'apéritifs. Ce succès menait tout naturellement à l'épreuve sportive (qui se déroulait dans la cour, heureusement close, de la mairie). Un coureur à pied devait parcourir cette cour aussi rapidement que possible, autant de fois qu'il lui serait possible pendant qu'une équipe, jouant au ballon avec un œuf, réussirait à le maintenir intact. La compétition était serrée. Le coureur était remarquable, les lanceurs d'œufs l'étaient moins. On vit le moment où l'on allait échouer par manque de munitions. De l'autre côté, les lanceurs d'œufs en consommaient aussi une sérieuse quantité. Partout, des postes de télévision disséminés permettaient de compter les coups, d'évaluer la fatigue du champion. Epuisé, ce dernier ralentissait, perdit un tour, en regagna deux... La ville rivale se distinguait dans le lancer des œufs, qui durait de longues minutes... Enfin, ce fut la victoire ! Le champion s'écroula, cependant qu'une voix clamait dans les haut-parleurs : « Ville de X, vous avez gagné ! Un million dans votre poche, triomphalement emporté par l'équipe de la ville de X ! »

L'enthousiasme déferla. Plusieurs postes de télévision furent brisés dans l'allégresse du moment. La bière et le vin coulaient à flots. Les enfants parcouraient la ville en criant leur joie. Il était environ 4 heures. Un quart d'heure après, une explosion secouait tout un quartier, heureusement presque vidé de ses habitants : c'était la permanence du P.C. qui sautait.

Un seul vieillard devait périr d'une crise cardiaque, affalé devant son poste ouvert. Aussi ne sut-on pas si c'était l'explosion ou l'émotion de voir triompher sa bourgade qui avait emporté le vieil homme. Pas plus qu'on ne sut exactement les causes de plusieurs rixes qui eurent lieu le même soir, excès de boisson, discussions politiques, rivalités villageoises ? En tout cas on ne devait pas retrouver les auteurs de l'attentat. Le maire d'ailleurs considérait que le jeune héros qui avait su les prénoms des enfants de Wagner étant inscrit au Parti, le P.C. avait eu sa revanche. Et Marcelle et Nicolas qui couchaient cette nuit-là à l'Hôtel Central eurent une discussion.

L'explosion les avait fait sursauter. Ils s'étaient informés. Nicolas avait dit :

— Au fond, ce village donne une parfaite image de la vie. En apparence une folie : l'événement important, le plasticage, complètement noyé dans l'événement insignifiant : la télévision. Mis sur le même plan, en tout cas. Mais au fond c'est justice. Plasticage et achat d'appareils de télévision font partie du même tissu d'événements qu'on ne peut démêler, et qu'on participe à l'un ou à l'autre, c'est toujours la vie que tu fais progresser.

— Mais si ça revient au même, pourquoi ne veux-tu plus faire de reportages, alors ?

Car il s'était refusé à prolonger cette fiction.

— C'est que, vois-tu, je ne peux pas encore supporter cette idée... avait-il murmuré.

Elle se tenait près de lui, compatissante, prête à l'aider de toutes ses forces, ne comprenant pas, peut-être, mais percevant, mais participant à son angoisse si évidemment, que tout à coup il eut cette pensée fulgurante comme une révélation, mais une révélation dépourvue de sens, et d'autant plus saisissante : *Marcelle ressemble à Renata.*

Le mécanisme s'était déréglé. Ou au contraire, avait-il fonctionné à merveille, comme un piège ? Praslin s'était compromis avec l'O.A.S. pour trouver des capitaux frais, et son nom était apparu dans une enquête récente sur les attentats. Mounet du Puy avait battu en retraite avec la dextérité que donne l'expérience. Merlin, bien sûr, s'était recasé avec une aisance suspecte, sans qu'on sût grâce à quelles influences. Rougerolles avait cru bon de passer en Espagne. Tout cela était parfaitement simple. Parfaitement simple et pourtant fou, comme cette Espagne de rêve où lui et Simone, sa femme, avaient atterri.

La réception avait lieu dans un domaine, un peu en dehors de la ville. Et dès qu'on entrait dans le parc, on sentait plus fort encore l'emprise de cette sorte de vie onirique dans laquelle ils avaient pénétré dès leur arrivée à Madrid. Des allégories ornaient les socles des allées : une femme nue tendant, suppliante, une couronne de fleurs au buste d'un vieillard barbu ; une lyre brisée entourée d'angelots ; un bouclier et des armes gisant aux pieds d'une dame aux énormes jupons, au visage rendu quelque peu inquiétant par la teinte verdâtre du bronze. Ils marchaient entre ces statues, sous un ciel orageux, comme les autres invités, et tous se rendaient à une sorte de concert, donné en leur honneur.

Le gravier craquait sous les pieds, le temps lourd d'avant l'orage inondait le parc d'une lumière blême comme un néon ; tout cela fort artificiel et pourtant fort présent : la scène d'un théâtre où les arbres peints le sont sur bonne toile, les maisons en carton romain, et où les personnages évoluent avec confiance, sachant que leur sortie se passe à gauche, leur entrée à droite, et que leurs phrases sont là, toutes prêtes à servir, avec cette souplesse, ce naturel, que n'ont jamais les phrases qu'on improvise au hasard de la vie, maladroites et rugueuses. Tout se déroulerait dans l'ordre.

Au fond, c'est cela la folie, pensa Marc. Ce qu'on appelle le cours normal de la vie comporte tant d'incohérences, d'illogismes, qu'on se réfugie dans une bonne folie bien structurée, bien évidente, et tout en découle mathématiquement ; rien n'est plus imprévisible ni flou, enfin, le monde a un sens... Quoi de plus logique que la folie nazie ? Tout se groupait, se complétait comme les pièces d'un puzzle. L'hégémonie, Wagner, les races inférieures, la mystique du sang... Bel édifice sanglant et lumineux comme l'évidence, dont seules étaient fragiles les fondations. L'écroulement était prévisible et fatal. Le plus bel édifice ne résiste pas à la plus humble force de la nature ; une plante grimpante fait écrouler une façade, une crue pourrit des fondations, un éclair met le feu à des mètres de toitures... Un Mounet du Puy prend peur (quelle force que la peur, la peur viscérale, instinctive, qu'un souffle suffit à faire naître), un banquier vire de bord pour des avantages imaginaires (en réalité pour se chauffer dans la proximité du pouvoir) et tout se renverse, tout ce qui devait contribuer à construire l'édifice contribue à le mettre à bas. Les uns l'ont trouvé trop engagé, les autres pas assez. Ceux qui auraient dû s'inquiéter s'apaisaient, ceux auxquels il fallait donner confiance s'inquiétaient. La marée, le reflux... « Le flot qui l'apporta... » Le flot avait déposé Marc Rougerolles en Espagne, Marc et Simone Rougerolles, et la voiture des Rougerolles, et la fortune des Rougerolles, dès longtemps à l'abri en Suisse et ici. Va donc pour l'Espagne.

Et déjà il refaisait des projets, s'étourdissait de chiffres. Il lui fallait retrouver une place, un rôle. Oh ! il n'y aurait pas de peine. Beaucoup de capitaux ici, à Madrid, et de capitaux qui restaient en circuit fermé, et brûlaient de se placer dans des mains expérimentées. Lancerait-il un journal des émigrés ? Reviendrait-il à l'immobilier ? Des hôtels de luxe sur la Costa del Sol, des appartements aux Baléares ? Il trouverait. Un nouveau mécanisme s'élaborait, de nouvelles alliances, des combinaisons passionnantes... Entre ces braves Espagnols dépassés, ces revanchards oisifs, ces mythomanes égarés, les calculs devenaient faciles, la vie, follement, oui, *follement* logique. Rougerolles se plairait à Madrid. Si seulement il avait pu faire venir Jean-Pierre...

Des gradins avaient été aménagés dans le parc, et les personnages venaient s'y asseoir sagement, l'un après l'autre, chacun ayant revu avec soin son costume et son rôle, le sachant sur le bout des doigts. Le colonel qui se rêve dictateur. Le capitaliste qui *sera* dictateur derrière ce bel étendard flottant au vent ; les jeunes brutes à la tête pleine de soleil ; les idéalistes pauvres mais qui se cramponnent (nous faisons notre devoir, et madame ajoute ingénument : nous avons deux pièces de plus qu'à Carcassonne !) ; les techniciens qui sont cyniques et calculateurs avec une joie d'enfant, et organiseront le plasticage d'un immeuble avec autant de plaisir que la chute d'un château de sable, autrefois ; les fonctionnaires désabusés pour qui Madrid est une nomination, une garnison de plus et voilà tout. Simone et Marc Rougerolles s'installent à leur tour, et Simone dit de sa grosse voix paisible :

— Au fond, il y a ici une petite société très agréable.

Réplique de théâtre que Marc accueille avec plaisir. On fait des saluts, de grands gestes. « — Ravi de vous voir ici, mon cher. Il y a réunion chez le colonel, ce soir, à 9 heures, vous y serez ? — Bien entendu. — Mes hommages, madame. » Militaire désuet, tiré à quatre épingles, parlant toujours d'honneur, ses chemises de soie faites sur mesures, mais qui commencent à s'effilocher. Il en tire une certaine fierté, voire un certain snobisme, parle de l'émigration, Chateaubriand à Londres, les leçons de français.

— Quel chic ! Quelle race ! dit Simone, admirative.

On ne saurait lui appliquer le même éloge. Son gros visage rouge, héroïquement nu sous ce soleil blanc, son corps informe dans cette robe à ramages vert épinard... Mais toutes ces dames ont des robes pareilles : à cause de la chaleur, de l'inattendu du départ, elles ont conservé un état d'esprit « vacances ». Et puis il y a des avantages, le personnel est facile à trouver, pas cher. L'hôtel non plus, quand on y est. Nous avons deux salles de bains pour un prix dérisoire. En France on n'obtiendrait même pas une douche à ce prix-là.

Petits profits. On suit les plasticages comme le tiercé. Gagné ! Perdu !... Les arrivants de la métropole sont toujours bien accueillis. On organise quelque chose, dans un hall d'hôtel, une garden-party, un cocktail... Tout le monde est d'accord sur un point : si on a des capitaux, il faut acheter des terrains, encore et encore des terrains près de la mer. Et nous nous ferons des rentes avec les bons bourgeois gaullistes. Cela fait rire.

La verdure qui les entoure paraît si fraîche, si verte, qu'il a dû pleuvoir la nuit dernière. Et l'orage s'approche. Tout le monde ne pourra pas trouver place dans la tente rayée, pyramidale, où l'on sert des rafraîchissements. L'orchestre s'installe.

— Cela me rappelle, dit Marc, les dimanches de mon enfance, quand on allait écouter la fanfare.

Leur ami militaire va de l'un à l'autre, donnant des rendez-vous, lançant des mots de passe, ralliant ses troupes.

— Tout cela pour économiser mille francs de téléphone, dit Simone, malgré tout lucide.

Et voilà, tout de blanc vêtues, que débouche de derrière la haie si verte la plus surprenante troupe, une vingtaine de jeunes filles, des premières communiantes apparemment, vêtues de blanc des pieds à la tête, et qui se groupent devant une statue. Un peu grandes pour des communiantes, ces jeunes singes olivâtres, malingres, aux longues mains brunes échappant aux bouffants de la robe — c'est la chorale. Pourquoi une chorale ? La femme du colonel se penche vers Simone (elle est assise juste derrière elle) :

— Des orphelines, explique-t-elle.

Ce qui n'explique rien. Fou, complètement fou. Les orphelines simiesques chantent, d'une voix suraiguë, des airs classiques. Pas question de flamenco, ici. Honorer nos hôtes. Le silence s'est fait. L'orchestre joue, mais à cause du plein air ou d'une mauvaise acoustique, tout cela paraît grêle, faible, les sons se perdent dans ce cirque de verdure. Parfois, dans un silence, le bruit d'une voiture qui passe le long de la grille du parc. Marc poursuit ses réflexions sur la folie. Tous ces gens sont fous, mais la folie est une force aussi. Au fond, ma position n'est pas plus mauvaise qu'à Paris. Pas assez d'opposition, voilà l'ennui, car c'est de l'affrontement de factions opposées que naissent ces situations ambiguës qui rendent tout possible. L'argent, oui. Et puis les rivalités ne manquent pas. On se distribue de futures dignités, des galons chimériques. Il y a des jalousies, des divergences. Il n'y a que trois semaines qu'ils sont à Madrid, les Rougerolles, il faut étudier cela à loisir. Ils peuvent triompher, évidemment, cependant Marc n'y croit qu'à moitié. « Les imbéciles l'emportent toujours sur les fous, à la longue », a-t-il dit à Simone. « Ils sont tellement plus nombreux ! » « Nous retournerons en France, alors ? » « Oh ! il y a beaucoup à faire ici. Les terrains, les terrains. C'est le plus sûr. » Les premières gouttes commencent à tomber. Ils s'en retournent entre les palmiers, les bosquets taillés, les grands arbres, les statues désuètes. Les grondements de tonnerre. Simone se hâte maladroitement, sa démarche lourde, claudicante est d'une vieille femme ; Marc la soutient volontiers. Brave Simone. Il s'y est attaché, comme elle vieillissait. Une sorte d'ordonnance, de sous-ordre un peu borné, mais fidèle, loyal. Son embonpoint carré évoque, d'ailleurs, un vieil homme plutôt qu'une vieille femme. Et le peu de soin qu'elle prend de sa personne, ses cheveux grisonnants coupés n'importe comment, frisés n'importe comment, les bijoux qu'elle se colle comme des décorations, sans art et sans choix, sur sa peau grenue ; brave Simone.

— Quel dommage (comme ils se hâtent vers la voiture) que Luce (leur fille) ne soit pas là ! Je comprends que tu aies besoin d'André (leur gendre) en France, mais, est-ce que tu ne pourrais pas... Une quinzaine, je le leur offrirais, tu sais qu'ils ont de gros frais en ce moment...

— Mais bien sûr, ma chère amie, tout ce qui te fera plaisir...

Ils montent en voiture. En route pour l'hôtel Plazza. « J'aime assez Luce. Elégante, réservée, gentille en somme. Nous ne savons rien l'un de l'autre...

— Et Jean-Pierre ? dit Simone gentiment. Est-ce que nous ne le verrons pas ?

Jean-Pierre. Pincement au cœur, malgré tout.

— Oh ! je suppose que si. Tu sais qu'il a dû démissionner des ballets Bell ?

— C'est dégoûtant, dit Simone avec conviction.

Dégoûtant. La folie, la logique de la folie. Brave Simone, brave sous-lieutenant broussailleux, aimée comme on aime un gros chien un peu bête, et qui s'en contente. Le mystère est partout. Au fond, est-ce que je comprends Simone, mieux que je ne comprends Jean-Pierre ? J'en prends mon parti, voilà tout. Ce dévouement si sûr, si évident. Elle m'a tout donné, si tranquillement. Notre mariage, alors qu'elle savait que je ne l'aimais pas. Sa fortune, cent fois risquée, sa jeunesse, alors que sans être jolie, elle aurait pu, tout de même... Mais non. Les yeux toujours fixés sur moi, prête à lourdement bondir au moindre signe :

— Simone, il serait plus prudent de passer en Espagne, je crois. Je donnerai des instructions à André, et...

Sans même écouter la suite elle s'était mise à faire des valises. Emporter le plus de valeurs possibles sous le moindre volume. Au fond, cette aveugle confiance, ce doit être bien reposant. Mais curieux. Au milieu de ces statues baroques, de ces bosquets, de cette foule de personnages, devant ces orphelines en organdi blanc, cette femme quelconque, sa coiffure prétentieuse, son décolleté rouge et grenu, sa robe à fleurs, insignes évidents de bourgeoisie, figurant le dévouement, la fidélité, l'abnégation sans phrases. Mais le mystère de tout cela ici s'apaise, perd son sens. Une excroissance baroque parmi d'autres, voilà tout.

Maintenant ils roulaient dans Madrid, dans cette oppressante chaleur d'orage, dans cette belle lumière fausse d'orage, qui de toute cette ville attirante et laide, de ses façades moroses, ses bars nickelés, faisait une sorte de décor à une seule dimension, plat, rassurant, insignifiant comme Simone elle-même, comme la vie elle-même. Jamais Marc n'avait senti à ce point coïncider le décor de sa vie avec sa façon de la voir. L'étrange vie de Madrid. Le petit cercle qui s'était reformé, presque immédiatement, avec ses hommes politiques, ses théoriciens, ses militaires, ses intellectuels, les ambitions chimériques, les grades, les distinctions en classes de cette minuscule société, plus intéressant qu'à Paris, parce que plus resserré, plus étroit. Tout était rassemblé dans le microcosme, avec cette différence essentielle, et qui favorisait l'observation, que tous avaient en commun ce sentiment d'avoir sauté le Rubicon, franchi une limite et accepté ainsi bon gré mal gré, une solidarité sincère, méfiante ou même haineuse, mais nécessaire en tout cas. Ainsi voyait-on le colonel boire l'apéritif avec l'ancien épicier tonitruant, le dédaigneux avocat faire la tournée des hôtels, y compris les plus miteux, pour se concilier les nouveaux venus, les militaires entourés de sanglantes légendes mener au concert des jeunes filles en robe pastel, avec des galanteries surannées. Pourquoi pas ? Pourquoi pas ? Deux compartiments ; l'un, tortures, mitraillages, villages en feu (combien de fois, enfants, avons-nous joué à ce jeu-là, notre ami le plus cher ficelé au peuplier du bord de l'eau, et nous, sautant et criant, brandissant notre hache de Peau-rouge ou notre carabine de cow-boy, jusqu'à ce que moitié tremblant, moitié riant, il nous priât de le délivrer ? Et plus tard, le petit saut que fait le lapin atteint par le plomb, avant de retomber inerte — il paraît que l'homme le fait aussi), et l'autre compartiment, l'émotion qui lave de tout, le drapeau, les mots qui innocentent, et puis, le cœur léger, vidé, purgé, tout envahi d'une délicieuse lassitude, d'une infinie délicatesse, mener cette jeune fille ignorante (on veut le croire) à ce concert en plein air, parmi la foule tout entière gagnée par ce plaisir de la courtoisie, du masque charmant et banal. « Aimez-vous ce quatuor ? » « J'adore la musique. » Et c'est vrai. Nous aimons tous la musique, *à nos heures*. Nous sommes tous fins, délicats et bons, à nos heures. « Il est aussi naturel à l'homme d'avoir des vertus que d'avoir un pancréas et un foie », a dit Aldous Huxley dans un de ses livres, je ne sais plus lequel. Citation favorite de Marc. Vertus, sentiments plats eux aussi, plats comme ces façades, derrière lesquelles on ne sait ce qui se cache, un gouffre noir, béant... Vertus, fioritures gracieuses, qu'un éclair parfois illumine, et puis qui retombent dans la nuit. On voyage à travers des villages ainsi, le soir, où les phares de la voiture illuminent tantôt un hôtel de ville ancien, tout en dentelles et en rosaces, tantôt un garage béant, un mur sinistre, un hôpital... On voyage à travers soi-même, et on a beau avancer, on ne découvre rien, on traverse seulement... Un regret parfois, lancinant. Ai-je traversé Jean-Pierre ? Le reverrai-je jamais ? Paraîtra-t-il dans cette ville de carton-pâte, parmi cette foule de figurants maquillés ? Promènera-t-il sa charmante indifférence d'enfant parmi les conciliabules enfiévrés, les combinaisons financières, les affrontements de théories ? Marc se souvient d'un ballet où Jean-Pierre dansait travesti en Gilles de comédie italienne, tout en blanc, les yeux très maquillés ressortant sur le visage

blanc lui aussi. Ce Gilles traversera-t-il le parc fabuleux ?
Il le faut, il le doit. C'est notre pays, ici, notre royaume.
Enfin nous y serons en paix, sans cette question sans cesse
entre nous, sans ce mystère qui me poignardait, sans... Mais
sans tout cela, qu'est Jean-Pierre ? Marc sait bien déjà, au
fond, qu'il a perdu sa chance d'être malheureux — que Jean-
Pierre ne viendra jamais en Espagne.

Oui, elle s'était mise à ressembler à Renata. Incroyable.
Ses silences, par exemple. Autrefois (avant leur séjour à
Paris, c'était devenu *autrefois*) elle parlait davantage. Et
autrement. Elle était comme une femme qui laissant tomber
un vêtement vulgaire aux couleurs violentes, soudain révèle
une pure et claire nudité. C'est elle et ce n'est pas elle, car sa
beauté lui appartient-elle, ou appartient-elle à sa beauté,
davantage qu'à son mauvais goût ? Elle ne ressemblait pas à
Renata, parce que Renata était mince, frêle, rousse, maladive,
et Marcelle belle, grande, sombre, éclatante — et pourtant
c'était du fond de ces deux femmes la même mélodie qui
s'élevait, comme reprise dans un ton différent, sur un instrument différent, la mélodie-Renata plus aérienne, plus limpide,
plus mélancolique, la mélodie-Marcelle plus ample, plus
riche ; c'était au point que par moments il s'arrêtait de parler
pour la scruter, pour saisir à l'improviste ce visage et lui
ravir son secret — et, comme Renata, la révélation immédiate
suivait. Il n'y avait plus de cloison, l'œil n'était plus opaque,
on débouchait tout de suite sur un paysage sans fin... Supplice de Tantale, cruelle illusion. Etait-ce la peine d'avoir
quitté Renata pour retrouver ces paysages lacustres, cette
calme eau froide promise, tout ce bleu dans des yeux noirs,
ces plages d'amour mornes et infinies ? Elle ressemblait à
Renata.
Mais c'était sa faute. Il avait rencontré cette femme intacte.
Il l'avait contaminée, lui avait passé, comme une vérole, cette
folle nostalgie d'absolu qui était en lui, et maintenant, sans
même comprendre pourquoi, elle souffrait, elle aimait à ses
côtés. En vain s'efforçait-il de reconstituer cette Marcelle pittoresque, un peu vulgaire, un peu naïve, qui regardait les
vitrines, avait des ambitions et disait « un hebdo ». Dès qu'il

rencontrait son regard, l'image se défaisait. Suffit-il vraiment que j'approche une femme pour qu'elle perde la raison, l'apparence, ne soit plus qu'un corps jaillissant dans sa vérité, qu'un cri, qu'une âme ?

Qu'une âme, ô terminologie ! Elle vous colle au corps, on ne peut pas s'en défaire. Oh ! ces bons Pères qui étaient bons, vraiment, quel tort ne lui ont-ils pas fait avec leurs miels de soleil, leurs miels de musique, leurs tulipes et leur pureté ! Certains ont souffert dans les collèges, ont trouvé l'hypocrisie et le vice derrière de saintes attitudes, mais trouver la bonté derrière la bonté, la patience derrière la patience... « Victime sainte, victime sans tache, sacrifice... » Sacrifice vain, éternellement vain... Et pendant que les tulipes et l'orgue remplaçaient le pain (noir et collant, je m'en souviens, mais nous ne nous en plaignions pas, puisque nous offrions « nos petites souffrances alimentaires », avec un beau sourire à la Vierge Marie) pendant que la neige était pure derrière les vitres de nos douze ans (et j'étais plus pieux que Simon, alors, je m'en souviens) pendant qu'un jour suivait l'autre, et que les petits drapeaux sur la carte dans le placard de l'économe, figuraient la lutte du mal contre le bien, pendant ce temps partout des enfants flambaient dans des villes d'enfer breughélien, des hommes étaient ces larves blanches qui rampaient dans la boue, et y mouraient, étouffaient dans des wagons plombés, ou lâchaient la mort au-dessus de belles villes harmonieuses comme des ruches et endormies sous l'aile trompeuse de la nuit... Plus tard, on leur a raconté la guerre, à ces deux enfants qui avaient dormi, presque tranquilles, sous la gravure de la *Belle Prisonnière;* Simon disait : « Quand on sait ce que notre siècle sait, quand on a vu ce que notre siècle a vu, on devrait tous être des saints. » Et lui, pour la première fois révolté : « Si on est un saint on accepte tout ça, on pactise avec tout ça. » Déjà les tulipes et le chant grégorien paraissaient peser bien peu auprès des visions infernales qui fumaient partout, mais il militait, l'espoir subsistait qu'un bien pouvait être, qui se dégageait du mal, qui pourrait le vaincre ou du moins s'opposer à lui. Et ce bien, c'était toujours, encore qu'il s'en défendît, la *Belle Prisonnière,* les tulipes, le miel des Bons Pères. Une duperie plus subtile que les autres. Son premier livre, c'était cela. Et le succès de ce premier livre, c'était cela, et c'était cela qu'il

détestait, qui le faisait frémir de honte, quand on lui parlait
de ce livre. Car quand il avait *su*, quand il avait appris... Le
monde s'écroulait ; Wanda, l'idéale figure à laquelle il se raccrochait, Wanda « victime pure, sacrifice sans tache », avait
communié au mal, avait épousé (dans tous les sens de ce mot
adhésif) le mal, s'était identifiée au mal. Il avait cru ce jour-
là que c'en était fini de ce qu'il lui fallait bien appeler, parce
qu'il n'avait pas appris à s'exprimer autrement, son âme.
Paul : « Aurais-tu préféré qu'elle soit morte ? » Un cri :
« Mille fois, mille fois ! » Ce sourire désabusé de Paul, Paul
le résistant, Paul le sage, il ne le lui avait jamais pardonné.
« Ce jour-là j'ai perdu mon père et ma mère. » Peut-être
excessif. En réalité, depuis ce jour-là, le jeu de la paternité
a commencé avec Paul. Un jeu qui les a aidés à vivre l'un et
l'autre, mais un jeu. Puis Renata. Ah ! Simon que j'oubliais.
Traître aussi, celui-là. Définitivement du pays des tulipes, du
pays de la bonté, du pays des promesses non tenues et de la
sournoise complicité. « Jamais je ne te reverrai ! Jamais ! »
Ah, la vie n'est pas acceptable ! Renata : « Non, tu as raison.
Elle n'est pas acceptable. Et pourtant nous vivons. Il faut
souffrir et avoir confiance, Nicolas. » Elle aimait la souffrance
comme on aime la musique... Après Simon, Renata, s'était-il
dit, c'était le dernier regard sur la patrie perdue. Patrie de
rêve, mensonge, mais patrie tout de même. L'amour.

Belle épitaphe : elle aima la souffrance comme on aime la
musique. Il avait rompu, courageusement. Cette musique
exquise, inutile, c'était trop pour lui. Et cette légende autour
d'elle, sainte déjà. Son père, personnalité communiste
d'avant-guerre fusillé par les nazis. Sa mère, digne veuve
calabraise donnant des leçons de piano dans sa loge, à
Denfert-Rochereau. Elle, ne possédant rien, donnant ses
robes, donnant ses bibelots, donnant son temps, son corps,
son âme, et toujours enfermée dans ce cristal de sérénité
triste qu'il essayait en vain de briser. Renata. Il avait fait
pour elle un poème, qui se terminait ainsi : « Dans ton visage
de promesse, pourquoi les yeux sont-ils fermés. » Prophétique. Fermés à jamais. Et la promesse énigmatique et men-
songère s'était posée maintenant sur cet autre visage de
femme, qu'il avait cru si anodin. Les yeux fermés, elle aussi.
Fermés et ouverts sur l'infini. Présente et infiniment absente.
*Dès qu'on sort du mensonge, il n'y a plus que des contradic-*

*tions.* Le visage de Marcelle était entré dans le monde des tulipes.

Que faire maintenant ? Fini de plaisanter, il s'agissait de sauver sa peau. Il avait essayé de traiter avec Dieu. « Ne t'occupe pas de moi et je ne m'occuperai pas de toi. » Il avait tout abandonné de ce qui pouvait présenter un danger, Paul, Colette, Yves, ses amis, ses opinions, ses livres, pour vivre enfin cette vie insignifiante. Mais sur le sable soigneusement ratissé, les signes avaient reparu, indéchiffrables, présents pourtant. Dieu n'avait pas joué le jeu. Et Nicolas avait perdu.

Il avait enfermé Dieu dans ce dilemme : inexistant, il est incapable de créer des signes. Existant, il veut que je vive, et je ne puis vivre au milieu des signes. Donc il n'y en a pas. Et Dieu maintenant le défiait à son tour. Des signes, il y en avait partout. Le moindre épisode était une parabole ; le figurant le plus banal faisait partie de la pièce et donnait sa réplique ; la première venue, et Marcelle était authentiquement la première venue, faisait revivre Renata, et encore que ne ressemblant en rien à la créatrice du rôle, en avait repris jusqu'au texte. Mais alors, à quoi bon avoir sacrifié Renata ? Et mon œuvre ? Ma tentative est donc en tout un échec ? Je n'ai plus qu'à me condamner à mort.

Dans la voiture il s'était dit : « Comment me débarrasser de Gisèle ? » Il l'avait prise pour la détruire et pourtant il aimait ce qu'elle était. Quelque chose en lui se souvenait de son enfance, des sœurs aînées en uniforme de leur couvent, de leurs gants blancs lavés tous les deux jours dans la cuvette, à l'eau froide, de leurs petites économies ; de leurs cadeaux utiles. Des plaisirs mesurés que ses parents s'accordaient prudemment, deux fois par an, le théâtre, une fois l'Opéra (et quels préparatifs !), le bon restaurant du quartier quand il y avait « une petite rentrée »... Tout un passé de vertueuse mesquinerie dont la douceur un peu rance l'entêtait encore, parfois. C'était cette nostalgie, au fond, qu'il avait éprouvée devant Gisèle, ses grands tabliers bleu et blanc, sa permanente trop serrée par le coiffeur d'à côté, ses préjugés bien appris, sa joliesse bien lavée, et l'extrême réserve de ce visage de poupée.

9

En vain avait-il essayé de se donner des prétextes sataniques de se déguiser à lui-même ce penchant plein de nostalgie. Mais Gisèle conquise n'a pas tardé à le décevoir. Elle a mis une telle hâte à se débarrasser des préjugés qu'on l'avait contrainte à endosser, une telle bonne volonté à adopter ses paradoxes, ses plaisanteries (qu'il ne hasarde que pour la choquer), une telle avidité à se dépouiller de tout son personnage de petite bourgeoise bien pensante, qu'il a bien dû s'apercevoir que c'était cette petite bourgeoise justement qui lui avait plu, et que Gisèle trop promptement déniaisée ne le retient pas plus que les starlettes dont il a l'habitude.

Elle allait de découvertes en découvertes, avec avidité. Avec Yves elle avait découvert la réserve, la courtoisie, la révérence devant certaines valeurs. Elle avait eu le sentiment de s'élever d'un cran, de respirer enfin, de quitter le milieu familial pour un monde plus raffiné, dont elle avait aisément adopté les coutumes, avec une ruse instinctive de fille longtemps opprimée. L'appartement, la musique de chambre, le soir, les réunions politiques qui l'ennuyaient, la messe du dimanche avec les deux petits impeccablement habillés, c'était tout de même autre chose que le rez-de-chaussée sombre et désordonné, les macaronis collants, la propriétaire grincheuse, le peigne dans le lavabo, et les cris, et la télévision bruyante dans la salle à manger qu'on payait à crédit et qui s'écaillait déjà, et ses deux frères, énormes à côté d'elle si frêle, s'étalant, l'oppressant, et se moquant, avec le père, autre géant, de ses prétentions à apporter un peu d'ordre dans la tanière qu'ils aimaient. Un autre monde, celui d'Yves-Marie, mais dont elle avait tiré surtout des jouissances d'amour-propre. Et l'humiliation secrète, au fond, de cet ennui devant les livres qu'il lui imposait, la musique qu'il lui choisissait, la vie qui se déroulait sans imprévu et sans accrocs. Un autre monde mais qu'elle croyait avoir fini d'explorer, et qui l'ennuyait déjà, quand elle l'avait rencontré, lui.

Et elle avait ri avec lui de son petit monde, elle avait approuvé quand il lui en démontrait les automatismes limités, les réactions prévisibles, les hypocrisies minuscules. Elle n'avait pas su deviner que s'il bafouait cet univers étroit et doux, c'est qu'il en gardait encore le goût sur les lèvres, et que s'il l'avait convoitée, c'était pour avoir toujours près de lui, comme une torture et un réconfort, un morceau de son enfance. Ainsi avaient-ils espéré se servir l'un de l'autre, et lui était déjà déçu. Aujourd'hui, dans la voiture qui les emmenait en ville : « Comment se débarrasser de Gisèle ? » se demandait Jean Merlin. Et finalement — parce qu'avec une sorte de faible bonté déplacée il préférait que ce fût elle qui le quittât, écœurée — il avait eu cette idée de l'emmener à la soirée que donnait le propriétaire de la revue *Astarté*. « Si après cela elle ne retourne pas chez elle, c'est à désespérer de la petite bourgeoisie française. »


A cette heure-là Yvette fait le trottoir, à Brest. C'est difficile parce qu'il y a de la concurrence. Ce soir de septembre est frais, le manteau d'Yvette est mince, elle frissonne. Elle pourrait s'en offrir un autre, mais elle ne veut pas. Elle a besoin de tout son argent, pour autre chose. Il ferait bon d'entrer dans l'un des cafés en contrebas, aux carreaux verdâtres, à travers lesquels on voit briller de la lumière, déjà. De prendre un grog chaud, de se détendre. Mais Yvette se l'interdit. D'abord parce qu'à cette heure-là s'y trouvent beaucoup de prostituées, et qu'elle, la solitaire, n'est pas bien vue. Et puis parce qu'elle n'a pas fini sa journée. Encore trois aujourd'hui, se répète-t-elle. Elle est brune, avec de grands yeux, un sourire parfois éclatant, pas laide. Mais ce soir elle n'a pas de chance. Deux ou trois fois : « Tu viens, mon chou, je... » « Pas le temps ! » répond l'un en renfonçant son chapeau. Et l'autre la repousse d'un simple grognement. La soirée est humide, il y a comme du crachin dans l'air. Yvette s'obstine. Elle voit à deux cents pas d'elle une *collègue* qui la toise. Elle hausse les épaules. On la méprise ici, parce qu'ouvrière en usine, elle ne « travaille » qu'occasionnellement. Mais elle s'en moque. Elle en sait plus que tous, croit-elle, sur la vie, le malheur, l'amour, et son mépris qu'elle remâche allume sur son visage olivâtre une flamme qui l'embellit. Peut-être à cause de cela un matelot s'arrête :
— Tu prends combien ?
Elle paraît hésiter un peu, pour ne pas l'effaroucher. Puis :
— Viens. Pour toi, ça sera gratuit.
— Sans blague ? Il la suit, tout faraud.

L'enfilade de trois salons intimide un peu Gisèle. Dans le premier, un petit orchestre de cinq musiciens joue sans grand enthousiasme. Dans le second, le buffet, des gens qui dansent ; elle n'ose pas aller dans le troisième salon, où l'on parle dans la pénombre. Merlin la présente assez cavalièrement :

— Ma petite amie Gisèle, dont il vaut mieux taire le nom... Pourquoi ? Mais elle a entrevu une actrice connue, un homme politique. Un autre monde ! Elle a franchi une étape, se dit-elle. Yves ne s'est jamais trouvé dans un salon avec des gens aussi connus. Elle est émue, elle tremble un peu. La pièce lui paraît immense avec son plafond bas, sa vue sur la Seine, ses grands divans couverts de coussins de couleur, ses toiles abstraites. Un homme brun aux grandes dents s'empresse auprès d'elle.

— Gisèle, mais c'est charmant. Pourquoi échanger autre chose que deux prénoms, et deux fantaisies, comme eût dit... Je m'appelle Arnaud. Buvons quelque chose ensemble, chère petite Gisèle.

Il est maniéré, il sent l'alcool et l'eau de Cologne. Pourtant elle se laisse faire, conduire au buffet, séparer de Jean. Il ne faut surtout pas détonner, paraître intimidée, gauche... Sa robe rouge et grise est-elle assez habillée pour la circonstance ? Elle le demande à l'homme aux grandes dents, avec ce mélange de vraie et de fausse ingénuité qui lui va bien.

— Habillée ! rugit-il en riant. Que vous êtes charmante et drôle, Gisèle !

Elle sourit. Ils boivent. C'est alors qu'elle se rend compte qu'elle a peur.

Oh ! pas du rire d'Arnaud, ni de ses attentions. Cette jolie fille prudente sait mieux que personne se tirer d'une conversation scabreuse, échapper à un interlocuteur trop galant. Non, c'est quelque chose dans l'atmosphère de la grande pièce basse, peu éclairée par les plafonniers, ce sont des chuchotements, des rires, cet orchestre caché, une attente... Et Jean qui a disparu dans le salon le moins éclairé, la laissant là, elle qui ne connaît personne... Intentionnellement ? Elle ne sait pas. Il est difficile de percer toujours les intentions de Jean. Ce n'est pas la première fois qu'elle sent, avec la finesse qui lui tient lieu d'intelligence, qu'il la soumet à des épreuves dont elle ne sort pas toujours victorieuse. Mais elle sent aussi cette sorte de faiblesse en lui, cette faille d'étrange bonté lasse, qui le rend parfois si vulnérable, et qu'elle n'est pas devant lui sans armes. Aussi tient-elle bon contre une envie de fuir qui la gagne. Elle ne cédera pas, elle sent monter en elle comme un défi. Elle restera là, maîtresse de ce journaliste connu, reçue au milieu de ces personnalités. Elle restera là. Mais sa main qui tient la coupe de champagne tremble un peu, et elle a l'impression que l'homme près d'elle, qui la couve du regard, s'en aperçoit.

— Un peu timide encore, n'est-ce pas, cette petite Gisèle ? Mais il ne faut pas rougir, mon enfant. C'est d'ailleurs charmant de pouvoir rougir. Moi, je suis un vieil habitué de cette maison, n'est-ce pas, je vous expliquerai... » Malgré elle, elle cherche encore Jean du regard, mais il ne revient pas, décidément il veut qu'elle s'en tire seule, eh bien, elle s'en tirera, elle lui fera voir, elle...

— J'aime votre petite robe si chaste, dit Arnaud. Ces grands décolletés qui ne réservent aucune surprise... Voulez-vous que nous dansions ?

Elle accepte avec une sorte de vertige. Parce qu'elle ne sait que répondre, que Jean n'est pas là, et surtout, qu'elle veut le braver, triompher de lui qui l'a abandonnée là sans recours... Ils dansent, au milieu des autres. Une femme rit très fort. Une autre en robe rouge, est décolletée à l'extrême, jusqu'aux reins, et paraît fort à l'aise. Gisèle danse, mal assurée sur ses jambes, appréhendant, désirant peut-être, on ne sait quel éclat, on ne sait quel éclair, et l'attendant comme on attend l'orage.

— Je voudrais... je voudrais boire encore... murmure-t-elle.

— Comme vous avez raison... Mais buvons en dansant, je ne vous quitte pas...

Et tout à coup — elle le savait, qu'il allait se passer quelque chose — Arnaud vide sa coupe, en dansant, sur les reins presque découverts de la femme en robe rouge. Le cri de la danseuse surprise et celui de Gisèle ne font qu'un. Elle veut fuir, s'échapper, ne pas voir. Mais la main d'Arnaud la maintient fermement au milieu du salon.

— Mais restez donc ! C'est maintenant que cela commence à être amusant !

— Que c'est bon ! soupire l'homme naïvement. Que c'est bon... Et toi, ça ne te fait rien du tout ?

— Non, dit-elle fermement.

Lui :

— Oh ! c'est dommage. Quoique peut-être dans ton métier ça soit moins fatigant... Et tu ne veux pas d'argent ? J'ai pas grand-chose mais je pourrais...

— Je ne veux rien, dit-elle. C'est un cadeau.

— C'est pourtant pas ma fête, soupire l'autre, dépassé. Et t'en fais souvent des cadeaux comme ça ?

— Des fois. Quand je peux. Pourquoi ?

— C'est que j'ai des copains qui ne seraient pas mécontents...

Elle se dresse sur un coude, se met à rire :

— Amène-les, tes copains. Amène-les qu'on rigole un peu. Et attends...

Elle se lève d'un bond, fouille son sac, en tire deux billets.

— Achète-leur aussi des bouteilles, à tes copains. La fête sera complète.

Et comme elle le voit inquiet :

— T'en fais pas... J'ai tué personne. Je fais une petite bombe, comme ça, chaque fois que je touche ma pension.


Deux femmes maintenant ont les seins nus, et celle dont la robe a été trempée de champagne l'a tout bonnement enlevée et danse en porte-jarretelles. Certains visages rient, d'autres sont rouges, enfiévrés, d'autres encore figés comme des masques. Gisèle danse comme dans un rêve. Ne pas se trahir, ne pas montrer son trouble, sa gêne... Une douloureuse colère s'élève en elle contre Jean qui l'a amenée ici, qui savait... Mais elle ne montrera rien. Elle serrera les dents. Elle dira que c'est drôle. S'il a voulu l'éprouver, elle triomphera. Ses membres ont beau se raidir, elle danse, s'efforçant toujours de ne rien voir. Tous ces masques autour d'elle, qui lui rappellent ses frayeurs d'enfant, ces couples qui s'enlacent, les dents d'Arnaud qui brillent dans un sourire agressif.

— Un peu choquée, petite Gisèle ?

— C'est-à-dire que je m'attendais si peu...

— Allons, allons, vous étiez tout de même un peu, un tout petit peu prévenue ?

C'est vrai qu'elle avait eu peur, un peu, dans la voiture. Elle l'avait senti trop distant et trop affectueux, à la fois, préparant quelque chose. Il a cru qu'elle fuirait, éperdue, et qu'il pourrait alors, cruellement, se moquer d'elle. Mais Gisèle a été trop humiliée. La bonté, la douceur, les conseils, l'ont humiliée pendant des années : elle ne veut plus se laisser faire. Elle veut montrer qu'elle est capable de tout, qu'elle peut vivre n'importe quelle vie... Autour d'elle, des couples dansent encore tandis qu'elle s'arrête, incertaine. Des jambes nues, sur un divan, la font sursauter.

— Oh ! murmure-t-elle malgré elle, aidez-moi, aidez-moi... A sortir ? A fuir loin de tout cela ? A retourner vers Yves-Marie et l'ennui qui l'humilie comme une tare ? Mais Arnaud, comme s'il sentait ce double mouvement de fuite et de retour :

— Mais oui, je vais vous aider, jolie petite biche effarouchée, vous aider à prendre courage.

D'un geste preste, qu'elle n'a pu prévoir, il a défait par-derrière son corsage lâche, qui retombe. Elle se fige sur place, demi-nue, sans un geste pour se protéger, se voiler, avec cette brûlure intolérable à la place de ses deux seins. C'est le cataclysme, la fin du monde, elle brûle de honte. On peut la tuer, maintenant.

Et c'est à cet instant qu'elle retrouve dans la foule le visage de Jean, les yeux sur elle.


Elle a entouré l'ampoule nue d'un lampion japonais. Sur le lit, une grande poupée en satin dont elle tapote les volants. La chambre est petite, mais bien chaude, le lit grand, deux bons fauteuils en peluche marron. Sur la table ronde, une nappe, des biscuits retrouvés dans l'armoire... Une fête... Et trois bouteilles de rhum pour quatre hommes, c'est bien. Un peu guindés d'abord parce qu'ils ne comprennent pas, se demandent si elle n'est pas plus ou moins folle, bientôt les « copains » se déchaînent, se vautrent sur le lit, jouent de l'harmonica, se portent des « santés ! » de plus en plus bruyantes. Heureusement que la patronne est tolérante et cuve son vin, paisible, dans une arrière-boutique d'où l'on n'entend rien. Comme toujours c'est le timide qui joue de l'harmonia, le Noir — il y a toujours un Noir — qui boit le plus, en silence, l'effronté qui se jette sur elle, pendant que le quatrième qui a déjà été servi prend des airs d'hôte :

— Cassez rien, les gars, on est invités.

Somme toute, tout cela est assez gentil. Une fois, elle avait ramassé trois durs qui lui ont tout emporté. Mais ça ne l'a pas corrigée. Dès qu'elle touche sa maigre pension, il faut qu'elle la dissipe, et de cette façon-là. Elle les invite. Elle leur paie à boire. Elle se laissera pousser sur le lit par l'un, puis par l'autre, celui qui rit bêtement ou celui qui serre les dents, leurs pieds boueux sur le couvre-pied de satin; tant pis s'ils essaient de la voler, ou un jour, qui sait, de l'égorger. Leurs hoquets, leurs chansons d'ivrognes, leur odeur, leurs brutalités, la façon même dont vite, ils l'oublient pour boire, qu'importe. Puisqu'elle les tient là, dans la chaleur de sa chambre, buvant l'alcool qu'elle a payé, profitant d'elle, barbotant en elle, sans la voir peut-être, mais présents, lui tenant chaud, ne dépendant cette nuit que d'elle, trouvant là, pauvres déchets ruinés d'humanité, un abri provisoire, une trêve, ce qu'on appelle une fête, et qu'elle leur donnera tous les mois, à eux ou à d'autres, dût-elle descendre plus bas encore, jusqu'à la fin. Ce lampion, ces bouteilles, cette bousculade brève sous l'homme aviné, c'est tout ce qu'elle a à donner, du moins le croit-elle, et ce lui est une ivresse de le donner à pleines mains, de le dissiper, de le jeter au vent. Qu'importe, oui, qu'il y en ait toujours un qui vomit sur le palier — et elle doit se lever de bonne heure pour tout laver avant que sa voisine ne s'éveille —, un qui se bagarre dans l'escalier et qu'il faut arracher aux mains du patron, un, si bête, auquel il manque deux dents et qui vous crève le cœur en essayant, avec ce sourire d'enfant, d'excuser les autres ? Qu'importe qu'il n'y ait qu'elle qui sache que ce soir elle se sent reine !

— Buvez, buvez. Quand il n'y en aura plus j'irai vous chercher une autre bouteille. Buvez, buvez donc...

C'est elle qu'ils boivent, et c'est elle qui est ivre. Elle renverse la tête en arrière, découvre cette gorge qui, un jour... Cette pensée même la grise. Qu'on la dépouille ! Elle ne

réservera rien, pas même sa vie. Tout de même le Noir se
méfie, devant tant de faste :

— Mais d'où qu'y te vient cet argent, dis donc ?

Elle éclate de rire, un rire sauvage, incontrôlé, et
qui est son plaisir à elle.

— De mon mari, si tu veux le savoir, frisé. Il vient de mon
mari, l'argent, un type que j'ai épousé pour ça, plein aux as,
qui travaille dans un hôtel, un grand hôtel. Portier, qu'il est.

Ils rient aussi, les autres. De son mari ! Ça, c'est drôle.


Les yeux de Jean, ces yeux pâles où se mêlent un peu de
ruse et un peu de pitié... Va-t-elle s'y refléter telle qu'elle
est, elle et son geste de défense, son regard traqué, sa peur ?
Va-t-elle y voir une Gisèle encore une fois incapable
d'agir comme les autres, d'être à l'unisson, une Gisèle incapable d'aller jusqu'au bout de sa vie ? Elle voit clair en lui
tout à coup, comme elle a vu clair en Yves-Marie : un mépris
affectueux, une condescendance gentille, une pitié dont elle
s'exaspère. Mais ce n'est pas vrai, elle n'est pas ce petit
animal médiocre, rusé, juste bon à plaire et à distraire un
homme qui se croit supérieur. Elle est tout autre chose, elle
est aussi forte qu'eux, elle va le prouver, elle le prouve. Des
deux mains, soudain, elle arrache ce corsage comme elle
arracherait une peau, elle arrache ces sages années où elle
a vécu repliée, étouffée, héroïquement elle arrache tout ce
qu'on lui a appris, tout ce dont on l'a gavée et qu'elle n'a,
au fond, jamais accepté, et soudain elle est là, aux trois
quarts nue, au milieu d'un cercle de bravos et de rires, mais
en réalité devant les seuls yeux de Jean, le défiant, flambant
toute de honte et de fierté, le visage soudain embelli, épuré
par cette flamme; et lui, devant cette femme qui vient de
naître sous son regard, qu'il a créée sans le vouloir et qui
maintenant le défie, il a presque peur.

# IV

Le voyage avait perdu son armature. Ils erraient. De ville en village, d'hôtel humide en pension médiocre, de palace déprimant en chambre chez l'habitant, lentement ils revenaient vers le Sud, où demeuraient encore des touristes (ou des vacanciers ou des estivants, quel que soit le triste nom qu'on leur donne), se mêlant frileusement aux groupes, s'informant des sites encore fréquentés, des hôtels encore ouverts.

Mais de jour en jour les sables se faisaient déserts, le long des routes on voyait s'éloigner, malgré le soleil, les familles dans des voitures archi-pleines, le filet à crevettes sortant du coffre, le matelas pneumatique dégonflé sur le toit. Ils connurent les immenses salles à manger aux trois quarts vides, les repas désormais négligés, le silence des longs couloirs déserts. D'instinct, ils allaient vers la côte, peuplée encore de retraités, d'oisifs bien brunis qui attendaient octobre pour regagner les plaisirs parisiens... Parfois des voyages de noces, des congrès. Ils demeuraient sur place deux jours, trois jours. Marcelle se taisait beaucoup.

— Voilà ce qu'il nous faut, avait-il décidé devant le petit hôtel vieillot, et sans attendre sa réponse à elle, il avait grimpé les trois marches qui menaient à l'entrée, encadrée de deux colonnes supportant des géraniums grimpants, de l'hôtel *Les Flots Bleus*. La façade de l'endroit n'avait cependant rien d'attirant, avait-elle pensé, avec ses sirènes en taille-douce nonchalamment accoudées à l'encadrement torturé de la fenêtre 1925; ni le salon orné d'énormes fauteuils bêtement rangés devant la télévision, ni la poupée sur le dessus de la cheminée, ni le bureau de réception, tout en velours marron, pitchpin et coussins vert amande. Ce qu'elle aurait aimé, c'est une de ces auberges faussement simples, avec des poutres apparentes, des rideaux à carreaux, des vierges en bois dans des niches passées à la chaux, une nourriture exquise. Et une addition énorme. Avec Jacques ils allaient toujours dans ce genre d'auberges. Il est vrai qu'il y avait les notes de frais. Mais c'était bon de pouvoir s'offrir ces endroits-là, dont les patrons étaient toujours des Parisiens, au courant de tout, et qui respectaient le journal, la R.T.F., leur communiquaient des potins ; on se retrouvait entre soi, dans le même monde, une élite, cette élite dont elle avait tant désiré faire partie, qu'elle n'avait pas encore tout à fait épuisé la joie d'y avoir réussi. Elle lui dirait plus tard — s'il y avait un *plus tard* — elle lui ferait comprendre... Mais tout à coup l'idée la traversa que s'il avait choisi cet hôtel modeste (encore que situé sur le bord de la mer) c'était pour ménager ses ressources, pour prolonger le plus possible ce voyage, et (encore qu'elle ne comprît pas bien ce qui les obligeait à errer ainsi) une grande tendresse la traversa, avec le remords d'avoir été injuste.

Bien entendu, la chambre, malgré la chaleur qui régnait encore, était humide, avec une vague odeur de moisi dès qu'on ouvrait les armoires. Un peu oppressant, l'énorme lit avec des roses cubistes frappées dans le bois clair ; la gravure triste dans la salle de bains minuscule, les deux appliques à abat-jour dépareillés, tout accentuait le caractère à la fois médiocre et prétentieux de l'endroit. Tout ce qu'elle détestait. Mais pourquoi, à vrai dire ? Cela lui rappelait les chambres louées par sa mère, en Bretagne, il y avait tant d'années : le mobilier des *Flots Bleus* datait d'ailleurs certainement de l'enfance de Marcelle. La fenêtre ne donnait pas sur la mer, mais sur cet arrière-pays si triste de la Côte, un mimosa se mourant dans la poussière à côté d'un *jerrican*, des caisses entassées contre une haie, des jardinets, des villas teintées de rose et de bleu, avec ces auvents de tuile ronde qui peut-être ont été jolis un jour, mais sont devenus odieusement ostentatoires. Il était allé droit à la fenêtre, avait contemplé ce paysage.

— Que c'est laid... avait-il murmuré, découragé. Que c'est laid...

La tendresse avait reflué en Marcelle, avec tant d'élan qu'elle avait étouffé tout à fait la tristesse qui commençait à poindre. N'était-ce pas le désir de prolonger leurs vacances qui avait poussé Nicolas à choisir cet hôtel ? Elle l'avait entouré de ses bras, embrassé tendrement sans rien dire. Puis :

— Mais tu sais, mon chéri, pour moi, j'ai eu assez de vacances. Si tu veux que nous rentrions, je ferai comme tu voudras.

Sa douce abnégation bornée ! Il fermait à demi les yeux.

— Non, ce n'est pas possible. Pas encore possible. J'ai une décision à prendre.

Elle eut un moment le souffle coupé, le cœur traversé d'un espoir tout de suite abdiqué. Ah ! combien de fois, combien de fois déjà, avec quelle déchirante douceur avait-elle cru entrevoir ce coin de lumière, ce couronnement, ce doux triomphe rayonnant, d'être élue, choisie, par un autre être, quel qu'il fût. Et c'était pourtant vrai ce qu'elle avait dit dans un moment de franchise désespérée à Nicolas, au début du voyage, qu'à n'importe quel homme, ou presque n'importe quel homme, elle eût été prête à donner, non seulement son corps, mais toute cette tendresse en elle inutilisée, tout un royaume secret dont elle avait fini par méconnaître la valeur, la voyant ainsi sous-estimée, ignorée même. Ils s'étaient assis sur le lit, les valises à leurs pieds. La fameuse valise des billets de banque était là. Qu'allaient-ils en faire ? Et quel était le sens de ce que Nicolas avait tenté là ?

— Veux-tu faire quelque chose pour moi ? dit-il tout à coup.

— Mais oui, mon chéri.

— Sors un instant de la chambre, veux-tu ?

Elle obéit sans mot dire. Une autre femme eût posé une question, se fût étonnée. Elle, était sortie. Et maintenant ? L'affreuse chambre, au relent de querelle matrimoniale, de prétentieuse économie, de familiale inimitié... Quelque chose était-il sorti de cette chambre avec Marcelle ? Imaginons que je doive vivre là, seul... Autrefois il se fût dit : « Je pourrais toujours y écrire. » Mais c'en était fini. La possibilité du travail, cette sorte de présence apaisante, angoissante à la fois, était morte. Tout ce qu'il écrirait à l'avenir serait mort, comme ces articles si laborieusement composés avec Marcelle.

Petit à petit, après le mariage de Wanda, après la vocation de Simon, après enfin la mort de Renata, il avait cessé de croire dans l'intérêt de ce travail. Un monde où les victimes épousaient leurs bourreaux, un monde où l'on se cachait derrière une soutane plutôt que de regarder en face l'incohérence des choses, un monde où la pureté ne pouvait que mourir, inutile holocauste, qu'est-ce qu'un livre pouvait faire pour sauver ce monde-là ? Qu'est-ce qu'un livre peut faire pour me sauver moi-même ? Et pourtant, un jour, un seul, un regard de Marcelle (de cette femme que je n'ai pas choisie, pas voulue) a pénétré cette solitude. Est-il possible qu'il y ait là, tout de même, dans cette extrême banalité, dans cette révélation à la portée de tous, un signe ? Il appela :

— Marcelle !

Elle rentra aussitôt. Derrière la porte, elle avait attendu.

— Marcelle chérie...

Elle vint s'étendre près de lui ; à cette beauté austère qu'avait pris son visage il devinait qu'elle était triste.

— Nicolas ?

— Ma chérie ?

— Quelle décision est-ce que tu veux prendre avant de rentrer à Paris ?

Il n'y avait rien à faire, il faudrait en venir là. Prendre une décision. Il n'y a pas de rapports inoffensifs. Ceux qu'il avait noués avec Marcelle le mettaient en demeure : le mensonge ou la foi.

On ne peut pas rester en vie sans participer à quelque chose, sans être complice de quelque chose. La décision, c'est de rester en vie. Les choses s'obstinent à signifier, elles ne veulent pas rester de simples et éclatants prodiges, des météores qui n'entraînent rien à leur suite. Ou est-ce moi qui suis coupable ? Tout se transforme sous mes yeux, se pollue dans mes mains ; je suis malade de Dieu. Intoxiqué, inguérissable. Jusqu'à cette femme contre moi, sa beauté, sa tendresse, ces promesses déchirantes qui ne seront jamais tenues... Pourquoi ne pas se laisser aller à l'illusion ? Peut-être Simon a-t-il raison ? Et Pascal ? Agenouillez-vous et priez. Priez ce Dieu qui créa le mal, priez ces femmes qui par leur corps le perpétuent... Nous avons beau fuir, nous sommes un couple, nos corps eux-mêmes marquent l'acceptation de la vie, nos moindres gestes. Pourquoi ne pas feindre ?

Se jeter à corps perdu dans le mensonge, dans la vie ? Peut-être finirais-je par attacher une importance énorme à des succès, à des amitiés, à des satisfactions modestes... Peut-être les signes disparaîtront-ils peu à peu, enlisés dans la confortable boue quotidienne. Peut-être m'y suis-je mal pris ? Agenouillez-vous...

— Je voudrais décider de vivre... de vivre avec toi, dit-il pensivement.

Les mots. A force de les aligner, on fait un livre, ou une vie. Mais il faut beaucoup de patience.

— Est-ce que c'est très difficile à décider ? demanda-t-elle.

— Pour moi, très difficile. Dis-moi, Marcelle, combien as-tu eu d'amants ?

— Mais... je ne sais pas. Six... ou sept, peut-être. Est-ce que ça a une importance ?

Il se mit à rire, parce qu'elle avait rougi, et le regardait dans les yeux, en même temps, avec une franchise un peu forcée.

— Je ne te demande pas de références morales, sotte! Je voulais dire : eux, ces hommes... enfin, ils te disaient qu'ils t'aimaient ?

— Oui, dit-elle avec douceur; pendant quelque temps. Ils ne prenaient pas cela au tragique, n'est-ce pas ? Ils n'étaient pas...

— Comme moi ?

— Oh! toi, ce n'est pas pareil.

— Mais pourquoi pas ? Pourquoi pas pareil ? En quoi ?

— Ce n'était pas si sérieux, je ne sais pas comment dire, pas si grave...

— Mais pas grave pour qui ? Pour toi ? Tu veux dire que tu ne les aimais pas ? Ou c'étaient eux qui...

— Oh! c'étaient eux, murmura-t-elle, si pâle, comme vidée de son sang, mais incapable de calculer, de mentir; ils ne voyaient même pas que j'aurais pu...

Son visage renversé en arrière, comme dans le plaisir, et presque hébété, un masque torturé et en même temps paisible, car c'était une torture infiniment subtile, profonde, presque imperceptible. Il était envahi à nouveau par ce sentiment de nausée qu'il avait éprouvé la première fois qu'il l'avait approchée, cette terreur sacrée de la femme, de la femelle, offerte, donnée si totalement, que prendre ce corps était embrasser la vie dans sa totalité — aujourd'hui offerte jusqu'à l'âme.

— Et moi, dit-il très bas, penché sur ce visage aux yeux clos comme sur un oracle, moi, Marcelle, est-ce que j'ai compris...

Elle fut secouée comme d'un frisson qui parcourut son corps.

— Toi, oui, dit-elle, et elle parlait comme dans un songe, malgré elle, ne sachant même pas, comme la Pythie, ce que signifiaient ces mots qu'elle s'arrachait à grand-peine. Oui, toi, mais tu as peur...

Elle rouvrit ses yeux, d'un noir glauque, voilés encore par cette transe subite qu'elle avait vécue, et elle ajouta, vite, avant d'avoir quitté cet univers dans lequel elle avait sans le vouloir plongé :

— Et moi aussi, j'ai peur.

Ils s'étaient dit fiancés. Trente-cinq et vingt-neuf ans, c'était raisonnable, ce n'était pas de la folie comme on le voyait maintenant, avait dit Mme Roux, des jeunes gens dans les 18-19 ans qui se mariaient à l'aveuglette, ayant fait connaissance sur les plages, et quelquefois obligés, on sait ce qui se passe sur les plages. Evidemment ils voyageaient ensemble, mais enfin, de nos jours, n'est-ce pas... Le céramiste barbu qui faisait une cure de thalassothérapie à Saint-Raphaël était de cet avis. Il eût souhaité pourtant que les rapports du jeune couple fussent platoniques. « De longs mois de fièvre, une veillée d'armes, et puis la fête de la chair », disait-il avec exaltation à la vieille dame qui souriait bonnement. Il se disait cathare; logé à côté des *fiancés*, il guettait les bruits derrière la cloison pour savoir si ses suppositions étaient fondées, mais sans pouvoir s'en assurer : l'Hôtel des Flots Bleus avait été construit en 1920, et les cloisons étaient épaisses. Un couple anglais d'âge mûr, une jeune femme qui se remettait d'une opération, deux jeunes Allemands qui ne parlaient pas aux autres pensionnaires et ne sortaient qu'ensemble, voilà l'effectif de la pension. Tout ce monde déjeunait ensemble (sauf les jeunes Allemands qui emportaient un pique-nique quel que fût le temps), dînait ensemble, regardait ensemble la télévision. Des gens bien élevés, même le céramiste, qui était mieux qu'un artisan, un peu libre en paroles quelquefois, mais qui avait un idéal. Le temps, la politique, les maux divers des pensionnaires, faisaient le fond de la conversation. Parfois on risquait une innocente plaisanterie sur *les fiancés*, leur désir de solitude. Le couple anglais, qui paraissait très uni, souriait avec bonté. Le céramiste rêvait à une jeune fille entrevue un jour à Vence (où il habitait en dehors de ses cures) et qui lui avait acheté deux cendriers : elle était restée pour lui l'incarnation de la grâce même. Les uns et les autres étaient des habitués. Les Anglais venaient tous les ans, en attendant la retraite qu'ils prendraient ici, sur la Côte, où plusieurs couples amis les avaient précédés. Mme Roux, veuve classique, aux cheveux d'argent, le tricot à la main, ne quittait plus les *Flots Bleus* depuis que son fils, médecin à Paris, lui faisait une petite pension. C'était un très bon fils, et bien marié ; la bru, Solange (photo) était charmante aussi, et orpheline, adorait sa belle-mère. Ses deux petits-enfants (photos) étaient beaux et sains. La jeune opérée montrait aussi les photos des enfants, du mari. Le céramiste lui vouait un culte qu'elle accueillait avec une réserve souriante. Les jeunes Allemands faisaient toute la région à pied. Parfois ils téléphonaient qu'ils ne pourraient pas rentrer pour le dîner. Très bien élevés eux aussi. « Il n'y a que des braves gens ici », disait le patron, ses grands yeux marron, humides, de bon chien, restant toujours mélancoliques dans son visage olivâtre d'hépatique.

Inimaginable : c'était vrai.

Le petit déjeuner, vers huit heures, sur la terrasse, d'où l'on voyait la mer et les voitures. On les laissait un peu à l'écart. Des fiancés, n'est-ce pas. Aux yeux de tous, des fiancés. Journalistes tous les deux. Métier intéressant, des contacts si variés, et comme cela, vous ne vous quitterez pas. C'est cela. Ils allaient à la plage. « Profitez-en, pendant qu'il fait encore beau. » Bain de soleil (elle, portait un maillot une pièce, Mme Roux l'avait vu de la terrasse, avec approbation), lectures, mais pas de journaux. « C'est parce qu'ils sont en vacances, pensez, des journalistes, il en ont assez vu. » Par délicatesse, on parlait peu des attentats, à table.

Ils se baignaient, faisaient la sieste, sortaient vers quatre heures pour faire une promenade en voiture, aller visiter l'une ou l'autre chose.

— Vous ferez un couple parfait, leur déclara Mme Roux le dixième jour.

Peut-être. Peut-être. Si cela réussissait. Nicolas s'exerçait au mensonge. Etait-ce tout à fait un mensonge ? Non, sans doute. C'est ce qui rendait la chose difficile. « Il n'y a que des braves gens ici. » Ils invitèrent Mme Roux à les accompagner en voiture faire une excursion à Vence, pour voir *le Temple de la Paix* de Picasso. Aimable vieille dame. L'aïeule rêvée, la grand-mère qu'on n'oublie pas, fileuse de lentes histoires pleines de sagesse, souriante.

— Eh bien c'est assez joli tout ça, dit-elle en sortant. On en dit tant, sur ce Picasso ! J'aime ces couleurs-là, moi, ces enfants qui jouent au ballon, c'est un joli thème...

Et :

— Allez un peu seuls, mes enfants, nous nous retrouverons à la voiture. J'entre un moment à l'église, je prierai pour votre bonheur.

Mme Roux, son léger accent provençal, ses bandeaux blancs, ses robes sombres d'une propreté méticuleuse, et même (elle a mis celle-là pour la promenade, une aubaine pour elle, une petite fête) l'une d'elles, coquettement bordée d'un peu de jais. Son petit chapeau de paille tressée noire (elle a eu un scrupule en l'achetant : est-ce que ça ne fait pas trop jeune ?) juste assez ridicule — un tout petit peu — pour être attendrissant. Et elle s'en va, paisible, heureuse, son chapelet déjà tiré des profondeurs du grand sac, vers l'église. « Mais c'est assez gentil, ce Picasso, je ne me l'imaginais pas ainsi », toute contente de son audace. Ils la regardent s'éloigner.

— Tu te rappelles, dit Marcelle, la Maison des Assiettes ?

Oh, pas encore, pas encore ! Je me sens si faible, si dépouillé de tout ; faut-il regarder en arrière ? En avant ? Il serre le bras de Marcelle pour qu'elle le protège.

— C'est une femme qui pourrait habiter la Maison des Assiettes, n'est-ce pas, poursuit-elle, inconsciente ou impitoyable. Tu disais : ce petit royaume. Mais ici, aux *Flots Bleus*, c'est un petit royaume aussi... Tu te souviens comme on s'était disputé ?

Disputés... Il se souvient surtout de son cri, du moment
où il a compris le risque, le terrible risque qu'il courrait...
Comme elle était clairvoyante parfois, par éclairs, et puis
l'instant d'après, ayant tout oublié, redevenant sa propre
image...

— On ne se disputera plus, dit-il faiblement.

— C'est que je ne comprenais pas ce que tu voulais dire.
J'étais fâchée que tu m'empêches d'être heureuse.

— Mais maintenant, tu es heureuse, n'est-ce pas ? dit-il
hâtivement. Tu vois, nous prenons de gentilles vacances, et
quand nous rentrerons... tu verras, nous travaillerons
ensemble, tu pourrais peut-être te perfectionner dans la photographie, on ferait des albums, ou... On vivra ensemble, on
se mariera, si tu veux.

Il a dit ces derniers mots sans effort, ils font partie du
rêve dans lequel il s'efforce de vivre depuis dix jours, encore
en équilibre précaire, mais bientôt il réussira, il veut le
croire. N'a-t-il pas abdiqué toute fierté, toute susceptibilité
ombrageuse. Je veux, je veux me réconcilier avec le monde.
Si ce n'est pas maintenant, ce ne sera plus jamais. Il tape
sur l'épaule du céramiste (et cela lui rappelle Yves-Marie,
mais oui, il avait raison, Yves-Marie, son petit royaume, sa
maison, sa Gisèle, ses enfants), il sourit au couple anglais,
parle de Londres qu'il aimerait tant connaître. — « Evidemment ici il y a le soleil, ah, bien sûr, pour se retirer... » — et
promène Mme Roux, la chère Mme Roux, qui prie pour eux
dans l'église de Vence... Marcelle s'est assombrie.

— Tu ne me crois pas ? (Il déploie toute sa bonne volonté.)
Si tu veux, on pourrait vendre nos appartements pour en
acheter un plus grand. Ou échanger. Bien sûr, il faut réfléchir, mais pas trop, et pourquoi ne pas partir à l'étranger,
si tu préfères ? Je pourrais facilement trouver des conférences... Marcelle ?

Elle ne répond pas, se mord la lèvre. Dieu ! que tout serait
plus facile si elle s'écriait de joie, répondait comme elle en a
l'habitude par des projets bien nets, bien concrets, des
histoires de salle de bain, de trains à prendre, de gens à
« contacter... » Je veux, je veux si désespérément me jeter à
l'eau, les yeux fermés, reniant tout ce qui est derrière moi,
que ne m'aide-t-elle ?

— Marcelle ! Tu me crois, dis ?

Ils sont assis sur la petite place, sur le banc, sous les platanes. Elle porte cette robe verte un peu endimanchée qu'il n'aime pas; ses yeux sombres et longs sont pleins de larmes.

— Marcelle ! Ne pleure pas ! Je te jure... Veux-tu que nous fixions une date, tout de suite ? Veux-tu que nous écrivions d'ici pour avoir les papiers ? Marcelle !

Elle a fui.

Un moment il reste sur ce banc, hébété, et déjà elle a disparu dans l'une des ruelles qui donnent sur la place. Inutile de la poursuivre dans ce dédale, et d'ailleurs, il n'en aurait pas la force; titubant, il revient à la voiture où Mme Roux l'attend paisiblement, des cartes postales à la main.

— Pour les enfants, explique-t-elle.

Lui balbutie, se trouble; impossible de prendre la voiture et d'abandonner Marcelle... D'ailleurs il n'a pas la clé, et il conduit si mal...

— Querelle d'amoureux, conclut Mme Roux. Eh bien, pour une fois, faisons une petite folie, prenons un taxi.

Et elle guide gentiment vers la station ce grand garçon défait, accablé, souriant en elle-même : « Ah ! ces jeunes femmes modernes ! »

— Mais voyons, mon enfant, vous permettez que je vous appelle ainsi, il ne faut pas vous laisser accabler. Vous devez être très surmené, très nerveux. Un dur métier, bien sûr. Mais enfin, elle vous aime, votre fiancée, c'est évident. Nous en sommes tous persuadés, la façon dont elle vous regarde... Tout s'arrange quand on s'aime vraiment.

— Vous croyez ?

Son regard perdu a mis Mme Roux un peu mal à l'aise. Elle n'a pas coutume d'explorer les abîmes. Elle fait des suppositions : qui sait s'ils sont vraiment fiancés ? Un amour fatal, peut-être. La jeune femme serait-elle mariée, et le remords... Sa conscience la tourmente un peu d'encourager cet amour peut-être coupable. Mais il paraît si sincère, si désemparé.

— Mais oui, vous verrez, elle va revenir tout à l'heure, ce sera fini, tout sera comme avant...

Douce voix d'aïeule, conte de fées... Que n'ont-elles raison, toutes les madame Roux du monde...

Je suis folle, se dit-elle en remontant lentement les ruelles de Vence. D'instinct elle cherche l'ombre, le secret. Elle est essoufflée, le cœur lui fait mal après la course folle dans laquelle elle s'est tout à coup lancée, elle ne sait même plus pourquoi. Elle ne sait plus pourquoi, et pourtant, elle a l'obscur sentiment d'avoir échappé à un danger, du moins pour l'instant. Elle marche, le cœur battant toujours, les cheveux collés aux tempes par la sueur; un ouvrier qui travaille dans une tranchée, en contrebas, lui crie : « Eh! la belle fille! » et devant son regard, se tait et replonge dans son travail. Elle a quitté le centre touristique de la ville. Un café modeste, son rideau de perles, la tranquillité de la salle sombre, remplie de mouches, l'attire comme un refuge. Du moins il ne viendra pas me chercher là; que j'ai mal à la tête!

— Qu'est-ce que je vous sers ?

Une femme en savates, le cheveu mou, négligée, exactement ce qu'on s'attend à trouver ici. Mais un bon regard, attentif, patient.

— Je ne sais pas, un coca-cola.

— Avec un peu d'aspirine ?

— C'est ça.

Ça se voit donc tant que ça ? C'est vrai que j'ai couru, couru... Ma tête va éclater, je deviens folle, tout simplement. Pourquoi, mais pourquoi ? Nicolas, je t'aime, mais pourquoi est-ce que j'ai fait ça ?

Le malaise couvait depuis plusieurs jours. Sur la place déjà, ces gestes trop appliqués qu'il avait... Et à la pension — le premier dîner en commun, comme il l'avait présentée à ces braves gens : « Ma fiancée » avec un sourire un peu crispé. Pourquoi, Nicolas, pourquoi ? Elle n'avait rien osé dire, le soir, dans la chambre, et lui non plus n'avait rien dit. Mais déjà cette angoisse en elle. Tout cela n'est pas vrai. C'est un rêve, un mensonge. Mais là, sur le banc, il l'implorait, ses yeux verts d'une douceur presque féminine, imploraient, mendiaient... Pourquoi fuir ? Qu'est-ce qui m'a pris ? Ah! depuis ces trois jours à Paris, je ne suis plus la même. Un moment, un seul moment il m'a rejointe et je l'ai rejoint. Je ne suis plus la même. Tout est saccagé, compliqué. Mais pourquoi, folle, ne pas lui sauter au cou, ne pas crier ta joie, ne pas... Je n'ai pas pu. Il n'y avait pas de joie. Nous n'aurions pas dû quitter Paris, nous n'aurions pu dû fuir. C'est là qu'il aurait fallu décider de vivre ensemble, non pas dans ce décor de théâtre, dans ces fausses vacances qui ne riment à rien... mais enfin il l'a demandé ! Qu'importe que ce soit ici ou là. Renée dirait encore : « Tu exiges trop, tu leur donnes des cadeaux qu'ils ne demandent pas... » Et c'était vrai. En fuyant elle avait fui la tentation, la tentation d'ignorer la peur dans ses yeux à lui, de le prendre au piège, de profiter de son désarroi... Mais peut-être était-ce ce dont il avait besoin, d'une femme assez aveugle pour accepter sans soupçons, avec joie, et qui l'entraînerait dans cette joie; cette femme, ce n'était plus elle, et elle se regardait elle-même, avec surprise et méfiance, elle regardait cette femme qu'elle était devenue, après cette mue subite, et ne la reconnaissait pas. Je l'aime pourtant, je l'aime... J'ai aimé Jacques et s'il m'avait offert cela... Mais son amour pour Jacques lui paraissait à présent si superficiel, sa souffrance quand il l'avait quittée, un chagrin d'enfant, dont elle pouvait sourire. Toute cette aventure, toute sa vie d'avant, c'était comme la maison, ou le jardin, où l'on a passé son enfance, où tout paraissait alors gigantesque, mystérieux et qui nous apparaît tout à coup dans ses véritables proportions, désenchanté, minuscule. Elle était sortie imprudemment de ce jardin, et la porte derrière elle était refermée à jamais. Il fallait avancer dans l'inconnu. « Je deviens folle. » Elle se le répétait, mais avec une conviction décroissante. Non, cette blessure qu'elle avait devinée chez Nicolas n'était pas imaginaire. Non, cette angoisse qu'elle avait elle-même éprouvée sur la petite place devant la mairie, à entendre cette proposition, n'était pas folle. Il se raccrochait à elle, désespérément. Mais d'où venait ce désespoir, et de quoi devait-elle le sauver ? Il faut avancer, toujours avancer. C'est un recours alors de se dire : je deviens folle.

— Voilà votre aspirine. Prenez-en deux ou trois cachets. Voulez-vous un peu d'eau ?

— Non, ça ira comme cela. Merci.

La femme s'éloigna, traînant ses savates, les épaules résignées. Ne pas pleurer. La moindre attention la touchait au vif. Cette petite flamme de bonté dans ces yeux gris striés de rouge, chez cette grosse femme, c'était une souffrance et un bienfait à la fois. Elle avait reçu ce regard, l'avait bu avidement, s'en sentait plus forte. J'ai bien fait, oui, j'ai bien fait. Ce n'était pas vraiment moi, pas vraiment mon amour qu'il sollicitait. Cet amour, un seul jour, un seul soir il l'a accepté. C'était pourtant la première fois de toute sa vie qu'on l'acceptait, cet amour; elle en a gardé la stupeur émerveillée, douloureuse, de qui a donné la vie.

Un soir, un seul soir cependant. Mais cela a suffi pour lui révéler un autre monde. Pourquoi n'en est-il pas de même pour lui ? Pourquoi est-ce que mon amour ne lui suffit pas ? Ce n'était pas cela qu'il demandait tout à l'heure. Il voulait me ramener au contraire aux premiers jours, à cette Marcelle ancienne que déjà je ne reconnais plus. Quel besoin de demander ce qu'on possède ? De fuir ce qu'on implore en même temps ? Oh! que je le comprenne! Et en même temps elle en a peur.

Ce qu'il lui demande, c'est ce qu'il repoussait autrefois. Cela, elle le sent. Il veut se rassurer, se protéger, mais de quelle vérité ? Le cerveau de Marcelle peine, travaille, s'affole devant l'impalpable. La comédie qu'il joue, celle des fiancés, est pénible par cela même qu'elle est vraie. Ils s'aiment. Marcelle en est sûre! Alors, pourquoi ce refus ? « Je n'ai pas le droit, se dit-elle inlassablement, je n'ai pas le droit... » Elle se cherche pourtant des excuses. Il est étrange, soit, mais c'est un écrivain. (Mais lui a-t-il jamais parlé de son œuvre autrement qu'avec répulsion, qu'avec raillerie ? Et les articles à deux, n'était-ce pas là aussi une raillerie, une comédie sacrilège ?) Lentement elle progresse dans son exploration, malgré elle. Doit-elle l'aider dans une comédie ? Non, cent fois non. « Je n'ai pas le droit... » Ah! elle qui avait tant pleuré autrefois, elle n'arrivait pas à pleurer maintenant. Elle touchait au fond du malheur, ce malheur qui est d'aimer, et que cela ne serve à rien.

Tout à coup elle songe à la voiture, à Mme Roux, à lui qui n'a pas les clés. Qu'ont-ils fait ? Pris un train, un car ? Cette préoccupation la délivre un moment. Elle paie, elle court. Quelle heure ? Cinq heures. Plus d'une heure qu'elle l'a quitté. Qu'ont-ils pensé ? Madame Roux... Auraient-ils attendu ? Elle court, elle court à nouveau, presque heureuse de ne penser qu'à sa hâte. La petite place animée, un autre monde. Un groupe de touristes qui sort de la mairie-musée, et la voiture, là-bas, un papier sous l'essuie-glace. Contra-

vention ? « Nous prenons un taxi, reviens vite. » Le cœur
déchiré à nouveau. Reviens vite. Elle ouvre la voiture, s'installe, démarre. Reviens vite. Mais où ? Elle roule déjà sur
la route poudreuse quand elle imagine la pension, les questions de la bonne Mme Roux, et lui qui peut-être aura la
force d'insister, elle, la faiblesse de céder... Pourquoi est-ce
que je ne puis pas l'épouser ? Pourquoi ? Une colère d'enfant la prenait contre cette personne qui était entre eux,
qui empêchait les choses d'être simples, et qui était elle-
même. « Et d'abord, je vais rentrer à l'hôtel, et lui dire que
c'était la surprise, l'émotion, que je veux bien, que... » Mais
elle savait que ce n'était pas possible. D'ailleurs, il avait
sûrement compris... Quoi, compris ? Quoi ? Je suis une folle,
une idiote, une... Tout cela, la pension, Mme Roux, cette
proposition, il les avait choisies avec soin comme des accessoires de théâtre. Mais au fond il pensait la même chose que
le jour où ils s'étaient disputés, à la Maison des Assiettes.
Du carton pâte, un mensonge, une fausse promesse. Pendant
ce temps-là, les gens s'égorgent, et ce sont les mêmes, et tout
ce ciel bleu ne veut rien dire. Elle se rappelait sa colère, ses
moindres mots. *Et tout ce ciel bleu...* Sûrement il avait
pensé, de même, que ce jour à Paris, qui pour elle avait tout
bouleversé, tout transformé, ne voulait rien dire. Il essayait
d'en prendre son parti, oui, il essayait. Mais tout de même
il avait fui, et cette proposition, n'était-ce pas une façon de
fuir encore ? Tout cela pour elle était encore si confus, si dur
à accepter ; par moments il lui semblait qu'elle avait tout
percé à jour, qu'elle saisissait intuitivement toute sa souffrance, comme d'un objet qu'on touche dans l'obscurité
on devine les contours. A d'autres moments l'obscurité l'emportait. Elle était seule, perdue, dans un monde nouveau où
elle ne savait comment se diriger, où elle était totalement
impuissante. Une seule chose était évidente : elle ne pouvait,
ne devait pas accepter.

Elle était en train de rouler lentement, le long d'un petit
bois de pins, comme elle arrivait une fois de plus à cette
conclusion. Alors elle entra dans le bois, par une allée de
terre battue, rangea sa voiture soigneusement, et se mit à
pleurer, longuement, méthodiquement, comme font les
femmes.

Elle est revenue tard, le soir. Elle a frappé à la porte de la chambre timidement, comme une étrangère. Il était déjà couché, lisant. Elle s'est couchée près de lui, ils se sont étreints sans parler, sans faire l'amour. « Allons, tant mieux », a pensé Mme Roux, qui était restée au salon, un peu mélancolique, en entendant se refermer leur porte. Le lendemain, ils étaient repartis. Pourtant ils avaient payé jusqu'au 30.

Yves-Marie s'était réveillé tout d'un coup. Pourquoi Nicolas n'était-il pas rentré ? Comme tout le monde, il avait lu dans les journaux le scandale de *La France*, les rapatriés dépouillés, le réseau O.A.S. incriminé publiant de grands démentis quant à l'appartenance de Praslin et de Rougerolles à cette organisation. L'emprisonnement de l'un, la fuite de l'autre, l'avaient inquiété sérieusement. En bonne logique, Nicolas aurait dû revenir tout de suite. Certains pouvaient même prétendre qu'il s'était compromis. Yves-Marie téléphonait tous les jours chez lui, en vain. Le plus curieux, c'est qu'il était devenu à peu près impossible d'atteindre Paul. Quand Yves-Marie l'eut appelé sans pouvoir le toucher une dizaine de fois, un sentiment d'urgence l'emplit tout à coup. Ses membres se déliaient, son esprit se réveilla d'un long sommeil plein de songes confus. Il n'y a plus une minute à perdre, se disait-il, en allant chez Paul, il n'y a plus une minute à perdre.

Il eût été bien en peine d'expliquer d'où lui venait ce choc, ce sentiment de révélation. Peut-être tout simplement des dérobades de Paul ? Quelque chose se passait, dont il était exclu. Mais quoi ? La concierge de Nicolas lui avait appris que ce dernier était passé à Paris, mais qu'il était venu boulevard Saint-Michel « simplement prendre son courrier, avec une demoiselle » ; soit. S'il n'était pas seul, il se pouvait fort bien qu'absorbé par un nouvel amour, Nicolas soit reparti sans faire signe à personne. Mais Nicolas était-il capable de se laisser absorber par un nouvel amour ? Yves-Marie était intimement persuadé du contraire. D'ailleurs, avec l'échec du nouveau magazine, *l'expérience* n'était-elle pas terminée ? Si Nicolas n'était pas revenu à Paris, cela n'indiquait-il pas implicitement un échec ? Et cet échec, qu'allait-il signifier pour Nicolas ? Non, il fallait convaincre Paul de faire quelque chose.

— Mais Monsieur n'est pas là, lui dit Julienne d'un air maussade. Vous ne savez donc pas qu'il passe toutes ses soirées maintenant avec cette demoiselle ?

A cause de la concierge de Nicolas, du terme identique, et de la moue méprisante de Julienne, Yves-Marie eut un moment de confusion, crut tout arrangé, Nicolas revenu, marié peut-être...

— Mais non, disait Julienne avec une pitié hautaine, c'est l'ancienne à monsieur Nicolas que Monsieur va voir, à ce qu'il paraît qu'elle est si malade... Oh ! si je vous le dis c'est qu'il ne s'en cache pas, on peut l'atteindre à ce numéro, tenez...

Avec ce sentiment de s'éveiller d'un rêve qui ne le quittait pas, Yves se remémora alors l'attitude du notaire, au cours des semaines précédentes, son affolement cédant à une sorte de curiosité, de plus en plus détachée, comme absente, parente de l'indifférence profonde d'Yves lui-même... Il en avait été apaisé un moment. L'agitation du vieux Paul lui créait un devoir, violentait cette prostration confortable au fond dans laquelle il stagnait. C'était avec une sorte de soulagement qu'il l'avait sentie se calmer. Comme lui, se disait-il, Paul avait réalisé qu'il ne s'agissait pas d'une fuite, mais de vacances que s'offrait Nicolas, vacances qui s'achèveraient avec l'été et le reportage prévu. Cependant il avait été surpris de voir que même les paroles de convention qu'ils avaient coutume d'échanger « *politiquement lamentable... pure entreprise commerciale... quel besoin avait Nicolas... se discréditer* » n'avaient pas été dites lors de leur dernière entrevue. Paul n'avait pas même parlé de « se méfier ». Il paraissait perdu dans un rêve intérieur, résigné, pas même triste. Et depuis, il l'avait carrément évité. Passion sénile ? La chose eût surpris Yves à l'extrême. Le vieux monsieur était si bien organisé, entre son intérieur cossu, la cuisine de Julienne, ses affaires, ses bons vins, et la rassurante Eléonore dont Nicolas lui avait parlé ! Alors ? Peut-être assouvissait-il près de Colette sa curiosité sur la vie secrète de Nicolas, si longtemps ignorée, et oubliait-il le présent à la lueur du passé ? Une inquiétude continuait à poindre à travers cette torpeur dont Yves-Marie était depuis si longtemps accablé. « Du moins ai-je un but, se disait-il en se dirigeant vers la station d'autobus. Du moins ai-je un but. » Maria Pilar ferait dîner les enfants. Lui irait jusqu'au bout ce soir, puisque cette faible lueur enfin le soutenait, inquiétude, curiosité, il ne savait. Il fallait que ce fût ce soir. Pourquoi ? Comme il avait marché dans un état de demi-conscience jusqu'au boulevard Saint-Michel, de même avait continué jusqu'à la rue Gay-Lussac, il attendait maintenant l'autobus 84, pour aller jusqu'à Saint-Augustin. Il lui fallait, se disait-il obscurément, profiter de cet instant, de cette trouée... En attendant là, ayant pris sa place dans la file d'attente, lui qui détestait attendre, il se rendormait presque, se renforçait dans son confort morose, avec cependant cette pensée, non, pas même une pensée : l'image seulement de l'affreuse basilique de Saint-Augustin, du marchand de plantes vertes juste à côté de l'immeuble de Colette, de l'entrée obscure. Cette image l'obsédait par instants, comme dans un rêve « *mais je sais que je rêve* ». Ainsi dans l'autobus, pour la première fois depuis des mois, remarquait-il les visages. Cette dactylo aux yeux trop maquillés, à la bouche naïve, cette femme lasse, vêtue d'un tailleur de lainage malgré la chaleur, ce jeune homme à cheveux longs, porteur d'une étrange boîte (instrument de musique ?)... Mais s'il les voyait, c'était avec le sentiment que s'il essayait d'appréhender leur réalité (se demandant par exemple si cette dame était institutrice, ce jeune garçon musicien de jazz) ils se dissoudraient en fumée, lui échapperaient sans recours. La lueur qui l'avait traversé ne progresserait que s'il se tenait immobile, retenant sa pensée comme on retient sa respiration, attentif cependant... Il faillit laisser passer son arrêt.

Paul en manches de chemise paraissait plus corpulent que d'habitude. C'était comme un symbole de ses pensées, de ses désirs secrets, que ce gilet sombre, reste de respectabilité qui opprimait une rondeur indiscrète. Gênant dès qu'il ouvrait la porte du couloir poussiéreux, la cuisine ouverte, indécente elle aussi, avec ce torchon trempant dans l'évier, ce reste de mangeaille sur un plateau, et jusqu'à cette bouteille de vin débouchée, dont l'étiquette disait la qualité médiocre. La précision des rêves ! Cette étiquette vulgaire avec son petit personnage colorié, s'imprima dans l'œil d'Yves-Marie. Et Paul qui ne paraissait pas surpris, ni gêné !

— Pouvez-vous me recevoir un quart d'heure ?

— Un instant. Je vais demander à la petite.

La petite ! — Colette ?

— Oui, elle est un peu mieux ce soir. Entrez donc.

Le soleil filtrant encore à travers les stores vénitiens, le drap froissé, l'attirail de la fumerie (cette odeur âcre-douce) sur le lit, le plateau un peu malpropre, l'aiguille, la grosse pipe, la lampe à alcool... La table basse avancée près du lit supportait encore deux verres, une assiette de fruits, un cendrier plein. Yves-Marie fut effrayé par Colette. Tellement amaigrie, les yeux brillants, maquillée à l'extrême, tel un masque d'Orient, les yeux démesurément agrandis par le crayon gras, embaumée, n'eût été ce mouvement des lèvres blanches, comme si elle tétait, ce battement rapide des paupières, comme si elle-même ne pouvait supporter l'intensité de son propre regard. Un kimono sur une chaise. Leur intimité. Au fond de la pièce, sur le buffet en bois clair et rotin, le gros œil vide, clignotant pour l'instant, de la télévision.

— Je la lui ai fait installer, dit Paul ; quand je ne suis pas là, le soir, cela l'occupe...

La voix faible (et pourtant stridente, ainsi qu'une corde à l'excès tendue) de Colette :

— Cela coule comme un fleuve, un fleuve de visages, de têtes coupées, de grimaces... Souvent je coupe le son, c'est alors toujours la même chose... Je renoue un rêve interrompu, je me laisse porter...

Yves demandait si elle était souffrante — lui, assis, un peu raide, sur la chaise où était posé le kimono.

— L'esprit abandonne le corps... Souffrante ? Mais non, je flotte, tout simplement je flotte.

Au ton un peu maniéré, trop léger d'une nuance, il reconnut Colette. Mais elle toussait, s'étouffait. Mains expertes de Paul redressant les oreillers, se posant sur les minces épaules, redressant ce corps de pantin. Et ces mains de Paul paraissent si grandes, si possessives, délicates en même temps : elles savaient. Colette respira mieux; Paul approcha le verre demi-plein d'un liquide trouble de ses lèvres sèches. Elle but, sans bouger. Epuisée, aimant à l'être ? Et lui, son corps lourd penché sur elle, s'interposant entre elle et le regard d'Yves-Marie, lui faisant boire ce verre doucement, doucement... Corps opaque, prise de possession, énorme évidence soudain matérialisée aux yeux d'Yves-Marie. Nulle sensualité, et pourtant quoi de plus charnel que ce corps penché, que ces blanches lèvres avides, que cette abdication, que cet allaitement. Le corps de Paul se retira, il reposa le verre. Un instant elle avait clos ses paupières peintes. Petit animal simiesque, bariolé, un peu sale, dans ce lit froissé. L'excès de fard accentuait la ressemblance de ce corps avec un chiffon jeté là, un vêtement fripé. Mais où était l'habitant de ce vêtement, le corps (le mot lui vint, absurde, comme dans les rêves ces illuminations déchirantes, hermétiques au réveil, et pourtant, on avait tout compris, touché du doigt la révélation, la *clé*), le corps *glorieux* ?

— Il faut qu'Yves boive quelque chose, dit-elle avec une soudaine animation. Donne-lui, Paul. Il faut boire de la vodka, ou... Il faut qu'il puisse s'envoler, comme nous, planer... Paul, non, laisse la télévision. Sans son, comme cela, c'est si reposant. Regardez, Yves, on ne comprend rien, c'est divin.

— J'ai du champagne à la cuisine, au frais, dit Paul.

Il sortait lourdement, son pas même prenait possession, comme ses mains, de l'étroite cuisine, des bruits paisibles (réfrigérateur ouvert et refermé, tintements d'une bouteille, verres pris dans le placard). Sur l'écran bombé des visages s'efforçaient à la jovialité, à la fine ironie, à la gravité sentencieuse, ouvrant et refermant la bouche comme des poissons hors de l'eau ; des ombres vêtues de collants blancs et noir, s'agitant gracieusement dans un élément intermédiaire, ni air ni eau. Des mots sans suite apparaissant comme le *Mané Thecel Pharès* biblique devant des babyloniens distraits. *Voyage en Yougoslavie ; Et la danse sera ; 25 000 morts.* Comme dans l'autobus. Comme dans la vie. Pas de son. J'étouffe, j'asphyxie, dans ce rêve. Au secours ! Bien sûr, la voix ne sortant pas de la gorge, c'est classique.

— Voilà le champagne. J'en ai toujours au frais pour Colette. C'est ce qui lui fait le moins de mal. Et des fruits. Buvez, allons, buvez. Puisque vous êtes venu...

C'était pourtant vrai, il était venu, il était là, entre l'écran mystérieux et le lit, dans cette chambre si close, si close, où leurs gestes à tous deux, le vieil homme et l'enfant fanée, là, dans ce lit, nouaient des nœuds invisibles, tissaient des fils où lui, Yves-Marie, s'engluait, s'empêtrait, jusqu'à ne plus savoir ce qu'il était venu faire ni dire. Mais eux, ne s'en inquiétant pas, jouaient leur jeu, c'était cela. Un écran aussi de ce côté-là, terrifiant, magique, mais silencieux; car leurs voix n'étaient, bien entendu, que des oripeaux de théâtre, la voix enfantine de Colette, amenuisée, caricaturale, lui sortant du ventre comme d'une poupée, voix spirite, de l'air dans un gant de caoutchouc, et pourtant odieusement existante, caressant des vices cachés. Et sa large voix de velours, à lui, enveloppante, sans contours précis, comme une fourrure; un jeu. Lui, Yves-Marie, assistait. Quoi d'étonnant à ce qu'ils l'acceptassent sans question ? Le jeu comporte toujours un spectateur, un complice. Il assistait. En eux, il sentait monter une exaltation, qui à travers leur feinte (car il ne doutait pas que ce fût une feinte) les unissait.

— Que j'ai chaud! que j'ai chaud!

— C'est l'heure de la température.

Lui passant le thermomètre. Avec une petite éponge imbibée d'eau de Cologne lui épongeant le front, ses mèches noires trempées de sueur, le cou maigre, la soulevant, la maniant triomphalement, comme exécutant un tour d'adresse, faisant sauter un animal à travers un cerceau, par exemple, elle molle, inerte, se laissant faire; et puis, c'était son tour.

— J'ai la fièvre. C'est dans la fièvre que j'ai mes révélations les plus intenses. La fièvre, c'est le feu purificateur des Anciens. J'évoque mes images, et soudain elles sont là, l'esprit triomphe. Tenez, je modifie mon âge, comme je veux. Je donne l'existence à un vieux chaudron de cuivre, dans la chambre à coucher de ma mère et en fixant son reflet, je recule vertigineusement. L'impression de rétrécir dans ma peau, qui flotte autour de moi comme un élément, non plus comme un vêtement trop juste, et je file en arrière, et tout à coup je réhabite, je réinvestis un moment de mes dix ans, je l'explore, je... Paul tient note de ces expériences, n'est-ce pas, Paul ?

Après tout, cela est possible. Moi et mon souvenir, soudain redevenu vivant, réhabité, du départ de Nicolas... Et celui de Gisèle ? Oh non, pas encore ! — Ah, Paul prend note ? (Mais qu'est-ce que j'avais à leur dire ? Pourquoi suis-je venu ? Les arrêter avant qu'il soit trop tard ?)

— Oui, bien entendu, je m'intéresse...

Mais ces efforts l'épuisent, l'épuisent littéralement.

— Il faut veiller sur elle jour et nuit. J'ai dû lui supprimer presque entièrement les visites... Vous, ce n'est pas pareil, mais..

— Alors, Franck et Michel ? ne peut-il s'empêcher d'interroger.

— Ils me tuaient, murmure-t-elle. Ils voulaient, n'est-ce pas, *utiliser* mon don, comment dire...

Ne plus parler, ne plus interroger surtout. D'où cette odeur de médiocrité, de sordide dans leurs moindres gestes, dans ces regards poisseux de complicité, et pourtant, entre eux, une certaine chaleur, une terrible aisance ?... Yves-Marie arrive à se dresser, dans l'anxiété que quelque chose éclate, dans le sentiment devenu irrépressible que tout est possible soudain, qu'un paroxysme approche comme l'orage, qu'ils vont se mettre à crier, ou se déshabiller en silence, ou se métamorphoser, qui sait, en bêtes de cauchemar, puisqu'il rêve encore.

— Je voudrais vous dire un mot, un mot en particulier.

La cuisine. On entend Colette chantonner sur son lit, petit fredon plaintif et bête. Caricature d'Ophélie. Plus effrayante que la vraie démence, cette caricature qui est peut-être tout de même démente ? La cuisine pauvre, nue. On sent qu'on n'y cuisine pas, tout au plus y ouvre-t-on une boîte de conserve, prend-on une bouteille dans le grand réfrigérateur d'un modèle vieillot, y rince-t-on des fruits. Un verre sale dans l'évier. Le torchon froissé mais propre. Il ouvre la bouche pour dire : « Nicolas... » et les mots qui sortent sont tout autres :

— Elle est folle ?

Il s'attend à un éclat, parce que ces mots tout à coup lui sont apparus si crus, si violemment déplacés dans cette cuisine, devant cet homme posé qu'il connaît depuis si longtemps et que tout à coup il découvre... Mais Paul ne paraît pas froissé, pas même surpris. Il prend un air important, un air de notaire expliquant quelque clause délicate à son client :

— Qu'est-ce que la folie, mon jeune ami ? Une façon de

voir le monde débarrassé de son écorce, voilà tout, le monde dans son incohérence, le...

Yves-Marie regarde ce masque suffisant, gonflé de contentement, béat, absent. C'est là Paul ! Paul si estimable, Paul, le père de son ami, le notaire pondéré, l'amateur de ballets, cet homme mûr, presque vieux, dont il se disait avec mélancolie : il pourrait être mon père. A quel vertige a-t-il cédé qui n'est pas, de toute évidence, celui de la chair ? Son regard, fixe comme le regard des oiseaux qui ne signifie rien, le plus dénué d'expression du monde (il n'a jamais aimé les oiseaux, à cause de ce regard, justement), cette atmosphère creuse et pesante à la fois, cette voix pompeuse de Paul, comme d'un avocat qui plaide une cause à laquelle il ne croit pas, mais qu'il espère gagner petit à petit (le rêve se précisant, près de sa fin, la révélation approchant, approchant toujours, elle va éclater, encore un instant, encore un), Yves le *reconnaît*. Il ne donne pas encore de nom à l'angoisse qui croît, mais il pressent l'approche de ce nom, en devine en quelque sorte les contours. Paul a allumé le néon pâle de la cuisine. Dehors, des voitures passent, lentement (en ce mois de septembre subsiste un peu de l'alanguissement des vacances), des gens s'interpellent d'une voix paisible. Yves-Marie, dans ces voix qui lui redonnent conscience du monde extérieur, trouve la force de dire :

— Nicolas...

— Je sais qu'il est passé par Paris. Mais il n'a pas daigné me faire signe, dit Paul. Ou peut-être ne l'a-t-il pas pu... Sans doute il lui faut faire peau neuve, rompre les liens du passé... Rimbaud, n'est-ce pas...

— Mais est-ce que vous vous rendez compte, dit Yves, mesurant mal sa voix, qu'il court un danger réel ?

Paul se détourne, range un verre, revient à Yves, le regard fuyant.

— Est-ce que vous ne prenez pas tout cela un peu au tragique, mon petit Yves ? Ces littérateurs, vous savez... Moi-même j'ai parfois attaché trop d'importance à certaines sautes d'humeur de Nicolas. Je lui nuisais sans le savoir. Un père est quelquefois trop possessif.

— Mais...

— Un ami aussi, vous savez. D'ailleurs, quel danger... Nicolas voyage. C'est excellent pour un écrivain. Il voyage, il n'y a pas de quoi s'affoler. J'ai d'ailleurs écrit à son frère, qui n'a pas daigné me répondre. Que puis-je faire de plus ? Nous verrons à son retour si... Non, non, n'insistez pas.

Ce refus, cette peur dans le regard de Paul glace Yves-Marie. Il supporterait mieux la colère, l'amertume (qu'il a perçue parfois chez le Paul qu'il connaissait, cette blessure qu'il porte lui-même au cœur, qu'il éprouve, chaque fois qu'il pense à son père). Mais cette hâtive acceptation, ces mots nouveaux plus conventionnels que le vocabulaire ancien, étriqué, de Paul... Et voilà ! La révélation éclate. Le miroir se dévoile. Il *se* reconnaît.

Ces mots : « Elle est partie en sana. Il *faut* qu'elle soit partie en sana. Du sana, comprenez-vous, Hubert, elle peut revenir. » Paroles creuses. Admiration creuse d'Hubert, son collègue de bureau. Ils ont joué le jeu. Il *se* reconnaît. Son beau visage énergique, acteur de cinéma qui joue les durs, loyaux pourtant. Ses yeux francs, ses cheveux coupés court, sa bonté, ses marches à pied boulevard Brune, quand il va visiter le vieux. Complicité vague entre Hubert et lui. « *Quel chic type. Et généreux. Ces catholiques, parfois...* » Hubert le pense et aime à le penser. Lui-même, l'ami parfait, la main sur l'épaule : « Si je peux faire quelque chose... » — « Non, laissez. Je m'en tirerai. » Une nuance d'émotion dans la voix : « Le plus dur, ce sont les enfants, leur mentir. » Dur ! Quel confort, au contraire, ce vide, ces creuses paroles, quel confort ! Aucun problème. Et l'autre qui parle toujours de Rimbaud. Et Colette qui force sa voix pour être entendue, l'affreuse petite chanson enfantine, complaisante, ignoble...

— Pau-au-l !

— Ma petite fille !

Il court, se rassied près d'elle, lui prend la main. Yves reste sur le seuil. Pour rien au monde il ne rentrerait dans ce cercle infernal. Complices tous les deux, elle de cette fausse paternité enfin repue, lui de cette fausse enfance, de cette fausse folie, de ces gouffres médiocres où il feint la terreur de la voir engloutie. Comblés. Creux et comblés. Et moi ?

Aussi bien, il n'a plus rien à leur dire, plus rien à apprendre d'eux. Il s'en va, referme la porte de l'appartement, descend l'escalier à pas lourds, une nausée au bord des lèvres. Réveillé. Enfin réveillé.

La peur dans les yeux de Paul a achevé la révélation. N'est-il pas vrai que Nicolas leur a toujours fait un peu peur à tous ? Et que lui, s'il n'a pas avoué la fuite de Gisèle... Quelles paroles craignais-je alors ?

Leur dernière entrevue lui revenait sans cesse à la mémoire. Si je ne lui avais pas menti, si je lui avais dit tout simplement : je suis malheureux, il serait peut-être resté ? Lui souffrait, et moi, je l'ai forcé à jouer le jeu de la cordialité, des tapes sur l'épaule... Est-ce que déjà je ne savais pas qu'il était en danger ? Mais moi aussi j'étais en danger. Ce quelque chose de menaçant en lui... *Explique-moi ta vie, explique-moi...* Je me suis donné de bonnes raisons, ne pas l'attrister de mon échec... *Mais si c'était de mon échec qu'il avait besoin ?* Et je ne lui ai pas fait confiance. Moins qu'à Hubert. Mais de Hubert j'étais sûr. Il ne me rendrait pas de fausse monnaie pour de la vraie — pas de vraie monnaie pour de la fausse. Nicolas, lui...

Il revit le recul de Paul quand il avait parlé d'un danger. Mais ce danger que courait Nicolas, est-ce que lui, Yves-Marie, ne le connaissait pas depuis toujours ? Et il avait eu un recul lui aussi, et il s'était dit, lui aussi, qu'il ne fallait rien « dramatiser ». Pourquoi ?

Le sentiment d'urgence croissait en lui. Faire quelque chose ! Il était sur la place, devant Saint-Augustin. La rue sombre, derrière lui, les cafés illuminés, devant. La façade sculptée de la maison de la Marine avec ses soldats en pierre, touchants, ridicules, baroques... Il était en retard. Téléphoner à Maria Pilar... téléphoner ! L'idée l'avait traversé comme un éclair, un moment il se sentit triomphant. Ce Père mariste, à Lyon. Et il avait son carnet sur lui. Faire avertir Simon Léclusier. Evidemment il ne pouvait pas être sûr que Nicolas irait voir son frère, c'était peut-être déjà fait, ou alors il reculerait, mais enfin, c'était un geste, un effort, une façon de sortir du rêve, une façon aussi peut-être d'arrêter le courant de ses pensées qui le menaient trop loin. Il entra dans le café, agréable, bien éclairé, qui fait le coin du boulevard Haussmann. Il demanda une bière.

— Lyon ? On va vous l'appeler, monsieur. On vous préviendra.

Deux amoureux, gentils, sur la banquette de plastique jaune. Un homme âgé qui faisait des mots croisés. Trois jeunes gens qui parlaient de politique. Divine rémission. Yves goûtait la paix du malade qui connaît une trêve à ses souffrances, sachant bien que cette trêve ne durera pas, qu'elle est une annonce, au contraire, de recrudescence proche du mal, mais tout de même, sagement, humblement, humainement, la goûtant...

— Lyon, monsieur.

— J'y vais.

Les mots viennent difficilement, comme oppressés dans l'étroite cabine mais de plus en plus serrés, enfin abondants :

« ...*Rencontrés au Congrès de Suresnes... Action Ouvrière... Il s'agit d'un cas très douloureux... L'écrivain bien connu... Oui, sa mère déportée... le choc...!* » Les mots, les pauvres mots ampoulés, les formules toutes faites : « *Son entourage redoute... j'ai tout lieu de craindre...* » et qui pourtant veulent dire quelque chose, ont repris leur poids, Dieu merci, oui, Dieu merci, même si dans un instant je crie grâce, même si je succombe à ce poids.

« ...Oui. Avertir Simon Léclusier, dans le bidonville de... Je vous rappellerai... Tenez-moi au courant, qu'il m'envoie son adresse, je lui écrirai longuement... » Le déclic. Un moment, un moment encore, l'étroite cabine peinte dans un ton orangé, chaud... C'est en remontant l'escalier qu'il va subir le choc, ou sur la terrasse, en prenant un autre demi. Il appelle la serveuse.

— Mademoiselle !

Le courant le porte, irrésistible. Le seuil de cette chambre où il s'est tenu. Le seuil de la salle à manger, chez lui, comme ils contemplaient tous les deux, Nicolas et lui, l'enfant, le bras levé, qui les conviait à partager sa joie. « C'est beau, le bleu ! » Le seuil de cette pièce même, où Nicolas s'était tenu souvent, enfilant son manteau, avant de les quitter, Gisèle et lui...

— Mademoiselle !

Gisèle et lui. Voilà. La crise reprend. Ou commence, plutôt. Car quel rapport entre son malheur passé, morne comme une paix, et la souffrance qui s'annonce, dévorante, flamme pressée de tout envahir ? Un rideau de flammes qui s'étend, s'amplifie, avance vers le passé, gagne jusqu'à ces moments-là qu'il avait cru si bien protégés, Nicolas fermait si bien la porte ! Fermait la porte comme je l'ai fermée, tout à l'heure, chez Colette, les laissant, les laissant, *les laissant...* Le disque tourne sur place, ah ! s'il pouvait en rester là, quitter cette terrasse.

— Une autre bière, s'il vous plaît.

Rentrer, retrouver Maria Pilar, les enfants endormis. Mais s'il bouge ce sera pis encore. *Les laissant à leur complicité, comme...* « Ce pauvre Nicolas. » Gisèle disait, gentiment sentencieuse : « Oui, il est bien à plaindre. » Sa voix d'enfant. Mais de vraie enfant, je le jure, rien de commun avec... « Il ne croit à rien, et il en souffre. C'est peut-être ce qui le sauvera. » Le couple modèle, dans leurs propos, leurs menus, leur tenue. Gisèle, toujours fraîche dans de petites robes bon marché. « *Oh! mon mari n'admettrait pas que je travaille. Les enfants...* » Tant d'application à lui plaire. Pourquoi ce souvenir tout à coup lui fait-il horreur ? Nicolas : « *Vivre comme toi, ce faux bonheur, la cuisine ripolinée, les enfants impeccables, non, je ne pourrais pas.* » Cacher la blessure secrète. Ne pas se montrer fâché, atteint. Répondre avec bonté; c'est facile. Les arguments ne manquent pas. « La vie humble aux travaux quotidiens et faciles... *beaucoup d'amour. Mon mari n'admettrait pas que je...* » Beaucoup d'application plutôt. « *Une recette que j'ai apprise spécialement pour toi, mon chéri.* » Elle détestait faire la cuisine. Elle ne voulait pas d'enfant tout de suite. Nous avons beaucoup appris. Nous nous sommes enrichis énormément dans l'effort. Nous... Avaient-ils, eux aussi, joué ce jeu ? Non. Non, ce n'est pas possible. J'étais de bonne foi. De bonne volonté. Et paix sur la terre... Paix ! Dans cette atroce douleur ! Un soir, durant leurs fiançailles, dans la forêt de Fontainebleau, sous les étoiles, une excursion, il s'était dit cela : Paix sur la terre... Mais ils avaient tout gâché par leur avidité, étendus sur le sol sec, entre la roche et les fougères. « *Nous aurions dû nous contenir, nous maîtriser.* » — *Pourquoi ?* (fer rouge, vrai visage de Gisèle, petite dactylo romanesque). Pourquoi ? — « *Ç'aurait été plus beau.* » Lui, sa belle voix grave, virile. « *Tu crois ? Pourtant c'était beau, les étoiles, ces fougères...* » avait-elle dit. Fallait-il que les flammes dévorassent jusqu'à ce pauvre souvenir, le plus lointain, médiocre et doux comme une fleur séchée dans un livre qu'on retrouve ? La tristesse dans ses beaux yeux un peu bêtes, et puis : « — *Tu dois avoir raison.* » Cette tristesse, aujourd'hui présente. L'abandon du pauvre précieux souvenir ! Le regard en arrière, plein de regret, sur la belle image qu'il faut abandonner. « Tu dois avoir raison. » Un cri le déchire. « Non, Gisèle ! »

Je n'avais pas raison. Ma douce, ma sotte, ma coquette, ma frileuse, ce jour-là je t'avais perdue. Ce jour-là déjà ton vrai visage est resté en arrière, sous les étoiles, dans la forêt protectrice... Déjà t'efforçant de me complaire, t'abaissant pour me complaire (et tous complices, ta mère si contente du beau mariage, tes amies admiratives que tu as cessé spontanément — spontanément, triste et folle enfant — de fréquenter), Dieu sait, Dieu sait vers quelle pureté tu courais en me quittant ? Vers quelle forêt ? Mais paix sur la terre... Je ne savais pas. Je t'ai humiliée, abaissée. Mais je ne savais pas. Je t'ai refusé, Nicolas. Tu aurais pu m'en apprendre trop long. Mais je ne savais pas. Je ne voyais pas. Dieu m'est témoin... Dieu m'est témoin ! La flamme a tout dévoré. Il ne me reste rien que ce déchirant regret : ton visage banal et pur d'avant le bonheur, Gisèle. Cette autre femme aux fraîches robes, au visage trop sérieux, cette jeune mère indéchiffrable, appliquée comme une prostituée, il faut l'oublier. Si j'arrive à attendre la vraie Gisèle, peut-être, peut-être reviendra-t-elle ? Larmes tièdes dans la nuit tiède, qui coulent sur ses mains. Les premières. Tout commence seulement, il le sent bien. Il va falloir tout réapprendre. Mais paix sur la terre... Dieu m'est témoin ! Tu n'es pas parti en vain, Nicolas. Je commence aussi un voyage.

Et Simon voyage, aussi. Il est seul dans son compartiment avec un très vieil homme qui marmonne et fait des comptes dans un calepin crasseux. Seul. Il se rend compte de la différence. Comme ses indigents, ses ivrognes, ses bons à rien du bidonville lui tenaient chaud ! Comme ils étaient un seul être, serrés tous ensemble dans leur église, serrés tous ensemble dans leur désespoir. C'est encore tout autre chose qu'un désespoir solitaire, et Simon le découvre. Bien persuadé que ce voyage est inutile, il l'accomplit cependant méticuleusement, préparant ses mots, ses phrases, pour convaincre et persuader. Mais qui convaincra Nicolas ? Secrètement il le craint, il le croit déjà perdu. Par moments il se secoue, se reproche : Voyons! Au contraire, le choc, revoir sa mère, peut le sauver. Elle saura lui dire... Mais qui sauvera Simon ? Et puisque Simon ne peut rien pour Nicolas, qui pourra quelque chose ? Mon frère, plus grand et plus fort, toujours, que moi. Si plein de vie, de révoltes secrètes, de violence cachée. Se peut-il qu'il soit tombé aussi bas que moi, dans ce creux d'où l'on ne désire même plus sortir, où l'on s'abrite, où l'on se trouve presque bien ? Mais alors, l'un à côté de l'autre, comme nos indigents, ne pourrions-nous pas... En vain il rêve d'un désespoir partagé comme le pain. C'est déjà une richesse, cela, et il ne le sait pas, mais il pressent bien que Nicolas refuserait l'humble partage. Qu'il ne vient à lui que par une sorte de défi, une épreuve où il jouera, lui, Simon, le rôle de pierre de touche. Et c'est pour cela aussi qu'il voyage, qu'il fuit. Parce qu'il ne pourra supporter d'être ce sur quoi Nicolas se brise. Parce qu'il ne pourra supporter que sa foi inutile, barbare, soit l'instrument qui blesse Nicolas. Parce que cette foi qu'il cache est trop dure pour ses pauvres indigents, trop dure pour Nicolas, il se réserve de la porter seul, comme une tare, comme une croix.

Leur mère, ce grand mystère de souffrance et de pardon — ou d'oubli — peut seule quelque chose. Qui sait si pour lui-même... Il y a si souvent rêvé, à ce pardon gigantesque dont elle a fait sa vie, rêvé sur les lettres d'une banalité exemplaire — peut-être grandiose — qu'elle lui adresse... Quoi d'étonnant à ce que ce geste accompli elle n'ait pu revenir vers eux ? Elle a dû, rêve Simon, trouver là-bas sa vocation, celle de pardonner sans relâche, pendant toutes ces années, à cet homme qu'il n'imagine pas, auquel il n'arrive pas à prêter de visage. Qui sait si de sa bouche à elle, à elle qui a le droit de les prononcer, elle seule, ne tomberont pas les paroles d'absolution qui remettront le monde en place, qui lui redonneront vie ? Qui tueront la pitié paralysante et lui rendront sa force d'homme, la force de rendre à Dieu son scandaleux pouvoir.

Simon voyage. Oui, contrairement à ce que craint parfois Théo, ce n'est pas de ne plus posséder Dieu qu'il a peur, c'est de le posséder encore; cette arme terrible est encore dans sa main, c'est la force de s'en servir qu'il a perdue. Perdue lentement, au milieu de trop de détresses, de trop de misères écrasées, si paisibles dans leur morne prostration qu'il eût fallu le sang-froid du chirurgien pour, brutalement, les relever, en rouvrant toutes leurs blessures. Nicolas est ainsi, blessé de toutes parts, refusant la brûlure du pardon, l'exigence de l'acceptation — et lui, Simon, n'a pas su la lui imposer. « *Je viendrai te voir dans les premiers jours d'octobre* », ces mots déjà l'avaient ravagé. Car c'était bien le voir que Nicolas voulait, le regarder comme un objet, le jauger — et il saurait tout de suite, Simon n'en doutait pas, la terrible impuissance où son frère était tombé, et où il avait avec lui entraîné son Dieu.

Non, cela, Simon ne peut le supporter. Qu'il trahisse Dieu pour ses pauvres, qu'il trahisse Dieu pour ses ivrognes, ses fainéants, ses simples d'esprit, mais qu'il ne trahisse pas Dieu devant son frère ! Est-ce la marque d'un amour plus grand, ou d'une pitié moins forte ? Il ne sait pas, mais il est parti. Devant son frère il faut, il faut un témoin de Dieu. Il va voir sa mère pour lui demander d'être ce témoin, puisqu'il n'aura pas la force de l'être lui-même. Il va voir sa mère, pour lui demander d'être ce roc, ce granit contre lequel se brisera Nicolas. Pour la première fois depuis des années — qui lui semblent des siècles — qu'il s'occupe du bidonville, le sentiment de l'impérieuse nécessité de la souffrance l'a à nouveau envahi. Ses pauvres, il a pu les épargner. Mais Nicolas, Nicolas, il ne faut pas qu'il soit épargné. « Je l'aime trop pour cela », songe-t-il dans ce wagon cahotant qui l'emporte, et lui-même, qui sait ce qu'il adviendra de lui-même, en cette aventure ? Il s'en soucie si peu, que ce peut être n'importe quoi. Simon voyage.

Les Clay mirent la *Suite en si* sur leur pick-up. C'était un couple riche, vaguement ami de Paul, des riches à invitations faciles, à piscine, à propriété privée parmi les pins, à vacances hors saison, à sports d'hiver, qui lisaient beaucoup, en avion, entre deux capitales. Une chambre d'ami tout en verre, sauf une paroi (en pierres apparentes), de grands rideaux de lin blanc partout, un immense lit plat, le laboratoire idéal. Marcelle n'avait pas pris la main de Nicolas quand la flûte avait développé le thème. La musique est partout maintenant, jusque dans les plus humbles foyers. Elle n'est plus une célébration. Peut-être, celui qui n'a que trois microsillons, soigneusement essuyés, que chaque dimanche il se joue... Ou alors dans une hutte aux Indes un enfant qui prend un roseau... Mais qu'est-ce que le microsillon pris parmi cent autres et qui sert de musique de fond ? Les Clay ont tout domestiqué (peut-être faut-il avoir de l'argent ?), sur les murs les tableaux dociles qui obéissent à l'appel (un Memling de toute beauté, remarquez la petite Sainte Cécile à gauche, et elle s'incline, la petite Sainte Cécile, sourit aux Clay, aux invités des Clay), les statuettes khmères devant lesquelles Mme Clay fait son *relax*, les musiques qui s'allument, s'éteignent, augmentent, diminuent, vous suivent dans la salle à manger, par d'invisibles fils conduites, les douces lumières cachées partout, les rideaux qui s'ouvrent électriquement, d'un bouton que l'on presse au lit, et l'eau de la cascade artificielle mais exquise de simplicité, de naturel, on s'y tromperait si on n'était sûr que les Clay sont trop bien élevés pour avoir une cascade naturelle dans leur parc. Devenir le valet noir de M. Clay, qui a une *suite*, la télévision dans sa chambre, une salle de bains en faïence et aucune décision à prendre ? Ou simplement son secrétaire, mais ils ne voudraient pas. « Vous êtes là pour vivre à notre place, cher écrivain, c'est pour cela qu'on vous invite, qu'on vous nourrit, qu'on vous regarde. » Comme la télévision. Les Clay sont tolérants, doux et affectueux. Trop d'argent partout pour ne pas être admirablement impartiaux. *Certainement les Français là-bas ont fait une œuvre admirable... Ben Bella est d'ailleurs si cultivé... J'ai eu l'occasion de dîner un jour avec monsieur Khrouchtchev. Ils sont même philosophes. Les déplorables atrocités... sont de tout temps. La différence maintenant c'est qu'on ne peut plus les ignorer.* La cascade artificielle a un bruit cristallin délicieux, et Marcelle est charmante, un charme étrange, tout à fait *la maîtresse du poète*, déclare la vieille Mme Clay, la mère. Les Clay cultivent la poésie et la paix du haut de leurs deux cents hectares de pinèdes. La paix dans le monde est mon vœu le plus cher, disent-ils ; leurs doux yeux d'intoxiqués. M. Clay gère ses capitaux humainement : « Je ne veux pas d'exploitation chez moi », dit-il encore. Mais comme chez lui, c'est le monde entier, c'est difficile à obtenir. Par les soirs d'automne, près de la cascade (qui forme petit lac artificiel à la base, servant de piscine, c'est tellement plus joli), M. Clay est mélancolique devant cette difficulté.

— Vous aussi, cela vous tourmente, n'est-ce pas, l'injustice du monde ?... demande-t-il à Nicolas, cet écrivain de passage, il y a toujours un ou deux écrivains chez lui. — Mais évidemment, quand on aime...

Il dit encore :

— Elle est belle !

en parlant de Marcelle. Mme Clay n'est pas une beauté, c'est une fortune. Autre chose, tout simplement. Moelleuse, douce, rêveuse : une fortune. La beauté, cela a des angles, et les angles ne sont pas pour M. Clay. Parfois une nymphe saisie dans un buisson, et cher payée, comme les statues. Cher payée pour rester une nymphe et non une femme. Une femme, un métier, la vie, que voulez-vous, cela ne m'est pas donné. Dans la chambre-laboratoire blanche et nickelée, où ils ne passeront qu'une seule nuit :

— Tu as entendu, dit Nicolas, la *Suite en si...*

Non, elle ne l'a pas *entendue*.

— Je voudrais être monsieur Clay. Le domestique de monsieur Clay. Le chauffeur du domestique.

— Non, tu ne voudrais pas, dit-elle.

— Pourquoi non ?

— Tu ne pourrais pas.

— Cette paix, cette tranquillité, je ne pourrais pas ?

— Pas plus de huit jours. D'ailleurs qui t'empêche de rester ? Et nous partons demain.

— Si tu voulais, je pourrais.

Elle se laisse prendre. Toujours sa naïveté.

— Si je voulais ?

— M'épouser.

Elle fait non, de la tête. Le domestique de M. Clay, le mari de Marcelle... tout cela revient au même. Elle ne sait pas ce qu'elle souhaite pour lui, mais pas cela, sûrement pas cela. Elle fait front, adversaire butée, courageuse. Elle lutte sans savoir pourquoi, sans se douter, pense-t-il, que tout bonheur possible passe par le mensonge qu'elle refuse.

Parfois il est saisi de colère devant tant d'incompréhension. Est-ce qu'elle ne comprend pas que c'est la seule voie

qui lui reste ? Qu'il a tout essayé ? Tout sauf la foi réelle, le
scandale de l'amour accepté, reconnu comme tel. Et c'est
pour cela qu'elle combat, pauvre folle qui ne sait pas ce
qu'entraîne une telle acceptation.

Il est vrai qu'elle est prête à tout accepter. Il n'a pas réussi
à la troubler sur ce point. Si sûre d'avoir raison dans son
aveuglement. Donnant à plein dans le piège. Si femme dans
son besoin de certitudes ! Les femmes au pied du Calvaire,
prêtes à recueillir le sang du Christ et à le mettre en flacons,
en cas de nécessité... Et sur le tombeau, y allant, y retournant
pour ne pas laisser perdre une parcelle de miracle ! Marcelle
était ainsi. Elle voulait qu'il y ait eu un miracle, elle voulait
qu'il se reproduisît. Il luttait entre la colère et la pitié, et
puis venait la peur, parce qu'elle luttait contre lui. Mais il
vaincrait.

Adieu, les Clay ! Déjà elle fait les valises, docile. C'était
pourtant un bel endroit, pour mentir.

Béatrice a son grand tablier de cuir, le sécateur dans la
poche ventrale, son vieux chapeau de paille devenu mou, elle
a tout ce qu'il faut, en ces derniers jours de septembre, tout,
et même son fils à ses côtés, pour avoir l'air d'une paisible
vieille dame, qui soigne son jardin sans arrière-pensée, en
grande banlieue.

Oui, Jean-Pierre à ses côtés, mais à quel prix ! Le scandale,
sa démission des Ballets Bell devenue obligatoire, deux tour-
nées annulées, les calomnies, les titres dans les journaux :
*Pour l'amour d'un jeune danseur, il escroque les rapatriés.*
Et les éditoriaux de droite, stigmatisant la dégénérescence
bien symptomatique des milieux parisiens. Et les éditoriaux
de gauche démontant le mécanisme des puissances d'argent pourries. Et les allusions aux ballets bleus ! et les
caricatures ! et les calembours ignobles ! Et le *Canard
Enchaîné* ! Rien n'y a manqué. Pour la première fois, Béatrice
a flanché. Ce n'est pas par crainte de le voir repartir qu'elle
a voulu, tout de suite, la petite voiture rouge au garage. Et le
premier dimanche, au moment de partir pour la messe, quel
regard elle a eu pour Valentine !

— Il faut, Béa.

Elle a hésité encore. Et Valentine qui a déjà, elle, assisté à la messe de 7 h 30, réenfile son manteau étriqué du dimanche, enfonce farouchement sur son rude visage d'Indien le chapeau de paille noire des grands jours :

— Allons, madame.

Le *madame* a cinglé Béatrice. Elle aussi a pris son chapeau. Jean-Pierre est déjà prêt avec sa cravate de notaire.

— Tu crois que c'est bien indiqué.

Valentine a répondu pour elle :

— Si vous ne vous montrez pas aujourd'hui vous ne pourrez plus jamais vous montrer, monsieur Jean-Pierre.

Ils sont allés à l'église. Valentine un peu en arrière, mais non loin, les surveillant. Prête à les défendre, mais prête aussi à les redresser. On les a beaucoup regardés. Le curé a prononcé avec une onction toute particulière : « Je ne suis pas venu pour les justes, mais pour les pécheurs » au cours de son prêche. Et ç'a été tout. C'est d'autant plus charitable à lui qu'il en a toujours voulu un peu à Béatrice d'occuper le presbytère de *son* église, qu'il n'a pu racheter, alors que lui a été obligé de se loger dans une affreuse maison neuve, qui manque de poésie à un point ! A la sortie, Béa s'est peut-être éloignée un peu vite, Valentine qui craignait une défaillance, la suivant. Mais Jean-Pierre a été parfait. Il a soigné sa sortie : un ballet. Lent, mélancolique, mais la tête haute, saluant tout le monde, mais sans avoir l'air de s'attendre à une réponse ; réservé comme à un enterrement. Et presque tout le monde l'a salué, en somme. Les dames, touchées de sa pâleur, avec le souvenir ancien de sa parfaite courtoisie, lui étaient surtout favorables.

— Tout n'est sûrement pas vrai, là-dedans... Les journaux, vous savez... Et puis un si bon fils.

— Vous voyez, Béa ? Il n'y avait pas de quoi avoir peur, a dit Valentine dans la cuisine. Elle a dit : peur, un peu pour piquer Béa, pour lui rendre son courage, sa fierté. Mais Béatrice est brisée. Elle éclate en sanglots, la tête sur l'épaule de Valentine, mouillant la robe en velours prune, orgueil de la servante.

— Pleurez, ma pauvre, pleurez, soupire Valentine devant cette débâcle. Et au bout d'un moment, avec une douceur qu'on n'attendrait pas sur son vieux visage recuit :

— Le mien est mort, madame.

Béa relève la tête, elles s'embrassent. Vieux compagnonnage de femmes, plus solide que tout.

Qui dirait à Béatrice que la silencieuse présence rigide de Valentine la Cévenole est une des choses les plus importantes de sa vie, l'étonnerait beaucoup. Qui dirait à Valentine que la place tendre dans son cœur qu'elle croit réservée au petit enfant mort, Béatrice l'a peu à peu investie, l'indignerait peut-être. Et pourtant, l'une appuyée à l'autre, toutes deux reprennent haleine, connaissent une trêve salvatrice, et celle qui reçoit le plus n'est peut-être pas la plus accablée. Valentine conclut d'un murmure :

— Que votre volonté soit faite, et non la mienne.

— Amen, dit Béatrice d'une voix raffermie.

Et elle prend son attirail de femme heureuse, tablier, sécateur, panier, pour rejoindre Jean-Pierre au jardin, qui relit une lettre.

Car Marcelle a écrit à Jean-Pierre, plusieurs fois. Lettres de femme, débridées, sans frein, sans pudeur, sans ponctuation, qui l'ont choqué, fâché, et même meurtri. Marcelle son amie, Marcelle son enfance, connaissait à son tour ces souffrances un peu repoussantes, ces rages blanches, ces acharnements, qu'il a vus mûrir sans les partager, avec quel malaise, sur le visage de Marc ! Il est donc impossible de trouver un visage qui ne soit pas troublé par ces orages, souillé par ces complications ? Même celui de sa mère tant aimée le force parfois à détourner les yeux. En entrant dans l'église, son regard de coupable, comme si c'était elle... Et qui sait pourtant ? Cette nostalgie de l'enfance, ce goût d'une pureté vide et légère, n'était-ce pas elle qui les lui avait donnés ? N'avait-elle pas voulu d'un tel amour le soustraire à tout ce qui pèse, à tout ce qui heurte... Il eût été tellement injuste que ce fût vrai, et ce l'était peut-être. Et n'était-ce pas parce qu'elle l'avait trop aimé qu'il avait désiré si fort, comme on veut respirer, s'évader de l'univers de l'amour ?

Et voilà qu'il y était malgré lui replongé par la lettre de Marcelle. Marcelle perdue dans des contrées incertaines, errant de ville en village avec un homme dont elle épiait le visage, Marcelle, que Béatrice disait « si simple, si saine », écrivant ces mots énigmatiques : « Je ne veux pas l'épouser contre lui. »

Pourquoi ne pas oublier tout cela ? Fuir en Espagne, rejoindre Marc, quitter ces visages de femmes éplorées ?

C'est qu'il sait trop bien qu'il retrouverait sur celui de Marc les traces des mêmes blessures, qu'il infligea sans le vouloir. Non, il n'est plus d'enfance où il puisse se réfugier, si même Marcelle l'a désertée. « Je me rends bien compte, dit-elle, que tout ceci doit te paraître fou. Et pourtant je suis heureuse de l'éprouver, de souffrir pour lui, même s'il l'ignore... » Souffrir ! Elles veulent toujours souffrir. Marcelle, Béatrice, Valentine, elles la boivent, cette souffrance que lui a toujours refusée. Mais alors, pourquoi ne pas partir ? Et déjà il sait qu'il ne partira pas.

— Cette petite est complètement folle, dit Béatrice qui a lu la dernière lettre. Ne pas l'épouser contre lui ! Qu'est-ce que cela veut dire ?

— Cela veut dire qu'elle l'aime, je suppose.

Pauvre maman, si simple et si saine elle aussi, malgré ses petits chapeaux crânes, sa voiture sport, son parler bref et militaire. Lui sait bien quelle douceur, quelle vulnérabilité se cache sous cette écorce rugueuse. Plus que tout homme d'ailleurs il a toujours suscité chez la femme cet épanchement de source, cette indulgence, cette douceur du sacrifice toujours prêt, et il l'a senti, et il a aimé jusqu'à ce jour, en enfant insouciant, cette source toujours prête. Il en a senti la présence jusque chez Valentine, et riait d'aise et de tendresse de voir le geste le plus sec accompagner toujours le regard le plus doux. Mais cette douceur, chez Marcelle, refusée, bafouée ? L'idée lui en est soudain intolérable.

Qui sait ce qu'il en aura fait, ce garçon cruel et bizarre, qui la traîne à travers la France, la tourmente, la salit physiquement et moralement, car une souffrance est une souillure... Mais lui-même, Jean-Pierre n'a-t-il pas souvent, sans le vouloir, infligé la souffrance ? Il repousse cette pensée.

— Le salaud ! dit-il tout haut.

Béatrice se redresse, lâchant la tige du rosier.

— Qui ça ?

— Ce Léclusier. Ces écrivains, d'abord, c'est si malsain... Ses livres, tu as lu ?

— Ce n'est pas tout à fait mon genre. Un peu nouveau roman, non ?

— Plutôt un surréaliste attardé, dit Jean-Pierre avec mépris. Marcelle est si facile à impressionner ! Elle est naïve au fond.

— Pas si naïve que ça, dit sèchement Béatrice, mi-humeur, mi-calcul, car un obscur instinct s'éveille en elle.

— Tu dis toi-même : si simple, si saine...

— Sain ne veut pas dire naïf. C'est une petite qui a eu pas mal d'aventures...

— Tu dis cela comme il y a un siècle ! Mais elle en a toujours été victime, de ses aventures ! Ce garçon de la Radio, encore un individu...

Mais le chagrin de Marcelle, alors, a été un chagrin d'enfant déçu. Il a pu l'aider, la consoler. C'était un chagrin dont il n'avait pas peur. Aujourd'hui, à son recul devant ces lettres, il sent bien qu'il s'agit d'autre chose. De quelque chose qui s'apparente à la souffrance de sa mère, de Valentine, de Marc même... De quelque chose qui devrait lui faire horreur, qu'il a le désir de fuir, mais en même temps, parce qu'il s'agit de Marcelle, de soulager.

Et il ne peut pas, il ne peut rien... Impossible d'échapper à cette évidence. Lui qui a toujours voulu croire que tout s'arrangeait d'un sourire, d'un mot gentil, voilà son enfance même qui le trahit.

— Si elle ne se marie pas, à son âge, il y a tout de même une raison, poursuit Béatrice imperturbablement. J'aime beaucoup Marcelle, c'est un peu ma fille, parce que sa mère, mieux vaut n'en pas parler, mais cela ne m'aveugle pas.

— La raison, c'est qu'elle est moins garce que les autres, dit Jean-Pierre avec feu. Elle ne calcule pas, elle, elle ne s'économise pas, ne se donne pas sou à sou, comme les autres le font. Ce que tu appelles des aventures, c'est de la générosité, tout simplement. Et ils ne savent pas le reconnaître, trop habitués à ce tas de femmes qui ne donnent rien pour rien...

Tout cela est vrai, mais l'affirmer ne soulagera pas Marcelle, ne la fera pas aimer davantage, si elle n'est pas aimée. Cette impuissance à communiquer un sentiment fort, ce douloureux désir d'y parvenir, c'est la première fois que Jean-Pierre les éprouve. Est-ce que je souffrirais ? se demande-t-il avec stupeur.

Béatrice s'est penchée à nouveau, elle désherbe son parterre, en apparence paisible. Mais son cœur bat violemment et ses mains tremblent. Les voies de la Providence sont insondables. Oh ! la force qu'il lui faut pour se défendre d'espérer !

# V

Ils n'osent pas rentrer. Voilà la vérité. Ils n'osent pas. La peur a été contagieuse, elle a gagné Marcelle. Elle s'obstine à dire qu'il faut regagner Paris, que là, ils décideront. Mais elle n'ose pas exiger le retour. Tristes hôtels de passage, semblables à des salles d'attente de gare... Ils ont quitté la Côte, ils errent en province... Les petits déjeuners sur la terrasse d'un grand hôtel quelconque, sous la verrière glauque soutenue par une armature de fer rouillé, et leur silence... Les villes de province à cinq heures de l'après-midi, l'aspect tranquille des rues, les vieux hôtels particuliers habités par des notaires, des avoués, des dentistes... Belles maisons austères, avec un jardin caché, pour les enfants, mais ils n'ont pas le droit de piétiner le gazon chinois soigneusement entretenu. Douceur de la vie en province. « *Là, tout n'est qu'ordre et beauté...* » Et moins flottante que chez les Clay, la vie. Plus rigide, juste ce qu'il faut pour la faire tenir... Tout cela, c'est peut-être un problème d'enfance, se dit Nicolas. Si j'avais eu une enfance comme cela, la messe et le gâteau du dimanche, les parents irréprochables, raides comme des bonshommes de pain d'épices, est-ce que ?... Mais non. Le choc doit être encore plus grand, quand on *découvre*... Peut-être on ne découvre rien. On reste ici avoué comme son père, ou dentiste, ou notaire, et l'on croit faire un grand geste d'audace en épousant Jeanne qui a trois sous de moins que Juliette, et puis c'est fini. Un bon livre, le soir, de la musique... Ou la télévision, pourquoi pas ? On gagne de l'argent, pas trop, on bridge avec des amis, on a quelques enfants, pas trop. On lit les nouveautés. La vie du vieux Paul, c'est tout à fait cela.

Pour l'aventure, il y a la guerre. Et même la guerre, est-ce que ça les atteint vraiment ? Il se souvient d'une amie rescapée des camps de concentration qui dit parfois : « Ces Nord-Africains, il faudrait tous les anéantir, femmes et enfants compris. » Il se souvient d'un jeune écrivain noir américain qui, un jour : « Je ne peux pas sentir les Juifs. » Opaques. Ils sont opaques. Si ce n'était que de la méchanceté, consciente et organisée, ce ne serait rien. Et c'est pourtant la seule façon de vivre, peut-être, et de mourir tranquille. « Je n'ai jamais fait de mal à personne. » Ni de bien. Ces gens, c'est une autre espèce. On trace un beau dessin, bien géométrique, et on se met au milieu, comme une statue dans un jardin, attendant que la nuit tombe ; n'est-ce pas plus simple, plus propre, que d'errer comme un somnambule romanesque sur des landes désolées, dans de grandes forêts wagnériennes aux branches enchevêtrées comme des entrailles ? Cultiver son petit carré, le rendre habitable. N'est-ce pas la meilleure méthode possible quand on a abdiqué toute fierté ?

— Je peux très bien trouver un travail quelconque à Paris. A la Radio, par exemple. Des émissions littéraires. Des articles, une chronique. Je peux même écrire encore des livres, pourquoi pas ? En somme tout recommence comme avant, seulement nous sommes ensemble, voilà tout.

Non, faisait-elle de la tête, prête déjà aux larmes. Non.

— Parce que tu voudrais autre chose. Parce que je t'ai rencontrée tu voudrais que ma vie se transforme ? Je veux t'épouser mais ça ne te suffit pas ? Tu voudrais que je me traîne à tes pieds, que... que j'écrive un livre sur toi, peut-être ? Il faut voir les choses comme elles sont, ma petite Marcelle. A mon âge on n'est plus si romanesque, on...

Elle haïssait ce ton raisonnable plus encore que sa brutalité. Il avait tellement l'air d'avoir raison ! Elle-même, quelques mois plutôt, qu'eût-elle demandé de plus que cela, être aimée, être épousée. Et elle ne savait que répondre quand il lui demandait ce qu'elle voulait. Ce qu'elle voulait, c'était que ce jour de Paris, avec toutes ses promesses mystérieuses, revînt. C'était qu'il consentît à l'aimer, non qu'il s'y forçât. C'était...

— Vivons ensemble sans nous marier, suggérait-elle, à bout de forces.

— Voyons, pourquoi ne pas faire comme tout le monde ?
Tu veux jouer les femmes modernes, indépendantes ? Tu...

— Mais pourquoi, toi, veux-tu absolument que nous nous
mariions ? On dirait que tu veux, je ne sais pas, tromper
quelqu'un...

— Fais attention à ce que tu dis, fit-il d'une voix sourde.

Il marchait à travers la chambre comme un ours, il lui
faisait presque peur, avec sa carrure massive, sa tête enfoncée dans les épaules, cette présence physique oppressante
qu'il imposait. Mais il contenait sa colère, il rusait, s'asseyait
près d'elle, lui prenait la main. Il fallait la séduire, la convaincre. Elle était devenue le symbole même de cette vie si
difficile à apprivoiser. Il se faisait doucereux.

— Marcelle, voyons, tu sais bien que nous nous aimons.
Est-ce que tu ne m'aimes pas ?

— Mais si, murmurait-elle, suppliciée.

— Tu penses peut-être encore à un autre ? Tu as peur de
perdre ta liberté ?

Sa feinte atteignait à la perfection, l'inquiétude teintait sa
voix, une douceur extrême remplissait ses yeux — elle brûlait, elle brûlait de le croire ! Et elle ne pouvait pas.

— Tu ne dis pas la vérité... soupirait-elle lamentablement.

— Pourquoi est-ce que je voudrais t'épouser, sinon parce
que je t'aime ?

Il goûtait âprement la fadeur de ce dialogue. Elle céderait,
il faudrait qu'elle cédât.

— Tu dois d'abord... tu dois d'abord résoudre tes problèmes.

Pauvre sotte ! Malgré lui il s'irritait.

— Tu deviens freudienne, maintenant ? Le mal que peut
faire cette culture de Prisunic !

— Tu es injuste. Je veux dire... je veux dire qu'il ne faut
pas que tu te serves de moi pour...

Il bondissait sous le mot. Cette aveugle clairvoyance le
rendait fou. Il la secoua par les épaules, se retenant avec
peine de lui faire du mal.

— Parce que je me sers de toi ? Et pourquoi, s'il te plaît ?
Je voudrais bien entendre ta théorie. Ce doit être joli. Pour
écrire un livre, peut-être. Tu joues un personnage si passionnant ! Les réactions de la femme indépendante en 62, c'est
ça ? Ou quoi encore ? Je veux t'épouser pour ton apparte-

ment, tiens, voilà une suggestion. Il paraît que ça se fait beaucoup. Ou, plus romanesque, pour oublier un ancien amour. Alors, ça te donne des idées ?

Il voulait lui faire du mal, qu'elle criât, qu'elle s'indignât. Mais cette douceur, ces yeux résignés... Pire que ceux de Renata, car Renata avait de la souffrance une connaissance mystérieuse et profonde. Les yeux de Marcelle se résignaient sans comprendre.

Elle dit :

— J'aime presque mieux quand tu te fâches.

Et il se tut un moment, rassemblant ses forces.

C'était vrai que dans un sens, tout en pleurant, tout en étant désolée, elle ressentait une sorte de soulagement. Le mensonge implicite de ces propositions répétées l'étouffait ; chaque fois l'envie devenait plus forte de dire oui, de se jeter dans ses bras, d'oublier tout dans une étreinte peut-être trompeuse, mais douce tout de même, d'arrêter cette fuite qu'il lui infligeait comme une vengeance ; car c'était tous les jours maintenant un autre hôtel, une autre route sans but, il la faisait rouler impitoyablement ; des centaines de kilomètres, dans un sens, dans l'autre, par d'interminables routes départementales qui semblaient n'aller nulle part... Et les lâches arguments féminins lui venaient à l'esprit, par fatigue et par tristesse, parce que dans sa colère blanche il ne s'approchait plus d'elle depuis leur fuite de chez les Clay (qui en restaient encore doucement stupéfaits — mais ces artistes...) « Après tout j'aurai été mariée... Même si je n'ai qu'un an de bonheur... Et j'ai déjà vingt-huit ans. » A cela s'ajoutait un doute auquel elle ne croyait pas encore tout à fait, car après tant d'années sans la moindre inquiétude, elle avait presque oublié ce sujet qui hante tant de femmes devant leurs agendas. Et elle ne savait même pas ce qui lui faisait repousser ces arguments raisonnables. Un instinct seulement qui lui disait de se cramponner, de tenir bon, qu'accepter eût été mal, et qu'à force de s'obstiner, cette barrière de mensonge se résoudrait entre eux.

Et elle s'obstinait, en pleurant. Visage patient, et doux, et triste de Renata. Je suis hanté. C'est ma faute. Pourquoi lui avoir laissé lire en moi ? Pourquoi ces sarcasmes ? Pourquoi ce quelque chose qui l'a mise en éveil, ce quelque chose qui lui a donné des soupçons ? Car son refus vient de là. De ses soupçons. « *Il ne faut pas que tu te serves de moi.* » C'est pourtant ce que je veux faire. L'escroquer, la duper. Au moyen de cet anneau du mariage, l'attirer dans ce monde de carton peint, ce monde de réclames en couleurs, où les couples sont toujours souriants, les bébés roses, les repas appétissants. Mais ce monde, elle y était, et s'y trouvait fort bien. Je l'en ai d'abord retirée, et ensuite j'ai voulu l'y replacer artificiellement. Pas étonnant qu'elle se débatte. Et elle pleure, pauvre enfant perdue. Perdue par moi dans tout ce fatras de refus, de défis, d'incertitudes. « En somme, je lui ai ravi son innocence. » La formule le fit rire, mais sans joie. Elle avait changé, beaucoup changé, en quatre mois. Peut-être est-ce moi qui ne la voyais pas comme elle était ? Ou est-ce maintenant que je me l'imagine plus compliquée ?... Peut-être refuse-t-elle, tout simplement, parce qu'elle trouve que je ne l'aime pas assez ? Alors, un grand cri s'éleva en lui. « Oh si, je l'aime assez ! » Et l'image de Marcelle, pleurant de fatigue et de tristesse dans ces chambres médiocres l'atteignit et le déchira.

« Qu'est-ce que j'ai fait d'elle ? Qu'est-ce que j'ai fait ? Avec mon obsession de vérité, mon obsession de Dieu, mon obsession du mal, du bien, de l'absurde, je l'ai détruite. Elle évoluait libre et heureuse dans un monde simple et coloré, et je l'ai fait entrer dans ma cage. Nous voilà deux à tourner en rond. » Et il se souvint du cri de triomphe brutal, instinctif, qui l'avait traversé lors de ces trois jours à Paris : « Elle m'a rejoint ! » Il l'avait voulu, bien voulu. Il en avait même éprouvé une joie intense, à sentir tout à coup la vitre brisée entre eux, la communication établie ; même avec Renata il n'avait jamais éprouvé ce sentiment. Renata était un ange, trop résignée à la souffrance, à la sienne, à celle d'autrui, pour le comprendre. Elle était compatissante, affligée, mais pour elle la souffrance était un état si naturel qu'elle ne comprenait pas qu'on s'en révoltât.

Marcelle, Marcelle avait tout appris de lui. Luttant contre elle, c'était contre lui-même aussi qu'il luttait. « Je n'ai jamais aimé personne de cette façon », pensa-t-il. Il avait repris des forces.

— Ecoute, ma chérie, il y a assez longtemps que nous tournons en rond. Nous allons retourner vers Lyon, pour voir mon frère...

— C'est cela, dit-elle avec empressement. Au passage nous pourrons visiter le général Antoine, il a peut-être des nouvelles du journal ? Qui sait si le projet ne sera pas repris, qui sait...

Elle espère encore. Elle a encore ce pouvoir de croire qu'un instant peut tout changer, tout arranger. Et à la voir ainsi, lui-même sent renaître une sorte d'espoir.

— Et peut-être en chemin changeras-tu d'avis, sur ce que je t'ai demandé ?

— Oui, peut-être, dit-elle, comme si la décision ne dépendait pas d'elle.

Son beau visage est à nouveau calme, presque confiant. Il en ressent une vraie joie. « C'est aussi pour elle, se dit-il, qu'il faut arriver à mentir. »

La courbe de la colline était dure à remonter. Heinz pourtant la remontait volontiers. Il songeait alors à un livre de lecture qu'il avait eu enfant (quand il rêvait d'une ferme pareille à celle-ci, d'une colline pareille à celle-ci), et il se souvenait de la première page : « L'un des fermiers montait la côte, cependant qu'un autre la descendait ; et le vent, soufflant avec allégresse rabattait la pointe du bonnet de l'un en avant, de l'autre, en arrière. » Cette image lui était toujours restée en tête comme celle du bonheur. Et il ne remontait jamais cette douce pente de la colline sans évoquer ces fermiers d'un pays de rêve, labourant paisiblement sous le soleil et dans le vent, de chimériques collines.

Et comme à chaque fois, quand la montée cessait, quand il arrivait au petit plateau sur lequel était posée la maison, l'angoisse le reprenait brusquement, comme une crampe. Angoisse imprécise, contre laquelle il luttait en vain, depuis dix-sept ans. Au lieu de diminuer avec les années, au fur et à mesure que le risque était moins grand (devenu maintenant tout à fait improbable), elle s'était faite au contraire plus vaste, moins précise et donc plus redoutable. Il écoutait sur son transistor tous les comptes rendus des discussions sur la loi d'amnistie. Mais fût-elle votée, est-ce que l'angoisse disparaîtrait ? Parfois il se l'affirmait et il se disait : « J'ai peur, tout bonnement. » Mais peur de quoi ? Lorsqu'il avait eu quelques ennuis, en 48, un peu avant d'épouser Wanda (l'attente des papiers avait été inimaginablement longue), il ne se souvenait pas d'avoir eu si peur. Au contraire, il avait éprouvé une sorte de satisfaction à reviser l'enchaînement de sa conduite, qui l'avait amené automatiquement à ce rôle de gardien de camp. « Blessé en Russie, réformé à cause de sa jambe, retourné dans son village natal, réquisitionné... » Evidemment, avait dit le commandant américain qui l'interrogeait d'un air las. Et Wanda de la même façon, sans feu, avait débité son histoire, comme ils en avaient convenu depuis longtemps (peut-être le sentiment d'irréalité, de comédie, qui planait sur tout cela venait de ce qu'ils avaient, Heinz et Wanda, prévu cela depuis trop longtemps, avaient rêvé cette scène cent fois avant de la vivre, et l'avaient rêvée beaucoup plus colorée, plus dramatique, plus *vraie*). Là, dans ce bureau poussiéreux, ce militaire accomplissant une besogne de routine (il allait être rapatrié un mois plus tard), avec à peine une nuance de dégoût, comment dire, de compréhension dégoûtée, écoutant Wanda sans trace d'émotion (comment elle avait été déportée, comment Heinz lui avait sauvé la vie, ainsi qu'à d'autres détenues, en leur procurant par-ci par-là des pommes de terre, comment un jour il avait arrêté le bras levé d'un gardien qui...), écrasant sa cigarette, sortant d'une chemise sale (elle avait beaucoup servi) un formulaire, les faisant signer ici et là...

Non, il n'avait pas eu peur. De la surprise, plutôt, et, lui-même, une sorte d'écœurement devant cette parodie de ce qu'il avait prévu. « D'ailleurs nous allons nous marier », avait déclaré Wanda, comme ils avaient achevé de signer. Et l'officier américain classant ses papiers dans la chemise, machinalement, avait marmonné : « Tous mes vœux. » Ils avaient eu un moment le sentiment de sortir d'un bureau d'état civil.

Il avait eu alors un moment de joie. Là, parmi les baraquements préfabriqués, les chemins boueux, les fûts d'essence vides, tout cela gris sous le ciel gris, il avait eu ce grand élan de joie sauvage qui le traversait encore quelquefois, mais comme affaibli, assourdi, un écho. Il avait dit à Wanda, comme ils quittaient le camp américain, et s'en allaient attendre l'autobus sur la route : « C'est fini. Ils vont classer le dossier, sûrement c'est fini, Wanda, tu te rends compte ?

On va se marier, acheter une ferme ; Wanda, on est vivants ! »
Elle n'avait rien répondu.

Il était vivant, la ferme était là, pas grande, mais quel
besoin qu'elle fût grande ? Et il labourait, fauchait, rentrait
les blés, comme s'il était seul au monde, dans ce cirque de
collines, sous la coupe renversée du ciel, heureux, angoissé,
vainqueur cependant. Oui, là, dans les champs avec son
transistor qu'il prenait la peine de déplacer quand lui-même
se déplaçait, se dépensant sans compter, parce que six hectares, c'était beaucoup, pour un homme seul (parfois il
embauchait un aide, à condition qu'il parlât peu et ne
demandât pas à être couché), il était vainqueur. Droit devant
le soleil, un homme debout. Rongé peut-être par l'intérieur,
torturé peut-être, mais debout. C'était l'instant où, arrivé en
haut de la colline, il se trouvait devant la maison, qui était
insoutenable et où l'angoisse brusquement alourdie le faisait
plier les genoux. Parfois il allait au poulailler, ou dans la
grange, pour retarder d'un moment l'instant de rentrer. Puis
il rentrait tout de même (son transistor à la main, en marche)
car c'était un homme courageux.

Il ne regrettait pas plus d'avoir épousé Wanda qu'il ne
regrettait la blessure qui le faisait claudiquer légèrement,
nuisant à sa belle prestance d'homme encore jeune. Wanda,
c'était sa vie, et il acceptait sa vie. Mais il ne pouvait
empêcher l'angoisse ; par moments, d'ailleurs, il la percevait
à peine, une fois passé le seuil, le cap. C'était comme une
vieille douleur à laquelle on s'habitue avec l'âge. Seulement
comme soulagé parfois, en entendant une voix dans la salle.
Le silence de Wanda était lourd. Il fallait l'étouffer comme
une voix, par le bruit.

Aussi bricolait-il beaucoup dans la maison. Et puis le
transistor l'aidait. Il avait toujours une réserve de piles, et
en emportait même dans la poche de sa veste.

— Comme votre mari aime la musique, madame Larcher,
disait le facteur à Wanda.

— Oui, il l'aime passionnément.

— Mon mari aime beaucoup la musique, dit-elle aussi
mécaniquement, en entendant le transistor se rapprocher,
au jeune homme assis dans la salle fraîche, et qui était son
fils. Elle lui avait peu parlé depuis son arrivée une heure
avant. Elle l'avait regardé avec surprise, son mince visage

pâle, son col pastoral, son costume sombre, décent. Elle avait arrêté tout de suite ses tentatives d'explications.

— Quand Heinz sera là, avait-elle répété deux ou trois fois, avec une telle panique dans ses yeux d'un noir un peu trouble, que Simon s'était tu.

La salle était redevenue sombre et fraîche, bourdonnante d'insectes. Dehors c'était une accablante chaleur, le ciel d'un bleu dur, les champs en pente, la ligne des collines en face.

— Un beau paysage, n'est-ce pas, avait dit Wanda.

Simon avait acquiescé. Tout était retombé dans le silence. Elle allait et venait, des bruits d'eau parvenaient à Simon de la cuisine, des casseroles remuées, le bruit d'une éponge métallique frottant quelque chose. Elle sortit par-derrière, il entendit le caquètement des poules. Bruits paisibles, accablants cependant. Cette femme alourdie, au visage plein, cireux, aux yeux morts, il l'avait reconnue pourtant à son regard. C'était un regard qu'il avait rencontré bien souvent au bidonville, un regard calmement dépourvu de tout espoir. Il connaissait ces tranquilles somnambules suivant sans émotion leur périlleux chemin, et qu'il ne fallait pas déranger, sous peine de mort. Il se taisait donc. Aussi bien, devant ce visage, ces yeux, l'espoir fugace que Wanda pourrait quelque chose pour Nicolas s'était-il tout de suite éteint. « Et moi aussi, songeait-il mélancoliquement, mal assis sur ce banc de ferme, moi aussi, dès qu'il n'y a plus d'espoir, je suis plus tranquille... » Car l'espoir l'avait tourmenté pendant tout ce voyage épuisant en troisième classe, et dans l'autocar, et, encore, pendant qu'il montait à pied le chemin de terre battue qui menait à la ferme. Un espoir qui ne concernait pas seulement Nicolas. Théo l'avait conduit jusqu'à la gare, exubérant, agité, comme à son habitude.

— Cela te fera du bien de changer un peu d'air, de quitter tout ça. Et puis, tout de même, revoir ta mère, après toutes ces années, c'est une expérience, non ? Elle doit avoir long à t'en dire ! Et puis la belle campagne, ce sont de vraies vacances... Je sais, ton frère... Mais tu sais, un moment de cafard, ça arrive à tout le monde. Il ne faut pas dramatiser. En tout cas si tu peux lui ramener sa mère, ça lui fera sûrement plaisir, un choc, en tout cas.

Il était resté sur le quai jusqu'au départ du train, son gai visage brun souriant, son foulard rouge agité par le vent. Un autre monde. Et pourtant, Simon avait espéré.

Cette femme, sa mère, avait vu l'enfer. Etait-il possible qu'elle n'eût ramené de cette plongée dans le plus atroce des mystères, celui de la souffrance, du mal, aucune révélation, aucune connaissance ? Le fait qu'elle avait survécu, qu'elle n'eût révélé son existence, qu'après des années, de longues années, ne l'avait pas révolté, comme Nicolas. Il connaissait trop les tunnels de l'âme, ces longues périodes où l'on chemine sous la terre, aveugle et sourd à tout, sinon à cette marche qu'on croit sans but. Au contraire, la lettre adressée à Paul après tant d'années, lui avait ouvert une flambée d'espoir. Il n'était pas encore dans le bidonville, il sortait du séminaire. Il avait écrit une longue lettre, pleine d'effusions, de délicatesse, d'affection offerte. Heinz lui avait répondu, avec une correction toute administrative : « ... qu'il valait mieux ne pas faire allusion, devant sa chère femme, aux épreuves du passé, et qu'il ne pourrait lui remettre que des lettres où son beau-fils — il avait écrit *beau-fils* — s'exprimerait avec toutes les précautions voulues. » Depuis, bien des lettres avaient été échangées, correctes et froides. Simon faisait part de ses différentes affectations, donnait des nouvelles de sa santé, de Nicolas. Il n'en donnait pas de Paul Léclusier, car il s'était demandé si cela faisait partie des « précautions » demandées. Wanda répondait, une fois par mois (et une fois l'habitude prise elle s'y était tenue, avec une régularité désespérante). « Ici tout est comme à l'ordinaire. Le temps est froid, les cultures... » « La lettre de votre mère, mon Père », disait le facteur du bidonville, comme celui de la ferme : « La lettre de votre fils, madame Larcher. » Simon, cependant, avait imaginé sa mère tout autrement. A cause des précautions, sans doute. Il voyait une femme frêle, aux cheveux noirs, striés de blanc, au mince visage sensible... En somme il imaginait qu'elle lui ressemblait. Ce visage plein, cette démarche lourde, assurée en apparence, l'avait déconcerté ; il avait posé ses lèvres sur ce teint cireux, avec un moment d'émotion (quand il était arrivé en haut du chemin, à la grille de bois qui fermait la cour, et qu'il avait vu cette femme s'encadrer dans la porte basse de la cuisine, il avait cru d'abord à une servante, ou une voisine ; puis ils s'étaient regardés).

— Ma petite maman..., avait-il murmuré.

Sans l'inquiétude que lui donnait Nicolas, il ne l'aurait jamais revue.

— Simon ?

Elle lui avait fait faire le tour de la maison, pour ne pas l'introduire par la cuisine.

— Un belle vue, n'est-ce pas ?

— Très belle.

Une fois entrés, elle, avec une sorte de hâte à le quitter, à s'activer d'une façon ou d'une autre :

— Je vais te faire une tasse de café. Tu dois être bien fatigué.

Puis le café, accompagné de pain beurré. Il la regardait se mouvoir, sa jupe brune, son tablier, son tricot marron, de qualité médiocre, ses yeux mornes et pourtant fuyants ; que pourrait-elle pour Nicolas, et que voudrait-elle, elle qui lui parlait à peine, osait à peine le regarder ?

Il fut soulagé vers 5 heures, quand Heinz entra. Soulagé et surpris. Il ne s'attendait pas à le voir si jeune. Il ne s'attendait pas à le voir si vivant. Heinz approchait de la cinquantaine, son visage hâlé s'était bien ridé, ses cheveux étaient restés clairs, abondants, il était grand, large d'épaules, le regard droit, bleu. Il avait cent ans de moins que Wanda.

Heinz posa son transistor sur la cheminée, en modéra le son. Puis il alla vers Simon, lui tendit la main. Simon la serra, non sans une imperceptible hésitation, qu'il se reprocha aussitôt. Cet homme avait sauvé la vie à sa mère, il avait sauvé d'autres personnes, il avait fait ce qu'il avait pu ! Restait, sans doute (Simon avait rêvé là-dessus bien des fois), qu'il avait trempé dans une des pires infamies de l'histoire — mais pouvait-il faire autrement ? Et le fait que Heinz avait échappé à la machine, là où Simon serait mort (il le savait d'un profond instinct) marquait peut-être, simplement, la supériorité du fermier ?

— Je suis content de vous connaître enfin, dit Heinz paisiblement. La circonstance est sans doute un peu... difficile... Mais nous ferons ce que nous pourrons.

— J'en suis sûr, dit Simon précipitamment. C'est bien pour cela que...

— La question est de savoir si nous pouvons quelque chose, dit Heinz. Wanda, du café.

Elle s'empressa de disparaître.

— Comme vous parlez bien le français, dit Simon, pour meubler le silence.

Il se sentait absurdement gêné, sa vieille timidité d'enfant revenue, cette timidité paralysante qui l'empêchait, en classe, de répondre aux questions qu'il connaissait le mieux, et sur laquelle on le plaisantait au séminaire. C'était un peu pour cela qu'il avait choisi la vie active. A cause de cela et des railleries de Nicolas.

— J'ai fait la guerre en France, disait Heinz sans gêne apparente. Blessé à Dunkerque, puis blessé en Russie, et réformé.

Ils se turent et burent le café qu'apportait Wanda, avec une ombre de sourire.

— Vous... vous aimez le poulet, Simon ?

— Tu peux lui dire tu, tu sais, fit Heinz, souriant, c'est ton fils, même s'il est devenu un Père pour les autres.

Ils rirent, de façon un peu forcée.

— J'aime beaucoup le poulet.

— Et vous ne devez pas en manger tous les jours, hein, là-bas ?

— Pas tous les jours, non.

— Bah ! c'est le métier, dit Heinz.

Il bourrait sa pipe.

— Ici, c'est dur aussi. Trop lourd pour moi. J'ai mis deux hectares en herbage, avec des vaches, et malgré tout, je suis obligé de louer un garçon pour les foins. Figurez-vous, quand j'ai su que ma femme avait deux fils, j'ai pensé un moment qu'il y en aurait peut-être un qui viendrait ici reprendre la ferme.

Simon ne put retenir un bref, un nerveux éclat de rire d'enfant, et Heinz se mit à rire aussi. Il était assis près de la cheminée, sur une sorte de tabouret rustique, les jambes écartées, la pipe à la main, massif, tranquille. Angoissant, pensait Simon, dans cette immobilité granitique. Il aurait aimé parler davantage à sa mère, qui s'affairait dans la cuisine, il aurait aimé aborder tout de suite le sujet qui l'amenait là, dans cette ferme perdue de Rhénanie, mais il en sentait l'impossibilité. Les choses se déroulaient comme Heinz le voulait. Il avait pris, de toute évidence, la direction des opérations.

Le repas fut long. Outre les deux poulets, Wanda avait servi une soupe épaisse, des fromages de sa fabrication, une pesante tarte. De la bière aigrelette accompagnait ce repas.

— Pas de vin par ici, disait Heinz avec quelque regret. Il faudrait aller jusqu'à la ville, et impossible, mon garçon. Il faisait trop chaud, j'ai eu peur de l'orage, et c'est la terre qui commande ici.

— C'est dommage, disait Wanda, parce que si j'avais eu du vin, j'en aurais mis dans la sauce, avec des oignons, un peu de sauge, et cela aurait été meilleur.

Le repas donnait des couleurs à son visage empâté. Elle mâchait avec application, savourant chaque bouchée.

— Les poulets étaient un peu jeunes, aussi, je ne les ai tués qu'hier matin, je me disais : et s'il se décommande ? C'est pour cela que je les ai mis en sauce, rôtis ils auraient été durs.

— Mais c'est du poulet de grain. Ça devient rare, mon garçon. Pas loin d'ici, à Mittelsbach, vous avez de grandes exploitations qui font le poulet, mais goûtez-le. Du poisson ! Nourris à l'engrais de poisson, ils en prennent le goût ! Qu'est-ce que vous dites de ça ?

L'atmosphère s'était sensiblement réchauffée, même Wanda parlait entre deux bouchées. Mais Simon (était-ce le café) était toujours aussi mal à l'aise. L'angoisse qu'il avait ressentie au sujet de Nicolas cédait même à une autre angoisse. Il s'efforçait de répondre, d'entretenir la conversation, sentant bien qu'Heinz donnerait le signal lorsqu'il en serait temps, mais il y parvenait mal. Le repas trop lourd l'étouffait, il riait trop ou restait sans voix. Où était l'entente silencieuse du bidonville ? De temps à autre, dessous ses cils pâles, blonds, Heinz levait vers lui un regard pénétrant. Puis il reparlait des champs, de leur vie solitaire.

— Vous ne sortez donc jamais d'ici ? questionna Simon imprudemment.

— Je vais quelquefois à la ville, pour une foire aux bestiaux, un marché, dit Heinz brièvement.

Et Wanda ajouta, riant avec effort, minaudant presque :

— Je suis si bien ici, que je n'en bouge pas, moi. C'était mon rêve, les champs, la campagne, la maison, je suis tout à fait une femme d'intérieur...

Ils mangèrent la tarte en silence.

Tandis que Wanda desservait, Heinz alla chercher une eau-de-vie de poire. Le transistor diffusait à présent de la musique classique, grêle au milieu du silence qui entrait par la porte-fenêtre ouverte sur les champs.

— Eh bien ? dit Heinz enfin, chauffant son verre entre ses mains.

Simon hésita un instant. A nouveau on entendait Wanda s'affairer dans la chambre.

— Nous avons des raisons de croire, dit-il enfin, je veux dire, un de ses amis, son père aussi, moi-même... bref, nous supposons, je suppose, que mon frère Nicolas aurait l'intention... serait disposé... serait fatigué par la vie.

Il respira. Heinz lui lança un bref regard, tout en continuant de remuer le liquide dans ses mains réunies.

— Malade ?

— Si on veut, continuait Simon, au supplice. Voyez-vous, la nouvelle de la... la première lettre de notre mère, les nouvelles qu'elle contenait, ont été pour lui à l'origine d'une sorte de maladie morale, en quelque sorte.

Sa voix se raffermit. Puisqu'il était venu pour dire ces choses, il les dirait. Cependant il eût préféré parler en même temps à sa mère. Il eut un regard vers la cuisine. Heinz haussa doucement les épaules.

— Vous me pardonnerez si je vous blesse, poursuivit Simon, auquel les forces revenaient avec le sentiment de remplir, utile ou non, la mission qu'il s'était fixée. Mais ces nouvelles l'ont frappé davantage peut-être que ce qu'il avait cru être la mort de notre mère. De même il n'a pas... approuvé ma vocation, au moment où elle s'est déclarée.

Heinz ne dit rien mais releva un moment ses yeux clairs, fixa Simon avec une sorte d'interrogation muette.

— Il a alors mené pendant quelques années une vie assez retirée, mais la mort d'une femme qu'il aimait...

L'absurdité de ces mots frappait Simon à mesure qu'il les prononçait. Devant sa mère, devant cet homme qui avaient passé à travers des épreuves qu'il pouvait à peine imaginer, comment parler de Nicolas sans le trahir ? Qu'étaient les événements qui avaient marqué Nicolas, à côté de ce désespoir si profond qu'il n'était même plus une souffrance, mais une sorte de paix. Comment expliquer à ce combattant, qui avait durement conquis son droit de vivre, ses champs, son ciel, le refus que Nicolas opposait à tout cela ? Comment même le persuader de l'importance de cette vie parmi tant d'autres ?

La fraîcheur de la nuit entrait par la porte ouverte. Cette pièce éclairée, seule au milieu de la campagne, comme une de ces petites chapelles toujours vides, où dans l'humide silence, aidé de quelque infirme sacristain, un prêtre célèbre un office solitaire... Simon luttait, convaincu cependant que ce serait en vain.

— Mon frère, dit-il, est très sensible au fond, mais révolté depuis l'enfance par... mon Dieu, par la vie, il s'est replié sur lui-même, enfermé dans une solitude dangereuse.

Heinz le regarda encore, et Simon lut dans ce regard dur, presque sauvage : « Et moi, est-ce que je ne suis pas seul ? »

— Il a perdu toute communication avec la vie, poursuivit-il avec une énergie désespérée. Il s'y est comme asphyxié. Quelques semaines encore, et il n'y tiendra plus. Oh! rien d'extraordinaire ne s'est passé, je ne le crois pas. Simplement, le point limite est atteint, comprenez-vous ?

Heinz se taisait toujours. Le bruit dans la cuisine avait cessé, et Wanda était apparue sur le seuil, essuyant ses mains à son tablier, et résignée, s'était assise sur le banc, à quelque distance de la cheminée.

— Il voyage en ce moment, écrit des reportages pour je ne sais quel journal. Il ne donne plus de nouvelles à son... à notre père, ni à ses amis, il a abandonné son travail à Paris, et...

— S'il a trouvé quelque chose de bien payé, dit lourdement Wanda.

Elle semblait prendre une sorte de plaisir à accentuer la vulgarité de sa diction, et même de sa pensée. Ainsi Simon avait-il remarqué la façon presque animale dont à table elle mastiquait, avec une sorte de défi, et la pesanteur disgracieuse de sa démarche, et la façon dont elle s'asseyait, se calant, s'étalant comme la lourde commère qu'elle eût été sans ce teint cireux, ces yeux mornes où passait parfois un reflet de panique.

— Mais c'est un travail qu'il avait toujours refusé, dit Simon patiemment. Dont il avait horreur, qu'il méprisait...

Une ombre de sourire passa sur le visage hâlé de Heinz et Simon se tut, découragé. Cet homme avait vu mourir des centaines d'innocents, sans doute. Il avait craint la mort, lui-même, cent fois lutté contre des révoltes, acquiescé à des lâchetés... Simon ne pouvait imaginer la vie de Heinz dans les camps, mais il sentait que cet homme avait passé par le feu. Et il venait lui parler du travail d'un écrivain, des dégoûts intellectuels de Nicolas. Et pourtant ce travail et ce dégoût pouvaient mener Nicolas à la mort.

— Ce n'est qu'un symptôme, reprit-il avec courage. Je veux dire qu'il s'est peu à peu détaché de tout ce qui faisait sa vie, et que ce travail était, en quelque sorte, son dernier refuge. Sa dernière raison de vivre, en quelque sorte.

— Parce qu'il lui faut une raison de vivre ? dit Heinz tout à coup, avec une sorte de brutalité.

— Oui, dit Simon, simplement.

De nouveau le silence. Heinz avait posé son verre vide sur la cheminée et tirait sur sa pipe ; Wanda, après s'être agitée un moment sur son banc, mal à l'aise, avait tiré un tricot de la vaste poche de son tablier et avait fixé les yeux sur son ouvrage. La nuit s'étirait, paraissait ne devoir jamais finir. Le transistor donnait l'heure, de temps en temps, comme un oracle, diffusait quelques conseils aux automobilistes, et reprenait sa grêle musique, grignotée de parasites.

— L'orage s'approche, dit Wanda. Il a fait trop chaud, aussi.

Elle alla s'accouder un moment à la demi-porte, tournant vers eux son large dos. Heinz eut pour Simon un regard où sembla luire une sorte de bonté.

— Et vous lui avez parlé religion, à votre frère ?

Une brusque, une irrépressible colère monta dans la poitrine étroite de Simon.

— Est-ce qu'on parlait beaucoup de religion, dans vos camps ? dit-il brusquement.

Le dos de Wanda ne bougea pas. Heinz fut un moment sans répondre. Puis, relevant la tête :

— Parfois, dit-il lentement. On m'a dit... parfois... on m'a dit que des déportés en avaient été réconfortés.

— Je vous demande pardon, dit Simon, car Heinz avait parlé avec le même effort qu'il aurait eu en soulevant des pierres. C'est un grand mystère, ajouta-t-il. Wanda ne s'était pas retournée.

Son cœur battait à se rompre, tant cette minute lui paraissait importante, et sans qu'il le voulût, son regard implorait l'homme pensif, en face de lui. Mais Heinz secouait lentement la tête.

— Je ne peux pas témoigner de cela, je n'étais pas un déporté, dit-il.

Un silence. Il reprit :

— Mon père était communiste. Encore enfant, j'avais été inscrit dans les Jeunesses Communistes. C'était déjà un mauvais point. Quand je suis parti au service militaire, au début du nazisme, je savais qu'ils étaient résolus à « me briser ». On cherchait à me compromettre, à me tirer des paroles imprudentes, et ce n'étaient pas seulement mes chefs, c'étaient mes camarades, des garçons de mon âge, dix-neuf, vingt ans. Les uns par fanatisme, les autres par simple malice, même pas méchante, par bêtise, comme on tourmente un animal. Je leur en voulais, dans ce temps-là je ne connaissais rien. Quand j'allais en permission, c'était mon père, autre chanson, qui me taquinait à sa façon. « Tu dois affirmer tes convictions, tu dois les clamer à la face du monde. »

» C'était un brave homme, avec des favoris à l'ancienne mode, qui croyait dans la fraternité, la révolution pacifique, tout un tas de bonnes et belles choses qui n'ont que le défaut de n'avoir jamais existé. Et moi, de convictions, je n'en avais pas. On ne m'avait pas laissé le temps d'en avoir. Tout de suite embrigadé, tout de suite les discussions à l'école, et je tenais alors aux opinions de mon père, pour ne pas avoir l'air de caner, et puis l'armée, je voulais m'en débarrasser, une bêtise, pour étudier après, je me disais : « Quand j'aurai étudié, j'aurai mon opinion. » Mais à l'armée, pas un mot. J'avais senti venir le vent, alors que mon pauvre père, qui vivait au XIX$^e$ siècle en dépit de son progressisme, craignait tout au plus la prison et se promettait d'y enrichir ses lectures. Lors de mon avant-dernière permission, juste avant d'être libéré, en 39, je ne l'ai plus retrouvé. Déporté, déjà. Vous savez bien qu'il y avait des camps, en Allemagne, depuis 36, 35 peut-être, mais qui ne gênaient personne, on était en paix. Je l'ai cherché six mois, mon pauvre père, puis j'ai reçu l'avis de décès, tout à fait correct, avec un certificat médical, son alliance, sa montre. On rendait les dépouilles, en ce temps-là.

» J'allais peut-être me mettre à avoir une opinion, quand ça été la guerre, la mobilisation. J'espérais vaguement être fait prisonnier, à l'abri jusqu'à la fin, car je sentais que la fin serait terrible. J'avais vu des foules réunies pour brûler quelques livres, mais qui auraient préféré le sacrifice humain. J'avais vu des bandes de garçons de quinze ans et moins, qui réclamaient des uniformes. J'avais vu peu de choses, oh, très peu, un officier qui crachait sur un juif devant une poule qui riait, des riens ! Mais ces riens c'était l'étincelle sous une meule de foin et j'avais peur, comme un garçon sensé.

» Prisonnier donc, c'était là mon espoir. De toutes façons, dans mon régiment on se méfiait de moi, salaud de communiste, de fils de communiste, et je savais par avance qu'en face ce serait la même chose, sale boche, comme vous dites, ou SS, ou nazi. Je ne pouvais qu'avoir tort. J'en avais pris mon parti. Des camarades discutaient devant moi : valait-il mieux être prisonnier des Anglais ou des Français ? Je ne disais rien non plus. Je n'ai rien dit pendant tant d'années, mon garçon, qu'aujourd'hui il me semble qu'il n'y avait rien à dire. Qu'il n'y a rien à dire, jamais. Eh bien ! je n'ai pas été fait prisonnier, j'ai tout bêtement perdu cette jambe et me voilà renvoyé chez moi. Chez moi où tout le monde me connaissait comme communiste, fils de communiste, presque juif, quoi. Ma jambe me protégeait un peu, et je croyais avoir payé. J'aurais pu tenir, peut-être, si on n'avait installé le camp, autant dire à deux pas. Là, j'étais cuit.

» Ne vous imaginez pas que je cherche une excuse. Je ne me suis pas fâché depuis des années, j'en ai trop vu ! Mais je crois que je pourrais me fâcher si on me disait cela. Je n'ai pas besoin d'excuse. Du moment que je suis vivant, c'est la preuve que je n'en ai pas. Il fallait mourir, et je ne suis pas mort. S'il y avait eu des enfants au camp, je serais mort, peut-être, mais... Et j'ai encore la force d'en être content. Voilà tout, ça ne s'explique pas.

» On m'a donc pris pour garder ce camp, et pour être gardé par ce camp, et j'y ai passé quatre ans, si cela peut se compter en années. Ce n'était pas un camp d'extermination; un simple dépotoir où on mettait les surplus des autres camps, dont on ne savait que faire, qui ne mouraient pas assez vite, ou sur lesquels on avait des doutes, qu'on avait raflés par hasard, par mauvaise humeur, par *habitude*. Pas moyen de réexaminer leur cas, les bureaux étaient encombrés, nous disait-on, et on nous en envoyait toujours d'autres, et quand il en mourait une fournée, on se disait : « Tant mieux », parce que cela faisait un peu de place. Les gens mouraient tout simplement de faim, de maladie, de froid, rien d'extraordinaire, que la quantité. C'était un petit camp, bien paisible. Des gardiens, il y avait des brebis noires comme moi, communistes, déserteurs, anciens détenus de droit commun ou politiques. Il y avait des bêtes brutes apeurées, de braves et bêtes gens qui croyaient accomplir leur devoir, oui, des fanatiques qui aimaient leurs chiens et leur petite fille ; des déportés, il y en avait qui conspiraient, quelques-uns se sont évadés, d'autres ont été pendus ; il y en avait d'admirables, comme on dit, qui allaient de baraque en baraque, parlaient de Dieu ou de la fraternité, ou récitaient des poèmes, et parfois ceux-là survivaient plus longtemps que les autres. Et il y en avait qui se dénonçaient les uns les autres, tuaient pour un morceau de pain, mouraient comme des bêtes, l'écume aux lèvres. Tout cela n'est rien. Ce qui est terrible, c'est le sentiment que le monde s'était reconstitué là, dans cette cuvette. Le bien était un autre bien, le mal était un autre mal, mais l'univers, comment dire ? un univers s'était reconstitué là, et ces nouvelles règles, ces jugements nouveaux, on s'y adaptait, on s'y conformait comme si le monde entier vivait selon cette nouvelle règle, comme si l'enfer avait toujours été et devait toujours *être*, de toute éternité. Comme si cette petite ville que nous formions, isolée de tout, citadelle de la folie, nous étions destinés à l'habiter toujours. Comme si, quelque rôle que nous ayons choisi dans ce monde neuf, nous l'acceptions, nous le jugions *naturel*. Voilà la faute, et si nous n'avions pas commis cette faute, nous n'aurions pas vécu.

» On en revient toujours là, voyez-vous. C'était déjà une faute, de vivre. Un prisonnier le pouvait. Un gardien, non, et je suis là. Mourir eût été inutile, mais d'une certaine façon, c'était l'inutile qu'il aurait fallu accomplir. Ces champs, cette solitude, encore une condition sans laquelle je n'aurais plus pu vivre, ni elle. Et je les ai payés d'un pécule amassé au camp, toujours préservé, toujours caché. L'abandonner, le jeter, eût été inutile aussi. Qui s'en soucie, qui en souffre ?

Moi, je sais que ce sont les alliances, les montres, les bracelets de ces morts qui ont payé ces champs, et mon droit de vivre en face du ciel. De vivre dans cette culpabilité.

» J'ai fait le moins de mal possible. Je trouvais par-ci par-là quelques pommes de terre pour nourrir ces affamés. J'intervenais chaque fois que c'était possible pour empêcher un viol, un sévice. J'ai protégé Wanda, je pourrais produire dix témoins, ou vingt, qui viendraient témoigner pour moi de ma bonté, de mon humanité. Oui, bonté, humanité, selon cette règle-là, cet univers-là. Mais je l'ai accepté, plutôt que de mourir. C'est pourquoi je n'en sortirai plus.

— Peut-être, dit Simon, est-ce cela que vous pourriez dire à Nicolas. Que vous avez vu cela, et vécu.

— Vous seriez mort, vous, dit Heinz avec une sorte de sourire.

— C'est pour cela que je ne puis rien pour lui, dit Simon.

L'amour de Paul a été le ciment qui unit les briques, ou le caustique qui dissout. On ne sait pas. Vraiment, on ne sait pas si ce sentiment intérieur si fort, si opaque, si clos, c'est un envol ou une noyade — ou un enterrement. Toujours est-il que toute issue est fermée. On est dans une immense bulle, dans un océan sans limite, dans une tiède nuit prénatale. Plus aucun lien ne vous retient, et pourtant on n'est pas libre, il n'y a pas de choix, il n'y aura plus jamais de choix... Délices.

Colette délire à l'aise. La fièvre l'y aide, et cette constante présence à laquelle elle s'abandonne. Il est là tout le jour maintenant, ou presque, subissant ses caprices, ses injustices, ses humeurs. Père, complice, esclave, dieu. Ebloui en tout cas par cette âme qui tout entière se nourrit de lui, s'ouvre à lui. Rien ne peut le décourager, l'écœurer, dans ce complexe mélange de pauvreté et de grandeur, d'obscénité et de mystique, de courage et de lâcheté. Tout s'étale, les plaies mesquines, les grands désirs, les petits moyens. Elle le provoque soudain d'un rire vulgaire, agressif, rouge comme une *muleta*.

« Ah ! je l'ai bien carotté, ce jour-là ! » ou : « Tu imagines, moi à poil, avec ce bonnet, et lui sur sa chaise qui... » Enfer, mais enfer partagé; il souffre mais d'une souffrance exquise. Car elle lui dit tout, pêle-mêle, et cette vie lui appartient. Il questionne, et elle répond âcrement, tous les détails, tout, et ils revivent ensemble, depuis l'enfance, depuis le plus lointain souvenir, cette vie brodée et surbrodée qui devient vraie parce qu'ils y sont deux.

— Je prenais tout ce qui me tombait sous la main, tu sais, fille ou garçon, les drogués, les vicieux, une catharsis, tu vois ? Eprouver tout le mal pour expulser tout le mal. Vivre par tous les pores pour me purifier, me débarrasser de ce corps...

Paul éponge le front moite; la fièvre gagne avec le soir, mais il ne songe pas à l'aspirine toute préparée. La fièvre lui livre Colette encore un peu plus. Et son avidité croît toujours.

Si longtemps réprimée pourtant. Où est-il, le respectable notaire fumant la pipe dans son cabinet de travail, soupirant un peu devant le portrait de Wanda, contenant sa tendresse pour ne pas effaroucher Nicolas ? Comment le germe de cette soif de posséder, de fouiller une âme, de la priver de tout recours qui ne soit pas lui, s'est-il développé en quelques semaines ? Est-ce d'avoir dû renoncer à Nicolas, ce dernier espoir, qu'est né cet affolement, cette griserie à découvrir tout à coup un être totalement disponible ? La pensée même de Nicolas (et cette dernière visite d'Yves-Marie) lui est insupportable. Nicolas l'a trompé; Nicolas lui a refusé son visage. Nicolas s'est joué de lui. Il rirait presque maintenant en pensant à ses angoisses, à son désespoir devant la pensée que Nicolas aurait pu, comme Simon, n'être pas son fils. Qu'importe, qu'importe que ce traître, ce voleur d'âme, soit ou non son fils ! Puisqu'il a Colette. Colette lui ment, sans doute, mais c'est comme à un complice, c'est un jeu entre eux, jeu de vie et de mort, mais jeu tout de même. C'est pour qu'il l'aide qu'elle lui ment. Ils mentent ensemble, voilà l'expression. Est-ce même un mensonge ? C'est leur monde à eux, si bien à eux que tout doucement, Paul s'est arrangé pour qu'elle n'en sorte plus. Il fera livrer, généreusement, tout ce dont elle aura besoin, fruits, alcool, mets légers... L'opium ne manque plus jamais. N'est-elle pas malade, d'ailleurs ? Malade, oui, mais Paul n'appelle aucun médecin. Franck et Michel ont fait quelques tentatives pour pénétrer dans l'appartement, retrouver leur commode abri. Paul les a éconduits avec beaucoup d'autorité.

— Tu sais qu'il va la tuer, a dit l'étudiant en médecine, dans l'escalier. Ça peut traîner, mais enfin, sans soins...

— Quelle importance ? a dit Michel, avec son doux sourire drogué. Elle ne demande que ça.

Ils ont achevé de descendre l'escalier en silence.

Elle dort un moment, les yeux clos. Ses bras maigres reposent sur le drap de ce lit qu'elle ne quitte plus, Paul assis à côté d'elle dans un grand fauteuil. Combien d'années que je n'avais plus vu dormir une femme. Eléonore, l'après-midi toujours, à cause du mari. Wanda qui voulait son indépendance. Même les enfants : avec Wanda quand ils étaient petits, plus tard chez les Pères, et après trop grands. Se peut-il que sa bonté, en apparence toujours vivante, que sa réserve, sa délicatesse, se soient pendant toutes ces années sous une surface saine, lentement corrompues ? Ou simplement cette soif ardente qui s'était contentée si longtemps de quelques gouttes d'eau avarement mesurées, s'est-elle réveillée, ardente et presque monstrueuse, devant cette possibilité soudain offerte de boire à longs traits ? Quoi qu'il en soit, il ne peut plus renoncer à ce délice. Tout le reste lui est indifférent. Il rentre de plus en plus tard le soir, néglige les affaires en suspens, refuse les nouvelles. Julienne s'indigne.

— A mon âge, ma bonne Julienne, on a bien le droit de se reposer un peu.

— Pas de cette façon, monsieur, pas de cette façon !

— Qu'importe la façon ?

Si elle insiste, il la renverra. D'ailleurs il nourrit le projet d'installer Colette chez lui, dans l'ancienne chambre de Nicolas. Inconsciemment il pense : « Ainsi mourra-t-elle chez moi. » Puis il vivra dans le souvenir de la seule chose qu'il ait jamais possédée sur terre. Que cette chose soit une petite putain à demi folle, qu'importe !

Elle dort. Sur le tourne-disques démodé, il met un disque, très doucement. La *Suite en si*. Rien mieux que la musique classique ne l'aide à jouir de ces temps de repos, de ces oasis peuplées de rêves et pourtant délicieusement vides, légères, insipides, comme une eau fraîche. Elle dort, mais il peut l'éveiller à tout instant. Son regard ne sera qu'à lui, sa pensée ne sera qu'à lui, lui seul comble tous ses besoins, ses désirs. Quelle paix ! C'est comme un sommeil, aussi. Et la musique est comme un sommeil, avec sa cadence régulière, ses thèmes sans cesse repris. Il obtient aisément ce vide de la pensée que Colette appelle de si beaux noms. Tout à l'heure il préparera le plateau de cuivre, la pipe d'ébène martelé d'argent, la petite lampe grésillera, l'odeur douceâtre de l'opium emplira la pièce. Elle aura sa voix d'enfant, lamentable et fausse : « Mais je ne sens rien, rien, prépare m'en une autre ! » Alors il la stimulera de la voix, chuchotant, envahi d'un étrange plaisir qui ne doit rien à l'opium. Il l'excitera de mots brefs, faisant naître des visions exquises ou infernales, il cravachera cette âme qui ne veut pas *partir*, cherchant toujours plus loin, dans des profondeurs qu'il ne connaissait pas, les paroles douces ou cinglantes qui enfin la libéreront, jusqu'à ce que, retombant sur ses oreillers le grand « ah ! » de femme comblée qu'elle pousse lui transperce le cœur. Elle ne pourrait plus se passer de cette voix. Elle ne pourrait plus se passer de moi. Elle ne pourrait plus... Enfin ce repos tant cherché qu'on s'était résigné à ne plus trouver jamais. Enfin ce rassasiement qu'on ne croyait plus possible. Il s'y roule, il s'y vautre, il a enfoncé les dents dans sa proie et ne la lâchera plus. Paul le modéré, le résigné, le bon, le sage, est devenu féroce. De Nicolas il pense : « Qu'importe qu'il meure puisqu'il m'a trompé », et de Colette : « Qu'importe qu'elle meure puisqu'elle m'appartient. »

La vieille Julienne soupire : « Comme il a changé ! »

Mais a-t-il changé tant que cela ?

C'était étrange de retrouver le général dans son domaine, une assez vilaine, mais vaste bâtisse en briques au milieu d'un parc. Il paraissait plus jeune que lors de leur première entrevue, plus gai, presque fébrile :

— J'ai été ravi de vous avoir au téléphone. Justement, une petite soirée, oh, bien calme, bien tranquille... Entrez, entrez donc.

Il était venu les accueillir sur le perron, s'agitait, avec derrière lui l'imperturbable secrétaire.

— Vous allez voir, chère Marcelle, c'est bien Marcelle

n'est-ce pas ? quelle oasis, c'est vraiment la maison qu'il faudrait à un écrivain... Monsieur Léclusier, je vais vous présenter à de très bons amis...

Le salon était blanc et or, une dizaine de personnes s'y trouvaient devant de hautes portes-fenêtres ; la nuit tombait.

— Notre pauvre ami Praslin, n'est-ce pas, disait le général, mais on va le tirer d'affaire, le remettre en selle, vous verrez.

— Oui, insistait le secrétaire avec un sourire exagérément optimiste, ce ne sera rien, une simple alerte...

Ils parlaient de l'arrestation de Praslin comme d'un accident d'automobile, mais Nicolas n'eut pas le temps de s'en étonner, car une dame s'avançait vers lui, du fond du salon, avec un grand air de joie.

— Quel bonheur de vous rencontrer, monsieur Léclusier ! Et quelle surprise ! J'en avais un tel désir, j'avais dit au général, quand j'ai su que vous aviez fait sa connaissance...

— Madame Delestaing, présenta le secrétaire, qui est une grande amie du général, et une de nos célébrités régionales.

La dame eut un rire modeste, sans lâcher la main de Nicolas. Deux ou trois autres personnes s'avancèrent. Le général s'était tourné vers Nicolas, quittant un moment Marcelle, qui semblait l'avoir captivé.

— Madame Delestaing, lui dit-il à mi-voix, a une très jolie propriété plus à l'ouest, et se consacre, avec un admirable dévouement, à une très belle œuvre d'enfants attardés...

Une dame d'œuvres, donc. Nicolas ne laissa pas de trouver que l'insistance avec laquelle elle le retenait était un peu déplacée. Il est vrai que certaines femmes du monde ont cette tendresse dans le regard, dans la voix, dans le mouvement du buste qui semble s'offrir, pour la moindre célébrité qui s'aventure dans leurs salons. Mais M$^{me}$ Delestaing était-elle une femme du monde ?

Les hautes portes-fenêtres étaient ouvertes, donnant sur les frondaisons. Les rideaux de tulle étaient doucement agités par la brise. Quelques nouveaux arrivants causaient debout ; le salon était agréable, haute pièce blanche à boiseries délicatement touchées d'or, grands canapés blancs, lustres en venise mordoré, petites tables basses. Un buffet avait été dressé au fond de la pièce sur une desserte de marbre, et un valet noir en veste blanche faisait le service avec célérité et discrétion. Au bout d'une demi-heure, un invisible appareil diffusa une grêle musique, des gavottes, des menuets. Tout cela était plus agréable que Nicolas ne s'y fût attendu chez un vieux général célibataire. Le champagne était excellent. L'assistance, une dizaine de personnes, était plus jeune aussi qu'il ne l'avait craint. Un jeune ménage d'ingénieurs, tous deux espérant qu'une usine atomique viendrait s'installer dans les environs ; une jeune femme brune et plaisante, la doctoresse, qui semblait engagée dans un flirt serré avec un industriel corpulent et sportif (ils parlaient chevaux). Un jeune militaire, d'une trentaine d'années, dont Nicolas ne put découvrir le grade, les cheveux en brosse, les lunettes d'un poids incisif, et qui paraissait là pour tout autre chose que pour s'amuser : car il refusait toute boisson et, le sourcil froncé, attirait le secrétaire dans les coins, pour de graves conversations. Deux ménages d'âge moyen, mais d'aspect aisé et agréable, complétaient l'assemblée. Nicolas remarqua que l'on buvait sec. Tous ces gens devaient s'ennuyer ferme, une fois le travail fini... Lui-même accepta une autre coupe de champagne, une autre encore.

Mme Delestaing parlait du roman moderne. Nicolas répondait de son mieux. Une sorte de paix le gagnait, à trouver là ces personnages si conformes à leur apparence, ces conversations si attendues, cette absence de mystère. Il y avait bien le secrétaire, qui semblait ourdir de sombres machinations, mais après tout, ces machinations elles-mêmes étaient-elles autre chose qu'un jeu comme les autres ? Des gens normaux, bien élevés... Peut-être tout était là, être bien élevé avec la vie, ne pas lui poser de questions ? Il était prêt, ce soir, à le croire. Le jeune militaire et les deux ingénieurs s'étaient réunis pour chanter les louanges de la bombe atomique « la peste des temps modernes » comme l'avait dit agréablement le général.

— On ne l'utilisera jamais, mais...

— C'est une splendide réalisation...

S'il avait participé à la conversation, il aurait dit oui, par fatigue ; c'était une splendide réalisation.

Cependant le tonus de l'assemblée s'élevait, nettement. Une musique de danse avait maintenant remplacé les gavottes. Un couple s'élança : la doctoresse et l'industriel, serrés l'un contre l'autre, dans une danse presque immobile, presque gênante. Le jour tombait sur le parc. Nicolas chercha Marcelle du regard. Elle était toujours aux prises avec le général, d'une volubilité extraordinaire. Il insistait maintenant pour que Marcelle l'accompagnât écouter les oiseaux :

— Je leur fais tous les soirs une petite visite ; je serais si heureux... D'ailleurs, certains de nos amis voudront certainement nous accompagner.

Deux couples se décidèrent, passèrent sur la terrasse, descendirent vers l'ombre. Marcelle suivit, l'allure résignée.

« Pauvre Marcelle, songea-t-il, ce que je lui fais faire ! Aller écouter des oiseaux avec un vieux général aux galanteries désuètes ! Demain nous roulons jusqu'à Lyon, je la présente à Simon, et... » Mais son imagination n'allait pas plus loin que cette rencontre avec Simon. Simon : il se reposait à présent sur cette image. Simon qui avait opté, Simon qui avait choisi. Simon ne pourrait que l'approuver de vouloir se faire une vie qui ressemblât aux autres. Simon tenait la clé. Il convaincrait Marcelle. Dans cet espoir il puisait le peu de forces qui lui restait.

Le couple dansait maintenant sur la terrasse, joue contre joue. Les grandes mains de l'homme montaient et descendaient le long du corps souple de la jeune femme, mais personne ne paraissait s'en apercevoir. Le secrétaire avait disparu. Nicolas était toujours la proie de l'envahissante Mme Delestaing qui, l'ayant quitté à peine quelques instants depuis le début de la soirée pour quelques propos indispensables, déversait sur lui son admiration. C'était une femme d'une quarantaine d'années, blonde, rieuse, potelée un peu trop, avec des boucles d'oreille, des colliers, des bagues presque partout, une de ces femmes dont on ne sait pas si elles sont encore très désirables ou décidément impossibles. Elle semblait tenir dans la maison du général un rôle de maîtresse de maison, car à plusieurs reprises elle fit signe au Noir de servir l'un et l'autre.

— Mais, monsieur Léclusier, ce monde si froid, si désespéré de tous nos écrivains modernes...

Sa voix trop chaude, trop intense, écœurait comme un parfum. Ses seins presque découverts dans le décolleté rond, étaient opulents, dorés. Tout cela à la limite du désir et du dégoût. Nicolas eut envie de fuir. Marcelle n'était pas revenue.

— Vous viendrez à Valfleury, vous verrez mes enfants... On reprend courage à voir leur gentillesse, leur esprit d'entraide, leur bonne volonté... Si, si, il faudra venir, et d'ailleurs, le cadre est si joli ! C'est un ravissement que Valfleury, un ancien rendez-vous de chasse Louis XIII qui a été agrandi, il y a d'ailleurs une belle forêt tout à côté, vous savez. Je vais vous inscrire le chemin, vous n'êtes pas loin, et...

Nicolas s'étonnait de ces seins offerts, de ces édifiantes paroles. Il doutait aussi que le spectacle d'une bande d'enfants plus ou moins dégénérés puisse lui apporter un grand réconfort. Mais la fatigue, la chaleur, l'alcool aussi qu'on lui servait abondamment, le livraient, proie résignée, à Mme Delestaing.

— Oui, acquiesçait-il machinalement, je comprends... Au lieu d'obliquer à droite comme pour venir ici, on traverse la forêt que j'ai aperçue en venant. Et au sortir du bois ?

Mme Delestaing ravie et diserte, expliquait, au moyen de graphiques tracés sur un petit carnet.

Tout à coup, M. d'Aspremont rentra par la porte-fenêtre le visage préoccupé, et se dirigea vers Nicolas.

— Dites-moi, mon cher, si vous aviez l'amabilité de me suivre un instant... Votre voiture... une petite avarie, il faudrait la déplacer...

— Comment, une petite avarie ! s'exclama Nicolas, brusquement tiré de sa torpeur. Mais elle était garée devant le perron ! Je ne vois pas...

Il nota soudain le visage assombri de Mme Delestaing et la voix confidentielle de d'Aspremont, un peu trop confidentielle.

— Que se passe-t-il ?

— Mais rien, je vous assure, venez donc, insistait le secrétaire.

Il avait saisi le bras de Nicolas, qui sentait à travers l'étoffe ses doigts maigres et nerveux, qui serraient trop. Il suivit, avec une angoisse soudaine. Marcelle avait-elle voulu sortir la voiture ? Avait-elle... Il hésitait entre l'agacement et l'inquiétude. Ces femmes...

Ils arrivaient sur le perron. La voiture n'était pas là.

— Mais... dit Nicolas, au comble de la surprise, où est-elle ?

Gilles d'Aspremont paraissait de plus en plus nerveux.

— Ecoutez, je l'ai fait sortir pour que les invités... Votre amie, mademoiselle Landau, elle ne s'est pas sentie très bien... Elle a eu une sorte de crise nerveuse, c'est très désagréable pour tout le monde, n'est-ce pas.. le général est désolé...

Déjà Nicolas l'avait quitté, marchant à pas pressés vers la grille. Le temps était délicieux, tiède avec un vent frais, et la lune s'était levée. Il faisait très clair. De l'autre côté de la grille, il aperçut la voiture, toute sombre. Marcelle s'y trouvait-elle ? Il la vit enfin, comme tassée sur le siège arrière.

Sur le perron, Gilles d'Aspremont était resté un moment immobile, indécis. Puis il était rentré. Mme Delestaing l'avait rejoint dans le vestibule.

— Qu'est-ce qui s'est passé ? avait-elle chuchoté.

Gilles avait haussé les épaules avec fureur :

— Le vieil idiot, naturellement ! Il finira par tout flanquer par terre ! Il s'est jeté sur cette fille. Je suis arrivé à temps... Ah ! si on n'avait pas besoin de lui...

Le visage bienveillant de Mme Delestaing avait pris une expression de désapprobation nuancée.

— Voyons, Gilles, il faut le prendre comme il est. C'est une force de la nature, que voulez-vous... Ils sont partis ?

— Oui, Dieu merci.

— Tout ça s'arrangera très bien, avait souri Monique Delestaing de ce sourire dont il était impossible de dire s'il exprimait une bonté profonde ou une totale imbécillité. Allons, venez.

Nicolas avait mis en marche la voiture, tant bien que mal. Marcelle sanglotait hystériquement ; elle était évidemment à bout de nerfs. « Ma faute. Des semaines que je la traîne ainsi d'un endroit dans l'autre, des semaines que nous luttons... » Il dit :

— Tu ne veux pas conduire ? J'ai peur d'abîmer quelque chose... Mais elle ne répondit pas. Elle pleurait avec une rare violence, reniflait, hoquetait.

— Marcelle, dis-moi...

Mais elle s'obstinait à se taire, et lui, son attention requise par la conduite de la voiture, n'insista pas davantage. D'ailleurs il croyait comprendre. Devant ce calme intérieur, cette soirée, ces gens sans problèmes, elle avait dû sentir d'une façon plus aiguë leur détresse, leur désarroi, la folie de leur errance sans fin... Et avec l'immense pitié qui l'emplissait, il était de plus en plus résolu à y mettre fin.

La route brillait d'un éclat extraordinaire sous la lune. Il ne reconnaissait rien, c'était comme s'il roulait dans un pays inconnu, et la masse sombre des bois paraissait plus proche, plus menaçante... Et ces landes, à perte de vue, sans une maison... Tout à coup la route se rapprocha du bois, le longea; il était sûr maintenant de s'être trompé de route. Il ralentit, s'arrêta. Le silence était total. Marcelle hoquetait encore, plus discrètement.

Il sortit de la voiture, regarda autour de lui, dans l'espoir bien vain de s'orienter, mais saisi aussitôt par le charme de cette nuit si claire, s'arrêta un moment pour respirer. Se retourna vers la voiture.

— Tu ne veux pas sortir un moment? dit-il d'une voix mesurée. Cela te ferait peut-être du bien?

Elle sortit, reniflant un peu, se mouvant avec une sorte de lenteur. Alors, tout d'un coup, en voyant sa robe fripée, tachée, son corsage dont plusieurs boutons avaient été arrachés, il comprit.

— N. de D... jura-t-il entre ses dents, le vieux salaud! Marcelle !

— Ce n'est rien, dit-elle d'une voix encore bizarrement étranglée, différente de sa voix habituelle. Ce n'est rien, tu sais, mais j'étais si loin de m'attendre...

Il eut un grand mouvement de tendresse, de remords, envers elle. Idiot qu'il était de n'avoir rien compris!

— Mais il n'a pas... tu n'as pas...

— Oh! Non, non... dit-elle de cette même voix basse qui aurait pu paraître indifférente, si on ne l'avait pas connue. Mais ç'a été de justesse. L'autre est arrivé au bon moment. A croire qu'il n'attendait que ça...

— Quel autre? s'écria-t-il affolé.

— Mais l'autre, tu sais bien, le secrétaire...

— Mais ce n'est pas possible! Mais c'est de la folie! s'écria-t-il, hors de lui. Il faut que tu portes plainte, que tu fasses quelque chose...

— A quoi est-ce que ça servirait? dit-elle avec lassitude.

Et elle se laissa tomber dans l'herbe, au pied de la voiture. Il s'assit près d'elle, bouillant d'indignation.

— Comment, à quoi ça servirait? Mais tu peux l'envoyer

en prison pour Dieu sait combien de temps; tu te rends
compte, un général! Et l'autre qui...

— C'est ma faute, soupira-t-elle, j'aurais dû être plus prudente. Ce bois, et les autres qui s'écartaient discrètement...
Ça ne doit pas être la première fois que ça lui arrive, va.
C'est un b..., cette maison. Quand le secrétaire m'a emmenée
à la voiture, j'ai entendu des bruits dans les fourrés... Mais
il avait l'air gentil, ce vieux général, et si romantique. J'ai
pensé que tout ce que je risquais, c'était des galanteries,
peut-être un baiser dans le cou...

Il se souvint d'avoir eu la même pensée.

— Et moi qui faisais la conversation avec cette vieille
peau... Je t'assure que tu peux faire quelque chose. Enfin,
un scandale pareil! Tu peux le faire chanter toute ta vie!

— Il dirait que je l'ai provoqué, dit-elle avec toujours la
même résignation lasse. Que c'est un coup monté entre nous,
est-ce que je sais? C'est un homme influent, tu sais, un ami
de Praslin, j'ai bien compris, avant... qu'ils étaient très liés.
Je me ferais mal voir partout, je me rendrais ridicule, et
pourquoi? Pour un franc de dommages... Crois-moi, ça n'en
vaut pas la peine. Après tout, il n'a même pas réussi, et je ne
suis pas une petite fille, n'est-ce pas? Tout le monde raison-
nera comme ça, crois-moi...

Cette voix lasse, chargée d'une science sans amertume,
presque paisible dans la pénombre, était toute nouvelle. Elle
sortait du plus profond de l'âme, marquée d'une résignation
vieille comme le monde. Elle le brûla comme un fer rouge.
Il resta sans paroles, un long instant. Il lui avait pris la main,
dans la nuit silencieuse. Il n'osait faire plus, se rapprocher
d'elle, après le choc qu'elle avait subi. Par moments, il la
sentait encore parcourue d'un long frisson. Lui-même, quand
il posait les yeux sur le désordre de sa toilette, sur cette jupe
tachée, froissée, avait le cœur au bord des lèvres.

Puis l'idée lui vint tout à coup qu'elle qui ne se révoltait
contre rien, qui acceptait tout, s'était pourtant révoltée
contre lui, le refusait, et il retira sa main.

— En somme, dit-il d'une voix dure qui résonna étrangement dans la nuit, tu trouves tout cela parfaitement naturel?

Elle puisa un peu de force dans cette dureté.

— Bien sûr que c'est naturel, dit-elle avec effort. Désagréable, mais naturel. Qu'est-ce qu'il y a de plus naturel que cela ?

— Et tu l'admets ?

— Je ne vois pas ce que ça changerait de ne pas l'admettre. (Elle était à nouveau près des larmes.) Quand un type te saute dessus, ou quand une bombe te tombe sur la tête, ou un orage, comment faire pour ne pas l'admettre ?

— On ne peut pas comparer un vieux dégoûtant avec une calamité naturelle, voyons ! s'écria-t-il avec colère.

— Je ne vois pas pourquoi, dit-elle, butée.

— Pas une calamité à laquelle il faille se résigner passivement, se...

— Parce que tu crois que je me suis laissé faire passivement. Je l'ai bien arrangé, va, tout général qu'il est.

Sa bouche eut une petite grimace plate, dérisoire, de défi.

— On s'en va ?

— Si tu veux. Mais tu ne comprends pas ce que j'ai voulu dire, je...

— Est-ce que tu crois que j'ai envie de parler de cela indéfiniment ?

Elle remonta dans la voiture, mais s'assit devant, à côté de lui. Il était surpris de voir à quel point elle comptait peu sur son aide, sur une consolation quelconque, à quel point elle semblait comme indifférente à sa propre souffrance. Elle avait tiré quelques épingles de sûreté de son sac, avait adroitement dissimulé la déchirure de son corsage. De la main, machinalement, et sans dégoût apparent, elle lissait sa jupe.

— Tu démarres ?

Il mit le contact. Retourner en arrière. Il cala une fois, deux fois.

— Tu sais, je crois que je me suis égaré. On n'est pas passé par ce bois, en venant. Veux-tu que je revienne, ou...

— Non, non, continue. Ne retournons pas...

Il sentit qu'elle était à nouveau sur le point de pleurer, et il démarra sans hâte.

— Et si on se perd dans ce bois ?

— Mais non, c'est une grand-route. Je t'en prie, roulons.

Ils s'enfoncèrent dans le bois. C'était une grand-route en effet, et il était probable qu'ils trouveraient une indication tôt ou tard.

— Regarde si tu vois un panneau, tu seras gentille.

— Oui.

Tout à coup elle ajouta presque agressivement :

— Que les gens soient ce qu'ils sont, tu ne crois pas que c'est une calamité naturelle ?

Il sentit comme elle avait dû souffrir, ces derniers jours, pour en venir à ce reproche déguisé! Et il lui en voulait de sa souffrance plus que du reproche. Que tout cela prenne fin! Puisqu'elle acceptait tout, pourquoi ne pas l'accepter, lui ?

Ils roulaient, c'était toujours la forêt, plus dense, plus noire, au milieu de laquelle la route faisait une tranchée, blanche de lune. Elle tremblait légèrement, il le sentait au dossier du siège et elle s'était frileusement enveloppée dans son manteau. Mais il n'avait pas pitié d'elle, de sa détresse physique, du courage avec lequel elle essayait de se dominer, de se reprendre. « Puisqu'elle est si obstinée à vivre, pensait-il avec une sorte de haine, pourquoi ne veut-elle pas m'y aider ? » Et si elle ne voulait pas, ne pouvait pas l'aider, pourquoi cet instinct qui se cramponnait, s'agrippait à la vie ? Ce refus de voir le mal irrémédiable, le mal mêlé à tout, corrompant tout ? Comment pouvait-elle espérer à la fois vivre et aimer ? Car elle prétendait l'aimer. C'était bien là le fond de leur querelle depuis qu'ils avaient quitté Paris. Elle prétendait implicitement que quelque chose s'était passé entre eux d'exceptionnel, de significatif; elle prétendait, la pauvre folle, sans le savoir bien sûr, de toute son aveugle obstination, que ce quelque chose devait modifier l'ordre du monde. Eh bien, elle avait vu, si l'ordre du monde était modifié. Le mal avait revêtu son groin de porc pour les narguer. Et loin de s'en sentir révoltée, elle se résignait, comme à un tribut naturel versé à quelque Moloch tout-puissant ?

— Alors, s'écria-t-il — et il prit désagréablement conscience de sa voix suraiguë, comme si lui-même allait succomber à une crise d'hystérie —, on peut te faire n'importe quoi, t'insulter, te violer, te fourrer dans un camp...

Il se tut brusquement. Les mots étaient sortis malgré lui, et il en prenait soudain conscience. Marcelle, qui s'était identifiée à Renata, tout à coup devenait Wanda! Tous les vieux phantasmes resurgissaient, tous les fantômes se réincarnaient derrière le masque de Marcelle! Lui qui avait voulu ne pas choisir, prendre des femmes la première venue, avait vu lentement se recréer derrière ce nouveau visage, implacables, tous les visages du passé. A quoi eût servi le mensonge ?

Wanda de nouveau présente. Wanda rescapée d'autres viols, d'autres souffrances, Wanda humiliée, victime de la plus grave des injustices, et *qui n'était pas morte.* Wanda qui avait donné raison à l'injustice, à la cruauté, au mal, en ne mourant pas. Wanda qui avait survécu, s'était mariée, qui vivait, quelque part en Rhénanie, qui vivait, vivait, vivait... Sa pensée qui tournait à vide, inlassablement, fulgura tout à coup, dans un élan de révolte : *Wanda qui ne s'était pas vengée de Dieu...*

Marcelle non plus ne se vengerait pas, ne le vengerait pas. Marcelle avait accepté le mal en même temps que le bien, et c'était lui qui lui en avait donné la révélation ! Il découvrait tout à coup à présent le sens de son combat, et comment le vieil adversaire de toujours y était encore mêlé. A sa façon, combien instinctive, mais indubitablement, Marcelle s'était laissé pénétrer par l'idée d'une vérité absolue, transcendante, supérieure au monde des apparences. Marcelle acceptait Dieu, et c'était à cause de lui. Cette fois, il avait touché le fond de son échec. Il en fut un moment totalement accablé.

La forêt toujours, sombre sous le ciel clair, qui semblait derrière une mince pellicule de nuit, rayonner de lumière contenue. Sans qu'il l'eût réalisé dans son agitation, il avait dû encore bifurquer, car la route à présent paraissait moins bonne, défoncée par endroits ; dans l'obscurité des arbres, on voyait des panonceaux blanchâtres, portant d'illisibles caractères. Ils avaient dû se perdre à nouveau. Il n'était pas possible que cette forêt n'eût pas de fin. Elle essuyait ses yeux avec son mouchoir roulé en boule. Elle renifla. Dans un moment, elle aurait à nouveau sa voix habituelle, forçant un peu sur les notes gaies, renouant avec leur conversation *d'avant.* Non ! avait-il envie de hurler. « Si elle dit : n'en parlons plus ou effaçons tout cela, je la tue. » Il était à bout de forces. Dans cette voiture bondissante, qu'il maîtrisait mal, que les trous de la route secouaient rudement, entre ces deux murs d'ombre, avec le seul bruit du moteur qu'il aurait suffi d'un geste pour interrompre, il réentendit sa pensée : « Si elle dit... je la tue. » Et s'ils se jetaient contre un arbre ? Elle et lui, qu'importe ? C'était banal, mais sans ostentation.

Qui se douterait jamais ? Il imaginait le général, ses invités, le secrétaire noiraud, son air froid : « Ils s'étaient peut-être disputés, ils paraissaient très liés... La jeune femme avait montré un peu de coquetterie avec le général... Il l'avait forcée à partir... » Dans le doute, on conclurait à l'accident. Le vieux Paul se désolerait. Il aurait un second portrait sur son bureau, à côté de celui de Wanda, drapé de noir. Nicolas ferait partie des souvenirs du vieux Paul.

Idée insoutenable. Machinalement, il ralentit un peu.

— Est-ce qu'on arrive ? dit-elle d'un ton plaintif.

— Où ? Où veux-tu qu'on arrive ?

— Mais ne te fâche pas... On est perdus ?

— Oui. Oui. On est perdus.

Que dirait-elle s'il lui avouait ainsi dans le silence des bois, de la nuit, qu'un instant auparavant il avait pensé à la tuer ? Peut-être s'enfuirait-elle, à pied, la chevelure dénouée, parmi les grands arbres, sous la lune... Que ce serait romantique ! Et quinze jours plus tard, elle s'épancherait dans le giron de Béatrice, ou au journal, ou chez sa mère, sur la *nuit d'horreur* qu'elle aurait vécue. Et au fond d'elle-même, toujours cette résignation de bête, cette acceptation idiote du monde. Elle serait capable de lui pardonner... Ils débouchaient sur une sorte de rond-point, d'où une série de chemins de terre partaient en étoile.

— Ça, c'est la fin de tout.

— Il y a des poteaux au milieu, remarqua-t-elle.

— Je vais voir. Reste dans la voiture.

Il arrêta le moteur. Le silence les submergea, subit comme s'ils avaient plongé dans un autre élément. Elle le vit sortir, se diriger vers le centre du rond-point, renverser la tête pour déchiffrer les inscriptions délavées. Elle se sentait brisée. Et pourtant son esprit travaillait doucement, infatigablement, à petit bruit, comme un insecte dans le bois : « Pourquoi m'en veut-il ? Ce n'est tout de même pas ma faute si... D'ailleurs ce n'est pas à moi qu'il en veut. C'est autre chose, c'est... Je l'aime. »

Elle l'aimait tel qu'il était, et sa violence inutile, ses exigences. Elle l'aimait tellement qu'il lui semblait, tant elle débordait de tendresse, qu'elle aurait pu aimer n'importe qui...

Elle le voyait, à quatre ou cinq mètres d'elle, isolé d'elle seulement par une vitre, et si loin. Elle songea qu'il la quitterait tout de suite, peut-être, s'il savait ce dont elle était sûre à présent. Il y a des hommes qui quittent leurs maîtresses quand... Mais là encore, ce n'était pas sa faute. Elle était si sûre que cela ne pouvait pas arriver, n'arriverait jamais. Et cet homme, cet inconnu qu'elle voyait là dresser sa haute taille, allumer son briquet pour mieux lire, avait tout changé en elle, même cela, le plus physique... Tout à coup, sa pensée vola en éclats, une lueur, un bruit assourdissant, une énorme explosion, et sous ses yeux épouvantés la vitre de la voiture soudain givrée... Elle hurla. Il lui semblait que sa vie était à ce prix. Si elle criait suffisamment, elle vivrait. Elle hurla encore, gonflant d'air ses poumons ; une seconde explosion, plus lointaine que la première ; elle enfouit sa tête dans sa jupe, se boucha les oreilles, envahie par cette seule pensée : Nicolas était mort, et elle allait mourir ; et elle hurlait, ramassée sur elle-même, la tête sur les genoux, un flot de salive amère coulant de sa bouche à chaque fois qu'elle s'arrêtait de crier et mouillant sa jupe, et elle criait, tendue tout entière dans ce cri... Une troisième explosion, et tout à coup, dans un silence, cette main chaude sur son épaule, et sa voix :

— Bon Dieu, cesse de gueuler comme ça !

— Qu'est-ce qui se passe, Nicolas ? Qu'est-ce qui se passe ?

— Mais je n'en sais rien ! Sors de là, il faut se mettre à couvert !

— Non ! cria-t-elle.

Si elle quittait la voiture elle mourrait. Elle en était sûre, elle se cramponnait au siège, aux montants, pendant qu'avec une violence insensée, et tandis qu'une fusillade éclatait non loin, il essayait de l'extraire de la voiture.

— Non ! Non !

— Tu vas te faire tuer, il faut se cacher ! criait-il à son tour, désespéré.

C'était l'enfer autour d'eux tout à coup. Un bruit assourdissant, de la fumée, des appels, des klaxons, des moteurs non loin...

— Viens, viens, je t'en supplie ! Il l'attirait, de toutes ses forces, avec l'instinct désespéré de la mettre à l'abri sous les arbres, et elle, sans comprendre, se cramponnait au dérisoire abri de la voiture. Tout à coup elle lâcha prise, et il réussit à la faire sortir.

— Viens, viens...

Il ne pouvait plus dire que cela. Il la prit par la main, ils coururent, follement, entre les arbres, engloutis par la rassurante obscurité. La fusillade durait toujours, à gauche. Ils s'arrêtèrent.

— Oh! que j'ai peur! dit-elle d'une voix mourante.

Appuyée contre un arbre, elle se mit à vomir. Il était resté immobile, le cœur battant à se rompre, l'esprit affolé, tournant en rond, cherchant un terrier, un refuge; et le bruit continuait, coups de fusil, coups de canon, vrombissements de moteur. Elle était revenue près de lui, il la serra dans ses bras, étreinte inutile, désespérée, rassurante pourtant, et la nuit autour d'eux était totale, rassurante aussi. Tout à coup il y eut une explosion très proche. Il se jeta à plat ventre, l'entraînant avec lui. Le contact du sol couvert, il le sentit sous sa paume, d'aiguilles de pin, et tiède, le réconforta d'une certaine façon. Il ne se posait même plus de questions, assourdi par le bruit, épuisé par la course ; un repos le gagnait. Perdus. Perdus au milieu de quelle étrange bataille, de quelle révolution, de quel coup de force communiste ou O.A.S. ? Il se le demanda un instant, ne se le demanda plus. Une sorte de sommeil, de torpeur, envahissait son cerveau, de plus en plus. Elle restait cramponnée à lui, il sentait sa chaleur, son corps lié au sien. « Ne pas bouger, surtout, ne pas bouger. » Elle détourna un peu la tête, pour vomir encore un peu d'eau.

— Tu as peur ? chuchota-t-il en la serrant davantage contre lui.

— Je crois que je suis enceinte, dit-elle.

Il n'entendit pas ces mots ou ne les comprit pas, car il ne devait les réentendre, avec leur signification propre, que plus tard, bien plus tard. Il n'entendait que sa voix, sa voix vivante.

— N'aie pas peur, dit-il encore absurdement. Ses propres paroles n'avaient pas de sens. Seul leur son vivant... Et la chaleur de leurs corps si étroitement pressés sur le sol sablonneux. Elle avait eu ce geste surprenant, absurde aussi, d'appuyer avec force son ventre contre le sien, comme si de ce contact, le plus primitif, dépendait son salut. Et ils restèrent ainsi longtemps. Perdus dans la nuit, dans la forêt, dans le silence de l'esprit, au milieu d'une agitation dont ils ignoraient le sens. Peut-être dormirent-ils.

Vers cinq heures du matin le silence les tira de cette prostration. Depuis combien de temps durait-il ? Ils se relevèrent, s'époussetèrent, et appuyés l'un sur l'autre, marchèrent un bon moment avant de retrouver la voiture.

— Il faudra rouler lentement, dit Nicolas en regardant la vitre étoilée.

Ce furent ses premières paroles. Elle ne répondit pas. Il faisait clair, déjà. Ils retrouvèrent sans peine la grand-route, mais furent tout surpris de constater qu'ils avaient dévié de plus de cinquante kilomètres. A peine furent-ils sortis de la forêt qu'ils furent croisés par une grande voiture américaine, passablement usagée, dont l'occupante leur fit de grands signes. C'était Mme Delestaing, avec un lourdaud qui lui servait de chauffeur. Les deux voitures firent halte. Mme Delestaing était toute effusion.

— Je suis au courant de tout. Quel malheur ! Quel affreux malheur ! ne cessait-elle de répéter. Je vous supplie de venir chez moi, je me sens un peu responsable.

Ils consentirent, brisés par cette nuit, grelottant dans le petit matin. Ils s'installèrent dans la grande voiture aux coussins défoncés que Mme Delestaing pilota.

— Jules ramènera votre voiture ; nous allions au marché, expliqua-t-elle en faisant faire demi-tour à la voiture.

Nicolas l'avait aussitôt questionnée au sujet des explosions de la nuit.

— Oh! mais ce sont des manœuvres, des exercices. Toute cette région est interdite aux civils, vous n'avez pas vu les panonceaux ? Ils font quelquefois beaucoup de bruit, n'est-ce pas ?

Marcelle fut prise d'une sorte de crise de nerfs ; mais Nicolas ne lui en voulut pas. Il comprenait.

# VI

Lyon, ville à volutes, à spirales, à lourds macarons de pierre sur le pesant hôtel amarré là, comme un navire d'apparat qui ne prendra jamais la mer et en suscite la nostalgie. Les couloirs silencieux aux portes furtives, l'éclat des lustres monumentaux, tout à coup, quand ils débouchent dans le hall, dans l'immense salle à manger, vide, à l'odeur d'encaustique, tout leur est prison, ornementale prison où l'on s'égare plutôt qu'on ne se heurte, cependant qu'à travers les hautes, dérisoirement hautes fenêtres la pluie sur Lyon leur oppose une dernière grille. Attendre là !

La chambre est vaste, sans luxe excessif, donnant sur un quai où passent les voitures ; des arbres cachent aux trois quarts l'eau grise, un coin cependant est entrevu, mouvant. Ce double mouvement des voitures et de l'eau rend la chambre plus close, plus immobile. Pourquoi cet hôtel, cette chambre, où ils sont mal à l'aise et tournent, ne sachant que faire, le transistor en marche sur la cheminée ? « Faites bien les choses », a dit Yves-Marie à Simon. Paul Léclusier paiera à condition qu'on ne lui demande pas de venir. Et les voilà pris au piège, ou tendant un piège, qui sait ? Nicolas viendra-t-il, seulement ? « Je passerai te voir début octobre. » Sont-ils là pour huit jours ? Pour quinze ? « Nous n'attendrons pas après le 20, a décrété Heinz, après tout nous avons bien le droit de prendre trois semaines de vacances. » Le facteur, prévenu, l'aide de Heinz, le vieux voisin taciturne, ont approuvé : « Vous l'avez bien mérité. Et où allez-vous ? » « A Lyon, dans la famille de ma femme. » Rien de plus naturel. Et les voilà dans cette chambre, devant ce flot de voi-

tures, ce fleuve gris. Prisonniers du temps vide, du silence.
Wanda a fait le voyage raidie, aveugle. Il l'y a forcée, c'est
la dernière fois qu'il obtient quelque chose d'elle. Dans la
chambre, elle a installé une chaise près de la fenêtre, elle
s'y est assise avec son tricot, elle a laissé pénétrer en elle
ce déroulement du fleuve, cet inlassable mouvement des voitures, et elle s'y cramponne, elle se laisse fasciner lentement,
patiemment, par ce nouveau spectacle. Ce n'est qu'une question de travail, qu'une question de patience. Ne te souviens-tu
pas de l'arrivée à la ferme, du paysage en forme de coupe
tendue vers le ciel, de l'œil qu'il a fallu former jour après
jour à se reposer là, à se limiter là, à ne jamais dépasser le
bord de la coupe ? *Tout est fini, tout finit ici.* C'était bon, ce
cercle des collines, au bord effilé comme une lame, contre le
ciel.

Tout à recommencer. Elle n'a pas songé à se rebeller contre
les deux hommes. Il y a bien longtemps qu'elle ne se rebelle
plus, qu'elle sait l'inutilité de toute révolte. Cette connaissance même lui procure une satisfaction sournoise. Ils
croient la tenir. Elle a tendu les poignets, elle a suivi. L'autocar cahotant, le train. Que faire d'autre ? Les rares paroles de
ses bourreaux ; ils s'étaient mis d'accord à ses dépens, mais
elle possédait un savoir, une clé, qu'eux ne possédaient pas.

— Je crois qu'il faut aller à Lyon, avait dit Heinz.

— Et s'il ne vient pas ? Et si rien ne se passe ?

— Nous irons trois semaines, comme en vacances, avait
dit Heinz. Nous reviendrons le 21 octobre. Nous aurons fait
ce qui est possible.

Le 21 octobre ! Le génie de Heinz pour décider, pour tran-
cher, pour prendre parti. Le 21 octobre ! Pourquoi pas le 22 ?
Le 20 ? Non, il s'arrogeait le droit de décider du sort de Nicolas, du sien, il découpait la vie en petits fragments bien nets ;
ceci, on le ferait, cela, on ne le ferait pas, ou on le ferait jusqu'à telle heure, tel jour. Un moment, elle avait senti dans
son corps si lourd, si calme, monter une chaleur qui était
peut-être bien de la haine. Mais elle avait su la noyer, dans
une résignation plate, sans accent.

— Bon. Je vais préparer une valise, des sandwiches ; si je
faisais cuire des œufs ?

Heinz avait été surpris, elle l'avait vu, de cet acquiescement, si prompt. Mais du moment où un certain regard avait

été échangé entre les deux hommes, elle avait su qu'il n'y avait rien à faire.

— Bon.

Elle suivrait comme une prisonnière, une esclave. Elle savait bien, elle, qu'ils ne pourraient rien pour Nicolas. Elle était morte dans son livre, mais lui aussi était mort, et Simon. Ils étaient morts une fois, cent fois, dans ses rêves, au camp, ses deux petits garçons, mille fois, elle avait été brûlée dans ses entrailles par cette torturante question de leur mort, et enfin, pour vivre, elle les avait tués, ensevelis, oubliés. Nicolas était presque roux avec des yeux verts, orgueilleux, secret, courageux. Simon était châtain, les yeux plus gris, la voix plus douce et plus gaie. Ces enfants étaient morts depuis si longtemps, et avec tant d'autres enfants qu'elle s'en souvenait à peine ; comme d'un récit triste et doux entendu dans l'enfance, qu'on sait ne pas être vrai, mais qui berce le sommeil et dont on voudrait rêver ; cent fois, mille fois, elle s'était répété : « Ils reposent. Ils ne souffrent plus, ils reposent. » Et elle aussi, un jour, avait reposé. Ce jour-là, elle avait su qu'elle vivrait. Si on appelle cela vivre. Heinz et elle vivraient, c'était leur pacte. Aujourd'hui, Heinz avait rompu le pacte. Avec ce regard adressé à l'autre homme il avait rompu leur accord secret. C'était comme s'il avait dit, ouvertement, qu'il voulait tout revivre, tout recommencer du début. Qu'il rentrait dans la lutte, qu'il rentrait dans la vraie vie. Mais elle ne lui en voulait qu'à peine, un agacement qu'elle maintenait à fleur de nerfs, en surface ; il avait rompu le pacte, mais c'était lui qui souffrirait. En vain. Elle se tenait à côté de la vitre, elle tricotait à un rythme paisible, les yeux fixés sur les voitures, le coin de fleuve, parfois sur le feuillage encore vert qui s'agitait doucement. C'est une question de volonté. Une simple question d'application, de patience, une sorte de tricot invisible. Des mailles avaient lâché, mais elle allait les rattraper. Déjà (le troisième jour) elle en avait rattrapé quelques-unes. Grâce à un léger somnifère, elle avait retardé son réveil (si matinal, à la ferme) et déjà elle s'accoutumait au réveil à huit heures, au petit déjeuner commandé par téléphone, savouré lentement. Heinz :

— Tu crois que tu as raison d'avaler toutes ces drogues ?

Elle n'avait rien répondu. Son regard s'était posé seulement sur le transistor. Heinz l'avait brusquement éteint d'un geste rageur. Elle avait baissé les yeux sur le pain et la confiture d'orange ; elle le savait bien, qu'il était devenu un ennemi. Mais elle savait aussi, d'une science durement acquise, qu'il ne sert à rien de détester ses ennemis. On s'affaiblit, on se dépense au moment où il faudrait s'économiser. Doucement, elle avait du bout des doigts rallumé le transistor. Ils avaient achevé de déjeuner. Puis Heinz était sorti. Il visitait la ville.

Il avait acheté un guide, en compagnie de Simon. « J'en profiterai pour visiter la ville. » Simon avait compris. Il téléphonerait tous les jours. Il avait expliqué le chemin du bidonville. Heinz viendrait, mais pas tout de suite. « Je commencerai par visiter la ville. » Il voulait être seul. Seul, avec son illogisme, sa folie. Seul, un touriste.

Le moment n'était pas des mieux choisis. Les manchettes des journaux regorgeaient d'attentats, de hold-up, de plasticages. Heinz se croyait reporté de vingt-cinq ans en arrière. Sauf pour le plastic qui était nouveau. C'était vraiment se replonger dans la vie. La ferme, les saisons, n'étaient donc qu'une parenthèse ? En un instant, il s'était donc renié ? Il avait son guide à la main. « Colline de Fourvière... Le Casino... L'église... » Le parquet ciré, désert, du musée. Un refuge ? Ou avait-il renoncé à tous les refuges ? A cause de son manteau vert, de son accent, on le reconnaissait pour un touriste germanique. Il connut les réactions diverses, les regards hargneux, perplexes, les « ils avaient de la poigne, ceux-là » prononcés au petit matin par un garçon de café balayant la sciure. Ce « *corps d'un Nord-Africain tombé dans une ruelle* » en cinquième page du journal, il le reconnaissait, il ne l'étonnait pas. Un cortège déposait des fleurs sur un monument, des groupes criaient. Sous une fenêtre close : « Vive de Gaulle ! » Au musée, saint Sébastien souriait, percé de flèches, sainte Agnès expirait sur la roue, l'Enfant Jésus tenait une rose à la main, et des femmes belles, comme il en existait, en ce moment même, dans des chambres closes ou dans des jardins silencieux, souriaient tristement, entourées d'instruments de musique, drapées dans du velours, mystérieuses comme les signes d'une écriture oubliée. Il y avait toujours eu de ces femmes, il y avait toujours eu cette musique du silence, même à travers les cris et le flamboiement de la guerre, et c'était peut-être cela le plus terrible. Heinz se rappelait que Wanda avait été belle.

Il marchait beaucoup, son guide à la main, avec obstination. Il tenta le cinquième jour d'aller au cinéma, mais on évacua la salle au bout de trente-cinq minutes, un coup de téléphone à la caisse ayant menacé d'une bombe les propriétaires. Fausse alerte, d'ailleurs. Heinz était ressorti, avec son manteau vert. Quelqu'un avait dit près de lui : « Sale boche ! » Il ne s'en offusqua pas. Il était revenu parmi les hommes ; il les reconnaissait.

Un gangster qui se réclamait de l'O.A.S. « taxait » à cinquante millions un banquier de San Remo, et se faisait arrêter à Nice, en allant toucher la somme. « On n'est pas plus bête ! » confia à Heinz un consommateur, sur une terrasse. « Moi, j'aurais fait tout autrement. Tenez, par exemple... » C'était un petit homme chauve, méticuleux, qui eût fait une très bonne recrue pour un chef de bande. Son opinion était qu'avec un peu de loyauté, les gangs arriveraient à tout ce qu'ils voudraient. Malheureusement, de loyauté, en France, il n'y en avait plus. Heinz convint que c'était dommage. Il se demandait s'il devenait fou, car il venait de se dire : moi j'ai toujours était loyal. Non, pas cela. Pas de justification ! Et pourtant, c'était vrai qu'il n'avait jamais trahi ni dénoncé ni torturé personne, et que s'il avait emporté le pécule abandonné du camp, c'était pour Wanda autant que pour lui, et que cet or lui était apparu comme une absurdité de plus, n'appartenant à personne, ne servant à rien. Et puisqu'on lui avait tué son père et brûlé sa maison, puisqu'il n'avait jamais pu avoir de femme à lui, il avait pris cet or comme cette femme, des épaves l'une et l'autre d'un naufrage dont il n'était en rien responsable. Mais l'angoisse était revenue plus puissante que jamais, en cet instant précis, à cette terrasse ensoleillée (car le temps s'était remis), aux chaises en vannerie, et il avait dû se cramponner des deux mains au *juke-box* hurlant dans lequel, précipitamment, il était allé enfourner sa monnaie.

— Les Allemands aiment beaucoup la musique, lui avait dit le patron, poliment.

Oui, il avait sifsloté, une ou deux fois, à cause du soleil, par bravade aussi. Bientôt il irait voir Simon. Ne fallait-il pas convenir avec lui de ce que l'on dirait à Nicolas, si... S'il

ne venait pas, cet inconnu, le voyage aurait été inutile. Mais
s'il venait, que lui dire ? De toutes façons, ce voyage était
inutile. Wanda, derrière sa vitre, en était l'éclatant symbole.
Son lever, son déjeuner lent et copieux, sa sortie vers dix
heures, tandis que l'on faisait sa chambre, son ouvrage repris
à onze, la lecture méthodique des journaux, avaient remplacé
presque instantanément pour elle le soin de la basse-cour, le
ménage, le potager. Un défi ? Il l'aurait presque souhaité.
Mais il ne trouvait dans ce regard opaque aucune trace de
reproche ni de pitié. Lui pourtant savait bien qu'il avait
enfreint quelque chose. Par moments, il rusait avec lui-même,
s'appliquait à goûter le charme d'une vieille rue, à comprendre ce passage du guide traitant de l'histoire ; il acheta
même un volume, dans une librairie, sur l'histoire des Tem-
pliers, pour une phrase qui l'avait accroché. Il marchait, son
manteau vert, son appareil bon marché en bandoulière, son
guide à la main, se caricaturant lui-même. Sur le parvis des
églises, des oiseaux s'envolaient sous ses pas. Il photographia
des porches romans, un pont métallique. Les journaux annon-
çaient : « Plus de trois cents hold-up cette année » et les
garçons de café lui disaient : « Fichue époque pour prendre
des vacances ! ».
  C'était avant, les vacances. Les vacances, c'était ce visage
figé, non pas endormi mais gelé de Wanda, ce large ovale
pâle, sans rides (elle eût paru, sans son regard aveugle, très
jeune pour son âge), cette bouche pleine, lourde, qui ne s'animait plus, ces cheveux tirés, comme morts eux aussi, c'était
sa voix lente, modelant des paroles pesantes, sans venin, des
paroles-objets qu'elle posait devant elle, et qui ne bougeaient
plus. La ferme, le travail trop dur, les élancements dans sa
jambe, la courbe des collines, et le temps endormi lui
aussi, immobile, c'était cela les vacances. L'appareil photo-
graphique lui pesait comme le sac du soldat. Il enviait
presque Wanda, son immobilité granitique, son refus lisse,
sans une faille. « Sans une faille ? Mais l'ai-je cherchée ? » Non,
c'était le pacte. Aujourd'hui, il l'avait rompu, avec, un instant,
l'instant de ce regard échangé entre Simon et lui, un sentiment terrible de culpabilité et d'espérance. Mais Wanda tricotait devant la fenêtre. Et lui errait, plus seul que jamais.
Lui parler ?
  Il avait pitié. Sa propre angoisse lui était devenue trop

lourde à porter pour qu'il désirât la partager avec elle, la lui communiquer, la lui imposer. Et il n'avait rien d'autre à partager. Il savait qu'il avait été fou de faire ce voyage, comme il savait qu'il eût été fou de mourir, autrefois, pour rien. Par ce geste, il avait démenti toute sa vie, augmenté son angoisse d'un poids d'absurdité, presque de ridicule. Et cela pour rien. Pour montrer à un inconnu, qu'on lui dépeignait comme désespéré, le visage de Wanda. Beau réconfort. « Demain, j'irai voir Simon, se disait-il, je lui dirai que je repars. » Il ne repartait pas. Il visitait la ville, il attendait sans savoir quoi.

Octobre était doux. Ils étaient depuis neuf jours à Lyon.

« C'est une bénédiction que cette belle arrière-saison, disait Mme Delestaing. Pour les enfants, surtout. Ce soleil... »

Donc, des enfants au soleil, des garçons de tous les âges, de sept à treize ans, un ou deux plus âgés qui semblaient surveiller les autres. Des shorts, des torses nus, se mouvant parmi la verdure.

Plusieurs étaient beaux, aucun n'était affreux à voir. Ils paraissaient propres, bien soignés, actifs. Des tables de ping-pong, des tas de sable, un *court* de tennis même où deux adolescents jouaient correctement, avec à peine un peu de lenteur dans les mouvements. Le château, vaste bâtisse mal restaurée, gauchement flanquée d'un énorme perron et de deux ailes disparates, paraissait pourtant confortable au sein de cette clairière, ses fenêtres largement ouvertes sur des chambres claires, ses rideaux agités par la brise. Mme Delestaing apparaissait et disparaissait, partout présente, partout inutile, ses boucles enfantines éparses sur les épaules, les seins apparents dans le décolleté de sa robe en cotonnade vert pomme. D'un peu loin, on pouvait la prendre pour une fillette de quinze ou seize ans, mais tout à coup, quand elle s'approchait, l'adolescente se transformait comme par magie en une dame déjà mûre ; ou plutôt, l'adolescente paraissait maquillée, presque maladroitement, en quadragénaire, gardant ses boucles et ses yeux étonnés que démentaient les rides apparentes, le double menton naissant. L'empressement naïf et gauche, le langage un peu niais, étaient restés intacts aussi depuis l'adolescence.

Le maquillage des yeux, l'abondance de la chair, rien ne pouvait enlever à Mme Delestaing cette sorte de fraîcheur de l'extrême jeunesse.

Elle s'était mise en frais pour recevoir Nicolas et Marcelle. Elle aurait tant aimé que l'on parlât un peu de son œuvre dans les journaux. Elle avait si peu de moyens, et tant de projets pour ses chers enfants !

— Quand vous imaginez que le court de tennis ne date que de cette année ! C'est notre cher général qui... Pardon, je ne veux pas raviver... Nos garçons font des choses remarquables dans tous les domaines, d'ailleurs, en peinture, par exemple, et voyez-vous, il y a quelques années on me disait, vous faites une folie, quand j'ai installé un four à poterie ; mais les garçons en sont fous, ils nous font des assiettes, des plats, et quand on s'en sert devant eux, quelle joie, n'est-ce pas, Jeannie ?

Jeannie, une véritable adolescente celle-là, aux yeux très bleus, au petit visage régulier sous une cloche de cheveux sombres, semblait avoir pour tâche essentielle de suivre partout Monique Delestaing, ramassant son mouchoir, son écharpe lâche, réparant les dégâts que les enfants faisaient à sa toilette, et acquiesçant à ses propos.

On prenait le thé dans la salle à manger d'apparat, encombrée de meubles de famille en acajou fleurant l'encaustique. Monique Delestaing trônait, assise sous le portrait en pied du Commandant son défunt mari (tenant un compas à la main), devant la grosse théière en argent bosselé, un bouquet de roses mourantes à sa gauche ; elle ressemblait à la bonne marraine d'un livre de la Bibliothèque Rose. Jeannie à ses côtés, semblable à un jeune page, semblait n'attendre qu'un ordre pour bondir.

— Mangeons, disait Mme Delestaing d'un ton mutin, secouant ses boucles. Avant tout, mangeons. Nous avons ici un pain de campagne, un beurre, véritablement exquis...

Et elle leur tendait la corbeille, le ravier de grès brun, d'un air épanoui, leur offrant en même temps ses seins, son sourire excessif, toute sa personne molle, blanche et dorée. Elle ne paraissait pas s'apercevoir de leur embarras, des silences de Nicolas, de l'attente anxieuse de Marcelle. Elle ne paraissait pas se demander si leur séjour se prolongerait, ni pourquoi. Elle acceptait leur présence, leurs bizarreries, avec autant de naturel que celles des enfants dont elle avait la garde.

Monique Delestaing est une veuve, fille et femme d'officiers, qui s'occupe d'une œuvre d'enfants attardés (enfants, pour la plupart, d'excellentes familles qui ne désirent pas s'en occuper). Rien de plus simple. Monique Delestaing a hérité de son mari, le Commandant au compas, la grande et laide bâtisse qui sert de refuge à l'Œuvre. Le parc est beau, les enfants sont heureux, les quelques enseignants qui travaillent au château viennent de l'enseignement libre et sont tout contents d'être un peu plus payés qu'il n'est d'usage. Rien de plus simple. Un petit malaise naît pourtant. Dans ce beau cadre de verdure, de rocaille, de sable, de bruyères, ces disgrâces groupées étonnent. Les deux professeurs qui s'occupent de cette trentaine d'enfants de tous âges, eux-mêmes ont quelque chose d'un peu arriéré, d'un peu bossu dans la contenance ; l'un, quadragénaire à barbe noirâtre, louchant un peu, donnant une impression d'imprécise malpropreté ; l'autre plus jeune, athlétique et blond, visage rond de boy-scout, a néanmoins dans le sourire une qualité d'éclatante niaiserie qui s'apparente à l'expression de Mme Delestaing. Rien qui marque un réel déséquilibre, mais néanmoins un doute se glisse, ténu. Peut-être cela vient-il de leurs occupations ? Seule, l'adolescence en *blue-jean* promène partout son petit visage d'ange guerrier sous des cheveux noirs coupés à la Jeanne d'Arc, et paraît, toujours calme, toujours efficace, être l'image de la raison au milieu de ce léger glissement que l'on ressent là, de ce vertige imperceptible qui vous gagne dans ce parfait isolement. Peut-être ce sentiment vient-il de la peur visible des servantes, paysannes du pays qui viennent là faire le ménage, et n'ont qu'une hâte, c'est de s'éclipser dès que possible, terrifiées par « les petits fous » pourtant bien paisibles. L'indifférence de Monique Delestaing à cette frayeur est totale. Elle se promène dans le parc, dans les vastes salles où règne parfois un triste désordre, petits déjeuners renversés, papiers couverts de peinture chiffonnés sur le sol, avec la même débonnaireté. Dans ses robes de jeune fille, une poche est toujours ménagée pour recevoir des sucreries, qu'elle distribue autour d'elle aux plus petits. Souvent des taches de sucre ou d'eau maculent promptement ces robes fraîches ; mais elle ne semble pas s'en apercevoir, jusqu'à ce que l'ange en *blue-jean*, un torchon à la main, plie gracieusement le genou devant elle, et frotte la tache avec minutie jusqu'à ce qu'elle disparaisse.

De classe, il ne semble pas être question. Le jeune athlète (Monsieur Jean) consacre apparemment, ses forces au tennis et au ping-pong avec les aînés, Monsieur Roland surveille, lui, les réalisations artistiques des enfants, mais parfois, l'œil au loin, il semble en proie à une étrange absence, dont ne le tire pas le bruit d'un godet d'eau qui tombe, ni même le grondement sourd d'un petit mongolien auquel un autre gamin plus vif veut retirer son pinceau.

Pas davantage de cloche ; vers midi, on va déjeuner. Vers sept heures on dîne. L'ange sombre explore le parc et l'aile gauche du château pour retrouver un à un les manquants. C'est dire que les repas manquent d'harmonie. Ils ne se déroulent pas dans la « belle » salle à manger, mais dans une autre salle (il y en a tant) donnant directement sur le parc par de grandes portes-fenêtres. Une immense table rassemble les trente pensionnaires, les deux « professeurs », Mme Delestaing qui trône au bout de table et les invités éventuels. La pièce est vaste et nue, la table, une immense table de chêne, les bancs scellés au sol (ce qui fait qu'on est toujours un peu près, ou un peu loin, de son assiette), le carrelage est blanc et noir, nulle part de parquets où vont les enfants, a expliqué Mme Delestaing, ce n'était pas hygiénique. Le papier des murs est verdâtre, assez neuf, mais par-ci par-là, une déchirure, un gribouillage au crayon rouge, une tache de graisse, le souillent à hauteur d'enfant. Sur la grande cheminée de marbre, déplacée dans cette nudité, un poste de radio d'un ancien modèle déverse de la musique pendant toute la durée des repas — Mme Delestaing croit aux bienfaits thérapeutiques de la musique. Elle prend un petit mongolien près d'elle. C'est son préféré, ce petit Pierre. Si calme et très doué, il peint, il dessine à ravir.

L'enfant suit les propos de Monique Delestaing. Ses doux yeux de velours fixés sur elle.

— C'est moi qui a fait cette assiette-là, dit-il de sa voix gutturale.

Et il tend la main vers l'assiette couverte de purée de Monique, écarte un peu la purée de son petit doigt douteux, pour montrer le dessin central de l'assiette.

— Voyons, mon chéri ! dit Mme Delestaing avec douceur.

Elle saisit la petite main, la porte à sa bouche, lèche la purée sur le doigt de l'enfant qui rit. Puis elle se remet, sereine, à manger.

Le lendemain matin, ils assistent à la baignade dans cet étang ravissant, dont une rive est bordée de saules pleureurs, et au milieu duquel, sur l'île microscopique, le Commandant a fait construire un petit Temple de l'Amour, touchante niaiserie qui fait soupirer encore Mme Delestaing. Elle-même se baigne, dévoilant généreusement un corps rubénien, qui semble retenir l'attention de M. Jean. Ils n'ont aucun doute : le bel athlète doit distraire la veuve encore agréable. Le soleil luit, les arbres sont touffus, point trop brûlés, et ce fond de verdure est clément aux grand membres blancs de Monique, Vénus à peine démodée. La voilà qui sort de l'eau, ruisselante, semblant un instant traîner derrière elle un voile liquide. Elle s'étend au soleil, sur l'herbe, et autour de ce corps épanoui viennent s'agglutiner deux, trois, quatre petits corps enfantins, blottis contre ses flancs, dans un abandon total de jeunes chiots.

— C'est monstrueux, dit Marcelle.

— C'est naturel, dit Nicolas, mais la nature est monstrueuse, c'est vrai.

De temps à autre, pour mieux sécher, l'ample Vénus se tourne sur un flanc, sur l'autre, et non sans quelques grognements les enfants se réinstallent. Nul ne prête attention à ce spectacle. M. Roland expose au soleil ses jambes étiques et pâles, et une forêt de poils noirs. M. Jean, au tremplin, montre un plongeon à deux ou trois jeunes gens appliqués et patauds ; un petit groupe d'enfants édifie un château de boue, sous la direction d'un adolescent malingre, aux yeux exorbités, au visage parfois parcouru d'un tic.

— Christian m'est d'un tel secours ! dit tendrement Monique.

Tous rentreront déjeuner fort boueux, car la terre qui entoure le lac, grasse et spongieuse, n'a rien de balnéaire.

L'après-midi se passe dans le calme, et, vers cinq heures, le vieux médecin du village, célibataire fatigué qui sent le bouc, vient prendre un porto avec Mme Delestaing. C'est ce qui s'appelle pompeusement « la visite médicale ». Enfoui dans le fauteuil, le vieux Delporte, sa barbe grise et jaune, ses petits yeux chassieux, ses vêtements fripés (il a l'air d'avoir dormi dedans), son odeur indéfinissable de médicaments, de fumier (ses gros souliers en sont crottés), de vieil homme mal soigné, réclame d'emblée son verre. Fraîche et doucement rayonnante comme Hébé, Jeannie vient le lui porter, sur une petite table qu'elle glisse près du fauteuil. Mme Delestaing, en taffetas cerise (toilette qui ferait son effet si une grande tache en bas de la jupe, à gauche, ne la déshonorait), Mme Delestaing boit, elle aussi, paisiblement. Le docteur bourre sa pipe. Jeannie, qui avait disparu comme un elfe, réapparaît porteuse d'un fil et d'une aiguille, et s'agenouillant, prestement consolide un bouton sur la veste du vieil homme.

— Merci, Jeannie.

— Pas de quoué... répond la fraîche voix patoisante, et elle disparaît à nouveau.

— C'est un ange ! dit Mme Delestaing, comme un rite.

— Un ange ! répète le vieux docteur avec quelque mélancolie. Il ajoute à l'intention des visiteurs :

— Notre Jeannie voulait être Petite sœur des Pauvres. Malheureusement, il fallait des études d'infirmière que la pauvre enfant — elle est du village — n'était pas en mesure d'affronter. Elle a pu un peu réaliser son rêve grâce à madame Delestaing, envers qui elle a beaucoup de reconnaissance.

— Mais... elle semble vous être très utile ? ne peut s'empêcher de dire Marcelle.

— Mais oui, mais oui, dit Mme Delestaing avec indulgence. Elle fait vraiment tout ce qu'elle peut, la chère enfant.

— Est-ce que tout ceci n'est pas un peu... du travail d'amateur malgré tout ? demande Nicolas au vieux docteur.

Le soir tombe sur le parc, et le vieillard marche en clopinant, appuyé sur sa canne. Il s'arrête.

— Mais, jeune homme, est-ce que vous avez jamais vu ce qu'on appelle du travail de spécialiste ?

— Non, mais il me semble avoir lu des revues, entendu parler de tests, d'expériences qui faisaient progresser...

— Oui, il y a quelques réussites. De temps en temps, à force de lui tarauder la cervelle, il y a un de ces malheureux auquel on arrive à faire franchir la barrière, qui devient capable d'être intégré à la société, comme ils disent, c'est-à-dire d'effectuer un petit travail facile et mal payé, toujours le même, de ne pas faire trop mauvaise figure dans sa famille (qui souvent se refuse quand même à le reprendre, à cause des autres enfants à qui cela *porterait tort*), et tous les autres sont tourmentés dès le matin, servent de cobayes à des médecins qui essayent sur eux tout ce qui leur plaît, et ne trouvent pas la moitié de la tranquillité et de la paix qu'ils ont ici, à Valfleury. Croyez-vous que cela vaille la peine ?

— Peut-être pas, dit Marcelle.

— Mais s'il y en a, parmi ces cerveaux, qui puissent être réveillés, dans lesquels une lueur de compréhension puisse un jour se glisser, n'est-ce pas un devoir ?... demande Nicolas, malgré lui provocant.

— Vous croyez sincèrement que c'est un bien, pour un cerveau, de le réveiller ?

Et Nicolas se tait. Parce qu'il ne sait plus. Le soir même, dans la chambre d'amis, énorme et sombre, où Marcelle dort déjà sous l'édredon rouge, il reste assis longtemps sous la lampe, sa grosse tête de bûcheur penchée sur la poitrine, voulant encore peser, analyser, comprendre, et ne pouvant plus lutter contre ce sentiment qui s'est emparé de lui, cet accablant sentiment de bout du monde.

Le silence est total. La respiration égale de Marcelle lui parvient. Depuis deux jours ils ne se sont guère parlé. Depuis cette grande, cette folle terreur qui s'est emparée d'eux, les a frappés comme une révélation, dans ce bois de pins, depuis sa phrase à elle « je crois que je suis enceinte », depuis que lui-même a senti, au sein de ce monde un instant devenu fou, une inexplicable, une farouche envie de vivre. Depuis qu'il a, de longues heures durant, étreint ce corps féminin comme la vie elle-même.

Elle a dit seulement, la veille, avant de se coucher dans ce grand lit que Monique Delestaing d'autorité leur a attribué :

— Tu n'es pas fâché ?

Il a dit non. Il s'est souvenu qu'elle faisait partie de ce monde où les hommes se fâchent quand leurs maîtresses se trouvent enceintes, et où les femmes le trouvent naturel.

Il rêve. Le château, cette femme qui dort, sa présence à lui dans cette grande pièce encombrée, ses rideaux de velours élimé, ses boiseries, ce dépaysement absolu, n'est-ce pas ce qu'il a poursuivi, cherché ? Seul éveillé, dans cette bâtisse isolée au milieu de la campagne, dans cet entourage étrange, au chevet de cette femme six mois auparavant encore inconnue, il a réalisé les conditions idéales de ce dépaysement. « Victor ou l'Enfant de la Forêt... » Il se souvient de ce conte fait à Marcelle. Et pourtant, rien ne s'était simplifié. Comme un miroir d'eau, le visage de Marcelle avait reflété celui de Renata, celui de Wanda. Jeannette Garcia avait été aussi mystérieusement figée en sa propre image que Paul ou que l'Editeur. Le Général avait un instant incarné le bourreau allemand inconnu qui vivait quelque part près de Cologne. Les Clay avaient été aussi imperméablement parfaits que le ménage d'Yves-Marie. Chaque rôle avait été repris, chaque question reposée. Il n'y avait pas d'échappatoire.

Il avait essayé de mentir. Puisqu'ils y réussissaient tous si bien, pourquoi pas lui ? Ah ! il était bien toujours le lourd garçon consciencieux qui se cassait la tête à l'école pour réussir les problèmes dans les règles, alors que Simon faisait n'importe quoi et arrivait au résultat. Et le professeur approuvait Nicolas, mais avait pour Simon un regard attendri : « Cet enfant a le don des mathématiques. » « Je ne veux pas, je ne veux jamais avoir de don », pensait Nicolas, avec rage. Mais il était à bout, maintenant. Traqué, encerclé de toutes parts. Il ne pouvait mentir, et il avait voulu vivre. Sauvagement, il criait à Dieu : « Eh bien, donnez-la-moi, cette foi, si vous le voulez absolument. » Et il attendait.

La solitude, au sein de ce château de la déraison. « Est-ce que vous croyez que c'est un bien, pour un cerveau, d'être réveillé ? » demandait le vieux docteur. Il ne pouvait pas dire oui. « Vous qui m'avez attiré jusqu'ici, poussé, tiré jusqu'ici, qui ne vous êtes jamais lassé de me persécuter, de tout corrompre, de vous infiltrer partout, faites maintenant, que je dise : *Oui !* » Mais ce Dieu qui l'a traqué se dérobe au pied du mur. Maintenant qu'il est au bord de l'abîme, qu'une poussée suffirait à l'y envoyer, il se sent libre tout à coup, et presque délivré. Aucune indication, aucune voix. Aucune révolte, même. Le silence. Tous les signes se groupent, s'assemblent autour de lui comme les belles figures énigmatiques des tarots. Wanda, en tenue de déportée ; Renata en pleurs, immobile et pâle, ses cheveux cendrés, ses colliers de bois ; Yves-Marie et Gisèle à table et la petite Pauline brandissant sa feuille barbouillée de bleu ; Paul fumant sa pipe, intègre, cultivé ; Colette, demi-nue, cherchant dans quelque excès désespéré à s'évader de son pauvre corps débile ; Marcelle enfin, Marcelle le premier jour dans son tailleur Chanel, Marcelle sous l'arbre rond de la Maison des Assiettes, Marcelle à Paris, un moment inspirée, Marcelle butée, aveugle, refusant toute compromission... Quel défilé d'images ! Mme Delestaing attirant contre elle les corps de ces enfants déshérités, léchant le doigt du petit mongolien... Comment peser, analyser, comprendre ? Les images sont là, mystérieuses, ambiguës, signes d'une réalité cachée, ou simples et absurdes prodiges. Non, il n'est plus temps de comprendre, il s'agit de choisir.

Il s'était levé, s'était mis à marcher dans la pièce. Choisir, mais comment aurait-il pu ? Choisir Wanda, le Général, choisir le malheur de pauvres enfants épuisés, comment le pourrait-on jamais ? Choisir le couperet de la lumière, quand on n'aspire qu'à l'ombre et au repos, est-ce possible ? Du moins, qu'un signe lui fût donné, qui agît, qui fût définitif... Peut-être ces trois jours à Paris, cet instant unique... Mais ce souvenir n'arrivait pas à le déterminer, restait inopérant. C'était comme une belle image aux couleurs de vitrail, lumineuse, certes, combien lumineuse, mais figée, mais immobile. Signe ou prodige ? Choisir. Il sortit. Les longs couloirs, les veilleuses, le tapis rouge et effrangé faisaient penser à un hôtel de province, bon marché. Il avançait dans ces couloirs, descendait le grand escalier monumental. L'image de Simon se leva en lui, ce doux visage sérieux, le jour de son ordination. Simon avait-il eu à choisir ? Ou simplement « cet enfant tellement doué » n'avait-il eu qu'à tendre les mains pour recevoir avec certitude ?

Il entendit du bruit, se rencogna contre le mur, à mi-chemin de l'escalier, dans l'embrasure de la fenêtre. Quelqu'un venait ou allait, en direction de la chambre de Mme Delestaing. Il s'attendit à voir paraître « Monsieur Jean », ses larges épaules. Le pas approchait et, soudain, léger comme une chauve-souris, dans un pyjama rayé de bagnard, d'épaisses pantoufles à la main, il vit surgir Christian, l'adolescent maigre, secoué de tics, qui surveillait la baignade des enfants.

Fit-il un mouvement de surprise ? Le jeune homme leva la tête, le vit, s'immobilisa, un sourire niais, involontaire, sur le visage. Puis (Nicolas se demanda s'il rêvait) le sourire se précisa, devint complice, cependant que la tête grotesque s'agitait, parcourue d'un frémissement bizarre, avec des airs d'encouragement. Puis, sans plus de bruit, l'adolescent disparut. Nicolas resta seul. Les veilleuses brûlaient, donnant à la grande cage d'escalier un aspect fantastique. Est-ce qu'il rêvait ? La vie. Il n'y avait qu'à avancer dans ce couloir, ou à remonter cet escalier. La vie. La vie, c'était toujours une femme. La vie brutale, colorée, la vie absurde et pleine dont il avait cherché à retrouver le goût, c'était cette femme, ou cette autre. Ce corps blanc d'une indifférence royale qui l'accepterait sans doute parmi les idiots, les fous, la foule. Ce corps brun qu'il avait, bien malgré lui, fécondé, et qui demain proclamerait ses droits, son bonheur. La vie. Non, ce n'était pas possible. Alors, *autre chose* ? Simon ?

Il grelottait. La nuit était fraîche, sa robe de chambre, mince à l'extrême. Il pensa : je suis un lâche. Autre chose que la vie ? Mais cette autre chose, c'était encore un subterfuge, un des mille avatars de cette vie toute-puissante, qui prenait toutes les formes, des plus suaves aux plus monstrueuses, pour le tenter. Il pensa à Yves-Marie, à son foyer parfait, à la petite Pauline, merveilleux oiseau plein de chants, de rires perlés, de couleurs vives. Est-ce que tu peux douter devant *cela* ? disait Yves-Marie ; est-ce que tu peux ne pas te ronger de remords devant *cela*, avait-il répondu. Et tous les deux avaient contemplé la petite Pauline, comme un augure, une petite Pythie inconsciente qui eût pu leur répondre. Mais l'enfant merveilleuse étalait du bleu sur une feuille de papier, et devant ce barbouillage informe s'écriait : « C'est beau, le bleu ! » Et les deux hommes regardaient la feuille, émus, mais sans pouvoir s'accorder. « Pense à ce qu'elle verra, à ce qu'elle entendra, pense à Hiroshima, à Dachau, pense simplement à la bêtise, à la laideur, est-ce qu'il y a assez de bleu pour compenser tout cela ? » « Peut-être, disait Yves-Marie. D'ailleurs l'argument n'en est pas un. Si je te disais : pense à Mozart, pense au lilas, pense à saint Vincent de Paul... Ce n'est pas une question de proportion, c'est une question d'adhésion. » Choisir.

Les veilleuses brûlaient, la grande cage d'escalier déserte était comme un imposant vestige au milieu des ruines. Les enfants dormaient, les répétiteurs dormaient, la douce Jeannie dormait, ou peut-être priait-elle, et Monique Delestaing avait dû s'endormir avec son sourire niais et mystérieux, et Marcelle dormait, pelotonnée sous l'édredon rouge, et dans son ventre se formait, malgré lui, un autre être vivant, que rien ne pourrait empêcher de venir au monde, de grandir, de mourir. Le cancer proliférait. La vie, la vie toujours, absurde et grouillante.

Simon, pourtant ? Simon, seul espoir, Simon, dernier signe qui peut-être donnera la clé de tous les autres ? Partir cette nuit même, courir vers Simon, espérer follement, le temps de ce trajet, que le choix serait au bout, déjà fait par un autre ? Il se redressa, remonta l'escalier ; laisser un mot à Marcelle, il reviendrait la prendre après. Après ? Qu'importait l'après ? Ce qu'il lui fallait, c'était espérer encore quelques heures, échapper encore un instant à ce choix menaçant. Toutes les difficultés s'estompaient devant ce besoin soudain lancinant, comme celui de boire. Une gorgée d'eau, dût-elle être la dernière, c'était ce à quoi il aspirait maintenant de tout son être. Il s'habilla, prit les clés de la voiture. Il roulerait lentement, sachant mal la conduire, mais tant mieux. Oh ! comme il roulerait lentement, dégustant ce long trajet incolore, cette trêve dernière, pauvre gibier traqué et qui va vers l'épieu.

Simon l'a accueilli au seuil du bidonville. Les deux mains tendues, gauchement. Tous deux ont dit des phrases banales. « Tiens, tu conduis, maintenant ? » « C'est ici que tu demeures ? »

Tout de suite, entre eux, le mur s'est redressé, infranchissable, et ils se regardent de part et d'autre de ce mur, séparés, eux qui, enfants, ne se séparaient jamais. — Je suis venu, tu vois... — Je t'attendais... Et puis les précision inutiles : — Je passais non loin d'ici... La voiture est celle d'une amie. — Paul m'avait écrit... Un de tes amis, téléphoné, je m'inquiétais... Alors j'ai fait venir... Je ne suis pas seul ici... — Pas seul ? Oui, Paul...

Le vieux Paul sans doute, plein de sollicitude, de conseils dérisoires. — Non, pas lui. Il n'a pas voulu venir. Ton ami m'avait conseillé... Oui, Yves-Marie... Enfin, Maman.

Nicolas est si stupéfait qu'il dit bêtement :

— Qui ça, Maman ?

— Notre mère... Ta mère... Ils sont là tous les deux... Ils devaient partir dans deux jours si tu ne venais pas...

— Notre mère ?

Cette image surgit du passé, fulgurante. Il allait dire : « Mais ce n'est pas possible ! » quand il a rencontré le regard de Simon. Regard si faible, trempé de pitié, regard crucifié qui implore : « Moi, je ne pouvais rien, j'étais impuissant, alors... » Et lui-même, Nicolas, est parcouru tout à coup d'un grand frisson. Ces lettres, ces coups de téléphone, cette résolution extrême : c'est donc si évident pour tous qu'il ne peut plus vivre ? Oh ! il ne se dit pas : « Je ne veux plus. » Depuis cette dernière nuit, une faiblesse écœurante comme une nausée l'a envahi. Il ne demande qu'à vivre, au contraire ; c'est seulement qu'il se sent tomber dans un gouffre, tomber indéfiniment, et que ses mains cherchent en vain quelque chose à quoi se raccrocher, sur la paroi impitoyablement lisse. Un moment, un détail le retient :

— Et Paul, tu dis, n'a pas voulu...

Simon détourne les yeux.

— N'a pas pu, peut-être... Il avait l'air très absorbé... l'air de croire que tu t'en tirerais mieux sans lui...

Paul absorbé ! Paul ne se jetant pas à la curée pour profiter de sa faiblesse, pour lui arracher par force ces secrets, cette confiance, qu'il n'a jamais pu obtenir... Dans un moment de lucidité aiguë, Nicolas se dit : « C'est qu'il a trouvé quelqu'un d'autre... une autre proie... » et aussitôt l'oublie, car ses pensées ont la rapidité et l'inconsistance des rêves. Depuis leur fuite dans la forêt, d'ailleurs, tout lui paraît issu d'un cauchemar, d'un très ancien cauchemar que pendant des années il s'est efforcé d'oublier et qui resurgit tout à coup, avec des forces neuves et tous ses minutieux détails grotesques et terribles. L'absence de Paul, la présence de sa mère — *ils* sont là pour deux jours — sont logiques, de cette logique du rêve.

Paul a-t-il jamais été vraiment présent à ses yeux ? Wanda réellement absente ?

— Nous pourrions peut-être aller jusqu'à leur hôtel ? propose Simon avec une sorte de hâte étrange. Je ne voudrais pas qu'ils repartent sans...

Est-ce notre première rencontre après tant d'années, Simon ? Une rencontre où tu ne me parles que des autres ? Une rencontre où tu détournes les yeux ? Ah ! c'est que Simon a peur, une peur atroce, de rencontrer le regard de son frère, un regard qu'il imagine demandant quelque chose, quelque chose qu'il ne peut plus lui donner. Et il cache ses yeux, son regard lâche qui est prêt à tout concéder, et qui avouerait, si Nicolas insistait suffisamment : « La vérité est moins importante que la vie d'un homme... »

Tout juste a-t-il la force de ne pas intervenir, de se démettre de son pouvoir, de laisser à Heinz et à sa mère le soin... Mais que pourront-ils, eux aussi ? Toute espérance a déjà quitté Simon lorsque calant, repartant, calant encore, tant Nicolas est inhabile à la manœuvrer, la petite voiture arrive devant l'hôtel.

Nicolas ne s'est pas fait prier. Il n'a pas refusé, ne s'est pas indigné, ne s'est même étonné qu'à peine. S'étonne-t-on dans les rêves ? Et il y est déjà enfoncé si profond. Quand il arrive dans le hall de l'hôtel, que Simon téléphone dans *leur* chambre, qu'ils attendent dans le « salon de correspondance » aux lourds fauteuils de velours marron, il ressent même comme une sorte de curiosité détachée, naïve, de ce qui va se passer, comme s'il assistait à un spectacle sans envisager un moment d'y participer. Il les trouve presque drôles quand ils entrent, dans leurs vêtements du dimanche, cette lourde paysanne au visage pâle, inexpressif, cet homme de grande taille, claudicant, aux yeux francs, un peu durs même. Et quand ils se serrent tous la main, en murmurant des phrases conventionnelles, « heureux de vous connaître enfin », « nous n'espérions plus vous voir », alors il a presque envie de rire, comme si le cauchemar dissipé, nous apercevions soudain le mobile futile, insignifiant, qui l'a causé, et qui s'est chargé pendant le sommeil des plus étranges implications. Ils s'asseyent dans les lourds fauteuils, ils demandent du café. Le garçon les sert en silence. Dans ce silence, l'angoisse revient.

« Qu'est-ce que je fais là ? Mais qu'est-ce que je fais là ? Quel rapport ces figures surgies du passé ont-elles avec moi, avec Marcelle, avec... » Et pourtant il se tait, parce que c'est ce rêve, ce cauchemar qui doit le délivrer, qui porte ses ultimes espérances. Et il ne se doute pas dans son extrême angoisse que cette femme en face de lui, sa mère, murmure en cet instant les mêmes conjurations, les mêmes exorcismes : « Mais qu'est-ce que je fais ici ? Je ne suis pas vraiment ici. Non, je ne suis pas ici... »

— Je suis heureuse de te revoir, mon enfant, dit-elle cependant d'une voix pesante.

Une phrase de livre de lecture, pense Simon. Sa mère : une image dans un livre. Il a senti tout de suite la parenté profonde qu'il peut y avoir entre Wanda et ses déshérités du bidonville. Ce silence, ce profond silence intérieur jalousement défendu, et qui contraste si fort avec la mobilité de Heinz, bruissant de toutes les rumeurs... C'est ce que Simon connaît le mieux au monde, ce silence écrasé des victimes, et c'est ce qu'il craint le plus. C'est le visage de sa tentation, le visage à toute heure de son péché contre l'espérance, et s'il craint de rencontrer le regard de son frère, c'est qu'il ne lui est que trop fraternel. Aujourd'hui encore, plus qu'aucun jour peut-être, dans le salon de cet hôtel pompeux, dans ce lieu retiré, aux profonds fauteuils, aux lourdes tapisseries, ce lieu silencieux, opulent, oppressant, il sent sa faiblesse devant ce qui serait son devoir : leur montrer, quel qu'en soit le résultat, son espérance ( cette espérance dure aux malheureux comme une insulte), leur imposer son espérance, sa brûlure, son écrasant fardeau. Mais non, il n'en a pas, n'en a plus la force, et ce silence qui plane sur eux tous n'en est-il pas la preuve éclatante ? Il a abdiqué, il a amené là Nicolas en face de sa mère, espérant on ne sait quel miracle, pour qu'il se produise quelque chose, n'importe quoi, et rien ne se produit. Ces deux visages figés, au menton un peu lourd, n'éclatent pas, ne brûlent pas, démontrent seulement dans leur immobilité une sorte de tragique ressemblance, qui lui serre le cœur un peu plus. Leur donner l'oubli ! S'il le pouvait ! Un instant il l'espère, et que Dieu jouera contre Lui-même.

— Oui, nous voilà tous enfin réunis.

Heinz a parlé. Y a-t-il de l'ironie, dans sa voix cérémonieuse qui détache les mots avec une sorte de cruauté ? En tout cas il a pris les devants. Ils vont l'attaquer, le juger enfin. Il saura se défendre. L'idée d'avoir à rendre enfin des comptes, devant qui que ce soit, le soulage plutôt. Ce qu'il a dit à Simon, il est prêt à le répéter à n'importe qui. Il se sait, il se reconnaît coupable. Coupable d'être vivant. Mais dressé en face de Dieu même, il lui poserait cette question : « N'ai-je pas été tenté au-delà des forces humaines ? » Et son visage reflète cette résolution.

— Vous êtes bons d'être venus, dit Nicolas.

Oui, il y a une sorte de bonté dans leur contenance gênée, dans leurs regards fuyants. Ils sont venus, ils savaient pourquoi, et pourtant ils ont peur de lui, peur qu'il ne proclame cette maladie enfin éclose, enfin venue à son terme, impossible à dissimuler désormais, son incapacité de vivre. Ils ne savent pas combien il est prêt maintenant, son orgueil en miettes, à accueillir leurs moindres paroles, leurs plus banals conseils, pour s'y soumettre, s'y plier. Hélas ! Quand le malade cesse de se révolter, suit avec une minutieuse superstition les moindres prescriptions du médecin devenu Dieu, n'est-ce pas que déjà il se devine perdu ? Le sentent-ils ? Ou devant ce mal, soudain épouvantés, ne pensent-ils plus qu'à eux-mêmes, qu'à en éviter la contagion ?

— Je n'étais pas revenu en France depuis la guerre.

Heinz jette son mot devant lui, comme une grenade. Depuis la guerre. Ces premiers temps de la guerre où, entouré de suspicion de toutes parts, il se terrait en lui-même, se faisait impassible, opaque, imbécile, pour déjouer la méfiance, pour vivre, tant l'enjeu lui paraissait alors important. Au fond, si j'avais été moins prudent, si j'avais reçu dans la peau ces douze balles que je craignais tant, je ne serais plus cet éternel accusé devant moi-même, cet éternel accusateur... Un hasard m'a enlevé l'occasion d'être quoi ? Quoi ? Heinz ne croit pas aux saints. Ni aux héros, ni aux surhommes. Il est payé pour savoir où cela mène. Et pourtant, quel fardeau, cette éternelle accusation de n'avoir été qu'un homme ! Mais il le porte. Et quelque chose crie en lui, farouchement, qu'il a eu raison de vivre, qu'il a raison de vivre encore, et que ce foie rongé par le doute est encore, est aussi une raison de vivre. Il dit à Nicolas, son regard bleu bien assuré :

— Je comprends que notre mariage vous ait choqués. Mais nous nous sommes aimés, vous savez.

Non! crie Wanda intérieurement. Non! C'est plus fort qu'elle, c'est le cri même de son instinct, elle ne peut pas, ne veut pas se souvenir qu'elle ait jamais aimé quelqu'un. Et pas lui, surtout. Pas ce regard chargé d'imploration qu'il posait sur elle en lui apportant quelques pommes de terre gelées, derrière la baraque en planches, ce regard qui disait : Aide-moi à vivre, aide-moi à tricher pour vivre. Elle a eu pitié, c'est elle, oui, qui a eu pitié de lui, elle a accepté ses pommes de terre, elle lui a permis de décharger ainsi sa conscience, elle est devenue ainsi sa complice, pour toujours. C'est aussi cela, aimer. Mais elle crie : Non, non, à cette complicité. Elle ne veut plus rien partager avec lui, avec personne. Elle se recroqueville dans sa carapace de graisse, sa carapace d'indifférence, sa carapace de mort. Personne n'est coupable et personne ne s'aime. Et ces hommes-là ne sont pas ses enfants. Ses enfants morts depuis longtemps.

— On peut aimer de tant de façons, dit Simon.

Et ce n'est pas vrai. Il n'y a qu'un amour, et il fait mal, et il est impitoyable. Mais il ne peut pas le leur dire. La fade, la terrible pitié l'envahit de nouveau devant l'ovale empâté de Wanda, si fermé, le front buté de Nicolas, si enfantin, les yeux de Heinz, pleins d'un courage las. S'ils vivent ainsi, s'ils arrivent à vivre ainsi, comment les dépouiller sans rien leur donner à la place ?... Heinz a quelque chose à donner. Mais moi je n'ai rien, rien ; ces mains vides, est-ce que je puis les tendre à Nicolas, et lui dire qu'il doit s'en contenter. La pitié, la pitié, cette tare, cette maladie secrète, honteuse, qui le dévore, et n'a laissé de lui, sous la peau, qu'un squelette, une forme creuse que rien n'habite...

— Ecoutez, dit Heinz. Que pouvons-nous pour vous ? Dites-nous pourquoi vous avez quitté Paris.

Ils sont tous, quelques instants, soulagés. Nicolas leur racontera son histoire, et quand il aura fini, ils lui diront quelques bonnes paroles. Voilà pourquoi ils sont venus. Et Nicolas sera réconforté. Et la vie reprendra comme avant. *Comme avant ?* Tous, tout à coup, ils ont senti que ce n'est pas possible. Ce n'est pas seulement de Nicolas qu'il s'agit ici.

— Mais, dit Nicolas songeusement, c'est à cause de vous. C'est à cause de vous que j'ai quitté Paris.

A cause d'eux. Tout à coup il le découvre et cette découverte le tranquillise un moment. Tout est là, le nœud, la cause initiale. Renata est déjà loin, perdue dans l'invisible, et même Simon qui se tait. Eux vont tout expliquer, tout justifier, ce couple monstrueux qu'il a vu si longtemps comme l'union inadmissible du bien et du mal. Ils vont tout dire, et ce sera le jour de la vérité, le jour de la justice, et il aura douze ans à nouveau. Ah oui, qu'ils s'expliquent enfin ! Il est prêt à tout croire. Et puis il retournera vers Marcelle, le cœur enfin léger, et ils seront heureux. Un grand espoir fou lui traverse le cœur, le brisant presque. Qu'ils parlent !

Et Heinz explique. Heinz raconte. Heinz parle, et ce n'est qu'un homme. Ces masques effrayants que Nicolas imaginait toujours au mari de Wanda se détachent l'un après l'autre. Heinz n'est qu'un homme. Il raconte ses doutes, sa peur vieille comme le monde, l'implacable déchaînement d'une machine qui semblait ne plus devoir s'arrêter. Il parle, sans pitié pour lui-même. Il dit la part qu'il a prise au mal, le rôle qu'il a joué dans l'enfer, le rouage qu'il a été dans la machine. Il montre les paliers qu'il a franchis, où il s'est arrêté pour se demander : « Est-ce maintenant qu'il faut mourir ? » et comme, à chaque fois, une voix en lui a répondu : non. Il dit les nombreuses fois où il s'est arrêté pour regarder son image : l'image d'un soldat, d'un gardien, d'un bourreau pitoyable, et où il n'a pu se résoudre à détruire l'image. Il dit ce qu'il a dit à Dieu : qu'il lui a été trop demandé. Et Simon n'a pas la force de lui répondre, comme il le devrait, que le fardeau était proportionné à ses forces, que Dieu ne demande que ce qu'on peut lui donner, et que s'il avait été *trop* tenté, réellement, il serait en paix à cette heure, et non en guerre. Mais il se tait. Pour Heinz et pour Nicolas. Parce qu'il a pitié, et qu'il les aime.

Wanda lutte, elle se bouche mentalement les oreilles. Ne pas céder. Ne pas voir et ne pas entendre. Heinz lui-même s'est tourné contre elle. Suprême injustice. Ce n'est pas lui qui m'a sauvée, c'est moi qui lui ai sauvé la vie. Il s'est dit : sans moi, la vie au camp serait pire encore, et il a vécu. Il a admis le camp. Comme moi. Comme moi. Non, nous ne sommes pas coupables !

Ainsi c'est bien cela, demande Nicolas. J'avais bien compris, c'était impossible. Ce n'est qu'un homme que j'ai devant moi, et même un homme courageux, et cet homme, il lui a fallu endosser le masque du bourreau, le masque de la terreur, cet homme a été forcé par Dieu de devenir complice du mal ! Dieu l'a mis délibérément devant ce choix, devenir complice ou mourir. C'est bien cela et j'avais compris. Eux, ont vécu, et Renata est morte. Un seul choix. J'avais vu clair. Quand je voulais vivre une vie d'aventures, une vie de prodiges, c'était bien la seule façon de vivre qui fût honnête. Et je n'ai pas pu. Dieu a recommencé à susciter autour de moi Ses signes, l'amour, la responsabilité, la musique, la fécondité... Il me veut complice, il me veut embringué dans Son mal. Mais je refuse, je refuse ! Non, ce n'est pas assez pour compenser le mal, le bleu du ciel, l'amour et la musique. De vulgaires appeaux, des pièges à hommes, d'une cruauté raffinée... Un seul choix, et je refuse.

— Je refuse...

Sans doute l'a-t-il dit tout haut car Heinz répond d'une voix sourde :

— J'ai vécu pourtant...

Il vit en guerre, cette guerre ne s'arrêtera jamais, et il s'obstine. Mais Nicolas n'est pas un homme de guerre...

Dialogue de fous, chuchoté dans la pénombre luxueuse de l'hôtel ; leurs visages tendus, l'aspect de conseil de famille de leur réunion, écartent les importuns. La lumière encore dorée de l'après-midi finissante n'a pas empêché qu'on vienne soudain allumer les lampes nombreuses, le grand lustre, les appliques. Tout à coup ils émergent dans la lumière du grand salon, et la fatigue de leurs visages témoigne de la nécessité d'un dénouement.

Wanda a sursauté. Elle a lutté, elle lutte encore, mais pourquoi faut-il, lentement, comme à travers une brume, que lui apparaisse le visage de Nicolas, qu'elle s'efforce en vain de repousser, de toutes ses forces bandées ? Non pas du Nicolas d'aujourd'hui, ce grand garçon au visage lourd, presque laid, barré de la mèche de cheveux rebelle qu'elle connaît bien. Mais d'un Nicolas enfant, prêt à sortir pour faire des courses, avec cette veste courte en velours noir qu'elle lui avait faite et qu'il détestait, d'un Nicolas fronçant ses sourcils épais et disant d'un ton grondeur : « Tu n'as rien oublié ? Tu n'as rien oublié ? » Combien de fois ces mots, et la jeune, la rieuse Wanda d'avant-guerre, cet autre être qui aujourd'hui n'a pas plus d'existence que l'héroïne d'un roman, avait toujours oublié quelque chose. « Je ne ressortirai pas, tu sais... » C'était Simon, toujours prêt, toujours complaisant, qui courait chercher le sucre ou l'huile. Lui, restait buté : « J'ai dit que je ne ressortirais pas. » Injustement, elle ne l'en aimait que plus. Cette exigence, cette rigueur de l'enfant buté, un peu trapu, au front bas sous les boucles, au merveilleux regard vert, elle les aimait comme une émanation de sa volonté à elle.

Elle avait quitté sa famille, refusé d'épouser Paul, mené à bien ses études d'infirmière, menée par le même instinct d'indépendance un peu farouche, rendu gracieux cependant par sa jeunesse, ses sursauts capricieux, le désintéressement total et l'inconséquence d'une volonté plus portée à s'obstiner qu'à se donner un but. Cet enfant qui lui ressemblait, elle se souvient maintenant de l'avoir aimé. Cette jeune femme capricieuse et sauvage, elle se souvient de l'avoir été. Certes, rien ne flambe plus dans son cœur de cette folle et impétueuse jeunesse, de cet amour mêlé d'émerveillement pour un enfant si précocement mûri. Mais les images s'en sont présentées devant ses yeux, et c'est assez, c'est déjà trop. Beaucoup d'autres images vont suivre, l'enchaînement est fatal, elle reverra toutes ses souffrances, tous ses renoncements (mais retrouvera-t-elle l'âcre saveur humiliée d'être devenue pire qu'une bête, et de le savoir ?). Non, non, elle ne veut pas revivre ce jour où elle a renoncé à penser à ses fils, où elle les a tués en elle — ses fils peut-être prisonniers, peut-être souffrant la faim, peut-être... Elle a renié la souffrance. Et ce soir-là, à une nouvelle venue qui pleurait son mari, maquisard quelque part en France : « Moi, je n'ai pas de famille » ; l'autre a répondu ces mots terribles : « Tu as de la chance ! »

Oui, jusqu'à ce jour, elle a eu de la chance. Et si la drogue a cessé d'agir, si l'enchantement jusque-là infaillible se dissipe lentement, c'est la faute de Heinz. C'est lui qui l'a traînée ici pour que les morts ressuscitent, pour que la souffrance renaisse de ses cendres. Les mains de Wanda se tordent sur ses genoux. En vain elle cherche le tricot

salvateur. Elle croit que c'est la haine qui s'éveille, qui remue
en elle, et ce n'est que la vie.

— Et il faut vivre ? demande Nicolas à Heinz. Et vous
avez senti qu'il fallait vivre ? Mais pourquoi, pourquoi ?

Le cœur de Simon a bondi. C'est l'instant. Il faut, il faut
qu'il leur dise la vérité. La vérité impitoyable, folle, scanda-
leuse. La pitié le quitte comme on se dégrise. Les forces
soudain lui sont revenues, à lui si ridiculement frêle entre
Nicolas et Heinz, ces géants, à lui qui n'a jamais pu supporter
d'infliger la moindre souffrance. (A un point ridicule, risible,
laissant s'étaler les vaniteux plutôt que de les dégonfler d'un
coup d'épingle, s'affirmer les brutaux de crainte de leur
témoigner du mépris, triompher les médiocres plutôt que
de leur infliger une supériorité si infime soit-elle.) Lui dont
ses maîtres disaient, trompés par le mal qui couvait déjà,
mais ne devait éclater que des années après, « qu'il manquait
peut-être un peu de caractère ». Et sans doute il en manquait. L'énergie qu'il avait déployée d'abord en milieu
ouvrier n'était pas l'effet d'une autorité naissante, mais au
contraire le dernier effort des forces déjà défaillantes sous les
assauts de cette redoutable pitié. Depuis elle a tout envahi,
tout rongé, le prêtre et l'homme, sauf ce noyau du cœur,
dernier bastion, l'affection d'un enfant pour un frère aîné
toujours protecteur, aujourd'hui pour la première fois devenu
le cadet, le faible, le désespéré. Et le salut de Heinz absorbe
Simon autant que celui de Nicolas, se confond avec celui de
Nicolas, car l'un en face de l'autre, comme des athlètes, tous
deux lui semblent soudain si faibles, si menacés, que c'est
pour tous les deux qu'il s'écrie dans une illumination de tout
l'être, et soudain délivré de ses liens :

— Pourquoi ? Peut-être qu'il a vécu pour cela. Pour être
coupable, justement.

— C'est possible, dit Heinz hébété sous le coup. C'est
possible.

Wanda voudrait crier.

— C'est de la folie, dit-elle seulement d'une voix blanche.

Ah, ce bruit de rongeur que la culpabilité de Heinz faisait
à côté d'elle, elle avait réussi à l'oublier, à s'y habituer comme
on s'habitue au bruit des voitures, ou d'une usine non loin de
chez soi. Mais le voilà qui enfle, ce bruit, jusqu'à devenir
insupportable, le voilà qui s'impose, qui s'insinue en elle, qui

la révolte. Voilà que Heinz a trouvé un allié, ce Simon qu'elle n'a jamais beaucoup aimé, même enfant, avec sa vivacité fragile, sa douceur excessive, son équilibre instable entre le rire et les larmes. Voilà qu'ils s'y mettent tous deux, à la tourmenter, à lui crier aux oreilles, à vouloir ravager sa paix si durement acquise, et elle les hait, les hait... Alors elle sent aussi le besoin d'un allié, elle se tourne vers Nicolas qui a dit : Pourquoi, pourquoi vivre, et elle murmure comme un appel au secours : « N'est-ce pas que c'est de la folie ? » Et il se tourne vers elle pour lui répondre, balayant d'un geste du bras la mèche qui lui retombe sur les yeux, et tout à coup, avec un sursaut de surprise douloureuse, un éclair de douleur si rapide qu'il est déjà trop tard pour lui fermer son cœur, tout à coup, ce petit garçon qu'elle a cru mort et qu'elle aimait, elle l'a devant elle, elle le *reconnaît*.

Ils le prennent à témoin, ils l'invoquent. Mais c'est lui pourtant qui est venu s'en remettre à eux... Nicolas a l'impression d'assister, impuissant, à un débat qui sans doute le concerne — mais aussi où il fait office bien malgré lui de juge, d'arbitre ; l'impression qu'ils tirent de lui leur substance, qu'ils se justifient devant lui — que les mots rebondissent sur lui comme sur un mur, que c'est lui qui les révèle à eux-mêmes, lui qui est à la fois le *Deus ex machina* et l'enjeu de cette étrange partie. Il est venu pour recevoir et on lui demande de donner. Il est venu pour être absous et on lui demande d'absoudre. Il est venu, en somme, pour vivre, et ce sont eux qui lui demandent la vie.

— Peut-être que la folie, dit-il, est la seule explication...

Il l'a dit presque malgré lui. Mais Wanda tressaille. Peut-être que la folie est leur seule chance à tous ? Peut-être faut-il admettre cette folie pour que Nicolas vive ? Et Simon, et Heinz ? Et — songe-t-elle tout à coup, dans un bouleversement de tout l'être — et elle ?

Simon et Heinz se regardent, compagnons fraternels. L'un qui a donné sa vie en vain, l'autre qui l'a en vain préservée. Une seule explication, une seule justification possible. Et l'un et l'autre hésitent encore, l'un devant l'inexplicable cruauté de l'affirmation, l'autre devant son inexplicable miséricorde. Ils sont sur un seuil. Et seul Nicolas peut les aider à le franchir.

— Qu'est-ce que tu vas faire ? dit Simon.

— Retourner chercher cette jeune femme, mon amie... rentrer à Paris, écrire peut-être... Attendre...

Il ne peut pas leur dire autre chose. Il ne peut plus les questionner. Ce sont eux qui le questionnent, avidement, désespérément, eux qui dépendent de lui et non lui qui dépend d'eux. Il a senti tout à coup ce renversement de la situation, que lui qui est arrivé là comme une bête blessée, cherchant un refuge et un abri pour en finir d'une façon ou d'une autre, dispose soudain de ce pouvoir... Il en a peut-être toujours disposé ?

— Mais la lettre que tu m'as écrite, implore Simon, cette lettre si désespérée...

Est-ce qu'elle ne prouvait pas l'inutilité de son affection, de sa prière quotidienne, cette lettre qui l'a enfoncé plus profondément dans la stérile, dans la paralysante pitié quotidienne ?

— Mais si c'est à cause de nous, insiste Heinz, les mâchoires contractées, que vous avez tout quitté...

Si c'est à cause d'eux, qu'il fasse quelque chose, les maudisse, les insulte... Personne n'a jamais jugé Heinz, établi l'exacte mesure de sa responsabilité. Il est si épuisé d'en porter seul la charge qu'il est prêt à s'en remettre à n'importe qui...

Et voilà Nicolas tous ces destins dans les mains, lui qui croyait n'avoir à décider que du sien. Et encore, en décidait-il ? Et voilà qu'il a toutes ces questions devant lui, lui qui n'attendait que des réponses. Et voilà, lui qui cherchait ou repoussait partout des signes, qu'il est devenu lui-même un signe que d'autres épient, cherchent à déchiffrer...

Quel changement soudain ! Quelle métamorphose ! Est-ce pour en arriver là qu'il a tout abandonné ? Mais cet abandon lui-même, quel aveuglement a été le sien de ne pas voir où il le menait, la signification qu'aux yeux de tous il allait prendre. Il lui semble que ses yeux s'ouvrent tout à coup. Et il voudrait fuir devant cette lumière qui le blesse.

— Attendre.

Il a dit le mot, plein d'abandon, d'une confiance obscure, puisqu'ils le voulaient, l'exigeaient de lui. Sa vie les absout, il leur abandonne sa vie. Mais alors, sans le mirage désaltérant de la mort, que lui restera-t-il ? Marcelle, Paris, écrire peut-être... Il se retrouve au début du périple. Au début du pari. Mais sans plus d'adversaire, désormais. Plus humble, plus incertain. Où est son exigence folle d'une vie enfin justifiée ? Tout ce qu'il peut leur donner, ce qu'il donne à Marcelle, à la vie, à Dieu, c'est cette attente. C'est peut-être beaucoup, ce n'est peut-être rien. Peu importe, finalement.

— Je repars.

Il les sent soulagés d'une angoisse inexprimable. Eux aussi, ils repartiront, ils attendront. Qui peut leur en demander davantage ? Wanda regarde avec une stupeur hébétée les larmes sur ses mains. Tant d'années qu'elle n'avait pas pleuré... Heinz est debout près de Simon comme un frère aîné. Mais Nicolas a été vraiment leur frère aujourd'hui, et il ne ressent pas de jalousie. Ils prononcent quelques phrases, encore. Comme Wanda est timide, et gauche, et contrainte dans cette vie qu'elle va devoir réapprendre. Attendre, oui. Le mot l'a touchée. Il lui faudra attendre très longtemps pour redevenir Wanda.

Elle l'accompagne jusqu'à la grande porte, gênée un peu par le portier en uniforme, et elle si lourde dans les vêtements achetés au village. Elle n'embrasse pas Nicolas, elle l'embrassera plus tard, bien plus tard, quand ils auront beaucoup attendu. Mais elle murmure, pour lui dire quelque chose d'intime, quelque chose qu'on se dit entre mère et fils : « Tu vas l'épouser, cette jeune femme ? » Lui, les clés de la petite voiture déjà à la main : « Je crois. Elle attend un enfant. »

— Un enfant !

L'épouvante dans les yeux de Wanda, soudaine, indescriptible. Il semble à Nicolas qu'il retombe vertigineusement au fond de l'abîme dont il venait de s'échapper. D'un regard il a sondé cette épouvante qui va jusqu'à l'âme. Elle n'a pas le temps de se reprendre, de dissimuler, elle balbutie encore un « Non, non » éperdu, qu'il a fui.

Il a regagné la petite voiture, s'est lancé follement dans l'encombrement des quais, et faisant grincer les vitesses a repris la route de Valfleury. Il fuit. Il n'est plus qu'une fuite devant ce désespoir soudain découvert et auprès duquel le sien lui paraît puéril. — Un enfant ! Comme elle a dit cela, avec quelle terreur venue du fond des entrailles. Un enfant pour que recommence cette éternelle quête, cette éternelle souffrance, cette éternelle torture absurde, la vie... Elle n'a pu supporter cette idée, et soudain lui-même a senti qu'il ne la supportait pas. Un enfant, un gage de plus donné au mal, un rouage de plus à la machine, un complice ou une victime de l'implacable mécanisme... Renata est soudain présente, et le Général, et Jeannette Garcia, son visage de poupée tragique... Un enfant dans ce Carnaval cruel, où tout conspirera à l'égarer, où tout lui sera piège, jusqu'à la plus réelle douceur... Que cet enfant du moins ne me ressemble pas. Qu'il soit ce qu'était Marcelle, simple et sans problèmes, et peut-être sera-t-il sauvé. Mais Marcelle n'est déjà plus ce qu'elle était... Je l'ai contaminée, corrompue. En partie du moins. En partie.

Alors la tentation vient, folle, généreuse, terrible. Cet enfant, je ne le corromprai pas. Lui du moins sera sauf. Intact. Innocent. Mis à l'abri de Dieu. Ce sera l'enfant de Marcelle, et d'elle seule. L'accident sera fortuit, ridicule. Ce sera l'épilogue d'une vie de hasard, d'une vie sans signification. Je n'ai pas encore perdu mon pari, après tout, se dit-il avec une certaine amertume. Et il appuie, autant qu'il peut, sur l'accélérateur. Marcelle sait combien il conduit mal.

# ÉPILOGUE

Loué soit Dieu, dit Béatrice. Car Jean-Pierre a épousé Marcelle qui attend son enfant au presbytère près de Houdan. Loué soit Dieu ! Et Valentine songe. Elle songe à l'enfant innocent qui n'a pas été sauvé, lui. Elle songe à l'amour fulgurant de ses vingt ans, aux blés mûrs, au ciel bleu qui ont été trahis. Elle songe au petit enfant qui lui restait de cet instant bref et lumineux, de ce péché au creux duquel Dieu était contenu, comme dans une coque. Une chanson, quelques rires, un graffiti de crayon au mur d'une chambre de rencontre, voilà tout ce qui reste de cet enfant-là, qui n'a pas été sauvé. Quelques pas dans une allée, quelques cris aigus d'hirondelle, toute la joie du monde, et il a disparu. Valentine songe à tous ces enfants qui meurent au creux des hommes, à celui qui est sauvé et qui n'est pas le sien, à celui qui va naître de tant de hasards mystérieux, et qui mourra aussi. Et tout naturellement, sa pensée l'amène auprès de cet Enfant mort pour le monde qu'elle vénère si tendrement, qu'il lui semble parfois en être un peu la mère. Béatrice n'a plus besoin d'elle, la souffrance a cessé qui les faisait sœurs. Valentine retrouve sa veille solitaire auprès de cet enfant-là.
— Loué soit Dieu, dit Valentine.

Et c'est une sorte d'action de grâce aussi que fait Rougerolles qui vit en Espagne dans un monde de rêve, bâtit des villas, les revend, et a trouvé sans peine une svelte silhouette brune qui remplace celle de Jean-Pierre. Rougerolles a échappé à l'amour. Comment ne louerait-il pas quelque puissance céleste ? Paul, lui, l'amour le possède. Il a installé

Colette de plus en plus souffrante dans l'ancienne chambre de Nicolas. Elle ne sort plus, elle ne voit que lui, il s'en repaît et elle délire. Il y a entre eux une sorte de paix.

Mais Simon, ni Heinz, ni Wanda, ne rendent grâce. Ils attendent. Simon va quitter le bidonville, il a demandé un changement. Heinz n'a plus besoin de son transistor, la plainte de Wanda suffit à l'occuper. Car jour et nuit elle se torture et se demande : « Est-ce que je l'ai tué ? » Mais peut-être fallait-il cette peine pour qu'enfin elle revînt à la vie. Et Yves-Marie non plus ne loue pas le Seigneur. Gisèle n'est pas revenue. Mais il a dit à son père : Gisèle m'a quitté, et il a vu deux larmes sur le visage du vieillard. C'est pourtant simple : le vieux ne peut l'aimer que malheureux, c'est tout.

Et Marcelle ? Marcelle a fort à faire. Entre Jean-Pierre et son enfant elle sera deux fois mère. Une lourde tâche l'attend. Elle non plus ne dit pas : Loué soit Dieu. Mais parfois, elle va s'asseoir dans la petite église, et, elle aussi, patiente, elle attend.

**FIN**

LA PRÉSENTE ÉDITION (3e TIRAGE)
A ÉTÉ ACHEVÉE D'IMPRIMER EN
MILLE NEUF CENT SOIXANTE-SIX
PAR EMMANUEL GREVIN ET FILS
A L A G N Y - S U R - M A R N E

Dépôt légal : 2e trimestre 1966.
Nº d'Édition : 1931. Nº d'impression : 8611.